Kontaktadresse nach EU-Produktsicherheitsverordnung:
produktsicherheit@droemer-knaur.de

Über die Autorin:
Miriam Covi wurde 1979 in Gütersloh geboren und entdeckte schon als Kind ihre Leidenschaft fürs Schreiben. Ihre Arbeit als Fremdsprachenassistentin führte sie nach New York City, wo sie ihre Erlebnisse im Weblog »Mitten in Manhattan« auf der Internetseite der Zeitschrift »Brigitte« festhielt. Gemeinsam mit ihrem Mann lebte Miriam ein paar Jahre in Berlin, bevor das Paar aus beruflichen Gründen nach Rom zog. Seit Miriam ihr erstes Kind bekommen hat, versucht sie, zwischen Wickeltisch und Waschmaschine hin und wieder in die Welt des Schreibens zu flüchten.

Miriam Covi

Eine Lüge, die Liebe, meine Familie und ich

Roman

Bitte besuchen Sie uns im Internet:
www.facebook.de/feelings.ebooks

Miriam Covi

Eine Lüge, die Liebe, meine Familie und ich

Roman

Bitte besuchen Sie uns im Internet:
www.facebook.de/feelings.ebooks

© 2017 Verlagsgruppe Droemer Knaur GmbH & Co. KG, München.
© 2013 der E-Book-Ausgabe feelings – *emotional eBooks
Ein Imprint der Verlagsgruppe Droemer Knaur GmbH & Co. KG, München.
Alle Rechte vorbehalten. Das Werk darf – auch teilweise – nur mit
Genehmigung des Verlags wiedergegeben werden.
Redaktion: Franz Leipold
Covergestaltung: ZERO Werbeagentur, München
Coverabbildung: © FinePic®, München
Printed in Germany
ISBN 978-3-426-21638-5

3 5 4 2

Kapitel 1

Ich habe mir oft vorgestellt, wie es sein würde, Matt wiederzusehen. Aber bestimmt nicht so.

Ja, ich habe zu viel Phantasie. Das hat schon mein Mathelehrer bemängelt, wenn ich Elfen und Eichhörnchen gemalt habe statt gleichschenkliger Dreiecke. Aber stellt sich nicht jeder hin und wieder vor, wie es sein würde, die erste große Liebe wieder zu treffen? Ich habe es auf jeden Fall getan. Mehr als einmal. Schließlich war Matt der erste Mann, der mich je geküsst hat. Und zwar verdammt gut geküsst hat. Okay, ich hatte damals keine Vergleichsmöglichkeiten, aber rückblickend kann ich sagen: verdammt gut. Ach ja, und außerdem war er der erste Mann, der mein unerfahrenes Herz gebrochen hat.

Zugegeben, meine Träume von einem Wiedersehen mit ihm waren nie realistisch. In diesen Träumen war ich schlank, vorteilhaft angezogen und hatte wunderbar sitzendes Haar. Ich bin nicht rot wie ein gekochter Hummer geworden und habe etwas Intelligentes gesagt.

Die Wirklichkeit sieht so aus: Ich habe gerade einen siebenstündigen Flug von Berlin nach Ostkanada in einer engen Chartermaschine hinter mir, und das sieht man mir an. Ich habe mir an der Passkontrolle auf dem Flughafen in Halifax die Beine in den Bauch gestanden und schließlich am Kofferband vergeblich auf meinen Koffer gewartet. Gefühlte Stunden später, nachdem mir eine Dame der Fluggesellschaft versichert hatte, dass man versuchen würde, meinen Koffer möglichst schnell aufzutreiben und mir zukommen zu lassen, stand ich nochmals Schlange. Diesmal am Mietwagenschalter. Da ich keinen Koffer hatte, konnte ich mein verschwitztes T-Shirt mit dem Tomatensaftfleck nicht wechseln, bevor ich endlich nach Rocky Harbour aufbrach. Während der Fahrt schaute ich ständig besorgt in den Rückspiegel, um zu sehen, wie sich die Situation auf meinem Kopf entwickelte. Und ich muss leider sagen: Sie entwickelte sich nicht gut. Schließlich war ich seit drei Stunden in Nova Scotia, der südöstlichsten Provinz Kanadas; hier ist die Luftfeuchtigkeit meistens genauso hoch wie die Dichte an Eichhörnchen pro Quadratkilometer Wald. Hohe Luftfeuchtigkeit und Naturkrause, eine fatale Kombination. Wenn ich nicht in den Rückspiegel oder auf die Straße schaute, versuchte ich, die handschriftlichen Notizen zu entziffern, die ich mir in Berlin gemacht hatte. Doch was bei Google Maps so simpel ausgesehen hatte, war es in Wirklichkeit nicht. Eigentlich hätte ich die Strecke vom Flughafen nach Rocky Harbour kennen müssen, schließlich bin ich sie schon so oft gefahren. Doch das ist lange her, und mein Orientierungssinn ist noch schwächer ausgeprägt als mein Selbstbewusstsein. Außerdem lenkten mich die Sorgen um mein Haar stärker ab, als sie das beim Autofahren wohl tun sollten, denn ich wusste genau: Bald würde ich Matt wiedersehen. Und von meinen Vorstellungen von einem würdevollen Zusammentreffen mit meinem Ex-Freund war ich ziemlich weit entfernt. Aber vielleicht würde ich ja Glück haben und durch den Wald bis zur Blueberry Lodge fahren können, ohne Matt zu begegnen?

Nach zwei Stunden Fahrt erreichte ich endlich Rocky Harbour, dank des freundlichen Mannes in Lunenburg, der mir noch einmal ausführlich erklärt hatte, wie ich den kleinen Fischerort finden würde. Ich hätte mir wohl doch ein Navi mieten sollen, dachte ich, als ich mit einer Mischung aus Erleichterung und Sentimentalität meinen Chevrolet durch den Ort lenkte, in dem ich als Kind jeden Baum, jedes Boot, jeden

Briefkasten kannte. Ich starrte aus dem Autofenster, sah die bunten Holzhäuser entlang der Küstenstraße, die aufgestapelten Hummerkörbe im Hafen, die schroffen Felsen am Meeresufer, die Fischernetze, die zum Trocknen über der Leitplanke am Straßenrand hingen. Ich hatte das Gefühl, nach Hause zu kommen.

Doch erst, als ich den Ort hinter mir gelassen hatte und nach einem weiteren Kilometer entlang der Küste nach links in einen Waldweg eingebogen war, ging es richtig los mit meinem emotionalen Ausnahmezustand. Ich holperte in meinem Mietwagen durch den Wald meiner Kindheit, wo jedes Schlagloch und jeder Felsbrocken mich freudig zu begrüßen schienen. Die hohen Kiefern und Tannen neigten ihre Wipfel und begutachteten mich wohlwollend. Durch das Meer aus Farn am Straßenrand ging ein aufgeregtes Wispern, eine junge Birke winkte mir zu. Ein Eichhörnchen sprang auf einen Baumstumpf und rief: »Herzlich willkommen, Nina!«

Dann trat ich auf die Bremse und wurde schnell in die Realität zurückgeholt. Sie stand in Form eines rostig blauen Pick-up-Trucks mitten auf der Straße und versperrte mir den Weg. Eine böse Vorahnung beschlich mich. Und sie bewahrheitete sich, als ein Mann um den Truck herumkam und wie angewurzelt stehen blieb. Er sah aus, wie Kanadier in kitschigen Fernsehfilmen auszusehen pflegen: Baseballmütze, Holzfällerhemd, abgewetzte Jeans, Arbeitsstiefel. Und, um dem Klischee ganz und gar gerecht zu werden, eine Säge in der Hand.

War ja klar, dass ich die Blueberry Lodge und eine rettende Dusche nicht erreichen würde, ohne ihm über den Weg zu laufen. Schließlich wohnt er hier, in diesem Wald, an diesem See, wo ich die glücklichsten Sommer meiner Kindheit und

Jugend verbracht habe. Wo ich ein paar Wochen lang mit diesem Mann zusammen war, der nun wenige Meter von meinem Mietwagen entfernt steht und mich anstarrt. So, wie man eben jemanden anstarrt, den man das letzte Mal vor 14 Jahren gesehen hat. Jemanden, den man zum Abschied am Flughafen um den Verstand geküsst hat. Und bei dem man sich dann, einen kurzen Brief später, einfach nicht mehr gemeldet hat.

Noch während ich überlege, ob ich unauffällig nach meiner Umhängetasche tauchen kann, in deren Tiefen sich irgendwo meine Bürste versteckt, legt Matt die Säge auf die Ladefläche seines Pick-ups. Oh. Mein. Gott. Er kommt auf mein Auto zu.

Meine Hände werden schweißnass. Soll ich den Motor abstellen und aussteigen? Nein, im Sitzen sehe ich eindeutig vorteilhafter aus, weil der Sitzgurt genau über dem Tomatensaftfleck auf meinem T-Shirt liegt und ich meine Speckrolle auf Bauchhöhe durch geeignete Armhaltung zumindest teilweise kaschieren kann. Außerdem haben sich meine Knie dazu entschlossen, plötzlich sehr weich zu werden. Ich glaube nicht, dass Aussteigen und vor Matt Stehen eine Option ist.

Während er sich langsam nähert, erkenne ich genauer, wie er aussieht. Wie kann es sein, dass mein Ex-Freund mit den Jahren immer attraktiver geworden ist, während ich mindestens zehn Kilogramm mehr auf die Waage bringe als bei unserem letzten Treffen? Okay, vermutlich ist es normal, dass man mit 30 Jahren mehr wiegt als mit 16. Und er sieht schließlich auch kräftiger aus als damals, oder nicht? Allerdings kräftig im Sinne von muskulös, nicht mollig.

Ich versuche, nicht zu starren wie ein hypnotisierter Teenager. Das habe ich schließlich lange genug getan. Und trotzdem starre ich wieder. Sein Gesicht sieht männlicher aus. Was wohl zu erwarten ist, wenn man nicht mehr 18, sondern 32 ist. Er trägt jetzt einen Bart. Keinen dieser dichten Vollbärte, eher einen – hmm, sagen wir Fünf-Tage-Bart. Sein Haar ist kürzer als damals, er hat keinen Pferdeschwanz mehr. Doch die Strähnen, die unter der Baseballmütze hervorlugen, haben dieselbe Farbe wie in meiner Erinnerung – Dunkelbraun. Allerdings mit einem Anflug von Grau an den Schläfen. Ich schlucke und zwinge mich, etwas anderes zu tun, als ihn nur anzuglotzen, so, als wäre ich immer noch 16 und er Mark Wahlberg persönlich.

Ich lasse das Fahrerfenster herunter, denn Matt hat mein Auto erreicht. Die Hände in den Taschen seiner Jeans vergraben, schaut er mich an. Er lächelt nicht, aber er sieht auch nicht unfreundlich aus. Eher – neugierig?

»Hey, Nina«, sagt er.

Mein Herz macht das, was ich im Sportunterricht nie hinbekommen habe: Es schlägt ein Rad.

Sag etwas, Nina!, zischt »Kleine Bärin«.

Wer »Kleine Bärin« ist? Dazu komme ich später – ich muss mich jetzt wirklich auf Matt konzentrieren.

Mein Mund will ebenfalls ein »hey« formen. Und er formt es auch. Nur leider verpasst meine Stimme ihren Einsatz, so dass ich lautlose Lippenbewegungen mache. Kleine Bärin rollt mit den Augen. Der Hauch von einem Grinsen lässt Matts linken Mundwinkel zucken. Was meine Knie zum Anlass nehmen, noch weicher zu werden. Diese blöden Knie. Haben sie etwa nicht mitbekommen, dass sie nicht mehr zum Körper einer 16-Jährigen gehören?

»Long time no see«, sagt Matt. Über diesen drolligen Ausdruck für »lange nicht gesehen« musste ich immer schon lachen. Leider entschließt sich mein Lachen im letzten Augenblick dazu, als albernes Kichern hervorzuschießen. Unter anderem deshalb, weil seine Stimme so tief ist. Sie ist noch tiefer als damals, ganz sicher. Und sie verursacht eine Gänsehaut auf meinen Armen.

Ich räuspere mich, um Zeit zu gewinnen, denn mein Kopf ist wie leer gefegt. Nicht ein einziges sinnvolles Wort will mir einfallen.

Hallo? Kleine Bärin wird ruppiger. *Du bist eine reife 30-Jährige, Nina! Jetzt reiß dich doch mal zusammen!*

Doch bevor ich mich zusammenreißen kann, lässt mich ein Hupen herumfahren. Hinter mir hält ein schwarzer Mercedes-Geländewagen mit New Yorker Nummernschild. Die Fahrertür fliegt auf, und eine Frau schießt förmlich heraus und auf meinen Wagen zu.

Meine Cousine Isabel. Rocky Harbours Next Topmodel.

Einfach sitzen bleiben ist jetzt keine Option mehr. Ich stelle den Motor ab und bitte meine Knie, mit den Albernheiten aufzuhören, als meine Fahrertür von außen aufgerissen wird.

»Nina!«, juchzt Isa.

Ich schnalle mich ab und versuche, möglichst elegant auszusteigen. Kaum stehe ich mit beiden Füßen auf dem unebenen Waldweg, als ich schon Isas Arme um meinen Hals spüre. Ihre Umarmung ist so überschwenglich, dass ich rückwärts wanke und beinahe wieder ins Wageninnere geplumpst wäre.

»Uff. Hallo, Isa«, japse ich und suche Halt an der Fahrertür.

»Oh, ich freue mich so, dich zu sehen!« Isa strahlt mich an und hüpft auf der Stelle auf und ab, wobei sie meine Schultern nach wie vor umfasst hält, so dass auch ich zwangsläufig mithüpfe. Ich versuche zurückzustrahlen. Was schwer genug ist, wenn man weiß, wie bescheiden man gerade aussieht. Noch schwerer allerdings fällt es, wenn man den lebenden Beweis vor sich hat, dass im Genpool der eigenen Verwandtschaft

durchaus mehr drin ist als ein dicker Hintern und Naturkrause. Nämlich eine Modelfigur und glattes goldblondes Haar, für das Barbie morden würde.

»Ich freue mich auch«, sage ich atemlos, als meine Cousine mich loslässt und wir endlich nicht mehr hüpfen. Und ich freue mich wirklich, sie zu sehen. Wieder hier zu sein, in Rocky Harbour. Am Blueberry-See. Sehr sogar.

»Ich dachte, du wärst schon längst am See! Du bist doch schon vor Stunden gelandet, oder?«

Ich will meiner Cousine erklären, dass mich die Koffersache eine zusätzliche Stunde gekostet hat. Meine Umwege wegen mangelnder Orientierung werde ich auf keinen Fall erwähnen. Doch Isa hat sich schon Matt zugewandt und stupst ihn in die Seite. »Wie lustig, Cousinchen, dass du als Erstes ausgerechnet Matt über den Weg läufst!«

Sie strahlt ihn an. Aber Matt schaut nicht sie an, sondern mich. Mir ist bewusst, was er sieht und womöglich denkt: *Hatte Nina damals auch schon so eine unmögliche Frisur?* Ich kichere. Schon wieder. Es zuckt erneut an seinem linken Mundwinkel. Kann dieser Mundwinkel nicht damit aufhören? Er gehört schließlich zu einem verflucht schönen Mund, und ich möchte jetzt nicht an diesen Mund denken und daran, wie er sich angefühlt hat und was er alles …

Hör sofort auf, seinen Mund anzustarren!

Hastig wende ich den Blick ab. Doch die Erinnerungen reichen aus, um meine Arme schon wieder in ein Meer aus Gänsehaut zu verwandeln. Damit Matt und Isa das nicht bemerken, verschränke ich sie hinter dem Rücken. Allerdings hat jetzt der Tomatensaftfleck unterhalb meiner rechten Brust seinen großen Auftritt. Verdammt. Ich spüre, wie die vertraute Hummerröte mein Gesicht überzieht. Gerade, als ich glaube, dass es nicht schlimmer werden kann, höre ich ein Quieken. Fragend schaue ich Isa an. Isa schaut auf meinen Bauch.

»Nina!«, juchzt sie und fällt mir erneut um den Hals. Ich halte mich erneut an der Fahrertür fest.

»Uff. Was denn?«

»Du bist schwanger, oder?«

Sie löst sich von mir und starrt mich aus weit aufgerissenen himmelblauen Augen an. Ich starre zurück. Sprachlos. Verzweifelt versuche ich, meinen Bauch einzuziehen. Vergeblich. Warum musste ich bloß diese Kombination aus Hüftjeans und zu engem T-Shirt anziehen? Ich wage einen Blick auf Matt. Auch er starrt auf meinen Bauch. Wenn ich gehofft hatte, seine Deutschkenntnisse würden das Wort »schwanger« nicht einschließen, habe ich mich wohl geirrt.

Ich sehe wieder Isa an. Ihr Lächeln lässt so schnell nach, als hätte sie einen eingebauten Zeitraffer. »Oh nein.« Sie schlägt sich eine Hand vor den Mund. »Es tut mir leid, Nina. Ich dachte ...«

Ich sehe wieder Matt an. Er erwidert meinen Blick. Mein Gott, diese Augen. Dunkelbraun, wie Zartbitterschokolade. Moment mal. Sehe ich da etwa Mitleid? Mitleid mit der Ex-Freundin, die nicht nur unmögliches Haar und ein bekleckertes T-Shirt, sondern noch dazu eine Speckrolle hat, die mit einem Babybäuchlein verwechselt wird? Ja, da liegt eindeutig Bedauern in seinem Blick. Tja, du Idiot, ich konnte Schokolade halt noch nie widerstehen. Weder in der Form deiner Augen noch in der Form von Tafeln.

Mein Blick schweift zurück zu Isa. Auch sie trägt Hüftjeans und ein figurbetontes T-Shirt mit »I ♥ NY«-Aufdruck. Der Unterschied ist, dass unterhalb der Buchstaben »NY« ein flacher Bauch zu finden ist; nicht die Spur einer Speckrolle. Kein

Wunder, sie joggt ja nach eigenen Angaben jeden Tag eine Stunde lang durch den Central Park. Joggen kann ich leider nicht, weil ich Knieprobleme habe. Und für ein teures Berliner Fitnessstudio reicht mein mickriges Gehalt nicht.

Ich zupfe mein T-Shirt zurecht und hole tief Luft. Kleine Bärin fällt schier in Ohnmacht, als sie mich sagen hört: »Ja. Ich bin schwanger.«

Kapitel 2

Es ist zwanzig Minuten her, seit ich das Ortseingangsschild mit der Aufschrift »*Willkommen in Rocky Harbour! Einwohner: Nicht viele*« passiert habe. In zwanzig Minuten habe ich es geschafft, beim Anblick meines Ex-Freundes in sabbernde Ekstase zu verfallen und zu behaupten, ich sei schwanger.

Warum um alles in der Welt hast du das gesagt? Kleine Bärin kann es nach wie vor nicht fassen.

»Was hätte ich denn machen sollen?«, murmele ich, während ich meinen Chevy den Waldweg entlanglenke. Matts Pickup hinterher, gefolgt von Isas Mercedes.

Wie wäre es mit »Nein, ich bin nicht schwanger« gewesen?

»Dann hätte Matt gewusst, dass ich einfach nur dick geworden bin.«

Toll. Jetzt glauben Isa und er, dass du ein Kind bekommst. Kannst du mir bitte mal erklären, wie du aus der Nummer wieder rauskommen willst?

»Nein, kann ich nicht. Hör endlich auf mit deinem Genörgel!«

Ja, ich führe Selbstgespräche. Nein, ich bin nicht bekloppt. Auch wenn mein Bruder Hendrik Zeit meines Lebens das Gegenteil behauptet. Ich bin phantasievoll. Schon als Kind fing ich an, mir Geschichten auszudenken, sie in Worten und Bildern auf Papier festzuhalten. Doch die Figuren dieser Geschichten blieben nicht nur auf dem Papier, sie begleiteten mich durch meinen Alltag. Im Kindergarten hatte ich Beistand von Möhre, dem magischen Meerschweinchen, das in Gefahrensituationen Zauberkräfte entwickelte. In der Grundschule kamen weitere Figuren hinzu, die mir zur Seite standen und mich immer wieder in peinliche Situationen brachten, wenn eine Lehrerin oder ein Mitschüler oder Hendrik mich bei gemurmelten Selbstgesprächen erwischten. Schließlich wurden die kleine Hexe Polly, Elfenprinzessin Rosa und der Troll Hugo in den wohlverdienten Ruhestand geschickt, als ich im Alter von acht Jahren nach Kanada kam.

Es war der erste von neun Sommern, den meine Eltern, Hendrik, meine kleine Schwester Leonie und ich am Blueberry-See verbrachten, zusammen mit Papas Bruder, seiner Frau und ihrer Tochter Isabel. In einem Blockhaus am Seeufer, das »Blueberry Lodge« getauft worden war.

Meine Cousine und ich sind gleichaltrig, und da wir uns in Deutschland nicht so oft sahen, genossen wir die gemeinsamen Ferien am See in vollen Zügen. Obwohl wir in der Blueberry Lodge keinen Fernseher hatten, wurde uns nie langweilig, denn dank meiner blühenden Phantasie gab es Tag für Tag neue Spiele, die wir um das Blockhaus herum in die Tat umsetzten. Wir wurden zu Piraten, die im Schlauchboot auf dem See herumfuhren, oder zu Bären, die auf allen vieren durch den Wald krochen und Blaubeeren fraßen. Und eines Tages erfanden wir die Indianermädchen »Sternschnuppe« und »Kleine Bärin«. Ich nannte meine Figur Kleine Bärin, weil ich einen starken Namen haben wollte, einen Namen, der meinem Bruder Respekt einflößen sollte. Isa, das glückliche Einzelkind, konnte ja ruhig als Sternschnuppe durch die Welt wandern, sie musste sich schließlich nicht gegen einen schlecht gelaunten Zehnjährigen behaupten. Als Indianermädchen steckten wir uns Möwenfedern ins Haar und tanzten um die Feuerstelle vor der Blueberry Lodge, bis Hendrik uns für völlig bekloppt erklärte.

Nach diesem Sommer blieb Kleine Bärin bei mir. Sie begleitete mich zur Schule, machte mir Mut, wenn ich Angst vor

einer Mathearbeit hatte, und tröstete mich, wenn ich im Sportunterricht als Letzte in die Volleyballmannschaft gewählt wurde. Ich durchlitt mit ihr meine erste Menstruation, weil meine
Mutter zu der Zeit auf einer Lesereise durch Deutschland und
Papa in dieser Sache wenig hilfreich war.

Und als ich 14 Jahre alt war und im Kanadaurlaub plötzlich
rot wurde, sobald Matt in meiner Nähe war, war ebenfalls
Kleine Bärin für mich da. Abends vor dem Einschlafen redete
ich im Flüsterton mit ihr über Matts süßes Lachen, über die
Art, wie er sich Haarsträhnen hinter das Ohr strich, über seinen tollen Home Run beim Baseballspiel. Warum ich all diese
Dinge nie mit Isa besprochen habe, sondern mit einer Phan-
tasiegestalt, weiß ich selbst nicht.

Kleine Bärin ist bis heute bei mir. Nein, ich unterhalte mich
abends im Bett nicht mehr mit ihr, schließlich liegt da oft genug
Sascha, mein Freund, mit dem ich reden kann. Ich werde nur
noch hin und wieder bei gemurmelten Selbstgesprächen überrascht. Aber in meinem Kopf, da ist Kleine Bärin sehr präsent
und gibt mir des Öfteren Ratschläge – auf die ich fast nie höre.
Schließlich ist Kleine Bärin so, wie ich es gerne wäre, aber nicht
bin: selbstbewusst und stark. Sie sagt, was sie denkt. Und sie
macht, was sie will. Sie schämt sich selten für etwas und scheut
sich nicht vor Konflikten. Daher fällt es mir schwer, das zu
machen, was sie mir rät, denn ich bin das genaue Gegenteil von
alldem.

Während Kleine Bärin schweigend aus dem Beifahrerfenster
in den Wald hinausschaut, übersehe ich ein Schlagloch, was der
Chevy mit einem vorwurfsvollen Scheppern des Bodenblechs
zur Kenntnis nimmt. Upps. Wenn ich den Wagen in zweiein-
halb Wochen wieder heil am Flughafen abgeben will, sollte ich

mich wohl besser aufs Fahren konzentrieren. Was nicht gerade leicht ist, wenn Matt ständig in den Rückspiegel schaut. Ich hatte immer schon eine Schwäche für Männer in Holzfäller-hemden, und diese Schwäche lässt mich nun unkonzentriert durch zu viele Schlaglöcher holpern. Ob Matt gerade Feier-abend gemacht hat? Soweit ich gehört habe, ist er Zimmer-mann geworden wie sein Vater. Sein Vater, der unser Block-haus gebaut hat. Mir wird schmerzlich bewusst, dass Paul Ga-tes nicht mehr hier ist, mich nicht mehr »Sommersprossengesicht« nennen kann, so wie früher. Nun ist es Matt, der die Rolle des Verwalters der Blueberry Lodge übernommen hat, der sich um alles kümmert, wenn das Block-haus leer steht. Und der ganz in der Nähe dieses Blockhauses wohnt, wie mir mit einem nervösen Kribbeln im Bauch be-wusst wird.

Kleine Bärin schaut mich mit hochgezogenen Augenbrauen an. Als ob ich etwas dafür könnte, dass mein Bauch kribbelt! Um mich von Matt abzulenken, beginne ich, mir Sorgen da-rüber zu machen, wie die kommenden Tage mit meiner Familie in Rocky Harbour werden sollen. Im Moment ist nur mein Vater in der Blueberry Lodge, er ist gestern Abend angekom-men. Morgen werden meine Mutter und ihr neuer Mann Heinz eintreffen. Allerdings übernachten sie nicht am See, sondern in einer Pension in Lunenburg. Nicht auszudenken, wie dieser Urlaub, der bereits kompliziert genug werden wird, ansonsten ablaufen würde. Übermorgen wird Hendrik mit Frau und Kind aus Hamburg eintreffen und ein paar Stunden später Nesthäkchen Leonie aus Berlin. Dass meine Familie es nicht einmal hinbekommen hat, ihre Ankunftszeiten besser zu koordinieren, sagt alles über unseren familiären Zusammen-halt. Allerdings sollte ich nicht meckern, schließlich ist es

schon eine erstaunliche Leistung, dass meine Familie überhaupt komplett nach Rocky Harbour kommt. Zum ersten Mal
seit 14 Jahren. Um Isas Hochzeit zu feiern.

Ich grinse dümmlich, als Matt erneut in den Rückspiegel
schaut. Wenn ich sein Gesicht so deutlich erkennen kann, fahre
ich eindeutig zu dicht hinter seinem Pick-up her. Oh! Zu meiner Linken lichten sich plötzlich die Kiefern, geben den Blick
frei auf den See. Ich starre auf felsige Inseln, auf kreisende
Möwen – und auf die roten Bremslichter des Pick-ups vor mir.
    Ich lege eine Vollbremsung hin. Wieso bleibt Matt denn
mitten auf der Straße stehen? Dann begreife ich. Um zu seinem
Haus zu gelangen, muss man weiter geradeaus den Waldweg
entlangfahren. Das zumindest habe ich gehört. Doch auf der
linken Seite, nahe dem Seeufer, liegt bereits die Blueberry
Lodge. Das Blockhaus, in dem ich neun Sommer meiner Kindheit und Jugend verbracht habe.
    Die Fahrertür des Pick-ups öffnet sich, und Matt springt
heraus. Ich weiche seinem Blick aus und lenke den Chevy in
die Einfahrt. Mein Herz schlägt höher, als ich unser Haus nach
so langer Zeit zum ersten Mal wiedersehe. Die Lodge hat sich
nicht verändert, stelle ich erleichtert fest. Sie sieht noch aus wie
in meiner Erinnerung, wie auf den Urlaubsfotos vergangener
Tage. Ein eingeschossiges, honigbraunes Blockhaus, um das
eine überdachte Veranda herumführt. Mir fällt wieder ein, wie
gut sich diese Veranda eignet, um Fangen zu spielen. Besonders an regnerischen Tagen verbrachten Isa, meine kleine
Schwester Leo und ich viel Zeit damit, kichernd und atemlos
im Kreis zu rennen. Neben der dunkelgrünen Eingangstür
steht noch immer die Truhe, in der unsere Gummistiefel auf-
bewahrt wurden. Und an der Hauswand hängen die Schnee-

schuhe, die ich in meinem letzten Sommer in einem Antiqui-
tätengeschäft in Lunenburg entdeckt habe. Nur die vier hölz-
ernen Liegestühle, die in einer Reihe auf der Veranda stehen,
kenne ich noch nicht. Trotzdem ist es, als wäre ich erst letzten
Sommer abgereist. Zumindest fast, denn als ich den Wagen
unter einer Kiefer parke und aussteige, stelle ich fest, dass die
Baumkrone in meiner Erinnerung längst nicht so ausladend
war. Ich atme tief ein. Es duftet nach Tannennadeln und Harz
und nach etwas, das ich nicht sofort einordnen kann. Wie habe
ich es bloß so lange ohne dieses Fleckchen Erde ausgehalten?

Hinter mir höre ich Schritte auf dem Kies der Einfahrt. Isa
und Matt. Doch ich schaue mich nicht um, denn in dem Moment öffnet sich die Eingangstür der Lodge.

»Papa!«, rufe ich und renne auf das Haus zu. Ich habe meinen Vater vier Monate lang nicht gesehen. Eine verdammt lange Zeit für uns beide. Mir fällt sofort auf, dass sein T-Shirt
völlig zerknittert ist. Seit ich nach Berlin gezogen bin, lebt Papa allein, und Bügeln gehört nicht zu seinen Stärken. Zu meinen auch nicht, aber ich bin zu eitel, um zerknittert durch die
Gegend zu laufen. Papa offensichtlich nicht.

»Nina, schön, dass du hier bist!« Mein Vater kommt die
Treppenstufen der Veranda herunter und breitet die Arme aus,
in die ich mich fallen lasse wie ein kleines Kind. Er streicht
über mein unmögliches Haar und murmelt dicht an meinem
Ohr: »Ist es nicht schön, wieder hier zu sein?«

Ich nicke, löse mich von ihm und lächle ihn an. »Und wie«,
sage ich.

»Hey, Onkel Wolfgang«, höre ich die Stimme meiner Cousine, die sich von hinten nähert.

»Hallo, Isa.« Mein Vater kratzt sich am Kopf, wo sein weißes Haar wirr in alle Richtungen steht. Dann erblickt er Matt,

der Isa gefolgt ist. In seinem drolligen Englisch mit dem starken deutschen Akzent ruft Papa: »Hey, Matt, gut, dass du hier bist! Du musst uns unbedingt helfen. Uns steht die Scheiße bis zum Hals, mein Junge.«

Kurz darauf sind mein Vater und mein Ex-Freund im Blockhaus verschwunden. Papa sagt, dass er das Badezimmer bis vor einer halben Stunde normal benutzen konnte. Plötzlich sei die Toilette übergelaufen und auch im Waschbecken das Wasser hochgekommen. Aber Matt, der die Blueberry Lodge wie seine Westentasche kennt, wird das Problem schon finden. Hoffentlich schnell, denn ich muss aufs Klo und möchte mich ungern ins Unterholz hocken.

»Komm, ich helfe dir mit deinem Koffer«, sagt Isa, hakt sich bei mir ein und zieht mich Richtung Mietwagen. »Du darfst ja nicht so schwer heben.« Sie strahlt mich an. »Ich freue mich riesig, dass du schwanger bist, Nina!«

»Mhhm«, murmele ich und werfe einen Blick über meine Schulter, Richtung Blueberry Lodge. »Hör mal, es weiß bisher niemand davon. Es wäre gut, wenn du noch nichts sagen würdest.« Als ich ihren verdutzten Blick sehe, füge ich hinzu: »Vorerst natürlich. Ich werde es den anderen bald erzählen.«

Isa lächelt ihr tiefstes Grübchenlächeln und zwinkert mir verschwörerisch zu. »Ich werde schweigen wie ein Grab. Ist doch Ehrensache. Aber ist das nicht schade, dass Sascha nicht dabei ist, wenn du es deiner Familie sagst?«

Er weiß ja selbst noch nicht, dass er Vater wird, wirft Kleine Bärin spöttisch ein.

»Sascha ist doch der Vater, oder?«, fragt Isa mit einem Hauch von Sensationsgier in der Stimme, als ich nicht sofort reagiere.

»Natürlich«, beeile ich mich zu sagen und öffne den Kofferraum des Chevys. Er starrt uns leer und irgendwie vorwurfsvoll an.

»Wo ist denn dein Koffer?«

»Ach ja, hatte ich ganz vergessen«, murmele ich und schlage die Klappe wieder zu. »Die Fluggesellschaft hat es fertiggebracht, meinen Koffer zwischen Berlin und Halifax zu verlieren. Unglaublich, oder?«

»Mensch, du Arme«, sagt Isa und mustert mein bekleckertes T-Shirt. »Ich würde dir ja was zum Anziehen leihen, aber …« Sie lässt ihren Satz unvollendet in der würzigen Waldluft hängen.

… aber ich trage Kleidergröße 36 und du nicht, vollende ich im Stillen. »Ist schon gut, mach dir keine Sorgen.« Ich versuche, unbekümmert zu klingen, während ich meine Reisetasche von der Rücksitzbank angele. Wäre ich auch nur im Entferntesten so gut organisiert wie mein Freund Sascha, hätte ich Wäsche zum Wechseln in diese Reisetasche gepackt, um für den Fall eines verlorengegangenen Koffers gewappnet zu sein. Aber da ich das nicht bin, befinden sich in meinem Handgepäck nur meine Malsachen, ein Buch, mein MP3-Player und etliche Tüten Lakritz-Konfekt. Ach ja, und die Strickjacke, die ich im Flugzeug wegen der Klimaanlage getragen habe und die inzwischen bestimmt mindestens so zerknittert ist wie Papas T-Shirt.

»Mensch, das ist ja ein Einstand in Kanada: kein Koffer, aber dafür eine verstopfte Toilette.« Isa lehnt sich mit verschränkten Armen gegen die Fahrertür meines Wagens und wirft einen Blick auf ihre goldene Armbanduhr. »Du kannst jederzeit bei uns in der Marina duschen, wenn du willst.«

»Lieb von dir«, sage ich und starre zur Lodge hinüber. Papa

und Matt kommen gerade durch die Haustür, ihre Gesichter sorgenvoll. Oh, oh.

»Und, wie ist es für dich, Matt wiederzusehen?« Ich spüre Isas Blick auf mich gerichtet.

»Hmm. Weiß nicht so recht«, sage ich. Und füge still hinzu: Es ist verflucht merkwürdig.

»Na ja, jetzt, wo du Sascha hast und sogar ein Baby von ihm bekommst, ist die Sache mit Matt ja bestimmt ganz weit weg und abgeschlossen für dich.«

Schön wäre es, kann sich Kleine Bärin nicht verkneifen. »Genau«, sage ich.

»Wollt ihr eigentlich heiraten, bevor der Wurm da ist?«

Beim Gedanken, Sascha zu heiraten, legt sich meine Stirn reflexartig in Falten. Einen Augenblick lang vergesse ich, dass ich gar nicht schwanger bin und es keinen Grund für eine Hochzeit gibt. Als mich die Wirklichkeit wieder einholt, schäme ich mich für meine Erleichterung. Es ist schließlich nicht so, dass wir keine gute Beziehung hätten!

»Weiß noch nicht«, weiche ich Isas Frage aus. »Das ist alles noch so frisch.«

»In der wievielten Woche bist du denn?«

Ach du Schande. In welcher Woche könnte ich sein? Ich starre auf meine Speckrolle. Leider hatte ich bislang wenig mit Schwangeren zu tun. Keine meiner Freundinnen oder Kolleginnen hat bisher ein Baby bekommen; ich war nie hautnah dabei, wenn ein Bauch wuchs und wuchs.

»In der – ähm – elften?« Das sollte eigentlich nicht wie eine Frage klingen. Aber ich habe wirklich keine Ahnung, wie mein Bauch in der elften Woche aussehen würde.

»In der elften Woche«, wiederholt Isa und mustert ebenfalls meinen Bauch. »Wie schön!«

Ich lächle und fühle mich elend wegen meiner Lügengeschichte.

Ich habe es dir gleich gesagt!

Isa schaut erneut auf ihre Armbanduhr. »Ich muss jetzt leider schon wieder los – bin auf dem Weg zum Probe-Essen. Der
Caterer, den wir für unsere Hochzeit gebucht haben, kocht
heute Abend für meine Eltern und mich. Drüben in Lunenburg. Aber vorher wollte ich dich unbedingt sehen.« Sie hüpft
schon wieder auf der Stelle und sieht aus wie das junge Mädchen von früher, das braungebrannt im Kanu über den See ge-
paddelt ist. »Mensch, Nina, es gibt so viel zu erzählen. Und
ich muss dir unbedingt bald mein Brautkleid zeigen. Komm
doch morgen in der Marina vorbei, ja?«

»Mhhm, okay. Ist Greg eigentlich schon da?«

»Nein, er ist noch in New York. Dieses Arbeitstier!« Sie
kichert und sieht so verliebt aus, dass es fast weh tut. Ich habe
ihren amerikanischen Verlobten noch nie gesehen, aber ich
weiß genau, wie er aussieht. So, wie all ihre Ex-Freunde stets
ausgesehen haben: groß, dunkelhaarig, unverschämt attraktiv.

»Also, ich muss los. Tschüss, Onkel Wolfgang! Bye, Matt!«
Sie drückt mich an sich und flüstert: »Morgen reden wir in
Ruhe, okay? Ach, es ist so schön, dass du wirklich hier bist!
Ich kann kaum glauben, dass wir unsere Hochzeit mit dir und
deiner ganzen Familie feiern können. Wer hätte das gedacht,
oder?«

Allerdings, denke ich, während ich Isas Mercedes hinter-
herwinke. Ich muss mich erst daran gewöhnen, dass ihre Eltern und sie nicht mehr hier in der Blueberry Lodge wohnen.
So viele Dinge haben sich geändert, seit ich das letzte Mal hier
war.

Kapitel 3

Und, wisst ihr schon, was das Problem ist?«, frage ich, als ich meine Reisetasche Richtung Blueberry Lodge trage. »Noch nicht«, sagt mein Vater. »Aber Matt meint, es könnten Wurzeln durch ein Wasserrohr gewachsen sein. Da drüben, wo die Sickergrube ist.« Ich folge Papas Blick. In der Mitte des Rasens, der von der Einfahrt bis zur Lodge reicht, liegen ein paar Felsbrocken. Sie markieren die Stelle, wo sich die unterirdische Sickergrube befindet, in die das Abwasser des Blockhauses geleitet wird. Zwischen den Felsen wachsen einige Huckleberry-Büsche, die bei meinem letzten Urlaub hier am See noch ziemlich niedrig waren. »Ich habe Hermann damals schon gesagt, dass über der Sickergrube nichts angepflanzt werden sollte! Aber er hat ja noch nie auf mich gehört, dieser Besserwisser.«

Ich seufze. Papa und sein jüngerer Bruder Hermann. Es hat seine Gründe, warum wir so lange nicht hier in Kanada waren.

»Heißt das, wir können heute weder auf die Toilette gehen noch duschen?« Ich stelle meine Reisetasche ab und sehe meinen Vater an.

»Nein, das können wir wohl vorerst nicht.« Papa kratzt sich am Kopf. »Tut mir leid, dass du so einen Urlaubsbeginn hast.«

»Ihr könnt bei mir duschen«, meldet sich plötzlich Matt zu Wort. Er hat die Büsche über der Sickergrube inspiziert, ist nun aber wieder zu uns herübergekommen. Er sieht mich an, und ich werde schon wieder hummerrot. Also bitte, das ist nun wirklich kindisch. Matt wird doch wohl »duschen« sagen können, ohne dass ich zur prüden Jungfer mutiere!

»Das ist aber nett von dir«, sagt Papa, und ich höre ihm die Erleichterung an. »Weißt du, ich kann mich ja in die Büsche schlagen und in den See springen, aber Frauen sind da schließlich etwas komplizierter, wenn du verstehst, was ich meine.«

Matts linker Mundwinkel zuckt.

»Was soll denn das heißen?«, frage ich entrüstet. »Ich kann auch im See baden und mich hinter einen Baum hocken!«

Matts Mund entschließt sich nun zu einem vollständigen Grinsen, so dass nicht mehr nur der linke Mundwinkel die ganze Arbeit hat. »Es macht wirklich keine Umstände«, sagt er. »Dein Vater wollte sich sowieso mein Haus anschauen. Und du hast es ja auch noch nicht gesehen.« Er sieht Papa an. »Also kommt doch gleich mit rüber.«

»Das machen wir. Nicht wahr, Nina? Warte, wir bringen erst dein Gepäck ins Haus …« Er stutzt, als er meine Reisetasche sieht. »Ist der Rest noch im Auto? Du bist doch nicht nur mit diesem Täschchen unterwegs, oder?«

»Nein«, seufze ich und wiederhole meine Koffergeschichte. »Tja, darum habe ich leider auch keinen Kulturbeutel. Und nichts zum Umziehen.« Ich merke genau, dass Matts Blick zum Tomatensaftfleck unterhalb meiner rechten Brust wandert. Und ich könnte schwören, dass er nicht nur unterhalb hängengeblieben ist.

Ich folge meinem Vater, der meine Reisetasche zur Haustür trägt, und frage mit gedämpfter Stimme: »Papa, kannst du mir was zum Anziehen leihen? Ich muss aus diesem verschwitzten T-Shirt raus.«

Mein Vater hält vor der Eingangstür der Blueberry Lodge an und mustert mich von Kopf bis Fuß mit seinen hellblauen Augen, so, als sähe er mich zum ersten Mal. Seine buschigen weißen Augenbrauen, die mich stets an den Weihnachtsmann erinnern, ziehen sich zusammen. »Kind, ich würde dir gern etwas leihen, aber ich fürchte, ich habe nichts Passendes dabei.«

Ich verstehe, was er meint. Mein Vater ist mit seinen 1,75 Meter zwar größer als ich, aber sehr schmal, geradezu hager. Es ist lange her, seit ich mir Klamotten von ihm geliehen habe. Jetzt, wo ich genauer darüber nachdenke, war das wohl vor der Pubertät. Als ich gerne Holzfällerhemden trug, noch flachbrüstig war und Erna nicht so viel Platz beanspruchte. Erna ist mein dicker Hintern, benannt nach meiner Großtante mütterlicherseits, die auch niemand mochte – wobei Erna im Moment wirklich nicht das Problem ist (was selten genug vorkommt). Das Problem sind die Zwillinge, die wohl jedes von Papas T-Shirts ziemlich ausbeulen würden. Ja, das letzte Mal, als er mir etwas zum Anziehen geliehen hat, ist einige Körbchengrößen her.

»Aber Matt ist doch kräftig gebaut«, sagt mein Vater und öffnet die Haustür. Ich erstarre, kann ihn aber nicht mehr aufhalten. »Matt«, ruft Papa über seine Schulter. »Du kannst Nina doch sicher etwas zum Anziehen leihen, oder? Irgendein Hemd oder so? Meine Sachen sind zu klein.«

Oh. Mein. Gott. Möge sich die Veranda bitte auftun und mich verschlingen! Das Knarzen unter meinen Sneakern sagt mir, dass dieser Wunsch gar nicht so abwegig ist.

Mit glühendem Gesicht schiebe ich mich an Papa vorbei. Ich stolpere über die Türschwelle und höre nur mit einem Ohr, wie Matt vom Rasen aus ruft: »Kein Problem.«

Ich mache ein paar Schritte in die Lodge hinein und bleibe mitten im Raum stehen. Da ist er wieder, dieser Geruch, den ich eben, als ich aus dem Auto gestiegen bin, nicht einordnen konnte. Jetzt ist er viel intensiver als draußen, und mir wird schlagartig klar, wonach es riecht. Und wie sehr ich diesen Duft vermisst habe: Holz. Es duftet nach Holz. So, wie es nur in einem Haus duften kann, das ganz und gar aus Holz gebaut ist. Von den Deckenbalken über Wände, Türen und Fensterrahmen bis hin zu den glatten Bodendielen, auf denen ich stehe. Ich schließe meine Augen und atme so tief ein, wie ich kann. Plötzlich erinnere ich mich daran, wie oft ich in den vergangenen Jahren bei diesem Duft Heimweh nach Kanada bekommen habe: Im Skiurlaub mit Sascha, als ich das hölzerne Chalet in der Schweiz betreten habe. Bei IKEA, als ich an einem Holztisch geschnuppert habe (ich weiß, das klingt, als hätte ich nicht mehr alle Pinsel im Malkasten und genauso haben mich die anderen Möbelhauskunden auch angesehen). Aber nie war der Geruch so überwältigend und intensiv wie hier.

»Erinnerst du dich noch an alles?« Papa durchquert mit seinen dürren Beinen den Raum und biegt in den Flur ein, der auf der rechten Seite vom Wohnzimmer abzweigt. Gegenüber, auf der anderen Seite des Raums, führt ein zweiter Flur in die entgegengesetzte Richtung. Dort sind die Schlafzimmer, in denen früher Onkel Hermann, Tante Helga und Isa geschlafen haben. Der Teil des Hauses wurde aufgrund seiner geografischen Ausrichtung »Westflügel« genannt, während meine Familie und ich unsere Schlafzimmer im »Ostflügel« der Lodge hatten, in den Papa gerade verschwindet.

»Ja, ich erinnere mich«, sage ich und lasse meinen Blick durch den Raum wandern. Rechts von mir ist die offene Küche. Ich gehe zum Esstisch hinüber und streiche andächtig über das Holz der Tischplatte. So viele Mahlzeiten wurden hier eingenommen, so viele Spieleabende veranstaltet. Ich höre Hendrik toben, wenn er verloren hat, und Tante Helga schimpfen, weil sie überzeugt war, dass meine Mutter schummelte. Ich erinnere mich an Matts Blick über das Mensch-ärgere-dich-nicht-Brett hinweg. Sehe seinen Blick, der zu meinem Mund wandert. *Nina, du fängst schon wieder an.* Kleine Bärin lehnt am Kühlschrank und sieht mich streng an.

Schnell drehe ich mich vom Esstisch weg und betrachte die andere Hälfte des Zimmers mit den zwei gemütlichen Sofas, die an verregneten Urlaubstagen wunderbare Leseplätze boten. Ich gehe an der Sofaecke vorbei, stelle mich vor die bodentiefen Fenster, schaue hinaus auf den See. Die Sonne steht schon tief über den Wäldern, färbt das Wasser golden. Ein Schatten saust dicht an der überdachten Veranda vorbei. Noch einer und noch einer. Mir fällt wieder ein, wie Isa und ich in der Abenddämmerung am Bootssteg saßen und die Fledermäuse bei ihren Jagdflügen beobachteten.

»Fledermäuse sind sehr nützlich«, erklärte mein Vater uns immer. »Sie fressen Insekten, unter anderem Mücken. Wir können also sehr froh darüber sein, dass sie hier sind.«

Meine Tante war nicht so froh darüber. Sie hatte immer Angst vor den Tieren und war wütend, als mein Vater anfing, Häuschen für die Fledermäuse zu bauen und in den Bäumen aufzuhängen, um die Tiere in der Nähe der Lodge anzusiedeln.

»Nina, ich habe deine Tasche in euer altes Zimmer gestellt. Ich weiß ja nicht, ob Leo und du wie früher zusammen in einem Stockbett schlafen wollt? Falls jede von euch ihr eigenes Reich haben möchte, wären noch Hendriks und Isas frühere Zimmer frei.«

»Hmm, mal sehen, was Leo sagt, wenn sie hier ist.« Ich wende mich vom Fenster ab und streiche mit der Hand über den Holzofen, der nahe der Sofaecke steht.

»Wir sollten jetzt rüber zu Matt gehen, bevor es zu spät wird. Du bist ja sicher müde und willst bald ins Bett, oder?«

Ich nicke. »Ja, ich gehe nur schnell – ach, quatsch. Ich kann ja gar nicht aufs Klo gehen.« Mit einem Seufzer greife ich nach meiner Umhängetasche, die ich in den Schaukelstuhl neben dem Ofen habe fallen lassen. Zumindest Deo und Puder sind fällig, bevor ich Matt wieder unter die Augen trete. »Gib mir eine Minute, okay?«

»Aber klar, ich warte draußen.«

»Wer hat dich gestern eigentlich vom Flughafen abgeholt?«, frage ich, als ich wenig später neben meinem Vater den Waldweg entlanggehe, der zu unserem Nachbargrundstück führt. Matt ist bereits vorgefahren. Ich habe mir meine Strickjacke übergezogen und fühle mich dank des verdeckten Flecks und meines kaschierten »Babybauchs« nicht mehr ganz so hässlich wie eben.

»Deine Cousine. Und dein Onkel.«

Vor Überraschung stolpere ich beinahe. »Onkel Hermann hat dich abgeholt?«

»Mhhm«, brummt mein Vater. »Wird wohl Zeit, dass wir endlich zur Vernunft kommen, mein Bruder und ich. Findest du nicht?«

»Ja, aber …«

»Man weiß ja nie, wie oft man sich noch sieht.«

Ich bleibe wie angewurzelt stehen. »Bist du krank?«

Auch mein Vater bleibt stehen. »Nein, ich bin nicht krank, Kind. Aber wer weiß schon, wann er seinen letzten Tag auf dieser Erde erlebt?«

»Hmm«, mache ich und trotte weiter, meinem Vater hinterher. Dass Onkel Hermann und Papa jetzt, nach 14 Jahren, plötzlich wieder miteinander sprechen, haut mich um. Besonders, als wir eine Lichtung betreten, die ich noch nie gesehen habe, denn diese Lichtung ist der Grund dafür, dass ich so lange nicht mehr am Blueberry-See war.

Vor 14 Jahren endete der Weg, den wir entlanggehen, zwischen Unterholz, Farnen und alten Kiefern. Jetzt sind die mächtigen Bäume von damals verschwunden. Mein Blick wandert über Huckleberry- und Blaubeerbüsche zu ein paar mannshohen Tannen und Birken. Ich muss zugeben, dass ich mir die Lichtung schlimmer vorgestellt habe. Und sie sah sicherlich schlimmer aus, damals, als die Bäume frisch gefällt waren. Als hier alles kahl war. Inzwischen kann von kahl keine Rede mehr sein. Nur die unterschiedliche Höhe der Bäume im Vergleich zum umliegenden Wald verrät, dass hier kräftig abgeholzt wurde.

Mein Vater brummt etwas Unverständliches vor sich hin, während er seinen Blick nach links und rechts über Büsche und Bäume wandern lässt. Ich höre wieder seine Worte von damals, seine Stimme, die sich vor Wut und Aufregung überschlug: »Wenn du das machst, Hermann, dann bist du nicht mehr mein Bruder!«

Und dennoch hat Onkel Hermann es gemacht.

Kapitel 4

Ich war sechs Jahre alt, Hendrik neun und Leonie gerade geboren worden, als mein Onkel uns in Bielefeld besuchte und von einem Traumgrundstück in Kanada erzählte, das zum Verkauf stünde. Seine Immobilienfirma in Hannover hatte damit begonnen, auch ausländische Objekte in ihr Angebot aufzunehmen, und Onkel Hermann hatte über einen kanadischen Makler von diesem Grundstück an der Atlantikküste Kanadas gehört. In der Provinz Nova Scotia, einer Halbinsel, deren Name »Neu Schottland« bedeutet, wie Onkel Hermann uns erklärte.

»Ein Spottpreis, sage ich dir, Wolfgang, ein Spottpreis!« Mein Onkel saß bei uns in der Küche und schwärmte mit glänzenden Augen von der unberührten Natur und der Nähe zum Atlantik. Mein Vater lauschte andächtig; er hatte schon immer ein Faible für Kanada gehabt, war aber noch nie dort gewesen. Als Junge hatte er immer dorthin auswandern wollen, erzählte er mir später. Meine Mutter stillte gerade Leonie, die erst ein paar Wochen alt war, und drohte mit einem Milchstau, wenn Papa nicht sofort aufhörte, ernsthaft über ein Haus »in der Wildnis« nachzudenken.

Papa hörte eigentlich immer auf meine Mutter. Nur diesmal nicht. Ein paar Wochen später, in den Herbstferien, flogen Onkel Hermann und er nach Nova Scotia und verliebten sich hoffnungslos in Rocky Harbour und den Blueberry-See. Sie kauften das Grundstück, ohne sich von ihren Frauen davon abbringen zu lassen. Tante Helga war nämlich ebenso wenig begeistert wie meine Mutter; sie wollte weiterhin Urlaub im Robinson Club auf Kreta machen, wie seit Jahren. Doch auf dem Grundstück am See wurde ein Bauplatz gerodet, und man beauftragte einen kanadischen Zimmermann namens Paul Gates mit dem Bau eines Blockhauses.

Zwei Jahre, nachdem unsere Väter das Grundstück gekauft hatten, machten Isa und ich mit unseren Familien zum ersten Mal gemeinsam Urlaub am Blueberry-See. In unserem vierten Sommer in der Blueberry Lodge verkündete Onkel Hermann, dass er auch unser Nachbargrundstück kaufen wolle, bevor jemand anderes ihm zuvorkäme. Bis zu diesem Zeitpunkt hatte ich nicht gewusst, dass das Grundstück nebenan zum Verkauf stand beziehungsweise dass es überhaupt ein Nachbargrundstück gab. Außer uns wohnte niemand am Blueberry-See, und ich hatte mir noch nie Gedanken darüber gemacht, dass unser Grundstück irgendwo endete und andere Leute ebenfalls ein Stück Land an »unserem« geliebten See kaufen könnten.

»Wäre doch schade, wenn irgendein reicher Amerikaner sich ein Haus neben uns bauen und mit einem Motorboot über den See flitzen würde«, sagte Onkel Hermann. Seine Immobilienfirma boomte, mein Onkel verdiente ordentlich Geld und wollte dieses Geld investieren. »Irgendwann baut vielleicht Isa mal ein eigenes Haus dort, wer weiß?«, meinte er.

Nein, meine Cousine hat nie ein Haus auf unserem Nachbargrundstück gebaut, denn vor 14 Jahren änderte sich alles. Onkel Hermann, Tante Helga und Isa kamen zum ersten Mal nicht an den Blueberry-See. »Onkel Hermann hat Probleme mit seiner Firma, er kann jetzt nicht weg«, erklärte Papa uns. Ich war todtraurig, weil ich die Ferien ohne Isa verbringen musste. Gut, ich blieb in jenem Sommer nicht lange traurig und auch nicht allein, aber das ist ein anderes Thema.

Schließlich, als die Ferien fast zu Ende waren, rief Onkel Hermann an. Er teilte meinen Eltern mit, dass seine Firma kurz vor dem Bankrott stünde und er deshalb unser Nachbargrundstück abholzen lassen würde. Für das Holz würde er viel Geld bekommen, das er dringend benötigte. Papa und mein Onkel stritten sich lange am Telefon. Doch es half nichts.

Zwei Tage später rollten schwere Fahrzeuge den Waldweg entlang. Leo und ich heulten. Papa auch, aber er versuchte, seine Tränen vor uns zu verstecken. Nie werde ich das Kreischen der Motorsägen vergessen. Das Krachen im Unterholz, als die Bäume fielen. Ich brachte es damals nicht über mich, mir die gerodete Lichtung anzusehen. Aber es reichte schon, aus unserem Badezimmerfenster zu schauen: Wo früher dunkler Wald gewesen war, konnte man nun herausgerissene Wurzelballen umgestürzter Kiefern erkennen, wie Streichhölzer umgeknickte Tannen, zerwühltes Unterholz. Die Arbeiter waren nicht gerade zimperlich vorgegangen bei ihrem Auftrag, nur das wertvolle Holz aus dem Wald herauszuholen. Die Bäume, die nicht gebraucht wurden, aber im Weg standen, hatten sie einfach plattgemacht und liegen gelassen.

Fünf Tage später waren unsere Ferien zu Ende, und wir reisten ab. Ich hätte nie gedacht, dass es 14 Jahre dauern würde, bis ich zum ersten Mal diese Lichtung sehe. Und das Blockhaus, das jetzt hier steht. Matts Haus.

Nach dem Streit mit Papa und der Rodung des Grundstücks hatte Onkel Hermann kein großes Interesse mehr am Blueberry-See. Meine Tante und er wollten die Blueberry Lodge und unser Grundstück sowie das gerodete Nachbargrundstück verkaufen. Auch meine Mutter, die sich zwar an die kanadische Natur gewöhnt hatte, aber nach wie vor kein großer Fan war, fand die Idee gut. Nur mein Vater stellte sich quer. Zwar kam auch er in den folgenden Jahren nicht mehr nach Rocky Harbour, aber das geliebte Fleckchen Erde an »unserem« See einfach so zu verkaufen, das würde nur über seine Leiche geschehen, sagte er. So kam es, dass Onkel Hermann nur sein gerodetes Grundstück verkaufen konnte. Und zwar an Matt, der sich in den folgenden Jahren eigenhändig ein Haus am Blueberry-See baute.

Ganz von Nova Scotia lösen wollte sich Onkel Hermann allerdings nicht. Als es seiner Firma wieder besserging und er erneut auf der Suche nach einer geeigneten Kapitalanlage war, ließ er in der »Smugglers' Cove«, einer malerischen Meeresbucht außerhalb von Rocky Harbour, eine luxuriöse Marina bauen: einen Apartmentkomplex mit Ferienwohnungen, dazu Anlegeplätze für ein Dutzend Jachten. Für meine Tante, Isa und sich selbst baute er einen Bungalow am Rande des Marina-Komplexes, mit einem Bootssteg für die Jacht »Isabel's Dream«. Das zumindest habe ich gehört.

Seit Jahren hat also niemand der Familie Behringer mehr Urlaub in der Blueberry Lodge gemacht. Mein Onkel, meine Tante und meine Cousine verbringen ihre Sommer nur noch in der Marina am Meer. Von meiner Seite der Familie war keiner mehr hier, seit der Wald abgeholzt wurde. Da mein Onkel Geschäftsmann ist und es ihm körperlich weh getan haben muss, unsere Lodge leer stehen zu lassen, schlug er meinem Vater vor ein paar Jahren per E-Mail vor, unser Blockhaus zumindest an Touristen zu vermieten, wenn es schon nicht verkauft werden sollte. Zu unserer Überraschung willigte Papa ein. Vermutlich, weil er nach der Scheidung von Mama eine kleine Finanzspritze gut gebrauchen konnte. Matt wurde engagiert, die Instandhaltung des Hauses zu übernehmen. Bevor Sommergäste ankommen, putzt er und bezieht die Betten; außerdem ist er während ihres Aufenthalts Ansprechpartner für die Touristen. Die Immobilienfirma meines Onkels entwarf eine anschauliche Website, auf der unser Blockhaus von seinen vielen Honigseiten bewundert werden kann. Ich habe mir diese Website nur ein einziges Mal angesehen. Der Gedanke, dass fortan Fremde dort Urlaub machen würden, wo ich die schönsten Wochen meiner Kindheit und Jugend verbracht habe, tat mir so weh, dass ich die Seite nie wieder öffnete.

Wir sind am Ende des Waldweges angekommen, wo Matts Pick-up neben einigen Birken geparkt steht. Der schmale Pfad, den mein Vater und ich nun einschlagen, wird links und rechts von einer Zauberwelt gesäumt. Ich kann mir bildlich vorstellen, wie eine Wichtelfamilie ihr Haus zwischen den Wurzeln eines moosbewachsenen Baumstumpfs baut, im Vorgarten Pilze und Preiselbeerbüsche, dahinter ein Wald aus Farn.

Noch einmal: Ich bin nicht übergeschnappt. Ich illustriere Kinderbücher. Genügt das als Erklärung?

»Das ist es also«, sagt Papa. Er bleibt so abrupt stehen, dass ich beinahe in ihn hineingelaufen wäre.

»Deine Bremslichter funktionieren nicht«, bemerke ich, um meine Sentimentalität zu überspielen, denn das Haus, das vor uns steht, überwältigt mich.

»Hallo, Matt!« Bei den Worten meines Vaters zucke ich zusammen. Ich folge seinem Blick und sehe Matt, der auf der überdachten Veranda seines Hauses steht.

»Hey«, ruft Matt. »Ich dachte schon, ihr habt euch verlaufen.«

»Nein, ich musste nur Stunden auf Nina warten. Du weißt schon, Frauen.«

Ich höre Matts Lachen, wage es aber nicht, ihn anzusehen. Stattdessen lasse ich meinen Blick über sein Haus wandern, vor dem wir nun angekommen sind.

Es ist eine Wucht. Matt hat es aus ganzen, runden Baumstämmen gebaut, wodurch es einen viel rustikaleren Charme hat als die Blueberry Lodge mit ihren eckig geschliffenen Balken.

Langsam gehe ich über den Rasen, an der Längsseite des Hauses entlang. Als ich an der Stirnseite, die dem See zugewandt ist, ankomme, sticht mir der Giebel ins Auge: Er ist vollständig verglast. Eine riesige dreieckige Fensterfläche, die einen traumhaften Ausblick bieten muss. Sprachlos starre ich zu der verglasten Front hinauf, in der sich die tiefstehende Abendsonne spiegelt. Wie hat Matt es bloß geschafft, eigenhändig so ein Haus zu bauen?

Als ich ein Glucksen neben mir höre, springe ich vor Schreck in die Luft. Auf einer der Stufen der Treppe, die vom Rasen aus zu einer großen Veranda hinaufführt, sitzt eine braun-weiß gesprenkelte Federkugel. Ein Huhn. Kein normales Bauernhofhuhn, eher ein Waldhuhn. Ich erinnere mich daran, während meiner neun Sommer hier am See ähnliche Vögel gesehen zu haben. Das Huhn legt den Kopf schief und betrachtet mich eingehend.

»Nina?«, höre ich Papas Stimme. »Kommst du mit rein?«

»Ja«, rufe ich und werfe dem Vogel einen letzten Blick zu. »Da hinten sitzt ein Huhn«, sage ich, als ich Matt und meinen Vater erreicht habe.

»Ah, du hast Gretchen kennengelernt.«

Ich sehe Matt erstaunt an. »Wen?«

»Gretchen, das Tannenhuhn. Tannenhühner gibt es viele hier im Wald. Aber Gretchen ist ein Sonderling. Sie stand eines Morgens im Mai auf der Veranda und hat mich beobachtet. Seitdem folgt sie mir auf Schritt und Tritt.« Matt grinst und hält mir die Eingangstür auf.

»Ein Tannenhuhn, aus der Familie der Fasanenartigen«, sagt mein Vater, ganz der Biologielehrer, und zupft nachdenklich an seiner linken Augenbraue. »Tannenhühner gelten nicht als besonders scheu, darum werden sie im Englischen sogar ›Fool hen‹, also ›Narrenvogel‹ genannt. Wo sitzt das Huhn, Nina? Ich habe lange keines mehr gesehen.«

»Auf der hinteren Verandatreppe. Aber wolltest du dir nicht Matts Haus anschauen?«

»Geht schon einmal vor, ihr zwei«, sagt Papa.

Allein mit Matt zu sein steht heute nicht ganz oben auf meiner Prioritätenliste. Aber da er mir immer noch die Tür aufhält und die Moskitos das langsam als herzliche Einladung betrachten dürften, beeile ich mich, seinen Traum von einem Blockhaus zu betreten – von innen ist es genauso umwerfend wie von außen. Mein Blick wandert über den glänzenden Holzfußboden, die Wände aus runden Stämmen bis hinauf in den beinahe majestätisch wirkenden hohen Dachgiebel. Hier, im Wohnbereich, ist der Giebel mit seinen Deckenbalken offen einzusehen. Ein Stück weiter hinten im Raum beginnt ein Loft, der als obere Etage dient und über eine rustikale Holztreppe erreicht werden kann. Unterhalb dieses eingezogenen Stockwerks liegt die Küche; sie ist durch eine hölzerne Theke mit passenden Barhockern vom Wohnbereich abgegrenzt.

Neben mir räuspert sich Matt. »Wie du siehst, gibt es hier unten nur einen offenen Raum – bis auf das Badezimmer und eine Abstellkammer, die da hinten sind.« Er zeigt auf zwei Türen am Ende des Zimmers. »Und oben ist ebenfalls ein großer Raum. Willst du hinaufschauen?«

»Ja, klar.« Ich folge Matt, der leichtfüßig die Treppe vor mir hochläuft.

Hör auf, seinen Hintern anzustarren!

Der obere Bereich bietet, wie ich schon vermutet habe, einen spektakulären Ausblick. Man schaut über den offenen unteren Wohnbereich hinweg geradewegs auf den See hinaus. Vor dem Geländer, das den Loft begrenzt, stehen zwei Sessel; auf einem Fußhocker liegt eine Gitarre. Ich frage mich, wer hier abends neben Matt sitzt und den Sonnenuntergang bewundert, während er Gitarre spielt.

»Es ist wunderschön«, sage ich andächtig. »Du hast ein unglaubliches Haus gebaut.«

»Danke dir.« Matt lehnt mit verschränkten Armen an einem Stützbalken und sieht mich an. Mein Herz schlägt schneller. Vor allem, als mein Blick auf das Holzbett fällt, das im hinteren Teil des Lofts steht. Ein großes Bett. Sehr gemütlich.

Nina!

»Schönes Bett.« Habe ich das gerade laut gesagt?

Allerdings, seufzt Kleine Bärin.

»Hast du das auch selbst gebaut?«

»Ja.«

»Schöner – ähm – Ausblick. Von hier oben.«

Matt nickt und hört nicht auf, mich anzusehen. »Ja.«

Ich versuche, seinem Blick standzuhalten: »Du bist bestimmt sehr erfolgreich. Als Zimmermann, meine ich. Wenn du solche Häuser bauen kannst.«

»Die Geschäfte laufen ganz gut, ja.«

»Arbeitest du allein?«

»Nur bei kleinen Projekten. Carports. Gartenhäuser. Betten.« Ich könnte schwören, dass sein linker Mundwinkel zuckt. »Bei großen Aufträgen arbeite ich mit einem Zimmermann aus Lunenburg zusammen. Momentan bauen wir ein Haus für einen reichen Typen aus Toronto, der hier seine Sommer verbringen will. Traumhaftes Grundstück, direkt am Meer, außerhalb von Rocky Harbour.«

»Wow«, sage ich.

»Kinder, wo seid ihr denn?«

Ich zucke zusammen und frage mich, warum ich mich ertappt fühle. »Hier oben, Papa!«

»Wir kommen runter, Wolfgang.« Matt geht an mir vorbei, und der schwache Duft seines Aftershaves hüllt mich ein. Meine bescheuerten Knie sind schon wieder weich, als ich ihm die Treppe hinunter folge.

Kapitel 5

Eine süße Verehrerin hast du da«, sagt mein Vater, der am Fuß der Treppe steht. Für den Bruchteil einer Sekunde befürchte ich, dass er von mir spricht. Dann fällt mir das Tannenhuhn wieder ein, und ich atme auf.

Während Matt meinem Vater das Haus zeigt und Papa in seinem holprigen Englisch lobt und kommentiert, bewundere ich den Kamin aus Natursteinen. Davor steht eine abgewetzte Ledercouch und lädt dazu ein, die Füße hochzulegen. Mein Blick bleibt an einem Bücherregal hängen. Ein hohes Regal, sicherlich auch selbst gezimmert. Voll mit Büchern, was an und für sich nicht verwunderlich wäre, wenn in diesem Haus nicht Matt Gates wohnen würde. Matt Gates, der wegen seiner Lese-Rechtschreib-Schwäche nur mit Ach und Krach den Highschool-Abschluss geschafft und gar nicht erst versucht hat, aufs College zu gehen. Verblüfft trete ich näher und lasse meinen Blick über die Buchreihen wandern: Neben einigen Klassikern wie »Moby Dick«, »Der letzte Mohikaner« und »Der Seewolf« stehen zahlreiche Thriller von John Grisham, Michael Crichton und Steven King. Ein Regalfach wird von National-Geographic-Ausgaben in Beschlag genommen, ein weiteres beherbergt Bücher über Blockhaus-Bau, die Flora und Fauna Ostkanadas, ein paar Bildbände und ein dickes Lexikon. Und – nein, das kann nicht sein. Ich bücke mich, damit ich das unterste Regalfach besser erkennen kann. Um ganz sicherzugehen, ziehe ich das Taschenbuch heraus. Ein rothaariges Mädchen schaut mich an. »Anne of Green Gables« von Lucy Maud Montgomery.

»Nina?« Ich fahre herum. Matt steht vor mir und sieht erst mich, dann das Buch, dann wieder mich an.

Kannst du zur Abwechslung mal nicht rot werden? Kleine Bärin zwirbelt genervt an der Möwenfeder in ihrem Haar.

Nein. Kann ich nicht. »Ich – ich habe zufällig dieses Buch im Regal gesehen, und …«

Matt blickt wieder auf das Cover zwischen meinen Händen. Er zuckt mit den Schultern und sagt: »Ja, ich wollte es vor ein paar Jahren mal der Tochter einer Freundin schenken, aber sie kannte es schon. Da ich den Kassenbon nicht mehr hatte, habe ich es behalten.« Er sieht wieder mich an, und in seinem Blick glaube ich die Frage zu lesen: Oder was dachtest du?

»Ach so, klar«, beeile ich mich zu sagen. »Ich bin überrascht, dass du so viele Bücher hast.« Verdammt, das klingt irgendwie anders, als es gemeint war. Ich mache eine Geste Richtung Buchregal und fahre hastig fort: »Ich meine, du hast doch früher nicht …?«

»Gelesen?«, vollendet Matt meine Frage. Ich nicke und stelle »Anne of Green Gables« zurück ins unterste Regalfach.

»Irgendwann habe ich mit dem Lesen angefangen«, sagt Matt und betrachtet nun ebenfalls die Buchreihen im Regal. »Allerdings immer mit dem hier in Reichweite.« Er greift nach dem Lexikon. »Ohne das ging am Anfang gar nichts. Inzwischen muss ich nicht mehr ganz so oft ein Wort nachschlagen, aber mit der Rechtschreibung hapert es trotzdem noch.«

Er lächelt, und ich erkenne eine Spur Verlegenheit in diesem Lächeln. An seinem linken Schneidezahn fehlt nach wie vor eine Ecke. Mit 15 Jahren bekam Matt einen Baseball ins Gesicht, und seine Eltern hatten nicht genug Geld, um den kleinen Schönheitsfehler am Schneidezahn ihres Sohnes beheben zu lassen. Entweder hat Matt nach wie vor nicht genügend Geld, oder es ist ihm inzwischen egal.

»Hier«, sagt er und reicht mir einen Stapel Klamotten, den

ich gar nicht bemerkt habe. »Schau mal, ob etwas zum Anziehen für dich dabei ist.« Sein Blick wandert flüchtig zu der Stelle, wo unter meiner Strickjacke der Saftfleck ist. »Ich dachte, du würdest gern schon einmal duschen, während ich deinem Vater das Loft zeige. Handtücher liegen im Regal im Badezimmer. Nimm dir einfach, was du brauchst.«

»Ja, danke.«

Er sieht mich noch einen Moment lang an, dann dreht er sich um und geht zu Papa, der vor einer Kanada-Landkarte neben der Eingangstür steht. Mein Vater ist nicht nur Gymnasiallehrer für Biologie, sondern auch für Erdkunde. Wenn man ihn beschäftigen möchte, muss man ihn nur vor eine Landkarte setzen; dann hört man stundenlang nichts mehr von ihm.

Als ich die Badezimmertür hinter mir schließe, atme ich tief durch und lehne mein erhitztes Gesicht gegen das Holz des Türrahmens.

Warum zum Teufel wühlt es dich so auf, deinen Ex wiederzusehen?

»Wenn ich das bloß wüsste«, flüstere ich.

Und, stelle ich fest, es wühlt mich noch viel mehr auf, in seinem Badezimmer zu sein. Sein Deo neben dem Glas mit seiner Zahnbürste – das ist mir zu intim. Ich habe 14 Jahre lang keinen Kontakt zu meiner ersten großen Liebe gehabt. Und jetzt starre ich auf seinen überquellenden Wäschekorb, aus dem eine karierte Boxershorts heraushängt.

Um mich auf andere Gedanken zu bringen, schlüpfe ich eilig aus meinen Klamotten, drehe mein Haar mit dem Not-Haargummi aus meiner Umhängetasche zu einem Knoten und betrete die Duschkabine.

Andere Gedanken nennst du das? Hör auf, dir Matt nackt in dieser Dusche vorzustellen!

Ich schließe den Duschvorhang und versuche, Kleine Bärin draußen zu lassen. Was mir nicht gelingt. Sie kann wirklich penetrant sein. Als das heiße Wasser über meine verspannten Schultern läuft, seufze ich wohlig auf. Ich greife nach dem Duschgel – ein Männerduft, war ja klar – und seife mich ein. Jetzt erst fällt mir auf, dass in diesem Badezimmer keine Frauensachen zu finden sind. Kein Damenrasierer auf der Ablage in der Duschkabine, kein Duschgel mit Vanilleduft und keine zweite Zahnbürste im Glas auf dem Waschbecken.

Und weshalb freut dich das?

Keine Ahnung.

Solltest du dich nicht bei Sascha melden und ihm sagen, dass du gut angekommen bist?

Oh nein, das habe ich vergessen! Ich wollte ihn gleich nach meiner Ankunft am See anrufen. Wie spät ist es wohl? Als ich vorhin einen Blick auf die Wanduhr in Matts Küche geworfen habe, war es kurz nach 20 Uhr. In Berlin ist es also – ich muss meine Finger zum Rechnen benutzen – 1 Uhr nachts. Mist. Sogar Sascha, die Nachteule, dürfte jetzt schlafen, schließlich muss er morgen früh in die Kanzlei. Ich werde ihm eine SMS schicken, die er nach dem Aufstehen lesen kann.

Mein schlechtes Gewissen nagt noch ein bisschen an mir herum, während ich das Wasser abstelle und nach einem der Handtücher im Regal neben der Dusche greife. Als ich trocken bin, sehe ich den Klamottenstapel durch, den ich auf den Toilettensitz gelegt habe. Drei T-Shirts: ein dunkelgrünes mit einem Elchkopf darauf, ein blaues mit dem Logo einer Biermarke und ein weißes mit einem Aufdruck der Toronto Blue Jays, Matts Lieblings-Baseballmannschaft. Außerdem hat er mir ein

rot-weiß-kariertes Flanellhemd und ein verwaschenes Jeanshemd gegeben. Ich kann mich nicht entscheiden, ob ich gerührt oder frustriert sein soll. Mit einem Stoßgebet gen Himmel, dass ich bald mein Gepäck bekomme, ziehe ich das grüne
T-Shirt an. Zum Glück ist es weit genug, an den Schultern sogar zu weit. Ich schaue in den Spiegel. Der Elch starrt mich
vorwurfsvoll an. Durch meine Brüste sieht er aus, als hätte er
zwei Geschwülste im Gesicht.

»Tut mir leid, Kumpel, ich kann es nicht ändern. Und ich
wünschte wirklich, ich könnte es, glaub mir.«

»Alles okay, Nina?«, höre ich Matts Stimme vor der Tür.

»Ja, danke, alles prima!« Ich schlüpfe in Jeans, Strickjacke,
Socken und Schuhe. Dann ziehe ich das Gummiband aus mei-
nem Haar, fahre mit beiden Händen durch den dunkelblonden
Alptraum und verlasse das Badezimmer.

»Nina, komm, lass uns auf die Rückkehr an unseren Blueberry-See anstoßen!«, ruft mein Vater von der Veranda aus. Er
hält eine Bierflasche in der Hand. Einen Meter von ihm entfernt sitzt Gretchen, das Tannenhuhn, und beäugt skeptisch
seine Füße. Ich kann verstehen, warum. Obwohl ich ihn schon
so oft gebeten habe, es nicht zu tun, trägt Papa mal wieder
weiße Socken zu Birkenstock-Sandalen.

Matt ist gerade dabei, sich ebenfalls eine Flasche Bier zu
öffnen. Er sieht mich an. Sein linker Mundwinkel zuckt, als er
den Elch betrachtet. Ich ziehe meine Strickjacke schützend
über dem T-Shirt zu.

»Passen die Sachen?«, fragt Matt.

»Ja, vielen Dank. Darf ich die restlichen Klamotten auch
mitnehmen? Ich weiß ja leider nicht, wann mein Koffer ankommt.«

»Klar. Was möchtest du denn trinken?«

»Ich nehme auch ein Bier«, sage ich und lehne mich an das Verandageländer. Was für ein Schauspiel. Die Sonne ist gerade hinter den Wäldern am gegenüberliegenden Seeufer untergegangen, der Himmel über den Baumkronen wird in leuchtendes Orange getaucht. Über dem See wird dieser Orangeton schwächer, verläuft peu à peu in ein sanftes Rosa und geht schließlich in ein helles Lila über. Die glatte Oberfläche des Sees wirkt in ihrem dunklen Violettton wie gemalt. Ich wünschte, ich hätte meinen Block und die Aquarellfarben zur Hand und könnte auf der Stelle zum Pinsel greifen!

Vor lauter Sonnenuntergang merke ich erst jetzt, dass Matt mich unschlüssig mustert. Fragend schaue ich ihn an. Erst als er bedeutungsvoll auf meinen Bauch schaut, fällt der Groschen.

»Ach, ähm, richtig, also, ich – ich nehme – eine Cola? Hast du Cola da?«

Er nickt, wirft Papa einen Blick zu und verschwindet im Haus. Und mein Vater, der sonst gerne in seiner Gedankenwelt hängt und nichts um sich herum mitbekommt (ja, ich bin ihm ziemlich ähnlich), ist ausgerechnet heute aufmerksam. Er schaut mich groß an. Ich starre erneut auf den See hinaus. Doch Papa lässt nicht locker.

»Nina, du bist doch nicht …?«

Ich seufze leise. Nein, bin ich nicht, denke ich.

Dann sag das auch!

In dem Moment ist Matt bereits zurück, eine Colaflasche und ein Glas in der Hand. Wie soll ich Papa sagen, dass ich nicht schwanger bin, wenn mein Ex-Freund in Hörweite steht? Mein viel zu viel Deutsch verstehender Ex-Freund?

»Hmm, ja, ich bin schwanger«, sage ich leise, ohne Papa anzusehen.

Nina, du bist so eine blöde Lakritzschnecke, echt!

»Von Sascha?« Papas Stimme klingt dünn. Jetzt schaue ich ihn doch an. Er ist plötzlich etwas blass um die Nase. Na, er scheint sich ja tierisch zu freuen, Großvater zu werden! Und wieso fragen eigentlich alle mehr oder weniger entgeistert, ob Sascha der Vater ist?

»Natürlich von Sascha«, sage ich mit einem Anflug von Trotz in der Stimme. »Was dachtest du denn?«

Papa blinzelt und sieht mich nachdenklich an. Ich werde unruhig unter seinem Blick und schaue zu Matt hinüber, der mir ein Glas Cola eingegossen hat und abwartend am Picknicktisch lehnt. Als ich ihn ansehe, macht er einen Schritt auf mich zu und reicht mir das Glas.

»Danke«, murmele ich und wünsche mir, ich könnte ihn in Luft auflösen und Papa die Wahrheit sagen.

Du kannst ihm auch so die Wahrheit sagen! Mach es, sofort! Bevor alles noch schlimmer wird.

Da kommt mein Vater auf mich zu, und ich muss mein Glas schnell auf dem Verandageländer abstellen, als er mich in seine Arme zieht. »Ninchen«, murmelt er dicht an meinem Ohr. »Ich freue mich. Wirklich. Herzlichen Glückwunsch.«

Meine Augen werden feucht. Auch wenn ich nicht schwanger bin, ist es doch schön zu wissen, dass Papa sich freuen würde, wenn ich es wäre. Gleichzeitig überrollt mich eine riesige Welle des schlechten Gewissens. Ich habe meinen Vater noch nie angelogen. Okay, fast noch nie. Nach der Scheidung meiner Eltern habe ich behauptet, ich sei nicht traurig, Mama nicht mehr so oft zu sehen. Und er glaubt bis heute, dass ich seine Frikadellen mag, obwohl er sie grundsätzlich versalzt. »Danke«, sage ich heiser.

Er löst sich von mir und mustert mich prüfend. »Ich dachte nur immer – na ja. Schwamm drüber.«

»Was? Was dachtest du?«

»Na ja.« Er wirft einen schnellen Blick auf Matt. »Ich wusste nicht, wie ernst es mit Sascha ist. Es überrascht mich ein bisschen, dass ihr beide eine Familie gründet. Ist er denn wirklich der Mann für den Rest deines Lebens?«

Mir wird abwechselnd heiß und kalt. Ich ziehe die Strickjacke enger um mich. »Ähm, ja, ich glaube, dass er der Richtige ist«, stammele ich und greife nach meiner Cola. »Also, wollten wir nicht anstoßen? Auf unsere Rückkehr an den Blueberry-See?«

Gehorsam heben Papa und Matt ihre Bierflaschen.

»Ich würde sagen, wir stoßen auf mein zweites Enkelkind an«, sagt Papa und lässt seine Flasche mit einem Lächeln gegen mein Colaglas klirren. Ich schlucke. Als Matts Flasche mein Glas berührt, kann ich ihm nicht in die Augen schauen.

»Auf das Baby«, sagt er. »Herzlichen Glückwunsch, Nina.«

»Danke«, murmele ich und spüre, wie der Elch unter meiner Strickjacke die verbeulte Stirn runzelt.

Kapitel 6

Als ich aufwache, höre ich nichts. Doch ich weiß sofort, wo ich bin. Kein verwirrtes Hochschrecken, wie am ersten Morgen in einem fremden Hotelzimmer. Ich liege mit geschlossenen Augen im Bett, atme den süßen Holzduft ein, und lausche der Stille, welche die Blueberry Lodge umgibt. Bis ein Trappeln auf dem Dach mich doch die Augen öffnen lässt. Ich grinse. Ein Eichhörnchen. Wie oft habe ich hier im oberen Stockbett gelegen und dem Geräusch kleiner Pfoten auf der Dachschräge über mir gelauscht. Ich muss an den »Futterstein« neben unserer Veranda denken, auf den wir Sommer für Sommer Sonnenblumenkerne gestreut haben. Die Eichhörnchen, Streifenhörnchen, Mäuse, Blauhäher und Snowbirds der Umgebung versammelten sich dort, verjagten einander, fraßen und brachten Wintervorräte in ihre Verstecke. Von den Tieren auf unserem Futterstein wandern meine Gedanken zu Gretchen, dem Tannenhuhn, das meinen Ex-Freund anhimmelt. Plötzlich bin ich hellwach.

Ich muss an Matts wunderschönes Haus denken. An sein Badezimmer. An seine Dusche. Und dann fallen mir in schneller Reihenfolge die Katastrophen des gestrigen Tages ein: Ich habe keinen Koffer, sondern nur die Auswahl zwischen T-Shirts mit Baseball-Logo, verbeultem Elch und Bierwerbung. Ich habe behauptet, schwanger zu sein. Und ich habe vergessen, mich bei Sascha zu melden.

Verdammt! Ich schwinge meine Beine über die Bettkante und wäre beinahe herabgestürzt, weil mir zu spät wieder einfällt, dass ich mich im oberen Teil des Stockbetts befinde. Ich rutsche zur Leiter und klettere hinunter. Das Schlafzimmer liegt noch im Dämmerlicht. Als ich auf meine Armbanduhr schaue, weiß ich auch, warum: Es ist erst kurz vor sechs. Und ich bin trotzdem putzmunter. Die Zeitverschiebung macht es möglich, schließlich ist es in Berlin schon 11 Uhr vormittags. Ich überlege, ob ich Sascha im Büro anrufen soll, aber dort steht er immer so unter Stress. Ich schalte mein Handy ein und starre unschlüssig aufs Display. Eigentlich hätte Sascha sich ja auch melden können, oder? Macht er sich gar keine Sorgen, ob es mir gutgeht? Eine SMS wäre schon nett gewesen. Andererseits habe ich ihm ja auch noch nicht geschrieben. Gestern Abend, als Papa und ich in die Blueberry Lodge zurückgekehrt sind, habe ich nur noch schnell meine Unterhose in einem Eimer mit Handwaschmittel ausgewaschen und zum Trocknen ins Badezimmer gehängt. Dann bin ich todmüde ins Bett gefallen, ohne noch an eine SMS an Sascha zu denken. Schuldbewusst beginne ich nun zu tippen:

Hallo Liebling, bin gut angekommen. Sorry, dass ich mich erst jetzt melde. Leider ist mein Koffer verlorengegangen – hoffe, ich bekomme ihn bald. Rufe dich später zu Hause an. Kuss, Nina

Ich drücke auf »Senden« und lege das Handy auf den Schreibtisch, der unter dem Fenster steht. Dann ziehe ich die Vorhänge zur Seite – und halte den Atem an. Ich hatte vergessen, wie umwerfend schön der See in der Morgendämmerung ist. Ich muss diese Stimmung festhalten!

Morgendunst hängt in silbergrauen Schlieren über der glatten Wasseroberfläche. Die ersten Sonnenstrahlen zaubern Sprenkel in die Dunstschleier und lassen sie golddurchwoben wirken. Der Himmel über den Wäldern am Ufer geht langsam von einem matten Graublau in ein kräftiges Hellblau über.

Eigentlich ist mein Bild gar nicht schlecht geworden, denke ich und lasse den Aquarellblock sinken. Ein Gefühl tiefer Zufriedenheit macht sich in mir breit, als ich erst das Bild und dann den echten See vor mir betrachte. Es ist lange her, seit ich einfach so gemalt habe. Nur für mich, weil ich Lust dazu hatte. Die blöde Solarstrom-Kampagne der Werbeagentur scheint plötzlich herrlich weit weg. Ganz Berlin scheint herrlich weit weg.

Auch Sascha? Kleine Bärin ist leider auch schon früh aufgewacht und sitzt jetzt neben mir auf dem Bootssteg. Genau wie ich hat auch meine innere Indianerin ihre Bettdecke mitgenommen, um sich vor der morgendlichen Kälte zu schützen.

»Nein, ich habe ihm doch vorhin geschrieben«, murmele ich und atme die Morgenluft tief ein, die nach Nadelwald und feuchter Erde duftet. Vorsichtig rolle ich meinen Kopf von links nach rechts, weil mein Nacken mal wieder völlig verspannt ist. Jedes Mal, wenn ich in ein Bild abtauche, vergesse ich, auf meinen Körper zu hören. Ich spüre meine verspannten Gliedmaßen erst, wenn ich Pinsel oder Bleistift zur Seite lege und mein Werk betrachte. Aua, tut das weh! Vorsichtig stehe ich auf und strecke meinen steifen Körper. Zum Glück ist die Sonne inzwischen höher gestiegen und wärmt mich ein wenig, denn trotz der Bettdecke ist mir beim Stillsitzen auf dem Bootssteg kalt geworden. Ich halte mein Gesicht in die Sonne, schließe die Augen und denke mit einem Lächeln daran, dass meine Tage in der Werbeagentur »Winterberg« gezählt sind. Zum Glück! Schließlich wollte ich nie in einer Werbeagentur arbeiten. Es war schon immer mein Traum, Kinderbücher zu illustrieren.

Nachdem ich mein Studium »Visuelle Kommunikation« in Kassel beendet hatte, bin ich zunächst wieder bei Papa in Bielefeld eingezogen, um Geld zu sparen. Mir war klar, dass ich nicht von heute auf morgen meinen großen Durchbruch als Kinderbuchillustratorin haben würde. Doch genau das war mein Ziel, und ich zeichnete, was das Zeug hielt. Schickte Exposé um Exposé an große und kleine Verlage. Und bekam Absagen. Oder gar keine Reaktion. Nebenher jobbte ich in einer Buchhandlung und in einem Spielzeuggeschäft, um meiner Zielgruppe nahe zu sein und Ideen für Kinderbücher zu sammeln. Als ich nach zwei Jahren immer noch nicht weiter war, änderte ich schweren Herzens meinen Plan. Es sollte nur zur Überbrückung sein, sagte ich mir, und bewarb mich bei verschiedenen Werbeagenturen. Zunächst lediglich in Nordrhein-Westfalen, um in Papas Nähe bleiben zu können. Als erneut nur Absagen eintrudelten, schickte ich Bewerbungsmappen in alle möglichen deutschen Städte. Und bekam schließlich, nach einem weiteren halben Jahr voller Rückschläge, eine Zusage der Agentur »Winterberg« in Berlin. Ausgerechnet Berlin, wo es mich noch nie hingezogen hatte. Ich war einmal dort gewesen und hatte die unfreundlichen Busfahrer und von Hundehaufen übersäten Gehwege noch deutlich in Erinnerung. Hamburg, Köln, München – ich hätte alles gemacht. Aber Berlin?

Berlin machte ich auch, denn es blieb bei dieser einen Zusage. Ich mietete mir eine winzige Wohnung im Stadtteil Weißensee und hasste die Stadt und meinen Job vom ersten Tag an.

Daran hat sich bis heute nicht viel geändert. Nun gut, Sascha hat Berlin versüßt. Sehr sogar. Seit ich mit ihm zusammen bin, habe ich auch schöne Seiten an unserer Hauptstadt entdeckt. An Sommer-Sonntagen am Wannsee liegen, zum Beispiel. Dabei muss ich immer an Kanada denken. Wie still und einsam man am Blueberry-See sitzen und träumen kann.

Ich hebe mein Bild vom Steg auf und halte es mit ausgestreckten Armen ein Stück von mir weg. Es tat wirklich gut, einfach so draufloszumalen. Nicht genervt am Computer zu sitzen und über dem richtigen Design für eine Sonnenkollektoren-Werbekampagne zu brüten.

Nicht mehr lange, sage ich mir und spüre wieder diese tiefe Zufriedenheit, die mich durchflutet. Immerhin habe ich den ersten Schritt von der Werbeagentur fort geschafft: Ich habe ein Kinderbuch illustriert – und zwar diesmal nicht nur für meine Schreibtischschublade! Dank Sascha, der jemanden in einem Schulbuchverlag kennt, habe ich vor einem dreiviertel Jahr den Auftrag bekommen, ein Englischbuch für Kleinkinder zu illustrieren. »Tom, the teddy bear« handelt – richtig – von einem Teddybären, der Kindern leichte englische Begriffe wie »Apple« oder »Dog« nahebringt. Es hat riesigen Spaß gemacht, das Buch zu illustrieren. Aber es war auch sehr anstrengend, denn zeitgleich herrschte in der Agentur große Hektik, weil sich die Werbekampagne für einen Baumarkt in der Endphase befand. Ich musste also ständig Überstunden im Büro machen und dann zu Hause Nachtschichten einlegen, um das Buch zu illustrieren.

Doch die Mühe hat sich gelohnt. Vor drei Tagen habe ich die Illustrationen zur Post gebracht, inzwischen müssten sie im Verlag angekommen sein. Und schon bald im Buchhandel: In sechs Monaten soll das Buch erscheinen. Beim Gedanken daran schäume ich schier über vor Glück. Mein erstes Buch!

Ich werde meinen Namen auf einem richtigen Buchdeckel sehen! Und wenn ich erst einmal eine veröffentlichte Illustratorin bin, werden sich die nächsten Bücher bestimmt leichter verkaufen lassen. Ich denke an die vielen angefangenen Projekte, die auf und unter meinem Schreibtisch in Weißensee schlummern. Ganz sicher werde ich nicht mehr so viele Absagen sammeln, wenn »Tom, the teddy bear« erst einmal auf dem Markt ist. Und sobald ich Fuß in der Verlagswelt gefasst habe, reiche ich meine Kündigung in der Werbeagentur ein. Ich kann es kaum erwarten.

»Ah, Nina, du bist ja schon wach! Und ich dachte, du wärst noch im Bett.« Mein Vater kommt, ein Handtuch um seine Hüften geschlungen, den Weg zum Seeufer herunter.

»Ich konnte nicht mehr schlafen. Außerdem war die Morgenstimmung so umwerfend, dass ich mich hierhersetzen und malen musste.«

Mein Vater tritt neben mich und betrachtet das Bild, das ich immer noch in den Händen halte. »Sehr schön, Kind, sehr schön«, murmelt er und drückt mir einen Kuss auf die Stirn.

»Danke. Und du, gehst du schwimmen?«

»Genau.« Er legt sein Handtuch ab, und ich schaue betreten weg. Mir fällt wieder ein, dass er schon früher nie Badehosen getragen und sich meine Tante Helga gern darüber aufgeregt hat. »Was ist mit dir, willst du nicht schwimmen?«

»Doch, ich gehe nur erst einmal hoch und ziehe mich um. Bis gleich.«

Während sich mein Vater prustend ins Wasser stürzt, sammle ich meine Malsachen und die Bettdecke ein und gehe zur Lodge hinauf. Auf dem Weg ins Haus fällt mir ein, dass ich ja gar nichts habe, was ich zum Schwimmen anziehen könnte. Na gut, da wäre Papas Unterhose, die er mir gestern Abend geliehen hat, weil ich meine eigene ja ausgewaschen habe. Nicht auszudenken, wenn ich mich in Sachen Unterwäsche auch noch an Matt hätte wenden müssen! Ich ziehe meine Jeans vorm Spiegel aus und betrachte mich von allen Seiten. Was für ein entsetzlicher Anblick – und daran ist nicht nur die rot-weiß-gestreifte Herrenunterhose schuld. Ich lege eine Hand auf meinen Bauch und überlege, wie es wäre, wenn dort wirklich ein Baby wachsen würde. Aber das tut es nicht. Alles, was dort wächst, ist eine Speckrolle. Ich seufze tief. Ein Blick auf meine Armbanduhr zeigt mir, dass es kurz nach acht ist. Na gut, so früh wird mich niemand oben ohne in einer Unterhose mit Eingriff sehen. Ich werde warten, bis Papa aus dem Wasser gekommen ist, und dann selbst schwimmen gehen.

Das Wasser ist herrlich! Es ist kalt, aber das ist gut, denn es weckt meine Lebensgeister. Ich mache lange Schwimmzüge und sauge dabei meine Umgebung förmlich ein. Die Uferlinie mit ihrem Urwald aus Kiefern, Fichten und Ahornbäumen. Die Wattewölkchen über mir. Die Wasserkäfer, die kleinen Autoscootern gleich über die dunkle Wasseroberfläche vor mir davonflitzen. Ich muss daran denken, wie Isa und ich Stunden damit verbrachten, bäuchlings auf dem Bootssteg zu liegen, besessen von dem Versuch, die glänzenden schwarzen Käfer zu fangen, was uns nie gelang.

Darauf bedacht, meine hochgebundenen Haare nicht nass zu machen, schwimme ich noch einige Meter, bevor es mir zu kalt wird. Im Laufe des Tages wird die Sonne den See sicherlich angenehm erwärmen, doch noch ist es zu früh dafür. Ich steige aus dem Wasser und greife nach meinem Handtuch, das an einer jungen Birke neben dem Steg hängt. Ein Eichhörnchen sitzt auf einem Baumstumpf und betrachtet mich neugierig.

»Na, noch nie eine nackte Frau gesehen?«, frage ich und grinse dem kleinen Waldbewohner zu. Gerade als ich meine Füße abtrockne, höre ich ein Glucksen neben mir. Ein vertrautes Glucksen. Ich schaue zur Seite und sehe Gretchen auf dem Bootssteg stehen. Sie beäugt mich skeptisch. Nein, ich könnte sogar schwören, dass ein gewisser Spott in ihrem Blick liegt, als sie Papas nasse Unterhose fixiert.

Moment mal. Was macht Gretchen hier? Erschrocken fahre ich herum und sehe gerade noch, wie Matt sich wegdreht.

Kapitel 7

Matt steht vor der Blueberry Lodge und betrachtet nun eingehend das Haus, so, als sähe er es zum ersten Mal. Ich schaue an mir herunter und sehe, was er gesehen hat: Papas hängende Unterhose und meine hängenden Brüste. Hastig wickele ich mich in mein Handtuch und werfe Gretchen einen bösen Blick zu.

»Was genau macht ihr beide so früh hier, kannst du mir das mal erklären, du Tannenhuhn?«, zische ich und marschiere an dem Vogel vorbei den Pfad hinauf. Da meine Badeschlappen noch in meinem Koffer durch die Weltgeschichte reisen, fluche ich leise über die spitzen Steinchen und Äste, die sich in meine nackten Füße bohren.

Matt ist inzwischen Richtung Sickergrube gegangen. Als er meine Schritte hört, schaut er auf. Ich sehe genau, dass sein linker Mundwinkel zuckt.

»Guten Morgen«, sagt er und vergräbt die Hände in den Taschen seiner Jeans.

»Guten Morgen«, knurre ich zurück, ohne anzuhalten.

»Gut geschlafen?«

»Ja, danke. Du solltest deinem Tannenhuhn sagen, dass sich Spannen nicht gehört.«

Jetzt zuckt auch sein rechter Mundwinkel. Er senkt den Blick und betrachtet seine Arbeitsstiefel. »Gretchen hatte vergessen, dass du keinen Badeanzug dabei hast.«

Ich weiß nicht, was ich darauf erwidern soll, und beschließe, schweigend die Treppe zur Veranda hinaufzusteigen. So würdevoll, wie mit dem zu kurzen Handtuch eben möglich. Ja, natürlich hat Matt mich schon zig-mal nackt gesehen. Aber das ist 14 Jahre und zehn Kilogramm her!

»Hast du eben am Steg mit einem Eichhörnchen gesprochen?« Ich höre deutlich das Grinsen in seiner Stimme, drehe mich aber nicht zu ihm um. Schnippisch entgegne ich:

»Allerdings. Und Leute, die mit Tannenhühnern zusammenleben, sollten darüber wirklich nicht lachen.«

In der Haustür stoße ich fast mit Papa zusammen, der mit zwei vollen Kaffeetassen herauskommt. »Oh, Nina, möchtest du auch einen Kaffee? Es ist noch welcher in der Kanne.«

»Mhhm«, murmele ich und werfe einen Blick über meine Schulter. Matt sieht mich an, nach wie vor ein leichtes Grinsen um seine Lippen. Dann schaut er plötzlich auf den Boden, und ich sehe, dass Gretchen neben seinen Stiefeln sitzt und an einem Schnürsenkel pickt. Mit einem Lachen bückt er sich und krault das Tannenhuhn an der gefiederten Brust.

Ich wäre gern ein Tannenhuhn.

Nina … Kleine Bärin stöhnt auf und schüttelt den Kopf.

Sorry, ich konnte den Gedanken einfach nicht verhindern.

Hast du schon vergessen, wie schlimm dein Liebeskummer damals war?

Nein. Wie könnte ich?

»Sag mal, Papa, was macht Matt eigentlich so früh hier?«

»Wir fangen an, die Sickergrube aufzugraben«, erwidert mein Vater und wirkt erstaunlich fröhlich. Er liebt es, in Erde herumzuwühlen, und die Vorstellung, mit einer Schaufel ein Loch in unseren Garten zu buddeln, scheint ihm viel Freude zu bereiten. »Gleich kommt auch noch ein Kumpel von Matt und hilft mit. Es dürfte eine ganz schöne Arbeit werden, bis wir die Wurzeln der Büsche freigelegt haben. Wir müssen schauen, wie tief die Wurzeln gehen und ob sie das Abwasserrohr verstopfen, was Matt vermutet.«

Eine Kindheitserinnerung keimt in mir auf. Ich sehe Matts

Vater hinter unserer Lodge stehen und mit Hilfe von Papa und
Onkel Hermann einen Baum zersägen, der bei einem Sturm
auf unser Dach gestürzt war. Paul Gates, der jeden Nagel der
Blueberry Lodge beim Namen kannte, war stets zur Stelle,
wenn es Probleme gab. Jetzt ist es Matt, der dies übernimmt,
denn sein Vater ist vor 14 Jahren gestorben. In dem Winter, der
unserem letzten Sommer am See folgte.

Natürlich ist meine ausgewaschene Unterhose nach wie vor
nass. Super. Also muss ich wohl wieder auf Papas Unterwäschekollektion zurückgreifen. Ich gehe ins Schlafzimmer nebenan, in dem noch immer das große Doppelbett aus massiv-
em Holz steht, wie damals, als meine Eltern noch als Ehepaar
hier übernachtet haben. Der Gedanke daran, dass wir im letzten Sommer am See noch eine heile Familie waren, versetzt mir
nach all diesen Jahren immer noch einen kleinen Stich. Wobei -
so heil kann die Ehe meiner Eltern nicht mehr gewesen sein,
wenn meine Mutter keine acht Wochen nach unserem Urlaub
in einem Frankfurter Hotel mit einem anderen Mann ins Bett
gegangen ist und sich wenig später von Papa getrennt hat. Ich
war in diesen letzten Sommerwochen in Rocky Harbour einfach zu sehr mit anderen Dingen – beziehungsweise mit einer
anderen Person – beschäftigt, um etwas von den Eheproblemen meiner Eltern mitzubekommen. Nicht, dass es zu über-
hören gewesen wäre, wenn sie sich gestritten haben. Aber das
war normal, meine Eltern haben sich immer viel und laut und
heftig gestritten. Zum Schluss jedoch blieben leider die Ver-
söhnungen aus.

    Ein wenig traurig schaue ich mich im Schlafzimmer um.
Neben dem Kleiderschrank steht eine Holzkommode. Ich
überlege kurz, ob ich Papas Sachen ungefragt durchwühlen

darf, aber er steht draußen mit Matt, und ich werde eher ohne Unterhose unter meiner Jeans das Haus verlassen, bevor ich ihn jetzt frage, ob er mir eine weitere leiht. Es wäre doch alles viel einfacher, wenn Matt kein Deutsch könnte! Gut, sprechen kann er es auch kaum. Doch er versteht erschreckend viel. Jahrelange Übung mit verrückten Touristen.

Ich öffne die mittlere Schublade von Papas Kommode und atme auf, als mein Blick sofort auf einen Stapel Unterhosen fällt. Ich greife nach der obersten – einer dunkelgrünen mit weißen Tupfen – und gehe zurück in mein Zimmer. Während ich mich anziehe, höre ich ein Auto durch den Wald rumpeln. Ich schiebe die Vorhänge ein Stück auseinander und sehe, wie ein schwarzer Pick-up-Truck, viel größer als der von Matt, auf die Wiese vor unserem Haus biegt. Der Motor verstummt, und ein Berg von einem Mann steigt aus: bestimmt zwei Meter groß, mit einem gewaltigen Bierbauch, der über den Bund einer ausgeleierten Jogginghose hängt. Er begrüßt meinen Vater und Matt herzlich, lacht dröhnend über Gretchen, die neugierig die Reifen des fremden Trucks inspiziert, und holt dann einen Spaten und eine Spitzhacke von der Ladefläche seines Wagens. Mein Vater und Matt haben ebenfalls ihre Buddelausrüstung bereitgelegt, und die drei Männer machen sich ans Werk.

Ich wende mich vom Fenster ab und ziehe mich fertig an. In Kombination mit dem Jeanshemd sieht das Baseball-T-Shirt gar nicht so schlecht aus, finde ich. Wenn ich bloß meine Schminksachen hier hätte! Alles, was ich benutzen kann, um mein Gesicht etwas aufzufrischen, ist meine Puderdose. Resigniert betrachte ich meine hellen Wimpern und beschließe, gleich in den Supermarkt nach Rocky Harbour zu fahren. Es ist zwar nicht gerade ein Einkaufszentrum, wo man alles bekommt, aber Wimperntusche sollte wohl aufzutreiben sein. Und mit ein bisschen Glück auch ein Kajalstift.

Ich schiebe erneut die Vorhänge zur Seite.

Oh. Mein. Gott. Matt hat sein T-Shirt ausgezogen. Ich kann mich sehr gut an das Ahornblatt-Tattoo auf seinem Bizeps erinnern. Allerdings nicht an diesen Bizeps.

Nina, du sabberst. Hör auf damit. Kleine Bärin schüttelt missbilligend den Kopf.

Ich kann nicht. Wie in Trance greife ich nach meinem Skizzenblock, der neben dem Aquarellblock auf dem Schreibtisch liegt. Ich finde den richtigen Bleistift blind in meiner Federmappe und beginne, Matt zu zeichnen. Nur, weil ich dringend Übung im Aktzeichnen brauche, versteht sich. Der Bleistift gleitet wie von selbst über das Papier, ich muss kein einziges Mal radieren. Als ich Matt in Grautönen auf den Block gebannt habe, zeichne ich auch noch Gretchen, die neben dem Objekt ihrer (okay: unserer) Begierde sitzt und ihm beim Schaufeln zuschaut.

Erst als Matt eine Pause macht und sich mit dem Unterarm über die Stirn wischt, halte auch ich inne. Unvermittelt dreht er sich um und schaut mich an. Als hätte er gespürt, dass ich ihn fixiere. Rasch tue ich so, als wäre ich dabei gewesen, die Vorhänge ordentlich aufzuziehen. Ich starre konzentriert zur Vorhangstange hinauf und fummele am Stoff der Gardinen herum. Als ich wieder nach draußen schaue, hat Matt sich abgewandt und ist erneut dabei, die Schaufel zu schwingen. Gretchen muss ein wenig zur Seite hüpfen, weil sie fast von einer fliegenden Ladung Erde getroffen worden wäre. Ich lege Block und Bleistift auf den Schreibtisch. Jetzt erst fällt mein Blick auf mein Handy. Und auf die Fehlermeldung, die dort zu lesen ist:

Nachricht konnte nicht gesendet werden.

Wie bitte? Erstaunt betrachte ich das Display. Und erkenne, dass ich kein Netz habe. Absolut gar keins. Ich lasse das Telefon sinken und schaue nach draußen in den Wald. Ob ich im Ort mehr Glück mit meiner Handyverbindung habe? Ich wollte doch sowieso zum Supermarkt fahren. Außerdem könnte ich am Diner halten und frühstücken. Mein knurrender Magen jubelt begeistert auf. Gut, der Haken an der Sache ist, dass der Diner »Foggy Days« inzwischen von Matts Mutter Elaine und seiner Schwester Carrie betrieben wird. Als ich das letzte Mal hier war, gehörte das kleine Restaurant am Hafen noch einer älteren Dame namens Maureen. Ich zögere kurz. Soll ich wirklich dort frühstücken? Elaine und Carrie zum ersten Mal wiedersehen, nach all diesen Jahren? Nach all dem, was geschehen ist?

Ewig kannst du ihnen sowieso nicht aus dem Weg gehen, sagt Kleine Bärin. Womit sie mal wieder recht hat.

»Ciao, Paps, ich fahre in den Ort«, rufe ich betont locker, als ich fünf Minuten später die Verandatreppe hinunterlaufe.

Mein Vater stützt sich schweißgebadet auf seinen Spaten. »Ist okay«, schnauft er.

Ich mustere besorgt sein hochrotes Gesicht. »Du denkst ja daran, dass du fast 65 bist, ja?«

»Na und, was soll das denn heißen?« Jetzt ist er beleidigt. »Ich bin fit wie ein Turnschuh!«

»Hmm, klar«, murmele ich und werfe einen flüchtigen Blick auf Matt und seinen Oberkörper.

Nina, schwing Erna ins Auto und mach dich vom Acker, das hält ja keiner aus!

»Hey, kannst du dich eigentlich noch an Bill erinnern?« Matt wischt sich erneut mit dem Unterarm über die Stirn und deutet in die Richtung des massiven Mannes, der wie ein Berserker die Spitzhacke in die Erde fahren lässt. »Früher war er der größte Chaot von Rocky Harbour, inzwischen ist er Landschaftsgärtner und gräbt für sein Leben gerne Sickergruben auf.«

Bill lässt die Spitzhacke sinken und grinst mich an. »Hi, Nina, long time no see!«

»Mhhm. Hallo.« Ich versuche, eine Erinnerung an Bill hervorzukramen. Ratlos mustere ich sein hochrotes Gesicht, das ausgeprägte Doppelkinn, die dunkelbraunen Locken, die sich schweißnass in seinem Nacken kringeln. Habe ich ihn in meinem letzten Sommer hier in Rocky Harbour kennengelernt? Ich bin damals oft zu Matts Baseballspielen gegangen und habe dort ein paar seiner Kumpels gesehen. Doch so sehr ich mich um ein Bild des jüngeren Bill bemühe, es schießen immer nur dieselben Szenen jenes Sommers durch meinen Kopf: Matt und ich im See, Matt und ich in der Umkleidekabine am Strand, Matt und ich in seinem Auto, Matt und ich …

Nina!!!

»Matt und ich machen immer noch zusammen Musik«, erklärt Bill und greift ächzend nach einer Wasserflasche, die auf einem der Steine steht. »Die ›Rocking Reverends‹. Schon davon gehört?« Als ich den Kopf schüttle, grinst er breit. »Wir spielen immer samstags im Shore Club. Kannst ja mal vorbeikommen.«

Da fällt der Groschen. Bill, der damals auch schon gut im Futter war, gehörte zu Matts Highschool-Freunden. Zusammen mit ihm und einem schlaksigen Jungen namens – hmm, Liam, wenn mich nicht alles täuscht – spielte er in einer Schulband. Liam saß am Schlagzeug, Bill spielte Bass und Matt Gitarre. Außerdem war er der Leadsänger. Und was für einer. Bei der Erinnerung bekomme ich eine Gänsehaut am ganzen Körper.

Höchste Zeit, zu gehen!

»Ja, vielleicht komme ich Samstag vorbei«, sage ich so cool wie möglich. »Viel Erfolg mit der Sickergrube. Bis später, Papa.«

Ich drehe mich um und wäre beinahe über Gretchen gestolpert. Wenn Tannenhuhn-Blicke töten könnten, würde ich leblos zusammensacken.

Kapitel 8

Der Diner »Foggy Days« hat sich nicht verändert, stelle ich fest, als ich meinen Mietwagen auf dem Kiesstreifen neben der Eingangstreppe parke. Das Pink, in dem das flache Gebäude mit der überdachten Veranda gestrichen wurde, ist so grell wie in meiner Erinnerung. »Sonst findet man das Restaurant im Nebel ja nicht!«, sagte die frühere Besitzerin Maureen immer. Wegen des Nebels, der Nova Scotia oft in dicke Schwaden hüllt, wurde das Restaurant auf den Namen »Foggy Days« getauft. Denn an ebendiesen nebligen Tagen können die Fischer mit ihren Booten nicht den Hafen verlassen, um ihre Netze auszuwerfen oder den Inhalt ihrer Hummerkörbe zu überprüfen. An solchen Tagen gehen sie in den Diner, beklagen bei einer Tasse Kaffee und einem Stück Blaubeerkuchen ihr Schicksal und warten darauf, dass sich der Nebel lichtet.

Ich schalte den Motor aus und werfe einen Blick in den Rückspiegel. Meine Einkaufstour mit knurrendem Magen hat sich gelohnt: Im Supermarkt »Save Easy«, gleich hinter der Tankstelle am Ortseingang, habe ich Wimperntusche, einen dunkelgrauen Kajalstift, eine Zahnbürste und eine Dreierpackung Baumwollunterhosen mit Blümchenmuster erstanden. Das muss für heute reichen. Sollte ich morgen meinen Koffer noch nicht bekommen haben, muss ich mich auf die Suche nach Spezialprodukten für unmögliches Haar machen.

Mein Magen meldet sich mit einem nachdrücklichen Knurren; ich gehorche und steige aus. Draußen riecht es nach Meer und nach Frittierfett. Ich gehe die Stufen der Verandatreppe hinauf. Doch bevor ich die lilafarbene Eingangstür öffne, an der ein Schild mit der Aufschrift »Come in, we're open!« hängt, bleibe ich am Verandageländer stehen und schaue hinaus in die

Meeresbucht, die den malerischen Fischerhafen von Rocky Harbour bildet. Am Ufer entlang führt ein gepflasterter Fußweg um die ganze Bucht herum: vom Campingplatz »Ocean View«, der ein paar hundert Meter entfernt zu meiner Rechten beginnt, vorbei an einigen farbenfrohen Holzhäusern – darunter das »Foggy Days« – bis zum Parkplatz des Hafens, den ich gegenüber, am anderen Ende der Bucht, erkennen kann. Am Weg stehen in regelmäßigen Abständen Bänke, und ich kann mir vorstellen, wie schön es sein muss, abends dort zu sitzen und zuzuschauen, wie die Fischerboote zurück in den Hafen tuckern. Vor 14 Jahren gab es Fußweg und Bänke noch nicht. Sie wären ein guter Treffpunkt für verliebte Teenager gewesen, schießt es mir durch den Kopf.

Da ist er wieder, mein knurrender Magen. Ich wende mich vom Geländer ab und gehe zurück zum Eingang. Als ich die Tür öffne, erklingt ein lautes Bimmeln. Ich zucke zusammen und schaue mich nervös um, während ich das Restaurant betrete.

Nun sei doch nicht immer so schüchtern, Nina!

Bin ich aber. Ich hasse es, einen Raum zu betreten und viele Augenpaare auf mich gerichtet zu spüren. Dann denke ich sofort, dass mein Haar bestimmt endgültig beschlossen hat, zum tollwütigen irischen Schäferhund zu mutieren, oder dass Erna in Wirklichkeit noch dicker aussieht als bei meinem letzten Kontrollblick in den Spiegel oder dass mich Leute für schwanger halten könnten.

Doch der alte Mann, der an einem Tisch neben dem Eingang sitzt, rührt weiter in seiner Kaffeetasse, als wäre nichts geschehen. Das Pärchen am Nachbartisch, offensichtlich Touristen (wer sonst würde in diesem Nest eine Gucci-Sonnenbrille tragen?), schaut nur kurz auf und wendet sich dann wieder seinen zwei Pfannkuchen-Türmen zu. Mein Blick wandert neugierig durch den Raum. Auch hier drinnen hat sich nicht viel verändert. Wie damals befindet sich rechts von der Eingangstür die Theke mit den rustikalen Barstühlen, auf denen an nebligen Tagen schon viele Fischer saßen und es sicher nach wie vor tun. Über der Theke hängen immer noch dekorative Fischernetze und dazwischen bunte Holzbojen, die eigentlich auf dem Meer die Stellen markieren, wo Hummerkörbe versenkt wurden.

Als ich auf die Fensterfront zusteuere, die zur Bucht hinausgeht, fällt mein Blick auf die Bilder an den Wänden. Aha, also doch eine Veränderung. Ich lege meine Umhängetasche auf eine freie Sitzbank und betrachte neugierig die Bilder. Sie sind verschieden groß und haben unterschiedliche Rahmen, mal aus Holz, mal aus Metall oder Plastik. Doch alle sind gemalt – manche mehr, manche weniger gekonnt. Mir sticht das Aquarell eines Bibers ins Auge, der äußerst lebensecht getroffen ist. Über meinem Tisch allerdings hängt ein scheußliches Porträt. Anstelle der porträtierten alten Dame – oder sollte es womöglich ein Herr sein? – hätte ich den Maler erwürgt. Mein Blick fällt auf das kleine Schild unterhalb des Rahmens. Aha, eine Malerin. »Heather Brooks« steht auf dem Schild. Und – Moment mal. Was soll denn das »100 CND« bedeuten? Doch nicht etwa – wie bitte? Dieses schreckliche Bild steht zum Verkauf – und zwar für 100 kanadische Dollar? Ich bemühe mich, nicht laut loszuprusten, was mir leider nicht ganz gelingt. Als ich zur Theke hinüberschaue, trifft mich der Blick der Kellnerin, die gerade aus der Küche gekommen ist. Sie starrt mich an, und ich befürchte, dass sie meine Reaktion auf das Bild mitbekommen hat und das Ganze nicht sehr lustig findet. Oh Gott, hoffentlich ist das nicht Heather Brooks? Oder ihre

Tochter? Doch dann begreife ich. Es ist Carrie. Matts Schwester.

Einen Moment lang bleibt sie regungslos stehen. Dann stellt sie die Etagere mit den Muffins, die sie gerade aus der Küche geholt hat, neben der Kasse ab und kommt langsam auf meinen Tisch zu. »Hi, Nina.«

»Carrie, hi! Schön, dich zu sehen.« Himmel, komme ich mir blöd vor. Soll ich sie umarmen? Wie verhalte ich mich ihr gegenüber?

Sei doch zur Abwechslung mal unbefangen!

Leichter gesagt, als getan. Schließlich ist Carrie nicht nur die Schwester meines Ex-Freundes, sondern auch noch die Ex-Freundin meines Bruders. Sie erlöst mich aus meiner Misere, indem sie mir freundschaftlich die Hand auf die Schulter legt und sagt: »Es ist auch schön, dich zu sehen.«

Ich hoffe, sie meint das wirklich so. Es wäre nur allzu verständlich, wenn sie sich gewünscht hätte, niemanden der Familie Behringer jemals wiedersehen zu müssen. Also, unseren Teil der Familie Behringer, meine ich. Die Seite meines Onkels ist hier natürlich nach wie vor gern gesehen.

»Ach, und herzlichen Glückwunsch, meine Liebe!«

Ich schaue Carrie verständnislos an. Meint sie das Bilderbuch, das veröffentlicht werden wird? Wer hat ihr davon erzählt?

»Matt hat mir gestern Abend erzählt, dass du schwanger bist. Ich freue mich riesig für dich.«

Mein Gesicht beginnt zu glühen. Nicht nur, weil ich mal wieder von meiner blöden Notlüge eingeholt werde. Sondern auch, weil Carries Lächeln plötzlich sehr verkrampft wirkt. Und ich genau weiß, warum.

»Ähm – danke dir«, stottere ich und wische meine schweißnassen Handflächen an meiner Jeans ab. Matt hat also gleich gestern Abend seine Schwester angerufen und ihr erzählt, dass ich ein Baby bekomme? Ich hätte wohl nicht nur Isa um Verschwiegenheit bitten sollen.

»Weißt du schon, was du essen möchtest?« Carries Gesichtsausdruck entspannt sich, während sie geschäftig ihren Block aufschlägt und einen Kugelschreiber zückt. Ich schiebe mich in die Sitzbank und greife nach der laminierten Speisekarte, obwohl ich längst weiß, was ich will.

»Ich nehme zwei Eier, als Rührei bitte, mit Speck und Toast. Und natürlich Kaffee.«

Carrie hält inne und zieht erstaunt eine Augenbraue hoch. »Ehrlich? Du kannst Kaffee trinken? Also, als ich …« Sie bricht ab und beißt sich auf die Unterlippe. Ich schlucke.

»Ähm, ja, eine Tasse ist okay«, murmele ich und starre auf das Muster aus kleinen roten Hummern auf der Tischdecke. »Mir ist auch nicht übel oder so.«

»So, das ist ja schön für dich.« Ich hebe den Blick und sehe, dass Carrie freundlich nickt. »Dein Frühstück kommt sofort.«

Ich schaue ihr nach, als sie am Tisch mit dem Touristenpärchen vorbeigeht und fragt, ob alles zur Zufriedenheit ist. Sie sieht immer noch wahnsinnig gut aus. Ein bisschen wie die junge Sandra Bullock, mit ihrem langen dunkelbraunen Haar, dem fransigen Pony und den Augen, die denselben Zartbitterschokoladenton haben wie Matts. Allerdings büxt ihr linkes Auge immer ein wenig nach außen aus, doch dieser leichte Silberblick verleiht ihr einen ganz besonderen Charme. Wie alt ist Carrie jetzt eigentlich? Wieder benutze ich meine Finger zum Rechnen und komme schließlich auf 34 Jahre. Ich muss daran denken, wie sie mit 20 war, damals, während unseres letzten Sommers in Rocky Harbour. Ich wollte immer so sein wie sie: schlank, sportlich, selbstbewusst. Und so hübsch.

Carrie kehrt hinter die Theke zurück und schaut über die Muffin-Etagere hinweg zu mir herüber. Schnell wende ich mich meiner Umhängetasche zu und ziehe den Skizzenblock heraus, den ich eingepackt habe – ich weiß auch nicht genau, warum. Irgendwie habe ich plötzlich den Drang, ständig zu zeichnen. Das ist mir seit Jahren nicht mehr passiert. Aber hier, in Rocky Harbour, bietet sich alle paar Meter ein wunderbares Motiv. Was man von Berlin nicht gerade behaupten kann. Allein der Blick auf den Fischerhafen lässt meine Finger wie verrückt kribbeln. Aber für eine Bleistiftzeichnung eignet sich der Hafen nicht – die bunten Häuser schreien nach meinem Aquarellkasten. Ich werde später mit der richtigen Ausrüstung wiederkommen, beschließe ich und schlage den Block auf. Während ich in meiner Tasche nach der Federmappe wühle, schaue ich mich im Diner um. Wen oder was könnte ich zeichnen? Mein Blick bleibt an dem alten Mann hängen, der vor seiner Kaffeetasse sitzt. Oh ja. Das wettergegerbte Gesicht, das eine Geschichte vom harten Leben am Meer erzählt, die große Nase, die buschigen grauen Augenbrauen, die unter dem Schirm seiner Baseballmütze nur zur Hälfte zu erkennen sind – ein wunderbares Motiv! Ich finde die Federmappe und will sie herausziehen, als ein Piepen aus den Tiefen meiner Tasche erklingt. Aha, mein Handy scheint ein Netz gefunden zu haben! Ich ziehe das kleine Telefon heraus und – tatsächlich. Zwei neue Nachrichten sind eingetrudelt. Die erste ist von Sascha – oh, schon von gestern Abend:

Hey Nina, bist du gut gelandet? Melde dich mal! Vermisse
dich! Kuss, Sascha

Wie süß. Sofort stellt sich mein schlechtes Gewissen wieder ein,
und Kleine Bärin zieht ihre Augenbrauen zu diesem verhass-
ten »Hab ich es dir nicht gesagt?«-Blick hoch. Ich überlege,
ob ich Sascha auf die SMS antworten soll – aber eigentlich habe
ich ihm ja schon geschrieben. Ein Blick in den Ordner »Gesendet« bestätigt mir, dass meine SMS endlich erfolgreich ver-
schickt wurde. Na also. Kannst die Augenbrauen senken, du
Nervensäge!
    Ich klicke auf die zweite SMS, die ich bekommen habe. Eine
Benachrichtigung meiner Voicemail, dass eine Nachricht hin-
terlassen wurde. Ob das auch Sascha war, der sich Sorgen um
mich gemacht hat? Mir wird warm ums Herz. Es geht doch
nichts über das Gefühl, vermisst zu werden. Doch die Stimme,
die sich auf meiner Voicemail meldet, gehört nicht Sascha,
sondern Frau Dr. Reichelt, die sich um mein Buchprojekt
kümmert. Als ich höre, wie verstört sie klingt, als sie sagt:
»Hallo, Frau Behringer, Sie sind sicher schon im Urlaub ...«,
rutscht mir das Herz in Papas Unterhose. Sind meine Illustrationen nicht angekommen? Sind sie angekommen, aber haben nicht die Erwartungen erfüllt? Findet der Verleger das
Buch furchtbar?
    Ich beginne, an der Nagelhaut meines kleinen Fingers zu
kauen, während Frau Dr. Reichelt weiterspricht. Jetzt heult sie
doch tatsächlich! Mir wird eiskalt. So schlimm kann das, was
ich abgeliefert habe, doch nun wirklich nicht sein!
    »Frau Behringer, ich habe keine guten Neuigkeiten«,

schluchzt Frau Dr. Reichelt. »Unser Verlag musste Insolvenz anmelden.«

Stille. Sowohl auf meiner Voicemail als auch an meinem Tisch. Ich starre auf das scheußliche Porträt an der Wand neben mir und begreife null. Wieder ein Schluchzen.

»Dabei ist Ihr Buch so schön geworden, Frau Behringer, es hat uns wahnsinnig gut gefallen! Uns trifft das alles auch völlig überraschend, das können Sie mir glauben. Wir sitzen von heute auf morgen alle auf der Straße. Es tut mir wahnsinnig leid, Frau Behringer, dass Ihr Buch jetzt nicht verlegt werden wird, wo Sie sich doch so viele Nächte um die Ohren geschlagen haben. Und dass Sie das Geld nicht bekommen. Sie hätten es verdient! Wirklich, mit so etwas konnte ja keiner rechnen!«

In meinen Ohren beginnt es zu rauschen. Ich höre nur noch halb, wie Frau Dr. Reichelt sich schniefend verabschiedet und auflegt.

»So, hier wäre der Kaffee«, reißt mich eine Stimme aus meiner Schockstarre. Carrie stellt eine Tasse mit Leuchtturmmuster vor mich hin und gießt mir Kaffee ein. Ich spüre ihren prüfenden Blick auf mich gerichtet, doch bringe nicht die Energie auf, ein Lächeln vorzutäuschen.

»Ist alles okay bei dir?«

»Hmm, ja, ja«, murmele ich und stecke mein Handy zurück in meine Umhängetasche. Hätte ich doch bloß kein verdammtes Netz gehabt! Ich wünschte, ich hätte diese Nachricht nicht bekommen.

»Die Eier kommen gleich.«

Ich starre Carrie hinterher und greife gedankenverloren nach der Tasse. Wie in Trance schütte ich Zucker in den Kaffee und knibbele eines der Plastik-Milchöpfchen auf. Mein Herz

hämmert in meiner Brust, während ich die Milchtropfen beobachte, die in das dunkle Braun fallen.

Insolvenz. Das darf doch gar nicht wahr sein! So dicht vorm
Ziel. Alles vorbei. Kein veröffentlichtes Buch. Kein Honorar.
Keine Kündigung in der Werbeagentur.

Tränen schießen in meine Augen. Nein, jetzt bloß nicht
heulen! Nicht hier, in diesem Diner, vor Carrie und …

…vor Carries Mutter, Elaine. Sie kommt gerade zur Tür herein. Gefolgt von Matt.

Kapitel 9

Reiß dich zusammen, Nina!, faucht Kleine Bärin. *Du wirst hier nicht zum kleinen Häufchen Elend mutieren!*

»Hmm«, murmele ich und wische mir über die Augen. Konzentriert starre ich in meine Kaffeetasse. Als ich sie hebe, um an ihr zu nippen, schaue ich verstohlen zur Theke hinüber. Dort stehen Carrie und Elaine und Matt und mustern mich. Matt hebt die Hand zum Gruß. Carrie lächelt schief und wendet sich der Durchreiche zu, wo ein dampfender Teller auf sie wartet. Elaine starrt mich an. Als ihre Tochter an ihr vorbeigehen will, sagt sie etwas und nimmt ihr den Teller ab. Ich verschlucke mich beinahe an meinem Kaffee, als sie auf meinen Tisch zukommt.

»Hey, Nina.« Sie stellt den Teller mit Rührei, Speck und Toast vor mir ab und lächelt zu mir herunter. Sie ist immer noch eine attraktive Frau. Ihr Haar, das ich noch so dunkelbraun wie das ihrer Kinder in Erinnerung habe, ist jetzt silbergrau und kurzgeschnitten. Zwei Kränze aus feinen Lachfältchen umgeben ihre fröhlichen dunklen Augen, und sogar über ihre Nase ziehen sich dünne Linien. Richtig, jetzt erinnere ich mich. Wenn Elaine lacht, zieht sie die Nase kraus. Das fand ich immer schon total süß. Sie ist ziemlich hipp angezogen, dafür, dass sie auf die 60 zugehen dürfte: Ein figurbetontes schwarzes T-Shirt mit einem verwaschenen Porträt von »The Boss« Bruce Springsteen, Hüftjeans mit perlenbesticktem Gürtel und Flip-Flops, die ihre gelb lackierten Zehennägel zur Schau stellen. Besonders faszinieren mich allerdings ihre langen Ohrringe. Ich muss zweimal hinsehen, um zu erkennen, dass es sich bei den silbernen Plättchen mit dem eingravierten

Blumenmuster um die Griffe von Silberbesteck handelt. Wie originell!

»Hallo, Elaine.« Ich grinse schief. Elaine stützt die Hände in die Seiten und mustert mich eingehend.

»Ist lange her, hmm?«, fragt sie.

Ich nicke. »Ja, allerdings.«

»Du siehst gut aus.«

Ich lächele verlegen. »Oh – danke. Du aber auch. Tolle Ohrringe!«

Ein breites Lächeln lässt ihre Nase kraus werden. »Ja, nicht wahr? Sie sind aus einem Laden hier im Ort, er heißt ›Rocky Stuff‹. Du wirst ihn lieben, Nina. Es gibt dort Klamotten und Andenken – und halt Schmuck. Die Inhaberin macht ihn selbst – made in Rocky Harbour!«

»Wow, klingt toll. Da muss ich unbedingt vorbeischauen.«

»Ja, mach das. Aber vorher lass dir das Frühstück schmecken.« Sie will sich abwenden, dann scheint ihr noch etwas einzufallen. »Und herzlichen Glückwunsch, Matt hat es mir erzählt. Wie schön, ein Baby!«

Ich stöhne innerlich auf. »Ja, danke«, murmele ich und verziehe mein Gesicht gewaltsam zu einem Lächeln. Ich will gar nicht wissen, wie das aussieht. Elaine scheint zum Glück nichts zu bemerken, denn sie gibt mir nur einen kleinen Klaps auf die Schulter und marschiert zu dem älteren Herrn und seiner einsamen Kaffeetasse hinüber.

»Na, Dave, wie ist es heute?«, höre ich sie fröhlich rufen, während sie sich ihm gegenüber auf die Sitzbank schiebt.

Ich schließe kurz die Augen und hole tief Luft. Irgendwie hat mein Magen aufgehört zu knurren. Er fühlt sich seltsam dumpf an. So, wie mein gesamter Körper. Insolvenz.

»Du scheinst ja richtigen Hunger zu haben.«

Matts Stimme lässt mich hochfahren. Wie lange ich aus dem Fenster gestarrt habe, weiß ich nicht. Oh, meinem nicht mehr dampfenden Rührei nach zu urteilen relativ lange.

»Alles okay bei dir? Du siehst irgendwie nicht gut aus.« Matt nimmt seine Baseballmütze ab und lässt sich mir gegenüber auf die Bank fallen.

»Danke für das Kompliment.« Okay, so bissig sollte das eigentlich nicht herüberkommen.

»Gern geschehen.«

Ich winde mich unter seinem Blick und greife nach Messer und Gabel, nur, um etwas zu tun. »Schon fertig mit der Sickergrube?«

»Nein, aber Bill hat Hunger, und ich habe angeboten, ein zweites Frühstück zu holen.«

»Aha.« Ohne ihn anzusehen, schiebe ich mir eine Gabel voll Ei in den Mund. Zum Glück ist es noch nicht eiskalt. Und schmeckt verdammt gut. Ich merke, dass ich doch noch gewaltigen Hunger habe, Schock hin oder her. Genüsslich beiße ich vom gebutterten Toast ab.

»Wie ist denn dein Bild geworden?«

Überrascht sehe ich Matt an. »Welches Bild?«

»Na, das Bild, das du von mir gezeichnet hast. Beim Schaufeln. Oben ohne.«

Ich verschlucke mich an einem Toastkrümel. Hustend greife ich nach meiner Kaffeetasse und nehme einen großen Schluck. Als ich Matt aus tränenden Augen ansehe, grinst er. Nicht nur der linke Mundwinkel, nein: ein volles Grinsen. »Soll ich klopfen?«

Ich schüttele mit Nachdruck den Kopf. Bloß nicht, denke

ich und versuche, ruhig zu atmen. »Ich habe nur Gretchen gezeichnet«, stoße ich schließlich heiser hervor.

»Mhhm.« Matt schaut mich an, und der Spott in seinem Blick ist nicht zu übersehen. »Darf ich mal schauen?« Ehe ich es verhindern kann, hat er nach meinem Skizzenblock gegriffen, der neben meinem Teller liegt. Verdammt!

»Nein, bitte, es ist nicht gut geworden und ...«

Zu spät. Er blättert um und sieht sich als Akt. Okay, als halben Akt. Mit Jeans. Mein Gesicht verwandelt sich in einen Hochofen. Ich schiebe mir eine weitere Gabel Ei in den Mund und spieße eine Speckscheibe auf.

»Wow, was heißt denn da ›nicht gut geworden‹? Gretchen ist dir echt gut gelungen.« Ich sehe Matt an und stelle zu meiner Verwunderung fest, dass er es ernst zu meinen scheint. Dann verzieht sich sein Mund doch wieder zu einem spöttischen Grinsen, und er fügt hinzu: »Und der nackte Kerl daneben ist auch nicht schlecht getroffen, finde ich.«

»Danke«, murmele ich und widme mich wieder meinem Teller.

»Im Ernst«, sagt Matt und legt den Block zur Seite. »Du bist richtig gut, Nina.«

Verblüfft schaue ich ihn an. »Danke«, wiederhole ich.

Fällt dir auch noch ein zweites Wort ein, du Sprachgenie?

»Dein Vater hat mir erzählt, dass du in Deutschland ein Bilderbuch veröffentlichst.« Seine Worte durchzucken mich wie ein Stromschlag. Ich lege die Gabel zur Seite und greife nach der Kaffeetasse.

»Hmm, ja ...« murmele ich und nippe am Kaffee, ohne etwas zu schmecken.

Was soll denn »hmm, ja« heißen? Schon die Insolvenz vergessen?

Natürlich nicht. Aber ich kann jetzt nicht darüber sprechen. Ich kann einfach nicht. Es fällt mir ja schon schwer genug, darüber nachzudenken. Es laut zu sagen würde bedeuten, dass es wirklich passiert, dass mein Traum von einem veröffentlichten Buch platzt. Und das darf einfach nicht wahr sein.

»Kompliment«, sagt Matt, und ich höre echte Bewunderung in seiner Stimme. Statt geschmeichelt zu sein könnte ich heulen. »Ich wusste immer, dass du es schaffen würdest. Du warst damals schon so talentiert. Aber jetzt …« Er tippt auf den Skizzenblock und zieht eine Augenbraue in die Höhe.

»Jetzt bist du einfach super.«

»Ähm – danke.«

Nein, wie originell!

Schnell füge ich hinzu: »Aber so gut bin ich nun auch wieder nicht. Und das eine Buch – also, das bedeutet nicht, dass ich – dass ich meinen Beruf in der Werbeagentur an den Nagel hängen kann oder so.«

Matt zuckt mit den Schultern. »Ist doch egal. Hauptsache, du hast einen Fuß in einer Verlagstür, oder?«

Ich konzentriere mich auf die Reste meines Rühreis und zwinge meine Augen dazu, trocken zu bleiben. »Mhhm«, murmele ich.

»Hey, weißt du was?« Fragend schaue ich auf. »Du könntest ein paar Bilder hier im Diner ausstellen. Ich meine, so gut wie unsere Lokalkünstler bist du allemal.« Er macht eine Kopfbewegung in Richtung des Porträts, über das ich vorhin gelacht habe. Zu meiner Überraschung muss ich grinsen.

»Ich habe mich ehrlich gesagt schon gefragt, ob das ein Mann oder eine Frau sein soll«, wispere ich.

Matt lacht leise auf. Oh. Mein. Gott. Es sollte verboten sein, so sexy zu lachen.

»Das ist Maeve Herrington. Leider sieht sie in Wirklichkeit auch nicht viel besser aus.«

Ich pruste in meine Tasse. Matt beobachtet mich amüsiert und meint dann: »Im Ernst, wenn du im Urlaub ein paar Bilder malst, dann bring sie vorbei. Meine Mutter stellt hier ständig wechselnde Werke aus, und einige von ihnen sind schon verkauft worden.« Er senkt die Stimme und fügt mit einem Blick in die Richtung des Pfannkuchen-Pärchens hinzu: »Man glaubt ja nicht, wie viel Geld Touristen in einem Ort wie Rocky Harbour lassen.«

Ich nicke. »Werde darüber nachdenken«, verspreche ich. »Ich finde es übrigens toll, dass deine Mutter und Carrie das ›Foggy Days‹ übernommen haben. Hat Maureen aus Altersgründen aufgehört? Die frühere Besitzerin hieß doch Maureen, oder?«

»Ja. Aber sie ist gestorben.«

»Oh!« Ich kann mich noch deutlich an die kleine energische Frau mit den grauen Löckchen und der rauchigen Stimme erinnern. »Wie traurig. Woran ist sie gestorben?«

»Sie hatte Lungenkrebs. Hat zeit ihres Lebens Kette geraucht.«

Das erklärt dann wohl die rauchige Stimme.

»Dort drüben sitzt Dave, ihr Witwer.« Ich folge Matts Blick und sehe den alten Mann, den ich zeichnen wollte, bevor mein Handy gepiepst hat.

»Ach, ich wusste gar nicht, dass das Maureens Mann – ich meine, Witwer ist. Ich kann mich nur an Maureen erinnern.«

»Vermutlich, weil Dave früher immer mit seinem Fischerboot unterwegs war.« Matt schaut nachdenklich zu dem alten Mann hinüber. »Seit seine Frau gestorben ist, fährt er nicht mehr zum Fischen. Als ob er über Nacht mit einem Schlag uralt geworden wäre. Mom lässt ihn hier jeden Tag umsonst essen. Er kommt zum Frühstück und geht oft erst nach dem Abendessen. Sitzt immer am selben Tisch und schaut aufs Meer hinaus. Als ob er darauf wartet, dass Maureen zurückkommt.«

Ich sehe Matt an, sehe seine vertrauten und doch irgendwie fremden Gesichtszüge, die Narbe über seiner rechten Augenbraue, von der ich nicht weiß, woher sie stammt. Wie schnell meine Augen feucht werden, überrascht mich selbst, und ich wende mich meiner Umhängetasche zu, in der ich etwas Unbestimmtes suche.

»Matt, deine Bestellung ist fertig!« Carries Stimme dringt durch das Lokal. Ich blinzele die Tränen weg und schaue zur Theke hinüber, wo Matts Schwester gerade eine braune Papiertüte auf den Tresen stellt. Sie erwidert meinen Blick und lächelt gezwungen. Oha. Ihre Laune war aber vorhin noch besser.

»Ja danke, Carrie.« Matt erhebt sich von der Bank und setzt seine Baseballmütze auf. »Ich wünsche dir noch einen guten Appetit«, sagt er.

»Danke«, wiederhole ich zum x-ten Mal. »Und euch noch viel Erfolg mit der Sickergrube.«

Ich sehe Matt nach, wie er mit langen Schritten den Raum durchquert und die Papiertüte von der Theke nimmt. Im Vorbeigehen drückt er seiner Mutter einen Kuss auf die Wange, dann verschwindet er mit einem lauten Bimmeln der Eingangstür. Dass die Gucci-Sonnenbrillen-Trägerin ihm und seinem knackigen Hintern verstohlen hinterherstarrt, kann ich ihr nicht verübeln. Ich selbst starre ebenfalls, bis ich merke, dass Elaine mich beobachtet. Mit einem beschämten Grinsen wende ich mich meinem Teller zu und verputze den Rest

Rührei. Irgendwie bin ich ein bisschen enttäuscht, dass Matt schon gegangen ist. Ich hätte mich gern länger mit ihm unterhalten. Schließlich haben wir uns seit 14 Jahren nicht gesehen oder gesprochen – da gibt es doch einiges zu erzählen, oder nicht?

Kleine Bärin ist mal wieder anderer Meinung. *Es ist vermutlich besser, wenn ihr euch nicht zu eingehend unterhaltet. So, wie du dich seit gestern benimmst.*

Hmm. Vielleicht. Ich nippe an meinem Kaffee und starre aus dem Fenster. Eigentlich war es mir auch deshalb ganz recht, dass Matt sich zu mir gesetzt hat, weil ich in seiner Gegenwart nicht weiter über die Insolvenz nachdenken musste. Ich möchte auch jetzt nicht darüber nachdenken, doch meine Gedanken schwirren wie von selbst in diese Richtung. Es ist doch nicht zu fassen, dass mein Leben mal wieder das reinste Chaos ist! Scheinschwangerschaft, sexy Ex und bye, bye Buchprojekt. Wieso kann mein Leben nicht geordnet verlaufen? So, wie Isas zum Beispiel?

Meiner Cousine ist immer schon alles in den Schoß gefallen. Sie hatte eindeutig die leichtere Kindheit. Unter anderem deshalb, weil ihre Mutter nicht über Nacht eine erfolgreiche Schriftstellerin geworden ist. Nein, daran wäre an und für sich nichts auszusetzen gewesen. Doch meine Mutter schaffte ihren Durchbruch ausgerechnet mit Erotikromanen. Andere Frauen, die ihren Beruf an den Nagel hängen, um für ihre Kinder da zu sein, gründen eine Häkelgruppe oder belegen einen Yoga-Kurs. Meine Mutter begann eines Tages, als ich zehn war, »Eine sündige Nacht« zu schreiben. Einmal fand ich ein paar ihrer Manuskriptseiten auf dem Küchentisch. Die Bedeutung der Zeilen, die ich lesen konnte, bevor mein Vater mir die Seiten aus der Hand riss, begriff ich erst Jahre später. Da

Mama nach Erscheinen ihres ersten Buches von einigen west-
fälischen Tageszeitungen und einer Radiostation interviewt
wurde, wusste bald halb Bielefeld, dass sie nicht zum Zirkel
braver Hausfrauen gezählt werden konnte. Das war die Zeit,
als meine Mitschüler anfingen, mich zu hänseln. Hendrik ging
es nicht besser, aber er wehrte sich, indem er jeden zusam-
menschlug, der feixend von »Eine sündige Nacht« anfing. Ich
hingegen reagierte mit Flucht in meine Traumwelt, was meinen
Noten – außer in Kunst – nicht unbedingt gut bekam.

Nein, Isas Mutter ist keine Erotikschriftstellerin, sondern
Innenarchitektin, was sehr viel weniger Konfliktpotenzial bietet. Okay, ich würde nicht wollen, dass Tante Helga meine
Wohnung einrichtet, weil ich ihren Geschmack, gelinde gesagt,
zum Kotzen finde, aber Isa hat dieses Dilemma elegant gelöst:
Sie hat Deutschland verlassen und ist nach New York gezogen,
in das schicke Penthouse ihres Verlobten mit Blick aufs Em-
pire State Building.

Isa hat Greg, den sie in knapp einer Woche heiraten wird, in
Manhattan kennengelernt, als sie beruflich einige Tage dort
war. Sie ist Eventmanagerin und hatte den Auftrag, im Waldorf
Astoria Hotel einen Empfang für Mercedes-Benz anlässlich
der Einführung ihres neuesten Modells auf dem US-Markt
vorzubereiten. Schon am ersten Tag geriet sie mit dem Kon-
ferenzmanager des Hotels aneinander. Mit Greg. Noch am
selben Abend landeten sie im Bett. Wenige Monate später
kündigte Isa bei ihrer Agentur in Köln und zog nach New
York. Arbeiten kann sie bislang nicht, da sie noch keine Greencard hat. Doch erstens verdient Greg genug Geld, um das teure
Leben in New York für sie beide finanzieren zu können. Und
zweitens wird sich das Problem mit der Greencard bestimmt
bald lösen, wenn Isa erst einmal Mrs. O'Neil ist. Sie hat mir

schon am Telefon erzählt, dass es für sie leicht werden wird, in Manhattan einen guten Job im Event-Bereich zu finden, weil Greg angeblich die halbe Stadt kennt.

Ja, Isas Leben läuft eindeutig runder als meines. Keine geschiedenen Eltern, keine nervigen Geschwister, keine Figurprobleme (und damit einhergehend keine vorgetäuschten Schwangerschaften), keine Karrieresorgen. Wobei ich, um Karrieresorgen haben zu können, ja erst einmal eine Karriere haben müsste. Und die habe ich nicht. Was ich habe, ist mein verhasster, schlecht bezahlter Job in der Agentur. Herzlichen Glückwunsch!

Ich seufze tief. Momentan sieht es in meinem Leben so aus wie sonst nur in meiner Wohnung. Ja, es gibt gute Gründe, warum Sascha und ich bisher nicht zusammengezogen sind. Sascha ist extrem ordentlich. Er liebt sein Ein-Zimmer-Apartment in Berlin Mitte, die Edelstahlfront seiner Einbauküche, das kühle Anthrazit der Fliesen in seinem modernen Bad, das schlichte schwarze Ledersofa mitten im Wohnzimmer, den riesigen Flachbildschirm an der Wand. Ehrlich, als ich das erste Mal bei Sascha zu Hause war, hatte ich zum einen große Angst, etwas dreckig oder kaputt zu machen, und zum anderen wusste ich sofort, dass das mit uns nicht klappen würde.

Doch seit zwei Jahren klappt es trotzdem. Unter anderem wohl deshalb, weil der Sex so gigantisch ist. Immer, wenn wir uns streiten (was häufig vorkommt), landen wir früher oder später auf seinem Ledersofa oder in meinem alten Ohrensessel oder an seinem Edelstahlkühlschrank oder zwischen den Klamottenbergen auf meinem Fußboden. Wir streiten uns meistens, weil ich einen Hang zum Chaos habe (er begreift einfach nicht, dass es ein kreatives Chaos gibt!) oder weil er so versnobt ist. Wenn ich mal wieder H&M-Klamotten gekauft habe

und er mir einen Vortrag über die Vorzüge eines echten Kasch-
mirpullovers von Hugo Boss hält. Wenn er nicht begreift, warum ich lieber mit meinem bunten Geschirrsammelsurium
vom Flohmarkt lebe, anstatt mich für ein Service von Villeroy
& Boch zu verschulden. Leider tendieren wir dazu, unsere
zahllosen Meinungsverschiedenheiten nicht zu Ende zu dis-
kutieren, weil immer einer anfängt, dem anderen die Klamotten vom Leib zu reißen. Das ist kurzfristig sehr aufregend, aber
auf lange Sicht vermutlich nicht gerade das, was ein Paar-Psy-
chologe empfehlen würde. Auf jeden Fall sind wir deshalb
zwar immer noch zusammen, aber nach wie vor nicht zusammengezogen. Schließlich wissen wir beide: Bereits bei der
Wohnungssuche würden wir uns die Köpfe einschlagen, weil
Sascha auf schickem Neubau mit geraden Linien und ich auf
gemütlichem Altbau mit knarzenden Dielen bestehen würde.

Das Bimmeln der Eingangstür reißt mich aus meinen Grübeleien. Ein großer Mann mit silbergrauem Pferdeschwanz und
einer Gesichtsfarbe, die sowohl durch Bluthochdruck als auch
durch Sonnenbrand entstanden sein könnte, kommt herein.

»Hey, Carrie, mein Schatz!«, dröhnt seine tiefe Stimme
durch den Diner. »Ich hatte unglaubliche Sehnsucht nach deinen Blaubeer-Muffins! Aber du darfst auf keinen Fall Helga
etwas verraten, sie hat mich vor der Hochzeit auf Diät gesetzt.«

Es ist Onkel Hermann. Ich habe ihn ewig nicht gesehen –
das letzte Mal an seinem 60. Geburtstag vor drei Jahren. Damals sind nur Leonie und ich zur Feier nach Hannover gefahren. Papa hat ja bis vorgestern nicht mit seinem Bruder gesprochen, Mama musste dringend ein Manuskript zu Ende

bekommen, und auch Hendrik konnte sich nicht von Hamburg und seiner Arbeit trennen.

Ich sitze still an meinem Tisch und starre zur Theke hinüber, wo er gerade Carrie an sich drückt. Sie kichert und windet sich aus seiner Umarmung. Dann sagt sie leise etwas zu ihm. Onkel Hermann dreht sich um und blickt suchend durch den Raum, bis er mich entdeckt.

»Nina! Da sitzt du still und leise in der Ecke und begrüßt deinen Onkel nicht?« Ehe ich mich ganz aus der Sitzbank zwängen kann, ist er schon neben meinem Tisch, packt mich an den Schultern und reißt mich förmlich in eine Umarmung. Ich schnappe nach Luft – zum einen wegen seines starken Griffs, zum anderen wegen seines beißenden Aftershaves.

»Hi, Onkel Hermann«, schnaufe ich, als er mich endlich loslässt. »Wie geht's dir?«

»Gut geht's mir, Nina-Kind!«, dröhnt seine Stimme durch das Restaurant. »Und dir auch, habe ich gehört?« Ohne Vorwarnung legt er seine Pranke von einer Hand auf meinen gewölbten Frühstücksbauch. »Isa hat erzählt, dass ich bald wieder Großonkel werde? Ist das wahr?«

Na wunderbar. Meine Cousine ist wirklich die Verschwiegenheit in Person. Das Touristenpärchen schaut ebenso neugierig zu uns herüber wie Elaine und Carrie. Und sogar der alte Dave hat den Blick von seiner Kaffeetasse gelöst. Und das, obwohl niemand Onkel Hermann verstehen dürfte, schließlich spricht er Deutsch mit mir.

»Ähm, ja, das stimmt«, stoße ich verlegen hervor und füge schnell hinzu, bevor Kleine Bärin ihren »Wie-willst-du-jemals-wieder-aus-dieser-Sache-herauskommen?«-Blick aufsetzen kann: »Sag mal, fährst du gleich zur Marina? Ich wollte heute Isa besuchen und da könnte ich ja hinter dir herfahren.«

»Aber klar!« Mein Onkel kneift mich in die Wange, wie er es schon gemacht hat, als ich fünf Jahre alt war. »Sobald ich einen oder zwei von Carries köstlichen Muffins verputzt habe, fahren wir los. Du wirst staunen, wenn du die Marina siehst, Nina-Kind!«

Kapitel 10

Und ich staune tatsächlich, als ich den schicken Apartmentkomplex aus weißem Holz sehe, der am Ufer der Smugglers' Cove entstanden ist. Ich habe die Meeresbucht außerhalb von Rocky Harbour – der Legende nach früher ein Versteck der Rum-Schmuggler – noch als uriges Fleckchen Erde in Erinnerung, umgeben von dunklem Wald, der bis ans Meer heranreichte, die Uferlinie gesäumt von schroffen Felsen. Als Kinder sind wir bei Ebbe über die Steine geklettert und haben nach Miesmuscheln gesucht, die zwischen dem Seetang an den Felsen saßen.

Als ich jetzt aus meinem Mietwagen steige, stelle ich fest, dass nicht mehr viel an die einsame Bucht meiner Kindheit erinnert. In der Mitte der runden Einfahrt, an deren Rand ich gerade geparkt habe, steht ein hoher Fahnenmast. Eine Kanada-Flagge weht in der Meeresbrise. Ein Kiesweg windet sich eine grasbewachsene Anhöhe hinauf, bis zu einem großen weißen Holzgebäude, das sich majestätisch vor dem blauen Himmel abhebt. Welche gutbetuchten Menschen machen hier wohl Urlaub? Vielleicht das Gucci-Sonnenbrillen-Paar? Ich kann mir die beiden nur zu gut auf einer der Jachten vorstellen, die ich gerade an einem Pier am Meeresufer entdeckt habe. Ich lasse meinen Blick über die Uferlinie wandern und sehe einen weiteren Bootssteg, rund 50 Meter links von dem Pier. Dort liegt noch eine Jacht. »Isabel's Dream« steht in verschnörkeltem Blau auf dem Bug. Mein Blick folgt der Treppe, die sich vom Steg aus einige Felsen hinaufwindet und zwischen hohen Kiefern verschwindet. Jetzt erst entdecke ich ein weißes Haus, das zwischen diesen Kiefern hindurchschimmert. Aha. Das muss der Bungalow sein, in dem meine Verwandten die Sommertage in Rocky Harbour verbringen.

»Wow«, sage ich und betrachte die Bucht und das offene Meer dahinter. »Wunderschön habt ihr es hier.«

»Warte mal ab, bis du alles von innen siehst!«, ruft Onkel Hermann, der seinen BMW in einem Carport neben der Einfahrt geparkt hat und nun mit großen Schritten auf mich zukommt. »Zuerst zeige ich dir ein paar der Ferienwohnungen, die noch frei sind – die meisten Hochzeitsgäste kommen erst in den nächsten Tagen an. Wir haben die Wohnungen natürlich extra für Isas Fest blockiert – momentan wohnen hier keine Fremden. Danach gehen wir in unseren Bungalow.« Er legt mir seine Pranke auf die Schulter und schiebt mich in die Richtung des Apartmenthauses. »Komm, du wirst staunen. Deine Tante hat alles eingerichtet. Sowohl die Ferienwohnungen als auch unser Häuschen – es ist alles umwerfend geworden!«

Umwerfend ist der richtige Ausdruck. Mit offenem Mund besichtige ich Wohnung um Wohnung. Der Ausblick ist wunderschön, besonders bei den Apartments, die im ersten und zweiten Stock des Hauses liegen. Weniger schön ist Tante Helgas Werk als Innenarchitektin. Endlich konnte sie sich richtig austoben, denke ich, als ich mich an die bitteren Tränen erinnere, die im ersten Sommer in der Blueberry Lodge vergossen wurden. Und zwar nicht nur von Tante Helga, sondern auch von Mama – und das will was heißen. Meine Mutter weint fast nie. Doch als ihre Schwägerin einen Kronleuchter aus Elchgeweih und einen ausgestopften Bärenkopf zu Dekorationszwecken in die Lodge schleppte, war es um Mamas Fassung geschehen.

Für die Einrichtung dieser Ferienwohnungen mussten zwar
keine Tiere dran glauben, dafür aber umso mehr Engel. Ge-
flügelte Porzellan-, Stein- und Glasfigürchen, Engel in Pup-
penform, auf Kissen oder Tassen, wohin man schaut. Schon im
Haus meines Onkels und meiner Tante in Hannover fand ich
diese Engel-Invasion äußerst merkwürdig. Aber erst jetzt begreife ich, dass Tante Helga ernsthaft süchtig zu sein scheint.
Nach Engeln – und nach Gold und Kristall. Überhaupt nicht
mein Geschmack, denke ich, als ich einen glitzernden Kronleuchter über einem Esstisch mit schwerer Marmorplatte betrachte, der wunderbar in ein Hotel nach Marbella passen
würde. Aber doch nicht nach Rocky Harbour, wo es im einzigen Restaurant des Ortes Plastiktischdecken mit Hummer-
muster gibt!

Onkel Hermann merkt nicht, dass mir die Komplimente
immer schwerer fallen, je mehr ich von den Wohnungen sehe.
Stolz zeigt er mir die modernen Küchengeräte (»Nicht so an-
tikes Zeug wie in der Blueberry Lodge!«) und die Flachbild-
schirme (»Ich verstehe gar nicht mehr, warum wir in der Blueberry Lodge nie Fernseher hatten!«), redet wie ein Wasserfall
von WLAN und Whirlpools und führt mich schließlich zu den
zwei Tennisplätzen hinter dem Gebäude. War ja klar, denke
ich und muss mir auf die Unterlippe beißen, um nicht zu kichern. Ich höre noch deutlich Tante Helgas Gejammer, dass
sie immer »am Arsch der Welt, zwischen Mücken und Fleder-
mäusen und ohne Tennisplatz!« Urlaub machen musste. Nun,
diese furchtbaren Zeiten sind ja zum Glück vorbei.

Daher bin ich nicht im Geringsten überrascht, als ich zwei
Frauen auf dem roten Sand des vorderen Tennisplatzes herumlaufen sehe. Im ersten Moment glaube ich, die jüngere der
beiden wäre Isa, merke beim Näherkommen jedoch, dass ich

die Blondine im Tennisdress nicht kenne. Die ältere Spielerin mit der hellblonden Dauerwelle und der dunkelbraunen Haut, die mich spontan an Matts zerschlissene Ledercouch erinnert, kenne ich hingegen sehr gut: meine Tante Helga.

»Helga!«, ruft Onkel Hermann dröhnend. »Schau mal, wen ich im Ort aufgegabelt habe!«

Von ihrem Mann abgelenkt, verpasst Tante Helga prompt den gelben Ball. Mit einem frustrierten Gesichtsausdruck, den ich nur zu gut kenne, dreht sie sich zu uns um und schirmt ihre Augen gegen die Sonne ab.

»Ah, Nina.« Sie klingt nicht so begeistert, wie man das von einer Tante eigentlich erwarten dürfte. Nun gut, wir sind nicht blutsverwandt. Gott sei Dank. Als sie auf uns zukommt, sehe ich, dass sie aus der Nähe noch mehr Ähnlichkeit mit Matts Sofa hat als von Weitem. Wobei – in Kombination mit dem leicht verkniffenen Gesichtsausdruck, den sie meistens mit sich herumträgt, erinnert sie mich spontan an einen Bratapfel, der zu lange im Backofen war. Tante Helga hat in ihrem Leben eindeutig zu enge Bekanntschaft mit Sonnenbänken gemacht.

Sie bleibt vor mir stehen, mustert mich eingehend (besonders meinen Bauch, war ja klar) und haucht mir dann links und rechts ein Küsschen auf die Wange. Von ihrem schweren Parfüm, das sich mit einem leichten Schweißgeruch mischt, wird mir schlecht. Vielleicht bin ich wirklich schwanger? Nein, Quatsch.

»Wie geht es dir, Kind? Ich habe gehört, dass du schwanger bist?«

Langsam, aber sicher beginnt diese Frage mir gehörig auf die Nerven zu gehen. Ich unterdrücke einen Seufzer. »Mhhm. Ja.«

Zum Glück kommt mir Isa zu Hilfe, bevor Tante Helga

auch nur ein »Herzlichen Glückwunsch!« über ihre schmalen, rotgeschminkten Lippen bringen kann.

»Niiiina!« Meine Cousine rennt den Weg entlang, der anscheinend den Bungalow unter den Kiefern direkt mit den Tennisplätzen verbindet. Ich habe mich schon gewundert, dass sie nicht ebenfalls mit einem Schläger bewaffnet auf oder zumindest am Rande des Platzes zu sehen war. Als sie näher kommt, erkenne ich, dass sie ein kurzes Sommerkleid und einen Strohhut trägt, keinen Tennisdress. Komisch, sie lässt doch sonst keine Gelegenheit aus, so viele Kalorien wie möglich zu verbrennen. Vermutlich will sie vor ihrer Hochzeit nicht das Risiko eingehen, sich den Knöchel zu verstauchen.

»Wieso sagt mir denn niemand, dass Nina hier ist?« Mit vorwurfsvollem Gesichtsausdruck stürmt Isa auf mich zu und umarmt mich.

»Wir sind doch gerade erst angekommen. Ich habe Nina im Ort getroffen und ihr die Ferienwohnungen gezeigt«, verteidigt sich Onkel Hermann und lässt sich auf eine Bank im Schatten eines Ahornbaumes fallen. »Uff, ist das heute wieder heiß. Wirklich, die Leute, die immer vom kalten Kanada faseln, haben keine Ahnung, wie die Sommer hier in Nova Scotia sind. Erst gestern hat Isas Patenonkel angerufen und mich allen Ernstes gefragt, ob er zur Hochzeit einen Anzug aus Wollstoff mitnehmen solle, weil wir ja draußen feiern wollen. Wollstoff, bei dieser Hitze!«

»Du hast Nina die Wohnungen ohne mich gezeigt?«, fragt Isa. Oh, oh. Ich kenne diese steile Falte, die sich zwischen ihren schmal gezupften Augenbrauen bildet, nur zu gut. Als sie jünger war, folgte dieser Falte stets ein Wutausbruch. Mein Onkel weiß das natürlich, denn er beeilt sich zu sagen: »Es war wirk-

lich nur ein flüchtiger Rundgang, nicht wahr, Nina? Und du
kannst ihr ja unseren Bungalow zeigen, Isalein.«

Isalein nickt und schiebt ihre Unterlippe vor. Wie damals als
Fünfjährige, wenn sie tobte, weil sie nicht die Barbie bekam,
die sie haben wollte. Sie wendet sich mir zu und fragt: »Hast
du Courtney schon kennengelernt?«

Als ich verneine, winkt sie über das Tennisnetz hinweg der
Blondine zu, die sich gerade mit einem Frotteehandtuch das
Gesicht abtupft. »Komm doch mal rüber!«, ruft sie auf Englisch, dann dreht sie sich zu mir um und erklärt: »Courtney ist
eine liebe Freundin von mir aus Manhattan. Wir sind zusammen mit meinem Auto von New York nach Nova Scotia gefahren. Sie ist genial, du wirst sie mögen. Wir haben uns auf
einer After-Work-Party kennengelernt. Weißt du was, sie ist
auch Anwältin!«

»Aha«, murmele ich, während ich Courtney beobachte, die
ihren Schläger am Rande des Tennisplatzes abgelegt hat und
nun auf uns zukommt. Ihre langen, knackigen Beine, deren
Bräune durch das Weiß des kurzen Tennisröckchens noch betont wird, sind mir unsympathisch. Und dass sie Anwältin ist,
macht das Ganze nicht besser. Ich mag keine Anwälte. Vermutlich deshalb, weil mein Bruder einer ist. Sascha leider auch.
Ich habe ihn sogar über Hendrik kennengelernt, die beiden
haben gemeinsam in Münster Jura studiert. Aber nur weil mein
Freund zufällig Rechtsanwalt ist, heißt das nicht, dass ich dieser Berufsgruppe positiver gegenüberstehe als vorher.

»Courtney«, sagt Isa, »das hier ist Nina, meine Lieblingscousine, von der ich dir schon so viel erzählt habe!«

Wow, Lieblingscousine. Ich bin beeindruckt. Nun gut, außer mir hat sie ja nur Leonie als Cousine. Und die beiden ver-

bindet wegen der sechs Jahre Altersunterschied längst nicht so viel wie Isa und mich.

»Hi!«, sagt Courtney und strahlt mich mit erschreckend weißen, ebenmäßigen Zähnen an. »Wie schön, dich kennenzulernen!«

»Ebenfalls«, sage ich und bemühe mich um ein bisschen Enthusiasmus.

»Ninas Freund ist auch Anwalt!«, verkündet Isa und fügt dann mit einem breiten Lächeln hinzu: »Nein, ich sollte lieber sagen: Der Vater ihres ungeborenen Babys ist auch Anwalt!«

Ich werfe ihr einen strengen Blick zu. Hat sie etwa vergessen, dass ich sie gebeten hatte, niemandem von meiner Schwangerschaft zu erzählen? Doch Isa merkt nicht einmal, dass ich sie ansehe, denn sie hat gerade einen herunterhängenden Faden an ihrem Kleid entdeckt und versucht nun, diesen abzureißen.

»Oh, wirklich, in welchem Bereich ist dein Freund denn tätig?«, fragt Courtney mich.

Ich schäme mich dafür, dass ich kurz überlegen muss, bevor ich antworte: »Gesellschaftsrecht? Ja, Gesellschaftsrecht.«

»Ah, wie interessant. Ich habe mich auf Immobilienrecht spezialisiert. Ach – und natürlich herzlichen Glückwunsch! Ein Baby, wie unglaublich toooooll!« Sie schenkt mir ein zuckersüßes Lächeln, bei dem mir fast übel wird.

Ich quäle ein Grinsen auf mein Gesicht. »Danke.«

»Was sagen denn eigentlich deine Eltern zu deiner Schwangerschaft?«, will nun meine Bratapfel-Tante wissen.

»Oh – ehrlich gesagt, Mama weiß es noch nicht«, stammele ich. »Und Papa – ihm habe ich es erst gestern gesagt. Er freut sich wirklich sehr.«

»Wie schön.« Tante Helga zieht eine kleine Grimasse, die mit etwas Phantasie ein Lächeln sein könnte. »Na, das wird ja eine freudige Überraschung für deine Mutter werden, wenn sie heute ankommt!«

Oh ja, knurrt Kleine Bärin. *Und wie!*

Ich bin meiner Cousine unendlich dankbar, als sie mich am Ellbogen nimmt und sagt: »So, Nina, komm, ich zeig dir jetzt unser Haus – und mein Brautkleid!«

Natürlich ist Isas Brautkleid der Hammer. Es ist eines dieser Kleider, die ich nie tragen könnte. Zum einen, weil meine Zwillinge das trägerlose Bustieroberteil sprengen würden, zum anderen, weil ich Erna niemals in den schmalen, boden-langen Rock aus weißer Seide quetschen könnte. Aber Isa steht das schlichte, elegante Kleid hervorragend. Als sie auch noch den schulterlangen Schleier aus hauchdünnem Tüll auf ihrem Kopf drapiert, werde ich wirklich neidisch. Warum kann ich nicht mehr Isa-Gene in mir haben?

»Du bist wunderschön.«

»Ja, oder?« Selbstbewusst wie eh und je dreht Isa eine kleine Pirouette und begutachtet sich im Spiegel. »Ich bin ganz ver-liebt in mein Kleid! Ach, und ich muss dir natürlich auch dein Kleid zeigen.«

Sie läuft zum Kleiderschrank hinüber und öffnet die Holz-türen. Ich hoffe, dass das, was jetzt kommt, nicht zu schlimm ist. Aus amerikanischen Filmen kennt man ja nichts Gutes, was die Kleider der Brautjungfern betrifft. Und Isa ist schon ziem-lich amerikanisiert. In schlaflosen Nächten in Berlin, wenn ich gegrübelt habe, wie dieser Sommer in Rocky Harbour wohl werden wird, habe ich mich des Öfteren in schlauchförmigen Kleider-Alpträumen aus pinkfarbener Seide gesehen, unter der sich jede Speckrolle abzeichnete. Bei der Vorstellung, in einem solchen Kleid Matt gegenüberzutreten, wünschte ich mir mehr als einmal, keine Brautjungfer sein zu müssen – obwohl ich ja eigentlich sehr gerührt war, dass Leo und ich gebeten wurden, diesen Job zu übernehmen. Isa hätte schließlich auch die perfekte Tennis-Courtney fragen können.

Das Verhältnis zwischen Isa und mir war in den letzten Jahren nicht immer einfach, weil sich mit der Zeit ein unausgesprochener Konkurrenzkampf zwischen uns eingeschlichen hat. Wer bekommt den besseren Job, wer wohnt in der tolleren Stadt, wer heiratet zuerst? Es wundert wohl niemanden, dass Isa in jeder Kategorie gewonnen hat und ich mich meiner Cousine grundsätzlich unterlegen fühle. Ich habe das Gefühl, dass Isa es genießt, wenn sie mich mit etwas übertrumpfen kann. Dabei hat sie das doch gar nicht nötig. Isa war und ist immer die Schönere, Sportlichere, Beliebtere von uns beiden – und wird dies immer sein. Sogar meine gesamte Familie ist extra wegen ihrer Hochzeit nach Rocky Harbour gekommen, obwohl Papa mit Onkel Hermann zerstritten ist, Mama den Blueberry-See nie wirklich geliebt hat, Hendrik sich äußerst selten Zeit für Urlaub nimmt und Leo chronisch pleite ist. Keine Ahnung, wie sie ihr Flugticket finanziert hat.

Als Isa sich mit einem »Ta-ta-ta!« herumdreht und ein Kleid an einem Bügel präsentiert, bin ich ehrlich überrascht.

»Das tragen Leo und ich als deine Brautjungfern?«

Isa lässt den Bügel ein Stückchen sinken und sieht erst das Kleid und dann mich an. »Gefällt es dir nicht?«

»Doch! Sehr sogar. Aber … Es sieht aus wie ein normales Sommerkleid.«

»Jetzt sag nicht, dass du es nicht erkennst. Den Stoff. Den Schnitt. Klingelt da nichts?«

Ich runzle meine Stirn und starre konzentriert auf das Kleid. Auf das Karomuster in Gelb, Rosa und Orange. Es kommt mir tatsächlich vertraut vor, aber ich kann es nicht einordnen. Isa seufzt theatralisch und geht zu ihrer Kommode hinüber. Mit einem gerahmten Foto kommt sie auf mich zu und drückt es mir in die Hand.

Isa, Leo und ich selbst schauen mir aus dem Holzrahmen entgegen. Wir sitzen wie die Hühner auf der Stange auf der Verandatreppe der Blueberry Lodge und tragen Kinderversionen dieses Kleides, das Isa in der Hand hält. Da die Veranda links und rechts von uns noch kein fertiges Geländer hat, muss das Bild in unserem ersten Sommer am See aufgenommen worden sein. Isa und ich waren acht, Leo zwei Jahre alt.

»Ach ja, stimmt! Wir hatten damals alle drei dieselben Sommerkleider! Und du hast sie nachschneidern lassen?«

Isa nickt. »Ich liebe dieses Foto und ich habe mein Kinderkleid noch. Es hängt in meinem Kleiderschrank in Manhattan. Ich dachte mir, wenn ich schon in Rocky Harbour heirate, dann wäre so eine Hommage an unsere Kindheit am Blueberry-See doch toll. Ich habe ganz schön lange gebraucht, bis ich einen Stoff gefunden habe, der ähnlich aussieht.«

»Eine schöne Idee«, sage ich gerührt.

»Willst du es anprobieren? Wir können es noch ändern, wenn es nicht passen sollte.« Sie wirft einen bedeutungsvollen Blick auf meinen Bauch. Ich schlucke. Mich vor meiner perfekten Cousine auszuziehen und ihr dabei – oh nein! – Papas Unterhose zu präsentieren, zählt nicht gerade zu den Dingen, die ich jetzt am liebsten machen möchte.

»Ja, klar, ich ziehe es gleich an«, sage ich vage, ohne Anstalten zu machen, aufzustehen. »Was wirst du denn an deiner Hochzeit mit deinen Haaren machen?«

»Ich trage sie offen«, erklärt Isa und lässt sich neben mich auf die Patchwork-Decke fallen, die über ihrem weißen Holzbett drapiert ist. »Courtney wird mir am Morgen der Hochzeit die Haare auf große Wickler drehen, damit sie wellig werden und nicht so langweilig glatt herunterhängen.«

»Ich würde meinen Bruder dafür verkaufen, dass mein Haar mal glatt herunterhängt«, sage ich.

Isa lacht laut auf. »Du würdest Hendrik für so einiges verkaufen. Nein, du würdest ihn sogar umsonst hergeben, hab ich recht?«

Ich grinse sie an. »Stimmt, du glückliches Einzelkind.«

»Wenn du wüsstest«, seufzt Isa. »Ich wollte immer Geschwister haben, so wie du. Einen älteren Bruder als Beschützer und eine kleine Schwester, der man Schmink- und Liebestipps geben kann.«

Als ich laut lospruste, schaut sie mich erstaunt an. »Was denn?«

»Du hast ja eine Meise«, stoße ich lachend hervor. »Als ich das erste Mal mit meiner blöden Zahnspange zur Schule gegangen bin, haben ein paar Jungs mich gehänselt und sogar über den Schulhof gejagt. Und Hendrik hat zugeschaut und gelacht. So viel zum Beschützerinstinkt meines älteren Bruders. Und Leo – ich bitte dich. Leo hört nicht auf Tipps, egal von wem. Darum ist ihr Liebesleben ja auch so chaotisch. Und nicht nur ihr Liebesleben.«

»Hmm«, murmelt Isa und zupft an ihrem Tüllschleier herum. »Na ja, ich werde auf jeden Fall mehrere Kinder bekommen.«

Oh nein, jetzt bitte nicht schon wieder das Thema Schwangerschaft.

Das ist die Gelegenheit! Sag ihr, dass du es nicht gut findest, dass sie allen von deiner Schwangerschaft erzählt hat. Obwohl sie das Gegenteil versprochen hatte! Kleine Bärin sieht mich auffordernd an.

Ja, das sollte ich tun, aber wie immer fehlen mir die Worte. Ich bin ziemlich unbeholfen, wenn es darum geht, meine Mitmenschen zu kritisieren. Den wenigsten sage ich offen meine Meinung. Während ich noch überlege, wie ich meine Kritik möglichst schonend vorbringen könnte, überzieht ein Strahlen das Gesicht meiner Cousine. Sie greift nach meinen Händen und sagt: »Nina, ich muss dir was erzählen. Aber du musst mir versprechen, dass das vorerst unser kleines Geheimnis bleibt.«

Ach nee. Kleine Bärin zieht spöttisch die Augenbrauen hoch. Doch ich ignoriere sie, denn mir schwant nichts Gutes. »Ja, klar.«

»Ich bin auch schwanger!«

Ich starre sie an und weiß einen Moment lang ehrlich nicht, was ich sagen soll. Dann wird mir bewusst, dass Freude wohl die passendste Reaktion wäre. Also ringe ich mir ein Quietschen ab, von dem ich stark hoffe, dass es aufgeregt und nicht panisch klingt.

»Isa, wie schöööööön!« Ich umarme meine Cousine und versenke mein Gesicht in duftigem Tüll. »Herzlichen Glückwunsch, was für eine tolle Neuigkeit!«

»Ja, oder?« Sie löst sich von mir, und ich sehe, dass ihre Augen feucht sind. »Ich kann es selbst immer noch nicht glauben. Es war eigentlich noch gar nicht geplant, weißt du?« Sie wischt sich eine Träne aus dem Augenwinkel. »Wir möchten natürlich Kinder haben, aber die Familienplanung sollte erst nach der Hochzeit losgehen. Doch dann ist es einfach passiert! Wir haben es bisher nur unseren Eltern gesagt, aber auf der Hochzeitsfeier wollen wir es offiziell verkünden.«

»Super«, murmele ich. »Ähm, wie weit bist du denn? Ich meine, in welcher Woche …?«

»In der achten! Ich weiß, eigentlich erzählt man so früh noch nichts, aber ich kann es einfach nicht länger für mich behalten!«

Ich starre fassungslos auf den flachen Bauch meiner Cousine. Wo soll da ein Baby sein? Nicht, dass ich Ahnung hätte, wie groß ein Baby in der achten Woche ist. Aber müsste man nicht zumindest eine kleine Wölbung sehen?

»Ich weiß, was du denkst«, sagt Isa und legt eine flache Hand auf ihren Bauch. »Ich werde auch noch dicker, so wie du.« Na, vielen Dank auch! »Es ist nur so, dass ich seit zwei Wochen ständig über der Toilette hänge. Mir kommt einfach alles wieder hoch. Sogar gestern Abend, beim Probe-Essen mit dem Caterer. Mann, war mir das peinlich. So kann ich ja nicht zunehmen!«

»Mhhm«, murmele ich und sehe auf meinen eigenen, nicht schwangeren Bauch, der von meinem ausgiebigen Frühstück immer noch kugelrund ist.

»Nina«, quietscht Isa jetzt und hüpft aufgeregt auf dem Bett auf und ab. »Wir werden zeitgleich Mutter, ist das nicht einfach genial? Ich meine, du bist ja so etwas wie die Schwester, die ich nie hatte – und dass wir nun beide ein Baby bekommen … Das ist einfach phantastisch!«

»Ja«, bestätige ich und werfe schnell ein: »Aber wir werden uns nicht oft sehen können. Du in New York und ich in Berlin …«

»Ach, wir treffen uns einfach jeden Sommer hier in Nova Scotia!«, verkündet Isa, als wäre das die normalste Sache der Welt.

»So?«, frage ich ratlos.

»Na, du willst mir doch nicht weismachen, dass du nach diesem Urlaub abreisen und erst wieder in 14 Jahren zurückkommen wirst, oder? Ich meine, wir reden hier von Rocky Harbour, unserem zweiten Zuhause! Du hast dich doch bestimmt wieder ganz neu verliebt, in den See und das Meer und die schöne Landschaft, oder nicht?«

Hmm, ganz neu verliebt. Ich seufze leise.

Kapitel 11

Es ist ewig her, seit ich zum letzten Mal Kanu gefahren bin, doch ich stelle fest, dass es ein bisschen wie mit dem Radfahren ist: Man verlernt es nicht. Ich habe auf dem hinteren Sitz des offenen Kanadiers Platz genommen, der in den vergangenen Jahren von den Touristen, die unsere Lodge gemietet haben, ganz schön zugerichtet wurde. Einige Stellen mussten offensichtlich mit Kunstharz geflickt werden; das konnte ich sehen, als ich das Boot mit Papas Hilfe ins Wasser gelassen habe. Tja, nicht jeder sollte sich auf diesen See mit seinen teilweise tückischen Felsen unter der Wasseroberfläche hinauswagen!

Ich tauche mein Paddel in das dunkle Wasser und lasse meinen Blick über den Blueberry-See gleiten, der sich vor mir in der Abendsonne erstreckt. Ein paar Mücken tanzen um mein Kanu herum, und ich bin froh, mich mit Anti-Mückenspray eingenebelt zu haben, bevor ich aufgebrochen bin. Die Kanutour ist genau das, was ich jetzt brauche. Die Stille hier draußen auf dem Wasser, die nur hin und wieder vom Meckern eines Eichhörnchens am Ufer durchbrochen wird, lässt auch mich immer ruhiger werden. Für heute habe ich mich wirklich genug aufgeregt.

Zuerst über meine Airline, die mich angerufen hat, als ich heute Nachmittag von der Smugglers' Cove Marina zum See zurückgekommen bin. Mir wurde mitgeteilt, dass mein Koffer versehentlich in Vancouver gelandet sei und erst morgen im Lauf des Tages an den Blueberry-See gebracht werden könne. Frustriert wählte ich Saschas Handynummer, ich wollte ihn dringend sprechen. Was leider mal wieder nicht geklappt hat, weil mir nur seine Voicemail antwortete. Ehrlich, gerade jetzt

bräuchte ich jemanden zum Ausheulen. Ich möchte ihm erzählen, dass »mein« Verlag insolvent ist, dass all die Arbeit und
die Hoffnung vergebens waren. Ich möchte mich trösten lassen, weil ich eine ausgeleierte Herrenunterhose und ein nicht
sehr vorteilhaft geschnittenes Baseballshirt meines Ex-Freundes trage. (Okay, vielleicht würde ich den Teil mit dem Ex-
Freund weglassen, ich will Sascha ja nicht beunruhigen. Nicht,
dass es Grund zur Beunruhigung gäbe.) Vielleicht würde ich
ihm sogar erzählen, dass ich behauptet habe, schwanger zu sein.
Wobei – nein, vielleicht doch lieber nicht. So etwas Peinliches
kann ich niemandem erzählen.

*Du hast nur ein Problem, Nina: Wie wirst du möglichst
schnell schwanger, damit niemand merkt, dass du lügst?* Kleine
Bärin sitzt vor mir im Kanu und schaut mich über die Schulter
hinweg fragend an.

»Wenn das ein Versuch sein soll, mich aufzumuntern, ist er
ziemlich mies«, murmele ich meiner inneren Indianerin zu.
Eins ist klar: Irgendwie muss ich während des Urlaubs diese
Geschichte durchziehen. Ich werde alle im Glauben lassen, ich
sei schwanger und mein Buch würde veröffentlicht werden.
Schließlich reicht es schon, dass meine Cousine mein Leben
lang die Schönere, Sportlichere, Erfolgreichere von uns beiden
war. Die ihren ersten Freund mit 15 hatte, während ich, ver-
pickelt und mit Zahnspange, noch heimlich meine »TKKG«-
Kassetten gehört habe. Meine Cousine, die während ihres Stu-
diums in Köln als Model gearbeitet hat und die nun in einem
schicken Apartment in Manhattan wohnt und in knapp zwei
Wochen ihren Traummann heiraten wird. In einem Traum-
kleid. In einer Traumumgebung. Und die noch dazu ein Baby
bekommt.

Nein, ich kann jetzt unmöglich zugeben, dass ich mir die

Schwangerschaft ausgedacht habe, weil ich ein paar Pfunde um die Taille herum zugenommen habe. Und mein Buch war mein einziger Karrieretrumpf, den ich bisher zu bieten hatte. Ich weiß genau, wie sehr meine Mutter im Familien- und Bekanntenkreis damit angegeben hat, dass ihre Tochter in ihre Fußstapfen tritt (nicht, dass man Kinderbücher mit Erotikromanen vergleichen könnte, aber egal). Dieser Urlaub mit meiner Familie wird schwer genug – auch ohne Beichten meinerseits. Wenn ich erst mal zurück in Berlin bin, kann ich immer noch reinen Tisch machen. Aus der Ferne, am Telefon, geht das entschieden leichter. Ich werde von der Insolvenz erzählen, von der ich angeblich erst nach meiner Rückkehr aus Kanada erfahren habe. Und von meiner Fehlgeburt.

Oh Mann, Nina. Du hast echt nicht mehr alle Pinsel beisammen. Dir ist hoffentlich klar, dass man so etwas nicht als Notlüge missbrauchen darf? Kleine Bärin sieht ernsthaft erschüttert aus.

»Danke für die Moralpredigt! Welche andere Möglichkeit habe ich denn, um würdevoll wieder aus dieser Schwangerschaftssache herauszukommen?«

Erstaunlicherweise schweigt Kleine Bärin. Ihr fällt also auch nichts Schlaueres ein.

Der Klang einer Gitarre reißt mich aus meiner Grübelei. Ich schaue nach rechts, wo ich gerade eine bewaldete Landzunge passiert habe, und sehe Matt im Schneidersitz auf seinem Bootssteg sitzen. Er hält seine Gitarre auf dem Schoß; neben ihm steht Gretchen und himmelt ihn an. Vor lauter Schreck halte ich in meiner Bewegung inne, das tropfende Paddel schwebt wie erstarrt über der Wasseroberfläche. Ich hatte vergessen, dass es so nah an der Blueberry Lodge nun ein zweites Haus mit einem zweiten Bootssteg gibt. Atemlos höre ich dem

Klang der Gitarre zu, der über das Wasser zu mir herübergetragen wird. Wie vertraut das klingt. Mein Herz macht einige sehr laute Schläge, die dumpf in meinen Ohren dröhnen.

Warum paddelst du nicht einfach weiter?

Ich kann nicht. Das Paddel gehorcht mir nicht. Meine Arme gehorchen mir nicht. Ich sitze wie versteinert und starre diesen Mann an, den ich einmal so gut kannte. Er ist völlig in sein Gitarrenspiel versunken, schaut konzentriert auf seine Finger, bemerkt mich nicht. Sein dunkles Haar fällt ihm in die Stirn, und die Abendsonne lässt seine braungebrannten Arme golden leuchten.

Geht es noch ein bisschen kitschiger?

Das ist nicht kitschig. Das ist wunderschön. Er ist wunderschön.

Nina! Verflucht noch mal, schnapp dir dein Paddel und sieh zu, dass du so viel Wasser wie möglich zwischen ihn und dich bekommst!

Rums. Ein Ruck geht durch das Kanu, und ich schreie auf. Vor Schreck lasse ich das Paddel fallen, das mit einem satten »Plotsch« ins Wasser plumpst. Verdammt, ich muss auf einen Felsen gefahren sein. Zumindest bewegt sich mein Kanu keinen Zentimeter mehr vorwärts und – oh. Als ich mich vorsichtig bewege, höre ich ein unschönes Knirschen unter mir. Entgeistert starre ich über den Bootsrand, erst nach links, dann nach rechts. Ich sehe nur Wasser. Wo ist denn dieser verfluchte Felsen? Während ich spüre, wie hektische Röte in mein Gesicht schießt, höre ich Matts Stimme.

»Nina?«

Ich schaue auf. Er hat seine Gitarre zur Seite gelegt, ist aufgestanden und mustert das Kanu und mich. Ich bilde mir ein, seinen linken Mundwinkel schon wieder zucken zu sehen.

Aber da ich rund zehn Meter von ihm entfernt auf meinem Felsen sitze, kann ich das nicht beschwören.

»Ähm – hallo!«, rufe ich, als wäre es das Normalste auf der Welt, in einem Kanu unweit seines Bootsstegs auf Grund gelaufen zu sein. »Wie geht's?«

Kleine Bärin schlägt mit einem leisen Stöhnen die Hände vors Gesicht. Das würde ich jetzt auch gerne tun.

»Mir geht's gut«, antwortet Matt. »Aber du siehst aus, als bräuchtest du Hilfe.« Jetzt grinst er wirklich. Ich kichere albern. Kleine Bärin knirscht mit den Zähnen. »Ach, ich schaffe das schon irgendwie …«

Aus den Augenwinkeln sehe ich, wie Matt die Arme vor der Brust verschränkt und mich mit offenkundigem Interesse beobachtet, als ich beginne, auf dem Boden des Kanus nach vorne zu rutschen. Ha, das wäre doch gelacht, wenn ich mich nicht selbst aus dieser Situation befreien könnte! Schließlich sitze ich nicht zum ersten Mal auf einem Felsen fest. Nein, irgendwann, so mit zwölf oder 13 Jahren, sind Isa und ich allein auf den See hinausgefahren und haben uns in einer ähnlichen Situation wiedergefunden. Damals sind wir so lange auf dem Boden hin und her gerutscht, bis das Kanu an der richtigen Stelle genug Auftrieb hatte, um vom Felsen zu gleiten. Ich arbeite mich langsam nach vorne durch, als sich das Boot plötzlich bewegt. Im ersten Moment will ich triumphierend jubeln, doch da merke ich, dass ich mich drehe. Das Kanu bewegt sich langsam im Uhrzeigersinn, und ich kann Matt nun nicht mehr sehen. Großartig.

»So wird das nichts, das Boot sitzt bombenfest«, höre ich seine Stimme hinter mir. »Der Felsen ist echt tückisch, ich hätte ihn letztens auch fast mitgenommen.«

»Und was mache ich jetzt?«, frage ich und schaue über meine Schulter.

Großer Fehler, denn Matt steht plötzlich nur in Boxershorts auf seinem Steg. Ein Anblick, der mir bittersüß vertraut vorkommt. Ich begegne Gretchens strafendem Blick und schaue schnell wieder nach vorn, wo Kleine Bärin mit ernstem Gesichtsausdruck sitzt. Was sie mir sagen will, ist eindeutig. Mir ist plötzlich schwindelig. Verkrampft halte ich mich am Joch des Kanus fest. Ein Platschen sagt mir, dass Matt ins Wasser gesprungen ist und zu mir herüberschwimmt.

Ich streiche mir mit beiden Händen durch mein Haar und befeuchte meine Lippen. Als eine Hand nach dem Rand des Kanus greift, zucke ich erschrocken zusammen.

»Ich bin's nur«, prustet Matt.

Oh. Mein. Gott. Wasser perlt aus seinem dunklen Haar und rinnt über sein Gesicht. Wie damals. Ich muss mich zusammenreißen, um nicht die Hand auszustrecken und eine der nassen Strähnen aus seinem Augenwinkel zu streichen.

Hör auf, ihn anzustarren wie ein hypnotisiertes Kaninchen!

»Danke, dass du extra ins Wasser gesprungen bist«, brabbele ich. »Du musstest wirklich nicht … Ich hätte das schon geschafft. Ich … Oh!«

Mit einem Ruck gleitet das Kanu vom Felsen. Bevor es abtreiben kann, gibt Matt dem Boot einen Stoß in die Richtung seines Stegs. Ich umklammere das Joch und beobachte, wie Matt rechts neben meinem Kanu herschwimmt.

»Danke«, sage ich.

»Kein Problem.«

Vorsichtig rutsche ich rückwärts, um wieder zu meinem Sitz zu gelangen. Da entdecke ich mein abhandengekommenes Paddel, das zu meiner Linken im Wasser treibt. Zum Greifen nahe. Bevor es zu spät ist und ich daran vorbeigetrieben bin, strecke ich den Arm aus und beuge mich ein wenig vor.

Ein wenig zu viel.

Ich stoße einen gellenden Schrei aus, als das Kanu kippt und ich im Wasser lande. Unter Wasser, um genau zu sein. Panisch schlage ich mit den Armen um mich, will auftauchen und stoße mit dem Kopf gegen den Rand des Kanus, das gekentert sein muss. Ich bekomme keine Luft, ich muss auftauchen, aber über mir ist das Boot und ich kann nicht ... In dem Moment greift eine Hand nach meinem Arm und zieht mich in die Höhe.

Keuchend und hustend tauche ich auf und klammere mich am erstbesten Gegenstand fest, den ich zu fassen bekomme. Oh, es ist kein Gegenstand. Es ist Matts Hals.

»Ganz ruhig«, höre ich seine Stimme irgendwo sehr nah an meinem Ohr. Meine Beine strampeln und treten wie wild; dabei kollidieren sie ununterbrochen mit Matts Beinen. Was mir völlig egal ist. Ich schnappe nach Luft und achte wohl zum ersten Mal in meinem Leben nicht darauf, wie ich in Matts Gegenwart aussehe oder was ich mache. Ich lehne meinen Kopf an seine Schulter. Na und? Schließlich bin ich gerade fast ertrunken!

Ich spüre seinen Atem auf meiner Wange, als er fragt: »Ist alles okay? Hast du dich verletzt?«

»Nein«, krächze ich. »Ich glaube nicht.«

»Hast du dir den Bauch gestoßen?«

Es dauert ein paar Sekunden, bis ich diese Frage verstehe. Ach ja. Ich bin ja schwanger.

»Nein, nein, ich habe mich nicht gestoßen. Ich hatte nur Panik, weil über mir das Boot war und ich nicht gleich auftauchen konnte.« Ich atme tief durch.

»Kannst du dich am Kanu festhalten?«, fragt Matt und schiebt mich ein wenig von sich fort. Ich nicke, lasse seinen Hals los und greife nach dem Kanu, das noch immer mit der Unterseite nach oben auf dem Wasser treibt.

»Kanu fahren üben wir noch mal, hmm?« Da ist schon wieder ein Grinsen in Matts Stimme. Er klopft auf das Kanu. »Jetzt lass uns mal dein armes, geschundenes Boot umdrehen und ans Ufer schieben. Meinst du, du kannst das Stück schwimmen?«

Ich nicke. Mit vereinten Kräften drehen wir das Kanu um und schwimmen dann mit ihm Richtung Steg. Matt schafft es sogar, unterwegs mein Paddel einzusammeln. Am Steg angekommen, bindet er das Boot an einem Pfosten fest, legt das Paddel hinein und dreht sich zu mir um. Das Wasser reicht ihm bis zum Bauch, und mir wird erst jetzt, als ich wieder Boden unter den Füßen habe, wirklich bewusst, dass sein Oberkörper nackt ist. Und dass ich mich eben noch an diesen nackten Oberkörper geklammert habe. Matt streicht sich eine nasse Strähne aus der Stirn und sieht mich stumm an.

Mit einem Schlag bin ich wieder 16. Es ist Samstagabend, und meine Eltern sind mit Hendrik in den Shore Club gefahren, wo eine Reggaeband spielt. Mein Bruder darf diesen Sommer zum ersten Mal in den Club, weil er kurz vor den Ferien 19 geworden ist, und ab 19 darf man in Nova Scotia Alkohol trinken und Bars besuchen. Ich kann also nicht mitgehen. Und Matt mit seinen 18 Jahren auch noch nicht. Als er gehört hat, dass Leo und ich abends allein in der Blueberry Lodge sein würden, hat er angeboten, den Abend mit uns zu verbringen. Weil er genau weiß, was für Angsthasen Leo und ich sind.

Ich kann mein Glück nicht fassen. Seit zwei Jahren schwärme ich heimlich für Matt. Immer ängstlich darauf bedacht, dass niemand von meinen Gefühlen erfährt. Ich weiß genau, dass Hendrik sich über mich lustig machen und es Matt sofort erzählen würde, mit dem er in den vergangenen Sommern immer viel Zeit verbracht hat. Doch dieser Sommer ist anders, denn Hendrik hat sich in Carrie verliebt. Und Matts Schwester sich aus Gründen, die ich nicht nachvollziehen kann, in Hendrik. Plötzlich muss man ständig aufpassen, dass man nicht in irgendein Zimmer der Lodge kommt oder zum Bootssteg hinuntergeht und die beiden beim Knutschen oder bei Schlimmerem überrascht.

Daher ist dies der erste Sommer, in dem Hendrik nicht ständig an Matt klebt. Und der erste Sommer, in dem Isa nicht hier ist. Seit ich vor zwei Jahren angefangen habe, in Matts Gegenwart nervös zu werden, ist es das erste Mal, dass ich einen Abend allein mit ihm verbringe. Nein, okay, nicht ganz allein. Natürlich ist Leo, die zehnjährige Nervensäge, mit von der Partie. Ihretwegen werden Matt und ich einen ganzen Abend lang zu »Mensch ärgere dich nicht« verdonnert. Als meine Schwester irgendwann nach elf Uhr endlich im Bett ist, sitze ich nervös neben Matt auf dem Sofa und überlege, über was wir reden könnten.

»Hast du Lust, schwimmen zu gehen?«, fragt Matt plötzlich. Vor Überraschung bleibt mir der Mund offen stehen. Schwimmen? Mitten in der Nacht?

»Klar«, stammele ich.

»Cool«, sagt Matt. »Kann ich mir ein Handtuch leihen?«

Ich glaube, vor Aufregung zu sterben, als ich mich in unser Zimmer schleiche. Darum bemüht, Leo nicht wieder aufzuwecken, schlüpfe ich im Dunkeln in meinen Badeanzug. Matt ist schon am Steg, als ich die Lodge verlasse. Er trägt nur noch

Boxershorts. Mein Gesicht wird so heiß, dass ich mich fiebrig fühle.

Der See liegt schwarz und still vor uns, gespenstisch beschienen vom Licht des Halbmondes. Unter normalen Umständen würden mich in dieser Dunkelheit keine zehn Bären in den See bekommen. Doch Matt hat mehr Überzeugungskraft als zehntausend Bären. Das Wasser ist nicht so kalt, wie ich dachte, denn ein heißer Sommertag liegt hinter uns und hat den See erwärmt. Vor unserem Bootssteg können wir stehen, das Wasser reicht mir bis zu den Schultern, Matt bis zu den Brustwarzen. Wir sehen uns an, und ich senke verlegen den Blick. Lehne mich mit dem Rücken an die Holzleiter des Stegs, halte mich links und rechts an den Sprossen über meinem Kopf fest und paddele so lässig wie möglich mit den Beinen im Wasser, nur, um nicht dumm in der Gegend herumzustehen.

»Hast du eigentlich einen Freund in Deutschland?«

Vor lauter Schreck vergesse ich zu atmen. Ich starre Matt stumm an und weiß einen Moment lang tatsächlich nicht mehr, ob ich einen Freund habe. Natürlich habe ich keinen. Ich hatte noch nie einen. Ich bin so unberührt wie Brokkoli in einer Schulkantine. Ich versuche, etwas zu sagen, doch meine Stimme, diese miese Verräterin, lässt mich im Stich. Also schüttele ich nur den Kopf.

»Aber du hattest schon mal einen?«

Die flatternde Nervosität in meinem Bauch schlägt in leichte Übelkeit um. Ich überlege kurz, ob ich lügen und behaupten soll, schon einen Freund gehabt zu haben. Aber bevor ich mich dazu durchringen kann, macht Matt zwei Schritte auf mich zu, und vor lauter Schreck stoße ich ein beinahe panisches: »Äh – nein?« hervor.

»Aber du bist schon mal geküsst worden, oder?«

Jetzt steht Matt so dicht vor mir, dass ich aufhören muss, mit den Beinen zu paddeln, um ihn nicht zu treten. Doch er kommt noch näher, so dass ich die Tropfen spüren kann, die aus seinem Haar auf meine nackten Schultern fallen. Mit Müh und Not bekomme ich ein Kopfschütteln zustande.

»Noch nie?«, fragt er leise. Ich sehe ein kleines Lächeln um seine Mundwinkel spielen und glaube, ohnmächtig zu werden. Erst recht, als sein Blick von meinen Augen zu meinem Mund wandert. »Was sind denn das für Vollidioten da drüben in Deutschland?« Dann beugt er sich ohne Vorwarnung zu mir herunter und küsst mich. Sanft und vorsichtig, so, als hätte er Angst, dass ich einen Schwächeanfall erleiden könnte (womit er ziemlich richtig liegt). Dann jedoch, als er merkt, dass ich nach wie vor bei Bewusstsein und alles andere als abgeneigt bin, umfasst er mit einer Hand meinen Hinterkopf und küsst mich richtig. So lange, bis ich keine Luft mehr bekomme. Bis Leos Stimme durch die Nacht hallt.

»Niiiina? Wo bist du?«

Da Leo nun partout nicht mehr ins Bett will, spielen wir erneut »Mensch ärgere dich nicht«. Über den Esstisch hinweg starre ich Matt immer wieder verstohlen an. Ich kann einfach nicht glauben, dass das eben wirklich passiert ist. Die ganzen letzten Sommer hat er nie Interesse an mir gezeigt. Er war immer freundlich, aber mehr nicht. Sommer für Sommer war ich lediglich Hendriks kleine Schwester.

»Bye, Nina«, sagt Matt leise, als meine Eltern und Hendrik schließlich nach Hause gekommen sind. Er schaut einen Moment lang meinen Mund an, und meine Knie werden butterweich. Dann wendet er sich mit einem Lächeln ab und sagt: »Ich wünsche dir süße Träume.«

Die habe ich allerdings.

Kapitel 12

Nina?«

Was? Oh. Wie lange stehe ich schon hier und starre Matt an? Wie peinlich!

»Alles okay?«

»Hmm, ja, ja«, murmele ich. Matt mustert mich nachdenklich. Ob er ahnt, woran ich gerade gedacht habe? Einen Sommer lang hat er in meinem Gesicht gelesen wie in einem Buch. Okay, in Büchern hat er damals noch nicht viel gelesen, aber in meiner Mimik schon. Ist das immer noch so?

Verlegen weiche ich seinem Blick aus. Hoffentlich hat er nichts bemerkt. Als er nichts mehr sagt, schaue ich ihn doch wieder an. Und sehe, dass er meine Brust anstarrt. Irritiert folge ich seinem Blick und stöhne innerlich auf. Musste ich ausgerechnet heute das weiße T-Shirt mit dem Baseball-Logo und darunter einen weißen BH anziehen? Einen ziemlich dünnen BH? Erschrocken gehe ich in die Knie, so dass ich bis zum Hals ins Wasser eintauche. Warum muss ich meinem Ex-Freund zweimal an einem verfluchten Tag meine nackten (oder fast nackten) Brüste präsentieren, die beim letzten Mal, als er sie zu Gesicht bekommen hat, wesentlich besser in Form waren? In knackiger 16-jähriger Form, um genau zu sein?

Matt räuspert sich und wendet sich der Leiter seines Stegs zu. »Du solltest aus dem Wasser kommen«, sagt er und klettert die Leiter hoch. Ich starre auf seinen Hintern in der nassen Boxershorts und verfluche die Region südlich meines Äquators dafür, dass sie lustvoll zieht. Hier gibt es nichts Lustvolles, gar nichts! »Es ist ziemlich kühl. Du holst dir noch eine Blasenentzündung.«

Erstaunt sehe ich Matt an. Wie kommt er denn jetzt ausgerechnet auf eine Blasenentzündung? Ich habe mir noch nie beim Schwimmen die Blase verkühlt. Als er die Fragezeichen auf meinem Gesicht sieht, zuckt er mit den Schultern und sagt: »Ich habe gehört, dass Schwangere leicht Blasenentzündungen bekommen.«

Aha. Toll. Wäre ja auch zu schön gewesen, wenn wir zwei Minuten lang mal nicht über meine Schwangerschaft gesprochen hätten.

Mir steht das Wasser immer noch bis zum Hals. Nicht nur im übertragenen Sinne. Wie, bitteschön, soll ich jetzt herausklettern, ohne an meinem ganz persönlichen Wet-T-Shirt-Kontest teilzunehmen? Matt scheint meine Gedanken lesen zu können (oh Gott, welche hat er noch gelesen?) und greift nach seinem Kapuzen-Sweatshirt, das er auf dem Steg zurückgelassen hat. »Komm, zieh das über.«

Er hängt das Sweatshirt an einen Pfosten nahe der Leiter und dreht sich dann weg. Ganz der Gentleman, der er heute Morgen, als ich mich abgetrocknet habe, noch nicht war. Während Matt sein T-Shirt überstreift, klettere ich schnell aus dem Wasser und ziehe mir das rettende Sweatshirt über den Kopf.

Oh. Mein. Gott. Es riecht so intensiv nach Matt, nach Aftershave und Sägespänen, dass ich am Pfosten hinter mir Halt suchen muss.

Ein vorwurfsvolles Glucksen lässt mich zu Boden schauen, wo Gretchen neben der Gitarre sitzt und mich bitterböse fixiert. Ich räuspere mich und versuche, locker zu klingen, als ich frage: »Na, hast du deinem Groupie eben etwas vorgespielt?«

Matt hebt seine Jeans und die Gitarre vom Boden auf. »Ja.«

»Klang schön.«

»Danke. Ich habe den Song selbst geschrieben, aber er ist noch nicht fertig.«

Wir sehen uns an, und plötzlich wünsche ich mir, dass Matt jetzt ebenfalls daran denkt, wie es war, mich damals im nächtlichen See zu küssen.

»Hi, hier bist du also!«

Eine Stimme lässt mich erschrocken zusammenzucken. Beinahe hätte ich den Halt am Pfosten verloren. Das fehlt noch, dass ich schon wieder ins Wasser plumpse! Sicherheitshalber mache ich schnell einen Schritt vom Rand des Bootsstegs weg und sehe dann zu der Frau hinüber, die am Ende des Weges steht, der von Matts Haus hinunter zum See führt.

Sie ist zierlich, braungebrannt, hat ihr schwarzes Haar zu einem Dutt am Hinterkopf hochgezwirbelt und trägt eine bunt bestickte Tunika über knappen beigen Shorts. Und dieselben Ohrringe aus Silberbesteck wie Matts Mutter. Ihre leuchtend grünen Augen wandern fragend von mir zu Matt und wieder zurück zu mir. Oh, oh. Mir schwant absolut nichts Gutes.

»Hi, Shauna«, sagt Matt und wirft die Jeans über seine Schulter. »Ist es schon so spät? Ich habe keine Uhr dabei.«

»Kurz nach sieben«, sagt Shauna, und ihre Stimme macht eine kunstvolle Gratwanderung zwischen cool und kühl. »Ich sterbe vor Hunger und dachte, du hättest den Grill schon angeschmissen. Aber du warst wohl zu beschäftigt.« Sie starrt auf Matts nasse Boxershorts und auf sein Sweatshirt an meinem Körper, und plötzlich ähnelt ihr Blick sehr den Blicken, die Gretchen mir gerne zuwirft.

»Sorry«, sagt Matt, »ich musste vor dem Essen noch schnell eine Schiffbrüchige retten.« Er macht einen Schritt auf die

Brünette zu und gibt ihr einen Kuss – auf die Wange. Die Wange. Okay, alles im grünen Bereich.

Hallo? Nina? In welchem Universum befindest du dich gerade? Selbst wenn er ihr gleich die Klamotten vom Leib reißen sollte, kann dir das egal sein, denn du bist über ihn hinweg! Schon vergessen?

»Nina, das ist Shauna, eine Freundin«, sagt Matt. Hat er »meine« gesagt? Nein, es war ganz sicher »eine Freundin«.

»Shauna, das ist Nina Behringer.«

»Ah«, sagt Shauna und lächelt mich ohne nennenswerte Herzlichkeit an. »Eine der Deutschen.« Aus ihrem Mund klingt das wie eine Beleidigung. Dann erhellt sich plötzlich ihr Gesicht und sie ruft: »Ach, ich habe heute im Ort gehört, dass du schwanger bist! Herzlichen Glückwunsch, meine Liebe!«

Ich könnte sie erwürgen. »Danke«, sage ich. Plötzlich ist mir sehr kalt. Bibbernd schlinge ich meine Arme um meinen Oberkörper und sage: »Ich werde dann mal schnell nach Hause laufen und unter die heiße Dusche springen. Jetzt, wo wir wieder fließend Wasser haben.«

Matt, Bill und Papa haben es heute Vormittag tatsächlich geschafft, das Abwasserrohr von einer Wurzel zu befreien, wegen der sich das Wasser gestaut hatte.

»Wie interessant«, sagt Shauna und wirft Matt einen amüsierten Blick zu, der wohl sagen soll: Mit dieser Person hattest du einen Sommer lang etwas laufen?

Wenn er ihr das überhaupt erzählt hat!

Nina, warum sollte er? Das ist 14 Jahre her, verflucht noch mal!

»Ja, du solltest wirklich besser zu Fuß gehen«, sagt Matt, und der neckende Ton in seiner Stimme lässt einen Schauer über meinen Rücken laufen. Oder ist vielleicht mein nasses T-Shirt der Grund dafür?

»Ich bringe euer Kanu morgen rüber«, bietet er an, als ich mich zum Gehen wende.

»Oh, danke, das ist nett. Also, euch einen schönen Abend und viel Spaß beim Grillen«, sage ich und versuche, so schnell das Weite zu suchen, wie das barfuß über Tannennadeln und kleine Steinchen eben geht. Eigentlich war ich froh, meine Sneakers am Bootssteg der Blueberry Lodge zurückgelassen zu haben, denn sonst hätte ich für den restlichen Tag keine trockenen Schuhe mehr. Dabei wird mir schlagartig bewusst, dass ich auch keine trockene Hose mehr habe. Ganz toll. Aber Matt werde ich auf keinen Fall fragen, ob er mir eine Jeans leiht. Schon gar nicht in Gegenwart dieser Tussi. Da bleibe ich lieber so lange in Unterwäsche im Bett, bis meine Hose trocken ist.

Ich brauche ziemlich lange, um zur Blueberry Lodge zu gelangen, denn der unebene Waldweg macht das Barfußlaufen zur Qual. Als ich endlich unser Blockhaus erreiche, sehe ich, dass ein fremdes Auto in der Einfahrt parkt. Im ersten Moment glaube ich, es ist Isas schwarzer Mercedes, erkenne dann jedoch, dass es sich um irgendein anderes schickes Auto handelt (ich habe es nicht so mit Luxuskarossen).

»Nina, da bist du ja! Dein Vater sagte, du seist mit dem Kanu unterwegs – warum kommst du denn zu Fuß? Und wie siehst du denn aus, um Himmels willen? Gehörst du neuerdings der Gothic-Szene an?«

Meine Mutter steht in der Einfahrt, einen Koffer neben sich. Einen Koffer!

»Ähm, hallo Mama«, sage ich verdutzt. »Wieso Gothic-Szene?«

Da dämmert es mir. Ich mache einen Schritt auf meinen Mietwagen zu und beuge mich zum Außenspiegel hinunter. Mich trifft fast der Schlag. Natürlich hatte der Supermarkt in Rocky Harbour keine wasserfeste Wimperntusche. Meine Mutter hat recht. Ich sehe aus wie ein ersoffenes Gothic-Frettchen.

»Bist du etwa in den See gefallen?«

»Äh, ja«, sage ich und versuche, die schwarzen Spuren von meinen Wangen zu reiben. Meine Mutter beobachtet mich und runzelt ihre Stirn, soweit das nach ihrer letzten Botox-Behandlung noch möglich ist. Ihr langes Haar, das sie zu einem tiefen Pferdeschwanz zurückgebunden trägt, leuchtet in der Abendsonne flammend rot. Nein, dieses Rot verdankt sie nicht Mutter Natur, genauso wenig wie das intensive Grün ihrer Augen. Von Natur aus sieht meine Mutter mir eigentlich recht ähnlich: dunkelblond mit hellgrauen Augen. Viel zu unscheinbar für ihren Geschmack. Deshalb habe ich sie seit der Veröffentlichung ihres ersten Buches nicht mehr ohne rotes Haar und grüne Kontaktlinsen zu Gesicht bekommen. Ich habe ihr das immer übelgenommen. Wenn sie sich selbst in Blond und Grauäugig zu langweilig findet, sieht sie mich dann nicht genauso? Zumindest figurtechnisch ähneln wir uns nach wie vor: Sie ist eine ebensolche Sanduhr wie ich. Mit dem Unterschied, dass sie von ihrer zweiten Ehe mit einem Schönheitschirurgen profitiert und zu ihrem ersten Hochzeitstag größere Brüste geschenkt bekommen hat. Der Gipfel an Romantik.

»Hallo, Nina«, meldet sich nun dieser Schönheitschirurg zu Wort. Er hievt einen weiteren Koffer aus dem schwarzen Wagen und stellt ihn in der Einfahrt ab, dann kommt er auf mich zu, um mir das übliche Küsschen links, Küsschen rechts auf die Wangen zu hauchen. Heinz sieht aus wie immer: Das dunkel gefärbte Haar nach hinten gegelt, das unnatürlich faltenfreie Gesicht braungebrannt, das Poloshirt von Lacoste einen Knopf zu weit aufgeknöpft, so dass ebenfalls braungebrannte, haarlose Männerbrust zu sehen ist. Würg.

»Du meine Güte, hier ist ja wirklich richtig viel Natur«, sagt er und schaut sich um. Ich kann nicht eindeutig sagen, ob sein Gesichtsausdruck Faszination oder aufkeimendes Entsetzen widerspiegelt, tippe aber auf Letzteres. Die einzige Natur, die Heinz bisher gesehen hat, waren vermutlich die Dünen von Sylt, wo er ein Ferienhaus hat. Deshalb wollten Mama und er ja auch in eine Pension nach Lunenburg ziehen, und nicht in die Blueberry Lodge. Fragt sich nur, warum Heinz sich nun abwendet und Mamas Kosmetikköfferchen sowie ihre Laptoptasche aus dem Kofferraum hebt. Auch meine Mutter kommt nun auf mich zu und drückt mir einen Kuss auf die Wange. Dann zupft sie fragend an Matts Kapuzen-Sweatshirt.

»Das ist doch nicht deines, oder? Es riecht nach Aftershave.«

Oh. Mein. Gott.

»Ja. Es klingt vielleicht etwas komisch, aber es ist von Matt. Er … Ich war gerade …«

»Wunderbar!« Meine Mutter umfasst mich bei den Oberarmen und strahlt mich an. »Du hattest Sex mit Matt! Und das an deinem ersten Urlaubstag! Ach, das ist phantastisch. Nicht wahr, Heinz?«

»Aber ja«, sagt Heinz und stellt Mamas Laptoptasche ins Gras. »Wer ist Matt?«

»Ihr Ex-Freund«, höre ich nun Papas Stimme und zucke zusammen. Mein Vater steht auf dem Rasen vor der Lodge und schaut mit verschränkten Armen zu uns herüber.

»Genau, mein Ex-Freund«, sage ich und bemühe mich um

einen gelassenen Gesichtsausdruck. »Mit dem ich nicht – na ja, ihr wisst schon.«

»Sex hattest. Das kann man ruhig aussprechen, Kind. Meine Güte, nicht zu glauben, dass du meine Tochter bist.« Mama seufzt tief auf. »Schade. Ich habe nie verstanden, warum du dich damals von ihm getrennt hast.«

»Mama, ich habe mich nicht …«

»Matt!«, ruft Papa. Ich erstarre. Oh, bitte. Hat sich denn momentan alles gegen mich verschworen? Ich folge Papas Blick und sehe Matt, der neben der Blueberry Lodge steht, ein Paddel in der Hand. Er muss vom Bootssteg heraufgekommen sein. Er lächelt ein wenig verlegen, und ich weiß genau: Er hat Mamas Worte mitbekommen. Und auch, wenn er nicht alles auf Deutsch verstanden haben dürfte, so waren die Worte »Sex«, »Ex« und »Matt« wohl ziemlich eindeutig. Wie um alles in der Welt hat er es so schnell geschafft, sich trockene Klamotten anzuziehen und hierherzupaddeln? Nun gut, im Kanufahren dürfte er sehr viel geschickter sein als ich, aber trotzdem. Sollte er nicht neben der schönen Shauna am Grill stehen?

»Entschuldigung, ich wollte nicht stören«, sagt er nun und hebt das Paddel wie zum Gruß. »Ich habe euer Kanu schon jetzt vorbeigebracht, Nina. Ich muss morgen ziemlich früh zu einer Baustelle und weiß nicht, wann ich abends zurück bin. Ich dachte, vielleicht will einer von euch morgen paddeln gehen.« Der Blick, den er mir zuwirft, sagt deutlich, dass er der Meinung ist, ich sollte mich vorerst von Booten fernhalten. Dann wendet er sich meiner Mutter zu und sagt mit einem Lächeln: »Hallo, Margot. Long time no see.«

»Matt!« Meine Mutter schiebt sich und ihre Plastikbrüste an mir vorbei und umarmt Matt so herzlich, wie sie eigentlich mich hätte umarmen müssen. »Heinz, das hier ist Ninas Ex-Freund, von dem wir gerade gesprochen haben! Du meine Güte, Junge, wie hast du dich toll entwickelt. Du sahst mit 18 ja schon zum Anbeißen aus, aber jetzt …« Sie macht einen Schritt zurück und mustert Matt von Kopf bis Fuß, was dieser mit einem Grinsen über sich ergehen lässt. »Wirklich, ich werde ein Foto von dir über meinen Schreibtisch zu Hause hängen«, sagt Mama und schnalzt mit der Zunge. »Sexy Typen inspirieren mich immer, wenn es um heiße Lovestorys geht.«

Ich überlege ernsthaft, auf der Stelle in meinen Mietwagen zu steigen, mit nasser Hose und Gothic-Schminke, und diesen Ort, meinen Ex-Freund und meine peinliche Mutter ganz weit hinter mir zu lassen.

»Aua!«, unterbricht Heinz' Stimme meine Fluchtphantasien. Er schlägt sich auf den nackten Unterarm und sagt beinahe entrüstet: »Mich hat eine Mücke gestochen!«

»Willkommen am Blueberry-See«, murmele ich und gehe schnellen Schritts an ihm, meiner Mutter und Matt vorbei auf Papa zu. Während Heinz in ziemlich schlechtem Englisch etwas von »viel Wald« und »Mücken« zu Matt sagt, frage ich meinen Vater: »Was um Himmels willen machen Mama und Heinz eigentlich hier?«

»Du wirst es nicht glauben«, sagt mein Vater in sarkastischem Tonfall. »Deiner Mutter ist beim Einchecken in der Pension in Lunenburg bewusst geworden, dass sie kein Bed-and-Breakfast-Typ ist. Ihr war da alles zu altmodisch, und außerdem kam gerade eine Rentner-Reisegruppe aus Stuttgart an, mit der sie auf keinen Fall gemeinsam frühstücken wollte. Und da fiel ihr mit einem Mal ein, dass sie die Blueberry Lodge doch nicht so schlecht fand, wie es früher oft der Fall war.«

Ich starre zu Mama und Heinz hinüber. Matt sagt gerade

mit einem freundlichen Kopfschütteln zu Heinz: »Keine Sorge, vor den Fenstern sind Mückennetze, es dürfte also in der Lodge nicht so schlimm werden mit den Biestern.«

»Wieso hat Matt eigentlich unser Kanu zurückgebracht?«, fragt Papa und mustert mich von der Seite. »Und, sag mal – bist du etwa nass unter diesem Sweatshirt?«

Mama dreht sich zu uns um und fragt mit hochgezogenen Augenbrauen: »Was, Nina ist nackt unter dem Sweatshirt?« Ihr Blick schießt beinahe triumphierend zwischen mir und Matt hin und her.

»Nass!«, zische ich und wage es nicht, Matt anzusehen. »Ich bin aus dem Kanu gefallen, und Matt hat mir geholfen. Das ist alles.«

»Um Himmels willen, hast du dir weh getan? Geht es dem Baby gut?« Papa sieht mich besorgt an. Ich zucke leicht zusammen, weil ja klar ist, was jetzt kommt.

»Baby? Welches Baby?« Mama reißt ihre Augen weit auf. »Du bist schwanger? Von wem?«

»Äh – von Sascha natürlich.« Ich schlucke. »Ich – ich habe es Papa auch erst gestern gesagt.«

Meine Mutter sieht mich an und sagt nichts. Schließlich ist es Heinz, der das Schweigen bricht und mit einem fröhlichen »Herzlichen Glückwunsch!« auf mich zukommt. Ich werde von seinem Aftershave eingenebelt, als er mich väterlich an sich drückt, bis Papa sich gereizt räuspert. Er mag es nicht, wenn Heinz sich wie mein zweiter Vater benimmt, und ich mag es noch weniger.

»Ich helfe euch mit dem Gepäck«, sagt Matt und greift nach einem der Koffer, während meine Mutter mich immer noch schweigend ansieht. Sie überschlägt sich wirklich fast vor Freude. Während Matt und Heinz die Koffer zur Lodge hi-

nübertragen und Papa ihnen folgt (ohne sich um Kosmetikköfferchen oder Laptoptasche zu kümmern), kommt Mama
endlich auf mich zu und fragt: »Bist du glücklich, Kind?«

»Ähm – ja«, stammele ich und versuche, nicht Matt hinter-
herzustarren. Mama drückt mich an sich. Ihre künstlichen
Brüste bohren sich gegen meine eigenen, und ich winde mich
unbehaglich, bis sie mich wieder loslässt.

»Dann freue ich mich für euch«, sagt sie und hakt sich bei
mir ein. Wir gehen auf das Blockhaus zu und sie sagt: »Ich mag
Sascha, er ist ein netter und ziemlich gut aussehender Junge.
Aber Matt ...« Ihre Stimme nimmt einen schwärmerischen
Ausdruck an. »Wirklich, wenn ich zehn Jahre jünger wäre ...«

Zehn Jahre?, denke ich entgeistert. Meine Mutter ist 61!

»Wieso hast du dich damals bloß von ihm getrennt? Er hätte
dich doch in Deutschland besuchen können.«

»Ich habe mich nicht von ihm getrennt«, sage ich und schaue
sie aufgebracht von der Seite an. Wie kann sie nur glauben, dass
ich mich von ihm getrennt hätte? Sie ist meine Mutter, sie hat
doch solche Herz-Schmerz-Dinge zu wissen!

»Wo soll euer Gepäck denn hin?«, höre ich Matts Stimme
aus der Lodge. Mama lässt meinen Arm los und geht vor mir
her durch die Haustür.

»Wir schlafen natürlich in unserem früheren Schlafzimmer«,
sagt sie, als wäre das die logischste Sache der Welt.

»Mit ›unserem‹ meinst du vermutlich dich und mich?« Papa
zieht fragend die Augenbrauen hoch.

»Ja, natürlich, wen denn sonst?«

»Dann darf ich dich darüber informieren, dass ich bereits in
unserem ehemaligen Schlafzimmer übernachte. Und im früheren Zimmer von Hermann und Helga übernachten ab mor-

gen Hendrik, Sonja und Felix. Bleibt für euch also Isas ehemaliges Zimmer.«

»In Isas Zimmer gibt es nur ein Stockbett. Wir sind hier im Urlaub, Wolfgang.«

»Richtig. Im Urlaub, den ihr eigentlich in einem Bed & Breakfast in Lunenburg verbringen wolltet!« Papas Stimme wird schärfer.

»Du hättest die Betten in diesem ›Seaside Dingsbums‹ sehen sollen! Heinz hat Bandscheibenprobleme, und die Matratzen dort wären sein Tod gewesen. Deshalb kann er auch unmöglich in das obere Stockbett klettern, und ich – du weißt doch, dass ich Höhenangst habe!«

»Echt? Hatte ich vergessen. Wir sind schon so lange geschieden.«

»Wolfgang, wir bekommen unser altes Schlafzimmer, basta!«

Peinlich berührt sehe ich zu Matt hinüber und merke, dass er mich mustert. Ich grinse schief. Er grinst nicht zurück. Stattdessen stellt er den Koffer neben dem Esstisch ab und sagt: »Ich glaube, ich sollte langsam zurückgehen, Shauna denkt sonst, ich wäre von einem Bären gefressen worden. Ich wünsche euch einen schönen Abend.«

Doch meine Eltern sind zu sehr damit beschäftigt, sich in Rage zu reden, so dass sie Matts Worte gar nicht mitbekommen. Er durchquert den Raum und berührt im Vorbeigehen leicht meinen Ellbogen. »Bye, Nina«, sagt er. Mein Bauch antwortet mit einem Kribbeln.

»Bye«, sage ich. »Und danke, dass du das Kanu zurückgebracht hast.«

»Kein Problem.« Er lächelt mir zu und schließt die Haustür hinter sich.

»Hier gibt es Bären?«, fragt Heinz entgeistert und starrt aus den Fenstern in den Wald hinaus.

»Ja, klar«, sage ich. »Schließlich sind wir hier in Kanada.«

Dabei haben wir nie einen Bären in der Nähe der Blueberry Lodge gesehen. Nur Tante Helga hat mal behauptet, beim Kanufahren am Ufer einen Bären entdeckt zu haben, aber Onkel Hermann meint bis heute, das sei ein Stachelschwein gewesen. Ein ziemlich großes Stachelschwein. Aber das werde ich Heinz nicht verraten. Schließlich ist er schuld daran, dass meine Eltern geschieden sind.

Kapitel 13

Als meine Mutter vor 14 Jahren von der Frankfurter Buchmesse zurückkehrte, auf der sie ihren neuen Roman vorgestellt hatte, sah sie zwar aus wie immer, war aber völlig verändert. Sogar mir fiel das auf, obwohl ich genug mit meinem eigenen Liebeskummer zu tun hatte. Ein paar Tage nach der Buchmesse musste Mama erneut verreisen, diesmal nach Düsseldorf. Angeblich war sie kurzfristig von einer Buchhandlung für eine Lesung eingeladen worden. Merkwürdigerweise dauerte diese Lesung eine ganze Woche. Der Streit, den meine Eltern nach ihrer Rückkehr nach Bielefeld hatten, war der schlimmste, den wir Kinder je erlebt hatten. Genau genommen betraf es nur Leo und mich, denn Hendrik war nach unserer Rückkehr aus dem Sommerurlaub nach Münster gezogen, um sein Jurastudium zu beginnen.

Eine ganze Nacht lang schrien und weinten und tobten meine Eltern. Am nächsten Morgen kam meine Mutter mit verschwollenen roten Augen in mein Zimmer und sagte, dass sie ausziehen würde. Zu einem Mann, den sie in ihrem Hotel in Frankfurt kennengelernt hatte. Ein Mann, der Heinz hieß und in Düsseldorf wohnte. In einer schicken Villa, wie ich später erfuhr. Ich war außer mir. Wie konnte meine Mutter uns einfach so verlassen?

»Du kannst mitkommen«, bot sie mir an.

»Was? Du betrügst Papa, verlässt ihn, und ich soll auch noch mitkommen?«, schrie ich sie an.

Ich kam nicht mit. Leonie schon, sie war erst zehn. Ich litt natürlich unter der räumlichen Trennung von Mama, doch ich strengte mich sehr an, ihr das nicht zu zeigen. Wenn ich hin und wieder am Wochenende nach Düsseldorf fuhr, beschäftigte ich mich hauptsächlich mit Leo und ließ meine Mutter gern links liegen. Ich hasste alles in Düsseldorf: Die Villa mit dem Pool im Garten, Leos riesiges Kinderzimmer, Heinz' Sportwagen. Und besonders Heinz. Er konnte sich bemühen, so viel er wollte: Ich gab ihm die Schuld daran, dass Papa in unserem Haus in Bielefeld mehr und mehr zum verbitterten Einsiedler mutierte.

Mit einem tiefen Seufzen stelle ich die Dusche ab und greife nach meinem Handtuch. Schon merkwürdig, dass mir die Gedanken an die Trennung meiner Eltern nach all diesen Jahren immer noch so schwerfallen. Man sollte doch meinen, dass man mit 30 über so etwas hinweggekommen wäre. Aber vielleicht war diese Phase meines Lebens auch deshalb besonders hart für mich, weil sie mit meinem ersten Liebeskummer zusammenfiel.

Ich wische mit dem Handrücken über den beschlagenen Spiegel, was Sascha stets zur Weißglut treibt. Doch er ist nicht hier, und so starre ich mich ein paar Sekunden lang im matten Glas an, bevor es erneut beschlägt und mir die Sicht nimmt. Ich wüsste so gerne, was damals eigentlich passiert ist.

Ach nee, murrt Kleine Bärin. *Hatten wir diese Grübeleien nicht endlich hinter uns gelassen?*

Ich setze mich auf den Klodeckel und starre auf die Astlöcher der Wände. Früher habe ich immer nach Gesichtern im Holz gesucht, und auch jetzt entdecke ich einen dicken Pandabären, der mich sorgenvoll beobachtet.

Am Flughafen war noch alles in Ordnung gewesen. Matt und ich hatten so lange herumgeknutscht, bis mein Name aufgerufen worden war, weil ich längst am Gate hätte sein müssen, wo meine Familie schon voller Unruhe auf mich wartete. Wahrscheinlich glaubten sie, ich hätte es mir anders überlegt und würde in Kanada bleiben. Was ich beinahe getan hätte. Matt sah mir hinterher, als ich durch die Sicherheitskontrolle ging, und ich hätte schwören können, dass er feuchte Augen hatte. Aber da ich selbst tränenblind war, konnte ich dies nicht mit Sicherheit sagen.

Hätte Matts Familie einen Computer und Internetanschluss gehabt, wäre alles viel einfacher gewesen. Aber wir hatten ja selbst gerade erst einen PC bekommen, und ich hatte noch nicht einmal eine eigene E-Mail-Adresse. Dafür trudelte nur ein paar Tage, nachdem ich wieder in Deutschland angekommen war, ein Brief von Matt ein. Er war kurz und voller Rechtschreibfehler, doch ich las ihn gerührt wieder und wieder und strich mit dem Finger über die Großbuchstaben am Seitenende: I MISS YOU. Natürlich antwortete ich sofort. Ich malte in roten Buchstaben I LOVE YOU auf Briefpapier, auf das ich mein Parfüm spritzte. Dann wartete ich auf seine Antwort, die nicht kam.

Vielleicht war der Brief verlorengegangen, sagte ich mir, während der Klumpen in meinem Magen mit jedem Tag größer wurde, an dem der Briefkasten nichts für mich enthielt. Also rief ich Matt an. Wegen der Zeitverschiebung hatten wir seit unserer Abreise nur zweimal telefoniert, denn wenn Matt von der Baustelle, auf der er mit seinem Vater arbeitete, nach Hause kam, war ich normalerweise schon im Bett. Carrie war am Telefon. Sie klang nicht erfreut über meinen Anruf, und ich konnte es ihr nicht verübeln, nach all dem, was mit Hendrik geschehen war.

»Sagst du Matt, dass ich angerufen habe? Vielleicht kann er mich später zurückrufen«, bat ich, als ich erfuhr, dass Matt bei einem Baseballspiel war.

»Klar«, sagte Carrie.

Ich wartete tagelang in der Nähe des Telefons. Überlegte, ob ich mich noch einmal melden sollte. Hatte Angst, wieder Carrie am Hörer zu haben. Oder, noch schlimmer, Matts Mutter. Wochenlang hörte ich nichts mehr von Matt, wochenlang litt ich. Dann kam Mama von der Frankfurter Buchmesse zurück, und ich hatte plötzlich andere Sorgen. Doch nachts lag ich oft wach und weinte leise, während ich auf meinem Walkman »The End of the Innocence« hörte.

»Nina?« Papa klopft an die Badezimmertür.

»Ja?«

»Ich habe ganz vergessen, dir auszurichten, dass Sascha angerufen hat. Vor ungefähr einer Stunde.«

Super. Vor ungefähr einer Stunde, als ich mich gerade an den Hals meines halbnackten Ex-Freundes geklammert habe.

»Er sagte, dass er auf dem Weg ins Bett sei und ich dir ausrichten solle, dass er dich morgen von Shanghai aus anruft.«

Na toll. Ich spüre Tränen in meine Augen schießen. Dass Sascha schon morgen fliegt, hatte ich ganz vergessen. Der wichtige Vertragsabschluss in Shanghai, bei dem er persönlich anwesend sein muss und nicht nur per Videokonferenz zugeschaltet werden kann. Der Grund, warum er unseren gemeinsamen Kanada-Urlaub absagen musste.

Mir fällt wieder unser Essen im »Borchardt« ein, diesem Berliner Edelrestaurant, in dem ich nur zweimal war: Beim ersten Mal hat Sascha mich eingeladen, um mein Kinderbuchprojekt zu feiern. Beim zweiten Mal, vor knapp vier Wochen, hat er mir eröffnet, dass er leider nicht mit zu Isabels Hochzeit nach Nova Scotia fliegen könnte.

Dabei sollte dies unser erster richtiger Urlaub werden. Nun gut, abgesehen von der einen Woche über Silvester, als wir mit seiner Familie in einem Schweizer Skihotel waren und ich mir

schon am ersten Tag auf der Anfängerpiste den Knöchel ver-
staucht habe, so dass ich fast den ganzen Urlaub mit meinen
Malsachen und ohne Sascha im Hotelzimmer saß. Die Tatsache, dass ich nicht mehr Ski laufen durfte, war mir allerdings
relativ egal. Ich bin nämlich alles andere als sportlich. Im Gegensatz zu meinem Freund, der Mitglied im Tennisverein ist,
liebend gerne Mountainbike fährt und mindestens einmal im
Jahr auf Skiern steht. Nur dass ich Sascha während unseres
ersten gemeinsamen Urlaubs kaum sah, war mir nicht egal.
Immerhin, wenn er am späten Nachmittag von der Piste kam,
erhitzt und euphorisch von Sonne, Luft und Schnee, hatten
wir den besten Sex unserer bisherigen Beziehung. Manchmal
kam er nicht einmal mehr dazu, seinen Skianzug komplett
auszuziehen.

Ich schlucke bei der Erinnerung und sehne mich plötzlich
schrecklich nach ihm. Ich möchte ihn anrufen, zumindest seine Stimme hören, wenn er schon nicht hier bei mir ist, mit mir
Urlaub macht.

»Ich verspreche dir, wir holen das nach«, hat er im »Borchardt« tröstend gesagt, als ich auf mein Schnitzel heulte. Pi-
kiert beobachtet von Wolfgang Joop, der am Nachbartisch saß
und Salatblätter auf seinem Teller sortierte. »Mein Chef hat
mir versprochen, dass ich mir im September zwei volle Wochen am Stück freinehmen kann. Und weißt du, was wir dann
machen? Wir fliegen auf die Malediven! Da gibt es dieses
Hammer-Luxus-Hotel mit weißem Strand und Spa und Tennisplatz und allem drum und dran, da waren schon ein paar
von meinen Kollegen, und alle schwärmen davon. Nur wir
zwei, Nina. Das wird der Urlaub deines Lebens, glaub mir.«

Dabei will ich gar nicht auf die Malediven. Ich vertrage nicht
viel Sonne, werde sofort rot wie ein gekochter Hummer, wenn

ich am Strand liege. Tennis spielen kann ich nicht, will ich auch gar nicht können. Und Spa ist auch nicht mein Ding. Ich hasse es, wenn Leute an meinen Füßen herumkneten oder heiße Steine auf meinen Rücken legen. Viel lieber streife ich durch duftenden Tannenwald und entdecke verwunschene Wichtelhäuser zwischen moosbewachsenen Wurzeln.

»Okay, danke dir, Papa«, sage ich und erhebe mich vom Klodeckel. Plötzlich kommt mir ein Gedanke, und vor Schreck wird mir schlagartig eiskalt. »Äh – hast du Sascha zum Baby gratuliert?«

Ein Zögern hinter der Tür. Übelkeit steigt in mir auf. Dann sagt Papa in leicht zerknirschtem Tonfall: »Hmm, nein, habe ich nicht. Ich wusste nicht so recht, was ich sagen sollte. Am Telefon und so. Ich kenne Sascha ja kaum.«

Das stimmt. Papa und Sascha sind einander nur zwei- oder dreimal begegnet.

»Ist gar nicht schlimm!«, rufe ich und versuche, nicht allzu erleichtert zu klingen. Ich muss Sascha unbedingt sagen, dass er mich von jetzt an nicht mehr auf dem Festnetz anrufen soll. Allerdings hat mein Handy ja nie Empfang, aber das ist jetzt wirklich mein geringstes Problem. Es darf auf keinen Fall passieren, dass Hendrik oder meine Mutter oder sonst ein Familienmitglied meinem Freund überschwenglich zu einer Schwangerschaft gratuliert, von der er gar nichts weiß!

»Wie ist eigentlich euer Schlafzimmerstreit ausgegangen?«

Hinter der Tür höre ich ein Schnauben. »Na, wie wohl?«

Hätte ich mir denken können. Mama hat schon immer das bekommen, was sie wollte. Schade, dass ich eher nach meinem Vater komme.

Kapitel 14

Am nächsten Abend fahre ich die Küstenstraße entlang. Ich habe beinahe das Ortseingangsschild von Rocky Harbour erreicht, als mein Mietwagen mit leerem Tank auf dem Grasstreifen am Fahrbahnrand stehen bleibt. Fassungslos starre ich auf das orangerote Warnlicht neben dem Tacho, das mir vorwurfsvoll entgegenblinkt. Ich bin in den Sonnenuntergang gefahren, deshalb habe ich es wohl übersehen. Und den hellen Piepton höre ich auch erst jetzt, als ich das Autoradio leise drehe. Das kommt davon, wenn man aus vollem Hals Countrysongs mitsingt!

Verdammt. Ist es eigentlich zu viel verlangt von einem zweiten Urlaubstag, zumindest einigermaßen angenehm zu verlaufen?

Schon unser Frühstück war die reinste Katastrophe, weil Heinz über zahlreiche Mückenstiche jammerte und mein Vater dies zum Anlass nahm, ihm zu sagen, dass er und meine Mutter doch gefälligst zurück ins Bed & Breakfast ziehen sollten, wenn er mit der Natur nicht zurechtkomme. Mama, die vor ihrem ersten Kaffee sehr reizbar ist, brach daraufhin einen Streit vom Zaun, der damit endete, dass Papa beleidigt mit seinem Müsli an den Bootssteg zog. Der Tag wurde nicht besser, als am Nachmittag Hendrik mit Frau und Kind eintraf. Ohne Leo, die er eigentlich hatte mitbringen sollen. Zwar war Leos Flug von Berlin aus nach Halifax gegangen, während Hendrik, Sonja und Felix von Hamburg aus geflogen waren, aber Leo sollte nur zwei Stunden nach unserem Bruder landen. Also hatte meine Mutter Hendrik gebeten, am Flughafen zu warten und seine kleine Schwester nach Rocky Harbour mitzunehmen. Doch mein Bruder wäre nicht mein Bruder, wenn er nicht vergessen hätte, dass er auf Leo warten sollte. Hendrik kreist die meiste Zeit nur um sich selbst und seine ach so wichtige Karriere.

Während meine Mutter Hendrik Vorwürfe machte, inspizierte meine Schwägerin Sonja die Blueberry Lodge und rief entgeistert: »Der See ist ja direkt vor der Tür! Felix wird ins Wasser fallen und ertrinken! Und dieser Wald – das ist ja ein Dschungel! Gibt es hier Bären?«

»Ja, aber leider hat nur meine Schwägerin einmal einen gesehen«, sagte mein Vater in bedauerndem Tonfall. »Vielleicht war es aber auch ein großes Stachelschwein, das weiß bis heute niemand so genau.«

»Das ist ja furchtbar!«, rief Sonja. »Hendrik hat mir nicht gesagt, dass es hier so rustikal sein würde. Gibt es eigentlich einen Fernseher?« Sie drehte sich um die eigene Achse und blickte sich irritiert um.

»Nein«, sagte Hendrik und schleppte zwei Koffer an seiner Frau vorbei. »Und das wüsstest du, wenn du mir nur einmal zuhören würdest.«

»Was, es gibt keinen Fernseher?«, heulte mein fünfjähriger Neffe auf und verfiel spontan in einen Tobsuchtsanfall.

Während Sonja Hendrik ins Schlafzimmer folgte und ihn mit Vorwürfen bombardierte, dass er sie in der Wildnis Urlaub machen ließ, sah ich plötzlich den rettenden Ausweg aus meiner persönlichen Urlaubshölle: Ich würde zum Flughafen fahren und Leo abholen.

Leider hatte ich die Rechnung ohne meine chaotische Schwester gemacht. Noch während ich im Ankunftsbereich des Flughafens stand und ankommende Reisende mit Bleistift auf meinen Skizzenblock bannte, rief mein Vater auf meinem Handy an. Leo war gerade am Blueberry-See angekommen.

Offensichtlich hatte auch sie vergessen, dass sie von Hendrik mitgenommen werden sollte. Im Flugzeug hatte sie zwei junge Frauen kennengelernt, die sich als Studienfreundinnen von Isa entpuppten und Leo mit nach Rocky Harbour nahmen.

Eine Welle aus Wut und Enttäuschung überrollte mich. Meine Chaos-Familie konnte mich mal kreuzweise! Kurz entschlossen verließ ich den Flughafen von Halifax und fuhr in das Einkaufszentrum, das Isa und ich früher gern unsicher gemacht hatten. Natürlich musste ich im McDonald's Drive Through nach dem Weg fragen, aber bei der Gelegenheit sicherte ich mir auch gleich mein Mittagessen. Hätte ich mal lieber an einer Tankstelle gefragt und dabei gleich getankt. Aber hinterher ist man ja immer schlauer.

Im »Halifax Shopping Centre« bummelte ich durch die Läden und lief schließlich ausgerechnet der schönen Shauna über den Weg, und zwar im Wäschegeschäft »Silk Dreams«.

Warum willst du dir denn jetzt neue Unterwäsche kaufen?, fragte Kleine Bärin alarmiert, als ich den Laden betrat, in dem ich das letzte Mal vor 14 Jahren gewesen war, um mir Spitzenunterwäsche zu kaufen. Die Matt sehr schön gefunden hatte. »Will nur mal gucken …«, murmelte ich. Und ich erkannte, dass ich wirklich öfter auf meine innere Indianerin hören sollte, als Shauna plötzlich neben mir stand. Einen schwarzen Spitzenhauch von Stringtanga in der Hand. Amüsiert musterte sie erst mein heutiges Outfit (Bierwerbung-T-Shirt, Holzfällerhemd und eine beige Hose von Mama, denn meine Jeans waren nach meinem gestrigen Bad im See noch nass) und dann die bunte Marienkäfer-Unterhose, die ich gerade in meiner Größe gesucht hatte.

»Hey, Shauna«, sagte ich lahm.

»Was für niedliche Wäsche«, antwortete Shauna mit einem

Blick auf die Marienkäfer und schwenkte ihren schwarzen Hauch von nichts lässig hin und her. »So unschuldig.«

Sie lächelte mich beinahe mitleidig an, weil ihr vermutlich aufging, dass eine Person mit dieser Frisur, Figur und Unterwäsche absolut keine Gefahr darstellte, ihr Matt streitig zu machen.

»Hmm, ich schaue dann mal weiter«, murmelte ich und drückte mich an Shauna vorbei.

»Viel Spaß noch beim Shoppen, Nina. Und vergiss deine Tierhöschen nicht.«

Doch, genau das tat ich, während ich Shaunas knackigem Jeans-Hintern hinterherstarrte, der in dem Spitzentanga sicherlich zum Anbeißen aussah. Ich selbst besitze nur einen einzigen Stringtanga, und den habe ich nur einmal getragen, weil Erna sich nicht mit ihm anfreunden wollte. Der Rest meiner Unterwäschekollektion besteht aus bequemen Baumwollslips, auf denen sich ziemlich viele Herzen, Blümchen und niedliche Tiere tummeln. Mein Blick fiel auf einen Tisch in der Nähe der Kasse. Jawohl, dachte ich.

Ich atme tief die salzige Meeresluft ein, während ich am Straßenrand entlanglaufe. Zu meiner Rechten ragen zerklüftete Felsen ins Meer hinein, zwischen ihnen wachsen hier und da windschiefe Kiefern. Heckenrosenbüsche stehen in rosa Blüte, dunkelblaue Lupinen wiegen sich in der Brise. Ich wünschte wirklich, ich hätte meinen Aquarellkasten dabei. Doch selbst wenn das der Fall wäre: Zeit zum Malen habe ich jetzt leider nicht. Ich brauche Benzin.

Als ich das Ortseingangsschild passiere, habe ich die Tankstelle von Rocky Harbour beinahe erreicht. Sie liegt auf der linken Straßenseite, dahinter erstreckt sich der Parkplatz des

Supermarktes, wo ich gestern bereits war. Ich überquere die
Straße und steuere guten Mutes auf die Zapfsäulen zu, als ich
bemerke, dass kein einziges Auto dort steht, um zu tanken.
Der winzige Laden ist dunkel, im Fenster hängt ein Schild mit
der Aufschrift »Closed«.

Nein! Warum hat diese blöde Tankstelle denn schon zu?
Entgeistert schaue ich auf meine Armbanduhr. Kurz nach
neun. Aber der Supermarkt hat doch auch noch geöffnet!

»Nina?« Schon wieder eine vertraute Stimme. Diesmal ist
es nicht Shauna. Ich stöhne leise auf und drehe mich um. Matts
Pick-up steht mit laufendem Motor in der Ausfahrt des Su-
permarkt-Parkplatzes. Er hat das Fenster heruntergelassen
und schaut mich fragend an. »Ist alles okay?«

Das scheint seine Standardfrage zu werden, wenn er mir
über den Weg läuft. Nicht zu Unrecht, muss ich leider zugeben.
Wie kann es sein, dass er immer dann auftaucht, wenn ich mich
mal wieder in die Scheiße geritten habe?

»Hey, Matt. Ja, alles bestens. Schließlich bin ich nicht mit
dem Kanu unterwegs.« Ich lache so unbefangen wie möglich
und nähere mich langsam seinem Pick-up.

»Sondern …zu Fuß?«, fragt er und mustert mich zweifelnd.

»Nein, eigentlich war ich mit dem Auto in Halifax.« Ich
verschränke die Arme vor der Brust und überlege, wie ich
meine Geschichte würdevoll verpacken kann. Nein, nichts zu
machen. Da gibt es nichts Würdevolles weit und breit.

»Und du hast dein Auto in Halifax vergessen?« Ein
Schmunzeln zuckt um Matts Mundwinkel und lässt mich zwei
Sekunden lang den Faden verlieren.

»Nein – ich hatte kein Benzin mehr und bin außerhalb des
Ortes mit dem Wagen liegengeblieben.« Ich deute in die Richtung, aus der ich gekommen bin. »Darum wollte ich an der

Tankstelle einen Kanister Benzin besorgen, aber sie hat leider schon geschlossen.«

»So etwas Dummes.« Um seine Augen herum bilden sich feine Lachfältchen. Südlich meines Äquators sehen die Eingeborenen sich genötigt, ungefragt zum Leben zu erwachen.

»Na dann, schönen Abend noch«, sagt Matt und macht Anstalten, das Fenster wieder hochzukurbeln. Ich muss ziemlich komisch dreinschauen, denn er bricht in ein herzhaftes Gelächter aus, das ich seit 14 Jahren nicht mehr gehört habe und das mir ohne Vorwarnung heiß ins Knochenmark schießt.

»Komm, steig ein«, sagt Matt und öffnet mir von innen die Beifahrertür. Er grinst noch immer, als ich schon in seinem Pick-up sitze. »Ich bin gespannt, aus welcher Situation ich dich morgen retten darf. Du hast doch hoffentlich nicht vor, auf dem Meer segeln zu gehen, oder?«

»Sehr witzig«, erwidere ich und muss ebenfalls lachen, während meine Wangen den Hitzegrad eines Backofens annehmen.

»Brauchst du etwas aus deinem Wagen?«

Ich überlege. Da wären die Einkaufstüten. Ich hatte mich so darauf gefreut, morgen den Rock mit dem Schmetterlingsmuster anziehen zu können, den ich mir gekauft habe. Denn dass mein Koffer tatsächlich in die Blueberry Lodge gebracht worden ist, wie die Airline es versprochen hatte, wage ich zu bezweifeln, so viel Glück, wie ich heute habe. Dabei ist es ja tatsächlich Glück, dass Matt mich aufgegabelt hat.

»Hmm, ja, ein paar Sachen schon. Macht es dir was aus, einen Umweg zu fahren?«

»Quatsch«, sagt Matt und biegt nach rechts auf die Straße.

»Kann ja sein, dass deine Freundin wieder auf dich wartet.« Ups, wo kommen diese Worte denn plötzlich her? Ich beiße mir auf die Unterlippe und starre geradeaus, auf die Küstenstraße. Aus dem Augenwinkel merke ich, dass Matt mich ansieht.

»Du meinst Shauna?«

Ich nicke.

»Sie ist nicht meine Freundin«, sagt er, und Kleine Bärin tritt mich in den Hintern, weil ich erleichtert durchatme.

»Ach so. Na ja, ich dachte ... Gestern Abend sah es schon irgendwie so aus.«

Wieder spüre ich seinen Blick auf mich gerichtet, doch ich schaue stur geradeaus. Da taucht schon mein roter Chevy am linken Straßenrand auf, und Matt macht einen U-Turn.

»Wir sind nicht zusammen«, sagt er und hält hinter meinem Wagen auf der Grasnarbe. »Wir waren mal kurz zusammen. Aber es war nichts Ernstes, und seitdem sind wir Freunde.«

Freunde? Ich denke an den schwarzen Spitzentanga in ihrer Hand und würde meine Malsachen darauf verwetten, dass sie beim Einkaufen an niemand anderen als an Matt gedacht hat. Weibliche Intuition.

»Und das sieht sie genauso wie du?«, höre ich mich fragen, bevor ich es verhindern kann. Matt blickt mich wieder an. Inzwischen ist es so dämmrig geworden, dass ich nicht erkennen kann, was für ein Ausdruck in seinen dunklen Augen liegt.

»Davon gehe ich aus«, sagt er leise. »Warum?«

»Ach, nur so«, sage ich hastig. »Ich habe sie übrigens heute im Einkaufszentrum getroffen, bei *Silk Dreams*.« Ich könnte mich ohrfeigen. Wieso erzähle ich Matt, dass ich seine Ex-Freundin im Wäschegeschäft getroffen habe?

»So, so.« Er schaut auf den Atlantik hinaus, aber ich könnte schwören, dass sein linker Mundwinkel zuckt. »*Silk Dreams.*«

»Ich hole dann mal meine Tüten«, stoße ich hervor und falle regelrecht aus dem Pick-up. Als ich mit meinen Einkäufen zurück in den Wagen klettere, wirft Matt einen langen Blick auf die pinkfarbene Tüte, die ich verschämt gegen meinen Schoß presse. Ich muss an den Inhalt der Tüte denken, an die zwei Seiden-BHs in Dunkelblau und Violett, an die Spitzenbesätze und die farblich passenden Slips. Und ich kann mich nicht daran hindern, zu überlegen, ob sie Matt gefallen würden.

Oder ob er eher auf Shaunas winzigen Stringtanga steht.

Um nicht weiter darüber nachzudenken und mein Gesicht dazu zu bewegen, zu einer halbwegs normalen Farbe zurückzukehren, frage ich: »Ich habe gehört, dass du eine Zeitlang in Alberta gelebt hast?«

Matt schweigt zwei Sekunden lang, während er den Pick-up zurück auf die Küstenstraße lenkt und Gas gibt. Dann sagt er: »Ja.«

Ich warte, doch als nichts weiter kommt, hake ich nach: »Und? Hat es dir gefallen?«

»Glaubst du, ich wäre zurückgekommen, wenn es mir gefallen hätte?«

Ich runzle die Stirn. Was für eine tolle Unterhaltung. »Könnte ja sein, dass du nur einen befristeten Arbeitsvertrag hattest oder ...«

»Ich wollte nie nach Alberta«, unterbricht mich Matt, und seine Stimme klingt ein wenig gereizt. Ups. »Ich hatte eine Freundin, die unbedingt dorthin wollte. Weil es dort angeblich bessere Jobs gibt als hier. Aber ich wollte in Nova Scotia bleiben, am Meer. Allerdings wollte ich auch mit Taylor zusammenbleiben. Als ich ihr einen Heiratsantrag gemacht habe, hat sie mich vor die Wahl gestellt: entweder Nova Scotia oder sie. Sie wollte auch ohne mich nach Alberta gehen. Also bin ich mitgegangen.«

Taylor. Den Namen kenne ich. Ich sehe ein rothaariges

Mädchen mit Sommersprossen vor mir, das Matt von der Highschool kannte. In dem einen Sommer, als Matt und ich zusammen waren, kam sie regelmäßig auf den Baseballplatz, wenn Matt spielte, und brachte in engen Achselshirts ihre Brüste zur Geltung. Dass sie hinter Matt her war, konnte jeder sehen. Nur Matt sah es nicht – damals zumindest nicht. In jenem Sommer hatte er nur Augen für mich, was ich mir bis heute nicht erklären kann. Nun gut, Taylor scheint ihre Chance ja bekommen zu haben, nachdem Matt mich aus seinem Leben gestrichen hatte.

Auf der rechten Straßenseite sehe ich die erleuchteten Fenster des »Foggy Days«. Der Fischerhafen liegt im Dämmerlicht, die Laternen an der Promenade werfen Lichtkegel auf das dunkelblaue Wasser.

»Es hat zwei Jahre lang gehalten«, fährt Matt mit rauher Stimme fort. »Zwei Jahre, in denen ich tatsächlich gutbezahlte Jobs als Zimmermann hatte. Dann hat Taylor sich in meinen Boss verliebt.«

»Oh nein.« Ich starre ihn an.

»Oh doch.« Er lacht leise auf, und ich höre deutlich die Bitterkeit in seiner Stimme. »Leider hat sie es mir nicht gesagt. Ich habe die beiden erwischt, als ich früher von der Arbeit nach Hause kam. Wie im Film. Danach habe ich erfahren, dass meine Kollegen alle wussten, dass Taylor und mein Boss schon monatelang eine Affäre hatten.«

»Scheiße.«

»Das kannst du laut sagen.« Der Pick-up wird langsamer, und Matt biegt nach links in den dunklen Waldweg ein, der zum Blueberry-See führt. »Also habe ich meine Sachen gepackt und bin zurückgekommen. Zum Glück habe ich hier auch relativ schnell wieder Arbeit gefunden und mich bald als

Zimmermann selbständig gemacht. Nach unserer Scheidung hat Taylor meinen früheren Boss geheiratet und ist inzwischen zweifache Mutter.«

Wow. Dass Matt zwischendurch kurz verheiratet war, hat mir niemand erzählt. Hin und wieder habe ich Isa in den letzten Jahren gefragt, wie es Matt geht, aber ihre Antworten waren immer recht knapp. Vermutlich hatte sie noch in Erinnerung, wie sehr ich nach unserer Trennung gelitten habe, und wollte nicht unnötig in alten Wunden herumstochern. Mein Wissen, was er in den letzten 14 Jahren gemacht hat, beschränkte sich auf den Hausbau am Blueberry-See, seine Arbeit als selbständiger Zimmermann und einen Aufenthalt in Alberta, als er Anfang 20 war. Ich starre gedankenverloren in den dunklen Wald.

»Was ist mit dir?«, fragt Matt.

»Ich bin nicht geschieden.«

Er lacht, aber diesmal höre ich zu meiner Erleichterung keine Bitterkeit mitschwingen. »Verheiratet?«

»Nein.«

»Was ist mit dem Vater deines Babys?«

Ich schlucke. Sascha. Mein »Baby«. »Tja. Wir sind seit zwei Jahren zusammen, aber nicht verheiratet. Er heißt Sascha.«

»Ist er auch Grafiker?«

»Nein, er ist Anwalt. Genau genommen habe ich ihn über Hendrik kennengelernt. Die beiden haben zusammen Jura studiert.«

»Aha.« Ich höre Matt deutlich an, dass Sascha gerade keine Sympathiepunkte bei ihm gesammelt hat. Was mich nicht verwundert. Mir ging es am Anfang ja ähnlich. Ich wollte mit Hendriks Freunden nie viel zu tun haben, weil – nun ja, weil sie Hendriks Freunde waren. Wer meinen Bruder nett fand, konnte das selbst nicht sein. Dachte ich. Bis eines Tages Sascha Prinz in meiner überschwemmten Wohnung in Berlin Weißensee stand und mir beim Auswringen der Handtücher half.

Sascha hatte seit knapp zwei Jahren einen Job in einer internationalen Großkanzlei in Berlin, während mein Bruder, nach ein paar Jahren in einer Anwaltskanzlei in Münster, gerade eine Stelle in einer großen Wirtschafts- und Steuerprüfungsgesellschaft in Hamburg angetreten hatte. Beim Packen seiner Umzugskartons hatte Hendrik ein Buch über Steuerrecht gefunden, das er sich von Sascha geliehen hatte. Dieses Buch musste nun irgendwie nach Berlin. Auf Mamas Geburtstagsfeier in Düsseldorf, zu der ich nur halbherzig angereist war, drückte Hendrik mir das Buch in die Hand und sagte: »Hier, nimm das mit nach Berlin, in den nächsten Tagen kommt ein Kumpel von mir vorbei und holt es ab.«

»Bin ich jetzt dein persönlicher Kurier, oder was?«

»Weißt du, wie teuer es ist, so einen Wälzer mit der Post zu schicken?«

»Und weißt du, wie ich mich im Zug mit diesem Teil abschleppen werde?«

Doch das interessierte Hendrik nicht weiter. Schlecht gelaunt, weil ich mal wieder »ja« gesagt hatte, schleppte ich das Buch bis in meine Wohnung nach Weißensee. Die genau drei Tage später unter Wasser stand, als ich am Feierabend nach Hause kam. Der Schlauch meiner Waschmaschine war geplatzt. Während ich heulend und fluchend mit Handtüchern über den alten Dielenboden kroch, klingelte es an der Tür. Als ich aufmachte, traf mich fast der Schlag: Der junge Mann, der vor mir stand, sah unverschämt gut aus. Blondes Haar, das ihm lässig in die Stirn fiel, hellblaue Augen wie die eines Huskys.

»Hallo, ich bin Sascha«, sagte er und sah mich besorgt an. »Störe ich?«

»Nein«, sagte ich und drückte ihm ein Handtuch in die Hand. »Jetzt kannst du dich zumindest fürs Schleppen revanchieren.«

Und das tat Sascha. Indem er mit mir den Boden trocknete. Mir danach, während ich mit einem Weinglas auf dem Sofa saß, Spaghetti mit Pesto kochte. Und mir zum Nachtisch zwei Orgasmen bescherte.

»Und ihr wohnt in Berlin?« Matts Stimme reißt mich aus meinen Gedanken an den Beginn meiner Beziehung zu Sascha Prinz.

»Ja, aber nicht zusammen«, entfährt es mir, bevor ich mich bremsen kann. Das klingt doch wirklich bescheuert!

»Ihr bekommt ein Kind, aber wohnt nicht zusammen?«

»Ja.« Ich hole tief Luft. »Das mit der Schwangerschaft, das war nicht geplant, weißt du? Wir müssen noch ein paar Dinge regeln, wenn ich aus dem Urlaub zurückkomme.«

Allerdings, bemerkt Kleine Bärin.

Matt sieht mich von der Seite an und schaut dann wieder auf den Waldweg, ohne etwas zu sagen. Wir schweigen beide, bis die hell erleuchtete Blueberry Lodge vor uns auftaucht.

»Warum ist dein Freund nicht mit nach Nova Scotia gekommen?«, fragt Matt und hält den Pick-up auf der Höhe unserer Einfahrt an.

Ich seufze leise. »Er wollte. Aber dann ist ein wichtiger Vertragsabschluss in China dazwischengekommen. Er ist heute dorthin geflogen.«

»Wow. China.«

Ich muss an die SMS denken, die ich bekommen habe, als

ich gerade in einer Umkleidekabine stand und den Schmetterlingsrock anprobiert habe.

Hallo Zuckerschnecke, bin gut in Shanghai gelandet, hier ist
es megaheiß, bin hundemüde von der endlosen Reise, knalle
mich jetzt gleich in die Federn. Rufe morgen mal an. Vermisse
dich, dicken Kuss! Sascha

Meine Antwort habe ich noch in der Umkleidekabine getippt:

Hallo Liebster, bin froh, dass du gut gelandet bist! Wir haben
ein paar Probleme mit dem Festnetzanschluss in der Blueberry
Lodge, bitte ruf mich nur noch auf dem Handy an. Allerdings
habe ich am See oft keinen Empfang. Vermisse dich auch! Kuss,
Nina

Kleine Bärin schnaubte ungehalten und hörte so schnell nicht
damit auf.

Ich greife nach meinen Einkaufstüten und sehe Matt an. »Ich
stehe tief in Ihrer Schuld, edler Ritter«, sage ich und bekomme
ein Grinsen als Antwort.

»Mir fällt schon noch ein, wie du dich revanchieren kannst«,
sagt er, und mein Gesicht wird mal wieder heiß.

»Sehr gut«, murmele ich und öffne die Wagentür. »Brauchst
du eigentlich dein Sweatshirt? Ich kann es schnell holen, wenn
du möchtest …«

»Lass mal, ist schon okay. Ist nicht mein einziges. Bring es mir bei Gelegenheit vorbei, es eilt nicht.«

»Gut.« Ich bleibe in der offenen Beifahrertür stehen. Aus irgendeinem Grund möchte ich diesen Moment hinauszögern, doch ich weiß nicht, was ich noch sagen soll.

»Also, danke für alles«, wiederhole ich und scharre verlegen mit meinem Sneaker im Schotter der Straße.

»Kein Problem. Gute Nacht.«

»Gute Nacht.« Ich werfe die Beifahrertür zu und wende mich der Lodge zu. Matt wartet, bis ich den erleuchteten Eingang erreicht habe. Er weiß noch, dass ich Angst im dunklen Wald habe.

Kapitel 15

Im Wohnzimmer der Blueberry Lodge sitzt mein Vater mit einem Buch im Schoß auf dem Sofa und schläft. Sein Kinn ist auf seine Brust gesunken, und er schnarcht leise. Ich bleibe einen Moment lang an der Haustür stehen und betrachte ihn liebevoll.

»Zeit für ein kreatives Brainstorming«, höre ich die Stimme meiner Mutter. Sie sitzt am Esstisch, ihr Laptop steht vor ihr, ein Glas Wein daneben. War ja klar, dass Mama ihre Arbeit mit in den Urlaub nimmt. Keine Ahnung, an welchem Manuskript sie gerade arbeitet. Ehrlich gesagt, habe ich noch nie eines ihrer Bücher gelesen. Man möchte einfach nicht wissen, was die eigene Mutter für erotische Phantasien hat. Und eigentlich möchte man auch nicht, dass andere Leute dies wissen. Seit dem Erfolg von »Shades of Grey« bin ich zumindest froh, dass Mamas Bücher es bisher nie auf die Bestsellerlisten geschafft haben und keine Sadomaso-Lektüre sind. Zumindest hoffe ich, dass sie das nicht sind.

Hendrik sitzt am anderen Ende des Tisches, auch er an seinem Laptop. Meine Schwägerin steht an der Spüle und wäscht ab, Heinz poliert gerade einen gläsernen Topfdeckel mit einem Geschirrtuch. Keiner scheint bemerkt zu haben, dass ich die Lodge betreten habe. Mama nimmt ihre Lesebrille ab und sagt: »Ich suche neue Begriffe für ›Vagina‹.«

Sonja lässt einen Topf ins Spülwasser fallen. Als ich ihren kurzen braunen Haarschopf von hinten betrachte, muss ich unwillkürlich daran denken, wie lang ihr Haar war, als sie meinen Bruder während des Jurastudiums kennengelernt hat. Sie sah aus, als sei sie einer Shampoo-Werbung entstiegen. Doch dann wurde sie noch vor dem zweiten Staatsexamen schwanger und ließ sich kurz nach Felix' Geburt diesen praktischen Kurzhaarschnitt verpassen, der »so schön pflegeleicht« ist, wie sie sagte, denn als Mutter hatte sie fortan natürlich keine Zeit mehr, um ihr langes Haar zu stylen. Leo nennt ihren Haarschnitt seitdem spöttisch »Mutti-Friese«.

»Margot, muss das sein?« Sonja dreht sich um und schaut meine Mutter irritiert an.

»Allerdings, meine Liebe. Irgendwann fällt einem nichts Neues mehr ein. ›Lustgrotte‹, ›Liebestempel‹, ›Sinneshöhle‹ – ich habe schon so viele Namen erfunden, mein Repertoire ist langsam erschöpft. Also, habt ihr Ideen?«

»Was heißt Vagina?« Felix trägt zwar schon einen Schlafanzug, ist aber ansonsten noch putzmunter, was ich erstaunlich finde, nach so einer langen Reise. Mit viel Enthusiasmus lässt er ein ferngesteuertes Auto durch die Küche flitzen und den Fuß seiner Mutter rammen.

»Ach, Felix, mein Engel, du musst ein bisschen aufpassen.« Sonja wirft meiner Mutter einen bösen Blick zu. »Und Vagina sagt man nicht.«

»Ach, nein?« Mama nimmt einen großen Schluck Wein und lehnt sich zurück. »Was sagst du denn? Mumu?«

»Was heißt Mumu?« Felix lässt das Rennauto eine Kurve fahren und gegen ein Bein des Esstisches donnern. Hendrik und meine Mutter zucken synchron zusammen.

»Huch!«, ruft meine Mutter und wirft ihrem Enkel einen Blick zu, der mir deutlich macht, warum sie nicht vor Freude in die Luft gesprungen ist, als sie von meiner Schwangerschaft erfahren hat. Manchmal frage ich mich, warum meine Mutter überhaupt uns drei Kinder bekommen hat (wobei Leo sowieso ein »Unfall« war, wie Mama gerne jedem erzählt).

»Verdammt, Felix, ich habe dir tausendmal gesagt, dass du

mit deinem Auto keine Möbel rammen sollst!« Wie immer, wenn er konzentriert an einer Sache arbeitet, hat mein Bruder ein hochrotes Gesicht, das einen starken Kontrast zu seinem weißblonden Haar bildet. Wenn ich auch sonst keine Gemeinsamkeiten mit Hendrik habe: Die Neigung zu glühenden Köpfen teilen wir eindeutig.

»Hendrik«, sagt Sonja, »das ist kein Grund, deinen Sohn so anzuschreien!«

»Ich habe meinen Sohn nicht angeschrien«, sagt mein Bruder, und seine Stimme klingt mühsam beherrscht. »Wenn ich wirklich schreie, klingt das anders.«

Oh ja, ich weiß.

Wie auf Kommando verzieht mein Neffe sein sommersprossiges Gesicht zu einer tragisch leidenden Grimasse. Mit einem Schluchzen, das sogar in meinen nicht kindererfahrenen Ohren unecht klingt, wirft er sich gegen den Hintern seiner Mutter und schlingt die Arme um Sonjas Oberschenkel. »Buhuuu!«, heult er.

»Siehst du, was du angerichtet hast?«, faucht Sonja.

»Ich bin mir keiner Schuld bewusst«, gibt Hendrik ungerührt zurück und fängt an, auf seine Tastatur einzuhämmern. Meine Schwägerin wirft ihm einen Blick zu, von dem Gretchen und Shauna sich noch einiges abgucken könnten. Sie trocknet sich die Hände ab und nimmt Felix in den Arm.

»Ist ja gut, mein Augenstern«, sagt sie. »Du und ich, wir gehen jetzt ins Schlafzimmer, und da lese ich dir eine schöne Geschichte vor, ja? Und der böse Papa, der kann zu Ende abwaschen, anstatt immer nur an seinem blöden Computer zu arbeiten. Sogar im Urlaub!« Die letzten drei Worte zischt sie Hendrik im Vorbeigehen zu und klingt dabei wie ein aufgebrachter Python (zumindest so, wie ich mir einen vorstelle).

»Na toll«, knurrt Hendrik. »Danke, Schatz, dass wir wie immer an einem Strang ziehen.«

Sonja will etwas erwidern, doch da fällt ihr Blick auf mich. »Oh, hallo Nina. Ich wünsche dir wirklich, dass du weniger Ärger mit deinem Partner hast, wenn euer Baby erst einmal da ist. Wirklich, ich fühle mich manchmal wie eine alleinerziehende Mutter!«

Mit diesen Worten greift sie nach Felix' Hand und zieht ihren Sohn hinter sich her durch das Wohnzimmer bis zum »Westflügel« der Lodge, wo ihr Schlafzimmer liegt.

»Da ich ja nichts zu melden habe, bist du tatsächlich eine alleinerziehende Mutter«, ruft Hendrik ihr hinterher. Dann sieht er mich an und sagt: »Echt, ich wünsche Sascha, dass du nicht so wirst wie Sonja.«

Er wendet sich wieder seinem Bildschirm zu und haut weiter in die Tasten, als wäre nichts gewesen. Die steile Falte zwischen seinen Augenbrauen ist wie ein Warnhinweis, dass er nicht gestört werden will.

»Und, wie war es im Einkaufszentrum?«, fragt meine Mutter und schenkt sich Rotwein nach.

»Ganz okay, ich habe ein paar Kleinigkeiten gekauft«, sage ich und schwenke zum Beweis die Tüten. Dass ich nicht mit meinem eigenen Auto nach Hause gekommen bin, verschweige ich. Sonst gehen wieder irgendwelche wilden Spekulationen über Matt und mich los. »Wo ist denn Leo?«

»In eurem Zimmer«, antwortet Heinz, der den verwaisten Platz an der Spüle einnimmt und eine Bratpfanne ins Wasser taucht. »Der Tempel der Glückseligkeit!«, ruft er dann. Entgeistert sehe ich ihn an. Erst als meine Mutter aufjuchzt, begreife ich, dass er nicht von unserem Zimmer spricht, sondern noch beim kreativen Brainstorming ist.

»Oh, das ist gut, das ist richtig gut, Knuddelbär!«

Knuddelbär. Und das von einer Schriftstellerin, die für ihre scharfen Sexszenen bekannt ist, wie ich gehört habe.

Leo sitzt im Schneidersitz auf dem oberen Stockbett und blättert in einem Buch. Sie hebt nicht den Kopf, als ich eintrete; dann sehe ich die Stöpsel in ihren Ohren und den iPod auf der Bettdecke und weiß, warum. Ich bleibe in der Tür stehen und betrachte meine kleine Schwester einen ausgiebigen Moment lang. Es ist ein paar Monate her, seit ich sie zum letzten Mal gesehen habe. Was ziemlich traurig ist, wenn man bedenkt, dass wir beide in Berlin wohnen. Aber für eine enge Beziehung zwischen Weißensee und Kreuzberg reichen unsere schwesterlichen Gefühle aus irgendwelchen bedauernswerten Gründen nicht aus. Umso erstaunlicher finde ich es, dass Leo anscheinend vorhat, gemeinsam mit mir in unserem alten Stockbett zu schlafen, anstatt in Hendriks früheres Zimmer nebenan zu ziehen. Sie wird ja wohl kaum immer noch Angst vor den Wölfen haben, die es gar nicht gibt? Als Kind hat sie uns nie geglaubt, dass das Heulen, das oft vom See her ertönte, der arktische Eistaucher war, im Englischen »Loon« genannt. Also musste ich fast immer hier in unserem Zimmer bei Leo schlafen und sie vor den bösen Wölfen beschützen, anstatt im »Westflügel« der Lodge bei Isa zu übernachten, was ich viel lieber getan hätte.

Gestern ist Papa in Isas altes Zimmer gezogen. Dort schläft er Wand an Wand mit Hendrik, Sonja und Felix. Und nicht mit Mama und Heinz hier im »Ostflügel«. Das ist auf jeden Fall die bessere Option für ihn, denn bei meinem Bruder und meiner Schwägerin ist im Ehebett schon lange nichts mehr los (was ich eigentlich gar nicht wissen möchte, aber ungefragt

von Mama erzählt bekommen habe). Kein Wunder, schließlich
schläft Felix mit seinen fünf Jahren nach wie vor zwischen seinen Eltern. Eigentlich ist es fast verständlich, dass mein Bruder
mit den Jahren immer unausstehlicher wird. Bei Mama und
Heinz indes – ich mag gar nicht daran denken. Wie schalldicht
sind diese Holzwände eigentlich?

Ich mache einen Schritt ins Zimmer hinein und stelle meine
Einkaufstüten auf den Boden. Wie jeden Sommer ist Leo
braungebrannt, ihre kinnlange Lockenmähne sonnengebleicht.
Dicht um ihren Hals liegt ein abgewetztes Lederband mit einem flachen, aus Holz geschnitzten Surfbrett daran. Dieser
Anhänger und ihr Tattoo auf dem linken Schulterblatt (eine
Schildkröte) sind ihre Erinnerungen an Australien. Schwer
vorstellbar, dass meine jüngere Schwester, gerade mal 24 Jahre
alt, schon geschieden ist. Und genauso schwer vorstellbar, dass
diese junge Frau zarte zehn Jahre alt war, als wir zum letzten
Mal Urlaub hier am See gemacht haben.

Plötzlich schaut Leo auf und grinst mich an, als hätte sie die
ganze Zeit gewusst, dass ich hier stehe. Sie zieht die Stöpsel
aus ihren Ohren, bleibt aber auf dem Bett sitzen.

»Hey, Nina«, sagt sie. Auf ihrer rechten Wange erscheint das
tiefe Grübchen, das ihr Gesicht schon als Baby so zuckersüß
gemacht hat, dass selbst Fremde sich über ihren Kinderwagen
gebeugt und über das niedliche kleine Mädchen gestaunt haben. Was mich immer sehr gewurmt hat, weil mich nie jemand
übermäßig süß fand.

»Hey, du«, sage ich und steige auf die unterste Sprosse der
Leiter, damit ich sie umständlich umarmen kann. Sie duftet
nach Kokosnuss, wie immer.

»Ich hab gehört, dass du mich abholen wolltest«, sagt Leo.
»Sorry, ich hatte vergessen, dass Hendrik auf mich warten

sollte. Oder wahrscheinlich habe ich es von vornherein verdrängt, weil ich wusste, dass er mich sitzenlassen würde.« Sie
verdreht ihre hellblauen Augen, die einen leichten Hauch Türkis und goldene Sprenkel auf der Iris haben.

»Ja, nicht so schlimm«, höre ich mich sagen, wobei ich heute
Nachmittag noch ziemlich wütend auf Leo und den Rest meiner Familie war. »Ich bin einkaufen gefahren.«

»Cool, was hast du gekauft? Umstandsklamotten?«

Als ich sie überrascht ansehe, erklärt sie: »Mama hat es mir
vorhin erzählt. Hey, soll ich dir gratulieren oder eher nicht?«

Ich steige wieder auf den Holzboden und lehne mich mit
gerunzelter Stirn an die Wand neben dem Bett. »Warum solltest du mir nicht zur Schwangerschaft gratulieren?«

»Tja, es ist doch von Sascha, oder?«

Ich seufze leise. Der Einzige, der sich wirklich gefreut hat,
als er hörte, dass Sascha und ich Nachwuchs bekommen, war –
ausgerechnet – mein Bruder Hendrik. Schließlich sind Sascha
und er immer noch gut befreundet. Sie skypen mindestens
einmal im Monat, um sich über ihre Arbeit auszutauschen.
Sehr zu meinem Leidwesen, denn ich möchte meinen Bruder
eigentlich nicht am Sonntagvormittag auf dem Laptop-Bild-
schirm sehen, wenn ich bei meinem Freund im Bett liege.

»Natürlich ist es von Sascha«, sage ich mit einer gewissen
Härte in der Stimme – zumindest hoffe ich, dass nicht nur ich
diese Härte wahrnehme. »Und ich fände es schon schön, wenn
meine Schwester sich für mich freuen würde.«

»Freust du dich denn?«

Ich hole tief Luft. Diese Lügerei geht mir wirklich unter die
Haut. Ich weiche Leos forschendem Blick aus und behaupte
trotzig: »Natürlich! Wieso sollte ich denn nicht?«

»Na dann: herzlichen Glückwunsch. Sag mal, es ist doch okay, wenn wir uns wieder ein Zimmer teilen, so wie früher?«

»Klar«, antworte ich und freue mich, dass ihr das so wichtig zu sein scheint.

»Aber ich schlafe oben. Ich habe unsere Bettwäsche schon ausgetauscht.«

Ich starre Leo an und seufze schließlich leise. »Kein Problem«, murmele ich und wende mich meinen Einkaufstüten zu.

»Hey, weißt du noch, dieses Buch?« Ich ziehe meinen neuen Rock aus einer der Tüten und schaue auf. Ein heißer Stich fährt mir in die Brust. Sie hält »Anne of Green Gables« hoch.

»Das hast du jeden Sommer hier gelesen, immer wieder. Ich hab dich manchmal gefragt, ob du das Buch nicht bald auswendig kannst.«

Ich nicke und fahre mit der Hand über den Schmetterlingsstoff. Bevor wir zum ersten Mal nach Kanada geflogen sind, hat meine Mutter mir das Jugendbuch »Anne of Green Gables« geschenkt, weil es in einer Nachbarprovinz von Nova Scotia spielt: Prince Edward Island. Ich war (und bin) eine Leseratte und brauchte in jenem ersten Sommer nicht lange, um das Buch zu verschlingen. Ich verliebte mich in die Geschichte vom Waisenkind Anne Shirley, das von einem älteren Geschwisterpaar adoptiert wird und fortan Abenteuer auf der Farm »Green Gables« erlebt. Anne hat viel Phantasie – zu viel, so wie ich. Sie träumt sich gerne in ihre eigene Welt und muss in der Schule mit lästernden Mitschülern zurechtkommen, die sie wegen ihrer karottenroten Haare aufziehen. Ich fühlte mich Anne von der ersten Seite an ungeheuer verbunden, auch wenn ich keine roten Haare hatte – dafür aber eine Naturkrause, die nicht besser war. Als wir im darauffolgenden Sommer wieder nach Rocky Harbour kamen, las ich das Buch erneut – und von da an jeden Sommer aufs Neue, bis die Seiten abgegriffen waren und Eselsohren hatten. Ich schlucke und starre in den Spiegel über der Kommode. In Matts Buchregal, ganz unten, ganz in der Ecke, steht das gleiche Buch. Er wollte es verschenken, hat er behauptet. Ich glaube ihm nicht.

So, und was glaubst du? Kleine Bärin steht neben der Kommode und zieht fragend ihre dunklen Augenbrauen in die Höhe. *Dass er vor lauter Sehnsucht nach dir ein Jugendbuch gekauft hat? Wäre es dann nicht einfacher gewesen, zum Telefon zu greifen und dich anzurufen?*

Ich wende mich vom Spiegel ab und lege den Rock auf einen Stuhl unterm Fenster. Da fällt mein Blick auf etwas, das in der Zimmerecke steht: mein Koffer!

»Das gibt es nicht! Mein Koffer ist hier, und niemand sagt einen Ton!« Ich springe vor Glück in die Luft und juchze laut. Dann mache ich mich eilig auf die Suche nach meinem Kofferschlüssel, die erfahrungsgemäß länger dauern kann. Leo beobachtet mich amüsiert. »Schön, dass man dich mit solchen Kleinigkeiten glücklich machen kann«, bemerkt sie und greift wieder nach ihren Ohrstöpseln.

»Kleinigkeiten?« Ich sehe sie ungläubig an. »Das ist mein Koffer! Glaubst du im Ernst, ich hätte noch einen weiteren Tag in einem T-Shirt mit Bierwerbung herumlaufen wollen?«

»Von wem ist das T-Shirt eigentlich? Doch nicht von Papa?« Leo sieht mich fragend an.

»Es ist von Matt.« Ich wende mich ab, weil ich merke, dass ich rot werde. Warum auch immer.

»So, so«, ist alles, was meine Schwester sagt, bevor sie sich wieder ihre Stöpsel in die Ohren schiebt.

Kapitel 16

Mein zweites Frühstück am Blueberry-See verläuft nicht unbedingt besser als mein erstes. Im Gegenteil. Da kann die Sonne noch so warm von einem wolkenlosen Himmel auf unsere Veranda mit dem gedeckten Picknicktisch herabstrahlen.

Zwar ruft meine Mutter nicht erneut zum »kreativen Brainstorming« auf, aber Heinz und sie benehmen sich wie verliebte Teenager und füttern sich gegenseitig mit Blaubeermarmeladentoast. Dass nicht nur meinem Vater dabei der Appetit vergeht, ist wohl verständlich – doch außer ihm verzieht sich niemand mit Müsli und schlechter Laune an den Bootssteg.

Von Turteln und Verliebtsein kann bei Hendrik und Sonja leider nicht die Rede sein. Der erste Streit zwischen den beiden ist schon vor dem Frühstück entbrannt, weil Felix sich weigerte, mit meinem Bruder schwimmen zu gehen.

»Komm schon, das Wasser ist super, du wirst sehen!«

»Neeeeein! Ich will nicht in den dunklen See!«

»Du musst auch nicht, mein Süßer«, mischte sich Sonja ein, »Mama geht auch nicht schwimmen. Wer weiß, was da für Ungeziefer im Wasser ist.«

Da explodierte mein Bruder. Er schrie etwas von »Untergrabung seiner Autorität« und »Verweichlichung seines Sohnes« und stürmte mit hochrotem Kopf zum Bootssteg hinunter, wo Leo gerade unmenschlich aussehende Verrenkungen auf ihrer Yoga-Matte machte.

Beim Frühstück fliegen nach wie vor zahlreiche böse Blicke zwischen Hendrik und Sonja hin und her. Als Hendriks Handy klingelt (wieso hat mein Bruder hier im Wald Handyempfang und ich nicht?), verdüstert sich Sonjas Miene noch mehr.

»Kannst du dieses blöde Teil nicht einfach mal ausschalten und den Urlaub genießen?«

Mein Bruder wirft seiner Frau einen seiner spöttischen Blicke zu, die ich im Lauf meiner 30 Lebensjahre schon sehr oft zu sehen bekommen habe.

»›Genießen‹? Sagtest du ›den Urlaub genießen‹?« Hendrik lacht laut auf. »Das könnte ich vielleicht, wenn du dir nicht alle Mühe geben würdest, mich in den Wahnsinn zu treiben!« Mit diesen Worten schnappt er sich sein Handy, steht vom Tisch auf und bellt: »Ja, Behringer!«

Sonja starrt mit versteinertem Gesicht auf ihren Teller, und beinahe tut sie mir leid.

»Ich will das haben«, verkündet Felix. Er deutet auf das Toastbrot mit Frischkäse, das sich Leo gerade geschmiert hat.

»Felix, mein Engel, wie heißt das Zauberwort?«, fragt Sonja.

»Bitte.« Felix streckt seine Hand aus und schaut Leo erwartungsvoll an. Doch meine Schwester erwidert den Blick ihres Neffen ungerührt und beißt von ihrem Toast ab.

»Is’ meins«, sagt sie kauend. »Deine Mama macht dir bestimmt auch eins.«

Felix schiebt seine Unterlippe vor und sieht seine Mutter mit dem Gesichtsausdruck eines leidenden Straßenkindes an.

»Ich mache dir einen Toast mit Frischkäse, mein Liebling«, sagt Sonja und würdigt Leo keines Blickes mehr. »Wenn deine Tante so egoistisch ist … Ahhh! Was war denn das?« Sie schlägt so hektisch um sich, dass sie mich beinahe mit ihrem Messer getroffen hätte. »Eine Hummel?«

»Das war ein Kolibri!«, sage ich empört, als die kleine braune Kugel mit schnellem Flügelschlag davonzischt. »Der hat bestimmt das pinke Muster auf deinem T-Shirt mit einer Blume verwechselt. Kein Grund, ihn zu erschlagen oder mich zu erstechen!«

»Ich hasse Insekten«, murmelt Sonja und greift nach der Frischkäsepackung.

Ich korrigiere mich: Sonja tut mir nicht leid. Ich tue mir leid – weil ich noch eine ganze Woche mit meiner Sippe vor mir habe. Zum Glück reisen Hendrik und Familie am Tag nach Isas Hochzeit kommendes Wochenende wieder ab; Mama, Heinz und Leo fliegen einen Tag später zurück nach Deutschland. Dann werden Papa und ich die Blueberry Lodge noch eine himmlische Woche lang ganz für uns allein haben. Ich kann es kaum erwarten.

»Kolibris sind Vögel«, sagt Leo und schaut mich über den Tisch hinweg mit einem kopfschüttelnden Grinsen an.

»Das war kein Vogel, das war etwas kleines Surrendes!«

»Kolibris sind klein und surrend«, seufze ich und wünsche mir Papa und einen seiner Vorträge über die kanadische Fauna an den Frühstückstisch.

»Hallo alle zusammen!«

Selten war ich so erleichtert, meine Cousine zu sehen. Isa kommt auf unseren Frühstückstisch zu und umarmt der Reihe nach ihre liebe Verwandtschaft. Meine Mutter und Heinz haben gestern bereits einen kurzen Abstecher zur Smugglers' Cove gemacht, um Tante Helga, Onkel Hermann und Isa zu begrüßen und voll Neid (zumindest glaube ich das) die schicke Marina zu begutachten. Würden in den kommenden Tagen nicht sämtliche Apartments durch Isas Freundinnen und Gregs Verwandtschaft aus den USA belegt werden, wären Mama und Heinz sicher längst dort eingezogen.

Isa begrüßt meine Schwägerin, betont, wie groß und niedlich Felix geworden ist (Sonjas Miene hellt sich zum ersten Mal an diesem Morgen auf), und erstickt dann Leo förmlich in einer Umarmung. Sogar Hendrik lässt sich dazu herab, sein Telefonat zwei Sekunden lang zu unterbrechen, um Isa flüchtig in den Arm zu nehmen. Und zu lächeln. Er lächelt! Isa hat es schon immer auf wundersame Weise geschafft, meinen Bruder um den Finger zu wickeln. Während unserer Urlaube hier in Kanada hatte ich es mehr als einmal ihrem Einschreiten zu verdanken, dass ich einer Abreibung durch Hendrik entgehen konnte.

Isa setzt sich neben mich auf das letzte Stückchen freie Bank und schlingt ihre Arme um meinen Oberkörper. »Und, wie geht es der werdenden Mutter?«

»Mhhm, ganz gut«, brumme ich in meine Tasse hinein.

»Wow, du trinkst Kaffee?« Sie starrt mich von der Seite groß an.

»Ja, ich habe ihr auch schon gesagt, dass das nicht gut fürs Baby ist«, seufzt Sonja. »Und Lakritze übrigens auch nicht. Das kann zu hyperaktiven Kindern führen.« Sie wirft mir einen strengen Blick zu, und ich weiß, dass sie gesehen hat, wie ich gestern noch spät am Abend in der Gesellschaft von Lakritz-Konfekt auf der Veranda gesessen und nach Sternschnuppen Ausschau gehalten habe. Sie schiebt ihrem Sohn den fertig geschmierten Frischkäsetoast hin, doch Felix schüttelt den Kopf und verkündet: »Ich mag das nicht, ich will das da!« Er deutet auf das Toastbrot mit Blaubeermarmelade, von dem Mama gerade abbeißt. Sie tut so, als hätte sie ihren Enkel nicht gehört, und schiebt Heinz einen Bissen in den Mund. Als er ihren Finger ablutscht, lacht sie kehlig. Oh, bitte. Da vergeht einem wirklich der Appetit.

»Oh je, sag bloß, du musst auf dein geliebtes Lakritz-Konfekt verzichten?«, fragt Leo mich mit etwas zu viel Schadenfreude in der Stimme. Ich werfe ihr einen düsteren Blick zu.

»Das ist ja wohl ein wirklich geringes Opfer, wenn man so etwas Wundervolles dafür bekommt«, säuselt Sonja und drückt ihrem Sohn einen dicken Kuss auf die Wange. »Mama schmiert dir jetzt einen Toast mit Marmelade.«

Innere Notiz an mich selbst: Sollte ich jemals wirklich Mutter werden, darf ich auf keinen Fall zu einer Sonja mutieren.

»Mir ist langweilig!«, brüllt Felix und schiebt Sonja von sich weg.

»Das trifft sich ja gut«, sagt Isa und strahlt in die Runde, als wäre unsere Frühstücksgemeinschaft die normalste der Welt. »Ich wollte euch fragen, ob ihr Lust habt, mit mir auf den Farmers' Market in Rocky Harbour zu gehen? Wir könnten ein bisschen bummeln und uns den Hafen ansehen und …«, sie senkt verschwörerisch die Stimme und sieht Felix an. »Vielleicht kann man dort ja irgendwo Eis kaufen?«

»Jaaaa!«, brüllt Felix und springt auf, wobei er seine halbvolle Kakaotasse umschmeißt.

»Felix, hör sofort mit diesem Gebrüll auf!« Hendrik hält eine Hand über sein Handy. »Und schau dir bloß die Sauerei an, die du da mal wieder fabriziert hast!«

»Ich glaube«, sagt Sonja und steht abrupt auf, »wir fahren ohne den Papa in den Ort, denn der muss ja sowieso noch arbeiten, auch an einem Samstag im Urlaub. Also geht die Mama allein mit dir auf den Markt und kauft dir ein riesiges Eis.«

Eis liegt auch im Blick meines Bruders. Doch er wendet sich ohne Kommentar ab und fragt: »Herr Neubert, sind Sie noch dran? Ja, Entschuldigung, die Verbindung war gerade etwas gestört …«

Leider nicht nur die Verbindung.

Eine halbe Stunde später schlendere ich über den Farmers'
Market, froh darüber, meine Familie zumindest zwischenzeitlich abgehängt zu haben. Sonja, Isa und Felix haben den groß
angekündigten Eisstand aufgetrieben und sitzen nun an einem
Picknicktisch unter einem Ahornbaum, wo Felix alles mit seinem Schokoeis volltropft. Leo ist bereits vor einiger Zeit von
der Bildfläche verschwunden, ohne zu sagen, wo sie hingeht.
Meine Mutter hat sich bei Heinz untergehakt und bummelt
mit ihm an den Ständen vorbei. Ich halte wohlweislich Abstand, weil die beiden einander ständig gurrend und kichernd
etwas ins Ohr flüstern. Mit Grauen muss ich an die letzte
Nacht denken und an die Geräusche, die sie mit sich gebracht
hat. Ich darf auf gar keinen Fall vergessen, nachher im Supermarkt Ohrstöpsel zu kaufen.

Papa ist nicht mit zum Markt gekommen. Er will einen der
Pfade, die er vor ungefähr 20 Jahren durch den Wald geschlagen hat, ablaufen und neu auslichten. Er meinte, dass er vielleicht Hendrik überreden kann, mitzukommen, wenn der irgendwann von seinem Laptop zu lösen ist. Bloß nicht. Im
Moment sollte mein Bruder wirklich keine Machete in die
Hand bekommen.

Ich stehe im Schatten einer Kiefer und lasse den Blick über
den Markt wandern, der außerordentlich hübsch ist. Auf dem
Kiesplatz am Fischerhafen, der an allen Tagen außer Samstag
als Parkplatz dient, stehen ungefähr 30 Tische und Buden. Von
Obst und Gemüse über fangfrischen Fisch und Meeresfrüchte
bis zu gebrauchten Büchern wird hier alles Mögliche zum
Verkauf angeboten. Ich lasse den Stand unter der Kiefer hinter
mir, an dem man neben Marmeladen und hausgemachtem Kuchen auch frisch gebackene Waffeln bekommt. Natürlich

konnte ich nicht widerstehen, auch wenn ich weiß, dass ich nicht mehr weit von einem Nervenzusammenbruch beim nächsten Jeanskauf entfernt bin. Aber egal, schließlich bin ich im Urlaub, und außerdem denken eh alle, ich sei schwanger.

Rocky Harbour hat sich wirklich gemausert, seit ich zum letzten Mal hier war, denke ich und beiße genüsslich von meiner Waffel ab. Zwar machten auch damals schon einige Touristen im »Foggy Days« halt, doch im Gegensatz zu heute waren der Diner und der lange Sandstrand außerhalb des Ortes so ziemlich die einzigen Attraktionen für Urlauber.

»Hey, Nina!«

Ich drehe mich um und sehe Leo auf mich zukommen. Mit ihren ausgefransten Jeansshorts und den langen Ketten aus bunten Holzperlen über dem pinken Achselshirt sieht sie aus wie ein Hippie-Mädchen. »Ich habe einen super Laden entdeckt«, sagt sie. »Er heißt …«

»Rocky Stuff?«, frage ich und beiße erneut von meiner Waffel ab.

Verwundert sieht sie mich an. »Du hast Puderzucker auf der Nase. Ja, Rocky Stuff. Woher weißt du das?«

»Hab schon davon gehört«, erkläre ich und wische mir mit meinem nackten Unterarm über die Nase.

»Du musst dir den Laden unbedingt anschauen. Es gibt dort echt coole Sachen. Ich sage nur: Kaufrausch in Tüten.«

»Mhhm, gerne. Zeigst du mir den Laden?«

»Nur, wenn ich von deiner Waffel abbeißen darf.«

Leo und ich spazieren auf den Ausgang des Marktes zu und wollen gerade die Straße überqueren, als eine mir allzu vertraute Stimme hinter uns sagt: »Nina, heute nicht im Segelboot unterwegs?«

Kapitel 17

Natürlich habe ich gerade den Mund voll. Ich versuche, möglichst schnell den undamenhaft großen Bissen Waffel hinunterzuschlucken, der mich fast ersticken lässt, bevor ich mich umdrehe und unvorbereitet von Matts Lächeln getroffen werde.

Ich huste und schnappe nach Luft. »Nein, ich dachte mir, ich bewege mich heute lieber nur zu Fuß vorwärts«, stoße ich hervor und muss ebenfalls grinsen. »Ist sicherer.« Dabei fällt mir ein, dass ich gleich noch mein Auto abholen muss. Mein Vorhaben, meiner Familie zu verheimlichen, dass ich ohne Benzin liegengeblieben bin, war leider zum Scheitern verurteilt, weil Papa heute Morgen voller Panik gefragt hat: »Nina, kann es sein, dass dein Auto gestohlen worden ist? Es steht nicht mehr vor der Lodge!«

»Stimmt, das ist wohl wirklich sicherer.« Matt mustert mich schmunzelnd. »Du hast Puderzucker am Kinn«, sagt er und macht eine vage Handbewegung in die Richtung meines Gesichts. So, als hätte er kurz in Erwägung gezogen, eigenhändig den Puderzucker von meinem Kinn zu wischen. Was meine südliche Körperregion schlagartig mit Wärme flutet.

»Hey, Matt, kennst du mich noch?«

Leo stemmt ihre Hände in die schlanke Taille und sieht ihn erwartungsvoll an. Matt (der Leo tatsächlich erst jetzt wahrzunehmen scheint, wie ich mit einem übermütigen Hüpfen meines Herzens und einem unwilligen Kopfschütteln seitens Kleiner Bärin feststelle) mustert sie von Kopf bis Fuß und sagt nachdenklich: »Du kannst auf keinen Fall Leo sein. Und wenn du es doch bist, komme ich mir schlagartig uralt vor. Du warst doch gestern erst zehn?«

»Ha, gestern!« Leo klopft ihm mit einem hellen Lachen auf den Oberarm. Ziemlich genau auf die Stelle, wo unter seinem T-Shirt-Ärmel das Ahornblatt-Tattoo sein muss. »Ich habe zwischenzeitlich schon ein paar Jahre in Australien gelebt und bin geschieden!«

»Hey, willkommen im Club.« Matt vergräbt die Hände in den Taschen seiner Jeans und lächelt meine kleine Schwester warm an.

»Du hast auch in Australien gelebt?«, fragt Leo neckend.

»Nein, nur in Alberta. Aber ich bin auch geschieden.«

»Was du nicht sagst?« Leo wickelt mit einem koketten Blick einen Strang Locken um ihren Zeigefinger. »Darauf müssen wir bei Gelegenheit anstoßen, Matthew Gates.«

»Gerne. Warum nicht gleich heute Abend? Meine Band spielt ab 21 Uhr im Shore Club. Kommt doch vorbei, in der Pause stoßen wir auf unsere Scheidungen an.«

»Oh, super, ich war ja noch nie im Shore Club!« Leo macht einen kleinen Hüpfer. Matts Lächeln vertieft sich, und südlich meines Äquators wird es wieder kälter. Mein Magen begehrt mit einem kleinen fiesen Stich auf. Ich betrachte meine Schwester und sehe das, was Matt sieht: entzückende blonde Locken und hellblaue Augen, ein sexy Grübchen und eine umwerfende Figur.

Hallo? Du wirst doch jetzt wohl nicht auf deine kleine Schwester eifersüchtig werden?

Nein, sicher nicht. Trotzdem bin ich mehr als froh, dass mein Koffer angekommen ist und ich heute endlich wieder mein eigenes T-Shirt tragen kann, kombiniert mit dem neuen Schmetterlingsrock. Allerdings hätte ich auch dringend neues Haar benötigt.

»Ich war auch noch nie im Shore Club«, melde ich mich zu Wort, um nicht völlig in Vergessenheit zu geraten.

»Echt nicht?« Leo sieht mich erstaunt an. Dann lacht sie auf. »Ach, ja, ich vergaß. Du warst ja erst – wie alt? Sechzehn, als wir das letzte Mal hier waren? Und darum bist du Samstagabend zu Hause geblieben und hast zusammen mit Matt auf mich aufgepasst.« Das Wort »aufgepasst« versieht sie mit Gänsefüßchen, die ihre schlanken Finger in die Luft malen.

Ich spüre heiße Röte in meine Wangen schießen. Als ich Matt ansehe, merke ich, dass er mich mustert. Sein Grinsen ist verschwunden, kehrt jedoch schnell zurück, als er Leo anschaut und fragt: »Warum sagst du das so spöttisch? Und wie wir auf dich aufgepasst haben! Ich kann bis heute kein ›Mensch ärgere dich nicht‹ mehr sehen.«

»Das glaube ich«, lacht Leo auf. »Also, ich muss meiner Schwester jetzt *Rocky Stuff* zeigen, das ist echt ein cooler Laden.« Sie deutet auf ein Haus mit einem Erker über der Eingangstür, das ungefähr 50 Meter von uns entfernt auf der gegenüberliegenden Straßenseite steht. Es ist in leuchtendem Gelb gestrichen, Fensterrahmen und Eingangstür sind quietschgrün. Es ist mir ein Rätsel, wie ich bei dieser Farbkombination den Laden im Vorbeifahren nicht bemerken konnte.

»Ah, sehr gut«, sagt Matt und sieht mich an. »Das Geschäft wird dir gefallen. Na dann, viel Spaß euch beiden. Wir sehen uns heute Abend!«

»Kann es nicht erwarten«, sagt Leo und zwinkert Matt zu, bevor sie die Straße überquert. Matt geht mit langen Schritten auf den Farmers' Market, und während ich ihm und seinem Hintern noch hinterherstarre, dreht er sich plötzlich um und schaut über seine Schulter. Nein, er sieht nicht mich an. Er schaut Leo hinterher.

Das nagende Gefühl der Eifersucht lässt sich leider nicht so einfach abschütteln. Es begleitet mich, als ich Leo die Küstenstraße entlang folge, vorbei am Postamt, das aus rotem Klinker gebaut ist und von einer Rasenfläche gesäumt wird, auf der ein Fahnenmast steht. Die Kanada-Flagge weht in der Meeresbrise und winkt mir fröhlich zu, doch ich ignoriere sie, denn vor mir wackelt der knackige Jeanshintern meiner kleinen Schwester. Er ist genauso perfekt wie Shaunas Hintern.

Meine Schwester hatte recht, der Laden ist eine Wucht. Ein großes weißes Regal mit vielen quadratischen Fächern am Ende des lichtdurchfluteten Raums zieht mich sofort in seinen Bann; zielstrebig durchquere ich das Geschäft und verliere mich verzückt in den Schätzen, die dort zu finden sind: ein Schlüsselbord aus Holz, das eine typische kanadische Hafenpromenade mit bunten Häusern und Booten darstellt; Salz- und Pfefferstreuer in der Form kleiner Leuchttürme; Weihnachtsbaumanhänger aus rotem Filz, in der Form von Ahornblättern. Ich wiege gerade einen gläsernen Briefbeschwerer in der hohlen Hand, in dessen Mitte getrocknete Blüten zu sehen sind, als Leos Stimme mich aus meiner Verzückung reißt.

»Ich kann nicht glauben, dass die aus Besteck gemacht sind!«

Aha, meine Schwester hat den Schmuck entdeckt. Mit einem Lächeln setze ich den Briefbeschwerer zurück ins Regal und drehe mich um. Leo steht an der Ladentheke, auf der die unterschiedlichsten Dinge angeordnet sind. Neben einigen bunt bemalten Vogelhäuschen stehen mehrere Ständer, an denen Schmuckstücke hängen. Leo hält ein Paar Ohrringe hoch: Es ist aus silbernen Gabeln gefertigt, deren Spitzen nach oben gebogen sind. Ich durchquere den Laden und will gerade etwas zu dem außergewöhnlichen Schmuck sagen, als mich die Stimme der Verkäuferin förmlich erstarren lässt. Sie steht direkt hinter Leo, auf der anderen Seite der Theke, so dass ich sie bisher nur schemenhaft gesehen habe. Doch ihre Stimme erkenne ich sofort.

»Ja, ich mache diese Stücke selbst«, sagt Shauna. Als Leo einen Schritt zur Seite macht, um sich die Ohrringe anzuhalten und im Spiegel zu begutachten, sehe ich sie. Und sie sieht mich. Ihre schmalen Augenbrauen schießen in die Höhe und sie fragt: »Nanu, wenn das nicht Miss Marienkäfer ist?«

Na toll. Ich wünschte wirklich, ich hätte Shauna nie im Wäschegeschäft getroffen. Leo dreht sich zu mir um und fragt lachend: »Miss Marienkäfer? Woher kennt ihr beide euch denn? Von einer Insektenshow oder aus dem Kindergarten?«

»Weder noch«, sage ich eilig und trete neben meine Schwester an die Ladentheke. »Shauna ist eine Bekannte von Matt.« Ich betone das Wort »Bekannte« und beobachte Shauna dabei genau. Ihr gefällt die Bezeichnung nicht, so viel ist klar. Tja, Ausgleich für »Miss Marienkäfer« würde ich sagen.

»Und wer bist du, wenn ich fragen darf?«, fragt Shauna und sieht Leo an. »Ihr seid doch nicht verwandt, oder?«

»Doch, ich bin Ninas Schwester. Ihre jüngere Schwester«, fügt Leo überflüssigerweise hinzu.

»Nie im Leben, ihr seid Schwestern?« Aua, so viel Überraschung tut weh. Zwei zu eins für Miss Spitzentanga. Ich sehe die Befriedigung in ihren katzengrünen Augen leuchten, während ihr Blick erst auf Leo haftet, dann kurz auf mir verweilt. Sie zieht wieder eine Augenbraue hoch und sagt: »Na ja, nicht alle Schwestern müssen Ähnlichkeit miteinander haben, nicht

wahr? Darling, die Ohrringe stehen dir ausgezeichnet. Silber
betont deine blauen Augen wunderbar. Und zu kurzem Haar
sehen die Hängeohrringe sowieso am besten aus.«

»Und du machst die wirklich selbst?« Leo streicht zärtlich
über das glatte Silber. Ich mustere es ebenfalls und versuche,
mir jegliche Wehmut zu verkneifen. Natürlich finde ich sie
wunderschön und hätte auch gerne ein solches Paar Ohrringe
gehabt. Oder, noch besser: Diesen Ring dort, der ebenfalls aus
einer Gabel geformt ist. Die Spitzen der Gabel biegen sich
filigran und sehen an der Hand mit Sicherheit umwerfend aus.
Aber auf gar keinen Fall werde ich dieser Hexe den Gefallen
tun und ihren Schmuck kaufen. Und dann auch noch tragen.
Das wäre ja noch schöner! Nicht einmal den Briefbeschwerer
werde ich mitnehmen, und wenn er sich noch so gut in meiner
Hand angefühlt hat.

»Gehört dir der Laden?«, fragt Leo und mustert auch den
restlichen Schmuck eingehend.

Ich hoffe eine Sekunde lang, dass Shauna etwas beschämt
sagen wird: »Nein, ich bin hier nur angestellt.« Doch Fehlan-
zeige.

»Ja, das ist mein Laden. Und außer dem Schmuck mache ich
auch die Tuniken dort hinten selbst.« Sie deutet auf ein paar
sehr schöne Oberteile, die an Kleiderbügeln neben einem der
Fenster hängen. Auf türkisfarbenem und dunkelblauem Stoff
sind viele kleine Perlen in Silber und Weiß aufgestickt.

»Unglaublich, die sind ja klasse!« Leo flitzt begeistert zu
den Tuniken hinüber.

»Hey, Nina, Leo!« Die Eingangstür des Geschäfts bimmelt,
und zum zweiten Mal an diesem Tag bin ich äußerst dankbar,
meine Cousine zu erblicken. Zusammen mit ihrer New Yorker
Freundin Courtney betritt sie den Laden.

»Hallo, Shauna.« Zu meinem Ärger beugt sich Isa über die Theke und drückt Shauna kurz an sich. Aha, die beiden kennen und verstehen sich also gut. Na toll.

»Und, Mädels, habt ihr schon den halben Laden leer gekauft? Das sind geniale Sachen, oder?« Isa kommt zu mir herüber und hakt sich bei mir ein. Sie riecht nach Sonnenöl und CK One.

»Mhhm, ganz nett hier«, murmele ich und komme mir bei dieser Untertreibung ziemlich albern vor.

»Ich werde die hier kaufen«, verkündet Leo und legt die Ohrringe auf die Ladentheke.

»Gute Wahl, die werden dir super stehen«, sagt Isa. Dann fügt sie hinzu: »Wisst ihr, wen wir eben getroffen haben? Matt!«

Bei der Erwähnung seines Namens zuckt etwas in Shaunas Gesicht, und sie schaut Isa mit diesem gewissen Glitzern in den Augen an, das ich nur allzu gut kenne. Von mir selbst. Wenn ich verliebt bin und mich zufällig in einem Spiegel sehe. Ja, Shauna sieht definitiv nicht den Kumpel in ihm, den Matt angeblich in ihr sieht.

»Seine Band und er treten heute Abend im Shore Club auf. Lasst uns doch alle zusammen tanzen gehen, ja? Das wäre supercool, schließlich kennt ihr den Laden noch gar nicht, Nina, weil ihr damals zu jung wart. Weißt du noch?«

»Natürlich weiß sie das noch«, sagt Leo sarkastisch und wirft mir einen wissenden Blick über die Schulter zu, bevor sie ihr Portemonnaie aus der Hosentasche zieht. »Ist schon geklärt, Nina und ich kommen heute Abend mit. Oder, Nina?«

Ich schlucke und schaue die Frauen, die in diesem Laden versammelt sind, der Reihe nach an. Shauna, deren schlanke Finger gerade auf die Tastatur der Kasse eintippen. Courtney, die sich eine bunte Perlenkette umgelegt hat und ihr attraktives Spiegelbild begutachtet. Leo, deren knackiger Jeanshintern hin und her wackelt, während sie summend darauf wartet, dass Shauna ihr den Kassenbon zum Unterschreiben hinlegt. Isa, die mich erwartungsvoll von der Seite mustert. All diese Frauen werden heute Abend im Shore Club sein. Da kann ich ja gleich mit einem Kartoffelsack über dem Kopf dorthingehen. Oder zu Hause bleiben. Trotzdem höre ich mich gezwungen fröhlich sagen:

»Klar gehen wir heute Abend tanzen!«

Kapitel 18

Ach, wäre ich bloß zu Hause geblieben. Ich könnte jetzt auf dem gemütlichen Sofa in der Blueberry Lodge liegen und ein Buch lesen. Stattdessen sitze ich auf einem Barhocker am Rande der Tanzfläche des Shore Club, auf der sich halb Rocky Harbour zu drängen scheint, so voll ist es. Ich sehe Elaine, die von einem Mann mit weißem Pferdeschwanz herumgewirbelt wird. In ihrer Nähe tanzen Isa, Courtney, Leo und die zwei deutschen Studienfreundinnen von Isa, die Leo im Flugzeug kennengelernt hat. Die Mädels hüpfen und schwingen ihre Arme und brüllen aus vollem Hals »Take it eeeeeeasy!«. Ich liebe diesen grandiosen Song von den Eagles. Der von Matt gesungen wird.

Ich umklammere mit einer Hand mein schwitzendes Colaglas, mit der anderen meinen Strohhalm und starre auf die Bühne, während ich schlürfend trinke, was das Zeug hält. Wenn ich mich schon nicht mit Alkohol volllaufen lassen darf, um dies alles leichter erträglich zu machen, dann werde ich mir zumindest einen schönen Zuckerrausch antrinken. Isa hat strahlend für mich und sich Cola bestellt und mir wissend zugezwinkert, während die anderen Bier und Cocktails bekommen haben. Ich möchte auch einen Cocktail haben. Oder irgendetwas anderes mit Alkohol. Im betrunkenen Zustand würde Matt vielleicht nicht mehr so verflucht attraktiv aussehen. Oder umgekehrt. Vielleicht würde ich ihn attraktiver denn je finden und alle Hemmungen verlieren und in einem günstigen Augenblick über ihn herfallen.

Der Gedanke lässt Hitze durch meinen Körper wallen. Im nächsten Augenblick muss ich über mich selbst lachen. Oh Mann, Nina, wach endlich auf und schau dich um. Die Tanzfläche ist voll mit schlanken, sexy Frauen – Matt hat Auswahl ohne Ende. Auch Shauna ist natürlich hier, ihr Jeans-Minirock unter einer ihrer selbst entworfenen Tuniken ist so kurz, dass man fast denken könnte, sie trüge keinen Rock. Mit dem Erfolg, dass sich immer wieder Männer den Hals nach ihr verdrehen. Unter anderem mein lieber Bruder. Ja, Hendrik ist auch irgendwo hier, Mama und Heinz ebenfalls. Was Papa dazu bewogen hat, zu Hause zu bleiben. Gemeinsam mit Sonja, die Felix nicht zurücklassen wollte.

»Ich passe schon auf ihn auf, geh ruhig tanzen«, hat Papa ihr mehr als einmal versichert. Aber Sonja meinte mit einem nachsichtigen Lächeln, das ausdrücken sollte, wie wenig Ahnung mein Vater von kleinen Kindern hat: »Ich habe meinen Engel noch nie abends allein gelassen. Und damit fange ich ganz bestimmt nicht in der kanadischen Wildnis an.«

»Sie opfert sich gerne für den kleinen Prinzen auf, mach dir keine Mühe, Paps«, sagte Hendrik und wirkte nicht wirklich traurig, ohne seine Frau in den Shore Club zu gehen.

Applaus brandet auf, Matt und seine Band haben »Take it easy« beendet. Begeisterte Frauen hüpfen kreischend und klatschend auf und ab, und ich könnte schwören, zu hören, wie eine ruft: »Heirate mich, Matt!«

Matt haucht ein tiefes »Thank you« ins Mikrofon, das noch größere Kreischanfälle im Publikum auslöst. Du lieber Himmel. Ich hatte ja keine Ahnung, dass er außer Gretchen so viele Groupies hat. Aber eigentlich kein Wunder, bei der Stimme. Und bei dem Aussehen. Ich mustere ihn verstohlen, während Matt einen Schluck Wasser aus einer Flasche nimmt. Mein Blick wandert über sein schwarzes T-Shirt und die verwaschenen Jeans und wieder hoch zu seinem Gesicht, als ich bemerke, dass er mich ansieht. Vor Schreck verschütte ich ein wenig Cola auf mein T-Shirt.

»Scheiße«, murmele ich, grinse verlegen und stelle mein Glas auf den Stehtisch hinter mir. Als ich wieder zur Bühne schaue, hat Matt sich Bill zugewandt, der genauso verschwitzt aussieht wie neulich beim Aufgraben unserer Sickergrube. Sein Gesicht leuchtet rot, und sein Haar klebt nass an seinem Kopf. Die Bassgitarre wirkt beinahe winzig vor seinem massigen Körper. Schräg hinter Bill sitzt Liam am Schlagzeug; auch er ist nach wie vor Mitglied der Band und sieht tatsächlich noch so aus, wie ich ihn in Erinnerung hatte: groß, dünn und mit viel zu langen Armen und Beinen. Ein bisschen wie ein Reiher. Nur der Ziegenbart ist neu. Matt spielt einen Akkord auf seiner Gitarre und sagt etwas zu der Frau, die rechts neben ihm steht. Sie ist klein und rund, trägt einen kurzen Bürstenhaarschnitt und eine rote Brille. Ihr verdankt die Band »Rocking Reverends« ihren Namen, wie Isa mir erzählt hat: Rita MacKenzie ist die Pfarrerin der örtlichen United Church und obendrein eine begnadete Sängerin.

Matt und Rita fangen an, auf ihren Gitarren zu spielen, und treten dicht an ihre Mikrofone. Im Duett singen sie »If I said you have a beautiful body would you hold it against me?«, und ich bekomme eine Gänsehaut auf den Armen. Ahh, ich liebe dieses Lied von den Bellamy Brothers! Nicht nur ich, denn die weiblichen Fans fangen an zu kreischen, und auch ein paar Männer johlen und schwenken ihre Bierflaschen. Eigentlich wollte ich gerade auf die Toilette gehen, um meinen Colafleck auszuwaschen, aber der ist mir plötzlich egal. Ich kann nur noch zur Bühne starren und mir wünschen, dass Matt mir sagen würde, dass er meinen Körper schön findet.

»Du siehst aus wie kurz vorm Orgasmus«, sagt Leo und

lässt sich mit einem Grinsen auf den freien Barhocker neben
mir fallen.

Vor Schreck fällt mir der Strohhalm, auf dem ich mit Hingabe herumgekaut habe, aus dem Mund. Bin ich auch, denke
ich. Doch laut sage ich: »Als ob du wüsstest, wie ich kurz vorm
Orgasmus aussehe.«

»Ich wette, einer hier im Raum weiß es«, sagt Leo und nippt
mit Unschuldsmiene an ihrer Piña Colada. »Einer, der dich
ständig anschaut. Und der verdammt gut singen kann. Mann,
seine Stimme ist wirklich Sex in Tüten.«

Ich starre zu Matt hinüber, der gerade jemanden vor der
Bühne angrinst. Ich recke meinen Hals, um besser sehen zu
können. Natürlich. Shauna. Sie hebt ihr Cocktailglas und
prostet Matt mit einem eindeutig zweideutigen Augenzwinkern zu.

»Ich sehe niemanden, der mich ständig anschaut«, sage ich
und wende mich ab. Ich wünsche mir jetzt wirklich ein Bier.
Oder, noch besser: Cola mit Rum. Ich starre in mein Schwangerschaftsglas und fasse einen Entschluss. »Ich hole mir nur
schnell was Neues zu trinken«, sage ich und drücke mich an
Leos Barhocker vorbei.

»Mhhm, klar«, murmelt meine Schwester und starrt gedankenverloren auf die Bühne. Oh, bitte, sie ist doch hoffentlich
nicht ernsthaft an Matt interessiert, oder? Ich mustere ihr
schulterfreies weißes Oberteil, das ihre unverschämte Bräune
betont und außerdem ihr Schildkröten-Tattoo auf dem linken
Schulterblatt zur Geltung kommen lässt. Sie trägt die neuen
Ohrringe aus Shaunas Laden, und die Gabelspitzen blitzen
neckisch zwischen ihren blonden Engelslocken hervor. Eines
ist mir klar: Wenn sie es auf Matt abgesehen haben sollte, bin

ich endgültig nur noch Schnee von gestern. Ach was, von vorgestern. Eine matschige Pfütze, mehr nicht.

Und das kann dir egal sein, Nina, denn du hast Sascha.

Richtig. Dankbar nicke ich Kleiner Bärin zu, die ebenfalls auf einem Barhocker sitzt und an einem Bier nippt. Meine innere Indianerin nervt mich zwar oft mit ihren neunmalklugen Kommentaren, aber hin und wieder gelingt es ihr tatsächlich, meine Gedanken wieder in die richtigen Bahnen zu lenken.

An der Bar schaue ich mich diskret um, um sicherzugehen, dass wirklich niemand aus meiner Familie in Hörweite steht, lehne mich so weit wie möglich zum Barkeeper vor und sage: »Eine Cola-Rum, bitte!«

»Kommt sofort, Honey«, entgegnet er und greift nach einem Glas. Während er Rum und Cola mischt, wendet er sich an eine füllige Frau mit rotem Pferdeschwanz, die neben mir an einem bunten Cocktail nippt. »Hey, Sue, hast du schon Bretter zum Verbarrikadieren deiner Bäckerei besorgt? Mit ›Lucy‹ ist nicht zu scherzen, habe ich gehört.«

»Ich weiß, Sam, ich habe schon Bretter organisiert. Matt Gates ist so nett, mir Montagmorgen welche vorbeizubringen. Er ist so ein Schatz. Aber glaubst du wirklich, dass uns der Hurrikan erwischen wird?«

Der Barkeeper zuckt mit den Achseln. »Keine Ahnung. Vielleicht überlegt ›Lucy‹ es sich noch anders und dreht Richtung Neufundland ab. Oder sie tobt sich an der US-Ostküste so sehr aus, dass sie für Kanada keine Kraft mehr hat.«

»Vielleicht aber auch nicht«, brummt ein kleiner Mann mit Vollbart, der neben Sue steht und in sein Bierglas starrt. »Also ich hole mein Boot morgen aus dem Wasser, so viel steht fest. Sicher ist sicher.«

Applaus brandet auf: Die »Rocking Reverends« haben das

Stück beendet, und Matt kündigt eine viertelstündige Pause an, »damit wir unsere Stimmen ölen können«.

»Hier, Honey.« Sam, der Barkeeper, reicht mir meine Cola-Rum, und ich schiebe das Geld über den Tresen. Während ich an meinem Glas nippe, beobachte ich, wie Matt mit Rita, Bill und Liam von der Bühne steigt und sich unter die Menschenmenge mischt. Shauna ist sofort an seiner Seite und lacht ausgelassen über etwas, was er zu ihr sagt. Da schiebt Leo sich auf ihn zu und hält ihm mit einem koketten Lächeln eine Bierflasche hin. Als sie ihr Cocktailglas hebt und ihm zuprostet, fällt es mir wieder ein: Die beiden wollten ja auf ihre Scheidungen trinken. Matts Grinsen nach zu urteilen hat er nicht das Geringste dagegen einzuwenden, seine Pause in der Gesellschaft meiner kleinen Schwester zu verbringen. Ein nagender Schmerz macht sich in mir breit.

Nina, du benimmst dich absolut kindisch. Geh rüber und unterhalte dich mit ihnen. Isa und Courtney stehen doch auch daneben.

Stimmt, und Courtney sabbert förmlich in ihr Weißweinglas, während sie Matt anhimmelt. Kommt es mir nur so vor, oder saß der Ausschnitt ihres Minikleides eben noch nicht so tief, dass man fast ihren Bauchnabel sehen kann?

Nein, mir reicht es. Ich brauche dringend frische Luft.

Als ich mich an der Gruppe um Matt herum vorbeischiebe, höre ich Isa, die nach mir ruft. »Hey, Nina, komm doch zu uns!«

Ich winke ihr zu und schüttele den Kopf. »Brauche kurz frische Luft!«, rufe ich und bahne mir weiter meinen Weg.

Als die Eingangstür des Clubs hinter mir zufällt, atme ich erleichtert auf. Kühle Nachtluft, die nach Seetang und Salz riecht,

hüllt mich ein. Das flache, graue Holzgebäude, in dem der
»Shore Club« seit über 50Jahren die Bevölkerung der Umgebung mit Partys unterhält, liegt eingebettet zwischen den Dünen des langen Sandstrandes außerhalb von Rocky Harbour.
Ich nippe an meinem Drink und gehe an ein paar Rauchern
vorbei, schlendere den sandigen Holzweg entlang auf den
nächtlichen Strand zu. Das Meer ist ruhig; kaum zu glauben,
dass wirklich ein Hurrikan im Anzug sein soll. Wir sind hier
schließlich in Nova Scotia und nicht in der Karibik – hier wird
doch kein richtiger Wirbelsturm wüten?

Langsam spaziere ich den Strand entlang, während die Lichter des Shore Club hinter mir schwächer werden. Als zu meiner Linken die dunklen Umrisse der Umkleidekabinen auftauchen, stellt Kleine Bärin sich mir in den Weg und schaut
mich warnend an. Doch ich gehe stur an ihr vorbei, setzte mich
auf eine sandige Stufe der Treppe, die zu den Umkleidekabinen
hinaufführt. Ich nehme einen Schluck Cola-Rum, drehe mich
halb um und starre zu den Holzhäuschen hinauf, die den
Strand säumen. In der ganz linken Kabine wurde ich zum
zweiten Mal in meinem Leben geküsst.

Ich bin mit Hendrik, Carrie, Leo und Matt an den Strand gekommen, um das heiße Sommerwetter zu genießen. Es ist das
erste Mal seit unserem Kuss, dass ich Matt wiedersehe. Ich
habe Todesängste ausgestanden, dass er sich mir gegenüber
cool verhalten würde, dass er über mich lachen und mir klarmachen würde, dass dieser eine Kuss in dieser einen Sommernacht nur ein Spaß gewesen ist. Doch er ist nicht cool, und er
lacht nicht über mich. Stattdessen baut er mit Leo und mir eine
Sandburg und geht mit uns im kalten Meer schwimmen, während Carrie und Hendrik knutschend auf ihrer Strandmatte

liegen. Und als ich mir nach dem Schwimmen etwas Trockenes anziehen will und gerade die Umkleidekabine erreicht habe, ist Matt plötzlich da und schiebt mich wortlos in die Kabine. Er schließt die Tür hinter sich und drückt mich gegen die Bretterwand. Dicht an meinem Mund murmelt er: »Ich habe das nicht mehr ausgehalten.« Dann küsst er mich um den Verstand. Sein Mund ist heiß und feucht, seine Lippen schmecken nach Salzwasser, und seine nasse Haut riecht nach Sonnenöl. Seine Hand streichelt über die Rückseite meiner nassen Oberschenkel und – oh Gott! – macht Bekanntschaft mit Erna. Doch bevor ich genau weiß, wie mir geschieht, löst er sich schon wieder von mir.

»Okay, das reicht«, keucht er leise, ohne seinen Blick von meinem Mund zu lösen. Ich finde überhaupt nicht, dass das reicht. Aber ich kann nichts erwidern, sondern nur nach Luft ringen. Und versuchen, zu begreifen, was da südlich meines Äquators vor sich geht. Matts Zeigefinger streicht leicht über meine Lippen, die sich geschwollen anfühlen. Dann beugt er sich noch einmal vor und küsst mich, ganz sacht.

»Du machst mich verrückt, Nina«, murmelt er gegen meinen Mund. Und lässt mich allein mit meiner Lust zurück.

Kapitel 19

Als ich meinen Blick von den Umkleidekabinen hinter mir löse und aufs Meer hinausschaue, merke ich, dass jemand aus der Richtung des Shore Club auf mich zukommt. Matt. Vor Schreck verschütte ich schon wieder Cola, diesmal erwischt es meine Jeans. Was macht er hier? Ist er mir absichtlich gefolgt oder hat er mich zufällig hier entdeckt?

»Hey, wartest du auf dein Segelboot?« Er grinst mich an.

»Du hast es erfasst«, sage ich betont locker. »Kanus meide ich neuerdings.«

Matt hat die Treppe erreicht und schaut auf mich herunter. »Darf ich?« Er deutet neben mich auf die Stufe. Mein Herz fängt an, wie ein Kolibri zu flattern. Ich weiß auch nicht, warum.

»Klar, setz dich«, sage ich und hoffe, dass meine Stimme so cool klingt, wie ich es gerne hätte. Ich rutsche ein wenig zur Seite, um mehr Platz zu machen, doch trotzdem sind wir plötzlich dicht nebeneinander. So dicht, dass ich sein Aftershave rieche.

»Haben wir so schlecht gespielt, dass du übers Meer flüchten musst?« Seine Stimme klingt noch tiefer und rauher als sonst, vermutlich, weil er schon über eine Stunde lang gesungen hat.

»Quatsch, ihr wart genial, Matt. Als ob du das nicht wüsstest. Bei den vielen kreischenden Frauen da drinnen.«

»Na ja, du zumindest hast nicht gekreischt.«

Mein Gesicht wird heiß. Hat er mich etwa beobachtet? Vielleicht lag Leo ja doch nicht so falsch mit ihrer Behauptung. »Hmm, nein, ich kreische selten. Aber dafür haben die anderen das ja mit umso mehr Hingabe getan. Ich könnte schwören, dass im Laufe des Abends noch Höschen auf die Bühne fliegen werden.«

Matt lacht auf und bückt sich nach einer Muschel, die nahe der Treppe liegt. Er klopft den Sand von der Schale und dreht sie zwischen seinen Fingern hin und her. Ich starre auf seine Hände, die schwieligen Hände eines Zimmermanns, und muss daran denken, wo mich diese Hände vor Jahren überall berührt haben. Sofort schießt heißes Blut in meinen Kopf, und ich wende schnell meinen Blick ab. Meine Stimme ist heiser, als ich frage: »Und, hast du mit Leo auf eure Scheidungen angestoßen?«

Er sieht mich von der Seite an und nickt. »Ja. Wie kommt es eigentlich, dass sie schon geschieden ist? Ich meine, wie alt ist sie? 23?«

»24«, sage ich und nippe an meinem Glas. »Na ja, sie war 18, als sie nach Australien gegangen ist. Sie hat in Deutschland die Schule ein halbes Jahr vor dem Abi verlassen und sich in den Kopf gesetzt, auf einer Schaffarm Down Under zu arbeiten. Das hat sie dann auch gemacht – genau drei Wochen lang. Seitdem kann Leo nichts mehr tragen, was aus Schafwolle hergestellt ist, weil sie sich auf der Farm so geekelt hat.«

Matt lacht auf, und ich nehme einen weiteren Schluck aus meinem Glas. »Irgendwann hat sie einen Job als Kellnerin in einer Strandbar in irgendeinem Surfer-Ort an der Ostküste gefunden. Dort hat sie diesen Typen kennengelernt – ich glaube, er hieß Joe. Sie haben gemeinsam in seinem Wohnwagen am Strand gewohnt, er hat ihr Surfen und Haschrauchen beigebracht, und als ihr einjähriges Work-and-Travel-Visum abgelaufen ist, haben sie geheiratet. Leider hat die Ehe aber nur ein paar Wochen gehalten. Daraufhin ist Leo mit Sack und Pack nach Indonesien gezogen, hat dort ein paar Monate lang

Yoga-Kurse belegt und ist schließlich, als sie kein Geld mehr hatte, nach Deutschland zurückgekommen. Jetzt arbeitet sie in Berlin als Yoga-Lehrerin und kellnert am Wochenende in der ›Stinkenden Socke‹, das ist eine Kreuzberger In-Kneipe.«

»Wow. Was haben denn deine Eltern dazu gesagt?«

Ich lache leise auf. »Darum hat Leo sich noch nie groß geschert. Sie haben natürlich getobt, ist doch klar. Am meisten Papa, der die Schuld für Leos Schulabbruch meiner Mutter und Heinz in die Schuhe geschoben hat. Nicht ganz zu Unrecht, schließlich lebt meine Mutter seit Jahren nur noch für ihre Romane und bekommt von ihrer Familie eher wenig mit. Im Grunde genommen hatte Leo aber immer schon ihren eigenen Kopf. Und sie war volljährig, niemand konnte sie gegen ihren Willen in Deutschland und auf dem Gymnasium festhalten.«

»Darf ich einen Schluck von deiner Cola haben?«

Überrascht sehe ich Matt an. »Was?«

Er zeigt auf mein Glas. »Sorry, ich habe meine Bierflasche drinnen gelassen, weil unser penetranter Dorf-Sheriff gern Samstagnacht hier am Strand kontrolliert, ob Leute in der Öffentlichkeit Alkohol trinken. Du weißt doch, wir sind hier in Kanada, nicht im liberalen Europa. Und du kannst dich doch bestimmt noch an Polizeikontrollen am Strand erinnern, oder?«

Mein Gesicht, das sich gerade ein wenig in der sanften Meeresbrise abgekühlt hatte, wird schon wieder heiß.

»Mhhm«, murmele ich und sehe Matt und mich auf einem Handtuch am dunklen Strand liegen, keine 50 Meter entfernt von der Stelle, an der wir jetzt sitzen. Es war nach unseren Küssen am Bootssteg und in der Umkleidekabine erst das dritte Mal, dass wir allein zusammen waren, und dementspre-

chend schüchtern war ich nach wie vor. Und Matt war sehr
rücksichtsvoll. Zum Glück, denn somit hatte ich noch all meine Klamotten an, als uns plötzlich jemand mit einer Taschenlampe ins Gesicht leuchtete. Der damalige Dorf-Sheriff, Officer McDouglas. Er hielt uns eine Strafpredigt und drohte,
dass er uns mit seinem Streifenwagen nach Hause fahren würde, wenn wir nicht sofort den Strand verlassen würden. Von
jener Nacht an wurde Matts Auto zu unserem heimlichen Lie-
besnest.

Ich sehe Matt an und merke, dass er mich mit einem
Schmunzeln mustert. Ich sage ja, der Mann liest in meinem
Gesicht wie in einem Buch.

»Also, darf ich?« Er streckt seine Hand nach meinem Glas
aus und zieht fragend eine Augenbraue in die Höhe. Was
ziemlich sexy ist.

*Nina, vielleicht hättest du den Rum weglassen sollen. Nicht
nur, weil du jetzt in der Scheiße sitzt, sondern auch, weil du
keinen Alkohol verträgst.*

Das stimmt leider. Ich merke, wie schwer es mir fällt, einen
klaren Gedanken zu fassen. Dabei habe ich doch nur drei-,
viermal an meinem Glas genippt! Was mache ich denn jetzt?
Wenn Matt merkt, dass ich Cola-Rum in meinem Glas habe,
kann er sich doch denken, dass ich nicht wirklich schwanger
bin. Sondern einfach nur dick. Oder dass ich eine absolut ver-
antwortungslose Schwangere bin. Ich ziehe die Stirn kraus,
weil meine Gedanken mich schwindelig werden lassen. Dann
handeln meine Hände reflexartig. Und verschütten den Rest
meines Drinks.

»Verflucht«, stöhne ich, als sich das Getränk in den Sand zu
meinen Füßen ergießt. Und leider auch über meine Sneakers,
die ab jetzt sehr klebrig sein werden.

Neben mir höre ich ein gedämpftes Lachen. Matt hat einen Ellbogen auf sein Knie gestützt, sein Kinn ruht auf seiner Faust. Er mustert mich mit unverhohlener Belustigung.

»Sorry«, sage ich und lecke mir Cola-Rum von den Fingern. »Ich weiß auch nicht, was mit mir los ist.«

»Wenn ich nicht wüsste, dass du schwanger bist«, sagt Matt leise, »könnte ich schwören, dass du was getrunken hast. Ich habe dich schließlich als nicht sehr trinkfest in Erinnerung.«

Ich weiß sofort, worauf er anspielt, und sehe ihn in – teilweise – gespielter Empörung an. »Hey, das war damals das erste Bier meines Lebens! Und ich hatte einen leeren Magen. Dass ich danach nicht mehr gerade gehen konnte, ist doch wohl verständlich, oder?«

Matt hat aufgehört zu lachen, nur sein linker Mundwinkel zuckt noch leicht. »Du hattest damals nicht nur das erste Bier deines Lebens«, sagt er.

Mir wird flau im Magen. Unwillkürlich ziehen all die ersten Male jenes Sommers vor meinem inneren Auge vorbei. Ich starre in den nassen Sand zwischen meinen Füßen und murmele: »Mhhm. War ein sehr interessanter Sommer.«

»Allerdings.« Seine Stimme hört sich ernst an, kein Grinsen schwingt darin mit. Ich wage es nicht, ihn anzusehen. Mein Herz klopft plötzlich so heftig, dass ich tief durchatmen muss. Als irgendwo hinter uns ein leises Stöhnen erklingt, glaube ich einen Moment lang, dass der Rum meine Sinne wirklich vernebelt hat.

Aber neben mir hat auch Matt sich aufgerichtet und schaut über seine Schulter zu den Umkleidekabinen hinauf. Ich folge seinem Blick. Ein paar Herzschläge lang lauschen wir stumm, und ich glaube schon, dass der Wind uns einen Streich gespielt hat, als es wieder ertönt. Lauter diesmal: das Stöhnen einer Frau.

Matt dreht sich wieder zu mir um und sieht mich an. Ich weiß nicht, ob ich peinlich berührt oder amüsiert sein soll. Als ich Matts Grinsen sehe, entscheide ich mich für Letzteres und kichere.

»Die Umkleidekabinen sind wirklich beliebt«, sagt er und lacht auf, als ein lauteres Stöhnen ertönt, verbunden mit einem rhythmischen Klopfen gegen die Holzwand. Nun gewinnt bei mir doch peinliche Berührtheit die Oberhand. Zu meiner Erleichterung steht Matt auf und reicht mir die Hand. Sie fühlt sich gut an, warm und fest.

»Danke«, murmele ich, als ich neben ihm stehe und mir den Sand von meiner Hose klopfe.

»Die Pause ist eh gleich vorbei«, sagt Matt, als plötzlich auch das Stöhnen eines Mannes ertönt. Er schüttelt lachend den Kopf. »Komm, lass uns verschwinden.«

Wir sind erst ein paar Schritte von der Treppe entfernt und ich will Matt gerade fragen, was es mit Hurrikan ›Lucy‹ auf sich hat, als ein Schrei ertönt. Ein Schrei, der uns beide wie angewurzelt stehen bleiben lässt.

»Oh, Hendrik! Jaaaa!!!«

Vor Schreck schlage ich mir eine Hand vor den Mund. Matt dreht sich um und starrt wieder zu den Umkleidekabinen hinüber. Das war eindeutig Carrie, seine Schwester. Und wie viele Hendriks es hier in Rocky Harbour gibt, kann man sich leicht ausrechnen. Vor allem Hendriks, die vor 14 Jahren schon einmal mit Carrie zusammen waren. Sie geschwängert und sitzengelassen haben. Weshalb Carrie keinen anderen Ausweg sah, als ihr Baby abzutreiben.

Als ich nun auch meinen Bruder laut aufstöhnen höre, presse ich mir die Hände auf die Ohren. Natürlich ist das kindisch und blöd – aber Hendrik beim Orgasmus zuzuhören ist wirklich mehr, als ich ertrage. Ich starre auf meine Sneakers und wünsche mich weit, weit weg.

Matts Hand greift nach meinem Handgelenk und befreit mein linkes Ohr. »Es ist vorbei«, sagt er, und seine Stimme klingt hart. Er sieht mich nicht an, sondern fixiert mit schmalen Augen die dunklen Umrisse der Umkleidekabinen. Seine Augenbrauen haben sich zusammengezogen, sein Kiefer wirkt verkrampft. Ich muss mich zusammenreißen, um nicht die Hand auszustrecken und mit den Fingern seine angespannten Muskeln glatt zu streicheln.

»Ähm, sollen wir gehen?«, wispere ich, nur, um irgendetwas zu sagen. Ich halte diese plötzliche Stille nicht aus, die lediglich von der Brandung unterbrochen wird.

In diesem Moment öffnet sich die Tür der Umkleidekabine ganz links. Es ist dieselbe Kabine, in der Matt und ich uns damals geküsst und ein paar Wochen später unsere Initialen, umrahmt von einem Herz, in die Holzwand geritzt haben. Zwei Gestalten treten heraus, die Tür schlägt hinter ihnen zu. Mein Bruder stopft im Gehen sein Hemd in die Hose, Carrie schließt gerade die letzten Knöpfe ihrer kurzärmeligen Bluse. Sie erreichen die Treppe, auf der Matt und ich eben noch gesessen und Erinnerungen an unseren letzten gemeinsamen Sommer geteilt haben. An einen Sommer, der leider auch unweigerlich mit diesen beiden Personen verknüpft ist.

Carrie entdeckt uns als Erste. Sie hat gerade den Strand betreten, als sie wie angewurzelt stehen bleibt. Hendrik, noch mit seinem Gürtel beschäftigt, läuft in sie hinein.

»Ups, sorry, wieso bleibst du stehen?« In dem Moment sieht auch er uns. Schweigend schaut er Matt und mich an, während er das Ende seines Gürtels durch die Schlaufe seiner Jeans schiebt. Carries Augen sind weit aufgerissen, als sie kurz mich und dann lange ihren Bruder anstarrt. Sie öffnet ihren Mund, um etwas zu sagen, doch kein Ton kommt heraus. Aus Hendriks Mund leider schon.

»Ach, haben wir euch die Umkleidekabine weggenommen?«, fragt er mit diesem typischen spöttischen Ton in der Stimme. »Wobei, es gibt ja zum Glück mehr als eine. Rocky Harbour ist wirklich gut ausgestattet für Sex am Strand.«

Ich spüre förmlich, wie Matts Körper sich neben mir anspannt. Wut scheint aus jeder seiner Poren zu pulsieren. Plötzlich wird mir bewusst, dass dies das erste Mal ist, dass Hendrik und Matt, früher mal gute Freunde, wieder aufeinandertreffen.

»Du blöder Mistkerl«, stößt Matt hervor und macht einen Schritt auf Hendrik und Carrie zu. Seine Stimme ist heiser, als er hinzufügt: »Ich kann nur für dich hoffen, dass du diesmal intelligent genug warst, ein Kondom zu benutzen!«

Ich sehe genau, wie Carrie zusammenzuckt, so als hätte Matt ihr gerade eine Ohrfeige verpasst.

Hendrik verschränkt die Arme vor der Brust und zieht seine Augenbrauen in die Höhe. »Gerade du willst mir also eine Moralpredigt halten, Matt? Was hattest du denn mit meiner Schwester hier am Strand vor, hmm? Du willst mir doch nicht weismachen, dass ihr hier draußen im Mondschein nur über die guten alten Zeiten geplaudert habt? Na ja, wenigstens läufst du nicht Gefahr, sie zu schwängern. Ficken ohne Risiko, wie nett.«

Ehe ich weiß, was geschieht, hat Matt zwei Schritte auf Hendrik zu gemacht und gibt ihm einen Kinnhaken, der meinen Bruder rückwärtstaumeln lässt. Carrie und ich schreien synchron auf. Carrie hält Hendrik fest, der beinahe in den

Sand gefallen wäre. Ich bin mit einem Satz neben Matt, der drauf und dran ist, meinem Bruder noch eine herunterzuhauen. Nicht, dass er es nicht verdient hätte. Trotzdem packe ich Matts Ellbogen und versuche, ihn zurückzuziehen. Was nicht so leicht ist.

»Matt, bitte, hör auf, das bringt doch nichts!« Trotz meines ganzen Körpereinsatzes macht er einen weiteren Schritt auf Hendrik zu, der sich seinen Kiefer reibt und Matt wütend anstarrt. Carrie stellt sich zwischen meinen und ihren Bruder und hebt beschwichtigend die Hände.

»Matt, lass gut sein«, sagt sie, und ihre Stimme zittert ein wenig. »Es war meine freie Entscheidung, okay? Ich bin nicht in diese Umkleidekabine verschleppt worden. Ich bin selbst hierhergekommen. Also hör auf, den wütenden Bruder zu spielen, und geh wieder rein zu deiner Band.«

Ich spüre, wie ein Teil der Anspannung aus Matts Körper weicht. Sein Arm sinkt herab, so dass ich ihn loslasse. Zögerlich. Die Wärme seiner Haut unter meinen Händen fehlt mir augenblicklich.

»Ich haue ab«, sagt mein Bruder.

»Klar. Das kannst du ja besonders gut.«

Hendrik ignoriert Matts Worte und geht an Carrie vorbei, ohne sie anzusehen. Neben mir bleibt er stehen und sagt leise: »Und du halt bloß deinen Mund, hörst du? Nur ein Wort zu Sonja oder sonst wem und ich …«

Er geht nicht ins Detail, was dann passieren würde. Vielleicht, weil Matts Hände sich plötzlich wieder zu Fäusten geballt haben, was Hendrik nicht entgeht. Automatisch greife ich nach einer dieser Fäuste und streiche mit dem Daumen über sie, um zu verhindern, dass mein Bruder mit einer gebrochenen Nase an den Blueberry-See zurückkehrt. Warum ich das eigentlich verhindern will, weiß ich selbst nicht.

Hendrik dreht sich um und geht. Carrie schaut ihren Bruder an, dann wendet sie sich ab und folgt Hendrik den Strand entlang. Ich starre den beiden wortlos hinterher. Erst jetzt merke ich, dass ich am ganzen Körper zittere.

Matt holt tief Luft und vergräbt seine Hände, die immer noch zu Fäusten geballt sind, in den Taschen seiner Jeans. »Ficken ohne Risiko«, murmelt er, und seine Stimme klingt so zornig, dass er mir fast Angst macht. »Das sagt der Richtige. Hier seinen Spaß haben und dann ins richtige Leben nach Deutschland zurückkehren. Das ist ja so verflucht einfach!«

Er schaut mich an, und ich glaube, für einen kurzen Moment bittere Vorwürfe in seinen Augen aufblitzen zu sehen. Doch ich bin mir nicht sicher, denn eine Wolke hat sich vor den Mond geschoben und taucht den Strand in Dunkelheit.

»Matt?«, hören wir eine Männerstimme vom Shore Club her. »Wir müssen weiterspielen, Mann!« Im Licht, das aus der geöffneten Eingangstür des Clubs fällt, erkenne ich Bills massige Silhouette.

Ohne ein weiteres Wort dreht Matt sich um und geht mit langen Schritten den Strand entlang. Ich bleibe wie betäubt zurück. Erst, als er schon fast den Shore Club erreicht hat, wage ich es, ihm zu folgen.

Kapitel 20

Beim Blick in den Badezimmerspiegel am nächsten Morgen ahne ich, dass dieser Tag nicht gut werden kann. Mein Haar plustert sich wild in alle Richtungen. Als ich aus der stillen Blueberry Lodge schleiche und zum Bootssteg hinuntergehe, wird mir bewusst, warum: Die Luftfeuchtigkeit erinnert an die Tropen. Oder zumindest an das, was ich mir unter den Tropen vorstelle. Für acht Uhr morgens ist es bereits ungewöhnlich warm. Ich werfe mein Handtuch auf den Steg und lasse mich in den See gleiten. Mache langsame, gleichmäßige Schwimmzüge und versuche, nicht ständig über den gestrigen Abend nachzudenken. Vergeblich.

Als ich in den Shore Club zurückgekommen bin, stand Matt schon wieder auf der Bühne und kündigte gerade den ersten Song nach der Pause an: »Und jetzt spielen wir für euch ›Just like Jesse James‹ von Cher, gesungen von unserer wunderbaren Pfarrerin Rita MacKenzie! Übrigens, solltet ihr heute Abend nicht genug von Rita bekommen: Sie freut sich sicherlich, euch morgen früh in ihrem Gottesdienst in der United Church begrüßen zu dürfen! Für all diejenigen, die sich in unserem wunderschönen Ort nicht so gut auskennen: Ihr findet die United Church direkt an der Küstenstraße neben der Grundschule. Der Gottesdienst beginnt, glaube ich, um 9.30 Uhr. Oder, Rita?«

»Richtig, Matt«, sagte Rita in ihr Mikro und warf Matt einen strengen Blick zu. »Das wüsstest du, wenn du selbst mal vorbeischauen würdest.«

»Ah, Rita, du weißt doch, für meine Seele ist es zu spät.«

Jubel vom weiblichen Publikum. Mit einem flüchtigen Grinsen begann Matt, die ersten Akkorde auf seiner Gitarre zu spielen, begleitet von Liam auf dem Schlagzeug und Bill auf der Bassgitarre. Ich glaube kaum, dass irgendjemand merkte, wie wütend Matt noch vor ein paar Minuten gewesen war. Lediglich Bill musterte ihn eingehend, bevor er sich mit geschlossenen Augen dem Takt des Liedes überließ. Ich blieb eine Weile am Ende des Raums stehen und starrte Matt an. Er spielte Gitarre, als wäre nichts gewesen. Sein Blick glitt über die Menschenmenge, und als er meinem begegnete, nickte er nur kurz und schaute dann auf seine Saiten.

Rita MacKenzie sang mit kräftiger Stimme, die Leute im Shore Club grölten aus vollem Halse mit, um mich herum wurde getanzt und gesungen, was das Zeug hielt. Irgendwo in der Menge sah ich Leos blonden Lockenkopf hüpfen. Ich schob mich mühsam bis zu ihr durch und sah, dass sie in Gesellschaft zweier junger Männer war, dem Äußeren nach Surfer: braungebrannt, Flip-Flops, Haar, das aussah, als klebte noch das Salzwasser mehrerer Wochen in ihm.

»Hey Leo, ich fahre schon mal nach Hause. Meinst du, Isa kann dich nachher zum See bringen? Mama und Heinz sind schon weg, glaube ich. Und Hendrik auch.«

Zum Glück. Er war ins Auto gestiegen und vom Parkplatz gefahren, als ich den Club erreicht hatte. Was für ein Segen, dass meine Familie, die sich nie auf etwas einigen kann (schon gar nicht auf den richtigen Zeitpunkt, nach Hause zu fahren), mit mehreren Autos zur Party gekommen war.

»Klar, aber warum gehst du denn schon? Ist doch noch früh und fängt gerade erst an, richtig lustig zu werden. Hey, das hier sind übrigens Craig und Parker. Sie nehmen mich morgen zum Surfen mit an die Hirtle's Beach, ist das nicht cool?«

»Cool«, sagte ich und warf den Jungs ein knappes Lächeln zu, das ausdrücken sollte: Ich bin ihre ältere Schwester, und wenn ihr beiden Hasch-Säcke ihr auch nur ein Haar krümmt, bekommt ihr es mit mir zu tun!

»Also, sieh zu, dass Isa dich heil in der Lodge abliefert«, fügte ich an Leo gewandt hinzu. »Bis morgen.«

Ich schlich in die dunkle Blueberry Lodge und hoffte inständig, nicht meinem Bruder zu begegnen. Doch Hendrik war anscheinend schon im Bett, zumindest war er nirgends zu sehen. Obwohl ich müde war, blieb ich wach in der unteren Koje unseres Stockbetts liegen, bis Leo weit nach Mitternacht zurückkehrte. Ich stellte mich schlafend und lag dann immer noch wach, als meine kleine Schwester über mir bereits vor sich hin röchelte. Matts Worte gingen mir nicht aus dem Kopf.

»Hier seinen Spaß haben und dann ins richtige Leben nach Deutschland zurückkehren. Das ist ja so verflucht einfach!« Hatte er mit diesem Vorwurf wirklich nur Hendrik gemeint – oder vielleicht auch mich? Er glaubte doch nicht etwa, dass ich mich damals einfach davongemacht hatte, oder? Nein, sicher nicht. Er war schließlich derjenige, der den Kontakt zu mir abgebrochen hatte. Ich wälzte mich noch eine Weile hin und her und fiel schließlich in einen unruhigen Schlaf.

Ein Geräusch zu meiner Rechten lässt mich den Kopf drehen. Erst jetzt merke ich, wie weit ich hinausgeschwommen bin. Als ich sehe, wie klein die Blueberry Lodge am Ufer geworden ist, erschrecke ich ein wenig. Andererseits ist diese endlose dunkelblaue Wasserfläche um mich herum wunderschön und zutiefst beruhigend.

Da ist wieder das Geräusch. Ein leises Plätschern. Vielleicht ein Eistaucher, einer dieser schwarz-weißen Wasservögel, die gerne wolfsähnlich heulen? Ich recke den Kopf ein wenig und sehe, dass ich nicht die Einzige bin, die am Sonntagmorgen um kurz nach acht Uhr schwimmen geht. Matt krault in einiger Entfernung parallel zu mir durch das Wasser. Unschlüssig paddele ich auf der Stelle und überlege, ob ich etwas rufen soll. Ein fröhliches *»Guten Morgen, du bist doch nicht schon wieder unterwegs, um mich zu retten, oder? Ich ertrinke nämlich ausnahmsweise nicht!«* Doch ich sehe immer noch seinen wütenden Gesichtsausdruck von gestern Abend vor mir, höre seine Worte in meinem Kopf und traue mich nicht. Stattdessen schwimme ich zu unserem Bootssteg zurück. Als ich dort angekommen bin, geht mein Atem schnell und gepresst. Ich drehe mich um, doch zu meiner Enttäuschung kann ich Matt nicht mehr sehen. Er scheint ebenfalls zurückgeschwommen zu sein, und die Landzunge, die zwischen seinem Haus und der Blueberry Lodge in den See hineinragt, versperrt die Sicht auf seinen Steg. Ob er mich gesehen hat? Ich steige aus dem Wasser und hülle mich in mein Handtuch. Als ich ein Rascheln im Gebüsch hinter mir höre, fahre ich herum und komme mir sehr kindisch und blöd vor, weil ich die Hoffnung hege, dass Gretchen dort steht und mich fixiert. Und dass hinter ihr aus irgendeinem Grund plötzlich Matt auftaucht und mich angrinst.

Doch kein eifersüchtiges Tannenhuhn, sondern ein Streifenhörnchen sitzt neben dem Bootssteg auf einem Stein und mustert mich neugierig. Und der Mann, der plötzlich auf dem Pfad auftaucht, ist nicht Matt. Und er grinst auch nicht.

»Guten Morgen.« Hendrik kommt mit einer Kaffeetasse in der Hand zum Steg herunter, ein Handtuch über der Schulter, Schwimmshorts an. Mein Blick gleitet über seinen Kiefer. Er scheint mir an einer Seite etwas geschwollen zu sein.

»Morgen«, murmele ich und schlüpfe in meine Flip-Flops.

Auf eine Unterhaltung mit meinem Bruder habe ich nun wirklich keine Lust.

»Konntest wohl nicht mehr schlafen, was?« Hendrik betritt den Steg und nippt an seiner Tasse. »Ich auch nicht.«

»Überrascht mich nicht«, fauche ich. »Obwohl – doch, irgendwie schon. Ich hätte nicht gedacht, dass du fähig bist, ein schlechtes Gewissen zu haben und deswegen Schlafprobleme zu bekommen.«

Ich will an ihm vorbei, doch mein Bruder hält mich am Oberarm fest. »Wer hat denn was von einem schlechten Gewissen gesagt?«, fragt er und sieht mich mit hochgezogenen Augenbrauen an. »Die Eichhörnchen haben Tannenzapfen aufs Dach gepfeffert und mich geweckt, wie üblich.«

»Hendrik«, sage ich leise und schaue zum Haus hinauf, um sicherzugehen, dass uns niemand hört. Doch die Blueberry Lodge liegt still und friedlich in der Morgensonne. Wie trügerisch. »Du kannst mir doch nicht weismachen, dass du gestern Abend deine Frau betrogen hast und deswegen keine Gewissensbisse hast?«

»Meine Ehe und mein Gewissen gehen dich zwar einen feuchten Kehricht an, Schwesterherz, aber eines will ich dir sagen: Sonja ist selbst schuld. Sie ist diejenige, die darauf besteht, dass Felix mit seinen fünf Jahren immer noch Nacht für Nacht zwischen uns im Ehebett schläft. Rechne dir selbst aus, was bei uns im Schlafzimmer noch läuft.«

Das will ich gar nicht. Mir kommen wieder die Geräusche in den Sinn, die gestern Nacht aus der Umkleidekabine gedrungen sind, und ich muss mich beherrschen, um mich nicht zu schütteln. »Schlimm genug, dass es dir egal ist, ob du Sonja weh tust oder nicht. Aber denkst du vielleicht mal an Felix, wenn du so etwas machst wie gestern Abend? Und daran, wie es für uns war, als Scheidungskinder aufzuwachsen?«

»Ich habe keine Ahnung, wie es war, als Scheidungskind aufzuwachsen. Ich war 19, als Mama ausgezogen ist. Und du 16. Also kann bei dir von ›aufwachsen‹ auch keine Rede mehr sein. Außerdem – hast du denn gestern Nacht daran gedacht, dass du Sascha weh tust, indem du es mit deinem Ex-Lover am Strand treibst?«

Hendrik grinst mich über seine Kaffeetasse hinweg an und nimmt einen großen Schluck. Ich würde ihm die Tasse gerne aus der Hand reißen und in den See pfeffern.

Tu es doch! Kleine Bärin gibt mir einen ermutigenden Knuff in die Seite. Doch natürlich tue ich es nicht. Stattdessen hole ich tief Luft und zwinge mich, ruhig zu bleiben, als ich sage: »Wir haben am Strand überhaupt nichts getrieben. Im Gegensatz zu Carrie und dir haben wir uns nur unterhalten.«

»Klar.« Hendrik lacht auf und schüttelt den Kopf. »Das sieht Matt ähnlich. Sich nachts mit dir am Strand nur zu unterhalten.« Bevor ich etwas sagen kann, um ihm klarzumachen, dass genau das der Fall war, fügt er hinzu: »Aber eines rate ich dir als älterer Bruder, Nina: Von mir aus vögelst diesen Sommer herum, so viel ihr wollt. Aber sei bloß nicht so blöd und verlieb dich wieder in Matt. Es wäre echt die Krönung, wenn du Sascha für einen Hinterwäldler wie ihn verlassen würdest, der nicht lesen kann und dir höchstens eine selbst gezimmerte Blockhütte im Busch bieten würde.«

Mir bleibt die Spucke weg. »Erstens habe ich nicht mit ihm gev… – geschlafen und werde es auch nicht tun«, stoße ich hervor und ernte ein belustigtes Grinsen von meinem Bruder, weil ich das erste Wort nicht über die Lippen gebracht habe. »Zweitens war nie die Rede davon, dass ich Sascha verlasse, und drittens«, ich hole tief Luft. »Drittens ist Matt kein Hinterwäldler. Hast du das Haus, das er mit seinen eigenen Händen gebaut hat, überhaupt schon gesehen? Es ist phantastisch! Und lesen kann er sehr wohl, er hat inzwischen viele Bücher!«

»Ach ja? Wie nett.« Hendrik trinkt erneut einen großen Schluck Kaffee und mustert mich eingehend. »Dafür, dass du ihn angeblich weder gevögelt hast noch vorhast, es zu tun, verteidigst du ihn aber leidenschaftlich.«

»Hendrik«, beginne ich und spüre, wie mir das Blut in den Kopf schießt. Doch er unterbricht mich mal wieder.

»Wie auch immer, sieh ihn einfach als das, was er ist: eine nette Sommernummer, mehr nicht. Und glaub bloß nicht, dass er dich damals als mehr betrachtet hat.«

In meinen Ohren beginnt das Blut zu rauschen. »Wie bitte?«

Hendrik sieht mich beinahe mitleidig an. »Echt, Nina, was hast du denn geglaubt? Dass Matt rein zufällig in dem Sommer, als ich mit seiner Schwester herumgemacht habe, seine tiefen Gefühle für dich entdeckt hat? In welcher Traumwelt lebst du eigentlich? Er hatte damals Langeweile, weil ich keine Zeit mehr hatte, um mit ihm herumzuhängen. Außerdem wollte er es mir vermutlich heimzahlen, dass ich es mit Carrie getrieben habe. Er hat sich schließlich schon immer als ihr Beschützer aufgespielt, obwohl sie älter ist als er. Und wahrscheinlich hat er geglaubt, er könnte mich ärgern, wenn er mit dir herummacht. Er konnte ja nicht ahnen, dass mich das nicht die Bohne interessiert hat.«

Ich starre meinen Bruder wortlos an.

Na los, schubs ihn in den See! Kleine Bärin stampft wütend mit dem Fuß auf den Bootssteg. *Lass dir doch nicht immer alles gefallen!*

Doch ich schubse nicht. Und ich sage auch nichts mehr.

Stattdessen drehe ich mich um und gehe den Pfad hinauf zur Lodge. Dass Hendrik so über mich redet, ist mir ziemlich egal. Er war nie anders, und ich habe mich fast daran gewöhnt. Was mir wirklich an die Eingeweide geht, ist die Tatsache, dass er das laut ausgesprochen hat, was ich schon lange insgeheim befürchtet habe: Dass ich Matt damals nichts bedeutet habe. Zumindest nicht das, was er mir bedeutet hat.

Kapitel 21

Ich bin wirklich froh (und schäme mich ein winziges bisschen dafür), dass Hendrik und Sonja sich schon vor dem Frühstück heftig streiten. Wie üblich geht es um Felix. Mein Neffe weigert sich, seinen Schlafanzug gegen Shorts und T-Shirt einzutauschen. Hendrik ist der Meinung, dass Felix nicht im Schlafanzug frühstücken darf. Felix brüllt wie am Spieß. Sonja sagt: »Natürlich darfst du im Schlafanzug frühstücken, mein Engel.«

Was Hendrik daraufhin sagt, gebe ich hier nicht wieder. Das Ende vom Lied ist auf jeden Fall, dass mein Bruder mit Kaffee, Frischkäse-Bagel und sehr schlechter Laune zu meinem Vater an den Bootssteg geht. Papa sitzt dort bereits, wie jeden Morgen, in einem Klappstuhl und schaut auf den See hinaus, während er sein Müsli löffelt. Ob er sich über die Gesellschaft seines Galle spuckenden Sohnes freut, wage ich zu bezweifeln.

Ich für meinen Teil bin auf jeden Fall erleichtert, dass Hendrik unten am Bootssteg sitzt und nicht am Picknicktisch auf der Veranda, wo sich der Rest dieser Chaos-Familie zum Frühstück versammelt hat. Inzwischen ist es neun Uhr, der Himmel ist bewölkt, und es ist drückend warm. Ich zupfe schwitzend am dünnen Stoff meines ärmellosen Sommerkleides und versuche, die Worte meines Bruders zu verdrängen. Wäre doch gelacht, wenn Hendrik mir mit seinem absurden Gelaber über Matt und mich das Frühstück verderben würde!

Leider ist es seine liebe Frau, die das dann tut. Als ich gerade genüsslich von meinem Brötchen mit geräuchertem Lachs abbeißen will, schreit Sonja panisch auf: »Spinnst du?« Energisch reißt sie mir die Brötchenhälfte aus der Hand. »Da könnten Listerien drauf sein!«

»Listerien? Quatsch, da ist Meerrettich drauf!«, gebe ich empört zurück und versuche, mein Brötchen wiederzubekommen. Vergeblich. Sonja hält es hinter ihren Rücken und bedenkt mich mit einem Blick, der laut und deutlich sagt, dass sie mich für absolut verantwortungslos hält.

»Räucherfisch kann von Listerien befallen sein, und Listerien können sehr schädlich für dein Baby sein«, erklärt sie langsam, als spräche sie mit einer Schwachsinnigen.

»Ach du meine Güte«, knurre ich und greife nach einem neuen Brötchen. »Okay, aber Salami wird wohl erlaubt sein, oder?«

Meine Hand hat noch nicht einmal die Wurstplatte erreicht, als Sonja fragt: »Sag mal, Nina, hast du dich überhaupt darüber informiert, was man während der Schwangerschaft essen darf?«

Ich seufze leise. »Ich habe doch schon gesagt, dass das Baby nicht geplant war und …«

»Das heißt ja wohl noch lange nicht, dass du versuchen musst, es zu vergiften!«, keift Sonja. »Schon mal was von Toxoplasmose gehört?«

Ehrlich gesagt, nein. Aber das werde ich auf keinen Fall laut sagen. So, wie ich das verstehe, ist Salami anscheinend auch tabu. Ich starre auf den Frühstückstisch und überlege, was ich essen könnte, ohne meine Schwägerin noch höher auf die Palme zu treiben, auf der sie bereits sitzt. »Leberwurst?«, frage ich eingeschüchtert.

Sonjas Blick brüllt deutlich »NEIN!«, und ich sacke mutlos in mich zusammen.

»Da sind doch sowieso nur Tierabfälle drin, igitt«, schüttelt Leo sich und beißt von ihrem Frischkäsebrötchen ab. Seit Leo mit acht Jahren begriffen hat, dass die Schweine, die regelmä-

ßig zusammengepfercht in einem Transporter durch unseren
Ort gekarrt wurden, gar keinen Ausflug machten, wie ich ihr
immer erzählt hatte, isst sie weder Fleisch noch Wurst. Und
seit sie ein Jahr später im Hafen von Rocky Harbour frisch
gefangene Fische gesehen hat, auch keinen Fisch mehr.

Ich greife zur Käseplatte und frage: »Aber Cheddar ist hoffentlich erlaubt, oder soll ich mein Brötchen einfach trocken
hinunterwürgen?«

»Bitte, mach doch, was du willst!« Sonja wendet sich ab und
nippt beleidigt an ihrem Kaffee. Eine Sekunde lang habe ich
Verständnis für Hendriks gestrigen Seitensprung. Aber wirklich nur eine Sekunde lang.

Ein Hupen lässt uns alle zusammenfahren. »Oh, das sind
die Jungs, ich muss los!« Leo springt auf und schlingt den
letzten Bissen ihres Brötchens hinunter, während sie sich aus
der Bank des Picknicktisches schält.

»Die Jungs von gestern Abend?«, fragt meine Mutter. Leo
nickt kauend und gibt einen unverständlichen Grunzlaut von
sich.

»Geht ihr surfen?«, fragt Heinz.

»Mhhm«, murmelt Leo und spült mit Kaffee ihren Mund.
»Die Wellen sollen heute super sein, wegen des näher kommenden Wirbelsturms.«

»Wirbelsturm?« Sonja, die gerade Felix betütert hat,
schreckt hoch. »Was für ein Wirbelsturm?«

»Lucy«, sagt Leo. »›Lucy‹ ist auf dem Weg nach Nova Scotia.
Sie ist der Grund dafür, warum Nina auf dem Kopf aussieht
wie ein Irischer Schäferhund.«

»Ha, ha, sehr witzig«, murmele ich und fahre mir mit beiden
Händen über mein aufgeplustertes Haar.

»Denk bloß daran, ein Kondom zu benutzen, Leo-Schatz«, sagt meine Mutter und gießt seelenruhig Milch in ihren Kaffee.

Heinz verschluckt sich an einem Brötchenkrümel, Sonja zieht missbilligend die Augenbrauen hoch und schüttelt den Kopf. Ja, das ist meine Mutter. Ihr kommt nicht einmal in den Sinn, Leo vor den großen Hurrikan-Wellen zu warnen.

»Mama, du verwechselst da was«, sagt Leo mit einem Grinsen. »Ich rede vom Surfen, du von Sex, dem anderen Wort mit ›S‹. Also, bis heute Abend, ciao!«

Da niemand außer mir auf die Idee zu kommen scheint, rufe ich meiner kleinen Schwester hinterher: »Leo, sei vorsichtig! Die Brandung kann gefährlich sein, wenn wirklich ein Wirbelsturm heraufzieht!«

Sie winkt mir zu, ohne sich noch einmal umzudrehen, schwingt sich über das Verandageländer und rennt um die Lodge herum, wo das Auto mit den Surfern auf sie wartet. Man kann es von hier aus nicht sehen, aber aus den offenen Autofenstern dringt Bob Marleys Stimme zu uns herüber: »Everything's gonna be alright ...«

Ich möchte Bob so gerne glauben, tue es aber nicht. Mein Haar sieht offensichtlich schlimmer aus als je zuvor, mein Bruder geht fremd, Matt hat mich damals eventuell nur als netten Zeitvertreib benutzt, ich habe immer noch nicht mit Sascha gesprochen, darf keine Salami und keinen Räucherlachs essen, obwohl ich gar nicht schwanger bin, und habe noch dazu keine Aussicht mehr auf ein veröffentlichtes Kinderbuch. Habe ich etwas vergessen? Ach ja, ein Wirbelsturm ist auf dem Weg nach Nova Scotia.

Schlecht gelaunt beiße ich in mein Käsebrötchen und höre nur mit einem Ohr zu, wie Sonja panisch meine Mutter über ihre Wirbelsturmerfahrungen ausquetscht. Mama hat natürlich keine, weil wir noch nie erlebt haben, dass ein Hurrikan Kurs auf dieses Fleckchen Erde gemacht hat – zumindest nie, wenn wir hier vor Ort waren.

»Mama, mir ist langweilig«, quengelt Felix und schmeißt seinen Brötchenrest nach einem Streifenhörnchen, das friedlich auf dem Felsen nahe der Veranda gesessen und Körnchen in seine Backen geschoben hat.

»Felix!«, rufe ich, als das Hörnchen verschreckt in die Büsche springt. »Du darfst nichts nach den Streifenhörnchen werfen!«

»Bitte schrei meinen Sohn nicht an.« Sonja sieht mich strafend an.

»Mir ist langweilig!«, trompetet Felix. »Ich will fernsehen!«

»Mal schauen, Liebling, ob dein Papa dich eine DVD auf seinem Laptop anschauen lässt«, sagt Sonja und steht auf. Sie marschiert zum Bootssteg hinunter, wo Hendrik und Papa nach wie vor sitzen und auf den See hinaus schweigen. Keine Minute später hört man die aufgebrachten Stimmen meines Bruders und meiner Schwägerin. Mein Vater kommt mit gefurchter Stirn den Weg herauf, seine Kaffeetasse und ein leeres Müslischälchen in der Hand. Ich stapele ein paar leere Teller aufeinander und trage sie durch die Schiebetür in die Küche, wo ich Papa treffe, der durch die Vordertür hereingekommen ist.

»Warum streiten sie denn jetzt schon wieder?«, frage ich und stelle das dreckige Geschirr in die Spüle.

»Sonja will abreisen, wegen des Wirbelsturms«, sagt Papa, und ein Schmunzeln zuckt um seine Mundwinkel.

»Aber wo will sie denn hin?«

»Na ja, sie meint, heute bekäme man vielleicht noch einen Flug nach Deutschland, bevor hier die Welt untergeht. Sie hat

Hendrik an Hurrikan ›Katrina‹ in New Orleans erinnert und ihn gefragt, ob er will, dass Felix ertrinkt.«

Ich kichere leise, werde dann aber ernst. »Du glaubst doch nicht, dass es richtig schlimm wird, oder? Ich meine, wann wird Nova Scotia schon mal direkt von einem Wirbelsturm getroffen?«

Mein Vater zuckt mit den Schultern und kratzt sich nachdenklich am Kinn. »Das kommt hin und wieder durchaus vor.« Als er meinen besorgten Blick sieht, beschwichtigt er mich: »Aber keine Sorge, so stark wie ›Katrina‹ in New Orleans wird der Sturm nicht. Sie haben heute Morgen im Radio gesagt, dass ›Lucy‹ sich bei ihrem Weg über den Atlantik vermutlich sogar zu einem Tropensturm abschwächen wird, also kein richtiger Wirbelsturm mehr sein wird.« Er schaut prüfend aus dem Fenster, himmelwärts. »Ab morgen Nachmittag müssen wir uns auf starken Wind und heftige Niederschläge einstellen. Vorher muss das Kanu aus dem Wasser geholt werden.«

In dem Moment kommt mein Bruder in die Lodge gestürmt, schmeißt die Haustür hinter sich zu, so dass die Bilder an den Wänden wackeln, und schreit: »Ich habe eine Irre geheiratet!«

»Papa, darf ich auf deinem Laptop fernsehen?« Felix steht mitten im Zimmer und sieht Hendrik erwartungsvoll an.

»Nein, darfst du nicht!«, schreit mein Bruder. »Und wenn deine Mama dir sagt, dass du es doch darfst, dann lügt sie, es ist nämlich mein Laptop und mit dem wird gemacht, was ich sage, verstanden? Du bist hier in der Natur, Felix, geh raus und spiel, anstatt immer nur blöde Filme zu schauen!«

Die Unterlippe meines Neffen fängt an zu beben. »Weißt du was?«, frage ich und greife nach seiner Hand. »Ich zeige dir

mal, was ich früher hier gespielt habe.« Ich gehe mit Felix aus
der Lodge, die Verandatreppe hinunter und auf den Wald zu.

»Ich will fernsehen!«, jammert Felix, doch ich gehe einfach
weiter, unbeeindruckt von seinem Gezeter, und ziehe ihn hinter mir her.

Im Wald ist es ein bisschen kühler, was sehr angenehm ist.
Unter unseren Füßen erstreckt sich ein Teppich aus Tannennadeln, hier und da von einer dicken Wurzel durchbohrt. Nach
wenigen Metern erreichen wir die Stelle, die ich als Kind so
geliebt habe: ein Halbkreis aus Steinen, die über und über von
Flechten bewachsen sind. In der Mitte des Halbkreises bietet
ein Bett aus sattgrünem Moos einen wunderbaren Platz zum
Sitzen und Träumen. Ich lasse mich auf dem Boden nieder und
ziehe Felix auf meinen Schoß.

»Mir ist langweilig!«, meckert mein Neffe und versucht, ein
wenig Moos wegzukicken.

Ich lege meine Hand auf sein Bein, um ihn daran zu hindern,
und sage ruhig: »Aber hier ist es doch überhaupt nicht langweilig, Süßer. Schau dich doch mal um, wir sind hier mitten in
einem Märchenwald.« Ich deute auf die Tannen um uns herum,
von deren Ästen lange, grauweiße Flechten hängen. »Siehst du
die Bärte an den Bäumen? Jeder Baum, der solch einen Bart hat,
ist eigentlich ein alter, weiser Mann. Nachts, wenn wir schlafen,
verwandeln sich die Bäume zurück in alte, weise Männer mit
Rauschebärten, wie der Weihnachtsmann. Sie passen auf, dass
den schlafenden Tieren und auch uns Menschen in der Blueberry Lodge nichts passiert. Bevor das erste Eichhörnchen
oder der erste Hase oder der erste Mensch aufwacht, verwandeln sie sich wieder in Tannen – und nur ihre Bärte erinnern
daran, was sie eigentlich sind.«

Ich habe keine Ahnung, wo diese Geschichte plötzlich herkommt, aber sie gefällt mir. Ich muss sie nachher unbedingt aufschreiben. Mein Neffe starrt mit großen Augen die Bäume an.

»Aber warum haben die keine Augen?«, fragt er.

»Haben sie, aber die sind tagsüber geschlossen«, erkläre ich. »Sie müssen jetzt schlafen, damit sie nachts wieder auf uns aufpassen können. Siehst du, da oben über dem großen Ast?« Ich deute auf eine Delle in der Rinde des Baums. »Das ist ein geschlossenes Auge. Auf der anderen Seite muss irgendwo das zweite sein.«

Felix beginnt aufgeregt, jede der flechtenbehangenen Tannen nach geschlossenen Augen abzusuchen, und findet dank der gefurchten Baumrinde auch immer welche. Danach zeige ich ihm die verzweigten Wurzeln einer riesigen Kiefer, die hinter dem Halbkreis aus Steinen steht.

»Dort, zwischen den Wurzeln, leben die Waldwichtel«, erkläre ich ihm. »Wir Menschen können ihre Haustüren nicht sehen, aber es gibt sie überall und sie führen in die unterirdischen Wichtelwohnungen, wo …«

»Nina, was machst du da?«

Felix und ich fahren beide herum. Sonja steht vor uns, die Hände in die Hüften gestützt. Ihr Gesicht ist rot gefleckt, ihre Augen verquollen. Offenbar hat sie geweint. Mitleid mit ihr schwappt in mir hoch, besonders, als ich an die Umkleidekabine gestern Nacht denke. Doch jede Spur von Mitleid wird eliminiert, als meine Schwägerin mich anfährt: »Was fällt dir ein, Felix in diesen schrecklichen Wald zu schleppen? Ich habe ihm verboten, hier zu spielen, und was machst du? Du erzählst ihm irgendwelche Märchen von Wichteln! Willst du, dass dein Neffe sich allein hierherschleicht, auf der Suche nach Phantasiefiguren, und sich dabei verirrt und verhungert oder von einem Bären gefressen wird?«

»Wo sind denn die Bären?«, fragt Felix und sieht sich neugierig um.

Ich seufze. »Sonja, er ist doch nicht allein hier im Wald, ich bin doch bei ihm und …«

»Ist mir egal, du hast nirgendwo mit meinem Kind hinzugehen, ohne mich vorher zu fragen!« Sie greift nach Felix' Hand und zieht ihn hoch. »Felix, du gehst nie, nie wieder in diesen Wald, hast du gehört? Hier gibt es wilde Tiere.«

»Aber Tante Nina hat mir von den weisen Tannen erzählt, die haben Bärte, und es gibt Wichtel, die wohnen unter der Erde und …«

Sonja zieht ihren Sohn hinter sich her, ohne ihm zuzuhören. »Komm, wir holen Papas Laptop, du kannst eine DVD schauen«, höre ich sie sagen. »Vielleicht ›Bob, der Baumeister‹?«

»Jaaa!«, schreit Felix begeistert und rennt voraus, auf die Lodge zu. Ich starre ihm hinterher und denke an mich, als ich mit acht Jahren zum ersten Mal mit Papa durch diesen Wald gegangen bin. Er erklärte mir, welche Bäume und Büsche und Pilze und Blumen wir sahen und welcher Vogel wo sein Nest baut und warum Eichhörnchen Wintervorräte in den Bäumen und Streifenhörnchen in Höhlen unter der Erde verstecken.

Ich lasse mich rücklings auf das Moosbett sinken und starre in die Baumkronen hinauf. Mein Herz schlägt schneller, während ich an das letzte Mal denke, als ich hier lag. Nicht allein hier lag. Es war dunkel, irgendwo rief eine Eule, und hin und wieder heulte der Eistaucher auf dem stillen See. Ich hätte mir vor Angst in meine neue Unterhose von *Silk Dreams* gemacht, wenn Matt nicht dicht neben mir gelegen und mich geküsst hätte.

Verdammt. Hat er mich damals wirklich nur benutzt? Einen Sommer lang seinen Spaß mit mir gehabt und mich danach ziemlich schnell vergessen?

Aber wieso steht dann »Anne of Green Gables« in seinem Bücherregal?

Kleine Bärin, die im Schneidersitz neben mir sitzt, rollt mit den Augen. *Weil es das berühmteste kanadische Jugendbuch ist und es außer dir noch andere Menschen in diesem Land gibt, die es gelesen haben!*

Scheiße, vielleicht hat sie recht.

Eine Weile liege ich noch auf meinem Bett aus Moos und lausche dem Wispern des Windes in den Bäumen und den lauten Stimmen von Hendrik und Sonja, die von der Lodge zu mir herüberdringen. Ich seufze und beneide Leo um ihren Surfausflug, weit weg von dieser Familie. Aber, hey, ich habe schließlich ein eigenes Auto, was hält mich also hier?

Kapitel 22

Eine halbe Stunde später fahren mein Mietwagen und ich am Diner »Foggy Days« vorbei, und ich halte unwillkürlich nach Matts Pick-up Ausschau. Doch er ist nicht da. Ich überlege kurz, in den Diner zu gehen und mir nach meinem frustrierenden Frühstückserlebnis etwas Leckeres zu gönnen, zum Beispiel einen Blaubeermuffin. Aber ich habe Angst, Carrie zu begegnen, weil ich nicht weiß, was ich zu ihr sagen soll. Also verkneife ich mir einen Zwischenstopp – meine Figur wird es mir danken – und biege in die schmale Straße ein, die zum »Ocean View«-Campingplatz führt. Die Fischerboote zu meiner Linken bieten einen farbenfrohen Kontrast zu dem bleigrauen Wasser, auf dem sie schaukeln. Bunt sind auch die Häuser, die am rechten Straßenrand stehen, teils im Schatten hoher Ahornbäume oder Kiefern, teils allein inmitten gepflegter Rasenflächen. Ich komme an einem leuchtend roten Haus vorbei und trete spontan auf die Bremse. Auf dem windschiefen Briefkasten am Straßenrand steht »Gates«. Als ich das letzte Mal hier war, wohnte Matt noch in diesem Haus, gemeinsam mit seinen Eltern und Carrie. Damals war das Haus dunkelgrün, nicht rot. Und Matts Vater lebte noch.

Ich fahre langsam weiter, schaue jedoch noch einmal in den Rückspiegel, weil ich schwören könnte, Matt und mich auf dem flachen Dach der Garage liegen zu sehen. Es kann gar nicht sein, dass das 14 Jahre her sein soll.

Nachdem einige weitere Häuser an meinem Chevy vorbeigezogen sind, biege ich in die Einfahrt zum Campingplatz und fahre unter der Schranke hindurch, die tagsüber stets geöffnet ist. Folgt man der Schotterstraße, gelangt man zu den Stellplätzen für Zelte und Wohnwagen, die alle einen phantastischen Ausblick auf das offene Meer haben. Ich kann mich gut daran erinnern. Matt und ich sind abends oft zu Fuß über den Campingplatz gelaufen, vorbei an den heimeligen Lichtern von Laternen und Lagerfeuern, und haben uns abseits der bewohnten Plätze ein Fleckchen gesucht, wo wir aufs dunkle Meer hinausschauen und gleichzeitig von niemandem gesehen werden konnten.

Heute folge ich nicht der Schotterstraße, sondern biege nach links auf einen kleinen Parkplatz. Ich halte direkt vor dem flachen, türkisfarbenen Gebäude, greife nach meiner Tüte mit Schmutzwäsche auf dem Beifahrersitz und steige aus. Von der überdachten Veranda aus führen zwei Türen in das Gebäude hinein. Ich werfe einen Blick durch die erste Tür, die offen steht. Das Bild im Inneren hat sich seit 14 Jahren nicht verändert, was mich erstaunlich glücklich macht: In dem winzigen Laden des Campingplatzes findet man ein Sammelsurium aus Sonnenmilch, Einwegkameras, Strandspielzeug, Tampons, Konservendosen, H-Milch, Instantkaffee, Feuerholz und vielem mehr. Zwischen dem Ständer mit Postkarten und einem Regal mit Campinggeschirr kann man kaum die Kasse am Ende des überfüllten Raums erkennen. Zwei Teenager in Bikinis stehen vor dem Regal mit DVDs, die man sich ausleihen kann. Eine junge Mutter versucht, ihrem Kind den pinkfarbenen »Hello-Kitty«-Plastikeimer auszureden. Ein alter Mann mit Baseballmütze und kariertem Hemd sitzt hinter dem Tresen und liest im lokalen Kirchenblättchen, während er darauf wartet, dass jemand zur Kasse kommt. Ich werfe einen Blick auf die surrende Eistruhe neben dem Tisch mit den gebrauchten Taschenbüchern und beschließe, erst die Wäsche in die Maschine zu stecken und mir dann ein Eis zu gönnen. Wie sonst soll man diese Schwüle aushalten?

Als ich durch die zweite Tür trete, die von der Veranda aus
in den Raum neben dem Laden führt, werde ich von der
feuchtwarmen Luft fast erschlagen. Der Geruch von Waschpulver hüllt mich ein, das gleichmäßige Rütteln und Brummen
der Waschmaschinen und Trockner begrüßt mich. Kein
Mensch ist hier, die Plastikstühle neben der geöffneten Tür
werden lediglich von ein paar abgegriffenen Zeitschriften belegt. Sehr schön. Ich habe gehofft, meine Ruhe zu haben.

Eigentlich wollte ich nach Lunenburg fahren, um dort ein
bisschen durch die kleinen Boutiquen zu bummeln. Der
Nachbarort ist größer als Rocky Harbour, und die Auswahl
an Einkaufs- und Essensmöglichkeiten ebenfalls. Doch bevor
ich die Blueberry Lodge verlassen habe, fiel mir ein, dass ich
Matt noch gar nicht seine T-Shirts und Hemden zurückgege-
ben habe. Und Papa seine Unterhosen. Außerdem sind da nach
wie vor die Colaflecken von gestern Abend in meinem T-Shirt
und in meinen Jeans. Deshalb, und nur deshalb bin ich jetzt,
an diesem schwülwarmen Sonntag, im Waschsalon. Und nicht,
weil ich nach einem Grund suche, bei Matt vorbeizuschauen,
um ihm seine Wäsche wiederzugeben. Das nämlich behauptet
Kleine Bärin, aber ich schenke ihr keine Beachtung.

Als ich eine Maschine mit Wäsche gefüllt habe, merke ich,
dass mir zwei wesentliche Dinge fehlen: Waschpulver und 25-
Cent-Münzen für die Maschine. Also gehe ich in den kleinen
Laden nebenan, wo die junge Mutter gerade den »Hello-Kit-
ty«-Eimer gekauft hat. Als ich bei dem alten Herrn eine kleine
Packung Waschpulver und ein Schoko-Nuss-Eis bezahle, gibt
er mir freundlicherweise genügend 25-Cent-Münzen als
Wechselgeld.

Ein paar Minuten später lehne ich an der rüttelnden Waschmaschine und lecke zufrieden an meinem Eis. Eigentlich sollte

ich nach draußen gehen, wo es zumindest etwas kühler ist. Ich könnte mich auf die Bank auf der Veranda setzen. Doch ich rühre mich nicht von der Stelle, denn das Rütteln der Waschmaschine weckt Erinnerungen. Oh Gott, und was für welche. Ich drehe mich um und starre die rotierende Maschine an, eine dieser typisch amerikanischen, die von oben befüllt werden und eine halbe Stunde lang viel Lärm machen, ohne die Wäsche wirklich sauber zu bekommen. Ich schaue mich um, doch ich bin nach wie vor allein. Also hieve ich mich auf die Maschine und schließe die Augen.

Ich höre wieder das Trommeln des Regens auf dem Dach des flachen Gebäudes und das heftige Atmen von Matt und mir. Es ist zwei Tage her, seit wir nachts am Strand von der Taschenlampe des Sheriffs aufgescheucht worden sind; seitdem sind wir nicht mehr allein gewesen. Eine Ewigkeit, die mich krank vor Sehnsucht machte. Als ich erklärte, ich wolle zu Fuß zum Waschsalon laufen und dort meine Wäsche waschen, hielten meine Eltern mich zunächst für bekloppt. Dann jedoch lächelte Mama wissend und sagte: »Ach so, Matt wohnt ja um die Ecke vom Campingplatz. Kind, denk an Kondome.«

Doch so weit sind Matt und ich noch längst nicht. Bisher haben wir uns lediglich geküsst. Das allerdings äußerst gründlich. Und vermutlich wären wir auch im Waschsalon nicht weiter gegangen, hätte Matt mich nicht aus einer Laune heraus auf die Waschmaschine gehoben.

Ich sitze auf der vibrierenden Maschine und könnte vor Lust ganz Rocky Harbour zusammenschreien, wäre mein Mund nicht zu sehr damit beschäftigt, Matt zu küssen. Seine eine Hand hat sich unter mein T-Shirt geschoben, verursacht überall Gänsehaut. Als die andere ihren Weg unter meinen Rock

findet, erstarre ich vor Schreck. Schließlich ist es südlich meines Äquators zu nie dagewesenen Überschwemmungen gekommen, und der Gedanke, dass Matt das merken könnte …
Er merkt es. Er schaut mich schwer atmend an und will etwas sagen. Doch sein Mund öffnet und schließt sich, ohne dass ein Laut herauskommt. Dafür kommen aus meinem umso mehr. Ich kann es nicht verhindern. Matt muss mir den Mund zuhalten, als die Waschmaschine und vor allem seine Hand mich in Ekstase aufschreien lassen und mein ganzer Körper von Wellen der Lust geschüttelt wird.

»Hey, alles okay bei dir?«
Vor Schreck falle ich beinahe von der Maschine. Ich reiße meine Augen auf und starre geradewegs in Matts Gesicht. Ich merke, dass ich schwer atme, und meine Wangen fühlen sich sehr, sehr warm an.
»Was machst du denn hier?«, krächze ich und versuche, bei all dem Vibrieren und Rütteln so gut es geht Haltung zu bewahren.
»Wäsche waschen«, sagt er und hebt zur Unterstreichung seiner Worte den schwarzen Wäschesack hoch, den er in der linken Hand hält. »Und du?«
Um seine Augen herum bildet sich eine Andeutung seiner Lachfältchen, ohne dass er richtig lachen würde. Er scheint innerlich zu lachen. Oder auch nicht, was weiß ich schon.
»Ähm …« Ich räuspere mich umständlich. »Ich wasche auch Wäsche.« Überflüssigerweise klopfe ich auf das zitternde Metall unter mir.
»Mhhm.« Er stellt seinen Wäschesack auf den Boden, ohne seinen Blick von mir abzuwenden. Mein Gesicht wird noch

heißer, und ich kann mir vorstellen, wie ich aussehe: Wie ein gekochter Hummer auf einer Waschmaschine.

»Hast du keine eigene Waschmaschine?«, frage ich, nur, um etwas zu sagen.

Matt schüttelt den Kopf. »Nein. Ich mag diesen Waschsalon.« Die Lachfältchen vertiefen sich eine Spur. Mir wird immer wärmer. »Du weißt schon, dass du ein Eis in der Hand hältst, oder?«

Mir wird tatsächlich erst jetzt bewusst, was sich in meiner linken Hand abspielt: Schokoladeneis-Rinnsale laufen an meinem Handgelenk hinunter, braune Tropfen verzieren sowohl die Waschmaschine als auch den Stoff meines Sommerkleides. Wie konnte mir das denn passieren? Ich starre auf meine Hand, an der das Eis weiter hinunterrinnt, und bin unfähig, etwas zu machen. Das Vibrieren unter mir hat mein Gehirn lahmgelegt. Nicht einmal Kleine Bärin kann ich über all das Rütteln und Schütteln hinweg verstehen (was zur Abwechslung eigentlich ganz angenehm ist).

»Hier«, sagt Matt, und ich merke, dass er dicht vor die Maschine getreten ist. Er hält mir ein Papiertaschentuch hin.

»Danke«, murmele ich und fange an, meine Hand, die Maschine und mein Kleid abzuwischen. Gleichzeitig versuche ich, so schnell wie möglich an meinem Eis zu lecken, damit es sich nicht noch weiter in Wohlgefallen auflöst. Als mein Blick dem von Matt begegnet, halte ich unwillkürlich die Luft an. Seine Augen erscheinen mir dunkler als sonst. Er sieht mich unverwandt an, sagt nichts, lächelt nicht. Dann beginnt unter mir ohne Vorwarnung der Schleudergang, und meine Brüste fangen an, wie Wackelpudding zu vibrieren. Ich muss mich mit meiner freien Hand am Rand der Maschine festkrallen, um nicht herunterzufallen. Mein linkes Knie stößt gegen Matts

Hüfte, als ich ein Stück nach vorn rutsche, ohne es zu wollen. Und plötzlich umfasst Matts Hand ebendieses Knie. Mein nacktes Knie. Seine Finger legen sich um meine Kniekehle. Dann macht seine andere Hand dasselbe mit meinem zweiten Knie. Mein Herz fängt an, im Rhythmus der Waschmaschine zu vibrieren. Ich bin zu keinem klaren Gedanken mehr fähig, außer zu einem: Bitte mach genau das, was du damals gemacht hast.

Als Matt meine Knie leicht auseinanderschiebt, muss ich meine Lippen aufeinanderpressen, um nicht laut aufzustöhnen. Wie gut, dass ich auch heute ein Kleid trage, so wie damals, denke ich noch, bevor er mich weiter zur Kante der Waschmaschine zieht, bis meine Oberschenkel links und rechts von seinen Hüften sind. Jetzt denke ich nichts mehr. Matt lässt meine Knie los und legt einen Arm um meine Taille. Sein Gesicht ist mir so nah, dass ich glaube, seine Bartstoppeln auf meiner Haut zu spüren. Gott, er riecht so gut. Diesmal schaffe ich es nicht, ein leises Stöhnen zu unterdrücken.

Und quieke im nächsten Moment vor Überraschung auf, als Matt mich von der Waschmaschine hebt und auf meine Füße stellt. Meine Knie sacken weg (sie waren nicht darauf vorbereitet, in ihrem butterweichen Zustand stehen zu müssen!), doch Matt packt mich an beiden Oberarmen und hält mich fest. Ich stehe so nah vor ihm, dass meine Nase beinahe sein Kinn berührt. Verwirrt blinzele ich und schaue zu ihm hoch.

Er schaut schweigend zurück, seine Augen sind nach wie vor sehr dunkel und glänzen merkwürdig. Seine Stimme ist rauh, als er nach einer halben Ewigkeit fragt: »Meinst du, der Schleudergang tut dem Baby so gut?«

Ach, scheiße. Stimmt, ich bin ja schwanger.

Bist du nicht, seufzt Kleine Bärin. *Aber ich bin gerade sehr froh, dass Matt das glaubt.*

Ach ja? Ich nicht. Ich starre Matt an und schlucke. Warum muss er so verflucht schöne Augen haben? Und warum macht mich die Art, wie er meine Oberarme festhält, völlig verrückt? Ich räuspere mich. Ich muss ihm die Wahrheit sagen. Jetzt – weil ich nicht mehr lügen will. Aber auch, seien wir ehrlich, weil ich dieses Hindernis zwischen uns beseitigen will. Wenn Matt nicht davon ausgehen würde, dass ich schwanger bin – ich glaube nicht, dass ich dann hier vor der Waschmaschine stehen würde. Nein, ich säße sicherlich immer noch darauf und er …

»Dein Eis tropft«, sagt Matt leise. Er lässt meine Oberarme los und macht einen Schritt zurück.

»Oh«, sage ich, als ich meine wieder mal verschmierte Hand sehe. Und die braunen Tropfen auf seinem T-Shirt. »Du hast da Eis auf deinem Shirt. Tut mir ehrlich leid.«

Er folgt meinem Blick und sieht dann wieder mich an. »Du stehst immer tiefer in meiner Schuld, Nina.«

»Ich – ich mache das wieder gut«, stottere ich und versuche verzweifelt, den Kampf gegen mein blödes Eis nicht zu verlieren, gebe jedoch schnell auf und schmeiße es in den Mülleimer, der neben den Waschmaschinen steht.

»Mhhm«, macht Matt.

»Ich könnte dich mal zum Essen einladen, nach Lunenburg, wenn du möchtest«, höre ich mich brabbeln, ohne dass ich weiß, woher diese Worte kommen. Eine seiner Augenbrauen wandert in die Höhe, und mir wird schlecht. Was natürlich an der Kombination Eis / Schleudergang / schwülwarme Luft liegen könnte.

»Mhhm«, macht Matt erneut und greift nach seinem Wäschesack.

»Du könntest das T-Shirt ja gleich waschen, wo du schon an Ort und Stelle bist«, schlage ich vor, bevor mir klarwird, was ich da sage. Matt hebt seinen Wäschesack auf die Maschine, auf der ich eben noch gesessen habe, und schaut mich an. Nun zuckt sein linker Mundwinkel deutlich.

»Schon klar«, sagt er und beginnt, seine Wäsche in die geöffnete Waschmaschine neben meiner zu füllen. »Reicht dir die eine Aktzeichnung nicht, die du von mir gemacht hast?«

Nein.

Mein Gesicht wird noch heißer, wenn das überhaupt geht. Ich schaue auf meine klebrigen Eishände und sage: »So war das nicht gemeint.«

»Mhhm.«

Während Matt Waschpulver in seine Maschine füllt, beiße ich mir auf die Unterlippe und schließe kurz die Augen, denn mir wird bewusst, was ich eben getan habe. Ich habe mit vibrierenden Brüsten auf dieser verdammten Waschmaschine gesessen. Und gestöhnt, als Matt seinen Arm um mich gelegt hat, um mich herunterzuheben. Nicht mehr und nicht weniger. Er wollte mich nicht küssen und schon gar nicht …

Ich schlucke schwer und öffne die Augen wieder. Matt sieht mich schon wieder an. Verflucht noch mal! Ich grinse dümmlich. Er wendet sich ab und beginnt, 25-Cent-Stücke aus seiner Jeanstasche zu fischen. Als seine Maschine anfängt, brummend zu arbeiten, dreht er sich um und lehnt sich mit verschränkten Armen an das vibrierende Metall. Schaut mich stumm an. Ich werde weder aus seinem Blick schlau noch aus ihm. Aber ganz egal, ich muss es ihm sagen. Ich muss ihm sagen, dass ich nicht schwanger bin.

»Matt«, sage ich mit heiserer Stimme. »Ich – ich muss dir etwas sagen …«

In dem Moment klingelt sein Handy. Ohne seinen Blick von mir abzuwenden, zieht er es aus seiner hinteren Hosentasche und schaut dann aufs Display. Zwischen seinen Augenbrauen erscheint eine tiefe Furche, an die ich mich gut erinnern kann. Sie war auch da, als wir uns vor 14 Jahren am Flughafen verabschiedet haben.

»Entschuldige kurz«, sagt er zu mir und nimmt das Gespräch an. »Was gibt's, Carrie?«

Seine Miene ist ausdruckslos, während er auf das Schwarze Brett neben der Eingangstür starrt, an dem Anzeigen aller Art hängen: Babysitter gesucht, Hund entlaufen, Surfbrett und selbstgemachte Blaubeermarmelade zu verkaufen. Eine Weile hört Matt schweigend seiner Schwester zu, bis er schließlich barsch sagt: »Ach komm, lass mich mit diesen blöden Erklärungen in Ruhe, Carrie. Von mir aus mach dieselben Fehler noch einmal, aber sei Kyle gegenüber wenigstens ehrlich, okay?«

Ohne eine Antwort abzuwarten, drückt er das Gespräch weg und schiebt sein Handy zurück in die Jeanstasche. Dann sieht er mich wieder an. »Weißt du, warum ich so sauer bin wegen Hendrik und Carrie?«, fragt er.

Ich schüttele stumm den Kopf.

»Von mir aus können die beiden es miteinander treiben, so viel sie wollen. Aber was mich fuchsteufelswild macht, ist diese Verlogenheit. Oder hat Hendrik etwa vor, seiner Frau von gestern Nacht zu erzählen?«

Unwillkürlich muss ich an das Gespräch mit meinem Bruder heute Morgen am Bootssteg denken und schüttle den Kopf. »Glaube ich nicht«, sage ich leise.

»Eben. Und Carrie wird es Kyle auch nicht sagen.«

»Wer ist Kyle?«, frage ich.

»Ihr Mann«, sagt Matt und lehnt sich wieder an die Waschmaschine. »Sie ist mit ihm verheiratet, seit sie 22 war. Wusstest du das nicht?«

»Nein«, gebe ich verblüfft zu.

»Die zwei wohnen direkt neben meiner Mutter, in dem gelben Haus unter den Kiefern. Kyle ist Lkw-Fahrer, er ist oft unterwegs. Zurzeit irgendwo im Mittleren Westen der USA.«

»Wow«, murmele ich.

»Ja. Und sie wird ihm natürlich nichts von ihrem kleinen Abenteuer mit Hendrik erzählen.« Matt starrt auf den Linoleumboden. »Ich kann viel verzeihen«, sagt er leise. »Aber angelogen zu werden, das nicht. Ich bin von meiner Ex-Frau angelogen worden, bis ich sie mit meinem Boss im Bett erwischt habe. Mein Vater hat meine Mutter angelogen, bis er auf dem Rückweg von seiner Geliebten gegen einen Baum gefahren und gestorben ist.«

Ich starre ihn erschrocken an. Bisher hatte ich nur gehört, dass Matts Vater im Winter vor 14 Jahren, nach unserem letzten Sommer in Rocky Harbour, bei einem Autounfall ums Leben gekommen ist. »Was? Dein Vater – er war bei einer anderen Frau, bevor er verunglückt ist? Das wusste ich nicht!«

Matt sieht mich an, und plötzlich ist da wieder dieser stumme Vorwurf in seinem Blick, den ich gestern Abend am Strand schon gesehen habe. »Nein, wie solltest du auch«, sagt er leise. Bevor ich etwas erwidern kann, fragt er: »Was wolltest du eben sagen, bevor Carrie angerufen hat?«

Ich starre ihn an. »Ach, gar nichts.«

Wie um alles in der Welt soll ich ihm jetzt beichten, dass ich nicht schwanger bin? Dass ich ihn angelogen habe wie seine Ex-Frau?

»Hallo, Matt«, höre ich eine Stimme hinter mir, und eine kleine, runde Frau mit lilafarbenen – ja, lila! – Löckchen kommt herein. Einen Moment lang frage ich mich, warum sie so komisch spricht, bis ich merke, dass sie anscheinend ihr Gebiss zu Hause gelassen hat.

»Hallo, Patsy«, sagt Matt mit einem warmen Lächeln. Während Patsy beginnt, ihre Wäsche in eine Maschine zu füllen und Matt dabei von der Patchwork-Decke zu erzählen, die sie für den Weihnachtsbasar näht, wasche ich mir auf der Toilette schnell die Hände und hole dann meine inzwischen fertige Wäsche aus meiner Maschine. Ich stopfe sie in einen freien Trockner und bestücke auch diesen mit 25-Cent-Stücken.

»Ich muss mal frische Luft schnappen«, erkläre ich und lächele Matt und Patsy zu. »Bis später.«

Dann flüchte ich aus dem Waschsalon und auf den Campingplatz, wo ich zwischen Zelten und Wohnwagen herumstreune und mich schließlich auf einen Felsen mit Blick aufs Meer setze.

Verdammt. Es darf doch wirklich nicht wahr sein, dass ich mich schon wieder in Matt Gates verliebe.

Kapitel 23

Als ich durch den abendlichen Wald zur Blueberry Lodge fahre, kurbele ich das Fenster herunter, um den würzigen Duft nach Tannen und Harz ins Auto zu lassen. Auf dem Beifahrersitz liegt ein Stapel gefalteter Wäschestücke, die teils mir, teils Matt gehören. Er war schon weg, als ich in den Waschsalon zurückgekommen bin. Um nicht ständig an seine Hände in meinen Kniekehlen zu denken, habe ich meine trockene Wäsche eingepackt und bin doch noch nach Lunenburg gefahren. Auf der Suche nach Ablenkung bin ich durch die malerischen Straßen der Küstenstadt gelaufen, die dank ihrer kunterbunten Holzhäuser und romantischen Kapitänsvillen zum UNESCO-Weltkulturerbe gehört. In einem der vielen Läden habe ich eine wunderschöne Salatschüssel aus weißem Porzellan mit einem Dekor aus blauen Muscheln für Isa und Greg gekauft. Die Schüssel steht nun, in Packpapier gewickelt, im Fußraum der Rücksitzbank.

Auf dem Weg zurück nach Rocky Harbour habe ich an der Smugglers' Cove Marina gehalten, um mit meinen Verwandten einen – leider alkoholfreien – Aperitif zu trinken und mein Brautjungfernkleid anzuprobieren. Als ich es an meinem ersten Tag in Rocky Harbour angezogen hatte, war das Kleid um die Taille herum zu eng gewesen.

»Kein Wunder«, hatte Isa mit verschwörerischem Grinsen gesagt. »Ist gar kein Problem, Mama kann ein paar Knöpfe versetzen, dann passt es wie angegossen!«

Wie angegossen ist zwar leicht übertrieben, aber immerhin kann ich nun alle Knöpfe schließen, was von Vorteil ist, wenn man vor aller Augen zum Altar schreitet. Während ich wieder in mein Sommerkleid mit den Eisflecken schlüpfte (ich werde nie wieder ein Eis essen können, ohne an mein Waschmaschinen-Desaster zu denken!), fragte Isa, ob ich mich morgens auch so oft übergeben müsse, ihr sei erst heute das Frühstücksei wieder hochgekommen. Ich spielte ernsthaft mit dem Gedanken, a) niemals wirklich schwanger zu werden und b) ihr endlich die Wahrheit zu sagen. Doch bevor ich mich zu meinem Geständnis durchringen konnte, klingelte Isas iPhone, und sie begann strahlend, mit Greg zu telefonieren, woraufhin ich mich verabschiedete. Die Telefone dieser Welt scheinen sich heute in den Kopf gesetzt zu haben, mich nicht zum ehrlichen Menschen werden zu lassen.

Moment mal. Riecht es hier nach Feuer? Ich beuge meinen Kopf zum offenen Fahrerfenster und atme tief ein. Ja, eindeutig. Mein Herz macht einen angstvollen Sprung, und ich trete aufs Gas. Vor meinem inneren Auge sehe ich die Blueberry Lodge oder Matts Haus in lodernden Flammen stehen. Doch als ich schwungvoll in unsere Einfahrt biege, sehe ich es: Ein Lagerfeuer brennt vor unserem Haus. Mein Vater steht daneben, die Hände in die Hüften gestemmt, und blickt mir entgegen. Ich atme tief ein und aus und lasse meinen Kopf an die Nackenstütze sinken.

»Du hast mich zu Tode erschreckt; ich dachte, das Haus brennt«, sage ich, als ich, bepackt mit Salatschüssel, Wäsche und dem Brautjungfernkleid, auf die Lodge zugehe.

»Das wollte ich nicht«, sagt Papa und legt noch einen Scheit aufs Feuer, wobei die Funken nur so fliegen. »Ich habe Felix versprochen, im Urlaub ein Lagerfeuer zu machen, und da uns morgen ja der Hurrikan einen Besuch abstatten wird, wollte ich die Chance heute nutzen, bevor das Holz vom Regen durchtränkt ist.«

Aha, Sonja, Hendrik und Felix sind also noch hier und nicht auf der Flucht nach Deutschland. Ich muss grinsen.

»Wie war denn die Stimmung heute am See?«, frage ich unschuldig.

Papa wirft mir einen düsteren Blick zu und sagt: »Du warst ja schlau genug, dich schnell zu verdrücken, Kind. Leo ist auch noch unterwegs, und dein Bruder ist schon vor dem Abendessen weg. Er wollte im ›Foggy Days‹ seine E-Mails abrufen.«

Klar. E-Mails abrufen.

»Ich bringe mal meine Sachen rein, komme gleich wieder«, sage ich und gehe in die Lodge. Durch das Wohnzimmerfenster sehe ich meine Mutter auf der Veranda am Picknicktisch sitzen und im Schein der Außenlampe auf die Tastatur ihres Laptops eindreschen. Sie kann so schnell schreiben, dass ihre Finger nur so über die Tasten fliegen. Wirklich bewundernswert. Neben ihr sitzt Heinz in einem Liegestuhl, eine Zeitschrift auf dem Schoß. Allerdings scheint er kaum zum Lesen zu kommen, so sehr ist er damit beschäftigt, nach den Mücken zu schlagen, die heute Abend besonders lästig sind.

»Hallo, Nina, Opa hat ein Feuer angemacht!« Felix kommt aus dem Schlafzimmer seiner Eltern gestürmt, Sonja dicht auf seinen Fersen.

»Stopp, Engel, ich war noch nicht fertig!« Meine Schwägerin hält eine Flasche Moskitomittel in der Hand und versucht, ihren Sohn zu fassen zu bekommen. »Hallo, Nina«, sagt sie kurz angebunden, und mir wird klar, dass mein Fauxpas von heute früh noch nicht verziehen wurde. Oder sie ist einfach nur angefressen wegen Hendrik.

»Nein, Mama, ich will nicht, ich will raus zum Feuer!«, versucht Felix sich zu wehren. Als Sonja ihn am Oberarm zu fassen bekommt, geht mein Neffe heulend in die Knie und beginnt, sich auf dem Boden zu wälzen. Ich muss sagen, er hat schauspielerisches Talent. Man könnte glatt meinen, dort läge ein Tollwutpatient in Todeskrämpfen.

Ich gehe in mein Zimmer und ziehe mir eine Strickjacke über – eher wegen der Mücken als wegen der Temperaturen, denn es ist nach wie vor schwülwarm draußen. Als ich zurück ins Wohnzimmer komme, sind auch meine Mutter und Heinz gerade von der Veranda hereingekommen.

»Hallo, Nina«, begrüßt Heinz mich mit seinem künstlich schneeweißen Lächeln. »Wie war dein Tag?«

»Ganz okay«, sage ich und gehe in den offenen Küchenbereich, um mir ein Glas Orangensaft einzugießen.

»Wir haben schon gegessen, aber es ist noch ein bisschen Kartoffelgratin im Ofen, falls du möchtest.«

»Das ist lieb von dir, danke.«

Wirklich, Heinz ist väterlicher zu mir als meine Mutter mütterlich. Trotzdem habe ich es nie geschafft, meine Abneigung gegen ihn völlig abzuschütteln. Er ist und bleibt für mich der Grund, warum aus mir ein Scheidungskind – oder ein Scheidungs-Teenager – wurde. Und aus Papa ein Einsiedler. Natürlich weiß sogar ich unterschwellig, dass das Blödsinn ist und die Ehe meiner Eltern schon vor dem Auftritt eines gewissen Schönheitschirurgen kaputt war. Aber trotzdem.

»Kommt ihr auch raus zum Feuer?«, frage ich und hoffe insgeheim, dass sie keine Lust haben. Doch meine Mutter nickt.

»Ja, gleich. Es geht doch nichts über die romantische Stimmung eines Lagerfeuers. Ich muss unbedingt eine Sexszene am Lagerfeuer in eines meiner nächsten Bücher einbauen. Tausend Dank, mein Kraulfinger«, säuselt sie und greift nach dem Weinglas, das Heinz ihr reicht.

Ich seufze tief und muss mit all meiner Willenskraft dem

Impuls widerstehen, mir ebenfalls ein Glas Wein einzuschenken. Vielleicht war meine Notlüge doch nicht so verkehrt: Müsste ich nicht den Anschein wahren, schwanger zu sein, würde ich in diesem Urlaub vermutlich zur Alkoholikerin werden.

Stattdessen gehe ich mit O-Saft und Kartoffelgratin ausgerüstet nach draußen, wo Felix inzwischen neben Papa am Feuer steht und begeistert in die züngelnden Flammen schaut. Sonja, offensichtlich erschöpft vom Moskitomittelkampf mit ihrem Sohn, sitzt in einem der Klappstühle, die Papa in einem Halbkreis um die Feuerstelle aufgebaut hat, und nippt an ihrer Bierflasche. Ich will gerade einen Stuhl zurechtrücken und mich neben meine Schwägerin setzen, als mich das Geräusch eines Autos aufblicken lässt. Scheinwerferlicht durchschneidet den dunklen Wald und macht in unserer Einfahrt halt; der Motor verstummt. Bevor sich die Beifahrertür öffnet und die Innenbeleuchtung des Wagens angeht, weiß ich, dass es Matts Pick-up ist.

»Hallo, das ist ja cool, ein Lagerfeuer!« Leo kommt über den Rasen auf uns zugelaufen. Matt folgt ihr langsam. Ein Stich durchzuckt meinen Magen. Was macht meine kleine Schwester im Pick-up meines Ex-Freundes?

»Hallo, Kleines, schön, dass du noch lebst«, sagt Papa und drückt seiner Jüngsten einen Kuss auf die Wange.

»Es war so cool heute am Strand, ihr könnt euch das nicht vorstellen! Die Wellen waren gigantisch, und es war wie damals in Australien, als wäre ich nie von einem Surfbrett getrennt gewesen!« Leo steht mit glänzenden Augen neben Papa, der Schein des Lagerfeuers lässt ihre windzerzausten Locken golden schimmern. »Und seht mal, wer mich im Shore Club aufgegabelt hat«, sagt sie und dreht sich zu Matt um. »Ich war mit Craig und Parker noch etwas trinken, und Matt war nach seiner Bandprobe auch dort. Er war so lieb, mich herzufahren, weil ich nicht sicher bin, ob Craig und Parker nach dem vielen Bier noch heil durch diesen Wald gefunden hätten.«

Vor meinem inneren Auge sehe ich Leo in einem Autowrack eingeklemmt, weil einer der besoffenen Surfer von der Straße abgekommen ist. Dankbar sehe ich Matt an und merke, dass er mich mustert. Erst als Papa ihm auf die Schulter klopft und mit seinem starken Akzent sagt: »Tausend Dank, Junge, dass du unsere Kleine wohlbehalten zurückgebracht hast«, löst er seinen Blick von mir und sagt: »Ist doch selbstverständlich, Wolfgang.«

»Komm, setz dich und trink ein Bier mit uns.« Papa öffnet die Kühlbox, die neben der Feuerstelle steht und mit Getränken gefüllt ist.

»Nein«, sagt Leo, und alle sehen sie überrascht an. »Bevor du dich setzt, hol bitte deine Gitarre aus dem Pick-up, ja? Ein Lagerfeuer ohne Musik ist kein Lagerfeuer!«

Ich sinke tiefer in meinen Klappstuhl, während Matt meiner Schwester gehorcht und zum Wagen zurückgeht; zwei Minuten später taucht er mit seinem Gitarrenkoffer wieder auf. Nach der Aktion heute im Waschsalon ist Matts Musik das Letzte, was mein Kolibri-Herz verträgt. Und dann auch noch an einem Lagerfeuer. Mir fällt wieder ein, was Mama eben über Lagerfeuer gesagt hat, und ich lege mit einem unterdrückten Stöhnen (*Stöhn bloß nicht wieder laut, Nina!*) den Kopf in den Nacken. Zum Glück ist es wenigstens bewölkt. Ein romantischer Sternenhimmel hätte mein innerliches Fass wirklich zum Überlaufen gebracht.

»Oh, Matt, wie schön!« Meine Mutter, in einen teuer aussehenden Poncho gehüllt, ihr Weinglas in der einen und Heinz an der anderen Hand, tritt an die Feuerstelle. Augenblicklich beginnt Papa, mit grimmiger Miene in der Glut des Feuers herumzustochern.

»Hallo, Margot«, sagt Matt. »Wie läuft es mit deinem neuen Roman?«

Oh nein, Matt, musstest du das fragen?

»Oh, wunderbar, ganz wunderbar«, flötet Mama und lässt sich neben mir in einem Klappstuhl nieder. Ich hatte gehofft, dass Matt sich dorthin setzen würde, denn auf meiner anderen Seite hockt ja schon Sonja, die ihren Sohn argwöhnisch im Auge behält. Sie scheint zu befürchten, dass er jeden Moment ins Feuer springen könnte. »Ich habe heute eine ganz phantastische Sexszene geschrieben, die wird den Leserinnen sehr gut gefallen.«

Papa scheint vor Schreck fast ins Feuer zu kippen, und neben mir verschluckt sich Sonja an ihrem Bier. Ich haue ihr enthusiastisch auf den Rücken, um etwas zu tun zu haben und nicht in Matts Richtung zu schauen.

»Und wir beide …«, meine Mutter schaut Heinz an, der neben ihrem Stuhl steht, »… müssen da heute Abend unbedingt etwas ausprobieren, was ich noch recherchieren will. Schließlich sollte man wissen, worüber man schreibt, nicht wahr?«

Sonja bekommt wieder Luft und stößt empört hervor: »Himmel, Margot, musst du in Felix' Gegenwart über S-E-X sprechen?«

»S-E-X?«, wiederholt meine Mutter die drei Buchstaben und lacht hell auf. »Sonja, wirklich, du bist ein prüdes Huhn. Kinder können nicht früh genug aufgeklärt werden. Hat unseren auch nicht geschadet. Allerdings war Nina ja immer schon das prüdeste meiner Kinder. Ich weiß wirklich nicht, woher sie das hat.«

»Mama!« Ich sehe meine Mutter entrüstet an.

»Ist doch wahr. Gerade jetzt hast du einen knallroten Kopf wie eine Leuchtboje. Du machst direkt dem Lagerfeuer Konkurrenz.«

»Margot, lass Nina in Ruhe«, mischt sich Papa ein, und ich könnte ihm vor lauter Dankbarkeit um den Hals fallen.

»Außerdem soll Matt jetzt spielen!«, ruft Leo und setzt sich im Schneidersitz in einen Stuhl.

Ich werfe Matt einen verstohlenen Blick zu und sehe, dass er sich mit einem Schmunzeln über seinen Gitarrenkoffer beugt. Was gibt es denn da zu schmunzeln? Lacht er etwa, weil ich aussehe wie eine Leuchtboje?

»Möchtest du auch ein Glas Wein haben?«, fragt meine Mutter, und ich brauche zwei Sekunden, bis ich begreife, dass sie mit mir spricht. »Du siehst aus, als könntest du eins vertragen.«

Ausnahmsweise hat sie mal recht. Doch da holt Sonja schon Luft. »Margot, deine Tochter ist schwanger!«

»Ich bin nicht dement, meine Liebe«, gibt meine Mutter zurück. »Aber ein Glas Wein hat noch keinem Baby geschadet. Ich habe während meiner Schwangerschaften immer ein bisschen Alkohol getrunken.«

»Das erklärt allerdings einiges«, kichert Leo und zwinkert mir über das Lagerfeuer hinweg zu. Ich ringe mir ein Grinsen ab und greife dann zu meinem Orangensaft. Ob ich es schaffe, mir heimlich in der Küche etwas Campari dazuzugießen? Würde Sonja die veränderte Farbe im Lagerfeuerschein bemerken? Ich werfe meiner Schwägerin einen prüfenden Seitenblick zu. Ihr angespanntes Profil sagt mir, dass heute nicht gut Kirschen essen mit ihr ist. Also bleibe ich lieber bei purem O-Saft.

Dann jedoch wird mir klar, dass ich diesen Abend womöglich nicht ohne Alkohol überleben werde, denn in diesem Moment fängt Matt an, Gitarre zu spielen und zu singen. »Someday soon«, ein Hit des legendären kanadischen Country-Musikers Ian Tyson. Schon als Kinder haben Isa und ich aus vollem Hals mitgesungen, wenn dieses Lied im Radio lief. Ich kann den Text in- und auswendig, doch selbst als meine Mutter beim Refrain enthusiastisch »Someday soon, goin' with him, someday soon …« mitsingt, bekomme ich keinen Ton heraus. Ich starre Matt über das Feuer hinweg an und umklammere die Armlehnen meines Klappstuhls so fest, dass meine Knöchel weiß hervortreten. Erst als ich mit einem Fuß im Kartoffelgratin lande, fällt mir wieder ein, dass ich den Teller neben meinem Stuhl im Gras abgestellt habe. Egal, ich könnte jetzt eh nichts mehr essen. Alle applaudieren begeistert, als Matt das Lied beendet hat, nur Sonja ist zu beschäftigt damit, nach Felix' Arm zu greifen und ihm zu verbieten, mit einem Stock in der Glut herumzustochern.

»Aber Opa hat das auch gemacht!«

»Opa ist erwachsen, du nicht.«

Leo hat die Songtext-Sammlung entdeckt, die Matt ebenfalls aus dem Pick-up mitgebracht hat, und blättert im Schein des Feuers begeistert durch die eselsohrigen Seiten.

»Leo, hast du nicht auch mal Gitarrenstunden gehabt?«, fragt Papa.

Meine kleine Schwester winkt ab. »Ja, aber das ist Ewigkeiten her. Ich kann nur noch drei, vier Griffe. Hey, Matt, kannst du mir nicht ein bisschen Nachhilfe geben?«

Matt greift nach seiner Bierflasche und nickt. »Klar, gerne.«

Die Eifersucht meldet sich mit einem heftigen Stich zu Wort. Ich sehe Leo vor mir, wie sie, Matts Gitarre auf dem Schoß, neben ihm in seinem Traumhaus sitzt und er ihre Fingerhaltung auf den Saiten korrigiert. Ich schlucke schwer. Und dann kommt meine Eifersucht erst recht in Wallung, denn Leo hält Matt mit einem Quieken eine aufgeschlagene Seite vors Gesicht und ruft: »Ich liiiiebe dieses Lied!«

»Oh, nein«, sagt Matt und rollt die Augen himmelwärts. »Bitte nicht.«

»Doch! Du hast es schließlich in deiner Sammlung!«

»Aber nur, weil unsere Band genötigt wurde, es vor ein paar Jahren auf einer Hochzeit zu spielen. Rita und ich im Duett. Es war grauenvoll.«

»Ach komm, hab dich nicht so.« Leo stößt ihm den Ellbogen in die Seite. »Ist doch ein total romantisches Lied, wie gemacht fürs Lagerfeuer.«

»Mhhm, wenn man Kitsch mag«, murmelt Matt mit einem verschmitzten Lächeln. »Also gut. Aber du musst mitsingen, Leo, das ist schließlich ein Duett.«

»Okay.« Leo grinst in die Runde. »Wofür bin ich schließlich jahrelang in den Kirchenchor gegangen?«

»Deine Passagen sind pink markiert«, sagt Matt und beginnt, die ersten Akkorde zu spielen. Als er anfängt zu singen, sehe ich Kenny Rogers vor mir, der das Lied vor Jahren gesungen hat, irgendwann in den 1980ern. Dann war da noch Ronan Keating. Aber keiner der beiden hat eine Stimme wie Matt.

»I know it's late, I know you're weary,
I know your plans don't include me ...«

Ich versuche, ruhig weiterzuatmen, aber es geht nicht. Bei den ersten Worten hat Matt noch eine gequälte Grimasse gemacht und das Lied somit eher ins Komische gezogen, doch dann wird er immer ernster, und als er plötzlich zu mir herüberschaut, zucke ich vor Schreck zusammen und rutsche tiefer in meinen Klappstuhl.

> »We've got tonight, who needs tomorrow?
> We've got tonight babe, why don't you stay?«

Der Kolibri in meiner Brust beginnt so schnell zu flattern, dass ich fürchte, ohnmächtig zusammenzusacken. Doch bevor dies passieren kann, wendet Matt seinen Blick ab und schaut Leo an. Denn sie hat jetzt ihren Einsatz und singt, als hätte sie nie etwas anderes getan. Ich bekomme überall Gänsehaut, als ihre klare Stimme über das Knistern des Lagerfeuers hallt:

> »Deep in my soul, I've been so lonely,
> all of my hopes, fading away …«

Matt starrt sie an, und ein Lächeln beginnt, seine Lippen zu umspielen. Keine Frage, ihre Stimme haut ihn genauso um wie mich. Neben mir klatscht meine Mutter johlend in die Hände und ruft: »Go, Leo!«

Jetzt setzt Matt wieder ein, und die beiden singen im Duett. Seine tiefe und ihre glockenhelle Stimme ergänzen sich perfekt. »Still here we are, both of us lonely«, singen sie und schauen sich dabei an. Mir wird schlecht. Was nicht nur daran liegt, dass mein Ex-Freund schmachtend meine kleine Schwester ansingt, sondern auch daran, dass Hendrik plötzlich an der Feuerstelle auftaucht.

Kapitel 24

Ich war so in das Lied vertieft, dass ich den Wagen meines Bruders gar nicht habe kommen hören. Den anderen scheint es auch so zu gehen. Erst, als Matt den letzten Akkord auf der Gitarre gespielt hat, und alle anfangen, wie wild zu klatschen, werden sie auf ihn aufmerksam. Applaudierend tritt er hinter Matt und Leo und sagt: »Süß, wirklich süß ihr zwei.« Er wirft mir einen Blick über die Feuerstelle hinweg zu, und ich ahne, was jetzt kommt. Und behalte leider mal wieder recht.

»Und so romantisch! Wirklich, Matt, gute Wahl. Jetzt, wo Nina eh von einem anderen schwanger ist, solltest du dich tatsächlich schleunigst an meine andere Schwester heranmachen.«

Keiner sagt mehr etwas, nur das Knistern des Feuers ist zu hören. Papa räuspert sich und wirft mir einen besorgten Blick zu. Auch Matt schaut mich an. Dann legt er seine Gitarre zur Seite, und für den Bruchteil einer Sekunde glaube ich, dass er Hendrik erneut eine herunterhauen wird, so wie gestern Nacht am Strand. Aber mir wird sofort klar, dass er das nicht tun wird, nicht vor meinen Eltern und Hendriks Frau und Sohn.

Heiße Tränen schießen in meine Augen. Einen Moment lang verspüre ich den dringenden Impuls, es Hendrik heimzuzahlen. Die Worte »Und du, warst du wieder auf einen Quickie bei Carrie?« brennen mir heiß auf der Zunge. Aber wie immer denke ich diese Worte nur, anstatt sie tatsächlich laut auszusprechen.

Felix rennt um die Feuerstelle herum und ruft: »Papa, ich habe in der Glut gestochert, so wie Opa!«

Da niemand sonst etwas sagt, meldet sich Sonja zu Wort.

»Wo warst du eigentlich die ganze Zeit, Hendrik? Kannst du nicht mal am Sonntagabend im Urlaub deine blöden Mails vergessen und mit uns am Lagerfeuer sitzen?«

»Und romantische Lieder singen?«, ätzt Hendrik und grinst meine Schwägerin über das Feuer hinweg an. »Ich bin doch jetzt hier. Habt ihr ein Bier für mich?«

Matt räuspert sich und steht auf. »Ich glaube, ich sollte mal nach Hause gehen. Ich habe morgen wegen ›Lucy‹ ziemlich viel zu tun. Häuser absichern und so.«

»Och, schade, ich hatte mich auf noch ein Duett gefreut«, sagt Hendrik und öffnet sich eine Bierflasche. Ich könnte ihn erschlagen.

»Sag mal, Matt«, mischt Papa sich rasch ein, »meinst du, wir müssen hier an der Lodge etwas absichern?«

Matt wirft einen kurzen Blick auf unser Haus und meint dann mit einem Kopfschütteln: »Nein, hier im Wald sollten wir einigermaßen geschützt sein. Schlimmer wird es für die Leute, die direkt an der Küste ihre Häuser haben. Dort kann der Sturm ungebremst auf Land treffen. Aber wir werden sowieso erst morgen im Laufe des Tages erfahren, welche Route der Sturm genau nehmen wird. Vielleicht haben wir ja Glück, und ›Lucy‹ dreht noch Richtung Neufundland ab.«

»Hoffentlich«, jammert Sonja und zieht Felix zu sich auf den Schoß. »Ich habe solche Angst!«

»Quatsch«, stöhnt Hendrik. »Noch mal, Sonja: Wir sind hier weder in der Karibik noch in New Orleans!«

»Nein, sondern im Urlaub«, zischt Sonja. »Nur leider hast du das noch immer nicht begriffen.«

»Also, schönen Abend noch«, beeilt Matt sich zu sagen und klappt seinen Gitarrenkoffer zu. Ich kann ihn nicht einfach so gehen lassen. Nicht nach diesem Tag. Fieberhaft krame ich in meinem Gehirn, dann kommt mir der rettende Gedanke.

»Matt, warte, ich gebe dir deine Sachen mit.« Ich springe auf und stoße dabei mein halb leeres Orangensaftglas um. Egal, meine Sneakers kleben eh noch wegen der Cola gestern am Strand, da macht der O-Saft auch nichts mehr aus.

Matt nickt. »Okay«, sagt er.

Ich drehe mich um und gehe mit weichen Knien Richtung Lodge. Hendrik und Sonja steigern sich gerade in einen weiteren Streit hinein, ihre Worte verfolgen mich die Treppe hinauf und durch die Eingangstür. Doch eigentlich sind es Hendriks vorherige Sätze, die mich nicht loslassen: »Jetzt, wo Nina eh von einem anderen schwanger ist, solltest du dich tatsächlich schleunigst an meine andere Schwester heranmachen.«

Das darf nicht passieren. Ich muss Matt die Wahrheit sagen. Während ich in mein Zimmer gehe und die gefalteten T-Shirts und Hemden aus dem untersten Regalfach des Kleiderschranks hole, überlege ich, wie ich ihm beibringen soll, dass ich gar nicht schwanger bin.

Hör mal, ich muss dir etwas Lustiges sagen: Das Ganze mit der Schwangerschaft war nur ein Missverständnis, ich bin gar nicht schwanger!

Er wird mich für bekloppt halten. Falls er das nicht eh schon tut.

Ein Geräusch an der Tür lässt mich herumfahren. Matt lehnt im Türrahmen, die Hände in den Taschen seiner Jeans vergraben.

»Hallo«, sage ich und fühle mich wie der letzte Volltrottel.

»Hallo.« Matt sieht mich an und sagt nichts weiter. Meine Handflächen werden feucht. Ich halte den Stapel mit seinen

Klamotten umklammert und habe für einen Augenblick vergessen, was ich eigentlich machen wollte. Dann fällt es mir wieder ein.

»Hier – frisch gewaschen.« Bei diesen Worten wird mir heiß. Matt streckt seine Hände aus und nimmt mir die Wäschestücke ab.

»Ja, ich erinnere mich«, sagt er. Da sind sie wieder, die feinen Lachfältchen, die mich um den Verstand bringen. Und da mein Verstand sich verabschiedet, schiebt sich ein brennender Wunsch ungebremst in den Vordergrund: Dass Matt einen Schritt ins Zimmer macht, die Tür hinter sich schließt und mich aufs Bett schmeißt. Mich um den Verstand küsst, wie er es vor 14 Jahren gemacht hat. Die Bilder, die sich aus meiner Erinnerung vor mein inneres Auge drängen, sind so lebhaft, dass ich am Kleiderschrank hinter mir Halt suchen muss, um nicht in die Knie zu gehen. Matt mustert mich schweigend. Ob er ahnt, was ich denke? Ob er dasselbe denkt? Sein Blick löst sich von meinen Augen, wandert zu meinem Mund.

»Mann, diese bekloppte Familie!« Leo schiebt sich an Matt vorbei in unser Zimmer und schmeißt sich der Länge nach auf mein Bett, wo ich mich eigentlich in diesem Moment mit Matt herumwälzen wollte. Ich habe meine kleine Schwester selten weiter weg gewünscht als jetzt. Mindestens bis nach Australien.

»Warum lassen Hendrik und Sonja sich nicht einfach scheiden? Das wäre für uns alle einfacher.«

Ich finde meine Stimme wieder, aber sie ist etwas heiser. »Für Felix wäre es allerdings überhaupt nicht einfach«, werfe ich ein.

»Hmm«, brummt Leo. Dann sieht sie Matt an und setzt sich wieder auf. »Hey, Matt, hättest du noch ’ne halbe Stunde Zeit, um mir ein, zwei Griffe auf der Gitarre zu zeigen? Oder musst du morgen wirklich so früh raus?« Da ist es wieder, dieses kokette Lächeln, das sie ihm schon gestern Abend im Shore Club geschenkt hat. Und das Ziehen der Eifersucht in meinen Innereien. Bitte sag nein, beschwöre ich Matt stumm und wage es nicht, ihn anzusehen.

»Eigentlich war das eher ein Vorwand, um – na ja. Um nicht zu viel Zeit mit Hendrik verbringen zu müssen«, gibt Matt unumwunden zu. Dann schleicht sich ein Lächeln in seine Stimme, und er fügt hinzu: »Ich kann dir gern noch ein paar Gitarrengriffe zeigen.«

Das darf doch wohl nicht wahr sein! Er redet doch hoffentlich wirklich nur von Gitarrengriffen, oder?

»Gehen wir zu dir? Schließlich ist das hier nicht nur mein Zimmer, und Nina ist ja schwanger und muss bestimmt früh schlafen gehen. Stimmt's?« Leo steht vom Bett auf und schaut mich fragend an. Da fällt mir wieder ein, was ich Matt eigentlich sagen wollte. Bevor die Lust mir jeden klaren Gedanken geraubt hat und meine kleine Schwester hier hereingestampft kam.

»Also …« sage ich. »Hendriks altes Zimmer ist ja auch noch frei, also kann ich dort schlafen und …«

»Aber ich habe dein Haus noch gar nicht gesehen, Matt«, unterbricht mich Leo und schaut Matt erwartungsvoll an.

»Kein Problem«, sagt er. »Gehen wir zu mir.«

Ich schnappe nach Luft. Doch das scheint niemand zu bemerken. Leo grinst Matt breit an und ruft im Hinausgehen fröhlich über ihre Schulter: »Also, Nina, schlaf gut!«

Matt wirft mir einen kurzen Blick zu und sagt: »Gute Nacht.«

Dann dreht er sich um und folgt Leo.

Ich liege lange wach in dieser Nacht. Zum einen, weil Hendrik und Sonja sich noch eine ganze Weile am Lagerfeuer streiten, während Papa seinen Enkel ins Bett bringt und ihm aus einem Naturkundebuch vorliest (das beste Mittel, um Kinder schnell in den Schlaf zu befördern). Zum anderen, weil meine Mutter es mit ihrer »Recherche« anscheinend ernst gemeint hat und ich quälend lange brauche, um meine Ohrstöpsel zu finden. Außerdem kann ich kein Auge zumachen, bevor Leo nicht wieder hier ist. Ich starre an die dunkle Holzdecke des leeren Betts über mir, stopfe den Inhalt einer Lakritz-Konfekt-Tüte in mich hinein und versuche, die Bilder aus meinem Kopf zu vertreiben. Matt und Leo, nackt auf dem Teppich vor seinem Kamin. Nackt auf seinem Esstisch. Nackt auf seinem Ledersofa. Nackt auf seinem wunderschönen, großen Holzbett im Loft. Mit jeder Stunde, die vergeht, werden diese Bilder deutlicher. Ich kann mir noch so oft einreden, dass Leo das zum einen nicht machen würde (er ist doch immerhin mein Ex-Freund, verdammt noch mal!) und Matt sie zum anderen bestimmt viel zu jung findet. Aber während die Uhr unablässig tickt und Leo nicht zurückkommt, fragt Kleine Bärin immer lauter: *Welcher Mann findet eine knackige 24-jährige Blondine zu jung?*

Ein Geräusch weckt mich. Oh, ich bin tatsächlich eingeschlafen. Ich blinzele und sehe Leos nackte Füße, die über die Leiter nach oben im Stockbett verschwinden. Im ersten Moment will ich erleichtert aufatmen. Bis mir ein Detail auffällt: Es ist nicht mehr stockdunkel. Milchiges Licht fällt durch die Vorhänge in unser Schlafzimmer. Atemlos starre ich auf mein Handy, das neben meinem Kopfkissen liegt: 5.35 Uhr.

Ich drehe mich um und ziehe mir die Decke über den Kopf, damit Leo nicht hört, dass ich weine.

Als ich sicher bin, dass Leo schläft, stehe ich leise auf. Ich
schleiche mich an den Bootssteg und gehe im trüben ersten
Tageslicht schwimmen. Dicke Wolkenberge türmen sich bedrohlich am Himmel, die Luft ist schon um diese frühe Zeit
merkwürdig stickig. So leise wie möglich schlüpfe ich in der
Lodge in meine Klamotten. Ein Blick in den Spiegel lässt mich
beinahe schon wieder in Tränen ausbrechen. Mein Haar – ach,
lassen wir das. Meine getönte Tagescreme deckt die gruselige
Kombination aus dunklen Ringen und geröteter Haut unter
meinen Augen nur halbwegs ab. Egal. Etwas Mascara auf die
blonden Wimpern, Malsachen und MP3-Player zusammen-
gepackt, und ich bin raus aus der Blueberry Lodge, denn wenn
ich eines momentan nicht ertrage, ist es der Anblick meiner
kleinen Schwester. Wenn sie nachher aufwacht, ist ihr Hals
womöglich von Knutschflecken übersät. Ich weiß schließlich
noch, wie ich vor 14 Jahren des Öfteren aussah.

Ich versuche energisch, jeglichen Gedanken an Matt oder
Leo zu unterbinden, während ich meinen Chevy durch den
dämmrigen Wald lenke. Heute fällt es der Sonne wirklich
schwer, sich gegen die grauen Wolken durchzusetzen; es mag
nicht so recht hell werden. Als ich am Ende unseres Waldweges
angekommen bin, zögere ich. Mein Magen knurrt, obwohl ich
keinen Appetit habe. Soll ich im »Foggy Days« vorbeifahren?
Allein bei dem Gedanken, dort womöglich Matt zu treffen,
schlägt mir das Herz bis zum Hals. Meine feuchten Handflächen halten das Lenkrad krampfhaft umklammert. Andererseits: Wenn er auch erst vor einer Stunde ins Bett gegangen ist
(okay, dort war er wahrscheinlich vorher schon, hat aber sicher
nicht geschlafen), ist er jetzt ganz bestimmt noch nicht auf den
Beinen. Während ich versuche, nicht an Matt in seinem Bett

zu denken, lenke ich meinen Mietwagen die Küstenstraße entlang und biege auf den Parkplatz des »Foggy Days«.

Ich hatte erwartet, dass zu dieser frühen Tageszeit noch nichts los sein würde, habe mich allerdings getäuscht. Ungefähr zwanzig Männer, dem Aussehen nach alle Fischer, sitzen am Tresen und um die Tische gruppiert. Sie unterhalten sich über ihre Kaffeetassen hinweg und schauen immer wieder gebannt zu dem Fernseher hinauf, der über der Durchreiche zur Küche hängt. Dort ist eine Landkarte von Nova Scotia zu sehen, und die Moderatorin zeigt gerade auf eine fette graue Spirale, die sich in einer Animation über den Atlantik auf das Festland zubewegt. Aha, das ist also ›Lucy‹. So, wie es momentan auszusehen scheint, hat der Wirbelsturm es tatsächlich auf Nova Scotia abgesehen.

Ich vergewissere mich hastig, dass Matt nirgendwo zu sehen ist, und setze mich dann an einen freien Tisch in einer Ecke des Diners. Nach wenigen Minuten kommt Elaine auf mich zu – ich bin erleichtert, dass es nicht Carrie ist. Sie ist genauso freundlich wie beim letzten Mal und nimmt meine Bestellung entgegen (Blaubeerpfannkuchen mit Ahornsirup – das beste Essen bei Kummer). Nachdem sie mir Kaffee eingeschenkt hat, bin ich wieder allein am Tisch und starre abwechselnd auf den Fernseher und aus dem Fenster. Der Fischerhafen ist heute in Grautöne gehüllt, was ihm ein geheimnisvolles, fast gespenstisches Aussehen verpasst. Ich beschließe, nach dem Frühstück zum Parkplatz hinüberzugehen, auf dem samstags der Farmers' Market stattfindet, um dort diese Grautöne in Aquarell festzuhalten.

Drei Stunden später liegen zwei fertige Aquarelle vor mir auf dem Picknicktisch nahe der Uferpromenade, wo ich meine

Malsachen ausgebreitet habe. Wegen des stärker werdenden
Windes habe ich meine Bilder mit ein paar Steinen beschwert.
Es ist immer noch nicht richtig hell, der Himmel über dem
Fischerhafen sieht beinahe furchteinflößend gelbgrau aus,
draußen über dem Atlantik türmen sich unheilvolle Wolkenberge. Auf meinen Bildern wirkt das echt toll, finde ich. Gedankenverloren spüle ich meinen Pinsel mit dem Wasser aus,
das ich in einer Flasche mitgenommen habe, während Eva
Cassidy in meine Ohren zu singen beginnt. Ich lege den Pinsel
zur Seite und drücke auf den Lautstärkeregler meines MP3-
Players. »Songbird« ist eines meiner absoluten Lieblingslieder.
Mit einem Stöhnen rolle ich meine mal wieder völlig verspannten Schultern, dann ziehe ich meinen Skizzenblock aus
der Umhängetasche, die neben mir auf der Bank des Picknicktisches liegt, und schlage ein jungfräuliches Blatt auf. Als
mein Blick im Vorbeiblättern auf Matt mit nacktem Oberkörper fällt, wird mir ohne Vorwarnung sehr warm. Was sicherlich
nicht an Matt, sondern an der drückenden Schwüle liegt, die
wie eine Dunstglocke über Rocky Harbour hängt.

Klar, Nina.

Entschlossen, nicht an Matt und seinen verdammten Oberkörper zu denken, greife ich nach einem weichen Bleistift.
Während meine Hand wie von selbst über das Papier gleitet,
singe ich im Duett mit Eva Cassidy »I love you, I love you, I
love you, like never before« und könnte schon wieder heulen.
Doch ich konzentriere mich mit aller Macht, die ich heute früh
besitze, auf meinen Block und auf die Bewegungen des Blei-
stifts. Die Idee zu den Figuren, die dort Gestalt annehmen, ist
mir gestern gekommen, als ich mit Felix im Wald war. Ein
Wichtelpaar entsteht vor meinen Augen, ein Wichteldorf mit
Türen zwischen Wurzeln, ein weiser Baum mit langem Bart.

Es ist lange her, seit ich an Ideen für Kinderbücher gearbeitet habe. Abgesehen von »Tom, the teddy bear« natürlich, aber das war ein Lernbuch. Ursprünglich wollte ich phantasievolle Geschichten, ganze Märchenwelten zu Papier bringen. Das war mein Wunsch, als ich studierte und die Zukunft rosig vor mir lag. Als ich noch Träume hatte. Seit ich nach Berlin gezogen bin und mir somit eingestanden habe, dass aus der Karriere als Kinderbuch-Illustratorin womöglich nichts werden wird, habe ich kaum noch Skizzen für Geschichten gemacht. Zu sehr schmerzten mich die vielen Absagen, die ich von den Verlagen bekommen hatte.

Ich will gerade mit der Skizze eines Pilzhauses beginnen, als mir jemand auf die Schulter tippt. Vor Schreck verpasse ich dem Wichtel, der unvorsichtigerweise zu dicht neben dem gerade begonnenen Pilzprojekt steht, einen Bleistiftstrich quer durchs Gesicht. Verdammt!

Ich schaue auf und könnte schreien. Matt steht neben mir und lächelt mich an. Was fällt ihm ein, einfach so zu lächeln? Nach dem, was letzte Nacht war?

Kapitel 25

Ich nehme die Kopfhörer ab. »Hallo«, sage ich und schaue Matt nur flüchtig an, bevor ich mich wieder auf meinen Skizzenblock konzentriere. Damit ich sein Lächeln nicht mehr sehe. Doch vorher habe ich es geschafft, blitzschnell seinen Hals zu scannen. Nein, keine Knutschflecken zu sehen. Ha, da war ich damals aber gründlicher, Schwesterherz!

»Also, das mit dem Singen üben wir besser nochmal«, sagt Matt, und ich höre deutlich heraus, dass er immer noch lächelt.

»Vielen Dank«, sage ich spitz und merke, wie mein Gesicht – wie üblich – anfängt zu glühen. Wäre ja auch noch schöner, wenn ich mal ohne Hummerfärbung meinem Ex-Freund begegnen könnte. Oder, noch besser: Wenn ich ihm in einer Situation über den Weg laufen würde, in der ich mich nicht zum Volltrottel mache! Ob er den Text des Liedes verstanden hat? »I love you, I love you, I love you, like never before«?

Oh. Mein. Gott. Hätte ich nicht ein anderes Lied schief mitträllern können? Nun gut, wenigstens habe ich mich beherrscht und nicht vor mich hin geheult, obwohl mir so sehr danach zumute war. Außerdem hat Matt bei meinem schlechten Gesang bestimmt nicht erkannt, welches Lied das sein sollte.

»Sollte das ›Songbird‹ von Eva Cassidy sein?«

Ich schlucke. »Ja, sollte es. Tut mir leid, wenn ich deinen hohen Ansprüchen nicht genüge. Aber in unserer Familie hat nun mal Leonie die schöne Stimme abbekommen, wie du ja gestern Abend schon gemerkt hast.« Ich klinge wie die Zicke vom Dienst.

Macht nichts, nur weiter so! Kleine Bärin gibt mir ein »Daumen hoch«.

Matt pfeift leise auf und setzt sich ungefragt neben mich auf die Bank des Picknicktisches. Rittlings, so dass er mir zugewandt ist. Ich starre stur auf meine Zeichnung, spüre jedoch seinen Blick mehr als deutlich auf mir.

»Hey, so war das nicht gemeint«, sagt er. »So schlecht singst du gar nicht. Außerdem kannst du umso besser malen. Die Bilder sind toll geworden.«

»Danke«, murmele ich und beginne, den Bleistiftstrich vom Gesicht des Wichtels zu radieren. Matt greift nach einem meiner Aquarelle und betrachtet es eingehend. Dann legt er es zurück auf den Tisch, beschwert es vorsichtig mit den Steinen und angelt sich das zweite. Sein Arm streift leicht meinen Ellbogen, und da sowohl er als auch ich nur kurze Ärmel tragen, geht mir die Berührung seiner Haut durch und durch. Ich schlucke und radiere heftiger.

Hallo? Hirn an Unterleib! Könnten wir bitte im Normalmodus bleiben? Ich versuche hier oben, mich auf einen anständig wütenden Zustand zu konzentrieren!

»Du solltest deine Bilder wirklich im ›Foggy Days‹ ausstellen. Es findet sich hundertprozentig ein Käufer«, sagt Matt und legt auch das zweite Bild zurück auf den Tisch. Ich ziehe meinen Arm ein Stück zur Seite, damit er nicht noch einmal mit seinem kollidiert.

»Hmm.«

»Du bist ganz schön gesprächig heute.« Das Lächeln in seiner Stimme macht mich aggressiv. Etwas ruppiger als ratsam fahre ich mit meinem Radiergummi über das Papier und zerknicke es prompt. Jetzt hat der arme Wichtel eine fette Falte auf der Stirn.

»Was ist denn los? Nicht gut geschlafen?«

Ich lasse den Radiergummi sinken und sehe Matt nun doch

an. Er trägt eine Baseballmütze mit ausgefranstem Schirm und ein verwaschenes T-Shirt mit einem Loch auf der Höhe des Schlüsselbeins.

»Nein«, erwidere ich und bin selbst erschrocken über das Eis in meiner Stimme. »Ich habe nicht gut geschlafen. Und du sicher auch nicht. Wobei ich wohl sagen sollte: nicht viel geschlafen. Richtig?«

Das Lächeln verschwindet nicht vollständig von seinem Gesicht, wird jedoch etwas schwächer, während er mich mustert. Ich halte seinem Blick stand, obwohl meine Handflächen feucht vor Nervosität werden. »Warum?«

»Warum?«, wiederhole ich und lache sarkastisch auf. »Na ja, Leo ist schließlich erst in die Blueberry Lodge zurückgekommen, als es schon hell wurde. Viel Schlaf kann da nicht mehr drin gewesen sein.«

Jetzt lacht Matt leise auf und senkt den Blick. Der Schirm seiner Baseballmütze verdeckt nun fast sein komplettes Gesicht. Bis auf Mund- und Kinnpartie. Ich starre auf seinen Mund, der immer noch lächelt. Muss er einen so schönen Mund haben?

»Du glaubst also, ich hätte mit Leo geschlafen, willst du mir das sagen?«

Ich reiße meinen Blick von seinem Mund los und fixiere stattdessen das Logo der Toronto Blue Jays auf seiner Mütze. »Was soll ich denn sonst denken?«

Er hebt seinen Blick und sieht mich an. In seinen dunklen Augen liegt wieder dieser Glanz, der mich schon im Waschsalon in den Wahnsinn getrieben hat.

»Du bist also eifersüchtig.« Das ist eindeutig eine Aussage, keine Frage. Jetzt lächelt er nicht mehr, sondern mustert mich eingehend, als stünde auf meinem Gesicht die Antwort gedruckt, die er schon zu kennen scheint. Ich schnappe nach Luft.

»Eifersüchtig? Quatsch!«

»Natürlich.« Er senkt wieder den Blick, und ich hasse seine Baseballmütze und ihn dafür, dass ich es so verdammt erotisch finde, nur seinen Mund zu sehen. Um den sich nun ein spöttischer Zug breitmacht. Ohne aufzuschauen, sagt Matt: »Vor ein paar Tagen dachtest du noch, ich wäre mit Shauna zusammen. Jetzt denkst du, ich hätte mit deiner kleinen Schwester geschlafen. Lass mich doch bitte wissen, mit wem ich morgen etwas habe, damit ich auch Bescheid weiß.«

Meine Gedanken überschlagen sich, ich bekomme keinen von ihnen wirklich zu fassen. Als Matt den Blick wieder hebt und mich unter dem Schirm seiner Baseballmütze hervor abwartend anschaut, frage ich ein wenig atemlos: »Soll das heißen, dass Leo bis morgens bei dir war und ihr nicht … Ich meine …«

»Nein, haben wir nicht.« Plötzlich tritt eine gewisse Härte in seine Gesichtszüge. »Du musst nicht alles glauben, was Hendrik sagt.«

Ich schnaufe empört. Als ob ich jemals auf meinen Bruder hören würde! Dann jedoch fällt mir ein, was Hendrik gestern Morgen am Bootssteg zu mir gesagt hat, und ich möchte Matt spontan fragen, ob es wahr ist. Ob er damals wirklich nur aus purer Langeweile mit mir eine Sommerliebelei angefangen hat. Doch bevor ich die Worte zusammenbekomme, fährt Matt fort: »Ich habe Leo ein paar Gitarrengriffe gezeigt, wie vereinbart. Dann haben wir lange geredet. Sie hatte viel auf dem Herzen und brauchte offensichtlich jemanden, der ihr zuhört. Irgendwann ist sie auf dem Sofa eingeschlafen, und ich habe sie schlafen gelassen. Als ich aufgestanden bin, war sie weg.«

Überrascht frage ich: »Leo hatte viel auf dem Herzen? Was denn?«

»Das solltest du als ihre ältere Schwester doch eigentlich wissen.«

»Weiß ich aber nicht!«, schnappe ich wütend zurück.

»Dann sprich mit ihr«, sagt Matt ruhig.

»Schönen Dank«, zische ich. »Bist du unter die Hobbypsychologen gegangen, oder was?«

Sein Lächeln kehrt zurück, und mein Herz macht einen völlig unangebrachten Hüpfer. »Anstatt dich zu freuen, dass ich nicht mit ihr geschlafen habe, bist du jetzt auch noch sauer, weil ich mit ihr geredet habe?« Er sieht mich herausfordernd an.

»Ich bin nicht sauer«, entgegne ich, obwohl ich natürlich genau das bin. Und ich werde immer saurer. »Und du kannst schlafen, mit wem du willst!«

Was für eine verdammt schlechte Lügnerin du doch bist. Kleine Bärin stöhnt gequält auf.

»Mhhm.« Matt verschränkt die Arme vor seiner Brust und lächelt mich unverwandt an, ohne ein weiteres Wort zu sagen. Was soll dieses selbstgefällige Verhalten? Blödmann!

»Blödmann«, murmele ich leise, auf Deutsch.

Er lacht auf. »Danke«, erwidert er, ebenfalls auf Deutsch. Dann beugt er sich plötzlich vor und berührt mit der Hand mein Ohr. Das Gefühl seines Fingers auf meinem – leider sehr heißen! – Ohr fährt durch meinen Körper wie ein elektrischer Schlag, und ich mache einen kleinen Hüpfer.

»Du hast da schwarze Brösel«, sagt Matt und hebt zum Beweis seinen Zeigefinger. Ich stöhne innerlich auf und beiße mir auf die Unterlippe, damit es wirklich innerlich bleibt.

»Oh. Ja, vom Kopfhörer. Danke.« Das kommt davon, dass

ich mich weigere, diese modernen Ohrstöpsel zu tragen, die so unbequem sind. Mein Kopfhörer stammt noch aus Discman-Zeiten, und ich liebe ihn, auch wenn der schwarze Bezug sich langsam in seine Bestandteile auflöst.

»Ich sollte zurück zum See«, murmele ich und beginne, die beiden Aquarelle, die inzwischen getrocknet sind, in meine Zeichenmappe zu schieben.

»Mhhm.«

»Jetzt bist du es, der sehr gesprächig ist«, bemerke ich.

»Und du bist eifersüchtig.«

Ich starre Matt an. Er starrt zurück. Seine Augen sind durch den Schatten seiner Mütze noch dunkler als sonst. Als ich nichts sage, hakt er schließlich nach: »Warum bist du eifersüchtig, Nina? Du hast doch deinen Freund in Deutschland. Und ein Baby, das unterwegs ist.«

Ich schlucke. Mir wird bewusst, dass ich immer noch nicht mit Sascha telefoniert habe. Heute ist mein fünfter Tag in Nova Scotia, und ich habe meinen Freund noch nicht gesprochen. Er hat versucht, mich am Tag nach seiner Ankunft in Shanghai auf dem Handy anzurufen, doch da hatte ich mal wieder keinen Empfang. Abends, im Shore Club, habe ich versucht, ihn zurückzurufen, doch erneut meldete sich nur seine Voicemail.

Das ist der Moment! Kleine Bärin stößt mich in die Seite. *Sag es Matt endlich!*

Es dauert ein paar Sekunden, bis ich meine Stimme wiederfinde. Meine Hand zittert leicht, als ich meine Zeichenmappe auf den Picknicktisch lege. »Weißt du …«, beginne ich und räuspere mich umständlich, weil meine Stimme wie ein Reibeisen klingt. »Das mit dem Baby … Also …«

Und, was passiert? Natürlich! Matts Handy fängt an zu klingeln. Kann sein Handy nicht zur Abwechslung mal keinen

Empfang haben, wie es bei meinem ständig der Fall zu sein scheint?

»Verflucht«, murmelt er leise und schaut aufs Display. »Isa. Sorry, dauert bestimmt nicht lange. Ja, hallo, Isa?«

Ich beobachte Matt aus dem Augenwinkel, während er auf den Fischerhafen starrt, das Handy am Ohr. Ich merke sofort, dass etwas nicht stimmt.

»Ganz ruhig«, sagt er. »Ich bin gleich da. Keine Panik, Isa, bleib ganz ruhig. Gib mir zwei Minuten.«

»Was ist los?«, frage ich, als er das Gespräch beendet hat.

»Isa hat Blutungen bekommen«, sagt Matt und schwingt sein Bein über die Bank des Picknicktisches. »Sie ist allein zu Hause und weiß nicht, was sie machen soll. Ich werde sie ins Krankenhaus nach Bridgewater fahren.« Er steckt das Handy zurück in seine hintere Hosentasche und fragt: »Kommst du mit?«

»Natürlich!« In Windeseile packe ich meine Malsachen zusammen. Matt ist bereits auf dem Weg zu seinem Pick-up, den er unweit meines Tisches geparkt hat. Als ich ihm folge, meldet sich wieder die vertraute, eifersüchtige Stimme in meinem Kopf, die fragt, warum Isa nicht mich angerufen hat. Warum bittet sie Matt um Hilfe, wenn sie Blutungen bekommt? Ich ziehe mein Handy aus meiner Umhängetasche. Ich habe Empfang. Und keinen verpassten Anruf von Isa.

Nina, reicht es nicht langsam mit deiner blöden Eifersucht? Isa hat Blutungen! Sie könnte eine Fehlgeburt haben! Ist es nicht egal, wen sie in ihrer Panik anruft?

Natürlich ist es das. Schuldbewusst öffne ich die Beifahrertür des Pick-ups und klettere in den Wagen.

Die Fahrt zum Krankenhaus ist ein Alptraum. Ich sitze zwischen Matt und Isa. Links von mir spüre ich Matts Oberschenkel an meinem Bein; die Wärme seines Körpers dringt durch den Stoff seiner Jeans. Rechts von mir lehnt Isa ihren Kopf an meine Schulter, der Stoff meiner Bluse ist durchnässt von ihren Tränen. Sie heult und heult und versucht zwischendurch, uns zu erklären, warum sie allein zu Hause war. Soweit ich sie verstehe, sind ihre Eltern irgendwo in Rocky Harbour unterwegs, wahrscheinlich im Supermarkt, weil sie noch Kerzen und Streichhölzer kaufen wollten, falls der Sturm einen Stromausfall verursacht. Aber Isa konnte sie nicht erreichen, weil Hermanns Handy keinen Empfang hatte. Ich bin also doch nicht die Einzige in Rocky Harbour, der es oft so geht. Isas Freundinnen sind nach Lunenburg gefahren, um vor dem Eintreffen des Sturms noch etwas zu shoppen.

»Ich bin nicht mitgefahren, weil ich heute Morgen schon leichte Bauchschmerzen hatte«, schluchzt Isa in meine Bluse hinein. Ich streiche ihr beruhigend ein paar nasse Haarsträhnen aus der Stirn. »Ich dachte, die kämen von der Paprika, die ich gestern Abend gegessen habe. Aber vor einer Stunde habe ich dann plötzlich heftige Unterleibschmerzen bekommen. Und als ich auf der Toilette war, war alles voller Blut!«

»Ganz ruhig«, murmele ich, während meine Cousine von Schluchzern geschüttelt wird. »Warte erst einmal ab, vielleicht gibt es ja eine harmlose Erklärung dafür.«

Ich werfe Matt einen Seitenblick zu. Er starrt auf die Straße, sein Unterkiefer ist angespannt. Ein Blick auf den Tacho sagt mir, dass er viel zu schnell fährt. Hoffentlich werden wir jetzt nicht auch noch von der Polizei angehalten.

Zum Glück erreichen wir das Krankenhaus in Bridgewater, ohne dass Matt eine Strafe zahlen muss. Als wir aus dem Pick-up steigen, beginnen dicke Regentropfen aus der düsteren Wolkendecke zu fallen. In der ganzen Sorge um Isa habe ich den herannahenden Hurrikan völlig vergessen. Ich werfe einen nervösen Blick zum Himmel hinauf, während wir zu dritt über den Parkplatz gehen, Isa zwischen Matt und mir. Ich hake mich bei ihr ein und streiche ihr beruhigend über den Unterarm.

In der Notaufnahme geht Matt sofort zum Empfang und übernimmt die Anmeldeformalitäten. Isa sitzt wie ein Häuflein Elend in einem der Plastikstühle im überfüllten Wartebereich; ich hocke auf ihrer Armlehne und streichele ihren Rücken. Matt steht wenige Meter von uns entfernt und füllt Formular um Formular aus. Hin und wieder kommt er zu uns herüber und fragt Isa nach Angaben. Seine ruhige Art überträgt sich peu à peu auf meine Cousine, die aufgehört hat, zu weinen. Meine Wut auf Matt ist wie weggeblasen. Ich beobachte ihn verstohlen, wie er am Empfang lehnt und mit der resoluten Krankenschwester spricht. Er schafft es tatsächlich, ihr ein kleines Lächeln zu entlocken, und ich werde mit einem Mal von einer Mischung aus Stolz und Wehmut überrollt. Stolz darauf, dass ich mit diesem Mann einen Sommer lang zusammen war. Wehmut, weil ich es nicht mehr bin.

Als Matt seine Kreditkarte zückt und sie der Krankenschwester reicht, ruft Isa: »Matt, warte, ich habe doch auch mein Portemonnaie dabei …« Sie fängt schon wieder an zu weinen.

»Isa, lass gut sein«, sagt Matt. Er kommt zu uns herüber und geht vor ihr in die Hocke. Seine Hände ruhen locker auf ihren Knien. »Du hast gerade andere Sorgen als eine Krankenhausrechnung. Außerdem weiß ich, wo du wohnst.« Er grinst zu ihr hinauf und zwinkert ihr zu. »Ich komme bei Gelegenheit vorbei und hole mir das Geld.«

Isa nickt, und ein winziges Lächeln zuckt über ihr Gesicht. Ich bin so erleichtert, dieses Lächeln zu sehen, dass ich nicht weiter über Matts Hände auf den Knien meiner Cousine nachdenke. Zum Glück steht er jetzt sowieso auf und lehnt sich an die Wand neben unseren Stühlen. Ich spüre Isas feuchte Hand in meiner und könnte mich ohrfeigen. Wenn Isa wirklich eine Fehlgeburt haben sollte, verzeihe ich mir das nie. Dass ich mit einer Schwangerschaftslüge durch diesen Sommer spaziert bin, in dem Glauben, Familie und Freunde später einfach mit einer Fehlgeburtlüge zufriedenstellen zu können. Wie bin ich bloß auf eine so schreckliche Idee gekommen?

Glücklicherweise muss Isa nicht lange warten. Ich drücke sie fest an mich, bevor sie einem jungen Krankenpfleger folgt und hinter einer Tür mit der Aufschrift »Emergency Area« verschwindet. Ich gleite von der Armlehne auf den nun leeren Stuhl und sehe Matt an.

»Willst du etwas trinken?«, fragt er. »Ich habe vor dem Eingang einen Getränkeautomaten gesehen.«

»Ja, danke, ich nehme ein Wasser«, murmele ich.

»Okay.« Ich höre, wie sich seine Schritte auf dem Linoleum entfernen, und hebe den Blick, um ihm nachzustarren. Gerade als er um die Ecke verschwunden ist, kommen drei Männer herein, dem Aussehen nach Bauarbeiter. Zwei von ihnen stützen einen dritten, der einen blutdurchtränkten Verband um den Kopf trägt. Bei dem Anblick droht mein Magen zu rebellieren. Ich muss hier raus.

Eilig stehe ich auf und laufe mit quietschenden Sohlen in die Richtung, in die Matt verschwunden ist. Als ich den Ausgang erreiche, sehe ich ihn vor der Tür am Getränkeautomaten stehen. Er dreht sich gerade um, zwei Flaschen Wasser in der Hand, und sieht mich überrascht an, als ich durch die Automatiktür nach draußen trete.

»Ich brauche frische Luft«, erkläre ich und lehne mich an die Wand neben dem Getränkeautomaten. Erst jetzt merke ich, dass es inzwischen stark regnet, selbst unter dem Vordach, wo wir stehen, bekommt man ein paar Tropfen ab. Doch da es nach wie vor schwülwarm ist, macht mir das wenig aus. Alles ist besser als der Wartebereich der Notaufnahme.

»Hier«, sagt Matt und drückt mir eine der Flaschen in die Hand.

»Danke.« Ich öffne die Flasche und nehme einen großen Schluck. Matt macht dasselbe und lehnt sich neben mich an die Wand. Schweigend starren wir in den Regen hinaus.

»Ist das schon ›Lucy‹?«, frage ich und sehe ihn von der Seite an. Er schüttelt den Kopf.

»Nur ihre Vorhut. Ich habe eben mit meiner Mutter telefoniert. Laut Wetterbericht wird der Hurrikan heute Abend gegen 20 Uhr auf die Küste treffen.«

20 Uhr. Ich schaue auf meine Armbanduhr. Es ist kurz nach zwei. Noch knapp sechs Stunden. Ich schlucke. »Der Sturm trifft also wirklich direkt auf Nova Scotia?«

Er nickt. »Und nicht nur das. Nach letzten Berechnungen wird das Auge des Hurrikans über Lunenburg hinwegziehen.«

Ich lasse meine Flasche sinken und starre Matt ungläubig an. »Über Lunenburg? Aber, das heißt ja …«

Matt nickt. »Rocky Harbour wird einiges abbekommen.«

Mein Herz fängt an, angstvoll in meinem Hals zu hämmern. Ich sehe Fernsehbilder von abgedeckten Häusern, auf dem

Dach liegenden Autos, entwurzelten Bäumen vor mir. Rocky Harbour wird doch nicht bald zu einer dieser zerstörten Ortschaften aus den Nachrichten werden?

»Mal sehen, noch besteht die Chance, dass ›Lucy‹ sich auf dem Weg hierher weiter abschwächt«, versucht Matt, mich zu beruhigen. Anscheinend steht mir die Angst deutlich ins Gesicht geschrieben.

»Na, hoffentlich«, murmele ich. Ich bücke mich, um meine Flasche auf den Boden zu stellen. Als ich mich wieder aufrichte, durchzuckt ein stechender Schmerz meinen Rücken. »Ahhh!«, stöhne ich auf und greife mir mit einer Hand an mein linkes Schulterblatt. Es ist immer dieselbe Stelle, die mich nach zu langem Zeichnen und Malen quält.

»Was ist los?« Matts Stimme klingt alarmiert. Er stellt seine Flasche ebenfalls auf den Boden und wendet sich mir zu.

»Ach, mein Rücken«, murmele ich. »Er ist völlig verspannt, vom Malen vorhin. Ich sitze immer zu krumm und mache nicht genug Ausgleichsgymnastik.« Ich lächele gequält. »Wird schon wieder.«

»Komm, ich massiere dir den Rücken.«

Überrascht sehe ich ihn an und stottere: »Was? Hier?«

Matt schaut sich um und zuckt mit den Schultern. »Warum nicht? Irgendwie müssen wir uns die Wartezeit doch vertreiben.«

Ehe ich weiß, wie mir geschieht, tritt er dicht neben mich. Seine Hände umfassen meine Schultern und drehen mich so, dass ich ihm den Rücken zuwende. Mein Herz verwandelt sich wieder in einen flatternden Kolibri, als er mein Haar über meine Schultern nach vorn streicht und dann beginnt, meine verspannten Muskelstränge zu massieren. Ich spüre die Wärme seiner Hände durch den dünnen Stoff meiner Bluse und könnte aufstöhnen. Vor Schmerzen. Und vor Lust.

»Du bist wirklich völlig verspannt«, höre ich seine Stimme, und sie ist ziemlich dicht an meinem Ohr. Ich spüre seinen warmen Atem, der meinen Nacken streift. Anstatt zu antworten, kann ich nur leise wimmern. »Tue ich dir weh?«

Ich weiß nicht, ob ich nicken oder den Kopf schütteln soll, also gebe ich einen undeutlichen »Hmpf«-Laut von mir. Matt lacht auf.

»Was sollte das heißen?« Er rückt noch dichter an mich heran. Ich unterdrücke ein weiteres Wimmern und presse meine Lippen aufeinander. Schließlich stoße ich gepresst hervor: »Nicht aufhören.«

Unwillkürlich frage ich mich, ob das nur in meinen Ohren zweideutig klang. Ich warte darauf, dass Matt wieder lacht und irgendetwas Spöttisches sagt, aber er massiert schweigend weiter. Und, vielleicht bilde ich mir das nur ein, aber ich könnte schwören, dass er noch ein paar Zentimeter näher an mich herangerückt ist. Die Eingeborenen südlich meines Äquators haben in Windeseile damit begonnen, Holz aufzuschichten und ein Feuer zu entzünden. Es brennt zwischen meinen Schenkeln und lässt mich schwindelig werden.

»Matt? Nina?«

Kapitel 26

Ich vermisse Matts Hände, sobald sie mich loslassen. Meine Tante und mein Onkel stehen vor uns. Sie sind tropfnass, Tante Helga hält einen verbogenen Schirm in der Hand, der dem stärker werdenden Wind offensichtlich nicht gewachsen war. Beide sehen aus, als wären sie zu Fuß von Rocky Harbour nach Bridgewater gerannt, so außer Atem sind sie. Isa hat ihre Eltern auf dem Handy erreicht, als wir auf den Krankenhausparkplatz gefahren sind. Die beiden müssen sich sofort auf den Weg gemacht haben.

»Wo ist Isa?« Tante Helgas Stimme klingt brüchig.

Mit einem Schlag bin ich wieder in der Realität.

»Sie ist in der Notaufnahme, wir durften nicht mit ihr hinein«, antwortet Matt.

»Wisst ihr schon etwas?« Onkel Hermanns sonst so rotes Gesicht wirkt kalkweiß. Matt und ich schütteln die Köpfe.

»Lass uns reingehen«, sagt Tante Helga und drückt auf den Knopf der Automatiktür. »Ich bin ihre Mutter, mich werden sie doch wohl zu ihr lassen?«

Sie lassen Tante Helga zu Isa, und Onkel Hermann ebenfalls. Matt und ich setzen uns wieder in den Warteraum, diesmal finden wir zwei freie Stühle nebeneinander. Schweigend beobachten wir die anderen Wartenden um uns herum. Ein Kind weint laut, seinem verschwitzten Haar nach zu urteilen hat es hohes Fieber. Ein alter Mann sitzt vornübergebeugt, als habe er große Schmerzen. Eine Frau hält sich ein Kühlpad vor ihr linkes Auge.

Als plötzlich Onkel Hermann vor uns auftaucht, springe ich auf. »Und?«

Doch ich sehe es schon an seinem Gesichtsausdruck. Isa hat das Baby verloren. Während er mit brüchiger Stimme etwas von »kann passieren, nicht ungewöhnlich während der ersten zwölf Schwangerschaftswochen« erzählt, rutscht plötzlich ein Bild aus meiner Erinnerung vor mein inneres Auge: Isa, als sie ungefähr acht oder neun Jahre alt war. Es muss in unserem ersten oder zweiten Sommer in Kanada gewesen sein. Sie hatte sich ein dickes Kissen unter ihren Pullover gestopft und spielte »schwanger sein«. Dann sehe ich sie vor mir, wie sie ihre Babypuppe im Arm wiegt und sie mit einem Fläschchen füttert. Meine Augen laufen über. Sie wäre so eine tolle Mutter geworden! Ich schluchze heiser auf und schlinge meine Arme um Onkel Hermann.

»Es tut mir so leid!«, heule ich in sein Hemd hinein. Mein Onkel tätschelt mir unbeholfen über den Rücken.

»Na ja, sie ist ja noch jung«, sagt er, aber seine Stimme klingt, als wäre auch er den Tränen sehr nahe. »Sie kann wieder schwanger werden. Das hat der Arzt eben auch gesagt.«

»Wie geht es ihr denn?«, höre ich Matts Stimme neben uns.

Ich spüre, wie Onkel Hermann mit den Schultern zuckt. Als ich den Kopf hebe und zu ihm hochschaue, sehe ich den Blick, den er Matt zuwirft. Der Blick sagt mehr als tausend Worte. Onkel Hermann schaut wieder mich an und klopft mir mit seiner Bärenpranke auf die Wange.

»Sie schafft das Nina. Mach dir keine Sorgen. Du musst jetzt an dein eigenes Baby denken, so viele Tränen tun dem kleinen Wurm bestimmt nicht gut.« Ohne auf meine Reaktion zu warten, sagt er zu Matt: »Bring Nina nach Hause, Matt, bevor dieser verdammte Sturm kommt. Die Straßen sind jetzt schon die Hölle, aber wenn du langsam fährst, müsset ihr es noch gut schaffen. Zum Glück sind Isas Freundinnen schon aus

Lunenburg zurückgekommen, bevor Helga und ich von der Marina losgefahren sind. Diese dummen Hühner – wer macht denn noch einen Einkaufsbummel, wenn ein Hurrikan auf dem Weg ist?« Er fährt sich mit einer Hand über sein rotes Gesicht und seufzt tief. »Helga und ich bleiben hier im Krankenhaus. Eigentlich wollte Greg auch sofort aus New York kommen, aber der Flughafen in Halifax ist bereits geschlossen, wurde uns gesagt.«

Ich höre nur mit einem halben Ohr hin. Zu viele Gefühle werden in mir durcheinandergewirbelt. Ich weiß nicht mehr, wo mir der Kopf steht.

»Komm«, sagt Matt und ich spüre, wie er einen Arm um meine Schultern legt. Ich heule schon wieder, ohne dass ich es gemerkt habe. Onkel Hermann sagt: »Fahr vorsichtig, Matt. Bis dann, Nina.« Aber ich kann nichts erwidern.

Tränenblind lasse ich mich von Matt Richtung Ausgang führen, höre die Automatiktür aufschwingen, rieche den Regen.

»Warte hier, ich hole dich mit dem Wagen ab«, sagt Matt und lässt meine Schultern los. Als ich plötzlich allein unter dem Vordach stehe, fühle ich mich einsam und verletzlich. Immer mehr Tränen schießen aus meinen Augen. Ich kann gar nicht mehr aufhören zu schluchzen und merke erst, dass Matt schon zurück ist, als sein Arm erneut um meine Schultern liegt und er mich Richtung Pick-up bugsiert. Regen schlägt mir ins Gesicht, als ich in die Fahrerkabine klettere und mich auf den Sitz fallen lasse. Kurz darauf ist auch Matt wieder eingestiegen. Der Motor läuft noch, er gibt Gas und fährt los. Doch schon nach wenigen Metern biegt er in eine Parklücke und schaltet den Motor ab. Ich schneuze meine Nase und starre geradeaus durch die regennasse Scheibe. Der Wind rüttelt am Pick-up, der Regen trommelt laut auf das Dach. Obwohl es erst halb drei ist, ist es draußen beinahe dunkel.

»Hey«, sagt Matt und streichelt mir mit dem Handrücken über meine nasse Wange. »Isa schafft das, sie ist hart im Nehmen. Und mit deinem Baby wird bestimmt alles gutgehen.«

Das ist zu viel für mich. Ich schaue ihn an und stoße zwischen zwei heftigen Schluchzern hervor: »Ich bin gar nicht schwanger, Matt!«

Es scheint mir, als würden Minuten vergehen, ohne dass Matt etwas sagt. Er starrt mich an, und ich heule schon wieder. Oder immer noch. Wie man es nimmt. Endlich scheint er seine Stimme wiederzufinden und fragt: »Was?«

Während ich mir immer wieder mit dem Taschentuch Tränen von den Wangen reibe, erzähle ich ihm mit brüchiger Stimme, wieso ich behauptet habe, schwanger zu sein. Ich bin froh, dass die Dunkelheit sich mehr und mehr über den Parkplatz legt. Im grellen Sonnenlicht könnte ich meine Beichte vor Matt nicht ablegen. Ich brabbele etwas von »Minderwertigkeitskomplex« und »Figurproblemen« und »Eifersucht auf Isa« vor mich hin und gestehe atemlos, dass ich mich einfach nicht getraut habe, die Lüge aufzuklären.

»Ich bin da so hineingerutscht«, sage ich hilflos. »Es klingt alles total bescheuert, ich weiß. Und ich schäme mich in Grund und Boden.«

»Und wie wolltest du aus dieser Lügengeschichte wieder herauskommen?« Matts Stimme klingt hart. Ich schlucke schwer.

»Ähm – na ja, darüber hatte ich mir natürlich am Anfang keine Gedanken gemacht. Es war ja eine völlig spontane, doofe Sache. Aber dann ... Also, ich wollte ...« Ich breche ab. Ich bringe die Worte nicht über die Lippen. Nicht hier, auf dem Krankenhausparkplatz, in Isas Nähe.

»Du wolltest allen erzählen, dass du eine Fehlgeburt hattest. Stimmt's?«

Ich sehe Matt atemlos an. Er erwidert meinen Blick schweigend. Es ist zu dunkel, um den Ausdruck in seinen Augen erkennen zu können. Aber ich kann mir denken, was für ein Ausdruck das ist. Als ich schließlich nicke, wendet er seinen Blick ab. Die Muskeln in seinem Unterkiefer sind angespannt, als er in den Regen hinausstarrt. Dann startet er plötzlich den Motor und fährt den Pick-up rückwärts aus der Parklücke. Schweigend lenkt er den Wagen vom Krankenhausparkplatz durch die gespenstisch leeren Straßen Bridgewaters auf den Highway 101, der uns nach Rocky Harbour zurückbringt. Inzwischen regnet es so stark, dass Matt nur 50 km/h fahren kann. Die Scheibenwischer laufen auf Hochtouren, er starrt konzentriert in die Wand aus Regen hinaus. Nur hin und wieder kommen uns Scheinwerfer entgegen; es scheint, als sei fast die ganze Ostküste Nova Scotias zu Hause und würde auf ›Lucys‹ Ankunft warten.

Die ganze Fahrt über sagt Matt kein Wort mehr. Meine Fingernägel bohren sich in meine Handfläche. Ich überlege krampfhaft, ob ich etwas sagen soll, ob ich irgendwelche Worte finden kann, die mein kindisches Verhalten rechtfertigen könnten. Aber da gibt es keine Worte. Warum habe ich nicht viel früher gestanden, nicht schwanger zu sein? Wieso musste ich so lange warten, bis ein tragischer Zwischenfall meine Lüge noch schlimmer erscheinen lässt, als sie sowieso ist?

Als wir den Highway verlassen und auf die Küstenstraße abbiegen, bietet sich uns ein gespenstisches Bild: Hohe Wellen rollen auf den Strand zu, der nur noch ein sehr schmaler Streifen ist, kaum mehr auszumachen vor lauter Wasser. Der Himmel ist inzwischen fast schwarz. Ich bekomme eine Gänsehaut. Als die Tankstelle von Rocky Harbour in Sicht kommt, biegt Matt auf den Parkplatz. Ich kann kaum glauben, dass das »Open«-Schild noch im Fenster des Tankstellenlädchens blinkt.

»Ich besorge noch ein paar Streichhölzer«, sagt Matt, ohne mich anzusehen. »Brauchst du etwas?«

Seine Stimme klingt schroff. Ich grabe meine Fingernägel in den Stoffbezug der Sitzbank unter mir. »Nein, danke.«

Er steigt aus und läuft die paar Schritte zum Laden, wobei er seine Baseballmütze festhalten muss, damit sie nicht weggeweht wird. Als er ein paar Minuten später wieder einsteigt, ist er tropfnass. Er schmeißt eine braune Papiertüte zwischen uns auf die Sitzbank und greift nach dem Zündschlüssel.

»Matt, warte«, sage ich und berühre seinen Arm. Er sieht mich an und lässt den Zündschlüssel wieder los.

»Was denn?«

»Sag doch bitte was«, flehe ich und fühle mich ziemlich jämmerlich.

»Was soll ich denn sagen?«

»Keine Ahnung. Mach mir Vorwürfe, schrei mich an, was weiß ich. Aber schweig bitte nicht nur.«

Matt lehnt sich zurück. Er nimmt seine Baseballmütze ab und dreht sie zwischen seinen Händen, bevor er sie auf die Papiertüte legt. Endlich sieht er mich an. »Nina, ich weiß wirklich nicht, was ich dazu sagen soll. Ich bin schlicht und einfach sprachlos, dass du zu so einer Lüge fähig bist.«

»Aber – es war nur eine Notlüge!«

»Notlüge.« Matt lacht sarkastisch auf. »Klar. Es ging ja auch um Leben und Tod, nicht wahr? Du hattest praktisch keine andere Wahl, als ›ja‹ zu sagen, als Isa dich gefragt hat, ob du schwanger bist. Verflucht noch mal, Nina, ich weiß, dass Frauen manchmal ein wirkliches Rad ab haben, wenn es um ihre Figur geht, aber deswegen deine gesamte Familie und Freunde zu belügen – das fasse ich einfach nicht!« Seine Stimme wird immer lauter, und ich werde immer kleiner. Aber ich wollte es ja nicht anders, ich habe ihn schließlich dazu aufgefordert, zu schreien.

»Deine Eltern haben sich bestimmt schon darauf gefreut, Großeltern zu werden, und du wusstest die ganze Zeit, dass …«

»Gefreut?«, unterbreche ich ihn, glücklich darüber, wenigstens in einem Punkt widersprechen zu können. »Das sollte Freude sein?«

Matt dreht sich herum, so dass er mir zugewandt ist. Er beugt sich etwas vor, und ich weiche unwillkürlich zurück, als ich die Wut in seinen Augen blitzen sehe. »Es gibt mit Sicherheit Menschen, die sich sehr über deine angebliche Schwangerschaft gefreut haben. Isa zum Beispiel. Wie zum Teufel willst du ihr in der jetzigen Situation klarmachen, dass du gelogen hast?«

»Ich weiß es nicht.« Meine Stimme ist lediglich ein Flüstern.

»Natürlich, du weißt es nicht. Was du auch nicht weißt, ist, dass Carrie insgesamt drei Fehlgeburten hatte.«

Ich sehe ihn erschrocken an. »Was?«

»Ja.« Sein Mund ist ein schmaler Strich, als er mich anstarrt. »Nachdem sie Hendriks Baby abgetrieben hatte, gab es Komplikationen. Die Ärzte haben ihr damals schon gesagt, dass sie möglicherweise keine Kinder bekommen kann. Kyle und sie haben es trotzdem versucht. Sie wurde dreimal schwanger und hat drei Babys verloren. Einmal in der achten Woche, einmal in der zwölften Woche und einmal in der 14. Woche. Die letzte Fehlgeburt ist jetzt drei Jahre her, und seitdem ist sie nicht mehr schwanger geworden.« Er macht eine Pause und sieht mich unverwandt an. Ich will etwas sagen, doch meine Stimme gehorcht mir nicht.

»Es hat Carrie das Herz gebrochen«, fährt Matt fort. Er klingt mit einem Mal heiser. »Sie wollte immer Kinder haben und sie hat es sich nie verziehen, dass sie damals das erste Baby abgetrieben hat. Und wenn sie erfährt, dass du dir einen Spaß daraus gemacht hast, aller Welt eine Schwangerschaft vorzu-täuschen, weil du deinen Bauch nicht perfekt genug findest, und sogar vorgeben wolltest, eine Fehlgeburt gehabt zu ha-ben …«

»Ich habe mir keinen Spaß daraus gemacht!« Jetzt werde auch ich lauter. »Verdammt noch mal, Matt, es war ein Fehler, und das weiß ich. Ich wusste es vom ersten Moment an, als mir die Lüge über die Lippen gerutscht ist. Es war kein Spaß.«

»Dann hättest du es früher richtigstellen sollen!« Ich zucke zusammen, als Matt mich anschreit. »Verfluchte Scheiße, Ni-na, als ich dich wiedergesehen habe, habe ich gedacht, was für eine tolle Frau aus dir geworden ist. Ich hatte immer noch das 16-jährige Mädchen im Kopf und dachte, dass die erwachsene Nina nicht an dieses wunderbare Mädchen von damals heran-reichen würde. Aber dem war überhaupt nicht so. Im Gegen-teil. Das dachte ich zumindest. Ich hätte nie geglaubt, dass du so eine verdammte Lügnerin bist, die ihr Umfeld betrügt und verletzt, nur weil sie einen blöden Minderwertigkeitskomplex hat!«

Mir schießen schon wieder Tränen in die Augen, was mich noch wütender macht, als ich ohnehin schon bin. »Matt, mir ist klar, dass ich mich blöd verhalten habe. Aber könnten wir das Ganze bitte nüchtern betrachten? Ich meine, niemand ist zu Schaden gekommen und …«

»Richtig.« Plötzlich klingt Matt ganz ruhig. Er lehnt sich wieder zurück und wendet sich dem Lenkrad zu. »Niemand ist zu Schaden gekommen. Nur das Bild, das ich von dir hatte.«

»Das kannst du so nicht sagen«, verteidige ich mich verzweifelt, während er den Motor startet und zurückfährt. »Du kennst mich doch gar nicht mehr, nach all den Jahren! Ich lüge sonst nie, das war eine Ausnahme.«

Und was ist mit deinem Kinderbuch, das gar nicht veröffentlicht wird?, erinnert Kleine Bärin mich besorgt.

Doch ich ignoriere die Stimme der Vernunft, wie so oft. Ich kann Matt in diesem Moment unmöglich sagen, dass ich auch in dieser Beziehung gelogen habe.

Matt fährt den Pick-up schweigend Richtung Blueberry-See. Als er in den Waldweg biegt, mache ich noch einen Anlauf. »Matt, bitte, versteh doch, dass ich …«

»Ich verstehe überhaupt nichts mehr, Nina«, unterbricht er mich barsch. »Ich verstehe nicht, warum du lügen musstest, ich verstehe nicht, warum Carrie ihren Mann belügt und Hendrik seine Frau, warum mein Vater uns alle belogen hat. Und ich verstehe nach wie vor nicht, wie Taylor mich so lange belügen konnte. Ich verstehe es nicht.« Er sieht mich von der Seite an und fügt in hartem Tonfall hinzu: »Von dir hätte ich so etwas einfach nicht erwartet. Die Nina, die ich vor 14 Jahren kannte, hätte so etwas nicht gemacht. Aber Menschen ändern sich halt. Und meine Menschenkenntnis war schon bei meiner Ex-Frau nicht die beste.«

Ich will aufgebracht etwas erwidern, als ich aus dem Augenwinkel etwas auf der Straße sehe. »Pass auf!«, rufe ich und Matt macht eine Vollbremsung.

Kapitel 27

Eine große Kiefer hängt über der Straße, ihr Fall wurde durch andere Bäume auf der gegenüberliegenden Seite des Waldweges abgebremst. Trotz allem ist der Weg versperrt, die Äste hängen bis auf den Boden.

»Scheiße«, murmelt Matt und starrt durch die Windschutzscheibe auf den Baum, der wie ein gigantischer dunkler Schatten vor uns aufragt. »Da kommen wir nicht durch. Ist eh zu gefährlich, wahrscheinlich liegen weiter hinten noch andere Bäume über der Straße oder kippen jeden Moment um.« Er legt den Rückwärtsgang ein. »Ich fahre uns zu meiner Mutter.«

»Nein!« Ich überrasche Matt und mich selbst, als ich die Wagentür öffne und aus dem Pick-up springe.

»Nina, bist du bescheuert?«, höre ich Matt noch rufen, bevor ich die Tür zuschlage und auf die Kiefer zulaufe. Regen schlägt mir ins Gesicht; der Wind lässt mein Haar durcheinanderwirbeln, als wäre es vom Teufel besessen. Was ja vermutlich auch so ist. Entschlossen stapfe ich vorwärts, versuche, trotz des Regens und der Dunkelheit zu erkennen, wo ich mich unter den Zweigen der Kiefer hindurchquetschen kann. Ich werde den halben Kilometer durch den Wald laufen. Meine Angst vor der Dunkelheit ist plötzlich wie weggeblasen, mich erfüllen nur noch Wut und Scham. Nie im Leben werde ich jetzt zu Elaine fahren, wo sicher auch Carrie ist. Mit den beiden über Nacht im Sturm festsitzen und ihnen in Matts Gegenwart beichten müssen, dass ich nicht schwanger bin? Da verbringe ich diese Sturmnacht lieber ohne Dach über dem Kopf im Wald!

Mein Arm wird von hinten gepackt, ich werde herumgewirbelt. Matt steht so dicht vor mir, dass ich seinen Atem im

Gesicht spüre, als er mich anschreit: »Willst du dich umbringen, oder was ist in dich gefahren? Du steigst jetzt sofort wieder in den Wagen!«

»Nein!«, schreie ich trotzig zurück. »Ich gehe zur Blueberry Lodge!«

»Den Teufel tust du!« Ohne auf meinen Protest zu achten, zieht Matt mich zurück zum Pick-up und öffnet die Fahrertür. Ich wehre mich, wütend auf ihn, auf meine körperliche Unterlegenheit und auf mein kindisches Verhalten. Als ich mich sträube, in den Wagen zu steigen, packt er mich kurzerhand um die Taille und hebt mich aufs Trittbrett, dann schiebt er mich in die Fahrerkabine und steigt hinterher. Anscheinend glaubt er, ich wäre sofort wieder geflüchtet, wenn er mich auf der Beifahrerseite hätte einsteigen lassen. Ich kann kaum in die Mitte des Wagens rutschen, als er sich schon hinter das Lenkrad schiebt und die Tür zuzieht.

»Was soll das? Du kannst mich nicht zwingen, mit dir zu deiner Mutter zu fahren!« Ich kreische inzwischen. Nichts, worauf ich stolz bin. Hysterie ist eine Eigenschaft, in die ich leider immer wieder verfalle.

»Sei ruhig, bevor ich richtig wütend werde«, knurrt Matt und beginnt, rückwärts zu setzen. Ich habe ihn noch nie so aufgebracht erlebt. Nicht einmal neulich Nacht am Strand, als er Hendrik eine heruntergehauen hat. Und gestritten haben wir uns auch noch nie. Damals, vor 14 Jahren, war alles noch zu frisch für richtigen Streit. Wir waren den ganzen Sommer lang mit Knutschen und anderen Sachen beschäftigt. Schweigend sinke ich in meinen Sitz und schließe die Augen. Das darf doch alles nicht wahr sein.

Keiner von uns sagt ein Wort, bis wir nach einer gefühlten Ewigkeit vor Elaines Haus ankommen und Matt den Pick-up in der Einfahrt hinter einem weiteren Auto parkt. Als der Motor verstummt, sitzen wir schweigend nebeneinander, während Sturmböen die Fahrerkabine wieder und wieder erschüttern. Schließlich sagt Matt: »Es kann sein, dass die Kiefer in unsere Stromleitung gefallen ist. Sie stand vielleicht unter Strom.«

Ich starre ihn an. »Oh«, sage ich.

»Ja. Oh.« In seiner Stimme liegt so viel Wut, dass ich mich auf meinem Sitz winde. Er sieht mich kurz von der Seite an und sagt dann: »Ich gehe jetzt ins Haus. Wenn du den Sturm lieber hier draußen im Auto überstehen willst, mach das.«

Mit diesen Worten setzt er seine Mütze auf, greift nach der Papiertüte und steigt aus. Ich sitze wie erstarrt. Was soll ich jetzt machen? Einen Moment lang spiele ich mit dem Gedanken, tatsächlich im Pick-up zu bleiben, als ich ein lautes Krachen höre. Ich mache einen erschrockenen Hüpfer und falle dann regelrecht aus dem Wagen, so schnell will ich ins Haus kommen.

»Was war das?«, frage ich atemlos, als ich hinter Matt den gepflasterten Weg entlanglaufe, der zum Haus seiner Mutter führt.

»Ein Baum, vermute ich«, sagt er knapp und öffnet die Tür. Er macht einen Schritt zur Seite und lässt mich als Erste ins Haus gehen.

»Matt?«, höre ich eine Stimme, und schon kommt Elaine um die Ecke des Flurs. »Nina!«

»Hi«, sage ich und ringe mir ein Lächeln ab.

»Gott sei Dank, ich habe mir schon Sorgen gemacht!« Sie stürzt auf uns zu und zieht erst mich, dann Matt in ihre Arme.

»Vorsichtig, Mom, wir sind klitschnass«, sagt Matt und schließt die Tür hinter sich.

»Hermann hat vom Krankenhaus aus angerufen und mir gesagt, dass ihr euch auf den Weg nach Rocky Harbour gemacht habt. Aber das war vor über anderthalb Stunden!«

»Ich konnte nur langsam fahren«, sagt Matt. »Wir wollten erst an den See, aber der Weg war durch einen umgestürzten Baum blockiert.«

»Um Gottes willen, durch den Wald, bei diesem Sturm? Seid ihr lebensmüde?« Elaine sieht erst ihren Sohn und dann mich kopfschüttelnd an. Matt wirft mir einen Blick zu, und ich starre auf meine durchnässten Sneakers.

»Na, ihr seid ja jetzt heil hier. Los, ihr müsst aus den nassen Sachen raus. Nina, ich gebe dir was zum Anziehen. Matt, von dir liegen sowieso noch ein paar Klamotten in deinem alten Zimmer, ich hatte dir schon x-mal gesagt, dass du sie mitnehmen kannst. Ist ja jetzt ganz gut, dass du nie auf mich hörst.«

Sie zieht seinen Kopf zu sich herunter und drückt ihm einen dicken Kuss auf die unrasierte Wange. Ich schlüpfe aus meinen Sneakers und stelle sie auf die Fußmatte neben der Eingangstür, damit sie nicht den Holzboden aufweichen. Matt zieht ebenfalls seine Stiefel aus und fragt seine Mutter: »Wer ist denn noch hier? Da steht ein fremdes Auto in der Einfahrt.«

»Isas Freundinnen. Sie waren allein in der Marina und hatten Angst, weil Hermann und Helga über Nacht im Krankenhaus bleiben werden. Schlimme Sache, das mit Isa.« Sie sieht Matt an, und er nickt stumm. Genau in diesem Moment taucht Carrie im Flur auf. Sie trägt einen Jogginganzug, ihr dunkles Haar ist zu einem Knoten am Hinterkopf hochgedreht.

»Wie geht es Isa?«, fragt sie leise und lehnt sich an die Wand mit der Blümchentapete. Dann sieht sie mich und sagt: »Oh, hallo Nina.«

»Hi.« Ich wünsche mich fort, ganz weit fort.

»Na ja, nicht so gut«, sagt Matt. Er schiebt seine Hände in die Taschen seiner Jeans und starrt seine Schwester an.

»Klar«, sagt diese und nickt. Ein paar Sekunden lang sind nur das Ticken der Wanduhr und das Prasseln des Regens gegen die Fenster zu hören. Dann räuspert Elaine sich und sagt: »So, auf geht's, raus aus den nassen Sachen, ihr zwei.«

»Mom, ich würde gern kurz duschen, bevor der Strom weg ist«, sagt Matt und folgt seiner Mutter den Flur entlang. »Ich kam gerade von der Arbeit, als Isa angerufen hat.«

»Klar«, sagt Elaine. »Mach lieber schnell, würde mich nicht wundern, wenn gleich ein Baum in die Stromleitung kracht. Ich habe vorsorglich schon ein paar Kerzen angezündet.« Sie dreht sich zu mir um. »Nina, ruf am See an, damit sie wissen, dass du lebst.«

Gehorsam wende ich mich dem Telefon zu, das auf einem Tischchen im Eingangsbereich steht. Ich bin froh, etwas machen zu können, und beginne, mit zittrigen Fingern zu wählen.

»Der gewünschte Teilnehmer ist zurzeit nicht erreichbar.«

Ich seufze und lege wieder auf. Matt hatte anscheinend recht. Die Kiefer hat wohl die Stromleitung gekappt, die zum See führt. Nicht auszudenken, was hätte passieren können, wenn ich versucht hätte, mich unter dem Baum hindurchzuquetschen. Ein Schauer läuft mir den Rücken hinunter. Rasch ziehe ich mein Handy aus der Umhängetasche und suche im Telefonbuch nach Hendriks Mobilnummer. Als ich seine Nummer gewählt habe, kommt tatsächlich ein Freizeichen. Mein Bruder meldet sich, und ich erkläre ihm knapp, wo ich bin.

»Schon klar«, höre ich Hendrik ins Telefon grinsen. »Habt

ihr noch Strom oder sitzt ihr schon bei Kerzenschein, so wie wir?«

»Noch haben wir Strom.«

»Na, wird schon noch werden mit den Kerzen. Viel Spaß mit Matt, Schwesterherz.«

Idiot. Ich lege auf, ohne etwas zu erwidern, und starre auf die Fotos, die an der Flurwand hängen. Die meisten sind Aufnahmen von zwei dunkelhaarigen Kindern: Matt und Carrie in Gummistiefeln, in den Händen Eimer voll mit Miesmuscheln, die sie zwischen den Felsen an der Küste gesammelt haben. Matt in der Astgabel eines Baumes sitzend, Carrie auf dem Rücken eines Pferdes. Auf einem Foto sieht man eine junge Elaine, die große Ähnlichkeit mit der heutigen Carrie hat. Sie hält ihre beiden Kinder auf dem Schoß, Matt ungefähr vier, Carrie sechs Jahre alt. Alle drei strahlen in die Kamera, Carrie mit einem breiten Zahnlückengrinsen.

Und auf einem Bild ist Matts Vater zu sehen. Er sitzt rittlings auf dem Dachfirst eines Blockhaus-Rohbaus und schaut zur Kamera hinab. Ein charmantes Lächeln liegt auf seinem braungebrannten Gesicht. Von Weitem könnte man meinen, Matt säße dort auf dem Dach. Ich muss daran denken, was Matt mir im Waschsalon erzählt hat. Dass sein Vater seine Mutter betrogen hat. Ich starre den Mann auf dem Dachfirst an und frage mich, wie lang diese Affäre schon lief, als Paul Gates eines Nachts im Dezember, auf dem Rückweg von seiner Geliebten, von der glatten Straße abkam und gegen einen Baum fuhr.

»Nina?« Als ich Carries Stimme höre, fahre ich herum. Sie hält mir einen Stapel mit Klamotten entgegen. »Mom hat dir was zum Anziehen herausgesucht. Du kannst dich in Matts altem Zimmer umziehen. Dort liegt schon ein Handtuch auf dem Bett.«

»Danke«, sage ich und nehme die Sachen entgegen. Ich kann Carrie kaum in die Augen schauen. Zum einen wegen Hendrik, zum anderen wegen meiner blöden Lüge.

»Du kennst den Weg bestimmt noch?«

»Ja. Danke dir.«

Carrie nickt und wendet sich ab. Sie geht den Flur entlang und verschwindet nach rechts, ins Wohnzimmer. Von dort hört man die Stimmen von Isas Freundinnen. Ich atme tief durch und gehe ebenfalls den Flur hinunter, bis zu der Treppe, die in den ersten Stock führt. Als ich oben ankomme, höre ich Wasserrauschen aus dem Badezimmer. Ich gebe mein Bestes, um mir Matt nicht nackt unter der Dusche vorzustellen. Vergeblich.

Ich brauche einen Moment, bis ich wieder weiß, hinter welcher Tür Matts altes Zimmer liegt. Am Ende des Flurs war das Elternschlafzimmer, dort schläft jetzt sicherlich nach wie vor Elaine, vermute ich. Hinter der ersten Tür links von der Treppe aus gesehen lag Carries Reich. Und daneben, gegenüber vom Badezimmer, Matts.

Ich öffne die angelehnte Tür und brauche eine Minute, bis ich den Lichtschalter finde. Dann trifft die Erinnerung mich mit voller Wucht. Hier drinnen sieht es immer noch so aus wie damals, vor 14 Jahren. Matt ist ein paar Jahre nach unserem gemeinsamen Sommer ausgezogen, und Elaine hat seitdem anscheinend nicht viel verändert. Der dunkelgrüne Teppich ist derselbe wie damals; ich kenne den Schreibtisch unter dem Fenster noch genau, ebenso den Drehstuhl mit dem »Proud to be Canadian«-Aufkleber auf dem Rücken. Und das Bett. An das kann ich mich besonders gut erinnern. Auch, wenn ich nur zwei- oder dreimal dort gelegen habe. Ich glaube, sogar der braune Bettüberwurf mit dem weißen Karomuster ist derselbe wie damals.

Ich gehe langsam auf das Bett zu und lasse mich neben dem Handtuch, das dort für mich bereitliegt, auf die Kante sinken. Meine Hand fährt über den Bettüberwurf, mein Finger zeichnet den Verlauf der gesteppten Nähte nach. So viele Bilder in meinem Kopf. Ich schließe die Augen und bin einen Moment lang wieder 16 und liege neben einem 18-jährigen Matt unter der Decke. Wir sind nackt und darum bemüht, so wenig Geräusche wie möglich zu machen, damit Matts Eltern, die unten vor dem Fernseher sitzen, uns nicht hören. Oder Carrie, die zum Glück nebenan die Musik ziemlich laut aufgedreht hat. Don Henley singt passenderweise »The End of the Innocence«, als ich meine Unschuld verliere. Ich weiß noch genau, wie laut dieses Bett gequietscht hat, trotz aller Versuche, leise zu sein. Ich kann es mir nicht verkneifen, probeweise im Sitzen auf und ab zu hüpfen.

»Ja, es quietscht immer noch«, höre ich eine Stimme von der Tür her und erstarre vor Schreck. Matt steht im Türrahmen. Und hat nur Boxershorts an. Ich sehe ihn an und weiß nicht, was ich sagen soll. Was in seiner Gegenwart leider zur Gewohnheit zu werden scheint.

»Entschuldige, ich muss nur kurz meine Sachen aus dem Schrank holen«, sagt er und geht auf den Einbauschrank zu, ohne auf meine Reaktion zu warten. Ich starre auf seinen nackten Rücken, als er einen Stapel T-Shirts aus dem Regalfach holt. Und auf seinen Hintern in der karierten Boxershorts. Mein Gesicht wird heiß. Und noch heißer, als Matt sich plötzlich umdreht und mich dabei erwischt, wie ich starre.

Schnell schaue ich auf meinen eigenen Klamottenstapel, der auf meinem Schoß liegt. »Wird langsam zur Tradition, dass mir

jemand aus der Familie Gates was zum Anziehen leiht«, sage
ich mit einem schiefen Grinsen. Matt mustert mich und murmelt »hmm,« bevor er sich wieder umdreht und den Stapel T-
Shirts zurück in den Schrank legt. Eines behält er in der Hand
und schlüpft hinein. Auf dem verwaschenen Schwarz ist vorne
ein Porträt von Bryan Adams zu sehen, auf dem Rücken steht
eine Auflistung von Konzertdaten seiner Kanada-Tour 1998.
Matt zieht eine dunkelgrüne Cargohose von einem Kleider-
bügel und schließt den Schrank. Schweigend schlüpft er in die
Hose und sieht mich dabei unverwandt an. Ich erwidere seinen
Blick und frage mich, was er denkt. Denkt er auch an »The
End of the Innocence« oder eher daran, wie lächerlich ich mich
eben im Wald benommen habe?

»So, bin schon weg«, sagt er und dreht sich zur Zimmertür
um.

»Warte!« Ich springe auf und gehe auf ihn zu. Er hält inne
und sieht mich abwartend an. Keine Spur eines zuckenden
Mundwinkels ist zu sehen. Er duftet nach Shampoo und Seife,
sein dunkles Haar ist nass, ein paar Strähnen stehen zu Berge,
andere hängen ihm in die Stirn. Ich muss dem Impuls widerstehen, diese Strähnen zur Seite zu streichen.

»Was ist denn?«, fragt er und klingt ein wenig gereizt. Mein
Mut sinkt. Ich weiß plötzlich nicht mehr, was ich sagen soll.
Hilflos starre ich auf meine Hände, die nach wie vor Elaines
Klamotten umklammert halten.

»Nina?«

Ohne ihn anzusehen, stoße ich hervor: »Es tut mir leid. Ich
wollte dich – und die anderen – nicht belügen. Und eben im
Wald – ich habe mich völlig idiotisch benommen.«

»Ja«, sagt Matt schlicht. »Das hast du.«

Jetzt sehe ich ihn doch an, in der Hoffnung, seinen Mundwinkel zucken zu sehen. Doch das tut er nicht. »Ich gehe runter«, sagt Matt und wendet sich wieder der Tür zu.

»Matt!« Er dreht sich erneut um und zieht fragend die Augenbrauen hoch. »Bitte sag Carrie und deiner Mutter nichts. Und Isas Freundinnen.« Sein Gesicht verfinstert sich, und ich fahre schnell fort: »Ich kann das heute Abend nicht. Nicht nach der Sache mit Isa. Aber ich werde es noch allen beichten.«

»Wann?«

»Bald. Versprochen.«

Matt sieht mich schweigend an. Schließlich nickt er und sagt: »Ich erzähle es keinem.«

Dann geht er wirklich. Und ich bleibe in seinem Zimmer zurück, allein mit meinen Schuldgefühlen und Erinnerungen.

Die Jogginghose, die Elaine für mich rausgesucht hat, ist aus Frotteestoff, und dem orangefarbenen Ton nach zu urteilen stammt sie noch aus den 1970ern. Erna sieht in dieser Hose aus wie ein gigantischer Kürbis, weshalb ich ein paar Minuten lang im Flur vor der Tür zum Wohnzimmer stehe und mit mir hadere, ob ich hineingehe oder nicht. Nicht nur wegen meines Kürbishintern, sondern auch wegen Matt und seiner Wut auf mich. Allerdings weiß ich nicht so recht, was meine Alternative zum Hineingehen sein könnte. Ehe ich mich zu einer Entscheidung durchringen kann, kommt mir unverhofft das Schicksal zu Hilfe. Wurde ja auch Zeit, dass es nicht nur gegen mich arbeitet.

Die Lichter gehen aus. Ein Kreischen kommt aus dem Wohnzimmer, gefolgt von hysterischem Gekicher.

»Aha!«, ruft Elaine beinahe triumphierend. »Here we go! Gut, dass die Kerzen schon brennen.« Sie kommt aus dem

Wohnzimmer und läuft in mich hinein. »Hoppla, Kind, habe ich dir weh getan?«

»Nein, nein«, sage ich gezwungen fröhlich.

Elaine legt eine Hand auf meinen Bauch. »Na, Gott sei Dank. Du musst jetzt gut auf dich aufpassen, Liebes. Stolpere bloß nicht über den Teppich neben dem Esstisch. Matt, gibst du Nina bitte eine Taschenlampe?«

»Klar«, kommt Matts Antwort, und ich merke, dass er hinter seiner Mutter aus dem Wohnzimmer gekommen ist. Er greift in ein Regal im Flur, schaltet eine Taschenlampe ein und leuchtet mir ins Gesicht. Schützend halte ich mir eine Hand vor die Augen. Er senkt die Lampe, kommt einen Schritt auf mich zu und drückt sie mir in die Hand. »Hier. Wir wollen ja nicht, dass du in deinem Zustand über den Teppich stolperst, Nina.«

Ehe ich etwas erwidern kann, ist Matt Richtung Küche verschwunden, von wo Elaine gerade mit einem Tablett auftaucht. »Carrie und ich haben jede Menge Essen aus dem Diner mitgebracht«, erklärt sie und geht vor mir her ins Wohnzimmer. »Ich hoffe, ihr habt Hunger mitgebracht.«

Das kann man nicht gerade behaupten. Zumindest nicht von mir. Nun gut, von Courtney auch nicht. Sie beißt lediglich ein paarmal von ihrem Hummer-Sandwich ab und verkündet dann, satt zu sein, so, wie man es von einer schlanken New Yorkerin erwartet. Bei mir hat die Appetitlosigkeit andere Gründe. Einer von ihnen heißt Matt und sitzt neben mir auf dem Sofa, so dass ich sein Shampoo deutlich riechen kann. Ein anderer heißt ›Lucy‹ und heult immer lauter ums Haus.

Während ich halbherzig an einem Bagel knabbere, schaue ich mich im Raum um. Zwei Sofas stehen über Eck vor der

Fensterfront, durch die man tagsüber den Fischerhafen sieht. Jetzt sieht man nichts, weil Bretter vor die Fenster genagelt wurden, um die Scheiben zu schützen. Neben Matt und mir hockt Carrie im Schneidersitz und isst Kartoffelsalat. Auf dem zweiten Sofa haben es sich Courtney und die beiden Deutschen bequem gemacht, deren Namen Melanie und Sabine sind, wenn mich nicht alles täuscht. Elaine hat in einem Ohrensessel neben dem Kamin Platz genommen, auf dessen Sims Dutzende Kerzen brennen. Sie erzählt von ihren bisherigen Sturmerfahrungen, von tagelangen Stromausfällen und überschwemmten Straßen. Schließlich steht sie auf und sagt fröhlich: »Aber ich will euch keine Angst einjagen, darum lasst uns das Thema wechseln. Wer möchte Blaubeerkuchen essen? Ich meine, außer Matt. Dass er welchen möchte, ist mir klar.«

»Matt hat erzählt, wie es heute im Krankenhaus war«, wendet sich plötzlich Courtney an mich, als Elaine und Carrie in die Küche gegangen sind, um den Kuchen und eine Thermoskanne Kaffee, die sie in weiser Voraussicht vor dem Stromausfall gekocht haben, zu holen. »Die arme Isa.«

»Ja«, sage ich und starre auf meine Hände. Ich spüre die Wärme von Matts Körper neben mir. Und seine Wut. Ich wünschte wirklich, woanders sein zu können.

»Wir hatten echt Schiss in der Marina, ohne Hermann und Helga«, meldet sich Melanie zu Wort, deren Englisch ziemlich schlecht ist.

»Und wie«, bestätigt Sabine und kichert albern. »Es war so unheimlich! Ich hätte schwören können, dass jeden Moment ein Baum durchs Dach kracht.«

»Nicht so unwahrscheinlich«, bestätigt Carrie, die mit dem Kuchen hereingekommen ist. »Darum sind wir hier in Moms Haus und nicht nebenan in meinem, das unter so vielen Bäumen steht. Ich fürchte, morgen werde ich kein heiles Dach mehr haben.«

»Lebst du eigentlich allein?«, fragt Courtney und schlägt ein langes, schlankes Bein über das andere. Sie trägt Hotpants.

»Zeitweise«, sagt Carrie. »Mein Mann ist Truckfahrer, er ist viel unterwegs. Zurzeit ist er in Ohio. Er wird in ein paar Tagen wieder hier sein.«

»Wow, das ist auch nicht so einfach, oder?«, fragt Melanie.

»Nein«, sagt Carrie. Matt räuspert sich. Ich weiß, was er denkt. Und Carrie weiß es auch, denn sie stemmt die Hände in die Hüften und fragt: »Also, wer will Kuchen haben?«

Kapitel 28

Der Sturm heult immer lauter ums Haus, die Fensterscheiben klappern, im Kamin stöhnt und ächzt es. Regen schlägt beständig gegen die Hauswand, die dem Meer zugewandt ist. Elaine schaltet ein batteriebetriebenes Radio ein, und wir hören dem Moderator zu, der ›Lucys‹ Verlauf kommentiert. Anscheinend ist ein großer Teil der Ostküste Nova Scotias ohne Strom, weil an mehreren Stellen Bäume in die oberirdischen Leitungen gefallen sind. Highway 103 ist gesperrt, da ebenfalls Bäume auf der Straße liegen. Aber bei diesem Wetter sollte sowieso niemand mehr draußen unterwegs sein, mahnt der Moderator. Als alle satt sind, unterhalten wir uns noch eine Zeitlang, wobei eigentlich nur Elaine, Carrie und Courtney reden. Sabine und Melanie können nicht genug Englisch, um der Unterhaltung zu folgen, und Matt ist ebenso schweigsam wie ich.

Schließlich sagt Elaine: »Also, ihr Lieben, ich muss ins Bett. Wie sollen wir die Bettenverteilung machen? Carrie, du schläfst bei mir, das ist klar. Zwei Mädels können in deinem alten Zimmer schlafen, das Bett kann man ja zum Glück ausziehen. Wollt ihr da schlafen – ähm – wie waren eure Namen nochmal?«

»Melanie und Sabine«, antwortet Melanie.

»Gern, wenn es keine Umstände macht«, sagt Sabine. »Vielleicht können wir auch zu dritt dort schlafen?« Sie schaut Courtney an.

»Eigentlich ist es zu dritt zu eng«, sagt Elaine kopfschüttelnd. »Courtney, du könntest in Matts altem Zimmer schlafen.«

»Ich schlafe auf dem Sofa«, sagt Matt und klopft auf das geblümte Sitzpolster.

»Bleibt noch Nina«, sagt Elaine. Mein Gesicht wird heiß, als alle mich ansehen. »Würde es dir etwas ausmachen, Nina, wenn du auf dem zweiten Sofa hier unten schlafen würdest?«

»Natürlich nicht!«, beeile ich mich zu sagen und merke, dass meine Stimme ein wenig zittert.

»Ich kann auch hier unten schlafen, und du nimmst das Bett oben«, höre ich Courtneys Stimme. Sie klingt genauso zuckersüß wie neulich, als sie mir zum Baby gratuliert hat.

»Das geht natürlich auch«, überlegt Elaine laut.

»Nein!« Ich erschrecke mich selbst, als ich energisch hinzufüge: »Es macht mir überhaupt nichts aus, hier auf dem Sofa zu schlafen.«

Ich merke, dass die anderen mich verwundert mustern. Mein Gesicht wird noch heißer, aber ich kann diese New Yorker Hotpants-Tussi unmöglich auf dem Sofa neben Matt schlafen lassen! Ob er enttäuscht ist? Vielleicht hätte er lieber Courtney als mich hier unten gehabt.

»Ich dachte ja nur, dass du als Schwangere das bessere Bett bekommen solltest«, unterbricht Courtney in leicht schnippischem Tonfall meine Gedanken.

»Ist schon okay«, murmele ich.

»Gut, dann hätten wir das ja geklärt«, sagt Elaine und steht auf. »Mädels, kommt mit nach oben, ich gebe euch Bettwäsche. Nina, Matt, ich bringe euch gleich Decken und Kopfkissen runter.«

»Ich hole die Sachen schon«, sagt Matt und steht auf. Als alle die Treppe hinaufgehen, bleibe ich wie betäubt zurück und lausche dem Sturm. Das wird wirklich eine interessante Nacht.

Na gut, so interessant dann auch wieder nicht. Matt ist mehr als wortkarg, als er zurück ins Wohnzimmer kommt. Schweigend reicht er mir ein Kissen und eine Decke, bevor er sich »seinem« Sofa zuwendet. Ich bin furchtbar nervös, als ich mich auf »mein« Sofa setze, das Kopfkissen zurechtklopfe und die Decke über meine Beine ziehe. Soll ich die Jogginghose ausziehen? Nein, nicht solange noch Kerzen brennen und Matt mich sehen kann. Matt selbst scheint weniger Probleme mit meiner Gegenwart zu haben. Er schlüpft aus seiner Cargohose, dann pustet er die Kerzen auf dem Kaminsims aus. Als er zu seinem Sofa geht und auch die Kerze auf dem Tischchen neben sich ausbläst, flackert nur noch auf dem Esstisch ein Licht. Und auf meinem Beistelltisch. Er sieht flüchtig zu mir herüber.

»Gute Nacht«, sagt er und streckt sich auf dem Sofa aus.

»Gute Nacht«, sage ich und klinge ziemlich atemlos. Von der Treppe aus höre ich Elaines Stimme: »Neben der Toilette stehen zwei Eimer mit Wasser, bitte nicht die Spülung benutzen, solange der Strom weg ist! Schlaft gut, ihr zwei!«

»Danke, ihr auch!«, ruft Matt.

»Gute Nacht!«, rufe ich.

Ich könnte schwören, aus dem ersten Stock Carries Stimme zu hören: »Und bleibt anständig!« Aber ich bin mir nicht sicher. Wie auch immer: Ein Blick zu Matt hinüber zeigt mir deutlich, dass wir heute Nacht mehr als anständig bleiben werden.

Hattest du etwas anderes gehofft? Kleine Bärin legt sich neben mich auf das Sofa und schaut mich fragend an.

Ja, hatte ich. Ich muss es mir eingestehen. Seit ich wieder das Quietschen der Bettfedern in seinem Zimmer gehört habe, ist dieser Wunsch brennender als je zuvor. Dagegen war meine Lust im Waschsalon reinster Kindergarten. Ich starre ein paar

Sekunden lang zu Matt hinüber, der mit geschlossenen Augen auf dem Rücken liegt, die Arme hinter dem Kopf verschränkt. Als er plötzlich die Augen aufschlägt und mich direkt ansieht, zucke ich ertappt zusammen.

»Gute Nacht«, wiederholt er ruhig.

»Gute Nacht«, beeile ich mich zu sagen und sinke auf mein Kopfkissen.

Natürlich kann ich nicht schlafen. Was zum großen Teil am Heulen des Sturms und Prasseln des Regens liegt. Aber zum Teil auch an den Vorgängen südlich meines Äquators. Ich komme nicht über die Tatsache hinweg, dass Matt nur zwei Meter von mir entfernt liegt. In Boxershorts. Ich lausche seinem Atem und bin hellwach. Irgendwann ist mir unter der Decke zu warm, und ich schlüpfe verstohlen aus meiner Jogginghose, darum bemüht, keinen Lärm zu machen. Wobei bei all dem Klappern und Pfeifen und Heulen, das ›Lucy‹ mit sich bringt, die Geräusche, die ich mache, kaum stören können. Außerdem bin ich mir ziemlich sicher, dass Matt genauso wenig schlafen kann wie ich. Ich werde die ganze Nacht kein Auge zumachen, so viel ist klar.

Oh, ich muss eingeschlafen sein. Verwirrt blinzele ich in die Dunkelheit und überlege, was mich geweckt hat. Das Heulen des Sturms ist noch lauter geworden, inzwischen scheint das ganze Haus unter den gewaltigen Böen zu erzittern. Der flackernde Kerzenschein vom Esstisch lässt Schatten durch den halbdunklen Raum tanzen. Dann erkenne ich Matt, der sich über mich beugt. Ich erstarre und sehe fragend zu ihm hoch.

»Deine Decke ist runtergefallen«, sagt er. Jetzt erst merke ich, dass er meine Bettdecke in den Händen hält und anscheinend gerade dabei war, sie über mich zu legen, als ich aufgewacht bin. Ich sage nichts, sondern starre ihn nur an. Dieser Mann ist wütend auf mich, weil ich ihn und meine gesamte Familie angelogen habe. Und trotzdem deckt er mich zu, während ich schlafe.

Kleine Bärin scheint im Tiefschlaf zu sein. Zumindest redet sie mir nicht rein, als ich nach Matts Hand greife, die gerade die Decke über meine Beine gelegt hat. Matt schaut mich an. Ich erwidere seinen Blick stumm und lasse meinen Daumen über seinen warmen Handrücken fahren. Dann streiche ich mit dem Zeigefinger über die Schwielen in seiner Handfläche. Er zuckt leicht zusammen und will seine Hand zurückziehen. Doch ich lasse sie nicht los, sondern setze mich auf und greife mit meiner anderen Hand nach seinem T-Shirt, ziehe ihn zu mir herunter. Und Matt lässt sich ziehen. Wenn auch zögerlich, das merke ich sehr wohl. Aber es ist mir egal. Ich werde wahnsinnig, wenn ich ihn jetzt nicht küsse. Entschlossen greife ich nach seinem Nacken und recke meinen Kopf ein wenig, so dass meine Lippen seinen Mund erreichen.

Oh. Mein. Gott. Ich hatte vergessen, wie gut er schmeckt. Wie gut sich seine Lippen anfühlen. Ich kann nicht glauben, dass ich ihn wirklich küsse. Und dass er meinen Kuss erwidert. Langsam und knieerweichend. Ich spüre seine Zunge, die flüchtig meine streift. Diese Berührung durchzuckt mich wie ein elektrischer Schlag. Ich stöhne leise auf und schlinge meinen Arm um seinen Hals, um mehr von ihm zu bekommen. Doch da hören Matts Lippen plötzlich auf, sich gegen meine zu bewegen, und er hebt den Kopf. Löst sich von mir, so dass mein Arm seinen Nacken loslassen muss.

»Matt«, stoße ich hervor »Bitte …«

»Nein«, sagt er heiser und richtet sich auf. Sein Gesicht ist plötzlich sehr weit weg, und im Halbdunkeln kann ich seine Augen nicht mehr richtig erkennen.

»Nein?«, frage ich und setze mich auf. Ich bin zu gleichen Teilen erregt und verwirrt.

»Ich will das nicht, Nina.«

»Aber – warum?«

Er schweigt ein paar Sekunden lang, und ich höre nur ›Lucy‹ und das Hämmern meines Herzens. Ich könnte schwören, dass Matt es auch hören kann. Endlich holt er tief Luft und sagt: »Erstens hast du einen Freund in Deutschland.«

»Aber – das mit Sascha und mir ist nicht so einfach«, unterbreche ich ihn. »Wir haben noch nicht einmal telefoniert, seit ich hier bin.«

»Trotzdem ist er dein Freund, und du würdest ihn betrügen, wenn wir …« Er geht nicht weiter darauf ein, was wir tun könnten. Was wir tun sollten!

»Zweitens«, fährt er fort, »wirst du bald nach Deutschland zurückkehren, in dein richtiges Leben. So, wie damals. Und drittens – drittens hast du mich angelogen.«

»Ach, wären wir wieder bei unserem Lieblingsthema, ja?« Himmel, wo kommt denn das Gift in meiner Stimme her? »Kannst du nicht eine blöde Notlüge verzeihen, Matt?«

»Ich frage mich nur, wie oft du solche Notlügen benutzt«, sagt Matt leise. »Und wie ich dir vertrauen sollte. Schließlich kann dein Freund in Deutschland das wohl auch nicht.« Er wendet sich vom Sofa ab. Und von mir. Ich schmecke noch immer seine Lippen auf meinem Mund und könnte heulen. Das ist so unfair!

»Matt, bitte«, beginne ich mit tränenerstickter Stimme.

»Gute Nacht, Nina.« Ohne ein weiteres Wort legt er sich wieder auf sein Sofa. Ich sitze noch eine Weile bewegungslos da und wage es nicht, mich zu rühren. Schließlich lege ich mich auf den Rücken und starre an die dunkle Holzdecke über mir. Ich kann nicht glauben, was eben passiert ist. Wie konnte ich ihn einfach so küssen? Mir ist das Ganze so peinlich, dass mein Gesicht zu kochen scheint. Und mein Unterleib auch. Trotz aller Reue will ich es wieder tun. Ich muss mich mit aller Willensstärke, die ich aufbringen kann, davon abhalten, zu seinem Sofa zu gehen, mich auf ihn zu legen und ihn um den Verstand zu küssen. Ob er mich wegschieben würde?

Das wirst du auf keinen Fall ausprobieren, Nina! Kleine Bärin ist jetzt hellwach und ziemlich erschüttert über mein Verhalten. *Hast du nicht gehört, was Matt gesagt hat? Wegen Sascha?*

Oh doch. Aber ich will jetzt nicht an Sascha denken. Ich kann nur an Matt denken. Mir vorstellen, was auf diesem Sofa passieren könnte, genau jetzt, wenn er ... Tja. Wenn er sich nicht daran stören würde, dass ich einen Freund in Deutschland habe. Gut, das ist wirklich nobel von ihm. Er will nicht, dass Sascha betrogen wird. Das will ich ja eigentlich auch nicht. Andererseits – seien wir ehrlich. Wenn Sascha mich küsst, fühle ich mich nie so wie gerade eben. Dieser Kuss, so kurz er auch war, hat mein kleines Universum aus den Verankerungen gerissen. Ich unterdrücke ein tiefes Seufzen und versuche, mich an Matts zweiten Punkt zu erinnern. Ach ja, er meinte, dass ich bald nach Deutschland zurückkehren werde. So, wie damals. War ich ihm damals also doch nicht so egal, wie Hendrik meint? Hat er mich vermisst, als ich nicht zurück nach Kanada gekommen bin? Aufregung pulsiert durch meinen Körper, als ich über dieses Argument nachdenke. Hat er Angst davor, mich wieder zu verlieren? Doch als mein Herz gerade anfangen will, noch schneller zu schlagen, fällt mir sein dritter Punkt ein: Er kann mir nicht mehr vertrauen. Weil ich ihn angelogen habe. So, wie Carrie ihren Mann anlügt. So, wie Taylor Matt angelogen hat. Ihn betrogen hat.

Ich schlucke schwer und rolle mich auf die Seite. Wie soll ich ihm beweisen, dass ich keine notorische Fremdgängerin und Lügnerin bin? Ich habe noch nie jemanden betrogen und lüge nur selten. Natürlich benutze ich im Alltag kleine Notlügen, wer macht das nicht? Oder sollte ich meiner Kollegin in der Werbeagentur ehrlich sagen, wie beschissen ihr neuer Haarschnitt aussieht? Nein, das könnte ich nicht. Aber das heißt doch nicht, dass man mir nicht vertrauen kann! So große Lügen wie in diesem Urlaub sind sonst nicht meine Art. Überhaupt nicht. Aber wie soll ich Matt das klarmachen?

Ich bin mir ziemlich sicher, dass auch Matt auf dem benachbarten Sofa wach liegt, und bekomme somit erst recht kein Auge zu. Dafür ist der Geschmack seiner Lippen auf meinem Mund noch zu deutlich.

Kapitel 29

Oh mein Gott, da liegt ein Boot auf der Straße!«
Diese Worte reißen mich aus tiefem Schlaf. Verwirrt schlage ich die Augen auf und starre geradewegs auf einen braunen Teppichboden. Wo um alles in der Welt bin ich? Und was für eine hässliche Jogginghose liegt dort?

Dann bin ich mit einem Mal hellwach. In schneller Reihenfolge rauschen die gestrigen Ereignisse an meinem inneren Auge vorbei: Matt und ich am Picknicktisch. Isas Fehlgeburt. Mein Geständnis im Pick-up. Matts Wut und Enttäuschung. Der Sturm. Unser Kuss. Unser KUSS!

Oh. Mein. Gott. Ist das wirklich alles passiert? Oder habe ich die Sache mit dem Kuss vielleicht nur geträumt? Wäre schließlich nicht das erste Mal, wenn ich ehrlich bin … Meine Hand berührt meine Lippen, und ich erschauere. Nein, ich bin mir ziemlich sicher: Das war kein Traum.

Dann machen plötzlich die Worte, die mich geweckt haben, einen Sinn: ein Boot auf der Straße. Der Sturm muss es an Land geschleudert haben. Es war Carries Stimme, die, begleitet von mehreren Schritten, nach draußen verschwunden ist. Ich setze mich auf. Draußen ist es still, ›Lucy‹ wütet also nicht mehr. Aber wie schlimm sind die Schäden? Es ist noch ziemlich dunkel im Zimmer, nur wenig Licht fällt durch die Ritzen zwischen den Brettern. Ich schaue auf meine Armbanduhr: kurz nach sieben.

Als ich zu Matts Sofa hinübersehe, erkenne ich, dass es leer ist. Er ist weg. Die Enttäuschung überrollt mich wie eine Welle, obwohl ja klar war, dass er nicht mehr schläft, während draußen Boote auf Straßen liegen. Ich setze mich auf und starre auf die ordentlich zusammengefaltete Decke neben seinem Kopfkissen. Ich wünschte, er läge noch dort. Ich bin noch nie zusammen mit Matt aufgewacht. Als wir einen Sommer lang ein Paar waren, haben wir nie gemeinsam bei ihm oder mir übernachtet. Die Sache mit uns entwickelte sich sehr langsam, schließlich war Matt mein erster Freund (ich allerdings nicht seine erste Freundin). Als wir endlich Sex hatten, war der Sommer fast vorbei. Außerdem war Hendrik oft hier im Haus zu Besuch und übernachtete hin und wieder bei Carrie. Die Vorstellung, im Zimmer neben meinem Bruder und seiner Freundin zu schlafen, fand ich mehr als unromantisch. Und in der Blueberry Lodge war einfach nicht genug Privatsphäre. Wie auch immer: Heute hätte ich zum ersten Mal sehen können, wie Matt morgens nach dem Aufwachen aussieht. Wehmut erfasst mich, bis mir bewusst wird: Er hätte mich auch gesehen. Unwillkürlich greife ich mir ins Haar und stelle fest, dass ich einen Wischmopp übelsten Ausmaßes auf dem Kopf habe. Also doch ganz gut, dass er schon weg ist. Allerdings – halt! Er hat mich bestimmt trotzdem gesehen. Mit Sicherheit hat er dieses Zimmer nicht verlassen, ohne einen Blick auf mich zu werfen. Himmel, hoffentlich habe ich nicht mit offenem Mund geschlafen. Oder geschnarcht! Sascha behauptet immer wieder, dass ich schnarche.

Nina, sagt Kleine Bärin streng und reibt sich Schlaf aus den Augen. *Hast du heute Morgen keine anderen Sorgen?*

Oh doch. Ich stehe auf und schlüpfe in die Jogginghose, dann gehe ich leise in den ersten Stock hinauf. Die Türen zu Matts und Carries ehemaligen Zimmern sind geschlossen, Isas Freundinnen schlafen vermutlich noch. Ich schlüpfe ins Badezimmer und stelle fest, dass der Strom nach wie vor weg ist, denn das Licht geht nicht an. Ist vielleicht auch besser, denke ich, als ich mich im Spiegel erblicke. Au weia! Hoffentlich hat

Matt mich nicht gesehen! Ich habe gestern Abend vergessen, mich abzuschminken, und sehe nun aus wie ein Junkie. Über dem Waschbecken hängt ein Zettel, auf dem in Rot geschrieben steht: »Wenn Strom noch weg, KEIN Wasser laufen lassen!« Auf dem Waschbeckenrand steht ein Krug mit Wasser. Wie in alten Zeiten. Verflucht, dabei könnte ich jetzt wirklich eine Dusche gebrauchen! Ich hätte schon gestern Abend duschen sollen, so wie Matt. Oder mit Matt.

Nina! Was ist eigentlich los mit dir?

Woher soll ich das wissen? Frustriert wasche ich mir die dunklen Augenränder ab, greife dann nach einer Bürste im Regal und kämpfe verdrossen mit meinem Haar. Als ich keinen Erfolg erkennen kann, gebe ich auf und schlüpfe in meine Bluse und meinen Rock, die über der Duschstange zum Trocknen aufgehängt waren. Als ich wieder im Erdgeschoss bin, falte ich meine Bettwäsche zusammen und durchwühle dann meine Umhängetasche. Zum Glück habe ich immer sehr viel in meiner Tasche, zum Beispiel plattgedrückte Schokoladenostereier, Dutzende Kassenbons, Knöpfe verschiedener Herkunft und lose herumfliegende Kaugummis, die inzwischen grau statt pink sind. In all dem Chaos finde ich schließlich auch meinen Deostift und ein paar auf dem Boden ihrer Packung festgeklebte Pfefferminzpastillen. Was nicht heißt, dass ich mich jetzt, mit Deo und besserem Atem, auch nur ansatzweise gepflegt fühle.

Nina, draußen liegt ein Boot auf der Straße. Und vielleicht noch einiges mehr. Wen interessiert es, wie deine Achseln oder dein Atem riechen?

Mich interessiert es. Weil Matt irgendwo da draußen ist.

Ich öffne die Haustür und erstarre. Der Rasen vor Elaines Haus ist mit Ästen und Blättern bedeckt. Und auf der Straße liegt tatsächlich ein Fischerboot. Einige Männer stehen ringsherum und beratschlagen offensichtlich, was zu tun ist. Einer von ihnen ist Matt. Er trägt immer noch die grüne Cargohose und hat sich einen Kapuzenpullover übergezogen. Als mich ein kalter Windstoß erfasst, wird mir bewusst, dass es ziemlich abgekühlt hat. Die drückende Schwüle ist verschwunden, die Luft wirkt wie rein gewaschen. Der Himmel ist blau und wolkenlos und sieht so harmlos aus, als wäre nie ein Hurrikan in die Nähe von Nova Scotia gekommen. Lediglich der Wind hat sich noch nicht ganz gelegt, immer wieder lassen Böen die Blätter auf dem Rasen durcheinandertanzen.

Fröstelnd schlinge ich meine nackten Arme um meinen Oberkörper und gehe den Fußweg an der Garageneinfahrt entlang. Matts Pick-up sieht unversehrt aus, abgesehen von ein paar Zweigen, die auf der Ladefläche liegen. Auch das Auto von Isas Freundinnen scheint den Sturm unbeschadet überstanden zu haben. Was man von Carries Haus nicht behaupten kann. Erschrocken bleibe ich stehen und starre auf das Nachbargrundstück zu meiner Rechten. Eine der hohen Kiefern, die um das flache, gelbe Haus herumstehen, ist umgestürzt und auf das Dach gefallen.

»Guten Morgen.« Matts Stimme lässt mich herumfahren. Er steht in der Garageneinfahrt, die Hände in die Hüften gestemmt.

»Guten Morgen«, stoße ich hervor und spüre, wie mein Gesicht schlagartig rot wird. Alles, woran ich denken kann, ist sein Mund auf meinem. Ich versuche, nicht auf seine Lippen zu starren, und tue es doch und werde noch röter. Wenn das überhaupt geht. Als er nichts sagt, sondern mich nur ansieht, brabbele ich nervös: »Das – das sieht ja schlimm aus, da drüben …« Mit einer fahrigen Bewegung deute ich in die Richtung von Carries Haus. Matt nickt, ohne seinen Blick von mir zu lösen. »Ist das Dach kaputt?«

»Ja.«

»Oh, das tut mir leid für Carrie. Und das Boot dort auf der Straße – wow. ›Lucy‹ hat echt was angerichtet, oder?«

»Ja.«

»Ist der Diner in Ordnung?«

»Mom ist gerade drüben und sieht nach dem Rechten.« Jetzt endlich wendet Matt seinen Blick ab. Er schaut über seine Schulter in die Richtung, in der der Diner liegt. Dann kratzt er sich unter der Baseballmütze am Kopf und sieht wieder mich an. »Ich werde jetzt auch am Diner vorbeischauen und dann zum See fahren. Bill war vorhin schon dort und meinte, dass die Kiefer am Eingang zum Wald nicht in der Stromleitung hängt, sondern darunter. Wir müssten sie also zersägen können. Vielleicht ist die Straße dahinter noch durch andere Bäume blockiert, aber du kannst trotzdem mitkommen, wenn du willst. Mit etwas Glück kannst du wenigstens zu Fuß zur Blueberry Lodge gelangen.«

Ich nicke. Ein weiterer kühler Windstoß erfasst mich und lässt mich erschauern. Ich merke, dass ich überall Gänsehaut habe vor Kälte. Meine dünnen Sommersachen sind diesem plötzlichen Wetterwechsel nicht gewachsen.

»Du holst dir ja den Tod«, murmelt Matt, und ehe ich begreife, was er macht, hat er sich seinen Kapuzenpullover über den Kopf gezogen und reicht ihn mir.

»Aber was ist mit dir?« Ich starre ihn an, wie er im T-Shirt vor mir steht. »Jetzt frierst du doch!«

»Mir wird gleich warm, wenn ich erst einmal die Kiefer zersäge.«

Ich hoffe, das Zucken eines Mundwinkels oder den Anflug kleiner Lachfältchen in seinem Gesicht zu entdecken. Doch Matt sieht genauso ernst aus wie gestern Abend. Aber er hat mir gerade seinen Pullover gegeben, damit ich nicht friere! Da kann ich ihm doch unmöglich egal sein, oder?

Nina, warnt Kleine Bärin, doch es ist zu spät. Ich habe Matts Geruch in der Nase, als ich mir seinen Pullover über den Kopf ziehe, und die Worte sprudeln aus meinem Mund, bevor ich sie zurückhalten kann: »Matt, wegen gestern Nacht …«

Er wollte sich gerade seinem Pick-up zuwenden, bleibt jetzt jedoch stehen und sieht mich an. Dann starrt er auf seine Arbeitsstiefel und holt tief Luft. »Nina. Das mit uns ist 14 Jahre her. Belassen wir es einfach dabei, okay?«

Mit diesen Worten wendet er sich ab und öffnet die Fahrertür des Trucks. Ich bleibe wie betäubt in der Garageneinfahrt stehen. Was soll das heißen, »belassen wir es einfach dabei«?

Das soll vermutlich heißen, dass er schon lange über eure Beziehung hinweg ist. Im Gegensatz zu dir.

Erst, als Matt sich aus dem Fahrerfenster beugt und ruft: »Kommst du jetzt mit, oder bleibst du hier stehen?«, merke ich, dass der Motor des Wagens bereits läuft.

»Ähm – ja, ich hole nur schnell meine Tasche.«

Auf dem Weg zum Haus versuche ich, den Kloß in meinem Hals hinunterzuschlucken. Es gelingt mir nicht. Schweigend kehre ich mit meiner Tasche zum Auto zurück und steige ein. Matt lenkt den Wagen rückwärts auf die Straße, lässt ihn langsam am Fischerboot und an den noch immer daneben stehenden Männern vorbeirollen und hält schließlich vor dem »Foggy Days«.

»Bin gleich wieder da«, murmelt er, als er aussteigt. Ich bleibe im Pick-up sitzen und starre am Diner vorbei auf den Fischerhafen. Was für ein Chaos! Und damit meine ich nicht nur meine Gefühle. Im Hafen sind einige Boote gekentert, ein weiteres ist an Land geschleudert worden und lehnt in erbarmungswürdigem Zustand an einer schiefen Laterne auf der Hafenpromenade. Dicke Äste sind auf die Bänke gekracht und haben das Holz der Sitzflächen zerschmettert. Ich blinzele in die Morgensonne und schaue zur anderen Seite des Hafens hinüber, wo ich gestern noch am Picknicktisch gesessen und gemalt habe. Der Tisch ist verschwunden, begraben unter der gewaltigen Krone einer umgestürzten Kiefer. Tränen schießen heiß in meine Augen, und ich wünschte, ich wäre allein und könnte in Ruhe heulen. Wegen all der Zerstörung in Rocky Harbour. Und wegen Matt. Weil er nicht mehr das für mich empfindet, was er mal empfunden hat. Oder hat er nie etwas für mich empfunden? Zumindest nicht das, was ich für ihn empfunden habe? Ach, warum benutze ich die Vergangenheitsform! Ich empfinde immer noch verdammt viel für ihn. Zu viel.

Matt steigt wieder ein und nimmt mir die Möglichkeit, diskret zu heulen. Schnell reibe ich mir mit dem Ärmel seines Sweatshirts über die Augen, während er wieder den Wagen startet. »Der Diner sieht zum Glück ganz okay aus«, sagt er, während er rückwärts ausparkt. »An der Front zum Hafen hin sind einige Bretter der Verschalung weggerissen worden, und auch auf dem Dach fehlen bestimmt viele Dachschindeln. Aber keine größeren Schäden. Echt erstaunlich, wenn man sich die verwüsteten Fischerboote ansieht.«

»Mhhm«, murmele ich und starre aus dem Beifahrerfenster, während wir durch den Ort fahren. Überall liegen umgestürzte Bäume, einige haben geparkte Autos und Briefkästen unter sich begraben.

»Was für eine Scheiße«, brummt Matt und blinkt nach links, bevor er in unseren Waldweg einbiegt. »Sieht so aus, als hätte ich die nächsten Tage gut zu tun.«

»Tja, freu dich doch«, will ich spitz erwidern, schweige aber.

Erst als wir vor der umgestürzten Kiefer im Wald halten, merke ich, dass uns ein zweiter Wagen gefolgt ist. Ich erkenne ihn von meinem ersten Morgen am See wieder: Es ist der große, schwarze Truck von Bill. Matt steigt aus, und ich höre, wie er seinen Kumpel begrüßt. Dann steht Bill auch schon neben dem Beifahrerfenster von Matts Pick-up, eine Motorsäge in der Hand. Groß und breit wie er ist, wirkt die Säge beinahe wie ein Kinderspielzeug. Er klopft an das Fensterglas, und ich lasse zögerlich die Scheibe hinunter.

»Guten Morgen, Nina«, sagt er. »Na, ihr habt euch vielleicht einen tollen Zeitraum für euren Urlaub in Rocky Harbour ausgesucht! Erst diese verfluchte Schwüle die letzten Tage und dann auch noch ›Lucy‹, diese Schlampe.« Er grinst mich an. »Ich hab gehört, du Arme musstest gestern Nacht in Elaines Haus auf dem Sofa schlafen? Neben diesem Typen dort?« Er deutet mit dem Daumen in die Richtung von Matt, der neben der umgestürzten Kiefer steht und konzentriert in die Baumkrone hinaufschaut.

Ich nicke und bekomme ein kleines Lächeln zustande. Bill verdreht in gespielter Verzweiflung die Augen. »Mein Beileid. Als ich mir bei unserer letzten Campingtour ein Zelt mit Matt teilen musste, habe ich die ganze Nacht kein Auge zubekommen, weil er so geschnarcht hat.«

»Das war Liam, du Idiot«, sagt Matt und dreht sich mit verschränkten Armen zu uns um.

»Quatsch, das warst du, Alter.« Bill zwinkert mir zu. »Ich hoffe, er hat sich dir gegenüber wenigstens anständig verhalten?«

Oh ja. Anständiger geht es kaum.

»Können wir endlich anfangen?« Matt sieht aus, als hätte er in eine Zitrone gebissen. Bill runzelt die Stirn und sieht von mir zu Matt und wieder zu mir.

»Klar.« Er will sich vom Wagen abwenden, schaut mich dann aber noch einmal an. »Hey, ich habe eben an der Tankstelle gehört, dass heute Abend im Shore Club eine ›We survived Lucy‹-Party stattfindet. Das Eintrittsgeld soll in einen Hilfsfond für die Leute fließen, deren Häuser oder Fischerboote schwer beschädigt wurden. Al, der Besitzer, ist so glücklich, dass sein Club noch steht und kaum Schäden abbekommen hat, dass es für jeden ein Freibier gibt. Ach, sorry, du bist ja schwanger. Egal. Er gibt dir bestimmt eine Cola aus. Die ›Rocking Reverends‹ spielen zwar nicht, weil ihr Leadsänger irgendwie mies drauf ist«, er wirft einen spöttischen Blick in Matts Richtung, »aber es gibt die gute alte Jukebox, und wir werden bestimmt Spaß haben. Um 21 Uhr geht's los. Hoffe, ich sehe dich nachher, schöne Frau!«

Ich schaffe es, Bill anzulächeln. Irgendwie ist er wirklich süß. Wobei »süß« bei seiner Körpermasse wohl das falsche Wort ist. »Mal sehen«, sage ich, bin mir aber ziemlich sicher, dass ich heute Abend nicht in Partylaune sein werde.

»Bill, verdammte Scheiße, mir wird jetzt wirklich kalt. Wollten wir nicht diesen blöden Baum zersägen?« Matts Stimme klingt sehr gereizt.

Bill klopft gegen die Beifahrertür und grinst mir noch mal zu. Dann wendet er sich ab und geht fröhlich pfeifend zu Matt hinüber. Matt sieht mich durch die Windschutzscheibe an und wendet sich dann mit grimmiger Miene der Kiefer zu. Das reicht.

Ich steige aus dem Wagen und ziehe seinen Kapuzenpullover über den Kopf. Matt sieht mich überrascht an, als ich auf ihn zugehe und ihm den Pullover in die Hand drücke.

»Hier, damit du nicht wegen mir weiter frieren musst. Ich gehe zu Fuß zur Lodge.«

»Noch nicht, das ist viel zu gefährlich, wir müssen erst schauen, was …«, beginnt Matt, doch ich habe mich schon an ihm und Bill vorbeigeschoben und schlüpfe durch eine Lücke unterhalb der Kiefer.

»Und wenn schon, kann dir doch egal sein«, gebe ich zurück. Die Äste zerkratzen meine nackten Arme, und der Saum meines Rocks bleibt hängen. Fluchend nestele ich am Stoff herum, bis ich ihn losbekomme.

»Hey, warte …«, höre ich Matts Stimme von der anderen Seite der Baumkrone. Aber ich warte nicht.

»Pass bloß auf herunterhängende Stromleitungen auf!«, kommt sein beinahe wütender Befehl zwischen den dichten Ästen hindurch.

»Ja!«, gebe ich genauso wütend zurück und marschiere los. Ich höre deutlich, wie Bill sagt: »Alter, du hättest Sex haben sollen, dann wärst du eindeutig entspannter.«

»Bill, halt endlich deine Klappe, okay?«

Bills Antwort – falls es eine Antwort gibt – geht im Aufröhren der Motorsäge unter.

Kapitel 30

Eine Cola-Rum, bitte«, wispere ich Sam, dem Barkeeper, zu und vergewissere mich, dass weder Sonja noch Leo in Hörweite steht. Ja, ich bin doch im Shore Club. Und nein, ich habe meiner Familie noch nicht gebeichtet, dass ich gar nicht schwanger bin und somit fröhlich Alkohol trinken darf, so viel ich will.

Als ich heute Morgen in die Blueberry Lodge zurückgekommen bin, hing dort der Haussegen mal wieder schief. Anscheinend hatten Hendrik und Sonja die Sturmnacht für einen weiteren großen Streit genutzt und sprachen infolgedessen den ganzen Tag über kein Wort mehr miteinander. Da der Akku von Hendriks Laptop leer war und er ohne Strom nicht an einer Präsentation arbeiten konnte, die er im Urlaub fertig bekommen wollte, war mein Bruder so ungenießbar wie die Kochversuche meiner Mutter. Felix langweilte sich, weil er keine DVD schauen konnte. Somit terrorisierte uns mein Neffe den ganzen Tag lang. Als dann auch noch der Laptop meiner Mutter den Geist aufgab und sie nicht weiter an ihrem Roman schreiben konnte, war die Stimmung endgültig im Keller.

Dabei hatten wir wirklich Glück, denn abgesehen vom Stromausfall hatte die Blueberry Lodge den Sturm gut überstanden. Ein Ahorn war neben dem Bootssteg in den See gekracht, aber ansonsten gab es keine Schäden. Im Lauf des Morgens hörte man unablässig die Motorsäge durch den Wald hallen, und irgendwann rumpelte Matts Pick-up an unserem Haus vorbei, nur um wenig später wieder wegzufahren. Klar, es gab heute schließlich nicht nur am Blueberry-See alle Zimmermannshände voll zu tun.

Ich verbrachte einen großen Teil des Tages im Bett, wo ich

auf meinem MP3-Player traurige Liebeslieder hörte, an unseren nächtlichen Sofa-Kuss dachte, heimlich ein paar Tränen vergoss, mich anschließend wegen dieser Tränen ärgerte und eine Tüte Lakritz-Konfekt futterte. Dann zeichnete ich, was das Zeug hielt, und bannte bis abends eine komplette Kinderbuchidee auf Papier: »Wanda und das Waldwichteldorf«.

Irgendwann am Spätnachmittag kam der Strom zurück, und sofort entbrannte ein Streit darüber, wer in unseren zwei Badezimmern zuerst duschen durfte. Ich wartete freiwillig, bis alle anderen fertig waren, und nutzte die Zeit, um in der Smugglers' Cove Marina anzurufen und mich nach Isa zu erkundigen. Leider ging New-York-Courtney ans Telefon und sagte mir, dass Hermann, Helga und Isa noch im Krankenhaus waren, aber bald in der Marina ankommen sollten. Auch Gregs Flieger aus New York sollte in den nächsten Stunden landen.

»Hermann meinte, dass Isa erst einmal ihre Ruhe haben will, darum gehen Sabine, Melanie und ich heute Abend in den Shore Club. Kommt ihr auch?«

»Nein, ich glaube nicht«, sagte ich ausweichend. »Ich bin wirklich nicht in Partylaune.«

Das war ich noch viel weniger, als ich mein Gespräch mit Courtney beendet und mal wieder vergeblich versucht hatte, Sascha auf dem Handy zu erreichen. Wieder und wieder antwortete mir nur seine Voicemail. Verdammt noch mal, war ich ihm inzwischen völlig egal? Als Leo, eingehüllt in ein Badetuch, in unser Zimmer kam, fragte sie: »Hast du von der Party heute Abend im Shore Club gehört?« Sie war mittags mit meinem Mietwagen im Ort gewesen, um etwas Abstand zu ihrer Familie zu bekommen, und muss irgendwo von der Feier gehört haben.

»Hmm«, murmelte ich und suchte in meinem Koffer nach einer weiteren Tüte Lakritz-Konfekt.

»Sonja hat die Nase voll von Hendriks Verhalten, sie hat ihn dazu verdonnert, heute Abend auf Felix aufzupassen, und will mit mir feiern gehen. Kommst du mit?«

»Was, Sonja lässt einfach so ihr Kind im finsteren Wald zurück und Hendrik bleibt freiwillig hier in der Lodge und lässt sie allein feiern?« Fast hätte ich mich verplappert und »Er will doch bestimmt Carrie sehen!« hinzugefügt. Doch im letzten Moment wandelte ich meinen Satz in »Er will doch bestimmt – äh – auch was trinken gehen?« ab.

Leo zuckte mit den Schultern. »Keine Ahnung. Wahrscheinlich ist er froh, endlich an seiner blöden Präsentation arbeiten zu können, was weiß ich. Ich habe Hendrik noch nie richtig verstanden. Was vermutlich ganz gut ist. Also, kommst du mit?«

Ich seufzte tief. Nach all dem, was gestern passiert war, erschien mir eine Party wirklich unpassend. Andererseits würde ich, bliebe ich in der Blueberry Lodge, sicher so lange Lakritz-Konfekt futtern, bis ich nie wieder in eine handelsübliche Jeans passen würde. Nein, hier zu hocken und mir wegen Matt und seiner Vorwürfe den Kopf zu zerbrechen und verzweifelt zu versuchen, meinen Freund in Shanghai zu erreichen, der mich anscheinend kein Stück vermisste, war sicherlich nicht die richtige Art und Weise, diesen Abend zu verbringen!

Hast du Sascha letzte Nacht denn vermisst?, wollte Kleine Bärin in ihrem nervigen Oberlehrer-Tonfall wissen.

Verflucht, nein, das hatte ich nicht. Wie auch immer: Zum Teufel mit Matt und Sascha! Ich würde duschen und all meine Wunder-Haarprodukte zum Einsatz bringen, mein Schminktäschchen plündern, mich in Schale werfen (die neue *Silk-*

Dreams-Unterwäsche, meine Lieblingsjeans und ein bauchkaschierendes Oberteil aus Satin) und ordentlich feiern gehen!

Und genauso stehe ich jetzt an der Theke und fühle mich tatsächlich ein wenig sexy. Was zum Teil daran liegt, dass Sam, der Barkeeper, mir gerade neckisch zugezwinkert hat. Zum Teil aber auch an der Tatsache, dass mein Haar dank der gefallenen Luftfeuchtigkeit zum ersten Mal seit Tagen nicht mehr an einen Irischen Schäferhund erinnert. Wenn überhaupt, dann nur noch an ein Angora-Meerschweinchen. Aber an ein ganz süßes, wie ich finde, als ich mein Spiegelbild erblicke.

Was – beziehungsweise wen – ich im Spiegel, der hinter dem Tresen hängt, ebenfalls erblicke, ist Bill. Er steht ein paar Schritte hinter mir und grinst mich an. Neben ihm steht Matt und grinst kein bisschen. Sofort formt sich wieder ein Klumpen in meinem Magen. Aber halt, ich werde mir von meinem übellaunigen Ex-Freund nicht diesen Abend verderben lassen! Trotzig grinse ich Bill im Spiegel an und will mich umdrehen, um mit ihm zu plaudern und Matt zu ignorieren, als Sam mein Glas über den Tresen schiebt.

»Eine Cola-Rum für dich, Schönheit«, sagt er und zwinkert mir schon wieder zu. Ich freue mich darüber, dass Matt das »Schönheit« gehört und das Zwinkern gesehen haben muss, aber diese Freude vergeht ziemlich schnell, als ich die entsetzte Stimme meiner Schwägerin neben mir höre.

»Was Cola mit Rum? Sind Sie bescheuert, diese Frau ist SCHWANGER!« Sonja ist wie aus dem Nichts neben mir aufgetaucht und starrt den Barkeeper an, als sei er der Teufel in Person. »Das sieht man doch wohl, oder?«, fügt sie grausamerweise hinzu und deutet vorwurfsvoll auf meinen Bauch. So viel also zum Thema »bauchkaschierendes Oberteil«.

»Nina, du hast doch bestimmt eine normale Cola bestellt, oder?«

Ich starre erst Sonja, dann den Barkeeper und schließlich meine Cola-Rum an. Dann fällt mein Blick im Spiegel erneut auf Matt, dessen Gesicht sich verfinstert hat. Ganz toll.

»Ähm – ja, also …«, stammele ich und fühle mich mit einem Mal so was von unsexy.

»Sorry, dann habe ich dich wohl falsch verstanden«, sagt Sam, der mir jetzt nicht mehr zuzwinkert. Er wirft einen flüchtigen Blick auf meinen Bauch. Verdammt, und ich hatte mich so auf einen kleinen Rum-Rausch gefreut!

»Ich trinke das«, sagt Sonja und schnappt sich entschlossen mein Glas. »Heute Abend gebe ich mir die Kante, kann ich dir sagen. Ich muss mir meinen Mann schöntrinken.«

»Na, viel Erfolg«, murmele ich und vermeide es, im Spiegel erneut Matts Blick zu begegnen. Ich kann seine Präsenz förmlich spüren, aber ich will ihn jetzt weder sehen noch sprechen. Stur starre ich auf die Flaschen hinter der Theke und höre mit einem halben Ohr Sonja zu, die sich mal wieder über Hendrik und seinen Egoismus auslässt. Ich kenne meinen Bruder mein Leben lang und muss nicht erzählt bekommen, dass er hauptsächlich um sich selbst kreist.

Als ich endlich mein Colaglas bekomme, will ich Geld über die Theke schieben, aber Sonja hält meine Hand fest. »Diese Runde geht auf mich!«, verkündet sie und zückt ihr Portemonnaie. Sie sieht heute Abend wirklich toll aus, denke ich, während ich einen Schluck Cola nehme und sie über den Rand des Glases hinweg mustere. Ihre Mutti-Friese ist dank eines bunten Tuchs, das sie sich im Piratenstil um den Kopf geschlungen hat, zur Party-Friese geworden, und ihre sportliche Figur betont sie lässig mit Capri-Hosen und einem tief ausgeschnittenen Achselshirt. Ich habe genau gesehen, wie Hendrik sie angesehen hat, bevor sie die Lodge verlassen hat, und habe innerlich gejubelt. Ja, mach dir ruhig Sorgen um deine gutaussehende Frau, du Idiot, anstatt dich mit Carrie zu vergnügen! Das hätte ich gerne gesagt, habe es aber nicht.

»Hey, schöne Frau, würden Sie mit mir tanzen?« Sonja fährt herum, als sich ein breitschultriger Mann mit Pferdeschwanz neben uns schiebt. Ich sehe meiner Schwägerin deutlich an, dass diese Frage sie aus der Bahn wirft. Sie ist seit neun Jahren mit Hendrik zusammen, davon sechs mit ihm verheiratet, also gehört es nicht mehr zu ihrer Alltagsroutine, mit fremden Männern in Bars zu tanzen. Ich sehe wieder Hendrik und Carrie aus der Umkleidekabine kommen und stoße Sonja unsanft den Ellbogen in die Seite.

»Na los, das ist doch dein Lieblingslied«, sage ich, obwohl ich keine Ahnung habe, ob Sonja »Dancing in the dark« von Bruce Springsteen wirklich toll findet. Erstaunt schaut sie mich an, und ich sehe schon den Einwand, den sie liefern will, als ich ihr das Glas abnehme und sage: »Ich passe auf deine Cola-Rum auf. Los, geh tanzen!«

Und sie geht, wenn auch zögerlich. Irgendwie ist sie süß, meine Schwägerin. Wenn sie nicht oft so nervig wäre. Ich schaue mich um und stelle fest, dass Matt in der Menge verschwunden ist. Auch gut, ich wollte ihn eh nicht sprechen. Bill steht nach wie vor rund zwei Meter hinter mir und lacht gerade grölend über etwas, was Liam, der neben ihm steht, gesagt hat. Neben den beiden Männern entdecke ich die kleine, kugelige Gestalt von Rita, der singenden Pfarrerin, und als ich meinen Kopf ein bisschen recke, erkenne ich, dass sie sich mit Leo unterhält. Meine Schwester sieht mal wieder zum Anbeißen aus mit ihren Engelslocken und einem rückenfreien Top über ihren Hüftjeans. Ich merke, dass einige Männer immer wieder in ihre Richtung starren, und frage mich, ob Matt gleich zurückkommen wird, um erneut in der Nähe meiner bezaubernden Schwester zu sein. In meiner Nähe ist er ja offensichtlich nicht mehr so gerne. Ob zwischen den beiden neulich Nacht wirklich nichts gelaufen ist? Und worüber hat Leo bloß mit Matt gesprochen? Wenn sie Sorgen hat, warum hat sie sich mir nicht anvertraut? Ich habe den ganzen heutigen Tag mit mir gerungen, ob ich Leo fragen soll. Nach ihren Sorgen. Und nach dem, was sie so lange bei Matt gemacht hat. Aber ich konnte mich nicht dazu durchringen. Mit Lakritz-Konfekt und traurigen Liebesliedern im Bett zu liegen war so viel einfacher.

Ob jemand merkt, wenn ich heimlich an Sonjas Glas nippe, anstatt an meinem? Ich brauche jetzt dringend ein kleines bisschen Alkohol, um nicht mehr so nervös zu sein.

»Hey, was deine Schwägerin kann, kannst du schon lange!« Bevor ich meine Aktion »heimlich saufen« durchführen kann, steht Bill neben mir und grinst mich an. Und ehe ich weiß, wie mir geschieht, haben mir seine Pranken das Colaglas aus der Hand genommen und ziehen mich mit sich.

»Bill, warte, was soll das werden?«

»Tanzen, Baby«, ruft er mit seiner dröhnenden Stimme über die Schulter, und schon finde ich mich in einem Gewühl aus tanzenden Leuten wieder, neben mir Sonja, die inzwischen etwas aufgetaut zu sein scheint.

»Ich kann eigentlich nicht so gut tanzen«, winde ich mich verlegen, aber Bills Hände lassen meine nicht los.

»Das glaube ich dir nicht«, sagt er und fängt an, mich wie einen Kreisel durch die Gegend zu wirbeln.

»Nein, wirklich …« Ich gackere vor Verlegenheit. Dann sehe ich Matt, der sich durch die Menschenmenge schiebt und mich im Vorbeigehen mustert. Er kehrt zu Liam, Rita und Leo zurück. Ich kann trotz der Drehungen genau sehen, wie er Leo eine Hand auf den nackten Rücken legt und ihr etwas ins Ohr sagt. Leo sieht ihn an, schenkt ihm einen koketten Augenaufschlag und lacht. Na warte, denke ich, während es in mir zu brodeln beginnt. Dir werde ich es zeigen, Matthew Gates.

Die Mischung aus Wut, Enttäuschung und Eifersucht lässt mich meine Hemmungen verlieren. Ich tanze, wie ich noch nie in meinem Leben getanzt habe. Bill pfeift anerkennend und ruft mir zu: »Ich dachte, du kannst nicht tanzen?«

Und ob ich kann. Aus vollem Hals singe ich mit Bruce Springsteen im Duett und wirbele mit Bill über die Tanzfläche. Wir mixen uns einen merkwürdigen Freestyle zurecht und haben den Spaß unseres Lebens. Bills Tanzfiguren werden immer ausgefallener, er fuchtelt mit den Armen und lässt die Hüften kreisen, und ich kann mich gegen Ende des Liedes vor lauter Lachen kaum noch auf den Beinen halten. Neben uns tanzen Sonja und ihr Pferdeschwanz-Typ sowie Carrie und zwei Freundinnen. Am Rande der Tanzfläche stolziert Shauna mit hochgezogenen Augenbrauen vorbei und wendet sich dem Trüppchen um Matt herum zu. Bitte, soll die blöde Kuh doch.

»Oh mein Gott, danke«, schnauft Bill, als der Boss zu Ende gesungen hat und ein langsames Lied beginnt. »Wer auch immer die Jukebox bestückt hat: Danke! Noch so einen schnellen Song hätte ich nicht überlebt.«

Keuchend bleibt er stehen und zieht mich näher an sich heran. Lachend lasse ich mich gegen seinen breiten Körper fallen.

»Wow, das war genial.«

»Ja, das sagen hinterher immer alle zu mir«, sagt Bill und

weicht grinsend dem Schlag aus, den ich seinem Oberarm verpassen will.

Gerade, als wir beginnen, uns im Rhythmus des neuen Liedes zu bewegen, fragt jemand hinter mir: »Bill, darf ich?«

Es ist Matt.

Kapitel 31

Ich bleibe wie erstarrt stehen.

»Ungern, Kumpel«, sagt Bill und sieht mich bedauernd an. »Aber ich will nicht so sein. Sei nett zu ihr, hörst du?«

Er lässt mich los, und bevor ich die Chance habe, auch nur ein Wort zu ihm zu sagen, hat schon Matt meine Hände ergriffen und zieht mich näher an sich heran. Ich bin so verblüfft, dass ich mich wortlos führen lasse. Er riecht wieder nach Shampoo und Seife, so wie gestern Abend. Das Bild von ihm in Boxershorts tanzt vor meinem inneren Auge, und ich habe Mühe, mich darauf zu konzentrieren, Matt nicht auf die Füße zu treten. Ich überlege krampfhaft, was ich sagen könnte, doch das Gefühl seiner warmen Hand, die meine umfasst hält, beeinträchtigt meine Fähigkeit zu sprechen. Seine andere Hand liegt auf meinem Rücken. Durch den dünnen Satinstoff fühlt es sich beinahe so an, als läge sie direkt auf meiner Haut.

Dann sickert mit einem Mal etwas in mein Bewusstsein. Dieses Lied. Ein Lied der Eagles, das ich immer schon toll fand. Aber es ist der Text, der plötzlich meinen Atem stocken lässt.

»Honey, you just can't hide your lying eyes« – du kannst deine lügenden Augen nicht verstecken.

Ich schaue auf und begegne Matts Blick. Ein hartes Funkeln liegt in seinen dunklen Augen, die sonst so sanft und weich sein können. Aber nicht heute Abend. Meine Stimme ist heiser vom lauten Singen, als ich frage: »Hast du das Lied an der Jukebox ausgewählt?«

»Wieso?« Matt zieht eine Augenbraue in die Höhe. »Gefällt es dir nicht?«

»Doch.« Ich starre ihn an. »Aber …«

»Fühlst du dich irgendwie angesprochen?«

Da ist er wieder, der Vorwurf in seiner Stimme. Ich schaue weg, sehe über Matts Schulter in die Menge aus feiernden Leuten, die alle froh sind, Hurrikan ›Lucy‹ überstanden zu haben.

»Warum hast du es deiner Familie immer noch nicht gesagt, Nina?«

Ich zucke mit den Schultern und sehe ihn nicht an. Ich weiß nicht, was ich sagen soll.

»Wie kannst du bloß so eine Heuchlerin sein? Du lässt deine Schwägerin nach wie vor im Glauben, dass du keine Cola mit Rum trinken darfst. Echt, das ist das Allerletzte!«

Er redet leise und ruhig, damit uns niemand hört, aber seine Stimme vibriert vor Wut.

»Isas Fehlgeburt war erst gestern, Matt. Ich konnte heute nicht einfach in die Blueberry Lodge spazieren und sagen: ›Überraschung, ich bin gar nicht schwanger, genauso wenig wie Isa es jetzt ist!‹«

Matt beugt sich näher zu mir. Sein Mund ist nah an meinem Ohr, sein Atem streift mich warm, als er sagt: »Ich hätte dich nie für so einen Feigling gehalten, Nina.«

Das reicht. Ich bleibe stehen und sehe ihn an, während die Eagles wieder und wieder singen »You just can't hide your lying eyes!« Ist ja gut, Jungs, ich habe verstanden!

»Okay, Matt, dann bin ich halt ein Feigling. Tut mir leid, wenn ich deinen Moralansprüchen nicht genüge. Aber auch ich bin nur ein Mensch, der Fehler macht. Genauso wie Carrie und Taylor. Das heißt nicht, dass ich es gut finde, was die beiden gemacht haben. Aber niemand ist perfekt. Auch du nicht, selbst wenn du das gerne glaubst. Hast du noch nie gelogen, Matt? Hast du noch nie andere Menschen verletzt und dir gewünscht, du könntest etwas, was du gesagt oder getan hast, rückgängig machen?« Matt sieht mich an und sagt kein Wort.

»Ach ja, und da du ja so viel Wert auf die reine Wahrheit legst, kann ich dir auch noch mitteilen, dass kein Kinderbuch von mir veröffentlicht wird. Der Verlag, der das Buch veröffentlichen wollte, hat Insolvenz angemeldet. Ich habe es an meinem ersten Morgen hier in Rocky Harbour erfahren, als ich im ›Foggy Days‹ frühstücken war. Und meine Familie weiß davon noch nichts. Alle glauben, dass ich eine schwangere Kinderbuch-Illustratorin bin. Dabei bin ich eine nicht schwangere Werbeagentur-Angestellte. Und zwar eine unglückliche, die immer von einem anderen Leben träumt und es deshalb nicht fertigbringt, aller Welt zu gestehen, dass das, was sie immer wollte, ein Traum bleiben wird. Ich bin keine Illustratorin, Matt, und ich werde es vielleicht nie sein. Aber solange ich das für mich behalten habe, konnte ich noch so tun, als wäre es nicht wahr. Aber jetzt weißt du es und kannst mich noch ein bisschen mehr verachten.«

Ich atme tief durch. Matt sagt immer noch nichts, sondern sieht mich nur an. Ich muss hier weg.

»Ich – ich brauche frische Luft«, stoße ich hervor und wende mich ab. Halb blind schiebe ich mich durch die Menschen auf den Ausgang zu.

Draußen schlägt mir kühle Nachtluft entgegen. Ich zögere kurz, sehe dann jedoch ein, dass es keinen Sinn macht, nur mit meinem dünnen Satinoberteil an den Strand zu gehen. Mein Mietwagen steht auf dem Parkplatz des Shore Club, als »Schwangere« bin ich heute Abend natürlich die Fahrerin. Ausgerüstet mit meiner Jeansjacke laufe ich den Strand entlang. Aus dem Shore Club dringen Gelächter und die Klänge von »Sweet Home Alabama«. Die Nacht ist sternenklar. Als ich den Kopf in den Nacken lege, bin ich von der Schönheit der

Milchstraße überwältigt. Noch nie habe ich in Deutschland einen so phantastischen Sternenhimmel gesehen wie hier. Ich schiebe meine Hände zum Schutz gegen die Kälte in meine Jackentaschen und starre in den Nachthimmel hinauf. Meine Gefühle wissen nicht mehr, wohin mit sich. Ich bin so wütend auf Matt, schäme mich ihm gegenüber aber auch schrecklich wegen meiner Lügen. Und dann wären da auch noch die Schmetterlinge in meinem Bauch, die anfangen zu tanzen, sobald ich ihn sehe. Verflucht noch mal, ich weiß wirklich nicht, was ich machen soll.

Als ich aus dem Augenwinkel eine Bewegung wahrnehme, schlägt mein Herz schneller. Matt! Er ist mir gefolgt, genau wie am Samstagabend, als wir vor den Umkleidekabinen saßen. Ein Kribbeln rast durch meinen Körper, und ich drehe mich atemlos um.

Und stehe Carrie gegenüber. »Hey«, sagt sie.

»Hey«, sage ich überrascht. »Musst du auch frische Luft schnappen?«

»Mhhm.« Ihre dunkelbraunen Augen, die ihrem Bruder so ähnlich sind, fixieren mich ernst. Nervös streiche ich mir eine Haarsträhne hinter das Ohr.

»Was läuft da zwischen Matt und dir?«

Meine Augenbrauen schnellen in die Höhe. »Wie bitte?«

»Letzte Nacht, was ist da passiert?«

Beim Gedanken an den Kuss macht mein Herz zwei schnelle Extraschläge. Ich versuche, ruhig zu wirken, als ich lüge: »Nichts! Wie kommst du darauf?«

Sie verschränkt die Arme vor der Brust. »Ich bin doch nicht blöd. Und ich kenne meinen Bruder gut genug. Eben auf der Tanzfläche, was war da los?«

Das geht dich überhaupt nichts an, will ich antworten, doch ich schlucke und sage: »Gar nichts war los.«

»Klar.« Carrie schüttelt den Kopf. »Ihr hattet letzte Nacht Sex, oder?«

»Nein!« Diesmal muss ich nun wirklich nicht lügen. Aber ich wünschte, es wäre eine Lüge. Wobei dann heute vielleicht alles noch schlimmer wäre. Vielleicht stünde ich jetzt trotzdem hier am Strand, ohne Matt, dafür in der Gesellschaft seiner Schwester, die irgendwie nicht gut auf mich zu sprechen zu sein scheint.

»Sicher?«

Beinahe gegen meinen Willen muss ich lachen. »Ganz sicher. Glaubst du nicht auch, dass ich mich daran erinnern könnte?«

Zu meiner Erleichterung sehe ich ein Lächeln um Carries Mund zucken. »Vermutlich«, murmelt sie und starrt über meine Schulter aufs Meer hinaus. Schließlich fügt sie hinzu: »Dann ist ja gut.«

»Was ist gut?« Nun kann ich mir einen gereizten Tonfall beim besten Willen nicht verkneifen. Was ist hier eigentlich los?

Carrie sieht mich wieder an, und ihr Lächeln ist verschwunden. »Es ist gut, dass ihr keinen Sex hattet. Ich hoffe, es bleibt dabei. Schließlich bist du von einem anderen Mann schwanger.«

Ich atme tief durch. Ich muss ihr die Wahrheit sagen. Aber die Worte weigern sich, aus meinem Mund zu kommen. Stattdessen frage ich: »Und wenn ich nicht schwanger wäre?«

Carrie mustert mich eingehend. »Dann würde ich trotzdem nicht wollen, dass du wieder etwas mit meinem Bruder anfängst, Nina.«

»Und warum, bitteschön?«

»Weil du ihm damals schon das Herz gebrochen hast! Soll sich das Ganze jetzt wiederholen?«

Vor lauter Überraschung merke ich nicht, dass eine Welle höher an den Strand schwappt als die anderen zuvor. Ehe ich weiß, wie mir geschieht, habe ich nasse Sneakers. Super!

»Scheiße«, murmele ich und mache einen Schritt vom Wasser weg. »Was soll das heißen, ich habe ihm das Herz gebrochen? Es war umgekehrt!«

»Nein, war es nicht. Hast du schon mal darüber nachgedacht, wie es für uns Einheimische hier ist? Weißt du, wie es von November bis April, manchmal Mai hier in Nova Scotia aussieht? Ich verrate es dir: selten schön. Der Winter ist verdammt lang, und bis der Frühling endlich kommt, gehen die meisten hier auf dem Zahnfleisch. Wenn die Sommersaison vor der Tür steht, freuen sich alle auf die warmen Tage und vor allem auf die guten Geschäfte, denn schließlich profitieren viele hier von euch Touristen. Der Diner hat mehr Kundschaft, Rocky Stuff boomt, den Farmers' Market gäbe es ohne Urlauber wohl gar nicht. Aber das sind nur ein paar Monate. Danach wird es hier wieder ruhig, und das Wetter schlechter. Und das war vor 14 Jahren schon genauso. Weißt du, wie lange Matt und ich euch hinterhergetrauert haben, als ihr damals abgereist seid? Das haben wir Jahr für Jahr getan, weil wir mit eurer Abreise immer das Ende des Sommers und die Rückkehr zur Schule verbunden haben. Aber vor 14 Jahren war es besonders schlimm. Schon bevor ich erfahren habe, dass ich schwanger war.«

Sie sieht mich ernst an. »Es ist eine Sache, hierherzukommen und unbeschwerte Sommertage zu verbringen, eine kleine Sommeraffäre zu haben und dann zurück nach Hause zu fliegen und dort wieder in seinen gewohnten Alltag zurückzukehren. Aber es ist gleich eine ganz andere, wenn man derjenige ist, der zurückbleibt. Der immer hier ist, das ganze Jahr über.«

Ich starre sie sprachlos an. So habe ich die Sache wirklich noch nie betrachtet. Aber die Vorstellung, dass Matt mir damals hinterhergetrauert hat, ist absurd! Schließlich war er derjenige, der sich nicht mehr gemeldet hat.

»Deswegen bitte ich dich«, sagt Carrie und legt mir eine Hand auf den Unterarm. »Mach das nicht noch einmal. Benutze Matt nicht wieder für eine Affäre, bevor du nach Deutschland verschwindest und jahrelang nicht mehr auftauchst. Er hat das nicht verdient.«

»Ich habe ihn nie für eine Affäre benutzt!«, stoße ich aufgebracht hervor. »Ich war damals 16, und er war der Erste, den ich geküsst habe und mit dem ich – na, du weißt schon. Ich war wirklich sehr, sehr verliebt in ihn und es hat MIR das Herz gebrochen, als er sich nicht mehr bei mir gemeldet hat! Und außerdem – wie kommst du eigentlich dazu, mir eine Predigt von wegen Sommeraffäre zu halten?« Ich zeige auf die dunklen Umrisse der Umkleidekabinen hinter uns. »Erinnert dich das da hinten vielleicht an irgendetwas?«

Carries Brauen ziehen sich zusammen, ihr Mund wird zu einem schmalen Strich. »Natürlich tut es das«, sagt sie leise. »Glaub mir, Nina, ich bin nicht stolz darauf. Aber bei Hendrik und mir ging es am Samstagabend wirklich nur um Sex. Nichts weiter. Keiner von uns beiden wird dem anderen hinterhertrauern, glaub mir.«

»Bist du dir sicher? Nach all dem, was damals war?«

Carrie seufzt leise und nickt. Sie starrt auf ihre Füße, die ebenfalls in Sneakers stecken, allerdings in trockenen. »Damals bin ich wegen Hendrik durch die Hölle gegangen«, sagt sie. »Ich habe ihn wirklich geliebt. Als er das Baby nicht wollte und mich auch nicht mehr, hat mir das ganz gewaltig den Boden unter den Füßen weggerissen. Es war so schlimm, dass ich darüber nachgedacht habe, Schlaftabletten zu nehmen.«

Erschrocken schlage ich mir eine Hand vor den Mund. »Das ist nicht dein Ernst!«

Sie lächelt schief. »Doch. Leider. Das war kurz nach der Abtreibung, und ich war seelisch ganz, ganz unten angekommen. Zum Glück hat Mom mich zu einem Arzt geschleift, bevor es zu spät war. Ich habe ein Jahr lang Antidepressiva genommen. Dann fing Kyle an, mich hartnäckig zu fragen, ob wir ausgehen. Ich kannte ihn von der Highschool. Irgendwann habe ich eingewilligt, und wir wurden ein Paar. Von da an ging es mir peu à peu besser. Bis ich Hendrik irgendwann überwunden habe. Das Baby allerdings ...« Sie hält inne und sieht wieder aufs Meer hinaus. Ich könnte schwören, ihre Augen feucht schimmern zu sehen, aber sie senkt schnell den Blick, so dass ich mir nicht sicher bin. »Über den Verlust des Babys bin ich bis heute nicht hinweggekommen.«

»Es tut mir so schrecklich leid«, flüstere ich.

Carrie sieht mich an und schneidet eine kleine Grimasse. »Ach, du kannst ja nun wirklich nichts dafür.«

»Aber Hendrik ist mein Bruder, und ich schäme mich dafür, wie er sich verhalten hat.«

»Weißt du, im Nachhinein kann ich ihn verstehen. Er war 19 und wollte gerade anfangen zu studieren. Wie hätte er sich verhalten sollen? Hierherziehen und mich heiraten? Ohne Ausbildung, ohne große Perspektive? Und ich, was hätte ich in Deutschland machen sollen? Wir wären längst wieder geschieden, Nina. Nein, ich habe Hendrik längst verziehen. Aber ich habe mir die Abtreibung nie verziehen. Ich hätte das

Baby ohne ihn bekommen sollen. Doch damals hatte ich zu große Angst vor der Verantwortung. Ich war so jung und so blöd.«

Ich sehe sie nachdenklich an. Ich verstehe nach wie vor nicht alles. »Aber warum Samstagabend der Sex mit Hendrik?«

Sie zuckt mit den Achseln. »Na ja, ich finde ihn nach wie vor sehr attraktiv. Und er mich anscheinend auch. Ich hatte zu viel Gin Tonic getrunken, der bekommt mir nie. Außerdem wollte ich mich an Kyle rächen. Er hat mir nach seiner letzten Reise gestanden, dass er in Tennessee Sex mit irgendeiner Tussi aus irgendeiner Bar hatte. Er hat es auf seine Einsamkeit während der langen Fahrten geschoben. Toll, und was ist mit mir? Bin ich nicht einsam, wenn er wochenlang weg ist?«

»Aber ihr habt Sonja vergessen. Sie hat niemanden betrogen, und sie hat es nicht verdient, einen untreuen Ehemann zu haben.«

Carrie sieht mich stumm an und nickt schließlich. »Ich weiß«, sagt sie leise. »Wie gesagt, es ist nichts, worauf ich stolz bin. Und es wird nicht noch einmal vorkommen.«

In dem Moment hören wir hinter uns das Zuschlagen einer Tür, Stimmen und Gekicher. Wir drehen uns um, und ich traue meinen Augen nicht: Sonja steht mit dem Pferdeschwanz-Typen vor dem erleuchteten Eingang des Shore Club. Und küsst ihn. Eng umschlungen taumeln die beiden gegen die Wand neben der Eingangstür und bleiben dort knutschend stehen. Carrie und ich sehen uns aus weit aufgerissenen Augen an.

»Das gibt es nicht!«, flüstere ich und starre wieder ungläubig zu meiner Schwägerin hinüber.

»Das hat Hendrik verdient«, flüstert Carrie zurück.

Ich sehe sie an, und mir wird klar, dass sie ihm doch noch nicht ganz verziehen hat. Was ich nur zu gut verstehe! Leise gehen wir zum Club zurück, doch Sonja ist so in ihre wilde Knutscherei vertieft, dass sie nicht einmal bemerkt, als Carrie und ich neben ihr die Tür öffnen und das Gebäude betreten.

Kapitel 32

Trinkst du noch was?«, fragt Carrie und deutet zur Bar hinüber. Ich zögere, schüttele dann aber den Kopf.

»Ich habe klatschnasse Füße«, seufze ich. »Mit nassen Füßen macht Feiern keinen Spaß. Ich werde nach Hause fahren. Vielleicht kann Matt nachher Leo und Sonja mitnehmen.«

»Wenn Sonja heute Nacht überhaupt nach Hause will«, sagt Carrie in süffisantem Tonfall. »Schade, dass du schon fährst.«

»Ach? Und ich dachte, es wäre dir lieber, wenn ich nicht mehr in der Nähe deines Bruders bin?«, kann ich mir nicht verkneifen.

Sie grinst und knufft mich gegen den Oberarm. »Nein, das stimmt nicht. Wenn du ein nicht schwangerer Single wärst, der vorhat, hier in Nova Scotia zu bleiben – nicht nur im Sommer, sondern das ganze Jahr über, auch im beschissenen Winter –, dann würde ich dich persönlich in Matts Bett tragen. Glaub mir. Gute Nacht!«

Ich sehe Carrie nach, wie sie sich einen Weg zur Bar bahnt. Dann fällt mein Blick auf Matt, der nach wie vor in der Gesellschaft von Rita, Liam und Leo steht. Bill hat sich auch dazugesellt, er lacht und schlägt Liam so stark auf den Rücken, dass dieser etwas von seinem Bier verschüttet. Matt steht neben Leo und hört mit einem Lächeln zu, was sie zu erzählen hat. Natürlich. Sicher wird er sich ein Loch in den Bauch freuen, sie nach Hause fahren zu dürfen. Nein, es gibt wirklich keinen Grund für Carrie, mich in das Bett ihres Bruders oder sonst wohin zu tragen. Ich kann beim besten Willen nicht glauben, dass Matt mir damals hinterhergetrauert haben soll, denke ich, während ich durch die Menge auf Leo zusteuere.

Und selbst wenn – inzwischen ist er eindeutig über mich hinweg.

»Leo, ich fahre nach Hause«, sage ich und lege meiner Schwester eine Hand auf die Schulter.

»Was?« Sie sieht mich groß an. »Schon? Aber warum denn?«

»Nein, das kannst du mir nicht antun, Süße!«, ruft Bill entrüstet. »Du schuldest mir noch mindestens drei Tänze!«

Ich winke lächelnd ab. »Geht leider nicht, meine Füße sind nass«, erkläre ich. »Bin dem Meer zu nah gekommen.«

»Du wolltest dich hoffentlich nicht ertränken?« Bill zieht fragend die Augenbrauen hoch. »Wenn es wegen eines Kerls sein sollte, sag mir den Namen, und ich schlage ihn windelweich!« Er wirft Matt einen Blick zu. Doch Matt starrt mich nur schweigend an und reagiert nicht auf die Worte seines Kumpels.

»Wenn ich mich hätte ertränken wollen, wären nicht nur meine Füße nass«, lache ich betont unbekümmert. Dann sehe ich Matt an und frage so locker wie möglich: »Kannst du Leo und Sonja nachher mit an den See zurücknehmen?«

»Nicht nötig«, sagt er und stellt sein Bier hinter sich auf die Theke. »Ich wollte sowieso los, muss morgen wieder früh raus. Ich fahre dich, dann können die beiden später dein Auto nehmen.«

Ich sehe ihn überrascht an. Warum will er mich plötzlich fahren? Mein Herz will schon anfangen, Polka zu tanzen, aber mein Verstand bleibt misstrauisch. Sicher sucht er nur die Gelegenheit, mir wieder einen Vortrag halten zu können.

»Nein, Sonja und Leo haben getrunken, sie können nicht mehr fahren«, protestiere ich.

»Virgin!«, erklärt Leo und hält grinsend ihr Cocktailglas hoch.

»Bitte was?«

»Virgin Colada, die unschuldige Schwester von Piña Colada. Null Alkohol. Ich kann fahren, keine Sorge. Falls ich Sonja jemals von diesem Typen wegbekomme. Wo ist sie eigentlich?«

»Hmm, keine Ahnung.« Schon wieder eine Lüge. Scheint wirklich zur Gewohnheit zu werden. Ich zögere und sehe wieder Matt an. Er steht mit verschränkten Armen neben mir und erwidert meinen Blick ohne ein Wort. »Honey, you just can't hide your lying eyes!« brüllen die Eagles in meinem Kopf, und ich frage mich, ob man es in meinen Augen sieht, wenn ich lüge.

»Also gut«, sage ich zögerlich.

Matt nickt und wendet sich zum Gehen. »Macht's gut, Leute. Bill, ich sehe dich morgen bei Carries Haus?«

»Klar, das Dach nehmen wir uns vor!«, ruft Bill und sieht dann mich an. »Glaub nicht, dass du um die drei Tänze herumkommst, Nina. Ich weiß, wo du wohnst.« Er zwinkert mir zu. Ich nicke lachend, obwohl mir bei dem Gedanken daran, mit einem nach wie vor übelgelaunten Matt zum See zu fahren, wirklich nicht nach Lachen zumute ist.

»Hier«, sage ich und drücke Leo den Autoschlüssel in die Hand. »Aber du bleibst wirklich bei Virgin!«

»Keine Sorge, so jungfräulich wie heute war ich schon lange nicht mehr«, kichert sie.

»Na dann, gute Nacht, alle miteinander. Und noch viel Spaß!«

Ich glaube, Liam sagen zu hören »Euch auch!«, doch als ich ihn über meine Schulter hinweg ansehe, nippt er an seiner Bierflasche und lächelt mich mit Unschuldsmiene an. Ich folge Matt Richtung Ausgang und sehe im Vorbeigehen, wie Shauna uns beobachtet. Sie sieht mich an, als sei ich ein Parasit, den sie gerne unter dem Absatz ihres schwarzen Stöckelschuhs zerquetschen würde. Dann fällt mein Blick auf Carrie, die gerade von der Toilette kommt und erst mich, dann Matt, dann wieder mich ansieht. Ihre Augenbrauen schnellen in die Höhe. Ich zucke mit einem beinahe entschuldigenden Lächeln mit den Schultern und würde ihr gerne erklären, dass ihr Bruder mich nur nach Hause fährt. Um mir mal wieder einen Vortrag zu halten. Doch Matt hält schon die Tür auf und schaut sich nach mir um, und so winke ich Carrie nur zu und beeile mich, den Club zu verlassen.

Draußen ist nichts mehr von Sonja und dem Pferdeschwanz-Typen zu sehen. Mein Blick wandert zu den Umkleidekabinen am Strand hinüber, und ich frage mich, ob ich mir Sorgen machen muss. Ist meine Schwägerin wirklich noch zurechnungsfähig? Ich hoffe es. Sie ist eine erwachsene Frau und wird schon wissen, was sie tut.

Matt öffnet mir die Beifahrertür seines Pick-ups und geht dann wortlos um den Wagen herum, um selbst einzusteigen. Als die Türen geschlossen sind und die Innenbeleuchtung des Wagens ausgegangen ist, starre ich durch die Windschutzscheibe in die Nacht hinaus. Ich wage es nicht, Matt anzusehen. Als ich allerdings vergeblich darauf warte, dass er den Motor anmacht, schaue ich ihn doch an. Und merke, dass er mich anstarrt. Er ist nicht angeschnallt und hat nicht einmal den Schlüssel ins Zündschloss gesteckt. Ich winde mich unbehaglich unter seinem Blick.

»Was ist? Willst du doch noch bleiben?«, frage ich und wippe mit einem meiner nassen Sneakers. »Ich kann wirklich selbst fah …«

»Warum bist du unglücklich, Nina?«, unterbricht Matt
mich. Ich sehe ihn verdutzt an.

»Unglücklich?«

»Du hast vorhin, auf der Tanzfläche, gesagt, dass du eine
unglückliche, nicht schwangere Werbeagentur-Angestellte
bist, die von einem anderen Leben träumt. Wieso?«

Ich wende meinen Blick von ihm ab und schaue auf meine
Hände, die unruhig am Saum meiner Jeansjacke zupfen. »Tja«,
sage ich leise. »Wenn das so einfach zu erklären wäre.« Ich hole
tief Luft. »Zum einen hasse ich meine Arbeit in der Werbeagentur. Ich wollte immer als Kinderbuch-Illustratorin arbeiten. Stattdessen sitze ich Tag für Tag in einem Großraumbüro,
mache Überstunden ohne Ende und entwerfe bescheuerte Anzeigen für Firmen, die Stahlrohre oder Medikamente gegen
Durchfall produzieren. Als ich endlich diesen Auftrag für ein
Kinderbuch bekommen habe, habe ich geglaubt, dem Alltags-
trott in der Agentur zu entkommen, endlich meinen Durchbruch auf dem Buchmarkt zu haben. Ich habe Tag und Nacht
gezeichnet wie eine Irre und war so unglaublich stolz, als ich
das Buch an den Verlag geschickt habe. Doch der ist jetzt leider
insolvent.«

Ich merke erst, dass mir die Tränen kommen, als es schon
nass über meine Wangen rinnt. Matt zieht wortlos ein Taschentuch aus einer Packung im Handschuhfach und reicht es
mir.

»Danke.«

»Und zum anderen?«

Ich sehe ihn verständnislos an. »Wie?«

»Du sagtest, zum einen hasst du deine Arbeit. Und zum anderen?«

Muss er immer so haargenau auf meinen Wortlaut achten?

Ich schinde Zeit, indem ich mir die Nase putze. Habe ich wirklich »zum einen« gesagt? Ja, bestimmt, schließlich gibt es das »zum anderen« sehr wohl. Allerdings weiß ich nicht, wie ich das laut aussprechen soll. Ich habe es bisher nicht einmal mir selbst richtig eingestanden. Ich stopfe das Taschentuchknäuel in die Brusttasche meiner Jeansjacke und sage schließlich: »Zum anderen ... Tja. Zum anderen bin ich auch nach Feierabend nicht richtig glücklich.«

Ich spüre Matts Blick auf mir, schaue ihn aber nicht an. Stattdessen betrachte ich eingehend das Handschuhfach, als hätte ich nie etwas Interessanteres gesehen.

»Warum?«

War ja klar, dass er das fragt. Ich zögere und frage mich, wohin diese Unterhaltung führen soll. Nervös befeuchte ich meine Lippen. Und mit einem Mal schmecke ich genau dort, auf meinen Lippen, wieder Matts Mund. Aber nicht nur. Ich schmecke auch das Salz der Meeresluft, wenn ich am Fischerhafen von Rocky Harbour entlangspaziere, oder am Strand, so wie eben. Ich schmecke die Jakobsmuscheln, die ich neulich in Lunenburg gegessen habe, und die reifen Blaubeeren, die bald überall in ihren Kissen aus grünen Blättchen im Wald leuchten werden. Ich schmecke Kanada auf meinen Lippen, und es nimmt mir für einen Moment den Atem. Dann sprudeln die Worte wie von selbst aus mir hervor.

»Ich bin nicht glücklich, weil ich Berlin hasse. Wo man hinschaut nur Beton und Hundescheiße, die Leute sitzen mit Bierflaschen in der Straßenbahn und pöbeln sich gegenseitig an, der Himmel ist grau und die Häuser sind es auch. Wenn ich abends nach Hause fahre, sehne ich mich danach, am Meer spazieren zu gehen, bis zum Horizont zu schauen, kann es aber nicht. Im Sommer laufe ich oft an der Spree entlang und stelle mir vor, all die Berliner und Touristen wären nicht um mich herum; ich träume von Einsamkeit und von mehr Platz für meine Seele. Wenn ich ein Eichhörnchen im Tiergarten sehe, freue ich mich unglaublich, aber dieses Eichhörnchen ist kein kanadisches.«

Ich schlucke und halte inne. »All die Jahre habe ich nie genau gewusst, was mir fehlt. Oder ich habe es mir einfach nicht eingestanden. Aber seit ich wieder hier bin, weiß ich, was es ist. Nova Scotia hat mir gefehlt. Das Leben hier. Die Natur, die Menschen, das Land. Wenn ich früher im Sommer hier war, war ich so glücklich wie das ganze restliche Jahr in Deutschland nicht.«

Ich mache eine Pause und sehe Matt nun doch an. Er mustert mich ruhig und sagt kein Wort, wartet darauf, dass ich weiterspreche. Er scheint genau zu wissen, dass da noch mehr ist.

»Und mit Sascha – mit Sascha bin ich schon irgendwie glücklich. Aber er ist nicht derjenige, mit dem ich den Rest meines Lebens verbringen möchte. Das habe ich vor Kurzem erkannt. Als ich vorgetäuscht habe, schwanger zu sein. Ich habe mir vorgestellt, wie es wäre, wirklich ein Kind von ihm zu erwarten. Und ich habe gemerkt, dass ich das nicht möchte. Ein Baby schon, aber nicht von ihm. Wir haben nicht ein Mal telefoniert, seit ich hier bin! Was für eine Beziehung ist das denn?«

»Vermisst du ihn gar nicht?« Matts Stimme ist leise.

»Nein«, sage ich und muss diesmal wirklich kein bisschen lügen.

»Also wirst du dich von ihm trennen?«

Ich zögere einen Moment lang, dann nicke ich. Zwar bekomme ich bei dem Gedanken daran, Sascha zu sagen, dass es zwischen uns aus ist, einen Kloß im Hals – aber es gibt kein

Zurück mehr. Seit ich wieder in Matts Nähe bin, weiß ich, was mir all die Jahre gefehlt hat. Was mir in der Beziehung mit Sascha gefehlt hat.

»Warum hast du dich damals plötzlich nicht mehr bei mir gemeldet? Hast du meinen Brief nicht bekommen?«

»Doch!« Ich sehe Matt überrascht an. »Und ich habe sofort darauf geantwortet! Außerdem habe ich einige Male angerufen, aber zuerst ging nie jemand dran, und als ich dann mal durchgekommen bin, warst du nicht da, und ich habe Carrie gebeten, dir zu sagen, dass ich mich gemeldet habe.« Erstaunlich, dass ich diese Dinge noch weiß, als wären sie gestern passiert, während ich mich beim besten Willen nicht mehr daran erinnern kann, wo ich mir vor einem Monat den neuen PIN meiner Kreditkarte notiert habe.

Matt sieht mich lange an. »Carrie hat mir nie gesagt, dass du angerufen hast«, sagt er schließlich. »Und deinen Brief habe ich auch nicht bekommen.«

»Was?« Entrüstet erwidere ich seinen Blick. »Das gibt es doch gar nicht!«

Matt fährt sich mit beiden Händen durchs Haar und schaut zur Windschutzscheibe hinaus. »Wahrscheinlich wollte Carrie die ganze Familie Behringer aus ihrem Leben verbannen«, sagt er schließlich. »Nicht nur Hendrik, sondern auch dich. Sie konnte nicht einmal mehr deutsche Leberwurst essen, ohne zu heulen. Ich vermute, sie hat mir deinen Anruf verschwiegen und deinen Brief versteckt, weil sie nicht wollte, dass wir weiterhin Kontakt haben. Weil du sie an deinen Bruder erinnert hast.«

Ich muss an Carries feuchte Augen am Strand denken und nicke. »Du hast bestimmt recht«, flüstere ich. Dann räuspere ich mich und füge hinzu: »Als ich nichts von dir gehört habe,

dachte ich, du hättest kein Interesse mehr an mir. Mein Selbstbewusstsein war damals schon nicht das Beste, weißt du?
Schließlich hatte ich so lange heimlich für dich geschwärmt,
bevor du mich zum ersten Mal geküsst hast. Als wir wieder in
Deutschland waren und ich nach meinem Anruf und meinem
Brief nichts von dir gehört habe, da habe ich mich einfach nicht
mehr getraut, dir hinterherzutelefonieren. Unter anderem wegen der Sache mit Hendrik und Carrie. Ich dachte, du wolltest
nichts mehr mit mir zu tun haben, wegen Hendriks blödem
Verhalten. Und ich sagte mir, dass du bestimmt jemand anderen kennengelernt hättest und ich dir auf die Nerven gehen
würde.«

»Und ich dachte, du wärst zurück in deinem normalen Leben in Deutschland und bei den deutschen Jungs und wolltest
nichts mehr mit mir zu tun haben«, sagt Matt. »Dabei habe ich
ständig an dich gedacht.«

»Bei den deutschen Jungs!«, wiederhole ich mit einem
Kopfschütteln. Dann erst begreife ich seine letzten Worte.
Ungläubig sehe ich ihn an, studiere sein Profil, während er
wieder in die Nacht hinaussieht. Der Gedanke, dass Matt nach
unserem gemeinsamen Sommer ständig an mich gedacht hat,
erschüttert mich. So oft habe ich mir damals vorgestellt, wie
er sich längst mit anderen Mädchen traf. Immer wieder schwor
ich solche Bilder in meiner Phantasie herauf, um mich dazu zu
zwingen, über ihn hinwegzukommen. Ich war so verzweifelt
in meinem ersten Liebeskummer, dass irgendwann nur noch
die Wut auf einen angeblich untreuen Matt mich dazu brachte,
aus meinem seelischen Loch zu krabbeln. Dann kam die Trennung meiner Eltern, der Auszug meiner Mutter und Leo, und
ich hatte plötzlich andere Probleme. Aber vergessen konnte

ich Matt nie. Und genauso wenig den Schmerz, den er mir zugefügt hatte.

Ich muss daran denken, was Hendrik neulich am Bootssteg zu mir gesagt hat.

»Ich dachte, du hättest nur einen Sommer lang deinen Spaß mit mir gehabt«, wiederhole ich seine Worte.

Matt sieht wieder mich an und schüttelt langsam den Kopf. »Nur meinen Spaß? Ich dachte, dass ein Blinder sehen konnte, wie verknallt ich in dich war.«

Obwohl unser Sommer und diese Verknalltheit so lange zurückliegen, werde ich rot wie ein verliebter Teenager. Ich schaue auf meine Hände, die feucht in meinem Schoß liegen und sage: »Vielleicht konnte das ein Blinder sehen. Aber ich laufe zeit meines Lebens mit dem Selbstbewusstsein einer Erbse durch die Weltgeschichte. Deshalb habe ich keine Sekunde daran gezweifelt, dass du mich vergessen hast, sobald unser Flugzeug damals kanadischen Boden verlassen hatte. Ich begreife ehrlich gesagt bis heute nicht, warum du dich überhaupt in mich verknallt hast, wo du zum Beispiel jemanden wie Isa hättest haben können. Okay, im Sommer vor 14 Jahren war sie zwar nicht da, aber ein Jahr vorher und ein Jahr später schon. Sie wäre sicherlich nicht abgeneigt gewesen.«

Ich schaue ihn an und grinse schief. Doch dieses Grinsen vergeht mir ziemlich schnell, als Matt sich ohne Vorwarnung zu mir herüberbeugt. Und mich küsst.

Kapitel 33

Es ist kein vorsichtiger oder zarter Kuss. Er küsst mich, als wollte er hier und jetzt die vergangenen 14 Jahre nachholen.

»Seit gestern Nacht kann ich an nichts anderes mehr denken«, murmelt er gegen meine Lippen, während er mich fest an sich zieht.

Ich glaube, ich habe noch nicht erwähnt, dass wir damals, als Teenager, einige Male Sex in Matts Auto hatten. Zum Glück gibt es um Rocky Harbour herum so viel Wald, wo wir seinen alten Mustang parken und ungestört sein konnten. Ich schiebe es auf diese ersten Male in Matts erstem Auto, dass ich nur ein paar Sekunden brauche, bevor ich rittlings auf seinem Schoß sitze, das Lenkrad im Rücken, seine Hände unter meinem Satinoberteil. Es ist, als wären wir wieder die Teenager von damals, die ihre Finger nicht voneinander lassen konnten.

Wobei, nein. Vor 14 Jahren war Matts Gesicht glatt. Jetzt reiben rauhe Bartstoppeln über meine Wangen, was ich unglaublich erregend finde. Und er küsst anders als früher. Besser. Wobei er damals nicht schlecht geküsst hat, ganz im Gegenteil. Sonst hätte ich wohl nicht jahrelang von diesen Küssen geträumt. Aber er hat seit unserem letzten Mal eindeutig Übung gehabt, und das bekomme ich jetzt zu spüren. Großer Gott. Ich frage mich, was er außer Küssen sonst noch besser kann als damals. Als Matts Hände unter meinem T-Shirt meinen BH-Verschluss öffnen und ein stürmisches Wiedersehen mit meinen Brüsten feiern, stöhne ich auf. Meine Socken sind nicht länger mein einziges nasses Kleiderstück. Ich küsse ihn heftiger, wobei ich seinen Kopf nach hinten gegen die Nackenstütze drücke. Gerade, als ich mit beiden Händen sein T-

Shirt aus der Jeans ziehe und nach oben zerren will, klopft es an die Fensterscheibe der Fahrertür. Vor lauter Schreck fahre ich zurück, mein Hintern rammt das Lenkrad und löst ein Hupen aus.

Draußen steht ein Mann mit einer Taschenlampe. Der grelle Lichtkegel trifft meine Augen unvorbereitet, und ich hebe schützend die Hände vor mein Gesicht.

»Was zum Teufel …?«, murmelt Matt und kurbelt die Fensterscheibe herunter. »Ach, Sie sind es, Officer Lloyd.«

»Guten Abend«, sagt der Mann und klingt dabei relativ amüsiert. Erst als er die Taschenlampe etwas senkt und ich nicht mehr vom Licht geblendet werde, erkenne ich die Uniform. Ach du Schande. Ein Polizist. Ich rutsche von Matts Schoß und streiche mein Oberteil glatt. Ob man erkennen kann, dass mein BH offen unter dem dünnen Stoff hängt?

»Matthew Gates, du weißt schon, dass du so etwas nicht auf einem Parkplatz machen solltest, oder?«, fragt der Polizist, und ich höre deutlich das Grinsen in seiner Stimme. Allerdings schäme ich mich zu sehr, um ihn ansehen zu können. Ich starre auf das Handschuhfach vor mir und wünsche mich weit weg. Obwohl – so weit weg nun auch wieder nicht. Ich wünsche mich in Matts Bett, um genau zu sein.

»Hat die Royal Canadian Mounted Police nichts Wichtigeres zu tun, als knutschende Pärchen zu stören?«, fragt Matt. »Was ist mit all den Einbrechern, Serienkillern, Brandstiftern, Autodieben?«

»Die sind alle in den USA. Und in Ontario«, sagt Officer Lloyd. Dann beugt er sich weiter vor und leuchtet mir mit der Taschenlampe ins Gesicht. Ich zucke zusammen und verschränke schnell die Arme vor meiner Brust. »Na, wenn das nicht Nina Behringer ist.«

Erstaunt schaue ich auf und blinzele in das Licht wie ein Reh vor einem herannahenden Auto.

»Jetzt verstehe ich, warum du hier auf dem Parkplatz solchen Blödsinn machst!« Der Polizist lässt die Taschenlampe sinken und schlägt lachend gegen den Rahmen des Fahrerfensters. Matt wendet sich mit einem entschuldigenden Lächeln an mich und fragt: »Nina, kennst du Brian noch? Er war damals in meiner Baseballmannschaft. Jetzt ist er Polizist. Nicht zu fassen, wenn man bedenkt, dass er früher der größte Kiffer von ganz Rocky Harbour war, oder?«

Ich beuge mich ein wenig vor und schaue dem Polizisten ins Gesicht. Ja, die Sommersprossen und das freche Grinsen kommen mir bekannt vor. »Hey, Brian«, sage ich und versuche, meine Verlegenheit zu überspielen. »Wie geht's?«

»Na, nicht so gut wie euch beiden momentan«, grinst Brian. »Ich würde ja gerne ein Auge zudrücken, aber tut mir doch den Gefallen und macht zu Hause weiter, okay?«

»Kein Problem«, sagt Matt und wirft mir einen Blick zu. »Das hatten wir sowieso vor.«

»Na dann«, sagt Brian und zwinkert mir zu. »Dann wünsche ich euch eine gute Nacht.«

Ich starre dem Lichtkegel der Taschenlampe nach, der sich auf einen weißen Polizeiwagen am anderen Ende des Parkplatzes zubewegt. Dann spüre ich Matts Hand warm und fest auf meinem Oberschenkel und vergesse den Polizisten augenblicklich.

»Lass uns zu mir fahren«, sagt Matt und seine Stimme klingt heiser. »Und deine …« er macht eine Pause und lässt seinen Blick über meinen Körper wandern, »und deine nassen Socken ausziehen.«

Die ganze Fahrt über befinde ich mich in einer Art Trance. Ich kann nicht glauben, dass ich wirklich neben Matt sitze und wir auf dem Weg zu seinem Haus sind, um das zu machen, wovon ich in den letzten Tagen so oft geträumt habe.

Tagen?, meldet Kleine Bärin sich spöttisch zu Wort. *Jahren!*

Bei dem Gedanken daran, was gleich passieren wird, sobald wir am See sind, wird mir schwindelig vor Erregung. Wie habe ich es nur so lange ohne Matt ausgehalten?

Als sein Pick-up endlich durch den Wald rumpelt, schaut er mich von der Seite an und fragt: »Bist du sicher, dass du mit zu mir willst?«

Ach du Schande. Hat er es sich etwa anders überlegt? »Na ja – wenn du lieber allein sein willst, dann kann ich auch in die Blueberry Lodge gehen ...« Als Matt auflacht, atme ich erleichtert auf.

»Bist du bescheuert? Warum um alles in der Welt sollte ich jetzt allein sein wollen?«

»Keine Ahnung. Hätte ja sein können, dass du es dir anders überlegt hast.«

Matt macht eine Vollbremsung, schnallt sich ab und beugt sich zu mir herüber. »Von wegen anders überlegt«, murmelt er und küsst mich. »Glaub nicht, dass du heute Nacht davonkommst.«

Leider irrt er sich. Das erkenne ich, als wir, einen langen und sehr heftigen Kuss später, mit seinem Wagen um die nächste Kurve des Waldweges biegen. Die Blueberry Lodge liegt vor uns, die Fenster heimelig erleuchtet. Matt gibt Gas und will an unserer Einfahrt vorbeibrausen, als ich etwas sehe. Nein, jemanden.

»Stopp!«, rufe ich. Matt tritt auf die Bremse und sieht mich überrascht an.

»Du willst jetzt nicht wirklich einen Rückzieher machen, oder?« Eine Mischung aus Belustigung und Ungläubigkeit schwingt in seiner Stimme mit.

Doch ich kann nicht antworten. Mein Herz beginnt zu rasen, in meinen Ohren summt es, während ich zur Lodge hinüberstarre. Am Fuße der Verandatreppe steht Hendrik. Und neben ihm ein schlanker blonder Mann im dunklen Anzug. Sascha.

Beide schauen zu uns herüber. Sascha fragt Hendrik etwas, Hendrik zuckt mit den Schultern.

Meine Gedanken überschlagen sich panisch. Was um alles in der Welt macht Sascha hier? Sollte er nicht in Shanghai sein? Matt schaut nun ebenfalls Richtung Lodge.

»Wer ist das neben Hendrik?« Als ich nicht antworte, sieht er mich an. Seine Stimme klingt etwas gepresst, als er fragt: »Ist das etwa ER?«

Ich kann nur nicken. Mir fehlen wirklich die Worte.

»Was macht er hier?«

Das wüsste ich auch gerne. Bevor ich eine Antwort finde und meine Stimme aktivieren kann, sehe ich zu meinem Entsetzen, wie Sascha und Hendrik über den Rasen auf den Pickup zukommen.

Nina, mach etwas!, sagt Kleine Bärin nervös, während ich wie gelähmt nach draußen starre. Dem Mann entgegen, den ich eigentlich mal geliebt habe. Oder vielleicht immer noch liebe? Ein bisschen zumindest? Er ist mir auf keinen Fall egal. Aber den Mann, der neben mir sitzt, genauso erstarrt wie ich, den liebe ich doch auch! In was für einem Alptraum bin ich jetzt wieder gelandet?

»Scheiße«, murmele ich und werfe Matt einen Blick zu, in

dem hoffentlich all das Bedauern liegt, das ich gerade empfinde. »Es tut mir schrecklich leid, ich wusste wirklich nicht, dass Sascha kommen wollte.« Dann, ehe Matt etwas sagen kann, öffne ich die Beifahrertür und steige aus. »Sascha? Was machst du denn hier?«

»Na was wohl? Meine Süße überraschen!« Er kommt mit langen Schritten auf mich zu. Ich starre ihn im Licht der Autoscheinwerfer fassungslos an. Sehe sein vertrautes Lächeln, das Grübchen im Kinn, die strahlenden hellblauen Augen, das durch Gel gebändigte blonde Haar.

»Das ist dir gelungen«, sage ich und spüre überdeutlich meine feuchte Spitzenunterhose von *Silk Dreams* und Matts bohrenden Blick in meinem Rücken.

»Das hoffe ich!« Er zieht mich fest in seine Arme, und ich kann nur daran denken, dass er gleich den offenen BH unter meinem Satinoberteil bemerkt. Und wirklich: Als er mich loslässt und mich ein Stückchen von sich wegschiebt, ist sein Blick plötzlich ernst. »Nina, hast du mir nicht etwas zu sagen?«

Verdammte Scheiße! Ich ziehe die Jeansjacke zu, damit meine freigelegten Brustwarzen sich nicht allzu deutlich durch den dünnen Stoff drücken, und werfe einen nervösen Blick über meine Schulter. Matt sitzt nach wie vor im Pick-up und starrt bei laufendem Motor zu uns hinaus.

»Ähm ...«, sage ich und weiß nicht weiter. Ich sehe Hendrik an, der einen Meter neben uns steht. Hat er Sascha etwas erzählt? Weiß Sascha, wer der Mann im Wagen ist? Hendrik sieht mich mit hochgezogenen Augenbrauen an, und ein spöttischer Zug zuckt um seine Mundwinkel.

»Ich fasse es nicht, dass Sascha es nicht wusste«, sagt er.

Mir wird abwechselnd heiß und kalt. Ich sehe Sascha an und

überlege fieberhaft, wie ich ihm die Sache erklären soll. Doch
gerade, als ich mit »Es tut mir leid …« beginnen will, hellt sich
Saschas Gesicht plötzlich auf, und er sagt: »Du musstest es
wahrscheinlich erst einmal selbst verarbeiten, was? Oder wolltest du mich hier in Kanada damit überraschen? Tja, da bin ich
echt selbst schuld, dass ich lieber Geschäften in Shanghai nach-
gegangen bin, anstatt mit meiner schwangeren Freundin Urlaub zu machen.« Er zieht mich erneut in seine Arme, bevor
ich die Chance habe, zu reagieren.

»Ich werde Vater!«, jubelt er und drückt mich so fest an sich,
dass ich kaum noch Luft bekomme.

»Aua, Vorsicht«, sage ich und winde mich aus seiner Umarmung.

»Oh, tut mir leid – habe ich dem Baby weh getan?« Sascha
schaut besorgt auf meinen Bauch hinunter und will die Jeansjacke auseinanderschieben, doch ich halte sie zu.

»Nein, dem Baby nicht, aber mir«, sage ich und weiche seinem Blick aus. Was für eine Scheiße!

»Wie konntest du Sascha bloß verschweigen, dass du
schwanger bist?« Wo kommt denn meine Mutter plötzlich
her? Gemeinsam mit Heinz steht sie auf einmal hinter Hendrik
in der Einfahrt und sieht mich kopfschüttelnd an. »Und warum hast du ihm was von Problemen mit unserem Festnetzanschluss erzählt? Der Festnetzanschluss ist doch wirklich so
ziemlich das Einzige, was hier ohne Probleme funktioniert.
Manchmal bist du mir wirklich ein Rätsel, Nina.«

»Ja, ich mir auch«, murmele ich.

»Matt, steig doch mal aus und lerne Ninas Freund kennen«,
sagt Hendrik in aufgesetzt freundlichem Tonfall Richtung
Pick-up. Der Blick, den er mir zuwirft, sagt mir deutlich, dass
er genau weiß, warum ich mit Matt in den Wald zurückge-

kommen bin. Ich spüre, wie mein Gesicht heiß wird und meine Achseln sich in Feuchtbiotope verwandeln. Was sich nicht verbessert, als Matt den Motor ausstellt und aussteigt. Er kommt um die Motorhaube des Wagens herum und sieht erst mich, dann Sascha an.

»Hi«, sagt er und streckt Sascha die Hand hin. »Ich bin Matt.«

»Freut mich, ich bin Sascha.« Er sieht mich an und fügt grinsend hinzu: »Werdender Vater. Und …« Zu meinem Horror sinkt er plötzlich und ohne jegliche Vorwarnung auf ein Knie. Er greift nach meiner Hand und sieht mich im Scheinwerferlicht mit einem breiten Lächeln an. »Und hoffentlich bald auch Ehemann dieser wunderbaren Frau. Nina, willst du mich heiraten?«

Fassungslos starre ich zu ihm hinunter. Das passiert hier gerade nicht wirklich, oder? Wie in Zeitlupe sehe ich in Saschas fröhliche blaue Augen, dann in Matts dunkle neben mir, die mich zu durchbohren scheinen. Ich schaue nach links, sehe Hendriks spöttisches Grinsen, das erstaunte Gesicht meiner Mutter, die gerührte Miene von Heinz. Dann schaue ich wieder Sascha an, sehe den Hauch eines Zweifels durch das helle Blau seiner Augen zucken. Ich spüre seine warme Hand, die meine umschlossen hält, sich so vertraut anfühlt, und plötzlich schießen mir Tränen in die Augen.

Nina, tu es nicht, warnt Kleine Bärin. *Sag ihm die Wahrheit!*

Aber ich kann nicht. Vor meinem inneren Auge laufen die schönsten Momente unserer Liebesgeschichte wie ein Daumenkino ab. Sascha und ich und meine ausgelaufene Waschmaschine. Wir beide im Open-Air-Kino auf der Berliner Museumsinsel, unserem ersten richtigen Date. Er und ich beim heimlichen Sex im Gäste-WC seiner Eltern und im durch-

wühlten Bett im schweizerischen Ski-Chalet. Sascha beim Kochen in meiner unordentlichen Küche, immer auf der Suche
nach irgendeinem schicken Kochutensil, das ich nicht besitze.
Wir zwei auf seiner Dachterrasse, bei einem Glas Rotwein mit
Blick auf den Fernsehturm in der Abendstimmung. Ich kann
nicht anders.

»Ja«, höre ich mich sagen, und Kleine Bärin bekommt einen
Nervenzusammenbruch.

Kapitel 34

Bevor Sascha wieder auf beiden Beinen steht und mich erneut an sich zieht, nehme ich drei Dinge wahr: den skeptischen Blick meiner Mutter, Hendriks hochgezogene Augenbrauen und Heinz' vor Rührung zuckende Mundwinkel. Erst als ich Saschas Kuss flüchtig erwidert habe und mich aus seiner Umarmung löse, kann ich einen Blick nach rechts werfen. Und sehe Matt, der wie versteinert neben seinem Wagen steht und mich anstarrt, als sähe er mich zum ersten Mal. Vermutlich ist das auch so. Ich sehe mich gerade ebenfalls zum ersten Mal.

»Herzlichen Glückwunsch!«, jubelt Heinz und zieht mich ebenfalls in seine stiefväterlichen Arme. »Ich freue mich so für euch, Nina.«

»Danke«, murmele ich und fühle mich so schrecklich wie noch nie in meinem Leben.

»Auch meine herzlichsten Glückwünsche, Schwesterherz«, sagt Hendrik und drückt mir einen schnellen Kuss auf die Wange. Reflexartig wische ich mit dem Handrücken über die Stelle, wo ich seine Lippen gespürt habe, und weiche seinem Blick aus. Was soll dieses süffisante Grinsen? Das er leider nicht nur mir, sondern jetzt auch Matt schenkt? Dieses Grinsen scheint Matt aus seiner Schockstarre zu lösen. Er macht einen Schritt auf Sascha und mich zu, und ich halte vor Schreck die Luft an.

»Herzlichen Glückwunsch.« Seine Stimme klingt entsetzlich ruhig, als er mir die Hand reicht. So förmlich und distanziert. Ich kann ihm nicht in die Augen sehen. Stattdessen starre ich auf seine Finger, die mich vor keiner halben Stunde an Stellen berührt haben, die lange nicht mehr so begeistert auf Berührungen dieser Art reagiert haben.

»Danke«, murmele ich und löse rasch meine Hand aus seinem festen Griff. Als Matt auch Sascha die Hand schüttelt, schlägt dieser ihm lachend auf die Schulter und sagt: »Danke, Mann. Und danke auch, dass du meine Süße nach Hause gefahren hast. Habe schon gehört, dass ihr feiern wart, nach dem Hurrikan und so.«

»Mhhm«, sagt Matt, und ich spüre seinen Blick auf mir brennen. Aber ich sehe ihn nicht an. Wie sollte ich auch? »Nina wollte früher zurück, und die anderen hatten noch keine Lust, zu fahren. Aber ich werde jetzt auch noch einmal zurück in den Shore Club fahren. Wollte nur sichergehen, dass die Schwangere heil im Wald ankommt.«

Er betont das Wort »Schwangere«, und nun sehe ich ihn doch an. Aber in dem Moment wendet er sich ab und geht wieder um seinen Pick-up herum. Ich will ihn aufhalten, will ihm etwas zurufen, aber mein Mund öffnet sich, ohne dass ein Ton herauskommt.

»Na dann noch viel Spaß!«, ruft Hendrik. »Und falls du Sonja siehst, sag ihr bitte, dass sie es nicht zu doll treiben soll.«

Flüchtig muss ich an Sonja und den Pferdeschwanz-Typen denken. Doch im nächsten Moment schieben sich wieder meine eigenen Probleme in den Vordergrund, als der Motor neben mir anspringt und Matt rückwärtssetzt. Er wendet und fährt über knirschenden Schotter davon, zurück Richtung Shore Club. Der Gedanke, dass er mit all der Wut und Enttäuschung, die er in sich trägt, Auto fährt, macht mich krank. Warum fährt er zurück zur Party?

Weil er vermutlich nicht allein in seinem Blockhaus sitzen und sich fragen will, warum du ihn so verarscht hast! Kleine Bärins Stimme überschlägt sich vor Aufregung. *Und warum du deinen Verlobten noch mehr verarschst! Oder hast du zwi-*

schenzeitlich schon wieder vergessen, dass du nicht wirklich
schwanger bist?

Mir wird übel. Ich sehe Sascha an, und er erwidert meinen
Blick besorgt. »Ist alles okay? Du siehst ganz blass aus.«

»Ja, so, als hättest du einen Geist gesehen«, sagt Hendrik
und verschränkt die Arme vor der Brust, während er mich
fixiert. »Einen Geist der Vergangenheit.«

»Herzlichen Glückwunsch, Kind«, mischt meine Mutter
sich ein, und zum ersten Mal bin ich ihr dankbar für ihre un-
sensible Art, sich einfach in den Vordergrund zu schieben und
Gespräche zu unterbrechen. Sie zieht mich in ihre Arme, und
ich spüre, wie der Silikonbusen unangenehm gegen meine eigene BH-lose Brust drückt. Als sie mich loslässt, wandert ihr
Blick prüfend über meinen Oberkörper, und sie schaut mich
an. Doch bevor sie dazukommt, etwas zu sagen, wende ich
mich ab, die Jeansjacke fest zusammengezogen.

»Ich glaube, ich muss ins Bett, ich bin hundemüde.«

»Ja, war sicher anstrengend heute Abend«, sagt meine Mutter in eindeutig zweideutigem Tonfall und wendet sich Heinz
zu. »Komm, mein Kraulfinger, wir gehen jetzt auch ins Bett.
Wo ist eigentlich Wolfgang? Er hat ja noch gar nicht mitbekommen, dass Nina verlobt ist.«

Oh nein. Beim Gedanken daran, wie Papa mich angesehen
hat, als ich ihm auf Matts Veranda meine »Schwangerschaft«
gebeichtet habe, wird mir ganz anders. Er wird sich bestimmt
nicht darüber freuen, dass ich Sascha heiraten werde. Und das
Schlimmste ist: Ich freue mich selbst nicht.

In dieser Nacht mache ich kein Auge zu. Ich starre an die
Holzdecke des Betts über mir, von wo ich Saschas leises
Schnarchen höre. Ich habe Leo einen Zettel geschrieben und

an die Haustür gehängt, damit sie ihn sieht, wenn sie vom
Shore Club zurückkommt. Auf dem Zettel steht, dass Sascha
überraschend zu Besuch gekommen ist und im Stockbett über
mir schläft. Leos Bettzeug haben wir in Hendriks altes Zimmer nebenan verfrachtet.

Sascha wollte eigentlich nicht im oberen Bett schlafen. Er
quetschte sich zunächst in das schmale untere Bett neben mich,
und es war nicht schwer zu erraten, dass er gerne Sex mit mir
gehabt hätte. Aber ich konnte beim besten Willen nicht. Ich
glaubte, trotz geputzter Zähne noch immer Matt zu schmecken. So liebevoll wie möglich redete ich mich heraus. Sascha
schob meine Unlust auf meine »Schwangerschaft« und ließ
von mir ab. Trotz allem wollte er gerne eingekuschelt neben
mir einschlafen. Doch schon nach zehn Minuten hatte ich das
Gefühl, neben seinem warmen Körper keine Luft mehr zu bekommen. Ich merkte deutlich, dass er gekränkt war, als er in
das obere Stockbett stieg, aber er behauptete steif und fest, es
sei völlig in Ordnung, wenn ich meinen Platz brauchte.

Und jetzt habe ich meinen Platz und liege trotz allem wach.
Alle möglichen Gedanken galoppieren in meinem Kopf
durcheinander und verursachen ein völliges Chaos. Ich sehe
ständig Matt vor mir. Wie er mit mir zu »Lying Eyes« tanzt,
mich durchdringend mustert, mich zu seinem Auto bringt,
mich plötzlich küsst. Immer wieder spielt sich die Szene im
Pick-up in meinen Gedanken ab. Ich spüre seine Hände und
Lippen und Bartstoppeln, rieche seine Haut und höre seinen
Atem, der genauso stoßweise geht wie meiner. Mit einem leisen Stöhnen wälze ich mich in meinem Bett herum und hoffe,
dass ich jeden Moment aufwache und feststelle, dass die letzten
Tage ein einziger Alptraum waren. Dass ich nie erzählt habe,
ich sei schwanger, dass Isa keine Fehlgeburt hatte, dass Sascha

nicht hier aufgetaucht ist. Nur die Küsse, die sollen bitte wirklich stattgefunden haben. Ich möchte sie nicht nur geträumt haben. Ich möchte … Ja, was eigentlich?

So leise wie möglich schäle ich mich aus meinem Bett und trete ans Fenster. Der Mond spiegelt sich im dunklen See, die Bäume am Ufer ragen als schwarze Silhouetten in den Nachthimmel. Der Schatten einer Fledermaus huscht pfeilschnell an der Lodge vorbei. In den Huckleberry-Büschen hinter der Feuerstelle leuchtet ein Glühwürmchen.

Ich habe »ja« zu Saschas Antrag gesagt. Wie konnte ich das nur machen? Nachdem ich Matt kurz zuvor bestätigt hatte, dass ich mich von Sascha trennen würde? Nachdem ich Matt geküsst hatte? Um ein Haar in seinem Bett gelandet wäre? Bei dem Gedanken an Matts Bett zieht sich mein Unterleib beinahe schmerzlich zusammen. Ich presse meine Stirn an die kühle Fensterscheibe und schließe die Augen. Was mache ich bloß? Hinter mir im oberen Stockbett liegt ein Mann, der mich liebt und extra wegen mir von Shanghai aus um den halben Erdball geflogen ist, um mich zu überraschen. Hendrik war in Saschas Plan eingeweiht. Deshalb ist er heute Abend zu Hause geblieben, um hier zu sein, als Sascha ankam. Eigentlich sollte er sogar schon gestern eintreffen, doch wegen des Hurrikans wurde sein Flug verschoben. Sascha ist extra nach Nova Scotia gekommen, um doch noch ein paar Urlaubstage und vor allem Isas Hochzeit mit mir zu verbringen. Weil er wusste, wie wichtig mir das ist. Nein, war.

Ich öffne die Augen und starre in die Nacht hinaus. Es ist mir nicht mehr wichtig, ihn hier zu haben. Ich habe Sascha tatsächlich nicht vermisst. Natürlich ist er mir vertraut, und als ich eben im Bett seinen Geruch in der Nase hatte, fühlte ich mich ein paar Augenblicke lang geborgen und zu Hause.

Aber dann begann die Sehnsucht an mir zu nagen. Die Sehnsucht nach einem anderen Mann. Nach Matt.

Ich wende mich vom Fenster ab und schleiche aus dem Zimmer. In der Küche mache ich das Licht über der Arbeitsfläche an, gieße mir ein Glas Wasser ein und setze mich an den Küchentisch.

Ob Sascha mir auch einen Antrag gemacht hätte, wenn er nicht davon ausgegangen wäre, dass ich schwanger bin?

Ich nippe an meinem Wasser und starre auf die Astlöcher in der Küchenwand, während ich über diese Frage nachdenke. Liebt er mich wirklich genug, um den Rest meines Lebens mit mir verbringen zu wollen?

Liebe ich ihn genug?

Mein Zeigefinger fährt über die Holzoberfläche des Küchentisches, die an manchen Stellen von Kerben und Dellen durchzogen ist. Ich sehe wieder Matt vor mir, wie er mich in jener Sommernacht vor 14 Jahren über diesen Tisch hinweg angeschaut hat. Nach diesem Sommer konnte ich jahrelang nicht mehr »Mensch ärgere dich nicht« spielen, ohne einen Kloß im Hals und einen Stein im Magen zu haben.

Nein, ich liebe Sascha nicht genug. Weil ich mich vor 14 Jahren in jemanden verliebt habe, der mich nie mehr losgelassen hat, selbst wenn ich zwischenzeitlich glaubte, über ihn hinweg zu sein. Aber im Grunde genommen wusste ich wohl die ganze Zeit, dass die Sache mit Matt nicht abgeschlossen war. All die Jahre habe ich mich immer wieder bei dem Gedanken erwischt, dass ich noch einmal nach Nova Scotia zurückkehren müsste, um zu sehen, was aus Matt geworden ist. Was aus uns hätte werden können.

Und jetzt weiß ich es.

Immer, wenn ich in den vergangenen Jahren an Matt gedacht

habe, hat Kleine Bärin mich auf den Boden der Tatsachen zurückgeholt. Sie hat die Arme vor der Brust verschränkt und
mich energisch darauf hingewiesen, dass ich einer Phantasie
nachtrauere. Dass keine Jugendliebe, die im Alter von 16 Jahren sechs Wochen lang gedauert hat, heute noch Bestand haben
könnte. Aber Kleine Bärin hat sich geirrt.

Habe ich überhaupt nicht! Schon wieder verschränkt sie ihre schlanken braunen Arme vor der Brust und sieht mich über
den Küchentisch hinweg empört an.

»Ach nein? Hast du etwa vergessen, wie Matt mich vorhin
geküsst hat? Wäre Sascha nicht hier aufgetaucht, läge ich jetzt
in dem schönen Bett in Matts Loft!«

Kleine Bärin rollt mit den Augen. *Mag sein. Ihr hättet Sex
gehabt. Okay. Aber das wäre vermutlich alles gewesen.*

»Woher willst du das wissen?« Jetzt verschränke auch ich
die Arme vor der Brust.

*Nina. Komm doch bitte mal kurz aus deinem rosaroten Wol-
kenschloss und sei zur Abwechslung realistisch. Selbst wenn du
die Nacht mit Matt verbracht hättest. Wie würde es morgen
früh weitergehen?*

»Wir hätten nochmal Sex«, fauche ich schlecht gelaunt.

*Mag sein. Und danach? Nach all dem Sex, den ihr vielleicht
während der nächsten Tage und Nächte gehabt hättet?*

Bei dem Gedanken an all diesen Sex stöhne ich leise auf.

*Nina, hör mir zu! Was wäre dann gewesen? Nächste Woche
musst du nach Berlin zurück. In dein wirkliches Leben. Wo
dein Job in der Werbeagentur auf dich wartet.*

»Jetzt fang bitte nicht von der Werbeagentur an!«

*Es ist doch aber so. Oder was hast du sonst vor? Willst du
wirklich hierbleiben, Matt heiraten und gemeinsam mit Carrie
und Elaine im Diner arbeiten?*

Ich möchte antworten, dass ich Kinderbücher illustrieren könnte, aber die Worte kommen nicht über meine Lippen. Nein, diesen Traum habe ich wohl ausgeträumt. Und, wer weiß. Vielleicht sollte der Traum von einem Leben mit meiner Jugendliebe in Kanada auch in die Schublade zu den alten, unrealistischen Träumen gepackt werden.

Kleine Bärin schaut mich forschend an. *Wärst du bereit, dein Leben in Deutschland aufzugeben? Das ganze Jahr über hier in Nova Scotia zu leben? Zur Not irgendwelche Aushilfsjobs anzunehmen?*

Ich starre auf die Maserung des Tisches. »Keine Ahnung«, murmele ich. So weit habe ich während der letzten Tage, als ich immer wieder davon phantasiert habe, Matt zu küssen, nicht gedacht. Daran, was nach den Küssen und dem Sex käme. Nach dem Urlaub.

»Immer musst du alles besser wissen«, knurre ich.

Tue ich auch. Zum Beispiel weiß ich, dass du Sascha schleunigst die Wahrheit sagen solltest. Er muss wissen, dass er weder Vater noch Ehemann wird. Jedenfalls nicht so bald.

»Scheiße, ich weiß«, stöhne ich auf und lasse meine Stirn auf die Tischplatte sinken. Der intensive Holzgeruch steigt mir in die Nase und saust sofort Richtung Herz. Ich vermisse Matt! Am liebsten würde ich sofort zu ihm hinüberlaufen. Ob er schon aus dem Shore Club zurückgekommen ist? Nein, dann hätte ich seinen Pick-up vorbeirumpeln hören.

Als wenige Sekunden später tatsächlich ein Motorengeräusch zu hören ist, fahre ich erschrocken hoch. Mit angehaltenem Atem lausche ich. Eine Autotür wird zugeschlagen.

Oh. Mein. Gott. Ob das Matt ist, der vorbeikommt, um mir zu sagen, dass er nicht ohne mich leben kann? Dass ich einen Fehler begehe, wenn ich Sascha heirate?

Eine zweite Autotür schlägt zu. Meine Aufregung fällt in sich zusammen, wie viele der Träume, von denen ich mich schon verabschiedet habe. Das müssen Leo und Sonja sein.

Und tatsächlich, kurz darauf geht die Haustür auf und Leo kommt herein. In der Hand hält sie den Zettel, den ich draußen aufgehängt habe. Völlig überflüssigerweise, schließlich bin ich noch hellwach und kann ihr selbst sagen, dass sie aus unserem Zimmer ausquartiert wurde. Leos Blick ist noch auf das Papier geheftet, als sie ein paar Schritte ins Wohnzimmer hineinmacht. Dann schaut sie in meine Richtung.

»Sascha ist hier?«, fragt sie und starrt mich an. Ich nicke.

»Ja.«

»Wer ist hier?« Sonja schließt die Haustür etwas lauter als nötig und kommt dann unsicheren Schritts näher. Sie hat ganz schön einen sitzen. Ihr Kopftuch ist zum Halstuch mutiert, die langen Enden hängen ihr schief über eine Schulter. Sie versucht, sich an der Lehne eines Küchenstuhls festzuhalten, reißt dabei jedoch den Stuhl um. Leo greift beherzt ein und verhindert im letzten Moment, dass unsere Schwägerin samt Stuhl zu Boden kracht. Mit einem lauten Kichern stützt sich Sonja auf Leos Schulter. »Ups! Wäre fast umgefallen!«

»Allerdings«, seufzt Leo und rückt den Stuhl für Sonja zurecht. »Hier, setz dich lieber, bevor du dir oder mir etwas brichst.« Als Sonja sich auf den Stuhl hat plumpsen lassen, schaut Leo mich an und fragt: »Also – warum ist Sascha hier?«

»Wer ist Sascha?«, lallt Sonja und stützt einen Unterarm auf den Tisch und ihr Kinn auf ihre Hand.

»Der Vater ihres Babys«, sagt Leo mit einer Spur Ungeduld und setzt sich auf die Tischkante, mit dem Rücken zu Sonja.

»Mein Verlobter«, sage ich leise.

Die Augenbrauen meiner Schwester schnellen in die Höhe. »Was?«

»Ich wusste gar nicht, dass du verlobt bist«, nuschelt Sonja in ihre Hand hinein.

»War ich bis vorhin auch nicht.« Ich weiche Leos Blick aus und starre wieder auf das Holz des Küchentisches. »Sascha wollte mich überraschen und ist direkt von Shanghai aus hierhergekommen.«

»Dein Verlobter wohnt in Sh-Sh-Shanghai?«

»Oh Mann, Sonja, sei doch mal ruhig, okay?« Leo sieht unsere Schwägerin genervt an. Sonja schiebt ihre Unterlippe vor und schweigt beleidigt.

»Er war geschäftlich in China«, erkläre ich. »Und als er hier am See ankam, waren nur unsere Eltern, Heinz und Hendrik da. Na ja, und als Matt mich hier am Haus absetzen wollte …«

Ach, er wollte dich absetzen?, fragt Kleine Bärin amüsiert, aber ich versuche, mich nicht von ihr aus der Fassung bringen zu lassen.

»Als er mich absetzen wollte, kamen Hendrik und Sascha auf den Pick-up zu, und Sascha ging vor mir auf die Knie und machte mir einen Heiratsantrag.«

Sonja murmelt etwas, das mit viel Phantasie als »wie romantisch!« interpretiert werden könnte. Ihr Gesicht ist größtenteils in ihrem Handteller verschwunden, ihre Nase lugt eingequetscht zwischen Ring- und Mittelfinger hervor. Ich wünschte, ich hätte eine Kamera zur Hand und wäre in der Stimmung, ein lustiges Erinnerungsfoto meiner besoffenen Schwägerin zu machen.

»Einfach so?« Leo hat die Arme vor der Brust verschränkt und starrt mich fragend an. »Er geht einfach so mitten in der

Nacht in unserer Einfahrt neben Matts Pick-up auf die Knie und macht dir einen Heiratsantrag?«

»Na ja«, beginne ich zögerlich. Jetzt wäre der perfekte Zeitpunkt, um zu erklären, dass Sascha nur deshalb so reagiert hat, weil er von Hendrik erfahren hatte, dass er Vater wird. Und der noch perfektere, längst überfällige Zeitpunkt, um mit meinem Geständnis zu beginnen. Dass ich nicht schwanger bin. Doch bevor ich die Worte in meinem Kopf zusammentreiben kann, sagt Leo:

»Deshalb ist Matt so schnell zurück in den Shore Club gekommen. Ich habe mich schon gewundert. Hätte schließlich schwören können, dass ihr zwei in der Kiste landet.«

»Wer ist in der Kiste gelandet?«, kommt es lallend zwischen Sonjas Fingern hindurch.

»Na, du und dieser Pferdeschwanz-Typ zum Glück nicht«, brummt Leo. »Das hättest du morgen früh bereut, glaub mir.«

»Aber er konnte toll küssen!«

»Klar, schließlich hat er jede Menge Übung, nach dem, was Rita mir erzählt hat. Sei froh, dass du den Aufreißer los bist, Sonja!«

»Ich hatte schon so lange keinen Sex mehr«, seufzt Sonja. Ihr Ellbogen rutscht wie in Zeitlupe zur Seite, und unsere Schwägerin sinkt mit dem Kopf auf den Küchentisch. Wo sie liegen bleibt. Leo und ich wechseln einen langen Blick.

»Ich werde sie ins Bett bringen, bevor sie hier in Tiefschlaf verfällt«, sagt Leo und steht auf. Unsanft rüttelt sie Sonja an den Schultern. »Hey, wach auf, du kannst nicht hier in der Küche schlafen.«

Es dauert ein paar Minuten und erfordert unser vereintes Zupacken, bis Sonja auf wackeligen Beinen steht. »Okay, den Rest schaffe ich allein«, keucht Leo und bugsiert Sonja in

Richtung Westflügel. »Du bist schließlich schwanger und musst dich schonen.«

Ihre Worte durchschneiden meine Eingeweide. Ich starre Leo und Sonja hinterher, wie sie Seite an Seite den Flur hinunterwanken. Leo öffnet die Schlafzimmertür am Ende des Flurs, und ich halte den Atem an. Ob Hendrik aufwacht? Ein paar Minuten später taucht Leo wieder auf, schließt die Tür und kommt zurück ins Wohnzimmer.

»So, besoffene Schwägerin versorgt, Bruder und Neffe nicht aufgewacht. Ich gehe ins Bett. Gute Nacht, Nina.« Im Vorbeigehen schaut sie mich an und fügt hinzu: »Und herzlichen Glückwunsch zur Verlobung.«

Die Ironie, die in ihren Worten mitschwingt, ist unüberhörbar. Ich kann meiner kleinen Schwester nichts vormachen. Sie hat genau mitbekommen, was zwischen Matt und mir vorgegangen ist.

»Gute Nacht«, murmele ich und sehe ihr nach, wie sie im Badezimmer verschwindet. Wenn sie bei mir einen so klaren Durchblick zu haben scheint, warum habe ich dann keinen bei ihr? Nach wie vor ist mir schleierhaft, worüber sie die halbe Nacht mit Matt geredet hat. Anstatt mit mir.

Ich bleibe neben dem Küchentisch stehen und starre ins Leere. Wie viel Zeit vergeht, kann ich nicht sagen. Die Badezimmertür geht wieder auf. Das Licht im Flur wird gelöscht. Ich verspüre den Drang, Leo davon abzuhalten, ins Bett zu gehen. Ich möchte mit ihr reden. Die Nacht durchquatschen. Mir ihre Sorgen anhören und im Gegenzug mein Herz bei ihr ausschütten. Plötzlich wünsche ich mir nichts mehr, als mir alles von der Seele zu reden. Aber bevor ich mich dazu durchringen kann, ihren Namen zu rufen, schließt sich bereits die

Tür zu dem kleinen Zimmer, in dem früher unser Bruder geschlafen hat.

Das wehmütige Heulen eines Eistauchers reißt mich aus meinen Gedanken. Traurig und einsam schallt der Ruf durch die Nacht. Nein, gar nicht einsam. Ein zweiter Ruf ertönt aus einer anderen Richtung. Zwei Eistaucher, an verschiedenen Enden des Blueberry-Sees, die sich rufen. Als der erste Eistaucher wieder antwortet, schießen Tränen in meine Augen. Obwohl Sascha nur wenige Meter von mir entfernt im Bett liegt und schläft, fühle ich mich verlassen wie nie zuvor. Ich möchte zu Matt, aber ich traue mich nicht. Vielleicht ist er nicht allein? Dieser Gedanke durchzuckt mich wie ein heißer Schmerz. Aber nein, das würde er nicht machen. So schnell, nachdem wir uns im Auto schier die Klamotten vom Leib gerissen haben, würde er keine andere Frau mit nach Hause nehmen, nur, um mir eins auszuwischen. Oder doch?

Als draußen beide Eistaucher synchron aufheulen, hält mich nichts mehr in der Lodge. Mir ist klar, dass ich heute Nacht keinen Schlaf finden werde. Dass ich nicht in Saschas Nähe liegen, seinem Atem lauschen kann. Ich schleiche in unser Zimmer und ziehe Jeans, warme Socken und eine Fleece-Jacke an. Dann schnappe ich mir meine Decke und gehe aus dem Haus.

Kapitel 35

Die ganze Nacht hindurch sitze ich auf einem Klappstuhl am Steg. Es ist ziemlich kalt, aber die Decke hüllt mich schützend ein. Um mich herum wispert der Wind in den Bäumen, raschelt es in den Büschen. Die altbekannte Angst vor dem dunklen Wald will mich befallen, doch Kleine Bärin erklärt mir mit Nachdruck, dass keine Vampire, Massenmörder oder Schwarzbären im Gestrüpp auf mich lauern, sondern sich vermutlich ein harmloses Stachelschwein seinen Weg durch das Unterholz bahnt. Die Eistaucher heulen noch ein paar Mal, bevor sie in Schweigen verfallen. Ob sie sich gefunden haben? Statt der Rufe der Eistaucher ertönt kurz darauf ein anderes Geräusch, das mir die Nackenhaare zu Berge stehen lässt: das ferne Bellen und Heulen von Kojoten. Ich weiß, dass sie zu scheu sind, um sich unserer Lodge zu nähern. Dennoch muss ich allen Mut aufbringen, um mich nicht in die Sicherheit des Blockhauses zu flüchten.

Stattdessen lege ich den Kopf in den Nacken und starre in den endlosen Himmel über mir hinauf. Der große Wagen ist das einzige Sternbild, das ich erkenne. Dabei hat Papa uns so oft erklärt, welche Formationen aus hellen Punkten welche Namen tragen. Insgesamt zähle ich fünf Sternschnuppen, bevor mein Nacken so steif ist, dass ich den Blick von den Sternen abwenden muss. Bei jedem verglühenden Stern habe ich mir etwas gewünscht. Fünf Mal dasselbe. Dass ich morgen früh aufwache und alles nur ein völlig verrückter Traum war. Doch mir ist klar, dass dieser Wunsch nicht in Erfüllung gehen wird.

Über meinen Gedanken, die unermüdlich um Matt, Sascha und mein in sich zusammenbröckelndes Lügengerüst gekreist sind, muss ich eingenickt sein. Als ich die Augen aufmache, wird im Osten allmählich der Himmel hell. Während ich beobachte, wie über dem Blueberry-See der Morgen heraufdämmert und die Natur sich den Schlaf aus den Augenwinkeln reibt, werde ich mit einem Mal ganz ruhig. Die wirren Gedanken, Ängste und Vorwürfe, die mich vor dem Einschlafen gequält haben, verblassen. Je heller es wird, desto klarer sehe ich, was zu tun ist. Als der erste Streifen goldenen Lichts über den Rand der Wälder lugt und die Nebelschleier über dem schwarzen Wasser zum Schimmern bringt, stehe ich auf und strecke mich. In die Decke gehüllt, laufe ich zur Lodge hinauf. Ein Hase, der gerade eine Rudbeckie geköpft hat, schaut mich aus großen Augen erschrocken an. Es ist offensichtlich, dass er nicht an Zuschauer um diese frühe Stunde gewöhnt ist.

»Erwischt«, murmele ich und gehe langsam, um ihn nicht zu verscheuchen, an dem kleinen Waldbewohner vorbei. Der Hase macht einen Hüpfer zur Seite und bleibt dann sitzen. Stück für Stück mümmelt er den Stengel der Rudbeckie auf, bis nur noch die gelbe Blüte aus seinem Mäulchen ragt. »Lass es dir schmecken«, flüstere ich und gehe die Treppenstufen zur Eingangstür hinauf.

Leise betrete ich unser Zimmer, in dem Sascha nach wie vor friedlich schläft. Ich frage mich, ob sein Jetlag ihn in Kürze aufwecken wird, so wie mich an den ersten Morgen hier in Nova Scotia. Ein Blick auf meine Armbanduhr zeigt mir, dass es kurz vor sechs ist. Dann jedoch fällt mir ein, dass sein Biorhythmus durch die lange Reise nach China und dann von Shanghai hierher sowieso gänzlich durcheinander sein muss, und ich habe keine Ahnung, ob er nun früh oder spät aufwachen wird. Ich lehne mich an die Bettkante des oberen Stockbetts und betrachte im Dämmerlicht den Mann, mit dem ich zwei Jahre lang zusammen war. Er liegt auf der Seite, das blonde Haar fällt ihm in die Stirn. Sein Mund ist leicht geöffnet, und er wirkt so verletzlich, dass mir mit einem Mal ganz elend zumute wird. Was bin ich nur für ein schlechter Mensch? Wie kann ich Sascha nur so etwas antun?

Bevor die Entschlossenheit, die mich eben am Bootssteg ergriffen hat, die Chance bekommt, sich zu verflüchtigen, blinzelt Sascha. Als habe er gespürt, dass ich neben ihm stehe und ihn anstarre, öffnet er die Augen und schaut mich an. Er scheint sofort zu wissen, wo er ist. Ein Lächeln überzieht sein Gesicht.

»Hey«, murmelt er und gähnt herzhaft. »Wie spät ist es denn?«

»Noch früh«, sage ich, während mein schlechtes Gewissen wächst und gedeiht. »Tut mir leid, ich wollte dich nicht wecken.«

»Ist schon okay, von dir werde ich immer gerne geweckt.« Er schlägt seine Decke zur Seite und klopft auf die Matratze. »Kommst du hoch zu mir?«

Ich zögere. Starre auf mein eigenes Bett, in dem ich nicht geschlafen habe. Muss daran denken, dass ich ebenfalls nicht darin geschlafen hätte, wäre Sascha gestern Abend nicht aufgetaucht. Dann wäre ich heute Morgen in Matts Bett aufgewacht. Ein Schauer läuft über meinen Rücken und lässt mich erzittern.

»Warum bist du in deine Decke gewickelt?« Sascha stützt sich auf einen Ellbogen und sieht mich fragend an.

»Ich habe die Nacht am Bootssteg verbracht«, sage ich.

»Am Bootssteg.« Seine Stimme klingt ruhig, als er meine Worte wiederholt. Er greift über sich und knipst die Lampe an, die an der Holzwand befestigt ist. Der helle Lichtschein lässt uns beide blinzeln. Als seine Augen sich an die Helligkeit gewöhnt haben, mustert mich Sascha ernst. Ich halte seinem Blick stand, so gut es geht.

»Komm hoch zu mir und erzähl, was los ist«, bittet er leise.

Und das mache ich. Mit meiner Decke steige ich in das obere Stockbett und lehne mich mit dem Rücken an die Holzwand. Sascha setzt sich neben mich, macht jedoch keine Anstalten, den Arm um mich zu legen oder mich zu küssen. Ich weiß, dass er begriffen hat, bevor ich überhaupt zu meinem Geständnis angesetzt habe.

Und so kommen die Worte leichter über meine Lippen, als ich gedacht habe. Wie von selbst sprudeln sie heraus. Ich erkläre, dass ich nicht schwanger bin und warum ich Hals über Kopf in diese blöde Lügengeschichte gerutscht bin. Und ich erzähle von Matt. Davon, was damals zwischen uns war. Und was gestern Abend passiert ist.

Als alles gesagt ist, schweige ich atemlos. Ich wage es nicht, Sascha anzusehen. Also starre ich auf das Blümchenmuster meiner Bettdecke. Eine Zeitlang hört man nur das Trappeln von Eichhörnchenpfötchen auf dem Dach über uns. Schließlich sagt Sascha: »Als du gestern aus seinem Pick-up gestiegen bist, da dachte ich mir schon so etwas. Aber der Gedanke, dass du schwanger bist, hat alles andere unwichtig erscheinen lassen. Ich dachte, wir bekommen das schon hin. Und als du ›ja‹ zu meinem Heiratsantrag gesagt hast, war ich überzeugt, dass dieser Matt nur eine Randerscheinung in deinem Leben ist.« Er sieht mich von der Seite an. »Aber das ist er nicht, richtig?«

Ich schüttele den Kopf. »Nein, das ist er nicht. Es tut mir so schrecklich leid.«

»Ja, mir auch. Ich wäre gerne Vater geworden.«

Seine ruhige, beherrschte Art macht alles noch schlimmer.

Es wäre mir lieber, er würde ausflippen, mich anschreien, mir Vorwürfe machen. Tränen schießen aus meinen Augen und laufen über meine Wangen. Schniefend wische ich sie mit dem Handrücken fort.

»Ich wollte nicht, dass du denkst, ich sei schwanger«, stoße ich hervor. »Ich habe gar nicht so weit gedacht, dass du es erfahren könntest. Ich – ich habe diese ganze blöde Geschichte überhaupt nicht richtig durchdacht. Es tut mir so verdammt leid, und ich schäme mich entsetzlich.«

Sascha starrt schweigend an die Holzwand über dem Kopfende seines Betts. »Dann ist es mit uns wohl vorbei, was? Du liebst diesen Kanadier. Da gibt es wohl keine Zukunft mehr für uns beide.«

Ich weiß nicht, was ich sagen soll. Schließlich wispere ich ein armseliges: »Du bist mir nicht egal, Sascha.«

»Wie schön.« Er lacht bitter auf. »Gut zu wissen, schließlich bin ich wegen dir um den halben Erdball geflogen, um die Hochzeit deiner Cousine nicht zu verpassen. Was dir ja vor ein paar Wochen noch so viel bedeutet hat. Wenn ich damals schon gewusst hätte, dass du diese Cousine genauso belügen würdest wie den Rest deiner Familie … und mich!« Er löst den Blick von der Holzwand und sieht mich an. »Weißt du, Nina, selbst wenn du diesen Kanadier nicht lieben würdest, ich glaube, ich könnte gar nicht mehr mit dir zusammen sein. Wie sollte ich dir je wieder nur ein einziges Wort glauben?«

Ich schluchze auf, und da ich absolut nicht weiß, was ich darauf sagen soll, heule ich einfach weiter.

»Ich werde dann mal meine Sachen zusammenpacken«, sagt Sascha und klettert über die Bettkante. »Vielleicht habe ich Glück und erwische heute noch einen Flug nach Deutschland.«

Wie erstarrt sitze ich im oberen Bett und sehe dabei zu, wie er ein Hemd und eine Hose aus dem Koffer holt, der geöffnet unter dem Fenster steht. Er dreht mir den Rücken zu, während er in frische Boxershorts und ein weißes T-Shirt schlüpft. Ich starre auf das vertraute Muttermal zwischen seinen Schulterblättern. Auf seine muskulösen Waden, die ich immer so sexy fand. Nein, immer noch finde. Sein Haar steht in alle Himmelsrichtungen, und ich möchte mit der Hand hindurchfahren und mit den blonden Strähnen spielen – wie ich es so oft getan habe, wenn ich nach dem Sex in seinen Armen gelegen habe. Die Tränen laufen und laufen und wollen einfach nicht mehr aufhören. Als Sascha fertig angezogen ist, dreht er sich zu mir um und sieht mich an.

»Ihr habt hier nicht zufällig Internet?« Ich schüttele den Kopf. »Wo kann ich am besten hinfahren, um online nach Flügen zu suchen?«

»Ins Fo-ho-ggy Days«, stoße ich hervor. »Da-has ist der Diner im O-hort.«

Sascha nickt. »Okay. Ich bin kurz im Bad.« Er greift nach seinem Kulturbeutel und verlässt das Zimmer.

Wie benommen bleibe ich noch ein paar Minuten sitzen und lausche dem Plätschern von Wasser im Badezimmer. Schließlich raffe ich mich auf und steige vom Bett hinunter. Ein Blick in den Spiegel an der Wand zeigt mir, dass ich wie das Grauen auf zwei Beinen aussehe. Wenn Sascha gleich fährt, wird er mich so in Erinnerung behalten. Ich wische mein Gesicht trocken, doch meine rot verquollenen Augen lassen sich nicht wegreiben. Also gehe ich in die Küche und drehe den Wasserhahn in der Spüle auf. Das kalte Wasser weckt meine Lebensgeister. Prustend tauche ich unter dem Hahn hervor und trockne mein Gesicht mit Küchenpapier ab. Das Geräusch von

Rollen auf dem Dielenboden lässt mich herumfahren. Sascha steht mitten im Wohnzimmer, seinen Koffer neben sich. Sein Haar ist feucht und liegt ordentlich am Kopf.

»Ich fahre dann mal«, sagt er.

Ich zerknülle das feuchte Küchenpapier in einer Hand und gehe auf ihn zu. Aus der Nähe erkenne ich, dass er Zahnpasta im linken Mundwinkel hat. Automatisch strecke ich meine Hand aus und will sie wegreiben. Dann jedoch fällt mir ein, dass ich das nicht mehr tun sollte. Was erneut Tränen in meine Augen treibt.

»Du hast da Zahnpasta«, schniefe ich und reiche ihm das feuchte Küchenpapier. »Hier.«

»Danke.« Als er nach dem Papier greift, merke ich, dass seine Hand ein wenig zittert. Er reibt sich über den Mundwinkel und starrt dabei auf seine Schuhe, die wie immer blitzblank poliert sind. Als er den Blick hebt, sehe ich, dass seine hellblauen Augen feucht schimmern. Dieser Anblick trifft mich wie ein Faustschlag in die Magengrube. Wenn ich etwas nicht ertrage, ist es, Sascha, den zuversichtlichen, charismatischen Sascha, weinen zu sehen.

»Es tut mir so leid«, flüstere ich und mache noch einen Schritt auf ihn zu. Ehe ich mich beherrschen kann, habe ich eine Hand ausgestreckt und fahre ihm sacht über die Wange. Ich spüre feine Bartstoppeln, die kaum sichtbar sind, weil sie so blond sind wie sein Haar. Es ist ein ungewohntes Gefühl, denn Sascha rasiert sich sonst jeden Morgen. Er sieht mich an und greift nach meiner Hand. Nimmt sie von seiner Wange. Hält sie einen Augenblick lang fest und lässt sie dann los.

»Ja, ich weiß«, murmelt er und räuspert sich. Er blinzelt ein paar Mal, und seine Augen sind nicht mehr feucht. »Vermutlich hätte unsere Beziehung auch ohne deinen Kanadier nicht ewig gehalten«, fährt er dann fort. »Oder glaubst du, dass wir uns jemals auf eine gemeinsame Wohnung hätten einigen können?«

Ich starre ihn sprachlos an, als ich ein Lächeln um seine Mundwinkel zucken sehe. Vor lauter Erleichterung weiß ich nicht, was ich sagen soll. Also schüttele ich nur den Kopf.

»Eben«, sagt er. »Und das Chaos, das du verbreitest, wo du gehst und stehst, hätte mich auf Dauer wahnsinnig gemacht.«

Jetzt finde ich doch ein paar Worte. »Und mich dein Hang zu teuren Designersachen«, sage ich. »Und ich hasse Strandurlaub auf den Malediven.«

Überrascht schnellen seine Augenbrauen in die Höhe. »Wirklich? Ich hätte nicht gedacht, dass es jemanden gibt, der nicht gerne auf die Malediven möchte.«

»Doch. Mich.« Ein winziges Lächeln stiehlt sich auf meine Lippen. »Ich bin nicht so der Südsee-Typ.«

»Die Malediven liegen nicht in der Südsee«, sagt Sascha.

Ups. Erdkunde war wirklich noch nie meine Stärke. Sehr zu Papas Kummer.

»Und ich wüsste nicht, wie ich es länger als zwei Tage hier in dieser Einöde aushalten sollte«, sagt er dann. »Ich meine, nichts für ungut, das hier ist eine nette Hütte. Aber ohne Fernsehen und Internet? Ich bitte dich! Außerdem bin ich heute Nacht ständig von Mücken gestochen worden.«

Jetzt grinse ich breit. »Ja. Willkommen am Blueberry-See!«

Sascha grinst zurück. Dann wird er wieder ernst und schaut auf seine Rolex, die seine Eltern ihm zum zweiten Staatsexamen geschenkt haben. »Also, ich werde dann mal diesen Diner suchen, um Internetempfang zu bekommen. Wie komme ich denn am besten dorthin?«

Während ich mit ihm die Lodge verlasse und zu seinem

Mietwagen gehe, erkläre ich meinem Freund – ups, Ex-Freund – den Weg zum »Foggy Days«. Als er sein Gepäck im Kofferraum verstaut hat, dreht er sich zu mir um und sieht mich lange an.

Schließlich zieht er mich in seine Arme. »Ich hoffe, du behandelst diesen Kanadier besser als mich. Lügst ihn nicht an.«

Ich vergrabe mein Gesicht in seinem Hemd und atme ein letztes Mal den vertrauten Geruch seines Jean-Paul-Gautier-Aftershaves ein. »Ich werde mein Bestes geben«, murmele ich.

Er löst sich von mir und sieht mich an. »Melde dich, wenn du wieder in Berlin bist, okay? In meinem Badezimmer fliegen überall deine Schminksachen und Haarprodukte und was weiß ich nicht alles herum. Und irgendwo in dem Chaos, das du Wohnung nennst, müssen noch meine Depeche-Mode-CD und dieser Kaschmirschal sein, den meine Mutter mir zu Weihnachten geschenkt hat.«

Ich nicke und muss lachen. »Der scheußliche senfgelbe. Übrigens mag ich Depeche Mode nicht.«

Sascha rollt mit den Augen. »Und ich keine Country-Musik.« Er beugt sich vor und gibt mir einen schnellen Kuss auf die Wange.

»Warte«, sage ich, als er die Fahrertür öffnet. Er dreht sich um und sieht mich fragend an.

»Hättest du mich auch heiraten wollen, wenn du nicht gedacht hättest, ich sei schwanger?«

Sascha zögert einen Moment lang und zuckt schließlich mit den Schultern. »Ich weiß es nicht.«

Ich nicke. Ein Stein fällt von meinem Herzen. »Wegen der Country-Musik, oder?«

Sascha schmunzelt. »Du hast es erfasst.«

»Fahr vorsichtig«, sage ich und kämpfe gegen einen aufsteigenden Kloß in meinem Hals an. »Und wenn du im ›Foggy Days‹ bist, musst du unbedingt die Blaubeerpfannkuchen bestellen.«

»Ich hasse Blaubeeren. Habe ich das noch nie erwähnt?« Er zwinkert mir zu und steigt in den Wagen.

Ich muss gleichzeitig weinen und lachen, als ich zusehe, wie er in unserer Einfahrt wendet und davonfährt.

Kapitel 36

Als ich die Blueberry Lodge betrete, kommt Hendrik mir im Schlafanzug entgegen.

»Warum ist Sascha weggefahren?«

Ich seufze leise und will an meinem Bruder vorbei Richtung Küche gehen, aber er hält mich am Arm fest. »Was ist passiert?«

»Hey, du tust mir weh!« Ich winde mich aus seinem Griff und reibe demonstrativ die Stelle, wo er mich festgehalten hat. »Es geht dich zwar nichts an«, sage ich dann, »aber wenn du es wissen möchtest: Ich habe mit Sascha Schluss gemacht.«

Aua. Es schmerzt, das so laut ausgesprochen zu hören.

»Wie bitte?« Hendriks Stimme wird lauter.

»Psst, du weckst die anderen auf«, zische ich und werfe besorgte Blicke in Richtung Westflügel und Ostflügel. Die Küchenuhr zeigt kurz nach sieben Uhr an, viel zu früh, um meine gesamte Familie auf den Plan zu rufen.

»Bist du jetzt völlig übergeschnappt?« Der Gesichtsausdruck meines Bruders zeigt mir deutlich, dass er genau davon ausgeht. »Du machst mit Sascha Schluss, obwohl du schwanger von ihm bist und ihr euch gestern Abend verlobt habt? Vernebeln die Hormone dir das Hirn?«

Ich will zu einer Antwort ansetzen, aber Hendrik lässt mich gar nicht zu Wort kommen. Er stemmt die Hände in die Hüften und sagt noch eine Spur lauter und mehrere Spuren aggressiver: »Oh nein. Sag mir bitte, dass Matt nichts damit zu tun hat.«

Sein Blick ist hart und durchdringend, und ich weiche ihm schnell aus. Diese Geste sagt natürlich mehr als tausend Worte.

Hendrik macht einen Schritt auf mich zu, und ehe ich abhauen kann, packt er mich an beiden Oberarmen und schüttelt mich.

»Bist du von allen guten Geistern verlassen, Nina?« Ich zucke zusammen, als er mich anschreit. »Wegen diesem blöden Holzfäller verlässt du einen Mann wie Sascha? Einen Anwalt? Was geht eigentlich vor in deinem Spatzenhirn? Hab ich dir nicht gesagt, du kannst den Waldschrat einen Sommer lang vögeln, so viel du willst, aber nach dem Urlaub muss Schluss damit sein?«

Bei den Worten »Holzfäller«, »Spatzenhirn« und »Waldschrat« legt sich in meinem Inneren mit einem leisen »Klick« ein Schalter um. Der Schalter, der mich jahrelang daran gehindert hat, auf Kleine Bärin zu hören und meine Meinung laut zu sagen. Meinem Bruder, dem Rest meiner Familie, Sascha, der Bäckereiverkäuferin in Berlin, die immer so unfreundlich ist. Ich atme tief durch und reiße mich energisch von Hendrik los.

»Als ob ich deine Erlaubnis bräuchte, um mit einem Mann zu schlafen oder mich von einem anderen zu trennen«, zische ich und sehe ihm dabei fest in die Augen. »Mein Liebesleben geht dich einen feuchten Dreck an. Halt dich gefälligst da raus.«

»Hey«, höre ich eine Stimme hinter uns. »Was ist denn los?«

Ich drehe mich um und sehe Papa mitten im Zimmer stehen. Er trägt einen karierten Schlafanzug, der ihm viel zu locker um den drahtigen Körper schlackert. Fragend sieht er uns an.

»Ach, Nina hat sich bloß vom Vater ihres Kindes getrennt, auf dessen Antrag sie gestern Nacht noch mit ›ja‹ geantwortet hat.« In Hendriks Stimme schwingt so viel Verachtung mit, dass ich eine Gänsehaut bekomme.

»Was?« Meine Mutter kommt barfuß ins Zimmer. Zum ers-

ten Mal seit langer Zeit sehe ich sie mit grauen anstatt mit grünen Augen. Das Trägerhemdchen aus Satin, das man mit einiger Toleranz als Nachthemd bezeichnen könnte, präsentiert
so viel Busen, dass Papa rot wird.

»Mama, kannst du dir bitte was überziehen?«, stöhne ich auf.

»Nina, sei nicht so prüde. Als hättest du deine eigene Mutter
noch nie nackt gesehen. Wirklich, wir hätten öfter mit euch an
FKK-Strände gehen sollen, um euch klarzumachen, dass
Nacktheit etwas völlig Natürliches ist. Außerdem bist du
schließlich einer der Gründe, warum ich meine Brüste über-
holen lassen musste – so stark, wie du als Baby daran gesaugt
hast.«

»Margot, bitte, wir reden jetzt nicht über deine – deine – na,
du weißt schon.« Papa wurschtelt sich hektisch durch sein
Haar, das ohnehin bereits in alle Richtungen zu Berge steht.

Meine Mutter verschränkt die Arme unter ihren Brüsten, so
dass diese noch mehr Auftrieb bekommen, und zieht eine perfekt gezupfte Augenbraue in die Höhe. »Und da wundert man
sich, woher die verklemmten Gene unserer Tochter kommen«,
bemerkt sie in süffisantem Tonfall. »Also, Nina, was soll das
heißen, du hast dich von Sascha getrennt? Ich kann dir sagen,
als Alleinerziehende wirst du es nicht leicht haben. Ich bin
wirklich für Emanzipation, aber frag mal Heinz, wie viele Sor-
genfalten gestresster Alleinerziehender er in seiner Praxis weg-
botoxen muss!«

»Das stimmt«, meldet sich nun Heinz zu Wort, der in einem – würg! – goldfarbenen Satin-Schlafanzug aus dem Ostflügel kommt.

»Wieso müsst ihr um kurz nach sieben schon so viel Krach
machen?« Leo taucht im Flur hinter Heinz auf und lässt sich

gähnend an die Wand fallen. Ihre Locken sehen aus, als hätte sie in eine Steckdose gefasst. »Ist jemand gestorben oder was?«

»Wer ist gestorben?« Sonja kommt aus ihrem Schlafzimmer geschlurft, ihr Gesicht ist aschfahl. Die Art und Weise, wie sie schmerzverzerrt in den Lichtschein der Deckenlampe blinzelt, sagt mir, dass ihr Kater schlimm sein muss.

»Mein Gott, siehst du scheiße aus«, sagt Hendrik und sieht seine Frau angewidert an. »Musstest du so viel saufen? Du hast die ganze Nacht geschnarcht wie ein Fernfahrer.«

»Tja, dann siehst du mal, wie das ist«, murmelt Sonja, durchquert das Zimmer und lehnt sich neben Leo mit dem Rücken an die Wand. »Was machen wir eigentlich alle hier?«

»Keine Ahnung«, gähnt Leo.

»Nina hat sich von Sascha getrennt«, sagt Hendrik und verschränkt die Arme vor der Brust. »Er ist eben abgereist.«

»Echt? Cool. Dann kann ich ja wieder bei dir schlafen, Nina. Mir gefällt es in Hendriks altem Zimmer nicht. Zu viele schlechte Schwingungen«, sagt meine kleine Schwester. »Und das nach all diesen Jahren!«

»Spinnerin«, murmelt Hendrik.

»Moment mal«, sagt Sonja und ihre Augenschlitze öffnen sich ein bisschen mehr. »Heißt das, du hast dich vom Vater deines Kindes getrennt?«

»Messerscharf kombiniert«, ätzt Hendrik.

Kleine Bärin tritt mir innerlich auf den Fuß. Mit Nachdruck. Allerdings ist ihr unsanftes Einschreiten diesmal gar nicht nötig, denn mein innerer Schalter ist nach wie vor umgelegt und die Worte finden auf einmal wie von selbst ihren Weg aus meinem Mund. »Nein, falsch kombiniert«, sage ich laut und deutlich. »Sascha ist nicht der Vater meines Kindes.«

Sonjas Augen öffnen sich noch weiter, Hendriks Augenbrauen ziehen sich zusammen, und Leo bricht ihr Gähnen mitten im Vorgang überrascht ab. Meine Mutter, die gerade dabei war, Heinz einen lauten Guten-Morgen-Kuss aufzudrücken, wendet sich wieder mir zu. Papa kratzt sich am unrasierten Kinn und mustert mich besorgt.

»Ich bin nämlich gar nicht schwanger.«

Ich weiß nicht, wie ich es schaffe, aber ich rede und rede, klar und flüssig und ohne vor Scham im Holzboden zu versinken. Ich versuche zu erklären, warum ich die Schwangerschaft erfunden habe und wie meine Gefühle für Matt sich entwickelt haben. Zu guter Letzt erzähle ich von meinem geplatzten Kinderbuchprojekt. Als auch diese Beichte laut ausgesprochen in der Morgenluft hängt, atme ich erleichtert auf. Ich fühle mich, als sei ein zentnerschwerer Felsbrocken von mir gerollt worden. Bis Papa sich räuspert und das allgemeine Schweigen bricht.

»Nina. Ich bin wirklich enttäuscht von dir. Wir haben deine Geschwister und dich wahrlich nicht zu Lügnern erzogen.«

»Und alles nur wegen diesem blöden Hinterwäldler? Ich fasse es nicht!« Hendrik hat ebenfalls seine Sprache wiedergefunden. Leider.

»Ich habe die ganze Zeit geahnt, dass du nicht schwanger bist«, verkündet meine Mutter und zieht einen ihrer Spaghetti-Träger wieder hoch, der ihr von der Schulter gerutscht ist und ihre halbe linke Brust entblößt hat. »Eine Mutter spürt so etwas einfach.«

»Und jetzt?«, fragt Hendrik in herablassendem Tonfall. »Was hast du jetzt vor? Willst du Matt heiraten und dein Leben lang hier in diesem Kaff sitzen? Dein Geld mit Hummerpulen und Sockenstricken verdienen? Denn eine Werbeagentur gibt es hier ja weit und breit nicht. Und deine Kinderbuch-Karriere scheint ja nur in deinen versponnenen Träumen zu existieren. Gemeinsam mit deiner Schwangerschaft.« Bevor ich reagieren kann, fügt er in schneidendem Tonfall hinzu: »Wie kann man nur so blöd sein und einen Mann wie Sascha einfach so laufenlassen? Du hättest die Ehefrau eines Topanwalts werden können! Meinst du nicht, dass es Zeit wird, aus deiner beknackten Phantasiewelt in die Wirklichkeit zurückzukommen?«

»Meine Phantasiewelt«, sage ich und bin selbst überrascht von meiner kühlen, beherrschten Stimme, »geht dich genauso wenig an wie mein Liebesleben, Bruderherz. Und übrigens, Papa: Du sagst, ihr hättet uns nicht zu Lügnern erzogen? Nun, da muss ich dich leider enttäuschen, denn nicht nur ich habe gelogen, auch dein Sohn lügt sich gerne um Kopf und Kragen.«

Ich verschränke die Arme vor der Brust und sehe Hendrik in die Augen. Seine Augenbrauen schießen erneut in die Höhe, und er schüttelt kaum merklich den Kopf. Diese Mischung aus Drohung und Angst in seinem Blick ist eine Premiere für mich. Unbeirrt fahre ich fort: »Aber nicht ich, sondern Hendrik selbst sollte seiner Frau erklären, was er ihr bisher verschwiegen hat, denn Verschweigen ist doch auch eine Form der Lüge, oder?« Ich sehe von meinem Bruder zu Sonja hinüber, die plötzlich hellwach zu sein scheint. »Sonja, keine Sorge, du bist nicht die Einzige, die untreu war. Unterhalte dich mal mit Hendrik darüber. Vielleicht ist eure Ehe ja noch zu retten. Wobei …«

Ich wende mich wieder meinem Bruder zu. »Ganz ehrlich, Hendrik: Ich scheiße auf eine Ehe mit einem Topanwalt, wenn mich das erwartet, was Sonja hat. Einen ewig gereizten, machtgeilen Mann, der sogar im Urlaub Tag für Tag beschissene Te-

lefonate führen und E-Mails checken muss, weil er und seine
Karriere ja so wichtig sind. Wenn hier einer in die Realität zurückkommen sollte, dann bist du das, du Idiot! Merkst du eigentlich nicht, dass dein Sohn gerne mehr Zeit mit dir verbringen würde und deine Frau so verzweifelt ist, dass sie mit
irgendwelchen Typen in irgendwelchen Bars herumknutscht?
Wenigstens hatte Sonja den Anstand, nicht in den Umkleidekabinen am Strand zu verschwinden. Allerdings ...«

Ich drehe mich wieder zu Sonja um, die mich nun aus weit
aufgerissenen Augen anstarrt, als stünde ein Geist vor ihr. »Du
selbst bist auch mit schuld daran, dass ihr beide drauf und dran
seid, der deutschen Scheidungsstatistik gerecht zu werden.
Felix ist wirklich alt genug, um allein in seinem Zimmer zu
schlafen. Wenn Hendrik und du endlich mal wieder zu zweit
anstatt zu dritt im Ehebett wärt, würde sich so manches eurer
Probleme vielleicht von selbst erledigen. Und ich würde nicht
ständig über einen von euch beiden beim Fremd-Knutschen
oder bei Schlimmerem stolpern!«

Meine Stimme verhallt in der plötzlichen Stille der morgendlichen Lodge. Alle starren mich an. Sprachlos. Hendriks
Kopf ist feuerrot, Sonjas Gesicht leichenblass. Beinahe zögernd schauen die beiden sich an. Ich sehe tausend Fragezeichen über ihre Züge tanzen, habe aber keine Zeit, um mich
näher mit den Eheproblemen meines Bruders zu beschäftigen.
Ich wende mich meiner Mutter zu.

»Und du, Mama, behauptest allen Ernstes, du hättest gewusst, dass ich nicht wirklich schwanger bin? Weil eine Mutter
so etwas merkt? Dass ich nicht lache! Wann warst du in den
letzten Jahren denn als Mutter für mich da? Deine eigentlichen
Babys waren und sind doch ausschließlich deine Romane! Du
interessierst dich nicht die Bohne dafür, was Hendrik, Leo und

ich machen. Oder hast du vielleicht gemerkt, dass Leo Probleme hat? Weil Mütter so etwas ja spüren?«

Ich sehe sie herausfordernd an. Meine Mutter blinzelt überrascht. Ihr Mund öffnet und schließt sich, ohne dass ein Ton herauskommt. Dann sieht sie Leo an. »Du hast Probleme?«, fragt sie.

Leo starrt erst mich, dann unsere Mutter, dann wieder mich an. »Ähm…«, sagt sie und fährt sich mit beiden Händen durch ihre Locken. »Wie kommst du denn darauf, Nina?«

»Matt hat mir erzählt, warum du die ganze Nacht bei ihm verbracht hast«, entgegne ich aufgebracht. »Weil ich nämlich dachte, zwischen euch liefe etwas!«

»Tut es das nicht?«, fragt Heinz überrascht. Ich hatte ganz vergessen, dass er und sein schrecklicher Satin-Schlafanzug auch anwesend sind. »Beim Lagerfeuer sah es tatsächlich so aus.« Er wirft mir einen schnellen Blick zu und fügt »nur ein bisschen« hinzu.

»Nein, da läuft natürlich nichts zwischen uns«, sagt Leo mit Nachdruck. »Nina hat recht, wir haben die ganze Nacht geredet.«

»Und du bist nicht einmal auf die Idee gekommen, dich mit deinen Problemen an mich zu wenden?«, frage ich in gereiztem Tonfall. »Wir sind Schwestern, die sich im Urlaub ein Zimmer teilen, trotzdem reden wir höchstens über das Wetter, und du rennst zu Matt, um ihm dein Herz auszuschütten.«

Ich schaue in die Runde aus betretenen Gesichtern. »Wirklich, wenn diese Familie ein Auto wäre, sie käme nicht durch den nächsten TÜV!« Meine Stimme überschlägt sich vor Aufregung. »Unter anderem deshalb, weil jeder nur um den heißen Brei herumredet. Papa, du haust jeden Morgen an den Bootssteg ab und isst dort dein Müsli, anstatt eure Probleme bei den

Haaren zu packen und Mama und Heinz die Meinung zu geigen. Wenn dich ihr peinliches Herumgeturtel am Frühstückstisch nervt, dann sag es ihnen doch, verdammt noch mal!«

»Was denn für ein peinliches Herumgeturtel?«, fragt meine Mutter. »Ich verstehe wirklich nicht, warum wir angeblich alle um den heißen Brei herumreden. Immer, wenn ich offen über mein Sexleben spreche, werde ich angezickt. Was willst du denn nun, Offenheit oder Verklemmtheit?«

»Das ist wieder so typisch«, mischt sich nun Papa ein. »Nina hat mit keinem Wort das Thema Sex erwähnt, aber du reduzierst unsere Probleme sofort darauf! Wir alle wissen, dass Heinz und du ein erfülltes Sexualleben haben und dass du dich auch beruflich viel mit Sex beschäftigst, aber lass doch bitte deine Kinder und mich damit in Ruhe. Und zieh dir endlich was über deine Plastikteile, ich kann diese künstlichen Wasserbälle nicht mehr sehen!«

Meine Mutter starrt Papa ungläubig an. Es kommt wirklich selten genug vor, dass es ihr die Sprache verschlägt.

»Hey«, meldet sich nun Heinz zu Wort. »Beleidige nicht meine Frau!«

»Sie war zuerst meine Frau, und ich habe sie nicht beleidigt, sondern endlich mal die Wahrheit ausgesprochen!«, schreit Papa. Wir zucken alle zusammen, denn Papa schreit sonst sehr selten. »Nina hat völlig recht, als Familie sind wir so weit davon entfernt, durch den TÜV zu kommen wie keine Klapperkiste in Nigeria. Und im Übrigen lasse ich mir vor dir bestimmt nicht verbieten, meine Meinung zu sagen, du blöder FDP-Wähler!«

Heinz reißt die Augen auf und starrt Papa verblüfft an. Dann entgegnet er in scharfem Tonfall: »Halt doch den Mund, du Öko-Futzi!«

»Gefärbtes Friseur-Opfer«, kontert Papa, und ich muss ein spontanes Prusten unterdrücken.

»Du blöde Latschenkiefer!«

»Heinz, eine Latschenkiefer ist ein Baum, kein Schimpfwort«, korrigiert Papa und verfällt automatisch in seinen Lehrer-Tonfall. Jetzt muss ich wirklich kichern.

»Mir doch egal, du alles-besser-wissender Pauker!«

»Schon besser«, brummt Papa.

»Was ist ein Pauker?«, ertönt plötzlich eine Kinderstimme, und alle fahren herum. Felix steht im Flur und blinzelt verschlafen in die Runde. »Und wo hat Oma Wasserbälle? Oma, spielst du mit mir Ball?«

Sonja eilt auf ihren Sohn zu und streicht ihm über sein zerzaustes Haar. Über seinen Kopf hinweg sieht sie Hendrik an. Auf ihrem Gesicht tobt ein Kampf aus verwirrten Gefühlen. »Komm, mein Liebling, ich mache dir einen Kakao.«

»Ich will keinen Kakao, ich will mit Omas Wasserbällen spielen!«, zetert Felix und versucht, seine Hand aus der seiner Mutter zu befreien, doch sie geht unbeirrt mit ihm Richtung Kühlschrank. Hendrik lehnt am Esstisch und starrt den beiden nach. Dann dreht er den Kopf und sieht mich an. Ich kann den Ausdruck in seinen hellblauen Augen nur schwer deuten, aber es liegt auf jeden Fall eine große Portion Ratlosigkeit darin.

»Ich koche erst einmal Kaffee«, sagt Papa und schlurft ebenfalls Richtung Küchenzeile. Als er an mir vorbeikommt, bleibt er stehen und sieht mich an. Ich habe Angst davor, hauptsächlich Enttäuschung in seinem Blick zu lesen, und bin umso erleichterter, als ich die Zärtlichkeit darin entdecke. »Lüge mich nie wieder an, hörst du, Kind?«, sagt er leise und drückt mir einen Kuss auf die Wange. »Ich wäre gerne wieder Opa geworden. Aber ich muss dir sagen: Sascha passte nicht zu dir. Matt ist der Richtige für dich. Das war er schon immer.«

Tränen schießen mir in die Augen. Ich lasse sie über meine Wangen laufen, ohne etwas zu unternehmen. »Echt?«, frage ich leise.

»Aber sicher«, sagt er und tätschelt mein feuchtes Gesicht. »Worauf wartest du noch?«

Das allerdings frage ich mich plötzlich auch. Ich mache mir nicht einmal die Mühe, im Badezimmerspiegel mein Aussehen zu überprüfen. Ungekämmt, ungewaschen und ungeschminkt wie ich bin, renne ich aus der Blueberry Lodge.

»Nina, wo willst du hin?«, höre ich noch Leos Stimme hinter mir, aber ich habe jetzt keine Zeit für Erklärungen. Außerdem: Ist es nicht eindeutig, wohin ich will?

Kapitel 37

Ich fliege förmlich den holprigen Waldweg entlang, auf Matts Blockhaus zu. Mein Herz hämmert wie ein wild gewordener Schlagzeuger in meiner Brust. Keine Sekunde länger halte ich es ohne Matt aus. Wie konnte ich bloß so lange zweifeln, wer der Richtige für mich ist? Und wie konnte ich so lange mit dieser blöden Lüge durch die Welt laufen? Ich fühle mich so befreit, dass ich einen Luftsprung mache und dazu ein Quieken ausstoße. Ein Snowbird fliegt vom Waldboden auf, landet auf dem Ast einer Fichte und schaut mich mit schiefgelegtem Kopf irritiert an.

»Entschuldige, aber das musste sein!«, rufe ich lachend und stürme auf die Verandatreppe von Matts Haus zu. Ich kann es nicht erwarten, ihm zu sagen, dass ich mich von Sascha getrennt und all meine Lügen gebeichtet habe. Ich kann es nicht erwarten, in seine Arme zu sinken und ihn zu küssen und in sein wundervolles Bett getragen zu werden. Ich kann es nicht erwarten – hier wegzukommen.

Wie angewurzelt bleibe ich vor dem großen Fenster stehen, durch das man Matts Wohnzimmer sehen kann. Und die Treppe, die in den Loft hinaufführt. Wer hätte gedacht, dass ich den schwarzen Spitzentanga auf dieser Treppe wiedersehe? Ich hatte recht, er steht Shauna großartig. Der Schlagzeuger in meiner Brust setzt zum Trommelwirbel an, als ich Shauna anstarre. Sie starrt zurück. Ihre Hand ruht auf dem Treppengeländer, sie hat auf der zweiten Stufe von unten haltgemacht, als sie mich gesehen hat. Sogar ungeschminkt ist sie unverschämt attraktiv. Und ihr Haar sieht ungekämmt so gut aus wie meines nicht einmal nach einem dreistündigen Friseurbesuch. Ihre Augenbrauen wandern langsam in die Höhe, während sie meinen Blick erwidert, ohne auch nur mit einer ihrer langen Wimpern zu zucken. Sie gibt sich nicht einmal die Mühe, ihre nackten Brüste oder den Spitzentanga zu verdecken. Warum auch? Sie kann wirklich stolz auf ihren Anblick sein.

Eine Bewegung hinter ihr reißt mich aus meiner Schockstarre. Matt kommt die Treppe herunter. Nackt. Ganz nackt. Er hält inne und folgt Shaunas Blick. Ich sauge den Anblick seines Körpers im Bruchteil einer Sekunde in mein Gedächtnis auf, weil ich weiß, dass es das letzte Mal sein wird, dass ich ihn so sehe. Ich schaue in seine dunklen Augen und wünschte, erkennen zu können, was er denkt. Was er empfindet. Shauna sagt etwas und dreht sich zu ihm um, ein spöttisches Lächeln auf ihren Lippen. Die ihn mit Sicherheit eben noch geküsst haben. Aber Matt reagiert nicht, sondern sieht mich unverwandt an.

Mach, dass du hier wegkommst, sagt Kleine Bärin mit Nachdruck und holt mich in die Wirklichkeit zurück. *Du machst dich lächerlich.*

Sie hat recht. Wie immer. Und Hendrik übrigens auch, so weh mir das tut. Ich muss endgültig meine Phantasiewelt verlassen. Was habe ich mir eingebildet? Dass Matt all diese Jahre auf mich gewartet hat? Weil es sonst keine Frau für ihn gibt, die an mich heranreicht? An Nina Behringer, die sich und ihre Würde in blöden Lügenkonstrukten verliert?

Ich wende mich vom Fenster ab und renne los. Als ich die Blueberry Lodge erreiche, laufe ich schnurstracks an den Bootssteg. Ich zerre mir meine Klamotten vom Leib und springe nackt in den See. Das kalte Wasser lässt mich aufjapsen, aber ich schwimme unbeirrt drauflos. Weiter und immer weiter, bis mein Atem stoßweise geht. Ich drehe mich auf den Rücken und lasse mich treiben, starre in den Morgenhimmel hinauf. Kleine Wattewölkchen hängen wie Schlagsahne über mir, die Kondensstreifen zweier Flugzeuge durchkreuzen das unendliche Blau wie mit dem Lineal gezogene Linien. Die Sonne scheint bereits über den Rand des Waldes und wärmt mein Gesicht. Ich schließe die Augen und lausche dem Krächzen einer Möwe, dem entfernten Meckern eines Eichhörnchens, dem leisen Glucksen des Wassers, das an einen Felsen in meiner Nähe schlägt. Als ich ein Platschen höre, hebe ich den Kopf. Ein blonder Lockenkopf schwimmt auf mich zu. Leo.

Als sie neben mir ankommt, dreht sie sich ebenfalls auf den Rücken. Sie streckt ihre Arme aus, so dass sie auf der Wasseroberfläche treiben. Ihre Fingerspitzen berühren meine.

»Ich wollte dich aufhalten, aber du warst so schnell weg«, sagt sie. Überrascht drehe ich den Kopf und sehe sie an.

»Du wusstest, dass Shauna drüben ist?«

»Ich habe es zumindest befürchtet. Ich habe gesehen, wie sie gestern Nacht mit Matt zusammen den Club verlassen hat und in seinen Pick-up gestiegen ist.«

»Aha«, murmele ich. »Tja, ich kann es Matt wohl kaum verübeln. Schließlich dachte er, ich sei mit Sascha verlobt. Und das, obwohl ich kurz vorher noch mit ihm herumgeknutscht habe. Ich habe mich völlig idiotisch benommen.«

»Hmm«, macht Leo und starrt hinauf zu den Schlagsahnewolken. »Das mit der Liebe ist wirklich Scheiße in Tüten, was?«

Trotz der Tränen, die sich schon wieder genötigt fühlen aufzusteigen, muss ich lachen. »Du sagst es.«

»Weißt du was?« Leo lässt ihre Handflächen auf das Wasser platschen. »Wir beide, wir hauen ab.«

»Wie bitte?«

»Jawohl. Nur du und ich. Wir nehmen deinen Mietwagen und fahren weg. Nach Cape Breton, da wollte ich immer schon hin. Vielleicht gibt es in der Lodge noch die Campingausrüstung, die wir mal hatten? Wir könnten zelten. Und uns am Lagerfeuer alles erzählen, was wir auf dem Herzen haben. Wie wäre es?«

Ich sehe meine kleine Schwester überrascht an. Dann nicke ich. »Das machen wir. Aber vorher muss ich noch etwas erledigen.«

Eine Stunde später komme ich an der Smugglers' Cove Marina an. Der Anblick, der sich mir bietet, lässt mich erschrocken neben meinem Mietwagen stehen bleiben. Dutzende Kiefern und Fichten liegen kreuz und quer über den Wegen wie Mikadostäbchen. Ich hätte nicht gedacht, dass der Hurrikan hier so eine Verwüstung angerichtet hat.

Ich folge dem Geräusch einer Motorsäge und sehe meinen Onkel, der dabei ist, die Äste einer Kiefer abzusägen. Er trägt Ohrenschützer und wendet mir den Rücken zu. Weil ich ihn nicht erschrecken und womöglich einen Kettensägen-Unfall verursachen will, gehe ich nicht zu ihm hinüber. Stattdessen schlage ich den Weg zum Bungalow ein und versuche, nicht darüber nachzudenken, ob Matt nachher vorbeikommen und meinem Onkel helfen wird. Nachdem er womöglich noch einmal Sex mit Shauna gehabt hat. Mit ihr im Bett gefrühstückt hat. Mit ihr nackt schwimmen gegangen ist. Mit ihr …

Nina! Hör sofort auf damit! Kleine Bärin tritt mich vors Schienbein. Ich zucke zusammen und nicke. Sie hat recht. Ich bin aus meiner Phantasiewelt gefallen und hart auf dem Boden der Tatsachen gelandet. Was wohl dringend überfällig war.

Als ich vor der Eingangstür des Bungalows ankomme, sehe

ich, dass das Überdach der Veranda von einer umgestürzten Kiefer zertrümmert wurde. Du meine Güte. Wie soll hier in nur wenigen Tagen eine Hochzeitsfeier stattfinden? Zaghaft klopfe ich an die Haustür. Als sich von drinnen jemand nähert, weiß ich gleich, dass es meine Tante Helga ist: Ihre kurzen, energischen Trippelschritte sind unverkennbar. Ihr Bratapfelgesicht sieht heute noch faltiger aus als gewöhnlich, was vermutlich an den Sorgen liegt, die meine Tante plagen. Eine Welle aus Mitleid erfasst mich.

»Hallo, Tante Helga.« Ehe meine Tante zurückweichen kann, habe ich sie fest in den Arm genommen. Sie ist stocksteif, tätschelt mir jedoch etwas unbeholfen den Rücken und murmelt: »Ähm – hallo, Kind. Was machst du denn hier?«

Ich löse mich von ihr und sage: »Ich wollte sehen, wie es euch geht. Vor allem Isa. Die Sturmschäden sind ja furchtbar! Wir wussten nicht, dass es euch so schlimm erwischt hat. Papa meinte noch, hier in der Bucht wärt ihr bestimmt ziemlich geschützt gewesen. Warum habt ihr nicht angerufen?«

»Pff«, macht meine Tante und winkt ab. »Wozu? Als ob deine Mutter sich von ihrem Manuskript wegbewegt hätte, um zu sehen, was hier passiert ist. Und dein Vater ... Ach, lassen wir das. Wir kommen schon zurecht. Hermann hat Matt gebeten, heute mitzuhelfen. Mit vereinten Kräften bekommen wir das hin bis zur Hochzeit.«

»Ach, so ein Quatsch, Mama!« Ich schaue in die Richtung, aus der Isas Stimme kommt. Sie liegt im Wohnzimmer auf dem Sofa. Ihr Haar hängt wie schlapper Schnittlauch über ihre Schultern, ihr Gesicht ist so blass wie die cremefarbenen Kissen in ihrem Rücken. »Nichts bekommen wir hin! Ich habe schon tausendmal gesagt, dass wir die blöde Hochzeit absagen! Ich verstehe nicht, warum niemand auf mich hört! Glaubt ihr wirklich, ich wäre jetzt in der Stimmung, in so einem Scheißkleid auf einen Scheißaltar zuzuschweben und ›Yes, I do‹ zu hauchen? Greg faselt immer nur etwas von ›Alle sind extra wegen uns angereist‹ und ›Du wirst sehen, die Ablenkung tut dir gut‹. Bullshit! Ich will keine Ablenkung, ich will mein Baby!«

Sie bricht in Tränen aus. Ihre roten, geschwollenen Augen sagen mir, dass es heute nicht das erste Mal ist. Ich wende mich von meiner Tante ab, die mit hängenden Schultern zu ihrer Tochter hinübersieht, und gehe auf die Sofaecke zu.

»Hey«, sage ich leise und setze mich neben meine Cousine auf die Couch.

»Hey«, schluchzt Isa, ohne ihren Kopf aus den Kissen zu heben, in die sie ihr Gesicht presst. Ich streichele über ihre zuckenden Schultern.

»Mir tut das alles schrecklich leid.«

Ein Schluchzen ist die Antwort.

»Wie geht es dir denn? Ich meine, körperlich und so?«

Wieder nur Schluchzen. Dann stößt Isa ein sarkastisches »Blendend!« hervor. Ich schlucke. Da hebt meine Cousine den Kopf und sagt: »Oh Mann, Nina, tut mir leid. Für dich muss das auch furchtbar sein. Ich meine, du hast bestimmt Angst, dass dir dasselbe passiert …« Sie deutet auf meinen Bauch und frische Tränen schießen aus ihren Augen. Verdammter Mist. Das hier ist schwerer als der Teil, der Sascha und mich betraf.

»Na ja … Ich muss dir etwas beichten, Isa.«

Meine Cousine zerrt mit einer ungeduldigen Bewegung ein Papiertaschentuch aus der Box, die neben ihr auf der Couch steht, putzt sich die Nase und wirft das Knäuel auf den Boden, wo bereits etliche Vorgänger liegen. Fragend sieht sie mich an. »Ja?«

Inzwischen habe ich ja beinahe Übung darin, mein kindisches Lügenmärchen aufzuklären. Trotzdem stammele ich herum und verheddere mich wieder und wieder in angefangenen Sätzen, bis die Wahrheit endlich heraus ist und zwischen uns in der Luft hängt wie ein totes Monster.

Isa starrt mich stumm an. Minutenlang, wie es mir erscheint. Sie hat aufgehört zu weinen. Ich mag mir nicht vorstellen, was sie jetzt von mir denkt. Nervös schaue ich über meine Schulter, um zu sehen, ob Tante Helga meine Beichte mitbekommen hat. Doch zum Glück ist sie in der Küche und räumt dem Geklapper nach zu urteilen gerade die Spülmaschine aus. Ich sehe wieder Isa an. Lächele verzagt. »Wie gesagt, es war eine völlig bescheuerte Aktion«, sage ich und streiche mit nervösen Handbewegungen über mein Haar.

»Allerdings«, sagt Isa. Ihre Stimme klingt belegt. Sie wendet ihren Blick keinen Moment von mir ab. »Du bist also nicht schwanger. Und nicht mehr mit diesem Sascha zusammen.«

Mir wird bewusst, dass Isa und Sascha sich nie kennengelernt haben.

»Genau«, sage ich. »Zumindest hast du deinen Greg. Und du wirst sehen, bald wirst du wieder schwanger sein, Isa. Ihr beide werdet ein Baby bekommen, da bin ich mir ganz sicher!« Ich hoffe sehr, dass ich meine Cousine gedanklich weg von meiner Lüge und hin zu positiveren Aussichten bekommen kann.

»Danke für die Prophezeiung«, sagt Isa. Autsch. Ihre Stimme hat den Klang von Essig angenommen. Unsicher blinzele ich und beginne, an meiner Unterlippe zu nagen.

»Hör mal, es tut mir wirklich leid, dass ich dich und die anderen so belogen habe.«

»Und alles wegen Matt, ja?« Sie sieht mich an und ihre blauen Augen kamen mir nie zuvor so kalt vor. »Weil du ihm gegenüber nicht zugeben konntest, dass das da …« Sie deutet auf meinen Kugelbauch, »… kein Baby ist, sondern nur zu viel Lakritz?«

Ich schlucke. Wenn jemand anderes all das laut ausspricht, klingt es wirklich noch blöder, als es ohnehin schon ist. Mein Kopf lässt sich nur schwer zu einem Nicken bewegen.

»Und jetzt, wo du Sascha los bist?«, fragt Isa und drückt sich ein Kissen auf den Bauch. »Friede, Freude, Eierkuchen mit Matt, oder was?«

»Ähm, nein«, stammele ich. »Nein, ich bin jetzt Single. Matt hat die letzte Nacht mit Shauna verbracht.«

»Mhhm.« Isa klingt nicht wirklich überrascht. Und kein bisschen mitleidig. »Und willst du wissen, mit wem er sonst noch seine Nächte verbracht hat?«

Ihr harter Blick und ihre provozierenden Worte bringen mich völlig aus dem Gleichgewicht. Nein, eigentlich möchte ich gar nichts mehr wissen, sondern ganz schnell dieses Haus verlassen. Zögernd sehe ich meine Cousine an. »Bin mir nicht sicher«, murmele ich.

»Du solltest es aber wissen«, sagt Isa. »Jetzt, wo du mir deine schwarze Seele offenbart hast, kann ich das auch tun.«

Oh nein. Bitte nicht.

»Ich hatte einige Male Sex mit Matt. In dem ersten Sommer, als ihr nicht mehr an den See gekommen seid. Als wir 17 waren.«

Kapitel 38

Ich starre Isa an, als hätte sie mich geohrfeigt. Plötzlich höre ich mein Herz dumpf in meinen Ohren schlagen. Das kann doch nicht wahr sein. Isa hat mit Matt geschlafen? Ein Jahr, nachdem er und ich zusammen gewesen waren? Nein, das kann einfach nicht sein. Ich weiß doch noch genau, wie ich ihr am Telefon unter Tränen erzählt habe, dass der Kontakt zu Matt abgebrochen war. Ich habe ihr mein Herz ausgeschüttet, ihr von meinen Gefühlen für ihn erzählt. Und sie hüpft ein paar Monate später, im Sommerurlaub, einfach so mit ihm ins Bett?

»Das glaube ich dir nicht«, höre ich mich tonlos sagen.

Isa lacht auf. »Tja, so ist es aber«, sagt sie. »Ich war 17 und habe mich gelangweilt, weil du nicht da warst. Ich wusste, dass Matt und du keinen Kontakt mehr hattet und du wahrscheinlich lange oder womöglich nie mehr nach Rocky Harbour kommen würdest.«

»Aber warum ausgerechnet Matt? Du hättest jeden haben können, absolut jeden! Warum musste es Matt sein?«

»Matt sah damals und sieht auch noch heute sehr gut aus. Ich war scharf auf ihn, ganz einfach.«

»Ganz einfach?«, wiederhole ich fassungslos. »Ganz einfach? Isa, Matt war mein erster Freund, meine erste große Liebe! Wegen ihm habe ich nächtelang geheult, und du wusstest das! Wie konntest du einfach so deinen Spaß mit ihm haben und mir gegenüber so tun, als sei nie etwas gewesen?«

Isa zuckt mit den Schultern. Ihre Stimme ist zuckersüß, als sie fragt: »Hast du nicht dasselbe gemacht? Du hast mir gegenüber so getan, als wärst du schwanger. Ist das besser?«

»Aber ich habe dir nicht persönlich weh getan!«

»Doch«, zischt meine Cousine, und aus ihren Augen sprü-
hen Funken. »Das hast du! Allein die Tatsache, dass du vor-
hattest, eine Fehlgeburt vorzutäuschen, ist abscheulich. Wenn
du wüsstest, wie schlimm das ist, dann wärst du nie auf so eine
blöde Idee gekommen!«

Natürlich hat sie recht. Aber die Tatsache, dass sie mir
13 Jahre lang verschwiegen hat, was zwischen ihr und Matt
gelaufen ist, nimmt mir den Atem und lässt meine eigene Lüge
in meinen Augen fast harmlos erscheinen.

Plötzlich fällt mir wieder ein, was ich gestern Abend – war
das wirklich erst gestern? – auf dem Parkplatz vor dem Shore
Club zu Matt gesagt habe. Dass ich nie verstanden habe, warum er sich für mich und nicht für Isa interessiert hat. Er hat
daraufhin nichts erwidert, sondern mich geküsst. War das eine
Verlegenheitsreaktion? Weil er nicht wusste, was er erwidern
sollte? Hätte er mich sonst gar nicht geküsst?

Doch, vielleicht schon. Er wollte mich einfach wieder ins
Bett kriegen, ein paar Sommernächte lang seinen Spaß haben,
mit der sicheren Garantie in der Hinterhand, dass ich bald abreisen würde. Sex ohne Verpflichtungen. Und als ich nicht
mehr zur Verfügung stand, ist er zurück in den Shore Club
gefahren und hat Shauna aufgerissen. Wie konnte ich bloß so
naiv sein und an große Gefühle glauben? Nur, weil Matt davon
erzählt hat, wie sehr er mich damals angeblich vermisst hat?
Ha! Einen Sommer später ist er mit meiner Cousine ins Bett
gesprungen, so wichtig war ich ihm!

Wortlos stehe ich auf und schaue Isa an, die mit ausdrucks-
loser Miene auf dem Sofa sitzt. »Ich verstehe, dass du fassungslos bist, weil ich dich angelogen habe. Aber ich habe nur
ein paar Tage durchgehalten, bis ich alles gestanden habe. Du
hast mir 13 Jahre lang verschwiegen, dass du Sex mit meinem

Ex-Freund hattest.« Ich komme mir vor wie in einer Seifenoper. Wie in einer schlechten Seifenoper. »Das hätte ich nicht von dir gedacht, Isa.«

Ich drehe mich um und gehe durchs Wohnzimmer. Als ich schon fast an der Haustür bin, wende ich mich noch einmal zu meiner Cousine um, die mir hinterherstarrt. »Es tut mir wirklich sehr, sehr leid, was du durchmachen musst. Ich habe mich von ganzem Herzen über deine Schwangerschaft gefreut, und auf die Hochzeit hier in der Marina. Ich hoffe, dass ihr sie nach wie vor feiern könnt, so wie geplant.«

Dann verlasse ich das Haus. Meine Knie sind butterweich, als ich den Kiesweg hinauflaufe, auf meinen Mietwagen zu. Noch immer erfüllt das Kreischen der Motorsäge die milde Morgenluft. Ich werfe einen Blick zu Onkel Hermann hinüber und sehe, dass er Gesellschaft hat. Nein, es ist nicht Matt. Ein kleiner, gedrungener Mann mit glänzender Halbglatze steht ein paar Meter neben meinem Onkel und versucht, mit einer manuellen Säge einen dicken Ast zu zerteilen. Vermutlich einer der Hochzeitsgäste, denke ich und steige in mein Auto. Flüchtig frage ich mich, wo Isas Freundinnen eigentlich geblieben sind. Wahrscheinlich schlafen sie noch. Und Greg ist auch nirgendwo zu sehen. Aber eigentlich ist mir das alles völlig egal. Das Einzige, was meinen Kopf ausfüllt und mein Herz rasen lässt, ist die Tatsache, dass ich 13 Jahre lang belogen wurde.

Wie betäubt fahre ich zurück an den See, wo ich in der Einfahrt zur Blueberry Lodge beinahe mit einer Kühlbox kollidiere.

»Was zum Teufel …?«, murmele ich und steige aus dem Wagen. Als ich die beiden zusammengefalteten Klappstühle sehe, die in der Gesellschaft von zwei Schlafsackrollen im Gras liegen, fällt es mir wieder ein. Leo wollte nach unserer Campingausrüstung suchen. Anscheinend hat sie sie gefunden, denn an einem Felsen neben der Einfahrt lehnt eine grüne Tasche, aus deren Öffnung eine Zeltstange ragt. Toll. Ein Campingausflug nach Cape Breton ist jetzt das Letzte, was ich machen möchte. Eigentlich habe ich nur noch den Wunsch, mich in meinem Bett zu vergraben, traurige Lieder auf meinem MP3-Player zu hören und niemanden zu sehen oder zu sprechen.

Nein, auf keinen Fall!, erklärt Kleine Bärin energisch. *Ein Mädelstrip mit Leo ist jetzt genau das Richtige. Hast du schon vergessen, dass sie auch Probleme hat? Sie kann dir ihr Herz ausschütten und du ihr deines.*

»Na, das wird ja ein lustiger Ausflug«, murmele ich und wende mich der Lodge zu. Ich habe beinahe die Veranda erreicht, als ich Stimmen höre, die aus dem Wald zu meiner Linken dringen. Verdutzt bleibe ich stehen. Hört sich ganz nach meinem Bruder und Sonja an. Was machen die beiden denn im Wald? Ich spähe in die Richtung, aus der die Stimmen kommen, und entdecke die zwei im Schatten der Bäume. Sie sitzen in dem Halbkreis aus Steinen, wo ich Felix kürzlich von Waldwichteln und Bäumen mit Bärten erzählt habe. Moment mal. Weint Hendrik etwa? Es sieht so aus, als reibe er sich mit beiden Handballen über die Augen. Ich halte den Atem an und schleiche ein paar Schritte näher. Nein, ich weiß, man lauscht nicht. Aber erstens handelt es sich um meinen älteren Bruder, der mich schon hundertmal belauscht hat, wenn ich mit Freundinnen telefoniert oder Gespräche mit Kleiner Bärin geführt habe. Und zweitens – ach, es gibt kein zweitens.

»Verflucht noch mal«, sagt Hendrik, und man hört seiner Stimme deutlich an, dass er weint. »Es tut mir so verdammt leid, Sonja! Ich wollte nicht, dass das mit Carrie wieder anfängt. Und es war nur das eine Mal am Strand, das musst du mir glauben. Ich war so frustriert, weil du und ich einfach kein richtiges Ehepaar mehr sind. Verdammt noch mal, wir haben seit über zwei Jahren keinen Sex mehr gehabt!«

»Und das ist meine Schuld?«

»Na, wer will denn partout nicht, dass Felix in seinem Kinderzimmer schläft?«

»Also hör mal, Hendrik, als ob wir früher nur in unserem Ehebett Sex gehabt hätten. Weißt du nicht mehr, wo wir es überall gemacht haben? Wenn du nicht immer erst nach 22 Uhr heimkommen würdest, wenn ich schon vor dem Fernseher eingeschlafen bin, dann hätten wir längst mal wieder auf dem Sofa oder in der Dusche oder auf der Waschmaschine Sex haben können – aber du hast ja im Grunde genommen eine Liebesbeziehung mit deinem Job und nicht mit mir!«

Okay, das ist mehr, als ich wissen wollte. Ich wende mich leise ab und laufe zurück zur Veranda.

Auf der Waschmaschine. Nein, jetzt nicht an Matt und mich im Waschsalon denken. Nein, nein, nein! Ich versuche, das Bild aus meinem Kopf zu vertreiben, doch das neue Bild, das sich prompt in den Vordergrund drängelt, ist viel verstörender: Matt und Isa. Beim Sex. Nein, bitte nicht!

Ich schlage mir mit der flachen Hand seitlich gegen den Kopf, als könnte ich so das Bild dazu bewegen, sich zu verdünnisieren. Als es nicht hilft, schlage ich mir auch auf die andere Seite meines Schädels, während ich die Eingangstür der Lodge aufreiße und beinahe mit Papa zusammengestoßen wäre. Er ist in voller »Waldschrat-Montur«, wie wir es früher immer genannt haben: uralte Cordhose, die mal beige war, jetzt eher braun ist, T-Shirt mit Löchern wie ein Schweizer Käse und zerschlissene Baseballmütze auf dem Kopf.

»Ah, Nina, da bist du ja«, sagt er. »Ich wollte gerade mit der Säge in den Wald und schauen, wo der Sturm etwas angerichtet hat. Nicht, dass dort irgendwelche Bäume schiefhängen und dem nächsten Wanderer auf den Kopf fallen.«

»Weißt du, was viel dringender wäre, Papa?«, frage ich. »Pack deine Säge ein und fahr zur Smugglers' Cove Marina. Dein Bruder kann dort Hilfe gebrauchen, denn der Sturm hat einige Schäden angerichtet.«

Papa sieht mich erstaunt an. »Warst du eben dort?«

Ich nicke. »Ich habe Isa alles gestanden.« Eigentlich will ich hinzufügen, was sie mir im Gegenzug gestanden hat, aber ich bringe es nicht über die Lippen.

»Wie geht es Isa?«

Ich seufze. »Nicht gut. Sie will sogar die Hochzeit absagen.«

»Oh.« Papas Stirn legt sich in tiefe Falten. »Arme Isa. Und das mit den Sturmschäden … Warum hat Hermann denn nicht angerufen und gesagt, wie schlimm es bei ihnen aussieht?«

Ich zucke mit den Schultern. »Vermutlich aus demselben Grund, warum du ihn seit Jahren nicht angerufen hast. Ihr habt nun einmal dieselben Dickschädel. Dabei hatte ich eigentlich geglaubt, ihr wärt schon längst auf dem Weg der Versöhnung, nachdem Onkel Hermann dich vom Flughafen abgeholt hat.«

»Hmm«, murmelt Papa und mustert mich nachdenklich. »Ich glaube, Isa hatte ihn mehr oder weniger dazu gezwungen, mich abzuholen.« Er beugt sich vor und küsst mich auf die Stirn. »Dann will ich mal losfahren«, sagt er. »Wo ist denn dein Bruder? Ich muss sein Auto nehmen, denn Leo und du, ihr braucht ja deinen Mietwagen, richtig?«

Ich nicke. »Hendrik ist draußen, er spricht sich gerade mit Sonja aus. Stör sie besser nicht. Willst du nicht Mama fragen, ob du ihr Auto nehmen kannst?«

Ich sehe Papa an, wie sehr er sich innerlich windet. Dann jedoch nickt er zu meiner großen Überraschung. »Ist gut. Heinz und sie sind unten am Steg, ich frage sie mal. Übrigens habe ich deiner Schwester schon eine Straßenkarte herausgesucht und den Weg nach Cape Breton gelb markiert.«

»Das ist lieb von dir, Papa«, sage ich und umarme ihn.

»Fahrt bloß vorsichtig und meldet euch zwischendurch mal, ja?«

»Aber klar.«

Er will sich schon zum Gehen wenden, bleibt dann jedoch stehen und studiert mit gerunzelter Stirn mein Gesicht. »Hast du mit Matt gesprochen?«

Ich schüttle den Kopf. »Nein«, sage ich leise. »Das ging nicht, weil er nicht allein war.«

»Oh.« Papas Augenbrauen ziehen sich zu einem durchgehenden weißen Watteknäuel zusammen. »Das tut mir leid.«

»Tja.« Ich grinse schief, wobei meine Mundwinkel bedrohlich zu zittern beginnen. »Man sollte halt nicht zu lange warten, wenn es um die große Liebe geht.«

Papa starrt mich an. Er öffnet seinen Mund, um etwas zu sagen, doch in dem Moment kommt Leo ins Zimmer gestürmt, eine Baseballmütze auf den blonden Locken. »Bist du so weit?«, fragt sie.

»Nein, stopp, ich muss noch schnell ein paar Sachen einpacken«, sage ich, küsse Papa auf die Wange und verschwinde in unser Schlafzimmer.

Froh über ein wenig Ablenkung werfe ich wahllos Shorts, T-Shirts und Unterwäsche in meine Strandtasche, packe Kulturbeutel und Malsachen ein, schnappe mir meine Fleece-Jacke und ein Handtuch und gehe zurück ins Wohnzimmer. Papa ist nicht mehr da, Leo sitzt allein auf der Armlehne des Sofas und blättert in einem »Nova Scotia Campingführer« von 1997. Als ich ihre langen, braungebrannten Beine in den knappen Jeansshorts sehe, lasse ich meine Strandtasche sinken und starre sie an. Das Bild von Isa und Matt verblasst, ein neues schiebt sich vor mein inneres Auge. Oh nein, bitte nicht.

Leo hebt den Kopf und schaut mich fragend an. »Kann's losgehen?«

»Bist du dir ganz sicher, dass du nicht mit Matt geschlafen hast?«, frage ich und fühle mich zum zweiten Mal an ein und demselben Morgen wie in einer schlechten Seifenoper.

Leo lässt den Campingführer sinken und sagt langsam: »Ich bin mir tausendprozentig sicher, nicht mit ihm geschlafen oder ihn auch nur geküsst zu haben. Und wenn du deinen Hintern endlich ins Auto bewegst, sage ich dir auch, warum.«

Kapitel 39

Leider bekomme ich im Auto nicht sofort meine verspro-chene Erklärung, denn Leos Magen grummelt laut vor sich hin und meine Schwester besteht auf einem Frühstück, bevor sie zu erzählen beginnt.

»Lass uns am Diner halten und ein paar Pfannkuchen ver-putzen, damit wir eine gute Grundlage für die lange Fahrt ha-ben«, schlägt sie vor.

Spontan möchte ich schreien: Nein, ich setze keinen Fuß mehr in den Diner! Dann jedoch wird mir bewusst, dass es gar nicht schlecht wäre, Matt noch einmal über den Weg zu laufen.

»Also gut«, sage ich und merke, dass Leo und Kleine Bärin mich überrascht von der Seite mustern. Sie haben offensicht-lich mit Widerstand gerechnet.

Im Diner sind einige Tische belegt, die meisten Gäste sind Touristen. Elaine grüßt uns freundlich, während sie frisch ge-backene Muffins auf einer Etagere verteilt. Wir nehmen an ei-nem Tisch direkt neben der Eingangstür Platz, und es dauert nicht lange, bis Carrie auf uns zukommt.

»Hey«, sagt sie und mustert mich eingehend. Ich frage mich, ob sie gehört hat, dass nicht ich heute Morgen neben Matt aufgewacht bin, sondern Shauna. »Alles okay bei euch?«

Ich nicke und starre konzentriert auf die laminierte Speise-karte in meinen Händen, obwohl ich sie praktisch auswendig kenne und sowieso weiß, was ich will. Und zwar Matt. Nein, verdammt! Pfannkuchen. Ich will Pfannkuchen.

»Blaubeerpfannkuchen und Kaffee, bitte«, sage ich und las-se die Karte vor mich auf die Tischdecke gleiten.

»Für mich dasselbe!« Leo strahlt Carrie an und macht somit hoffentlich meine muffelige Begrüßung wieder wett.

»Kommt sofort, Ladys.« Carrie schnappt sich unsere Speisekarten und geht zum Nachbartisch, wo eine junge Japanerin gerade damit beschäftigt ist, Fotos vom Hummer-Muster der Plastiktischdecke zu machen.

»Hey, schön euch zwei hier zu sehen«, höre ich eine vertraute Stimme, und schon steht Elaine neben unserem Tisch. Sie trägt ein weiteres Paar von Shaunas Besteck-Ohrringen (diesmal sind es gebogene Teelöffel mit kleinen Rosen an den Griffen) und ein pinkfarbenes T-Shirt zu abgeschnittenen Blue Jeans.

»Hi, Elaine«, sage ich und ringe mich zu einem Lächeln durch.

»Cooles Outfit, ehrlich«, sagt Leo.

»Danke dir, Süße.« Elaine gibt Leo einen liebevollen Knuff gegen den nackten Oberarm und wendet sich dann mir zu. »Nina, Matt sagte, dass du in diesem Urlaub schon viel gemalt hast und dass deine Sachen wirklich gut sind. Ich brauche dringend ein paar neue Bilder für den Diner, damit ich …« Sie sieht sich um und beugt sich dann dicht zu mir herunter. »Damit ich endlich diese scheußlichen Bilder von Heather Brooks loswerden kann.« Sie zwinkert mir verschwörerisch zu, und ich muss trotz meiner schlechten Laune lächeln. »Also, würdest du mir helfen?«

»Hmm, ja, klar«, sage ich und versuche, so zu tun, als wäre es mir egal, dass Matt seiner Mutter von meinen Bildern erzählt hat. Dass er sie »wirklich gut« findet. Es ist mir egal. Egal! »Ich habe meine Mappe im Auto. Wenn du willst, lasse ich ein paar Bilder hier. Sie sind allerdings nicht gerahmt.«

»Kein Problem, Rahmen habe ich genug«, sagt Elaine. »Das wäre super, Schätzchen. Du musst mir nur sagen, wie viel du pro Bild haben möchtest.«

»Hier kommt der Kaffee«, meldet Carrie sich zu Wort und schiebt sich mit einer vollen Kanne an ihrer Mutter vorbei. Während sie uns einschenkt, fällt mir plötzlich wieder der Baum ein, der auf ihr Haus gefallen ist. Ich kreise in letzter Zeit wirklich nur noch um mich selbst!

»Was macht denn dein Dach, Carrie?«, frage ich und greife nach dem Zuckerspender. »Ist es schon repariert?« Zu spät wird mir bewusst, wer die Person ist, die besagtes Dach reparieren würde. Vor Schreck schütte ich etwas Zucker neben die Tasse.

»Nein, ist es noch nicht«, sagt Carrie, und ihr Tonfall bestätigt meinen Gedanken. »Mein Bruder war bisher zu beschäftigt, um sich darum zu kümmern.«

Ich kann deutlich den Vorwurf aus ihren Worten heraushören. Anscheinend weiß sie doch noch nicht, dass Matt letzte Nacht und heute Morgen nicht mit mir beschäftigt war. Ich möchte ihr sagen, dass ich nicht der Grund dafür bin, dass ihr Bruder noch keine Zeit für ihr Dach hatte. Aber die Worte verenden irgendwo vor meinen Stimmbändern.

»Ich hole dann mal die Bilder«, sage ich stattdessen und schiebe mich aus der Sitzbank. Leo wirft mir einen langen Blick zu, den ich ignoriere.

Als ich mit meiner Mappe in den Diner zurückkehre, sind Mutter und Tochter Gates wieder hinter der Theke. Ich gehe zu Elaine hinüber und ziehe ein paar meiner Landschaftsaquarelle hervor.

»Hier, die kannst du alle haben, wenn du möchtest«, sage ich.

»Wow, Nina, die sind genial.« Elaine stützt ihre Ellbogen auf die Theke und studiert die Bilder eingehend. »Wie schön, das ist ja unser Diner!«

»Ja, vom Parkplatz dort drüben aus gemalt. Kurz, bevor der Hurrikan kam.«

Ich sehe wieder Matt vor mir, wie er rittlings neben mir auf der Bank des Picknicktisches sitzt und mich eingehend ansieht. Bevor sein Handy klingelt und Isa um Hilfe ruft.

»Dass der Hurrikan auf dem Weg war, sieht man, die Farben sind wirklich beeindruckend. Weißt du was, dieses Bild möchte ich dir abkaufen. Das hänge ich hier hinter die Theke.«

»Ich schenke es dir.«

»Nichts da, ich …«

»Doch, ich möchte es dir schenken«, beharre ich. Elaine lächelt mich breit an.

»Na gut. Tausend Dank, Süße. Aber du musst mir wenigstens sagen, wie viel du für die anderen Bilder nehmen möchtest.«

Ich spüre heiße Röte in meine Wangen steigen. Wie ich so etwas hasse! Ich bin wirklich nicht gut in Sachen Selbstvermarktung.

»Hmm – ich weiß nicht so genau …« Ratlos werfe ich einen Blick an die gegenüberliegende Wand, wo zwischen den Fenstern die gerahmten Werke der anderen lokalen Künstler hängen. Leider kann ich von hier aus die Preise nicht erkennen.

»Also, unsere gute Heather hat für jedes Bild 100 Dollar verlangt und auch tatsächlich einmal eines für diesen Preis verkauft«, bemerkt Elaine. Ich starre sie überrascht an.

»Ehrlich?«

Sie nickt und meint grinsend: »Ja, an ein koreanisches Ehepaar. Oder waren es Japaner? Keine Ahnung, auf jeden Fall waren es asiatische Touristen mit schlechtem Geschmack und zu viel Geld. Also, was meinst du – sagen wir 150 Dollar?«

Ich bin sprachlos. »Pro Bild? So viel? Du meinst, das würde

wirklich jemand dafür ausgeben? Es sind schließlich nicht jeden Tag reiche Asiaten hier in Rocky Harbour.«

Elaine nickt zu der jungen Japanerin hinüber, die gerade Fotos vom Pfannkuchen-Turm ihres Mannes macht. »Aber oft genug. Außerdem sind deine Bilder von einer ganz anderen Qualität als Heathers.«

»Okay«, sage ich zögerlich und schaue mir noch einmal die fünf Aquarelle an, die auf der Theke liegen. »Wenn du meinst.«

»Ja, das meine ich. Und nun sieh zu, dass du zurück an euren Tisch kommst, deine Pfannkuchen werden kalt.«

Leo empfängt mich mit vollen Wangen. »Wird auch Zeit«, stößt sie kauend hervor. »Das hier ist Paradies in Tüten, sage ich dir.«

Schweigend essen wir unsere Pfannkuchen, jede von uns hängt ihren eigenen Gedanken nach. Als Carrie mit der Kaffeekanne an unserem Tisch auftaucht und fragt, ob wir noch etwas möchten, halte ich ihr meine Tasse hin. Ihr missbilligender Blick entgeht mir nicht, und mir fällt ein, dass Elaine und sie ja nach wie vor glauben, ich sei schwanger. Ich schlucke einen Bissen hinunter und will spontan zu einer erneuten Beichte ansetzen (darin habe ich inzwischen wirklich Übung), als Carrie ihre Kanne abstellt und sagt: »Okay, Nina, ich muss dich was fragen. Hattest du letzte Nacht Sex mit Matt?«

Leo hält im Kauen inne und schaut mich mit Pfannkuchengeblähten Wangen an. Sie sieht aus wie ein blondgelockter Hamster, und unter anderen Umständen würde ich anfangen zu kichern. Doch Carries Frage schwebt über unserem Tisch, und das japanische Paar vom Nachbartisch schaut erwartungsvoll zu uns herüber. Das Wort »Sex« versteht man weltweit.

»Nein, hatte sie nicht«, höre ich plötzlich eine allzu vertraute Stimme hinter Carrie sagen. Wo kommt Matt denn plötzlich her? Carrie dreht sich zu ihrem Bruder um und sieht ihn erstaunt an.

»Ach nein?«

»Nein.« Matt tritt näher an unseren Tisch heran, die Arme vor der Brust verschränkt. Er trägt seinen Werkzeuggürtel zu zerschlissenen Jeans und einem weißen T-Shirt. Obwohl ich mir Mühe gebe, nicht so genau hinzusehen, entgehen mir seine feuchten Haare nicht. War wohl noch schnell duschen mit der lieben Shauna. Mein Magen zieht sich schmerzhaft zusammen, und ich lege meine Gabel zur Seite. Genug Pfannkuchen für heute.

Matt sieht mich an und fährt fort: »Schließlich hat Nina sich gestern, nachdem wir den Shore Club verlassen hatten, mit ihrem deutschen Freund verlobt. Und die Nacht natürlich mit ihm verbracht.«

Carrie fährt herum und sieht wieder mich an. »Wow, herzlichen Glückwunsch! Du hast dich mit dem Vater deines Babys verlobt!«

»Hmm, na ja …«, sage ich und versuche, einen klaren Gedanken zu fassen. Was ziemlich schwer ist, denn Matts dunkelbraune Augen starren mich durchdringend an und veranlassen die Pfannkuchenhappen in meinem Magen, nervös durcheinanderzupurzeln. Für den Bruchteil einer Sekunde vergesse ich sogar meinen eigenen Namen.

Sag etwas, verdammt noch mal! Kleine Bärin tritt mich erneut vors Schienbein. *Hast du vergessen, was Matt letzte Nacht mit Shauna und vor einigen Sommern mit Isa gemacht hat?*

Richtig! Puh, zum Glück schieben sich meine Gehirnwindungen wieder zurecht, und mein Verstand meldet sich zurück. Und mit ihm zusammen meine Wut, die ich wegen Elaines

Interesse an meinen Bildern kurz vergessen hatte. Ich nehme meine Serviette vom Schoß, stehe auf und sehe Matt an. Carrie weicht unwillkürlich einen Schritt zurück. Ich muss wirklich respekteinflößend wirken. Eine völlig neue Erfahrung für mich. Doch Carries Bewegung ruft mir ins Gedächtnis, dass ich zunächst ihr etwas sagen muss.

»Carrie, ich habe euch alle angelogen. Matt und meine Familie wissen es seit Kurzem. Ich bin nicht schwanger. Mein Problem war, dass ich nach meinem Wiedersehen mit Matt nach so vielen Jahren nicht als mollig dastehen wollte. Als Isa mich in seiner Gegenwart gefragt hat, ob ich schwanger sei, habe ich also spontan ›ja‹ gesagt und kam von da an nicht mehr aus meiner blöden Lügengeschichte heraus. Es tut mir wirklich leid, dass ich euch alle getäuscht habe.«

Carries Augen sind während meiner Worte größer und größer geworden. Ein Blick über ihre Schulter zeigt mir, dass auch Elaine, die dem alten Dave gerade Kaffee nachgeschenkt hat, wie versteinert stehen geblieben ist und mir zugehört hat. Aber ich kümmere mich nicht weiter um die beiden, sondern wende mich Matt zu.

»Es war ungeheuer blöd von mir, alle anzulügen«, sage ich mit fester Stimme und halte seinem Blick stand. »Und genauso blöd war es, gestern Nacht ›ja‹ zu Saschas Antrag zu sagen. Ich habe ihm heute Morgen gesagt, dass er nicht Vater wird und ich ihn nicht heiraten kann, weil er nicht der Richtige für mich ist. Danach habe ich meiner Familie alles gestanden und bin dann zu dir hinübergegangen, um dir zu sagen, wie leid mir das mit gestern Nacht tut. Aber du hast ja nicht lange gebraucht, um über mich hinwegzukommen, nicht wahr?«

Matts Gesichtsausdruck hat sich während meines Redeschwalls verändert. Die Härte, die vorher auf seinen Zügen lag, hat peu à peu begonnen zu verschwinden. Bei meiner letzten Frage tritt ein Ausdruck in seine Augen, der meine Pfannkuchenhappen Samba tanzen lässt. Eine Mischung aus Reue und – ja, was? Irgendetwas Weiches liegt mit einem Mal in seinem Blick, wie geschmolzene Schokolade. Aber ich darf mich jetzt nicht ablenken lassen, denn die Sache mit Shauna war ja nur die Spitze des Eisbergs.

»Und ich muss dir sagen«, fahre ich fort und ärgere mich darüber, dass meine Stimme vor Wut und Aufregung ein wenig zittert, »dass ich froh darüber bin, dich heute Morgen nicht allein angetroffen zu haben.«

Matts Augenbrauen schießen fragend in die Höhe. »Denn statt mit dir ins Bett zu hüpfen, wie ich es sonst sicher getan hätte, bin ich zu Isa gefahren, um ihr ebenfalls meine Lüge zu beichten. Und Isa hat das zum Anlass genommen, um mir ihrerseits etwas zu gestehen, was sie mir jahrelang verschwiegen hat.«

Ich kann an Matts Mimik ablesen, dass er sofort begreift. Eine leichte Röte schießt in sein Gesicht, was sonst nie der Fall ist.

»Nina …«, fängt er an, doch ich hebe eine Hand und unterbreche ihn barsch.

»Findest du nicht auch, Matt, dass jemand, der im Glashaus sitzt, nicht mit Steinen werfen sollte? Erinnerst du dich daran, wie du reagiert hast, als du von meiner Lüge erfahren hast? Ehrlichkeit ist dir so wichtig, ja?« Meine Stimme ist nach und nach lauter geworden. Ich nehme flüchtig wahr, dass die Gespräche im Diner einer gespannten Stille gewichen sind, doch das ist mir egal. »Wenn du so ein ehrlicher Mensch bist, Matthew Gates, wieso hast du mir dann nicht erzählt, dass du damals mit meiner Cousine geschlafen hast? Nur ein Jahr, nachdem wir zusammen gewesen waren? Wie konntest du so etwas tun und es vor mir verheimlichen?«

Matt sieht mich mit einem merkwürdig gequälten Gesichtsausdruck an. Er tritt von einem Fuß auf den anderen und schiebt seine Hände tief in die Taschen seiner Jeans. Abgesehen von Bryan Adams, der »Summer of 69« aus den Radiolautsprechern hinter der Theke singt, ist es jetzt mucksmäuschenstill im Diner. Dann räuspert Matt sich und fragt: »Wann hätte ich es dir denn sagen sollen, Nina? Wir haben uns doch jahrelang nicht gesprochen und …«

»Seit ich hier angekommen bin, hättest du tausend Gelegenheiten gehabt!«, fahre ich ihn wütend an. »Als du mich aus dem See gefischt oder an der Tankstelle aufgegabelt oder mit mir vor den Umkleidekabinen am Strand gesessen oder mich von der Waschmaschine gehoben oder mir im Krankenhaus die Schultern massiert hast! Und die allerbeste Gelegenheit hätte sich gestern Abend in deinem Pick-up geboten, bevor du mich geküsst hast. Weißt du nicht mehr, was ich zu dir gesagt habe? Ich habe gesagt ›Ich verstehe nicht, warum du dich in mich verknallt hast, wo du zum Beispiel jemanden wie Isa hättest haben können‹. An dieser Stelle wäre dein Einsatz gewesen, Matt! Du hättest die Gelegenheit gehabt, zu sagen: ›Tja, das ist leider ein Irrtum, Nina, denn ich habe mich mindestens genauso für deine Cousine interessiert wie für dich, aber leider warst vor 14 Jahren nur du verfügbar!‹«

Ich hole tief Luft und merke, dass ich von Kopf bis Fuß zittere. Matt sieht aus, als wäre er gerade links und rechts geohrfeigt worden. Carrie steht wie vom Donner gerührt neben ihm und starrt mich an, als sähe sie mich zum ersten Mal. Nun, diese Nina, die anderen laut und deutlich ihre Meinung sagt, sieht sie tatsächlich zum ersten Mal. Kleine Bärin führt einen

Freudentanz ums Lagerfeuer auf. Doch mir ist nicht nach Triumph und Jubel zumute, denn ich habe immer noch Matt vor mir und muss schleunigst aus seiner Reichweite kommen.

Ich schnappe mir meine Umhängetasche und die Mappe mit meinen restlichen Bildern und schiebe mich an ihm vorbei. Neben Carrie bleibe ich stehen und sage: »Du kannst beruhigt sein, zwischen deinem Bruder und mir wird nie wieder etwas laufen. Du musst dir also keine Mühe mehr machen wie damals, als du meinen Brief vernichtet und meine Telefonnachricht nicht weitergegeben hast.« Dann drehe ich mich zu Leo um. »Ich warte im Auto. Beeil dich, ja?«

Leos Gabel schwebt wie ein Sessellift bei Stromausfall über ihren halb gegessenen Pfannkuchen, und in ihrem Blick liegt, glaube ich, so etwas wie Bewunderung. Ein ganz neuer Anblick für mich. Ein Blitzlicht leuchtet auf. Die Japanerin vom Nachbartisch hat ein Foto von mir gemacht. Elaine kommt auf mich zu und will offensichtlich etwas sagen, doch ich wende mich schnell ab. Ich muss hier raus, mein Atem geht plötzlich stoßweise. Ich spüre sämtliche Blicke im Raum auf mich gerichtet, als ich zur Eingangstür gehe. Gerade als ich den Türknauf berühre, höre ich eine mir unbekannte Frauenstimme mit starkem britischem Akzent hinter mir.

»Darling, nicht so schnell!« Erstaunt halte ich inne und drehe mich um. Eine große, dünne Frau mit weißen Löckchen kommt auf mich zu. In ihrer Hand hält sie eines meiner Aquarelle. Es zeigt unseren See im Morgengrauen. Es ist das Bild, das ich am ersten Morgen in Kanada gemalt habe. Dieser Morgen scheint eine halbe Ewigkeit zurückzuliegen, nicht erst eine knappe Woche.

»Sie sind einfach wunderbar, Kind! Ich wünschte, ich hätte meinem Harry damals so die Meinung gesagt, als er mich mit dieser kleinen Verkäuferin betrogen hat. Ich war ungefähr in Ihrem Alter, und statt ihm zu sagen, was für ein mieser Arsch er ist, habe ich geheult und gebettelt, dass er mich nicht verlässt. Ich hatte einfach zu große Angst davor, allein zu sein, wissen Sie?« Sie schüttelt bei der Erinnerung den Kopf und sieht mich aus fröhlich blitzenden Augen an. »Dabei war meine Scheidung von Harry das Beste, was mir je passiert ist! Seitdem wohne ich mit meiner Schwester Rose zusammen, und wir zwei sind weitaus glücklicher als jedes Ehepaar. Statt Kindern haben wir zwei entzückende Windhunde, und einmal im Jahr machen wir eine große Reise. Haben Sie keine Angst davor, ohne Mann leben zu müssen, Kind. Es ist ein Segen!«

Verwirrt sehe ich die fremde Engländerin an und weiß nicht, was ich sagen soll. Doch bevor ich zu einem Entschluss kommen kann, ob ich überhaupt etwas sagen oder einfach aus dem Diner flüchten soll, hält die alte Dame mir mein Aquarell unter die Nase. »Bevor Sie Ihren wunderbaren Wutausbruch hatten, habe ich mit der netten Besitzerin dieses Diners über Ihre Bilder gesprochen. Sie lagen auf der Theke, und ich habe mich schlagartig in sie verliebt. Ich möchte dieses hier kaufen, und Sie, Kind, müssen unbedingt eine Widmung auf die Rückseite setzen, denn ich möchte mich immer an dieses Frühstück in Rocky Harbour erinnern.«

Ich finde meine Stimme wieder. »Ja, okay.«

Nach wie vor ist kein einziges Gespräch von den Tischen hinter mir zu hören, nur hier und da wird leise geflüstert. Die vertraute Röte kriecht langsam, aber unaufhaltsam in meine Wangen, während ich zur Theke gehe und mit zitternder Hand einen Kugelschreiber aus meiner Tasche krame. Die Engländerin, zu der sich jetzt besagte Schwester Rose gesellt hat, sagt mir ihren Namen und ich schreibe »Für Lizzy – zur Erinnerung an ein denkwürdiges Frühstück im ›Foggy Days‹ in Rocky Harbour« auf die Rückseite meines Bildes. Ich versichere den beiden, dass es ausreicht, wenn sie das Aquarell bei Elaine bezahlen, und lasse mir zwei nach Rheumaöl duftende Küsse von Lizzy auf die Wangen drücken.

Vielleicht wird das tatsächlich meine Zukunft sein, denke ich, als ich mich endlich dem Ausgang zuwende. Meine kleine Schwester und ich auf Reisen, weit und breit kein Mann in Sicht. Allerdings werde ich mir niemals einen Windhund zulegen.

Kapitel 40

Ich stehe vor meinem Mietwagen und atme tief die salzige Luft ein. Leo lässt sich Zeit, sie isst mit Sicherheit auch noch meine Pfannkuchen zu Ende. Den guten Appetit haben wir beide gemeinsam, allerdings hat sie die besseren Gene abbekommen, was die Fettverbrennung angeht.

»Nina?«

Erstaunt drehe ich mich um und sehe den alten Dave vor mir stehen. Ich hatte keine Ahnung, dass er weiß, wie ich heiße.

»Sie kennen mich?«

Ein Lächeln durchzieht die tiefen Falten in seinem Gesicht, das von rauhem Atlantikwetter gezeichnet ist. »Aber natürlich kenne ich dich. Jeder in Rocky Harbour kennt dich. Du warst damals Matts Mädchen. Nina aus Deutschland, das wusste doch der ganze Ort.«

Oh. Ich starre auf meine Sneakers. Matts Mädchen. Schade, dass ich das nicht mehr bin.

»Soll ich dir verraten, Nina, was das Geheimnis meiner Ehe war?«

Ich sehe den alten Dave überrascht an. »Ja?«

»Maureen und ich haben uns oft gestritten. Sie konnte ziemlich wütend werden, und wenn sie in Rage war, hat sie mit Geschirr geschmissen.« Er kneift seine hellgrauen Augen zusammen und lächelt in die Ferne, als sähe er dort seine verstorbene Frau. »Irgendwann, wir waren schon vierzig Jahre verheiratet, hat sie mir gestanden, dass sie immer angeschlagenes Geschirr zur Seite legt und bei ihren Wutausbrüchen nur dieses zerschmettert. So war sie, meine Maureen. Temperamentvoll, aber sparsam.«

»Und das war das Geheimnis Ihrer Ehe? Geschirr zer-schmettern?«

»Nein. Verzeihen. Maureen und ich haben uns immer wie-der verziehen. Und glaub mir, Nina, mit den Jahren gab es so einiges zu verzeihen.«

Ich starre ihn an. In dem Moment taucht Leo hinter ihm auf.

»Sorry, dass es ein bisschen gedauert hat, aber ich musste noch aufs Klo. Bin startklar.«

»Gute Fahrt, ihr zwei«, sagt Dave und lächelt erst Leo, dann mich an. Ohne auf eine Antwort zu warten, dreht er sich um und geht wieder in den Diner, der einmal von der Frau betrie-ben wurde, die ihm immer wieder verziehen hat. Und umge-kehrt.

Nachdem wir eine Zeitlang schweigend auf dem Highway 102 Richtung Norden gefahren sind, dreht Leo kurz hinter Truro das Autoradio leiser und sagt: »Also, was ich dir erzählen wollte – ich bin lesbisch.«

Beinahe wäre ich vom Highway abgekommen und in den dichten Wald am Straßenrand gebrettert.

»Spinnst du?«, schreit Leo auf, als unser Mietwagen einen Schlenker macht. Ich bekomme das Lenkrad wieder unter Kontrolle und starre mit rasendem Herzen auf die gelbe Mit-tellinie der Straße. Dann werfe ich meiner Schwester einen Seitenblick zu und frage: »Was?«

»Lesbisch. Das heißt, dass ich auf Frauen stehe.«

»Ich weiß, was lesbisch bedeutet. Aber seit wann bist du es? Ich meine, du hattest doch ständig irgendwelche Freunde und sogar einen Ehemann, wenn auch nur kurz.«

Leo seufzt. »Ja. Das macht das Ganze auch so kompliziert. Ich kann nicht behaupten, dass ich mich nie mehr für Männer interessieren werde. Vielleicht wird irgendwann mal ein Typ daherkommen, bei dem ich schwach werde. Wer weiß? Aber momentan stehe ich definitiv auf Frauen. Verstehst du jetzt, warum da absolut nichts zwischen Matt und mir war?«

»Tja«, murmele ich. »Da bin ich zwar froh, aber dafür war ja genug zwischen ihm und … Ach, lassen wir das. Erzähl mir lieber, seit wann du auf Frauen stehst.«

Und das tut Leo. Als wir bei New Glasgow eine Pause einlegen und uns an einer Tankstelle Sandwiches und Cola in Dosen kaufen, erzählt sie mir von Sabine, die ein halbes Jahr lang in ihrem Yoga-Kurs war.

»Sie hat den Sonnengruß gemacht wie keine andere«, seufzt meine Schwester. »Sabine ist älter als ich, Anfang 40, und sie ist verheiratet und hat ein Kind. Ich fand sie toll, seit sie zum ersten Mal in meinem Kurs war, habe mich aber nicht getraut, sie anzusprechen. Schließlich bin ich weder blind noch blöd, ich konnte ihren Ehering durch das ganze Studio funkeln sehen. Am letzten Kursabend vor Weihnachten sind einige Teilnehmerinnen noch etwas trinken gegangen, Sabine und ich gingen auch mit. Wir kamen ins Gespräch und – wumm! Ich schwöre dir, Nina, das war Magie in Tüten. Ich wusste sofort, dass sie die Eine ist, und konnte genau sehen, dass es ihr ebenso ging. Wir sind nach der Kneipe zu mir nach Hause gegangen und – na ja. Ich erspare dir die Details, weil du ja die Prüdeste unserer Familie bist, wie Mama so gerne betont.«

»Stimmt überhaupt nicht!«, entgegne ich gekränkt, bin aber insgeheim froh, dass mir keine ausführliche Sexszene beschrieben wird. Bin ich wirklich so prüde? Kleine Bärin nickt und beißt von ihrem Sandwich ab.

»Von da an trafen wir uns regelmäßig. Bis kurz vor Ostern. Sabine sagte mir von einem Tag auf den anderen, dass sie ihren

Mann nicht mehr betrügen wolle. Ich heulte und schrie und flehte sie an, unsere Beziehung nicht aufzugeben. Aber sie sagte nur, dass wir nie eine Beziehung gehabt hätten, sondern nur Sex. Damit hatte sie natürlich gewissermaßen recht, weil wir uns immer nur in meiner Wohnung getroffen haben. Sabine hatte riesige Panik davor, im Kino oder Restaurant mit mir gesehen zu werden. Sie war überzeugt davon, dass man uns aus zehn Metern Entfernung ansehen konnte, dass wir keine platonischen Freunde waren.«

Leo seufzt und nimmt einen Schluck Cola. »Für Sabine war es vielleicht nur Sex. Aber für mich war es mehr. Ich habe mich in sie verliebt. Und ich vermisse sie. Sie kommt nicht mehr in meinen Yoga-Kurs und hat ihre Handynummer geändert.«

Noch bevor wir beim Nachtisch, der aus Chocolate-Chip-Cookies besteht, angekommen sind, heult Leo ein paar Minuten lang in mein T-Shirt. Sie habe noch nie so starke Gefühle für jemanden gehabt wie für Sabine, stößt sie heiser hervor. Ich streichele über ihren Rücken und ihre Locken und überlege, was ich Schlaues sagen könnte. Leider fällt mir nicht viel ein. Also greife ich auf Leos Wortschatz zurück und murmele: »Das mit der Liebe ist wirklich Scheiße in Tüten.«

Wir haben gerade den Canso Causeway passiert, der das Festland von Nova Scotia mit der Insel Cape Breton verbindet, als Leo, die jetzt am Steuer sitzt, sagt: »Ich glaube, ich bin schwanger.«

»Was?« Ich bin froh, dass ich nicht mehr fahre, denn sonst wären wir jetzt wohl wirklich im Straßengraben gelandet.

»Schwanger. Ich glaube, ich bin schwanger.«

»Aber – von wem denn, um Himmels willen? Doch wohl kaum von dieser Sabine?«

»Quatsch. Die habe ich doch seit Ostern nicht mehr gesehen.«

»Und sie ist eine Frau«, erinnere ich meine Schwester an das wesentliche Detail.

»Genau.« Leo kaut auf ihrer Unterlippe und starrt konzentriert auf den Trans-Canada-Highway, der uns weiter nach Norden führt. »Ich hatte vor Kurzem einen One-Night-Stand mit so einem süßen Iren, der bei uns in der ›Stinkenden Socke‹ ein paar Bier getrunken hat. Ich war zu dem Zeitpunkt völlig planlos und immer noch halb krank vor Liebeskummer wegen Sabine. Also wollte ich ausprobieren, ob ich vielleicht doch wieder auf Männer stehe, und habe Sean mit nach Hause genommen. Es war auch ganz nett, aber ich bin definitiv nach wie vor in meiner Lesbenphase.«

»Und jetzt glaubst du, von ihm schwanger zu sein?«

Leo nickt. »Meine Kommunisten sind seit vierzehn Tagen überfällig. Das passiert mir sonst nie.«

»Scheiße«, murmele ich und starre geradeaus durch die Windschutzscheibe auf den endlos langen Highway vor uns, der sich schnurgerade durch die Wälder zieht. »Scheiße«, wiederhole ich und meine damit nicht nur Leos Situation. Gerade ist mir bewusst geworden, dass nicht nur die Kommunisten meiner Schwester auf sich warten lassen.

Leo und ich sitzen Seite an Seite auf einem verwitterten Picknicktisch, unsere Füße auf der Sitzbank. Jede von uns hält einen Schwangerschaftstest in der Hand.

Wir sind am späten Nachmittag auf dem »Seaside Campground« an der Nordostküste Cape Bretons angekommen. Der nächste Ort heißt passenderweise »Wreck Cove«, also »Wrack-Bucht«. Genauso fühle ich mich gerade.

Bevor Leo und ich auch nur ansatzweise mit dem Aufbau unseres Zeltes begonnen haben, packten wir als Erstes die beiden Urinsticks aus, die uns Klarheit über den Zustand unserer Gebärmütter verschaffen sollten. Jede von uns verschwand hinter einem Busch (zum Glück liegen die Zeltplätze auf diesem Campingplatz sehr weit auseinander, so dass wir keine Zuschauer fürchten mussten) und kehrte dann mit ihrem Stick zurück zum Picknicktisch. Und hier sitzen wir nun, und Leo schaut zum gefühlten einhundertsten Mal auf ihre Armbanduhr.

»Die drei Minuten sind um«, verkündet sie, und ich merke, dass sie versucht, das Beben in ihrer Stimme zu unterdrücken. »Ich zähle bis drei, okay?«

Ich schlucke. Seit wir auf dem Weg zum Campingplatz an einem Einkaufszentrum angehalten und die beiden Packungen mit Schwangerschaftstests gekauft haben, kreisen meine Gedanken unaufhörlich um die Möglichkeit, ein Baby zu bekommen. Wäre das nicht wirklich die ironischste Ironie des Schicksals, die man sich vorstellen kann? Nach all dem Theater der vergangenen Tage würde ich nach Rocky Harbour zurückkehren und meiner Familie verkünden, dass ich doch schwanger bin. Sie würden mich alle für völlig verrückt erklären. Und Sascha, was würde er wohl sagen? Immerhin sind wir offiziell getrennt! Würde er sich um sein Kind kümmern? Würden wir womöglich wieder ein Paar werden? Will ich das? Will ich überhaupt ein Baby haben? Fragen über Fragen – und keine vernünftige Antwort in Sicht.

»Okay, bei drei«, murmele ich und versuche, meinen Stick ruhig zu halten. Doch meine Hand zittert wie ein Ahornblatt im Wind.

»Eins, zwei, drei«, zählt Leo. Keine von uns dreht ihren Urinstick um, so dass das Display sichtbar wird.

»Wieso machst du nichts?«

»Na, du hast doch auch nichts gemacht!«, sage ich und reibe meine freie Hand an meinen Shorts trocken. Dafür, dass ein kühler Abendwind eingesetzt hat, schwitze ich ganz schön. Ist das nicht ein deutliches Anzeichen für eine Schwangerschaft? Das habe ich ganz bestimmt mal irgendwo gelesen. Himmel, nur gut, dass ich in den letzten Tagen keine schädlichen Sachen wie Salami oder Räucherlachs gegessen habe. Aber die Cola-Rum, fällt es mir siedend heiß ein. Wieso um alles in der Welt musste ich unbedingt Alkohol trinken? Sicher habe ich dem Baby damit geschadet!

»Nina? Los, wir drehen ihn jetzt um. Sofort. Zu lange darf man nicht warten, sonst wird das Ergebnis verfälscht, steht auf der Packung.«

»Okay.«

Synchron drehen wir unsere Sticks um und schauen auf die Displays. Auf meinem ist eine rosa Linie zu sehen. Mir stockt der Atem.

Kapitel 41

Ich bin schwanger«, flüstere ich und weiß nicht so recht, ob ich lachen oder weinen soll. Ungläubig blinzele ich, doch die Linie geht nicht weg, sondern starrt mich erwartungsvoll an.

»Ich auch«, höre ich Leos Stimme neben mir. Dann bricht meine Schwester in Tränen aus. Wie betäubt lege ich meinen Schwangerschaftstest zur Seite und nehme sie in den Arm. Schluchzend vergräbt Leo ihr nasses Gesicht in der Kuhle unterhalb meines Halses. Sofort machen sich mütterliche Gefühle in mir breit. Ich möchte meine kleine Schwester beschützen und behüten und ihr sagen, dass sie keine Angst zu haben braucht. Mein Gott, ich bin so was von schwanger!

Dann fällt mein Blick auf Leos Urinstick, den sie neben sich auf den Tisch gelegt hat. Zwei rosa Streifen leuchten mir entgegen.

»Wieso sind es bei dir zwei und bei mir nur ein Streifen?«, frage ich in Leos Locken hinein. Sie hebt ihren Kopf und starrt auf ihren Test. Dann greift sie nach meinem und mustert das Display.

»Weil du nicht schwanger bist, du Gurke«, sagt sie und schluchzt erneut los. »Hast du ein Glück!«

Erneut lässt sie sich gegen mich sinken und weint in den Stoff meines T-Shirts. Mechanisch streichele ich über ihren Rücken, spüre die knochigen Hubbel ihrer Wirbelsäule unter meinen Fingern. Ich starre über ihre Locken hinweg auf das Glitzern des Atlantiks, der zwischen den Fichten und Kiefern hindurchschimmert.

Ich bin nicht schwanger. Was doch gut ist, schließlich bin ich Single und habe nicht gerade einen kinderfreundlichen Job mit geregelten Arbeitszeiten. Wie sollte ich als alleinerziehende Mutter überleben, wenn ein Werbeprojekt mal wieder von mir verlangt, bis nach Mitternacht an meinem Computer in der Agentur zu hocken? Wochenenden durchzuarbeiten? Wenn zu Hause ein Baby auf mich warten würde, könnte ich die Möglichkeit, irgendwann doch noch ein Bilderbuch zu verkaufen, völlig an den Haken hängen. Nach Feierabend wäre ich nämlich vollauf mit Brei und Babykotze beschäftigt und hätte weder Muße noch Energie, an Buchideen zu arbeiten. Sascha würde sich nur hin und wieder um das Kleine kümmern, schließlich sind seine Arbeitszeiten noch viel familienfeindlicher als meine, und er wird bestimmt nicht lange Single sein, dafür sieht er viel zu gut aus. Welche neue Freundin würde sich schon darum reißen, regelmäßig Zeit mit einem Kind aus Saschas früherer Beziehung zu verbringen? Nein, ein Baby zum jetzigen Zeitpunkt wäre absolut fatal gewesen.

Aber, wenn mir das alles so klar ist, warum heule dann auch ich?

Leo und ich sitzen so lange auf dem Picknicktisch, bis die Dämmerung über dem Campingplatz hereinbricht und die ersten Mücken anfangen, uns zu piesacken. Irgendwann höre erst ich und dann Leo auf zu weinen. Wir wischen uns gegenseitig Mascara-Spuren von den Wangen und führen das beste Schwesterngespräch, das wir seit langer, langer Zeit hatten. Vielleicht hatten wir auch noch nie ein so gutes. Leo erzählt davon, wie verloren sie sich fühlt, wie rastlos und entwurzelt.

»Ich glaube, das fing damals nach der Scheidung an. Ich vermisste Papa so schrecklich und hasste Heinz dafür, dass er versuchte, mir den Vater zu ersetzen. Hendrik und dich habe ich auch vermisst. Okay, dich etwas mehr als Hendrik. Von einem Tag auf den anderen hatte ich keine richtige Familie mehr.«

»Ich weiß, was du meinst«, sage ich und putze mir geräuschvoll die Nase. »Mir ging es ähnlich.«

»Ja, aber du warst schon 16. Ich war erst zehn und fühlte mich völlig verloren. Und dieses Gefühl ist nie wieder völlig verschwunden. Ich irre durch mein Leben und bin auf der Suche nach etwas, das mir meine verlorengegangene Geborgenheit zurückgibt. Verstehst du das?«

Ich nicke. Tatsächlich wird mir mit einem Mal klar, warum Leo die Schule abgebrochen hat, ans andere Ende der Welt geflogen ist, sich in diese verrückte Ehe mit dem Surfer gestürzt hat. Warum sie monatelang aus dem Koffer lebte, keine »ordentliche« Ausbildung machte, wie Papa es ausdrückte. Diese Sache mit Sabine aus ihrem Yoga-Kurs anfing. Meine Schwester ist auf der Suche. Auf der Suche nach Halt und Geborgenheit. Und nach sich selbst.

»Wie soll ich das denn bloß anstellen mit diesem Wurm in mir drin?« Leo starrt fassungslos auf ihren noch sehr flachen Bauch. »Ich kann doch kaum auf mich selbst aufpassen!«

»Du wirst in die Rolle hineinwachsen«, sage ich, denn das habe ich mir selbst während der letzten Stunden, seit mir das Ausbleiben meiner Regel bewusst geworden ist, wie ein stummes Mantra vorgebetet. Mir kommen schon wieder die Tränen. Hallo, ich wollte doch gar kein Baby von Sascha haben!

»Ich weiß nicht«, schnieft Leo. »Ich bin ja schon stolz darauf, wenn ich mal keine Mahnung bekomme, weil ich es tatsächlich geschafft habe, meine Stromrechnung pünktlich zu bezahlen. Ich werde bestimmt vergessen, das Baby zu füttern oder zu wickeln oder was auch immer man da alles machen muss.«

»Das Baby wird dich schon daran erinnern, indem es dir das

Trommelfell kaputt brüllt«, sage ich und wische mir die letzten Reste meiner aufgelösten Wimperntusche von den Wangen. »Außerdem hast du immer noch deine Familie. Mama und Papa und auch Heinz werden dich auf jeden Fall unterstützen. Ich natürlich ebenfalls. Hendrik – na ja – er vielleicht weniger. Aber auf mich kannst du bauen.«

Leo wischt sich mit dem Unterarm unter der Nase entlang und fragt: »Ist Mama vielleicht vor Freude in die Luft gesprungen, als sie erfahren hat, dass du angeblich schwanger warst?«

»Na ja – nein, nicht direkt …«

»Siehst du. Ich bin verloren, Nina. Ich habe es ja nicht einmal auf die Reihe bekommen, auf einem Kondom zu bestehen, denn sonst hätte ich auch nur einen Streifen auf dem Schwangerschaftstest, so wie du.«

»Unsinn, du bist nicht verloren. Wir werden eine Lösung finden. Hey, du bekommst ein Baby – das ist eigentlich ein Grund zur Freude und nicht zum Trübsalblasen!«

Leo ringt sich zu einem winzigen Lächeln durch.

»Es bekommt bestimmt deine Engelslocken und wunderschöne, hellblaue Augen«, fahre ich mit meinem Aufbauprogramm fort.

»Hmm. Oder die schwarzen Haare und grünen Augen seines Vaters.«

»Sah er gut aus?«

»Oh ja. Verdammt gut. Mensch, wäre ich doch bloß konsequent lesbisch geblieben, dann hätte ich jetzt nicht diesen Schlamassel am Hals! Männer sind doch einfach Ärger in Tüten. Wobei, wenn ich an Sabine denke – Frauen sind es eigentlich auch.«

»Tja«, seufze ich. »Gut zu wissen, dass Lesben dieselben Probleme in Sachen Liebe haben wie Heteros.«

»Was ist denn nun eigentlich mit Matt und dir?« Leo greift nach der Chipstüte, die wir gemeinsam mit den Schwangerschaftstests gekauft haben, und reißt sie auf. Während sie sich eine Handvoll Paprikachips in den Mund stopft, sieht sie mich neugierig an.

»Mit uns ist gar nichts mehr«, sage ich mit Nachdruck. »Was soll ich mit jemandem, der mir nicht die Wahrheit gesagt hat und dann auch noch sofort mit der Nächstbesten ins Bett springt, sobald Komplikationen auftauchen?«

»Na ja, du hast ihm auch nicht die Wahrheit gesagt, Schwesterherz. Wenn jemand als Lügnerin des Sommers gekrönt werden sollte, dann doch wohl du. Und dass er mit Shauna ins Bett gegangen ist, würde ich ihm auch nachsehen. Im einen Moment knutschst du noch mit ihm und im nächsten nimmst du den Heiratsantrag deines Freundes an. Wie hättest du denn an Matts Stelle reagiert?«

»Auf jeden Fall wäre ich nicht mit Shauna ins Bett gegangen.«

Leo lacht laut auf. »Das hätte mich auch gewundert. Schließlich bin ich die Lesbe. Und du bist die Prüde der Familie.«

»Stimmt überhaupt nicht«, entgegne ich und entreiße meiner Schwester die Chipstüte. »So, genug gefuttert, wir müssen unser Zelt aufbauen, bevor es dunkel wird.«

Als unser Zelt, das in meiner Erinnerung größer und schöner war (aber das ist bei Kindheitserinnerungen ja leider meistens so), endlich steht, ist es bereits völlig dunkel. Leo und ich werfen unsere Schlafsäcke hinein, und ich verkneife mir einen bissigen Kommentar, denn ich hätte ja auch daran denken können, dass wir etwas als Unterlage zum Schlafen brauchen. Leider haben wir ebenfalls vergessen, an einer Tankstelle Eis für die Kühlbox zu kaufen, so dass die Coca-Cola warm und der Käse eine gummiartige, schwitzende Masse ist.

»Den solltest du in deinem Zustand lieber nicht mehr essen«, sage ich und durchforste im Licht der Autoscheinwerfer meines Chevys den übrigen Inhalt der Kühlbox. Zum Glück hat Leo auch Äpfel und Kräcker eingepackt, so dass wir ein spärliches Abendessen zu uns nehmen. Über uns erstreckt sich ein grandioser Sternenhimmel, und bevor wir beim Nachtisch (noch mehr Chocolate-Chip-Cookies) angekommen sind, haben wir drei Sternschnuppen gezählt.

»Warum hast du eben eigentlich geweint?«, fragt Leo und wischt sich Kekskrümel von den Shorts.

Genau das habe ich mich auch schon zigmal gefragt. »Keine Ahnung. Irgendwie habe ich mich während der letzten Tage so an mein Schwangerschaftsmärchen gewöhnt, dass ich zwischendurch immer wieder verdrängt habe, dass ich gar nicht schwanger bin. Und heute, als ich plötzlich dachte, ich bekomme wirklich ein Baby, da ... Ach, ich weiß es nicht. Vielleicht habe ich mir mit ein paar Fasern meines Herzens heimlich gewünscht, nun tatsächlich schwanger zu sein. Andererseits bin ich ja gar nicht mehr mit Sascha zusammen. Es ist also besser so, wie es ist.«

Ich starre einem Glühwürmchen hinterher und versuche, den Duft nach gebratenen Würstchen von den benachbarten Lagerfeuern, deren Schein wir durch die Bäume flackern sehen, zu ignorieren. Das einsame Heulen eines Eistauchers schallt vom Atlantik zu uns herüber. Ich halte den Atem an und lausche. Als ein zweiter Eistaucher antwortet, bekomme ich eine Gänsehaut.

»Wusstest du, dass Eistaucherpaare ein Leben lang zusammen bleiben?«, fragt Leo und schiebt sich einen weiteren Keks in den Mund. »Hat Papa erzählt.«

Mir kommen schon wieder die Tränen. Irgendetwas stimmt da doch nicht mit meinen Hormonen! Vielleicht sollte ich morgen lieber einen zweiten Schwangerschaftstest kaufen?

»Vielleicht waren es aber auch Biberpaare«, sagt Leo mit vollem Mund. »Bin mir nicht mehr sicher.«

Trotz meiner feuchten Augen muss ich lachen. »War ja klar, dass du Eistaucher und Biber durcheinanderwirfst. Du hast ja auch lange geglaubt, dass Schattenmorellen eine Pilzsorte sind.«

»Da war ich fünf, du Sumpfkuh!«

»Sumpfkühe gibt es gar nicht, würde Papa jetzt sagen.«

»Tannenhuhn. Du Tannenhuhn. Ist das besser?«

Ich seufze, als ich an Gretchen denke. Und an den Mann, dem sie auf Schritt und Tritt folgt. »Geht so«, sage ich und angele nach einem Cookie.

Als ich mitten in der Nacht aufwache, werden mir schlagartig vier Dinge klar.

Erstens: Nie wieder werde ich ohne Luftmatratze zelten gehen.

Zweitens: Es gießt in Strömen.

Drittens: Unser Zelt sieht nicht nur kleiner und weniger schön aus als in meiner Kindheit. Es ist auch nicht mehr wasserdicht.

Viertens: Ich habe Regelschmerzen.

Da wir auch vergessen haben, eine Taschenlampe mitzunehmen, wird unser nächtlicher Ausflug zu den Toilettenhäuschen ziemlich aufregend. Und nass. Als wir endlich in meinen Chevy kriechen, in den wir bereits unsere Schlafsäcke hineingeschmissen haben, schlüpfen wir bibbernd in trockene Klamotten. Ich überlasse Leo die Rücksitzbank; schließlich ist sie schwanger, und ich habe bloß Regelschmerzen. Aber was für welche! Und kein Schmerzmittel im Kulturbeutel. Verdammt. Ächzend versuche ich, es mir auf dem Beifahrersitz bequem zu machen, als Leo von der Rücksitzbank aus sagt: »Du solltest wirklich nicht in diesem Auto schlafen.«

»Sondern?«, frage ich zerstreut und kratze mich am Knie, wo ein dicker Mückenstich beginnt, seine Wirkung zu entfalten. Diese blöden Blutsauger! »Schon vergessen, dass unser Zelt unter Wasser steht?«

»Du solltest in Matts Bett liegen.«

Mein Kopf fährt so schnell herum, dass ich meinen Nacken knacken höre. »Sehr witzig«, sage ich. »Da liegt gerade vermutlich Shauna in der Gesellschaft ihres verboten kleinen Stringtangas.«

»Glaube ich nicht.« Leo legt ihre Füße auf die Rückenlehne der Sitzbank und verschränkt die Arme hinter ihrem Kopf.

Ich schaue wieder nach vorne, wo der Regen auf die Windschutzscheibe trommelt. Was mich so sehr an den Nachmittag in Matts Pick-up erinnert, als Hurrikan ›Lucy‹ sich näherte, dass mein Herz sich schmerzhaft zusammenzieht. »Und wieso glaubst du das nicht?«

»Weil das mit Shauna nichts Ernstes für Matt ist. Das gestern Nacht war eine Verzweiflungstat. Eine einmalige Sache, weil er dachte, er hätte dich endgültig an Sascha verloren. Nur Sex, mehr nicht.«

»Woher willst du das wissen?«

»Weil er es mir gesagt hat.«

Jetzt drehe ich mich so weit herum, dass ich beinahe durch die Lücke zwischen den Vordersitzen kippe. »Wie bitte? Wann hat er dir das gesagt?«

»Als wir bis zum Morgen gequatscht haben. Ich habe ihm von Sabine erzählt. Und er hat mir gesagt, dass er nicht in Shauna verliebt ist und es nie war. Er hat sich wieder in dich verliebt, Nina.«

Meine Handflächen werden feucht. »Das hat er wirklich gesagt?«

Leo nickt. Ich lasse mich wieder in meinen Sitz sinken und starre in die Nacht hinaus. Ein paar Motten tanzen durch meinen Magen. Ich will sie zur Ordnung rufen und ihnen sagen, dass sie sich das Flattern sparen können, aber die sturen Dinger hören nicht auf mich. Ich drehe mich wieder zu meiner Schwester um.

»Wieso hast du mir das denn nicht früher erzählt?«

»Weil ich dachte, du wärst von Sascha schwanger. Und Matt dachte das auch, darum musste ich ihm versprechen, dir nichts zu sagen. Er wollte nicht dazwischenfunken.«

Ich stöhne leise auf. Nicht zu fassen, was mein Lügenmärchen für einen Schlamassel angerichtet hat. »Aber du hättest mir heute Morgen alles erzählen können«, sage ich. »Anstatt mich zu diesem Camping-Trip zu überreden.«

Leo schaut mich unschuldig an. »Ja, hätte ich. Aber ich war der Meinung, dass wir zwei schon viel zu lange nicht mehr allein waren. In Ruhe geredet haben und so. Ich brauchte jemanden zum Zuhören. Außerdem wollte ich immer schon nach Cape Breton. Hier soll man Elche und Wale sehen können!«

»Du Egoistin«, knurre ich. »Sei froh, dass du schwanger bist, sonst würde ich dich zurück ins nasse Zelt schicken.«

»Würdest du nicht«, grinst Leo. Dann wird sie ernst. »Du solltest Matt noch eine Chance geben. Ihm die Sache mit Shauna verzeihen.«

Die Worte des alten Dave klingen laut in meinen Ohren. Doch Verzeihen ist mir noch nie leichtgefallen, und mein gekränkter Stolz beansprucht momentan viel zu viel Platz in meinem Inneren.

»Die Sache mit Shauna könnte ich vielleicht verzeihen, aber nicht die mit Isa. Sie war immer schon die Schönere, Intelligentere, Beliebtere, Erfolgreichere von uns beiden. Der einzige Trumpf, den ich je im Ärmel hatte, war Matt. Die Tatsache, dass ich einen Sommer lang mit ihm zusammen war und nicht sie, hat mich zeit meiner Jugend und – wenn ich ehrlich bin – auch zeit meines Erwachsenenalters beflügelt. In dieser einen Hinsicht hatte ich mal nicht das Nachsehen.«

»Aber in welcher anderen Hinsicht hast du denn das Nachsehen?« Leo sieht mich fragend an. »Du siehst mindestens so gut aus wie Isa, nur anders. Isa ist eine dieser austauschbaren Barbiepuppen, wie man sie zu Tausenden findet. Aber du, du bist speziell. Keine andere hat deine Augen mit diesen schönen Ringen um die Iris, und deine Sommersprossen sind so süß, Nina. Du bist einzigartig. Und so talentiert. Mein Gott, was kann Isa denn schon? Sie hat kein einziges nennenswertes Talent. Ich übrigens auch nicht. Außer, immer mitten im Ärger zu landen. Aber du, du malst und zeichnest wie eine junge Göttin! Das ist außergewöhnlich, weißt du das?«

»Ja«, lache ich bitter auf. »So außergewöhnlich, dass kein Verlag an meinen Büchern interessiert ist.«

»Aber eine alte englische Dame wird von nun an auf ein Ölgemälde von dir schauen und sich wehmütig an ihren schönen Nova-Scotia-Urlaub und diese faszinierende Künstlerin mit dem einmaligen Wutausbruch erinnern.«

»Aquarell«, korrigiere ich sie mit einem Lachen. »Nicht Ölgemälde. Danke dir für die aufbauenden Worte.«

»Hey, du und ich, wir könnten später auch zusammenziehen, wenn wir alleinstehend sein sollten. So, wie die beiden Engländerinnen«, sagt Leo.

»Mhhm«, murmele ich. »Aber auf keinen Fall mit Windhund!« Dann wird mir etwas bewusst. »Du hast also schon eine Weile geahnt, dass du schwanger bist?«

Leo nickt. »Deshalb die Virgin Piña Colada im Shore Club?«

»Genau. Du bist echt eine Blitzmerkerin, Schwesterherz.«

Es ist die vierte Nacht in Folge, in der ich kaum ein Auge zumache. Vor drei Nächten war es die Sorge, dass Leo mit Matt schlafen könnte, die mich wach hielt. Vor zwei Nächten war es die quälende Frage, warum Matt nicht mit mir schlafen wollte, obwohl er doch auf dem benachbarten Sofa lag. Und letzte Nacht lag Sascha im Stockbett über mir, und ein Betonblock drückte auf mein Herz. Heute Nacht verhindern ein paar Mücken und der unbequeme Beifahrersitz, dass ich Erholung finde. Als ich aus unruhigem Schlaf erwache, habe ich einen steifen Rücken, eingeschlafene Arme und juckende Beine. Ich schiebe meine Jeans hoch und starre ungläubig auf die rot verquollene Haut darunter.

»Morgen«, brummt Leo und streckt ihren Kopf zwischen den Vordersitzen hindurch. »Oh, deine Beine sehen ja ganz schön zugerichtet aus.«

»Was du nicht sagst«, seufze ich. »Deine etwa nicht?«

Leo schiebt den Stoff ihrer Hose etwas hoch und mustert

ihre Schienbeine. »Nö, sehen gut aus. Die Mücken waren wohl alle bei dir. Tja, Lügen haben in diesem Fall keine kurzen, sondern zerstochene Beine.« Sie grinst frech.

»Falsch. Zerstochene und kurze Beine«, korrigiere ich düster. Als Leo nicht antwortet, drehe ich mich zu ihr um. »Hey, alles okay?«

Statt einer Antwort öffnet Leo die Autotür und erbricht sich auf den Rasen. Meine kleine Schwester ist also wirklich schwanger.

Kapitel 42

Es ist der Vormittag unseres vierten Tages auf Cape Breton, als ich zum ersten Mal wieder Handyempfang habe.

Cape Breton bietet zwar atemberaubende Natur, aber leider auch ein mehr als dürftiges Handynetz. Ausgerechnet an Bord eines Motorbootes namens »Sea Breeze«, auf dem wir gemeinsam mit neun weiteren Touristen sitzen, piept es in meiner Umhängetasche. Während die vier Japaner, zwei Amerikaner, die dreiköpfige deutsche Familie und meine Schwester wie gebannt auf den Atlantik hinausstarren, in der Erwartung, einen Wal zu sehen, höre ich meine Voicemail ab.

Ich habe zwei neue Nachrichten.

Ich drücke auf die Taste 1 und warte auf die erste Mitteilung, während ich auf meine kunterbunten Fußnägel schaue. Und auf die ganze rote Verquollenheit meiner Beine darüber.

Nach unserer ersten unbequemen Nacht auf dem Campingplatz haben Leo und ich beschlossen, in ein Motel umzusiedeln. Wir versuchten, unser Zelt und die Schlafsäcke trocken zu bekommen, was uns leider nicht wirklich gelang – und was den muffigen Geruch in meinem Mietwagen erklärt. Auf dem Weg Richtung »Cape Breton Highlands Nationalpark« hielten wir nach einem Drogeriemarkt und einem Motel Ausschau. Beides fanden wir zum Glück und checkten wenig später mit einer Tube Gel gegen Juckreiz durch Insektenstiche und ein paar Nagellackfläschchen im »Highland Motel« ein.

»Was wir jetzt brauchen, sind schöne Füße«, hatte Leo im Drogeriemarkt verkündet. »Dann fallen auch deine zerstochenen Beine nicht mehr so auf.«

Während ich auf der »Sea Breeze« sitze und Isas Stimme auf meiner Voicemail zuhöre, wackele ich mit meinen Zehen, deren Nägel mir in Pink, Lila, Gelb, Orange und Türkis entgegenleuchten. Doch auch diese ganze Farbpracht kann nicht von meinen Beinen ablenken. Ich sehe genau, dass das kleine deutsche Mädchen, das mir gegenübersitzt, mit einer Mischung aus Ekel und Belustigung auf das starrt, was mal meine Schienbeine waren. Bevor Blutsauger über sie hergefallen sind.

Gedankenverloren kratze ich mich an einem Mückenstich und lasse dann das Handy sinken. »Scheiße.«

Das kleine Mädchen reißt die Augen auf und rammt seinem Vater den Ellbogen in die Seite. »Die Frau hat das S-Wort gesagt«, verkündet die Kleine und sieht mich beinahe andächtig an.

Ich grinse den Vater entschuldigend an und wende mich dann Leo zu. Meine Schwester scheint gar nicht mitbekommen zu haben, dass ich meine Voicemail abgehört habe. Sie hält ihr Gesicht in die frische Meeresbrise und starrt Richtung Horizont, wo leider weit und breit kein Wal zu sehen ist.

»Wann sehen wir denn endlich einen Wal?«, jammert das deutsche Mädchen.

»Leo, welcher Tag ist heute?«, frage ich.

Ohne mich anzusehen, sagt meine Schwester: »Samstag.«

»Scheiße!«

»Schon wieder, Papa, hast du das gehört?«

»Leo, wieso hast du das denn nicht früher gesagt?«

Nun schaut meine Schwester mich doch an. Sie streicht sich ein paar wild im Wind tanzende Locken aus dem Gesicht und fragt: »Warum? Was dachtest du denn, was heute für ein Tag ist?«

»Freitag!«

»Nee, tut mir leid, dich enttäuschen zu müssen. Von wem war denn die Nachricht?«

»Eine war von Papa, der sich Sorgen macht, weil wir uns so lange nicht gemeldet haben. Und die zweite war von Isa. Mensch, Leo, die Hochzeit ist heute und Isa wollte wissen, wo ihre Brautjungfern stecken!«

»Scheiße in Tüten.«

»Papa!«

Die übrigen Touristen fanden es nicht so lustig, dass Leo akute Schwangerschaftsübelkeit simulierte und den Kapitän der »Sea Breeze« eindringlich darum bat, sie und mich vorzeitig in den Hafen von »Neil's Harbour« zurückzubringen. Aber diese Umstände erforderten einfach egoistisches Handeln. Ich entschuldigte mich tausendmal auf Deutsch und Englisch bei den Touristen, die immer noch keinen Wal zu Gesicht bekommen hatten, und folgte meiner Schwester so schnell wie möglich die Gangway hinab und auf festen Boden.

Wenn die Touristen uns jetzt sehen könnten, wüssten sie sofort, dass Leo die Übelkeit vorgetäuscht hat.

»Leo, fahr nicht so schnell, du bist schwanger!«

»Willst du nun als Brautjungfer bei Isas Hochzeit dabei sein oder nicht?«

Natürlich will ich das. Besonders, weil Isa gestern Abend nicht auf meine Voicemail gesprochen, sondern geweint hat. Geweint! Mit gebrochener Stimme hat sie gefragt, ob ich ihr nicht verzeihen könnte, dass sie damals mit Matt geschlafen hat. Das sei doch so lange her, sie sei damals jung und dumm gewesen. Und Matt auch. Ob wir nicht zurückkommen und ihre Brautjungfern sein könnten, denn die Hochzeit fände nun doch statt, so wie geplant.

Ich schlucke, als ich an ihr Schluchzen denke. Ganz verziehen habe ich die Sache zwar weder ihr noch Matt. Aber nach all dem, was Isa in den letzten Tagen durchgemacht hat, kann ich nicht einfach ihrer Hochzeit fernbleiben. Ich bin so froh, dass die Feier nun doch stattfinden soll! Ich habe die ganze Zeit gehofft, dass Isa es sich anders überlegen und nicht alles absagen würde. Unser Plan war, morgen in aller Frühe wieder zurück nach Rocky Harbour zu fahren. Weil ich glaubte, morgen wäre Samstag. Und Leo glaubte, die Hochzeit fände Sonntag statt.

»Ich habe Schwangerschaftsdemenz«, sagte Leo, als wir am Rande des Hafens in unseren Mietwagen sprangen, »aber was hast du für eine Entschuldigung?«

Das frage ich mich auch, während ich tiefer in den Beifahrersitz rutsche. Zwar gefällt es mir gar nicht, wie Leo das Gaspedal durchdrückt (immerhin könnte vor unserem Wagen plötzlich ein Elch den Trans-Canada-Highway überqueren!), aber wir haben wohl keine andere Wahl. Wenn wir Isas Trauung nicht verpassen wollen, müssen wir die gut sechseinhalb Stunden Fahrtzeit irgendwie auf sechs Stunden verkürzen. Denn es ist jetzt elf Uhr vormittags und die Trauung soll um 17 Uhr stattfinden. Allerdings nicht in der Smugglers' Cove Marina.

»Ich hoffe, Leo und dir geht es gut?«, hat Papa bereits vorgestern besorgt auf meine Voicemail gesprochen. »Denkt daran, dass Samstag Isas Hochzeit ist. Sie findet zum Glück wie geplant statt. Allerdings nicht in der Marina. Ich habe Hermann zwar gestern den ganzen Tag beim Zersägen der Bäume geholfen, aber es gibt einfach zu viele Schäden ums Haus herum, die nicht so schnell repariert werden können. Matt hat alle Hände voll zu tun mit Carries Dach und dem Dach der Blacks und dem Carport von Luke LeBlanc, unter dem sein

Auto begraben ist … Na ja, auf jeden Fall feiern wir die Hochzeit jetzt bei uns am See.«

»Ich kann es nicht fassen, dass die Hochzeit wirklich bei uns in der Blueberry Lodge stattfinden soll«, sage ich und blinke rechts, um den Highway bei der Ausfahrt »Rocky Harbour« zu verlassen. Ich habe Papa noch an Bord der »Sea Breeze« angerufen und konnte ihm sagen, dass wir auf dem Rückweg seien, bevor das Handynetz sich mal wieder verabschiedete und das Gespräch zusammenbrach.

»Und ich kann nicht fassen, dass du nicht stärker auf die Tube drückst«, sagt Leo und schaut auf ihre Armbanduhr. »Es ist schon kurz nach 17 Uhr. Isa wird uns umbringen!«

»Umziehen müssen wir uns auch noch«, murmele ich mit einem flüchtigen Blick auf mein verschwitztes Achselshirt. Der Gedanke daran, dass am See eine ganze Hochzeitsgesellschaft auf uns wartet, lässt meinen Magen Kopfstand machen. Ich biege auf die Küstenstraße ab, die uns nach Rocky Harbour führen wird, und drücke das Gaspedal durch. Zum Glück habe ich hier, auf dieser einsamen Strecke, noch nie eine Verkehrskontrolle erlebt.

»Verdammt!«

»Was ist denn los?«

Ich schaue in den Rückspiegel und bekomme schweißnasse Hände. Hinter uns ist ein Polizeiauto. Mit Blaulicht.

»Ich werde gerade zum ersten Mal in meinem Leben von der Polizei angehalten, das ist los!«

»Echt, zum ersten Mal? Du liebes Lottchen, was bist du für eine brave Autofahrerin?«

Ich werfe Leo einen genervten Blick zu, während ich auf dem Grasstreifen am Straßenrand anhalte. Hinter mir hält das

Polizeiauto, und ein uniformierter Beamter steigt aus. Oh nein. Das ist doch …

»Hallo, Nina«, sagt Brian Lloyd, als er sich zu meinem offenen Fahrerfenster herabbeugt. »So sieht man sich wieder.«

»Hi, Brian«, sage ich und weiß nicht so recht, ob ich erleichtert sein soll, weil es sich um keinen fremden Polizisten handelt, oder ob ich mich lieber in Grund und Boden schämen soll. Weil ich zu schnell gefahren bin. Und weil das letzte Mal, als ich Brian gesehen habe, Matts Hände unter meinem T-Shirt waren.

»Ist das deine Schwester?«, fragt Brian und schaut zu Leo hinüber.

»Genau die bin ich«, sagt Leo und schenkt dem Polizisten ein kokettes Lächeln. An der leicht rötlichen Färbung, die Brians Wangen annehmen, lässt sich deutlich erkennen, dass Leos Charme bei ihm auf fruchtbaren Boden fällt.

»Freut mich, freut mich«, sagt er und kratzt sich in offensichtlicher Verlegenheit am glattrasierten Kinn. Schade, dass Leo in ihrer »lesbischen Phase« ist, denke ich, während ich Brian mustere. Mit seinen rotblonden Haaren und den Sommersprossen auf der Nase ist er zwar nicht mein Typ, aber er sieht nicht schlecht aus.

»Hör mal, Brian«, setze ich zu meiner Verteidigung an, solange er noch von Leos Lächeln verzaubert ist, »ich weiß, ich bin zu schnell gefahren, aber es handelt sich um einen Notfall.«

»Geht es dir nicht gut?«, fragt Brian besorgt, und sein Blick wandert zu meinem Bauch. Natürlich hat auch er von meiner Schwangerschaft gehört. Nur leider anscheinend nicht vom Ende meines Lügenmärchens.

»Ihr geht es gut, sie ist nämlich gar nicht schwanger«, sagt

Leo und streicht sich eine Locke aus der Stirn. »Dafür bin ich es! Mir geht es aber auch gut.«

Brian schaut ziemlich verdattert von meinem Bauch zu Leos Bauch und wieder zurück. Ich kann ihm seine Verwirrung nicht verdenken.

»Nina ist nur deshalb ein kleines bisschen zu schnell gefahren, weil unsere Cousine Isabel heute heiratet – eigentlich genau jetzt. Und wir sind die Brautjungfern.«

»Oh.« Erschütterung löst die Verwirrung auf Brians Gesicht ab. »Das ist nicht gut.«

»Eben«, bestätigt Leo. Ich nicke zustimmend.

»Wo findet die Hochzeit denn statt?«

»Bei uns am Blueberry See«, sage ich.

»Na, dann mal los, die Damen. Ich fahre voraus, ihr folgt mir.«

Und das tun wir. Zum ersten Mal in meinem Leben überfahre ich eine rote Ampel. Was für ein Gefühl! Brian heizt mit Blaulicht und Sirene vor uns die Küstenstraße entlang, und ich drücke das Gaspedal durch. Leo kommt aus dem Juchzen gar nicht mehr heraus.

»Wie in einem Actionfilm! Das ist super!«

Nach rekordverdächtigen fünf Minuten sind wir bereits in Rocky Harbour, düsen die Dorfstraße entlang und erreichen schließlich unseren Waldweg. Brian hält auf der rechten Straßenseite, während ich unseren Wagen nach links in den Wald lenke. Leo lehnt sich aus dem Beifahrerfenster und schreit: »Du bist super, Brian, wir lieben dich!«

Im Rückspiegel sehe ich deutlich, dass Brian knallrot wird, während er uns aus seinem Polizeiauto hinterherwinkt. Ich winke ebenfalls in den Rückspiegel und werfe ihm eine Kusshand zu.

Kapitel 43

Als wir uns der Blueberry Lodge nähern, beschleunigt sich mein Herzschlag. Wird Matt da sein? Natürlich wird er das. Er und die »Rocking Reverends« machen ja sogar Musik, fällt mir siedend heiß ein. Vor der Einfahrt unserer Lodge stehen viele Autos, so dass Leo und ich in einigem Abstand parken müssen.

»Ob sie schon angefangen haben?«, frage ich und schaue nervös in Richtung See. Ich habe keine Ahnung, wo genau die Trauung überhaupt stattfinden soll.

»Das finden wir kaum heraus, wenn wir hier im Auto bleiben«, sagt Leo und hüpft auch schon aus dem Wagen. Ich steige ebenfalls aus.

»Nina, Leo!« Noch bevor ich die Fahrertür hinter mir zugeschlagen habe, kommt ein Traum in Weiß auf uns zugestürmt. »Ihr habt es geschafft, Gott sei Dank!«

Ehe ich mich versehe, schmeißt meine Cousine sich in meine Arme und drückt mich rückwärts gegen den Mietwagen. So wie bei meiner Ankunft am Blueberry-See vor einer gefühlten Ewigkeit. Ich schiebe sie sanft von mir weg und schaue sie an. Sie sieht aus, wie man sich eine perfekte Braut vorstellt: Das weiße Seidenkleid umspielt ihre schlanke Figur, das goldblonde Haar fällt in Wellen auf ihre Schultern und wird am Hinterkopf vom hauchdünnen Tüll ihres Schleiers bedeckt. In einer Hand hält Isa einen Strauß aus rosa Heckenrosen, gelben Rudbeckien und orangefarbenen Lilien, eingefasst von zartgrünen Farnblättern. Wunderschön.

»Isa, nicht weinen, du ruinierst dein Make-up«, sage ich besorgt und wische ihr spontan über die Wangen.

»Kannst du mir verzeihen?«, schluchzt meine Cousine, und ihre rosa bemalten Lippen beben gewaltig.

»Lass uns später in Ruhe darüber reden«, sage ich und werfe einen Blick über Isas Schulter. Meine Tante Helga nähert sich mit dem Schritt eines Generals, der in den Kampf zieht.

»Da seid ihr ja endlich! Wegen euch sitzen alle Gäste seit einer viertel Stunde herum und fragen sich, wann die Trauung endlich anfängt!«

»Hallo, Tante Helga, schön, dich zu sehen«, sagt Leo. »Wir haben alles gegeben, wir hatten sogar eine Polizeieskorte bis zum See.«

Unsere Tante sieht Leo an und scheint sich zu fragen, was ihre Nichte getrunken oder geraucht hat. Ich muss ein Kichern unterdrücken. Was mir vergeht, als Tante Helga sagt: »Ihr zwei seht furchtbar aus.«

Sie hat recht. Zumindest, was mich betrifft. Leo kann gar nicht furchtbar aussehen, solange ihre Engelslocken ihr braungebranntes Gesicht umrahmen. Aber ich … Ein flüchtiger Blick auf meine nackten Beine zeigt mir, dass meine Mückenstiche nach wie vor eine rote Hügellandschaft bilden. Ganz toll.

»Aber wir haben keine Zeit mehr«, sagt Isa, plötzlich ganz geschäftige Braut. Sie mustert Leo und mich prüfend und meint: »Es muss so gehen. Eure Kleider könnt ihr euch nach der Trauung anziehen.«

»Du willst doch nicht so mit den beiden vor den Altar treten?« Tante Helga klingt, als wollten Leo und ich ihre Tochter nackt begleiten.

»Mama, die beiden sehen gut aus, wie sie sind! Wir mussten bereits die gesamte Hochzeitsfeier neu planen, da macht es doch nun wirklich nichts, dass meine Brautjungfern erst nach der Trauung ihre Kleider anziehen. Fotos machen wir sowieso später.«

»Genau, wenn es schon dunkel ist«, sagt meine Tante und wirft einen pessimistischen Blick gen Himmel. »Hätte die Trauung pünktlich begonnen, wäre es sicherlich noch hell genug für die Fotos, aber so …«

»Gib ihnen wenigstens die Sträuße, Mama.«

Erst jetzt merke ich, dass Tante Helga zwei Miniaturversionen von Isas Brautstrauß in den Händen hält. Je eine orangefarbene Lilie, umrahmt von Farn. Wortlos drückt sie Leo und mir die Blumen in die Hände.

»Danke«, sage ich und rieche verstohlen an meinem Achselshirt. Mein Blick scheint Bände zu sprechen, denn Leo öffnet den Kofferraum und sagt: »Komm, wir ziehen uns schnell die neuen T-Shirts an, die wir gestern gekauft haben. Dann haben wir wenigstens identische Outfits!«

Wir warten, bis Tante Helga der Band das Zeichen gibt, dass es losgeht. Der Band, die ausnahmsweise nur aus Matt, Bill und Liam besteht, denn Rita MacKenzie ist ja als Pfarrerin im Einsatz. Die ersten Gitarrenklänge wehen zu uns herüber. Als Matt zu singen beginnt, bekomme ich eine Gänsehaut. »Everything I do« von Bryan Adams. Isa und ich haben dieses Lied in unserem letzten gemeinsamen Sommer am See, als wir beide 15 Jahre alt waren, so oft gehört, bis Hendrik uns die Kassette weggenommen hat. Ich wusste nicht, dass meine Cousine nach wie vor Bryan-Adams-Fan ist. Als hätte sie meine Gedanken gelesen, erwidert Isa meinen Blick und fragt mit einem Lächeln: »Bryan ist und bleibt der Beste, findest du nicht?«

Ich nicke und drücke ihre Hand.

»Also, los geht's«, sagt sie, als ihre Mutter in der Einfahrt erscheint und uns ein Zeichen gibt.

Gefolgt von Isa setzen Leo und ich uns langsam und würdevoll in Bewegung. Nun ja, so würdevoll wie möglich, wenn man zwei Big Shirts aus einem Souvenir-Laden des Cape Breton Highland Nationalpark trägt. Sie sind dunkelgrün und vorne mit verschiedenen Pfoten- und Tatzenabdrücken von Waldtieren bedruckt. Auf Brusthöhe prangen links und rechts die Abdrücke zweier Bärentatzen, darüber steht in weißen Blockbuchstaben: »Wild Night«. Eigentlich waren diese Shirts als Nachthemden gedacht. Nun tragen wir sie als Minikleider, mit Flip-Flops und kunterbunten Zehennägeln. Meine persönlichen Highlights sind meine zerstochenen Beine und der fette Sonnenbrand im Gesicht, den ich mir heute auf dem Boot zugezogen haben muss. Kein Wunder, dass Tante Helga mich so sauertöpfisch angesehen hat, bevor sie Richtung Hochzeitsgesellschaft verschwunden ist. Was mir erstaunlicherweise völlig egal ist.

Gut so! Kleine Bärin klopft mir auf die Schulter. Da ich auch dort einen Sonnenbrand habe, zucke ich leicht zusammen. *Es kann dir am Popo vorbeigehen, was die Leute denken oder sagen!*

Das geht es auch. Warum auch immer. Nach den ganzen Katastrophen der letzten Tage kann mich nichts mehr umhauen.

Fast nichts. Matts Stimme bildet da eine gewaltige Ausnahme. Ich versuche, mich auf gleichmäßige Schritte und Atemzüge zu konzentrieren. Wir haben die parkenden Autos hinter uns gelassen und laufen nun über den Rasen vor der Blueberry Lodge. Links und rechts vom Pfad, der auf unsere Veranda zuführt, sind Bänke aufgebaut. Die Hochzeitsgäste, die dort saßen, haben sich erhoben und schauen uns erwartungsvoll entgegen. Von den Kiefern, Birken und Ahornbäumen, die am Rande der Rasenfläche stehen, hängen Luftballons in Rosa, Orange und Gelb – die Farben von Isas Brautstrauß. Kreppbänder in denselben Farben sind zwischen den einzelnen Bänken gespannt und säumen so unseren Weg den Pfad entlang. Mein Blick wandert über die Gesichter der Gäste. Ich sehe Carrie und Elaine, die Seite an Seite in der vorletzten Reihe stehen. Beide lächeln mich an, als hätte ich nicht erst vor wenigen Tagen eine Szene in ihrem Restaurant hingelegt. Weiter vorne entdecke ich Hendrik, Sonja und Felix. Aha, zumindest sind sowohl mein Bruder als auch meine Schwägerin noch in Nova Scotia, haben sich nicht gegenseitig umgebracht und stehen sogar nebeneinander. Neben ihnen sind meine Eltern und Heinz. Papa winkt mir zu, ich zwinkere zurück. Isas Freundinnen stehen neben Shauna, die mich mit spöttisch hochgezogenen Augenbrauen von Kopf bis Fuß mustert. Ich lächele mein würdevollstes Lächeln, das ihr sagen soll: »Du kannst mich mal gern haben! Schon mal was von innerer Schönheit gehört?«

Bevor mein neu gefundenes Selbstbewusstsein mich wieder verlässt, lasse ich meinen Blick schnell über die restlichen Gäste wandern. Tante Helga hat ihren Platz in der vordersten Reihe neben Onkel Hermann eingenommen. Ihre Augen sind feucht, als sie ihrer Tochter entgegenschaut. Leo und mich würdigt sie keines Blickes mehr. Auch gut.

Auf der anderen Seite des Pfades scheinen Familie und Freunde des Bräutigams versammelt zu sein. Ich sehe viele fremde Gesichter, von denen mich einige belustigt, einige erstaunt mustern. Jemand knipst ein Foto von Leo und mir. Ganz toll. Hoffentlich fällt diese Kamera später in den See.

Da könnte man nachhelfen.

Wir haben das Ende des Pfades erreicht. Links neben unserer Verandatreppe steht ein Holzpodest, das von Sträußen aus Farn und Lilien in hohen Vasen geschmückt wird. Auf dem Podest steht Rita MacKenzie, die ich zum ersten Mal in ihrem Talar sehe. Und neben ihr – Moment. Das ist doch der kleine gedrungene Mann mit der Halbglatze, den ich am Tag nach dem Wirbelsturm an der Smugglers' Cove Marina gesehen habe. Der Onkel Hermann beim Zersägen der Bäume geholfen hat. Das ist doch nicht etwa …?

Doch. Dem Strahlen und dem Smoking mit der Heckenrosenblüte im Knopfloch nach zu urteilen ist das Greg. Der Bräutigam.

Aber wo ist der große stattliche Sportler mit dem dichten schwarzen Haar, den ich erwartet habe? Sämtliche Ex-Freunde von Isa sahen so aus! Und nun steht dort ein Mann, der einen halben Kopf kleiner ist als meine Cousine. Mindestens zehn Jahre älter ist als sie. Und fast keine Haare auf dem Kopf hat! Aber dafür blitzende hellblaue Augen, aus denen gerade ein paar Tränen der Rührung laufen. Ich schlucke und schaue schnell weg, sonst fange auch ich an zu heulen. Mein Blick wandert zur Veranda. Oh. Großer Fehler.

Dort hat die Band ihren Platz gefunden. Liam sitzt hinter seinem Schlagzeug, Bill zupft die Bassgitarre und grinst mir entgegen. Ich grinse flüchtig zurück, bevor mein Blick an Matt hängenbleibt, der ein weißes Hemd und dunkelblaue Jeans trägt. War ja klar, dass er sogar zu einer Hochzeit Jeans trägt. Zumindest hat sie keine Löcher und ist nicht verwaschen.

Brautjungfern in Big Shirts mit Bärentatzen auf Brusthöhe sollten kein Urteil über die Outfits anderer Leute fällen, oder?

Kleine Bärin hat recht. Außerdem sieht Matt umwerfend

aus. Und er ist mir so viel lieber als in irgendeinem Anzug. Rasiert hat er sich auch nicht. Zum Glück, ich liebe diesen Fünf-Tage-Bart. Mein Blick wandert weiter nach oben und – oh. Vor Schreck falle ich beinahe über die Ecke des Holzpodests, vor dem Leo und ich angekommen sind. Denn Matt schaut nicht die schöne Braut an, die direkt hinter uns läuft. Er schaut mich an. Jetzt bloß nicht ohnmächtig werden. Erst als Leo mich unsanft gegen den Ellbogen stößt, merke ich, dass ich immer noch vor dem Podest stehe – wie bestellt und nicht abgeholt. Rita lächelt mich breit an. Hastig mache ich einen Schritt nach links in Leos Richtung.

»Du musst dich auf die rechte Seite stellen!«, zischt Leo.

Also flüchte ich auf die rechte Seite des Podests und rempele Isa an, die gerade zu ihrem Bräutigam hinaufsteigen will. Ich höre Tante Helga stöhnen. Nur gut, dass ich eh schon ein verbranntes Gesicht habe. Also fällt es kaum auf, dass ich rot werde. Ich nehme meinen Platz auf der rechten Seite des Podestes ein, während Isa sich neben ihren zukünftigen Mann stellt und ihn anstrahlt. Keine Frage, er ist ihr Märchenprinz. Ohne Sportlerkörper und Modelgesicht. Wunder geschehen.

Die Band spielt die letzten Takte, Applaus erklingt, und die Hochzeitsgäste jubeln. Dann hält Rocky Harbours Pfarrerin eine wunderbare, kurze Predigt zum Thema Ehe. Von Vertrauen ist die Rede. Von Verzeihen. Von zweiten Chancen. Ich begegne dem Blick meiner Schwester, die mir gegenüber, am anderen Ende des Podests steht. Ich weiß genau, was sie mir sagen will. Wieder höre ich die Worte des alten Dave in meinem Kopf. »Maureen und ich haben uns immer wieder verziehen.«

Vorsichtig wende ich meinen Kopf und spähe erneut zur Veranda hinauf. Matt und Bill haben Gitarre und Bass zur Seite gestellt und lehnen am Verandageländer. Während Bill mit seinen großen Händen an einer Digitalkamera herumnestelt und offenbar versucht, ein Foto vom Brautpaar zu machen, hat Matt die Arme vor der Brust verschränkt und starrt mich an.

»Nina, hältst du mal?« Isas Stimme lässt mich wieder zum Podest herumfahren. Meine Cousine hält mir ihren Brautstrauß entgegen. »Ich brauche beide Hände«, sagt sie mit einem breiten Lächeln.

»Aber sicher«, sage ich und nehme die Blumen entgegen. Ich habe gar nicht mitbekommen, dass schon die Ringe getauscht werden.

Matts Blick brennt sich in meinen Rücken, während ich den Worten von Isas und Gregs Ehegelöbnis folge und mit dem Rest der Hochzeitsgäste kichere, als Isa es zunächst nicht schafft, den Ring auf Gregs fleischigen Finger zu schieben. Schließlich fallen die beiden einander in die Arme und küssen sich, und erneut brechen Jubel und Applaus los. Nachdem Rita MacKenzie das Brautpaar in einer überschwenglichen Umarmung beinahe erstickt hat, verlassen die frisch Vermählten das Holzpodest, und Isa fällt mir in die Arme.

»Herzlichen Glückwunsch!«, sage ich in ihren Schleier hinein und halte den Brautstrauß so, dass die Lilien ihr Kleid nicht beflecken können.

»Danke dir, Lieblingscousine«, murmelt Isa. Dann löst sie sich von mir, nimmt ihren Strauß und fragt: »Kennst du Greg überhaupt schon?«

Ich schüttele den Kopf, und ehe ich mich versehe, bin ich in der nächsten Umarmung. Greg riecht nach Aftershave und Antimückenspray, eine sehr liebenswerte Mischung, wie ich finde.

»Freut mich riesig, dich endlich kennenzulernen, Nina«,

sagt er und strahlt mich glücklich an. Jetzt verstehe ich, warum Isa ihn als ihre große Liebe bezeichnet hat. Wenn Greg einen anlächelt, wird einem warm ums Herz. Meinen Segen haben die beiden.

»Mich freut es auch«, sage ich. »Herzlichen Glückwunsch zur schönsten Braut von Rocky Harbour, Greg. Und willkommen in unserer verrückten Familie.«

Kapitel 44

Während Isa und Greg von den stürmischen Glückwünschen der anderen Gäste überrollt werden, wage ich einen weiteren Blick zur Veranda hinauf. Und stelle mit einem nervösen Kribbeln im Magen fest, dass Matt mich immer noch fixiert. Doch nicht nur er. Jetzt erst bemerke ich, dass zu seinen Füßen Gretchen, das Tannenhuhn, sitzt und zwischen den Brettern des Verandageländers hindurchschaut. Dieses Tannenhuhn wird mir langsam unheimlich. Wer weiß, wozu es in seiner Eifersucht fähig ist?

»Wie wäre es, wenn du dir mal Shauna vorknöpfen würdest?«, frage ich leise.

»Nina?«

Ich fahre herum und schaue direkt in das Bratapfelgesicht meiner Tante. »Ja?«

»Du redest doch nicht etwa mit diesem Vogel?«

»Das ist Gretchen, das Tannenhuhn«, sage ich mit Nachdruck. »Und ja, ich rede mit ihr.«

»Leo phantasiert von Polizeieskorte und du redest mit Vögeln. Ich habe es immer schon gesagt: Dieser schreckliche Wald macht einen verrückt!«

»Ich bin gerne ein bisschen verrückt«, gebe ich mit einem breiten Lächeln zurück. »Und dieser Wald ist kein bisschen schrecklich.«

»Wie auch immer«, seufzt meine Tante. »Ich habe Leo schon ins Bad geschickt. Eine Dusche würde dir auch guttun. In der Lodge gibt es ja zum Glück zwei davon. Übrigens nur, weil ich beim Hausbau damals darauf bestanden habe. Beeilt euch, das Licht ist genau jetzt ideal zum Fotografieren. Vermassele deiner Cousine bloß nicht ihre Hochzeitsfotos!«

»Nein, nein«, brumme ich und drehe mich um. Auf der Verandatreppe laufe ich in Matt hinein.

»Oh – hi«, stammele ich und spüre, wie sich die Sonnenbrandhitze auf meinem Gesicht vervielfacht.

»Hi«, sagt er. »Cooles Outfit.« Sein Blick wandert nach unten. Und bleibt an den beiden Bärentatzen hängen. Unwillkürlich muss ich an den offenen BH unter meinem Oberteil denken, vor ein paar Tagen, in seinem Pick-up. Doch dann schieben sich andere Bilder vor mein inneres Auge: Shaunas Hintern in dem winzigen Spitzentanga. Matts Hände auf ihren Pobacken. Matts Hände auf Isas Pobacken.

»Danke«, sage ich kurz angebunden und gehe an ihm vorbei. »Leider sieht meine Tante das anders, darum muss ich schnell ins Haus und mich ausziehen. Quatsch, umziehen. Vorher ausziehen und – duschen. Dann wieder anziehen.« Kleine Bärin rollt mit den Augen. »Also, ich muss mich beeilen. Wegen der Fotos.«

Ich haste über die Veranda und stolpere über das Kabel von Bills Bassgitarre.

»Hey, vorsichtig, schöne Frau«, erklingt seine dröhnende Stimme aus der Ecke der Veranda, wo er mit Liam steht und gerade zu einem Schluck aus seiner Wasserflasche ansetzen wollte. »Du siehst wirklich heiß aus, weißt du das?«

»Mir ist auch heiß«, murmele ich und flüchte auf die Haustür zu. »Ich muss erst einmal kalt duschen.«

Als ich die Lodge betrete, trifft mich beinahe der Schlag. In unserer Küche sind fremde Leute in weißen Küchenuniformen dabei, Berge an Essen zuzubereiten. Mit offenem Mund gehe ich durch den Raum und wäre fast in ein Kinderplanschbecken getreten, das neben unserem Esstisch auf dem Boden steht. Es ist voll mit Wasser. Und mit Hummern. Lebenden

Hummern, die übereinander krabbeln und offensichtlich einen Ausgang aus ihrem Gefängnis suchen. Jetzt weiß ich, was es heute zu essen geben wird. Ich liebe Hummer. Allerdings sehe ich sie nicht gerne vorher lebend in dem Planschbecken, in dem Leo als Zweijährige gebadet hat. Ich wusste gar nicht, dass dieses Planschbecken noch existiert.

»Nina? Nimmst du die Dusche im Ost- oder im Westflügel?« Leos Stimme reißt mich aus meinen Gedanken. Als sie neben mir auftaucht, macht sie angewidert »Igitt!« und starrt in das Planschbecken. »Das ist so gemein. Die armen Tiere! Die wollt ihr doch nicht wirklich essen? Wir sollten sie freilassen.«

»Ihr solltet duschen, das solltet ihr!« Tante Helgas Stimme lässt uns zusammenzucken.

»Ich nehme den Ostflügel«, erkläre ich und weiche im letzten Moment einem Mitarbeiter der Catering-Firma aus, der eine fünfstöckige Hochzeitstorte auf unserem Esstisch abstellt.

Die Dusche tut so gut. Während ich nach meinem Rasierer greife und versuche, um die Mückenstichhügel herum die Härchen von meinen Beinen zu entfernen, lasse ich unseren Schwesterntrip Revue passieren. Um nicht an Matt zu denken.

Daran, wie es wäre, mit ihm unter dieser Dusche zu stehen. Kleine Bärin seufzt leise. Ich seufze ebenfalls. Und versuche, mich auf Cape Breton zu konzentrieren.

Am Tag nach unserer verregneten Nacht auf dem Zeltplatz fuhren Leo und ich in den Cape Breton Highlands Nationalpark und wanderten auf dem berühmten Skyline Trail, der durch die felsige Landschaft mit ihrem Bewuchs aus Buschwerk und dürren Tannen führt und einen atemberaubenden Blick auf den Atlantik bietet. Normalerweise sieht man entlang dieses Weges viele Elche und manchmal auch Kojoten. Auf Letztere konnte ich gerne verzichten, aber ich hätte gerne einen Elch zu Gesicht bekommen. Doch vermutlich haben Leo und ich einfach zu viel gequatscht und somit jeden Elch in die Flucht geschlagen, bevor er uns überhaupt sehen konnte. Und wir ihn.

Wir haben über das Leben und die Liebe philosophiert. Ich habe nach all diesen Jahren erfahren, dass Leo in der zehnten Klasse von einem lispelnden Fußballspieler entjungfert wurde, und zwar im Geräteraum der Schulturnhalle.

»Wieso hast du das nie erzählt?«, fragte ich fassungslos und schlug mal wieder nach einer Mücke, die ihren Rüssel genüsslich in meinen Unterarm bohren wollte.

»Wann denn? Du warst in Kassel, ich in Düsseldorf.«

»Es gab auch damals schon Telefone, meine Liebe.«

»Ja. Aber du hast mich auch nie angerufen und mir zum Beispiel erzählt, dass du in deinen Grafikprofessor an der Uni verknallt warst.«

»Woher weißt du das denn?«

»Ich habe heimlich dein Tagebuch gelesen, als ich mal bei Papa und dir zu Besuch war.«

Und so erfuhren wir einiges übereinander, während wir am Meer entlangwanderten und vergeblich nach Elchen Ausschau hielten. Abends saßen wir auf der Veranda eines kleinen Lokals außerhalb des Nationalparks, das die besten Hamburger servierte, die ich je gegessen habe. Leo, die strenge Vegetarierin, aß natürlich Pommes – und einen Salat, um ihr Baby mit Vitaminen zu versorgen. Kauend erinnerten wir uns daran, wie wir uns als Kinder unser Leben ausgemalt hatten. Ich erzählte Leo, dass ich immer von einem Leben in Nova Scotia geträumt hatte. Davon, nicht nur im Sommer am Blueberry-See zu wohnen und den ganzen Tag zu malen und zu zeichnen. Damals glaubte ich, davon leben zu können. Das war lange, bevor die Realität mich einholte.

»Und, träumst du immer noch davon?«, fragte Leo und tunkte eine Pommes in ihren Ketchup.

»Ja«, sagte ich.

»Warum tust du es dann nicht?«

Ich sah meine kleine Schwester mit einem nachsichtigen Lächeln an. »Klar. Als ob das so einfach wäre.«

»Was ist so schwer daran?«

Ich runzelte die Stirn, irritiert von Leos Naivität. »Na ja, fangen wir mal mit dem Visum an ...«

»Ach, du könntest einfach einen Kanadier heiraten. Ich wüsste sogar schon, welchen.«

»Klar. Wegen eines Visums zu heiraten hat bei dir ja auch wunderbar geklappt.«

»Hey, vergleiche nicht Australier mit Kanadiern.«

»Auf jeden Fall reden wir jetzt nicht über Matt, okay?«

»Klar. Deine Gesichtsfarbe spricht eh tausend Worte. Aber mal ehrlich: Was würdest du mit deinem Leben machen, wenn du nur noch sechs Monate hättest? Würdest du in Berlin bleiben und täglich in deine verhasste Werbeagentur rennen?«

Ich schüttelte den Kopf und saugte am Strohhalm meiner Cola.

»Sondern?«

»Ich würde hierherziehen und jeden Tag malen.«

»Dann mach es doch.«

»Leo, bin ich sterbenskrank und weiß es nicht?«

»Immerhin weiß niemand, wann das Licht ausgeknipst wird«, sagte meine Schwester und schob sich weitere Pommes in den Mund. »Lebe jeden Tag so, als wäre es dein letzter«, mahnte sie mit vollen Backen. »Und wenn Matt dir nicht egal ist, dann sag ihm endlich, was du für ihn empfindest. Dass er dich verletzt hat, aber dass du ihm noch eine Chance gibst.«

Während ich mir den Rasierschaum von den Beinen spüle, höre ich Leos Worte wieder und wieder in meinem Kopf.

Deine Schwester hat völlig recht, lässt Kleine Bärin mich wissen und wischt sich Seife von der hellbraunen Haut. *Folge deinem Herzen.*

»Du klingst wie die Nebenfigur in einem Groschenroman«, murmele ich und fahre mit einer Hand über die frisch rasierte Haut meines Oberschenkels. Stelle mir vor, es wäre Matts Hand. Sie würde weiter nach oben wandern. Weiter und weiter und weiter …

Kleine Bärin schüttelt den Kopf. *So kommen wir nicht weiter, Nina. Du musst aufhören, immer nur in deiner Phantasiewelt zu leben. Fang an, in der Realität das zu machen, was du wirklich willst.*

»Ich will Matt«, murmele ich und lasse mich gegen die nasse Duschwand sinken.

»Nina?«

Als ich Matts Stimme höre, zucke ich so heftig zusammen, dass ich beinahe in der glitschigen Duschwanne ausgerutscht wäre. Im letzten Moment bekomme ich einen Wasserhahn zu fassen. Leider ist es der Kaltwasserhahn, den ich aus der Bewegung heraus aufdrehe. Ein kalter Guss lässt mich aufkreischen.

»Alles okay? Ich wollte dich nicht erschrecken.«

Ich drehe den Hahn wieder zu und lehne meine Stirn schwer atmend gegen die Duschwand. Was macht Matt hier? »Schon okay«, stoße ich hervor und ringe nach Luft.

»Ich muss mit dir reden, Nina. Bevor du da draußen als Brautjungfer eingespannt wirst und ich wieder Musik mache.«

»Aha«, ist alles, was ich hervorbringe. Ich kann nur daran denken, dass ich nackt in der Dusche stehe (mit frisch rasierten Beinen, Halleluja!) und Matt lediglich durch einen dünnen Duschvorhang von mir getrennt ist. Wie dicht er wirklich vor der Dusche steht, wird mir klar, als er weiterspricht. Seine Stimme ist so nah, dass ich unwillkürlich den Atem anhalte.

»Die Sache mit Isa, die liegt so lange zurück. Ich hatte damals fast ein Jahr lang nichts mehr von dir gehört und dachte, du hättest längst einen anderen Freund in Deutschland. Was mir nicht egal war, ganz und gar nicht. Ich habe oft an dich gedacht und dich vermisst. Sehr sogar. Aber ich war zu stolz, um nachzuhaken, warum du dich auf meinen Brief nie gemeldet hattest. Das haben wir ja neulich schon besprochen.«

Genau, denke ich und lasse meinen Hinterkopf gegen die Duschwand sinken. Kurz bevor wir in deinem Pick-up übereinander hergefallen sind.

Hör ihm zu, anstatt immer nur an Sex zu denken!

»Ich hatte das ganze Jahr über die vage Hoffnung, dass deine Familie und du doch noch nach Rocky Harbour kommen würdet. Dass der Streit mit Hermann beigelegt werden würde. Ich wusste zwar, dass Carrie nichts mehr fürchtete, als Hendrik wiederzusehen, und mir war klar, dass es besser wäre, wenn ihr alle nicht mehr herkämt – aber trotz allem wollte ich dich unbedingt wiedersehen. Wieder einen ganzen Sommer lang mit dir verbringen. Aber als Isa und ihre Eltern eintrafen, erfuhr ich, dass du nicht kommen würdest.«

Ich höre, wie Matt tief Luft holt und zögernd weiterspricht. »Isa war einsam ohne dich und deine Geschwister. Sie langweilte sich. Deshalb verbrachten wir viel Zeit miteinander. Am

Anfang war alles rein freundschaftlich. Ich wollte sie fragen, ob du in Deutschland einen Freund hattest, aber ich habe mich nicht getraut, weil ich die Antwort eigentlich nicht hören wollte. Ich war überzeugt davon, dass sie ›ja‹ gelautet hätte. Irgendwann haben wir abends zusammen am Bootssteg gesessen und Bier getrunken. Und da ist es einfach passiert.«

Ich schließe die Augen und versuche, mir das Bild nicht vorzustellen – was mir natürlich nicht gelingt. Isa und Matt an unserem Bootssteg. Noch eine Information, auf die ich gerne verzichtet hätte.

»Ich habe mich hinterher wirklich beschissen gefühlt«, sagt Matt leise. »Und Isa sich auch, glaube ich.«

Ich finde meine Stimme wieder. »Also ist es bei dem einen Mal geblieben?« Ich kenne die Antwort. Doch ich muss sie von ihm hören.

»Nein. Das ist es nicht.«

Weil ich nicht weiß, was ich daraufhin sagen soll, schweige ich. Bei der Vorstellung, was sich in jenem Sommer zwischen Isa und Matt abgespielt hat, wird mir übel.

»Nina, ich schäme mich für das, was ich damals getan habe«, sagt Matt nun in beinahe flehentlichem Tonfall. »Aber das Ganze liegt 13 Jahre zurück. Ich war 19, und mit 19 macht man Fehler.«

»Nicht nur mit 19«, höre ich mich selbst sagen.

»Nein, nicht nur«, stimmt Matt mir zu. »Das mit Shauna neulich Nacht war ein genauso großer Fehler. Du glaubst nicht, wie sehr ich diese Nacht bereue.«

»War es so schlimm?«, kann ich mir nicht verkneifen.

Zwei Sekunden lang scheint Matt nicht zu wissen, wie er reagieren soll. Dann sagt er – und ich bin überzeugt, ein kleines Lächeln in seiner Stimme zu hören: »Schlimm würde ich nicht

sagen, aber es war absolut falsch. Weil ich sowohl Shauna als
auch dir sehr weh getan habe. Kurz bevor du am Fenster gestanden und uns gesehen hast, habe ich ihr gesagt, dass das
unsere letzte Nacht war und die ganze Sache für mich zu Ende
ist. Sie war natürlich sauer und verletzt. Ich hätte nie ›ja‹ sagen
sollen, als sie mich im Shore Club gefragt hat, ob sie mit zu
mir kommen soll. Aber ich war so wütend und aufgewühlt,
weil du dich gerade vor meinen Augen mit Sascha verlobt hattest. Ich konnte ja nicht ahnen, dass du dich sofort wieder von
ihm trennen würdest! Ich dachte, du hättest dich nur mit mir
amüsiert und Sascha wäre derjenige, den du wirklich heiraten
wolltest. Ob nun schwanger oder nicht. Auch, wenn du mir
kurz vorher erst versichert hattest, dass du dich von ihm trennen wolltest. Ich dachte, du hättest mich wieder angelogen. So,
wie mit der Schwangerschaft.«

»Also hast du dich mit Shauna getröstet.«

»Ja«, kommt es kleinlaut hinter dem Duschvorhang hervor.
»Ich weiß, wie blöd das war, und ich wünschte, ich könnte das
Ganze rückgängig machen. Und das mit Isa auch. Ich mag
deine Cousine, und wir hatten damals einen netten Sommer.
Aber – es war kein Vergleich zu unserem Sommer. Immer,
wenn Isa und ich zusammen waren, habe ich an dich gedacht.
Daran, wie ein Sonnenuntergang mit dir war. Wie es war, mit
dir im See zu schwimmen. Kanu zu fahren. Am Strand ent-
langzuspazieren. Mit dir zu schlafen. Ich habe Isa ständig mit
dir verglichen. Sie kam nie an dich heran. Darum hatte das mit
uns auch nie eine echte Chance. Und ich glaube, Isa wusste das
genau. Sie hat mich nach diesem Sommer nie angerufen und
ist im Sommer darauf mit ihrem deutschen Freund aufgetaucht.
Das war für mich in Ordnung. Wir haben bis heute nie wieder
über unsere Affäre gesprochen.«

Atemlos starre ich auf den Duschvorhang. Ich kann Matts Umriss dahinter erkennen. Er lehnt an der Wand neben der Duschkabine. »Du hast Isa immer mit mir verglichen?«, frage ich. »Und sie kam nicht an mich heran?«

»Nein.« Matts Stimme klingt rauh. »Keine kam jemals an dich heran, Nina. Weder Isa noch Taylor noch Shauna. Das sind alles tolle Frauen, aber keine ist wie du. Ich habe nie wieder jemanden wie dich getroffen.«

»Lass das bloß nicht Gretchen hören«, sage ich schnell, um meine Verlegenheit zu überspielen. Dann sagt keiner von uns ein Wort. Ich spüre, dass Matt auf den Duschvorhang starrt. Ich starre zurück. Gerade, als ich den Vorhang ein Stückchen zur Seite schieben will, um Matt anschauen zu können, erklingt eine Stimme hinter der Badezimmertür:

»Nina? Die Sonne geht bald unter! Was um alles in der Welt machst du da drinnen?«

Tante Helga. Ich sehe ihr missbilligendes Bratapfelgesicht förmlich vor mir. Mit einem Seufzer rufe ich: »Bin gleich da!«

Kapitel 45

Hier«, sagt Matt leise, damit ihn draußen niemand hört. Er reicht mir ein Handtuch über die Duschstange hinweg. Ich greife danach und hülle mich ein. Dann schiebe ich den Vorhang zur Seite. Wir schauen uns schweigend an. Er lehnt noch immer an der Wand, die Arme vor der Brust verschränkt. Durch den weißen Stoff seines Hemdes schimmert sein Ahornblatt-Tattoo auf dem linken Oberarm hindurch. Sein Blick wandert flüchtig zu meinen nassen Beinen hinunter und wieder hoch zu meinem Gesicht, das sehr heiß wird.

»Dann lasse ich dich mal allein, damit du dich schnell fertig machen kannst«, sagt Matt. Ich nicke. Doch er bewegt sich nicht von der Stelle.

»Ich bin froh, dass du mir das alles erzählt hast«, sage ich. Jetzt ist es Matt, der nickt.

»Hast du Rita eben zugehört?«, fragt er schließlich. »Von wegen verzeihen und zweiten Chancen?«

Mein Herz wird wieder zum flatternden Kolibri. »Ja«, flüstere ich. »Heißt das, du verzeihst mir die Sache mit der Schwangerschaftslüge?«

»Längst geschehen, Nina. Ich wollte eigentlich wissen, ob du mir verzeihen kannst.«

»Auch längst geschehen«, höre ich mich sagen, und Kleine Bärin atmet erleichtert auf. Ich glaube, sie wollte auch noch etwas sagen, aber sie kommt nicht mehr dazu. Denn ehe ich weiß, wie mir geschieht, ist Matt bei mir und küsst mich.

Ob ich mein Handtuch habe fallen lassen oder ob Matt es heruntergerissen hat, kann ich nicht mehr sagen. Im Moment weiß ich nur, dass ich immer weiter so geküsst werden will. Mit einem Stöhnen kralle ich mich in seinem Hemd fest. Ge-

rade als ich fürchte, dass meine weichen Knie unter mir weg-
sacken, taumeln wir rückwärts in die Duschkabine, und ich
werde gegen die Plastikwand gedrückt. Oh Gott, diese Mischung aus nassem Plastik an meiner Rückseite und dem Ge-
wicht seines warmen Körpers an meiner Vorderseite lässt mich
vor lauter Lust schmelzen wie ein Butterklümpchen in der
Sonne.

»Matt«, keuche ich, als er von meinem Mund ablässt und
seine Lippen über meinen Hals nach Süden wandern. Apropos
Süden: Dort wird gerade der Ausnahmezustand ausgerufen.
Als sein Mund und seine Hände gleichzeitig bei meinen Brüsten ankommen, vergrabe ich meine Finger in seinem Haar und
ringe nach Luft.

»Nina?« Moment. Das ist nicht Matts Stimme. »Ach du
Scheiße! Tut mir leid!«

Matt und ich fahren auseinander. Leo will sich mit hochrotem Kopf wieder aus der Tür schieben, aber ich habe die Tränen auf ihrem Gesicht gesehen.

»Leo, warte! Was ist passiert?«

Ihr Mund verzieht sich zu einer unglücklichen Schnute, so
wie er es schon bei ihr als Vierjähriger getan hat. Matt räuspert
sich und reicht mir mein Handtuch, in das ich mich schnell
einwickle.

»Ich bekomme mein Kleid nicht zu. Es kann doch nicht sein,
dass ich jetzt schon zugenommen habe. Ich bin doch erst ein
paar Wochen schwanger!« Leo lehnt sich an die Badezimmer-
wand und zupft mit bebender Unterlippe an den Trägern, die
ihr lose über die Schultern auf den Rücken hinabhängen.

»Wie, schwanger?«, fragt Matt. Dieses deutsche Wort kann
er nun wirklich.

»Ja, Leo ist wirklich schwanger«, murmele ich auf Englisch und gehe auf meine Schwester zu.

»Ihr seid immer für Überraschungen gut«, sagt Matt mit einem Kopfschütteln und tätschelt Leos Wange. »Auch wenn du gerade nicht sehr glücklich aussiehst: herzlichen Glückwunsch, Kleines. Ein Baby ist kein Grund zum Weinen.«

»Aber wenn es keinen Vater hat, dann schon!«

Matt sieht mich bestürzt an. Ich zucke hilflos mit den Schultern.

»Okay, ich lasse euch dann mal allein.« Er macht einen Schritt auf mich zu und lässt seine Lippen flüchtig über meine Wange streifen. Dabei murmelt er in mein Ohr: »Aber diesmal kommst du mir nicht davon, das verspreche ich dir.«

Schlagartig wird mein gesamter Körper von einer Gänsehaut überzogen. Ich sehe aus wie ein nacktes Hähnchen. Als Matt die Tür hinter sich zugezogen hat, streiche ich Leo eine Locke aus dem Gesicht und sage: »Komm, lass mich mal versuchen.«

Doch auch ich kann die Träger des Kleides, die auf dem Rücken gekreuzt werden, nicht mit den Knöpfen auf Höhe der Taille befestigen. Sie sind zu kurz.

»Du hast mehr Oberweite bekommen, kann das sein?«

»Weiß ich nicht!«, heult Leo.

»Nun wein doch nicht«, sage ich und ziehe sie in meine Arme. Ihr nasses Gesicht presst sich gegen meine nackte Schulter. Ich habe plötzlich einen Klumpen im Magen. Eben, in der Duschkabine, da schien mit einem Schlag alles möglich. Matt und ich. So, wie damals. Aber diesmal nicht nur einen Sommer lang.

Oder doch? Denn wie, bitteschön, soll unsere Liebe eine Zukunft haben? Er würde niemals in Deutschland glücklich werden. In Berlin. So weit weg vom Meer, von den kanadischen Wäldern, von seiner Familie. Er hat es ja nicht einmal in Alberta ausgehalten. Und ich, wie soll ich nach Kanada ziehen? Jetzt, wo meine kleine Schwester mich zum ersten Mal in ihrem Leben wirklich braucht? Sie ist schwanger und verängstigt wie ein Kind. Sie braucht jemanden, der in Berlin für sie da ist. Da kann ich doch nicht auf einen anderen Kontinent ziehen!

Als sich die Badezimmertür öffnet, schauen wir beide auf. Mein Herz macht einen Hüpfer, weil ich einen Moment lang glaube, Matt käme zurück. Doch es ist unsere Mutter.

»Ach, hier seid ihr. Helga läuft gleich Amok. Nina, warum bist du noch nicht angezogen? Und Leo – wieso heulst du denn?«

»Komm rein«, seufze ich und lasse die Träger von Leos Kleid los. »Es gibt wohl einiges zu erklären.«

Während ich mich anziehe (zum Glück passe ich noch in mein Kleid hinein, schließlich hätte ich keine Entschuldigung), erzählt Leo unter Tränen, dass sie schwanger ist, nur den Vornamen des irischen Vaters kennt und eigentlich in eine Frau verliebt ist. Und dass ihr das Brautjungfernkleid nicht mehr passt.

»Nina, reich mir bitte mal meinen Kulturbeutel«, sagt meine Mutter, während sie prüfend die Träger betrachtet. Ich greife nach dem goldglänzenden Beutel, der im Regal neben dem Waschbecken steht. Meine Mutter wühlt kurz darin herum und zieht dann ein Reisenähset hervor. Erstaunt beobachte ich, wie sie die Knöpfe auf der Rückseite des Kleides abschneidet, dann Nadel und Faden zückt und sich daranmacht, die Knöpfe weiter oben wieder anzunähen.

»Ich wusste gar nicht, dass du nähen kannst«, sage ich, während ich Mascara und Lidschatten auftrage. Meine Mutter ist nun wirklich nicht der Typ für hausfrauliche Aktivitäten.

»Was glaubst du denn, wer euch damals die Sommerkleider genäht hat, die als Vorlage für diese Kleider hergehalten haben?«

»Du?«, frage ich verblüfft und lasse mein Wimpernbürstchen sinken.

»Natürlich ich. Ich habe früher gerne genäht.«

»Das wusste ich nicht.«

»Tja, ich war nicht immer die schlechte Mutter, für die du mich jetzt hältst, Nina.« Mamas Stimme hat eine gewisse Schärfe angenommen.

»Ich habe nie behauptet, dass du eine schlechte Mutter bist.«

»Doch, das hast du.« Sie lässt die Nadel sinken und schaut mich an. In ihren künstlich grünen Augen liegt tatsächlich ein gewisser Schmerz. Ein Schmerz, den ich dort nur ein einziges Mal zuvor gesehen habe: Als ich ihr vor Jahren gesagt habe, dass ich nach der Trennung bei Papa bleiben würde.

»Und in gewisser Weise hattest du recht. Ich habe mich in den letzten Jahren tatsächlich immer weniger um euch gekümmert und immer mehr Zeit mit dem Schreiben und mit Heinz verbracht. Darum wollte ich unbedingt in diesem Sommer nach Rocky Harbour kommen. Um endlich mal wieder mit euch Urlaub zu machen. So, wie früher.«

»Was?«, frage ich fassungslos. »Deshalb bist du hergekommen? Und ich dachte, dir wäre Isas Hochzeit so wichtig, dass du deswegen extra nach Kanada geflogen bist.«

Meine Mutter lacht auf. »Ich bitte dich. Natürlich ist Isa mir nicht egal, aber ich wäre nicht überallhin geflogen, nur um sie im weißen Kleid zu sehen. Ich wollte endlich mal wieder Zeit mit meinen Kindern verbringen, und Isas Hochzeit bot den perfekten Anlass dafür. Darum habe ich Hendrik überredet, wenigstens einmal zehn Tage Urlaub zu machen, und Leos Flug bezahlt.«

Aha. Jetzt verstehe ich, wieso meine Geschwister überhaupt hier aufgetaucht sind. »Außerdem wusste ich natürlich schon vorher, dass ich nicht der Bed-and-Breakfast-Typ bin«, fährt Mama fort. Ich sehe sie überrascht an. »Aber wenn ich Heinz bereits in Deutschland erzählt hätte, dass ich vorhatte, hier bei euch in der Lodge zu wohnen, wäre er bestimmt nicht mitgekommen. Gemeinsam mit eurem Vater in ein und demselben Haus Urlaub zu machen, das war für ihn eine ziemliche Überwindung.«

Ich fasse es nicht. Meine Mutter wollte also von vornherein gemeinsam mit uns am Blueberry-See Urlaub machen. Plötzlich tut mir Heinz ein bisschen leid. Ich hatte noch gar nicht darüber nachgedacht, dass ihm die ganze Konstellation hier am See unangenehm gewesen sein könnte. Später werde ich ein Glas Wein mit ihm trinken, nehme ich mir vor.

Meine Mutter sieht mich nachdenklich an. »Das hat dich die ganze Zeit über gewurmt, oder? Die Vorstellung, dass wir alle extra wegen Isa nach Kanada gekommen sind?«

Ich will widersprechen, tue es jedoch nicht. Schließlich wollte ich endlich mit dem Lügen aufhören. Meine Mutter schüttelt den Kopf. »Du warst immer schon eifersüchtig auf Isa. Was ich noch nie verstanden habe.«

»Das habe ich Nina neulich auch gesagt«, meldet Leo sich zu Wort. »Sie ist mindestens so hübsch wie Isa. Und noch dazu viel talentierter.«

»Ach was«, murmele ich und schaue in den Spiegel. »Wäre ich so talentiert, hätte ich längst ein Kinderbuch veröffentlicht. Ich wäre so gern erfolgreich. Ich habe es nicht über mich gebracht, euch zu erzählen, dass mein Buch nicht veröffentlicht wird, weil ich in euren Augen nicht als Verlierer dastehen wollte.«

»Als Verlierer? Du?« Leo lacht auf. »Was soll ich denn sagen? Ich schwangere Single-Lesbe, die bald arbeitslos sein wird, weil sie mit dickem Bauch weder kellnern noch Yoga machen kann?«

»Leolein, über dich sprechen wir gleich«, sagt meine Mutter sanft und drückt ihren Oberarm. »Glaub mir, zusammen bekommen wir das Kind schon geschaukelt. Wortwörtlich.« Sie lacht und sieht dann mich an. »Und du, Nina, du musst endlich aufhören, uns beweisen zu wollen, dass du erfolgreich bist, denn das bist du doch längst. Nur, weil ich Erfolg mit meinen Romanen habe und dein älterer Bruder Karriere als Jurist macht, heißt das doch nicht, dass deine Arbeit weniger wert ist. Ich bin so froh, dass du nicht auch Jura studiert hast. Ein Anwalt in der Familie reicht wirklich. Wusstest du eigentlich, dass ich das Poster der ersten Werbekampagne, an der du mitgearbeitet hast, in meinem Arbeitszimmer hängen habe?«

Vor Überraschung lasse ich fast meinen Kajalstift fallen. »Was? Du hast ein Poster mit Werbung für ein Durchfallmedikament in deinem Zimmer hängen?«

Mama nickt mit einem verschmitzten Grinsen. »Direkt neben dem Poster von Colin Farrel oben ohne, das mich immer zu den besten Sexszenen inspiriert. Ich liebe die Reaktionen der Leute, wenn sie dein Poster sehen. Ich erzähle jedem, dass meine Tochter das Männchen, das mit gequältem Gesichtsausdruck zur Toilette rennt, gezeichnet hat. Das Plakat ist großartig, Nina. Ich bin so stolz auf dich. Und das werde ich immer sein, auch wenn du nie ein Buch veröffentlichen solltest.« Sie macht einen Schritt auf mich zu und streicht mir über

die Wange, so wie sie es früher immer gemacht hat. Ich habe
plötzlich einen Kloß im Hals, den ich nicht so leicht hinunterschlucken kann.

»Aber so weit wird es nicht kommen«, fährt Mama in ener-
gischem Tonfall fort, »denn du wirst ein Buch veröffentlichen.
Davon bin ich hundertprozentig überzeugt. Du wirst einen
anderen Verlag finden.«

Ich nicke stumm, denn ich kann nichts sagen. Meine Mutter
wendet sich wieder Leos Rücken zu. »Übrigens ist dein Vater
auch nicht wegen Isa hierhergekommen«, sagt sie, während sie
nach dem halb angenähten Knopf greift.

»Sondern?«, fragt Leo.

»Das soll er euch selbst erzählen.« Mamas Stimme klingt
plötzlich merkwürdig. Dann wechselt sie rasch das Thema.
»Also, Leo, wenn du Hilfe mit deinem Baby brauchen solltest,
werde ich da sein. Ich bin nicht die Raben-Großmutter, für die
ihr mich haltet. Bei dir, Nina, dachte ich, du hättest Sascha.
Aber wenn du ganz allein mit dem Kind bist, Leo, werden
Heinz und ich dir zur Seite stehen. Und dein Vater auch. Nina,
du brauchst dir also gar nicht erst den Kopf darüber zu zerbrechen, ob du nach Kanada ziehen kannst oder nicht. Du
kannst.«

Verblüfft sehe ich Mama an. Ein wissendes Lächeln umspielt
ihren rotgeschminkten Mund. »Kind, ich schreibe Erotikro-
mane. Auf diesem Gebiet kann mir wirklich niemand etwas
vormachen. Ich weiß, was los ist, wenn Matt mit zerwühltem
Haar und glänzenden Augen aus dem Badezimmer kommt,
wo meine Tochter gerade duscht.« Sie zwinkert mir zu und
wendet sich dann wieder dem Knopf zu. »So, Leo, und nun
erzähl mir mal, wie das genau mit dieser Frau war. Ich finde

das ja wunderbar. Ich war schon immer der Meinung, dass jede Frau es mal mit einer Frau probieren sollte.«

»Mama!« Ich lasse die Bürste sinken, mit der ich versucht habe, Ordnung auf meinen Kopf zu bekommen, und sehe meine Mutter erschüttert an.

»Ernsthaft«, fährt diese ungerührt fort und schneidet den Faden ab, »ich werde einen meiner nächsten Romane definitiv über eine lesbische Liebe schreiben. Das Thema finde ich wirklich reizvoll. Leo, dann musst du mir mit Informationen aus erster Hand behilflich sein.«

Leo, deren Tränen getrocknet sind, schaut mich mit einem schiefen Grinsen an. Ich rolle mit den Augen, muss jedoch ebenfalls grinsen. »Ich gehe dann mal«, sage ich und werfe einen letzten prüfenden Blick in den Badezimmerspiegel.

»Ach, Nina, du warst wirklich schon immer das prüdeste meiner Kinder«, seufzt meine Mutter.

»Von wegen prüde«, bemerkt Leo und zieht eine Augenbraue in die Höhe. »Du hättest sie eben mit Matt in der Duschkabine erleben sollen. Ich habe die Beule in seiner Hose genau gesehen.«

»Leo!«

Sowohl meine Schwester als auch meine Mutter brechen in schallendes Gelächter aus.

»Ich sage es ja: prüde.« Mama klopft Leo auf den Hintern und sagt: »So, Fräulein, dann wollen wir mal sehen, ob wir diese Träger nicht schließen können. Übrigens ist es nie ein Grund für Tränen, wenn man größere Möpse bekommt.«

»Ich bin jetzt wirklich weg«, seufze ich und öffne die Badezimmertür. Tante Helga steht davor und bedenkt mich mit einem Blick, der selbst Gretchens in den Schatten stellt.

»Oh, sag nicht, dass ihr schon fertig seid!« Ihre Augen werden zu schmalen Schlitzen. »Ihr könnt euch ruhig noch mehr Zeit lassen, schließlich sind Hochzeitsfotos bei Tageslicht völlig überbewertet.«

»Wir sind ja schon auf dem Weg«, sage ich und werfe einen Blick über meine Schulter, wo Leos Kleid gerade erfolgreich geschlossen wurde. Halleluja.

»Du willst doch nicht so aufs Foto, oder?«, fragt Tante Helga und greift mit ungläubigem Blick nach meinem Haar. Ich schnappe nach Luft.

»Soll ich mir eine Perücke aufsetzen?«, frage ich bissig. »Oder einen Eimer? Das sind nun mal meine Haare, liebe Tante, daran kann ich nichts ändern!«

Kleine Bärin jubelt begeistert, weil ich endlich laut ausspreche, was ich denke.

»Und sie sind schön, so wie sie sind,« kommt es von Leo, die sich neben mich stellt.

»Leonie, hast du etwa geweint? Deine Nase sieht aus wie eine rote Zwiebel. Himmel, wir sollten die Fotos am besten ohne euch machen.«

»Helga«, meldet sich nun Mama zu Wort, und ich spüre eine Hand auf meiner Schulter, als sie hinter uns tritt und einen Arm um jede ihrer Töchter legt. »Wenn du schon am Aussehen anderer Leute herumnörgelst, lass dir gesagt sein: Lieber ein paar aufgeplusterte Haare und eine rote Nase auf den Hochzeitsfotos als ein schrumpeliges Backpflaumengesicht. Auch beim Sonnenstudio gilt nämlich: weniger ist oft mehr, meine Liebe.«

Ich halte den Atem an. »Weniger ist mehr, wie?«, zischt Tante Helga. »Hat das schon einmal jemand deinen Plastikbrüsten gesagt, Margot?«

Mit diesen Worten dreht sie sich um und marschiert davon. Leo und ich schauen uns sprachlos an.

»Ach, tat das gut«, sagt Mama und lässt uns los. »Ich vermisse tatsächlich unsere früheren Urlaube hier am See. Da haben Helga und ich uns täglich solche Sachen an den Kopf geworfen!«

»Ich kann mich dunkel erinnern«, bemerke ich und fahre mir prüfend über die Haare.

»Du siehst wunderbar aus«, sagt meine Mutter und haut mir auf den Hintern. »Matt wird es nicht abwarten können, bis dieser Abend vorbei ist und ihr zwei endlich in der Kiste landet. Und du, Leo, pudere dir schnell die Nase und dann ab mit euch. Ich brauche jetzt erst einmal einen Drink. Schließlich muss ich zum zweiten Mal innerhalb weniger Tage verdauen, erneut Großmutter zu werden.«

Kapitel 46

Dank meiner kleinen Schwester starre ich während des Fotoshootings immer wieder zu Matts Hose hinüber, die, gemeinsam mit dem fabelhaften Rest von ihm, in der Gesellschaft seiner Band auf der Veranda steht. Die »Rocking Reverends« haben wieder zu spielen begonnen, und Matts Stimme macht »Stand by me« zum erotischsten Lied, das ich je gehört habe. Als er mich dabei erwischt, wie ich mal wieder auf seinen Schritt starre, anstatt den Anweisungen des Fotografen zu folgen, zuckt sein Mundwinkel deutlich, und seine Augenbrauen wandern langsam in die Höhe. Ich kann seinem Blick nur kurz standhalten, bevor ich mich mit einem verlegenen Grinsen abwende und versuche, ein möglichst unbefangenes »Cheeeese!« Richtung Kamera zu rufen.

»Sag mal, Nina, geht es dir nicht gut? Du glühst ja! Oder hast du dir auf Cape Breton einen Sonnenbrand zugezogen?«

Das Fotoshooting ist vorbei, und ich stehe in der Gesellschaft eines Sektglases neben der Verandatreppe und versuche, nicht ständig Matt oder seine Hose anzustarren. Als ich Papas Stimme höre, drehe ich mich zu ihm um und sehe, dass Leo sich bei ihm eingehakt hat. Sie nippt an einem Glas Cola und grinst mich an, während Papa mich besorgt mustert.

»Oh ja, und wie Nina sich verbrannt hat«, sagt sie und zwinkert mir zu. »Sie ist so heiß, dass es zischt, wenn man sie anfasst. Aber der Grund dafür ist nicht unbedingt die Sonne in Cape Breton, Paps, sondern …«

Ich ramme Leo meinen Ellbogen in die Seite.

»Aua, du Sumpfkuh, ich bin schwanger!«

»Leo, wie oft habe ich dir schon gesagt, dass es keine Sumpfkühe gibt?« Mein Vater nippt kopfschüttelnd an seinem Sektglas. Dann reißt er seine Augen auf, verschluckt sich und beginnt, wie wild zu husten. Leo nimmt ihm das Glas ab, während ich kräftig auf seinen Rücken schlage.

»Was hast du gerade gesagt?«, stößt Papa schließlich heiser hervor. »Du bist schwanger? Soll das ein Witz sein? Wollt ihr mich alle in den Wahnsinn treiben?«

Leo wirft mir einen bedröppelten Blick zu und seufzt. »Mist, ich kann einfach meine Klappe nicht halten. Ich wollte es erst nach der Hochzeit erzählen. Aber Mama weiß es auch schon. Komm, Paps, wir setzen uns da drüben hin, die Geschichte dauert länger.«

Allerdings, denke ich und schaue meinem Vater und Leo hinterher. Ich stelle fest, dass ich nach wie vor Papas Glas halte. Was nicht schlecht ist, denn meines ist fast leer. Ich nehme einen großen Schluck Sekt und zwinge mich, nicht schon wieder zur Veranda hinaufzustarren. Ich bin schließlich kein 16-jähriges Groupie.

Nein, du bist ein 30-jähriges Groupie, meldet sich Kleine Bärin spöttisch zu Wort. Sekt bekommt ihr einfach nicht, aber sie will nie auf mich hören.

Um gar nicht erst in die Versuchung zu kommen, Matt anzuhimmeln, drehe ich der Veranda den Rücken zu und lasse meinen Blick über die Rasenfläche vor der Lodge wandern. Dort, wo während der Trauungszeremonie die Bänke standen, ist nun eine lange Tafel aufgebaut worden, die von diesen Bänken gesäumt wird. Kerzen flackern in Glasvasen, Sträuße aus Farn und Lilien zaubern Farbtupfer zwischen das Weiß des Geschirrs. Die Gäste wandern mit Sektgläsern um die Lodge herum, einige sind unten am Bootssteg. Onkel Hermann läuft mit einem Korb über den Rasen und verteilt Flaschen mit Moskitomittel. Ich kann immer noch nicht glauben, dass die

Hochzeitsfeier wirklich hier stattfindet. Nach all diesen Jahren ist die ganze Familie Behringer wieder am Blueberry-See vereint.

»Hey, Cousinchen.« Aus den Augenwinkeln sehe ich etwas Weißes auf mich zukommen, und im nächsten Moment hat Isa sich bei mir untergehakt. »Du siehst toll aus, weißt du das?«

»Ha«, lache ich und zupfe an meinem Kleid herum. »Das Kleid sieht toll aus, da gebe ich dir recht. Ob es nun an mir toll aussieht, ist eine andere Frage.«

»Du siehst toll aus«, wiederholt Isa mit Nachdruck. »Das hast du selbst vielleicht noch nie erkannt, aber andere haben das. Matt zum Beispiel.«

Als ich seinen Namen aus ihrem Mund höre, räuspere ich mich. Einige Sekunden lang betrachtet Isa eingehend ihre rosa lackierten Zehennägel, die aus den offenen Sandalen unter dem Saum ihres Kleides hervorlugen. Dann sagt sie: »Nina, ich habe mich damals, mit 17, furchtbar dumm verhalten. Ich wusste, wie viel Matt dir bedeutet hat. Auch wenn ein Jahr vergangen war und zwischen euch Funkstille herrschte. Ich hätte deine Gefühle für ihn respektieren und die Finger von ihm lassen müssen. Denn es war meine Schuld, dass zwischen uns etwas gelaufen ist. Ich habe den ersten Schritt gemacht, nicht Matt.«

Sie zwirbelt ihren Brautschleier zwischen ihren Fingern und holt tief Luft. »Ich habe es darauf angelegt, weil ich eifersüchtig war. Als du mich nach eurem letzten Sommer am See in Deutschland angerufen und mir von der Sache mit Matt und dir erzählt hast, da hätte ich platzen können vor Eifersucht. Ich hatte gerade den schlimmsten Sommer meines Lebens hinter mir, mit Papas Insolvenz, die drohend über uns hing, und wegen der wir uns nicht einmal eine Woche Nordsee-Urlaub leisten konnten. Und dann hast du angerufen und mir von deinem Sommer mit Matt vorgeschwärmt.«

»Oh Mann«, murmele ich. »Ich wusste nicht, dass dich das so mitgenommen hat. Immerhin war Matt mein erster Freund, während du doch schon so viele gehabt hattest und …«

»Das war gelogen.« Isa schaut mich an. »Das Einzige, was ich hatte, war ein bisschen Erfahrung im Herumknutschen mit irgendwelchen besoffenen Typen auf irgendwelchen Schulpartys. Mehr nicht. Ich hatte noch nie einen richtigen Freund gehabt, jemanden, der in mich verliebt war. Ich war noch Jungfrau.«

»Heißt das …« Meine Stimme ist plötzlich belegt. »Heißt das, dass Matt …?«

Isa schüttelt den Kopf. »Nein, nein. Matt war nicht der Erste. Ein paar Wochen, bevor wir nach Kanada flogen, habe ich es geschafft, mich von so einem Idioten aus dem Abijahrgang entjungfern zu lassen. Er hat mich am nächsten Tag abserviert. Ich war ziemlich verliebt in ihn und wusste nicht, wohin mit mir vor lauter Kummer. Dann kamen die Sommerferien, und wir waren hier am See, ohne dich und deine Familie. Mir war langweilig, ich hatte Liebeskummer. Und Matt war ein paarmal hier an der Blueberry Lodge, um kleinere Reparaturarbeiten zu machen. So kamen wir uns näher. Ich redete mir ein, dass es egal war, weil er und du eh keinen Kontakt mehr hattet. Außerdem …« Sie stockt und streicht ihren Schleier glatt. »Außerdem wollte ich gerade deshalb etwas mit Matt anfangen, weil du mit ihm zusammen gewesen warst. Das klingt ganz schrecklich, ich weiß. Aber du warst einfach schon immer diejenige, der alles spielend zugefallen ist, während ich …«

»Wie bitte?« Ich starre Isa fassungslos an. »Spielend zugefallen? Redest du wirklich von mir? Deiner Cousine mit dem dicken Hintern, der Naturkrause und dem Hang dazu, rot wie ein Hummer zu werden?«

»Ich rede von der Cousine, die von allen gemocht wird, weil sie so eine liebenswerte Art hat. Im Gegensatz zu mir, der Zicke vom Dienst. Ich rede von der Cousine, die sich schon als kleines Kind die schönsten Geschichten ausgedacht hat, die mit ihren Bildern alle verzaubert hat. Im Gegensatz zu mir, der talentfreien Zone.«

»Ich bitte dich ...«

Isa unterbricht mich. »Doch, das stimmt, Nina. Ich wollte immer so sein wie du. Dein Talent haben. Hast du das nie gemerkt?«

»Nein«, sage ich verdattert. »Absolut nicht. Im Gegenteil, ich wollte immer so sein wie du! So hübsch und sportlich und beliebt ...«

»Ach was.« Isa winkt ab. »Beliebt. Wäre ich so beliebt gewesen, hätte ich wohl vor dir einen Freund gehabt, oder nicht? Ich habe mich auch deshalb an Matt herangemacht, um mich dir nicht mehr unterlegen zu fühlen. Danach hatte ich ein schrecklich schlechtes Gewissen und habe meinen anfänglichen Plan, es dir nach den Ferien zu beichten, auf Eis gelegt. Bis heute, sozusagen. Jetzt weißt du es. Und du sollst auch wissen, dass ich mich sehr für mein Verhalten schäme, Nina.«

Ich atme tief durch. »Das ist lange her«, sage ich ruhig. »Du meine Güte, ich habe nie geahnt, dass du je eifersüchtig auf mich warst. Auf mich! Ein Grund, warum ich mich in diese blöde Schwangerschaftslüge verrannt habe, war mein Minderwertigkeitskomplex dir gegenüber.«

»Dann waren wir wohl beide ziemlich blöd.«

»Das kannst du laut sagen.«

»Wobei du noch blöder warst als ich.«

Ich ziehe überrascht die Augenbrauen in die Höhe und schaue Isa fragend an.

»Weil du nicht gleich gemerkt hast, dass Matt dich während all dieser Jahre nicht vergessen konnte. Für ihn warst du immer die Eine, Nina. Ich hatte nie auch nur den Ansatz einer Chance bei ihm. Und als du letzte Woche hier am See angekommen bist und ich aus meinem Auto gestiegen bin und gesehen habe, wie er dich angeschaut hat, da ist diese alte, fiese Eifersucht wieder in mir wachgeworden. Darum habe ich dich gefragt, ob du schwanger bist. Obwohl ich mir dachte, dass … na ja. Dass du einfach ein bisschen zugenommen hast.«

»Du hast also nicht wirklich geglaubt, dass ich schwanger bin?«

Isa schüttelt den Kopf und nagt an ihrer Unterlippe. »Als du dann gesagt hast, du seist tatsächlich schwanger, habe ich mich aber ehrlich gefreut. Ich habe mir gleich ausgemalt, wie schön das sein würde, zeitgleich mit dir Mutter zu werden.« Sie hält inne und senkt ihren Blick. Verstohlen wischt sie sich mit dem Handrücken unter den Augen entlang. Ich lege einen Arm um ihre Schultern und schlucke den gekränkten Stolz hinunter, der angesichts ihrer Beichte in mir hochkommen wollte.

»Du wirst sicherlich bald ein Baby bekommen«, sage ich mit fester Stimme. Isa nickt und blinzelt mit einem schiefen Lächeln ihre Tränen weg.

»Und du bestimmt auch«, sagt sie und macht eine Kopfbewegung Richtung Veranda. Ich folge ihrem Blick und sehe, dass Matt mich anschaut. Er zwinkert mir zu, und ich versuche, so gelassen wie möglich zu lächeln und mich wieder Isa zuzuwenden, ohne in Ohnmacht zu fallen. Isa mustert mich und streicht mir eine Haarsträhne hinter das Ohr.

»Tu mir einen Gefallen: Lass ihn dir nicht noch einmal durch die Lappen gehen. Matt und du, ihr solltet einfach zusammen sein.«

»Mhhm«, murmele ich und nehme einen großen Schluck Sekt. Meine Cousine will noch etwas hinzufügen, doch bevor sie ein weiteres Wort sagen kann, ertönt ein Schrei aus der Lodge. Erschrocken zucken wir zusammen.

»Das war Sonja«, sage ich und stelle meine beiden Sektgläser auf einer Stufe ab. Ich will schon die Verandatreppe hinaufeilen, um zu sehen, was passiert ist, als meine Mutter aus der Lodge kommt.

»Mama, was ist passiert?«

»Kein Grund zur Panik, alles unter Kontrolle«, sagt meine Mutter. »Felix ist bloß in das Hummerbecken gefallen. Aber da alle Tiere zugebundene Scheren haben, hat er noch alle Gliedmaßen. Er riecht nur etwas fischig.«

»Oh mein Gott.« Isa atmet tief durch. »Leben die Hummer alle noch?«

Meine Mutter nickt. »Ja. Mit der Betonung auf ›noch‹.«

Eine Stunde später haben sie alle das Zeitliche gesegnet. Im Schein von Kerzen und Lampions, die zwischen den Bäumen hängen, werden die rotgekochten Hummer von den Hochzeitsgästen verspeist. Mal mehr, mal weniger geschickt. Meine Mutter, die eigentlich schon genug Krustentiere in ihrem Leben gegessen hat, schießt »aus Versehen« ein Hummerbein in das Weißweinglas von Tante Helga. Die revanchiert sich, indem sie ein Bein ihres Tieres zielsicher im Dekolleté meiner Mutter versenkt. Abgesehen davon verläuft das Essen jedoch recht friedlich, und ich schaffe es, mich aktiv an der Unterhaltung zu beteiligen, ohne ständig in den Groupie-Modus zu verfallen. Doch eine ernsthafte Ablenkung vom Leadsänger auf der Veranda kommt erst in Form des Brautpaares daher, das nach dem Essen den ersten Tanz als Mr. und Mrs. O'Neil auf die Bretter der auf dem Rasen zusammengezimmerten Tanzfläche hinlegt. Die Band spielt »Someone like you« von Van Morrison, und Isa hat ihre Arme um Gregs Hals geschlungen. Sie sehen sich tief in die Augen und bewegen sich kaum von der Stelle, schunkeln nur langsam nach links, nach rechts, lächeln sich an. Als Matt ins Mikrofon sagt: »Meine Damen und Herren, das Brautpaar wünscht sich Gesellschaft auf der Tanzfläche!«, steht plötzlich Papa neben mir.

»Nina? Tanzen wir?«

Verblüfft sehe ich ihn an. »Du und ich? Aber – ich kann gar nicht tanzen, Papa!«

Papa beugt sich zu mir herunter und flüstert: »Ich doch auch nicht. Aber ich möchte lieber dir auf die Füße treten als einer dieser Frauen, die ich nicht kenne.«

»Na wunderbar«, seufze ich gespielt theatralisch und schäle mich aus der Bank. Im Grunde genommen bin ich gerührt, dass Papa mich zum Tanzen auffordert. Wir finden uns in der Nähe von Tante Helga und Onkel Hermann auf der von Lampions erleuchteten Tanzfläche wieder und tanzen zu einer wunderbaren Country-Version von »I will always love you«. Allerdings ist es diesmal nicht Matt, der singt, sondern Rita MacKenzie. Sie hat ihren Talar gegen eine beige Hose und eine weiße Bluse eingetauscht und lässt ihre Hammerstimme über den dunklen See hallen. Ich bekomme schon wieder eine Gänsehaut, und was für eine.

»Nina?«

»Hmm?« Ich schaue Papa fragend an. Irgendetwas bedrückt ihn, das erkenne ich sofort. Seine Hand umklammert meine viel zu fest, und ich spüre den Schweiß auf seiner Handfläche. Sein Blick wandert unruhig über die Tanzfläche und bleibt immer wieder an meiner Mutter hängen, die in unserer Nähe ihre Arme um Heinz' Hals geschlungen hat.

»Was ist denn los?« Unruhe macht sich in mir breit. Papa ist doch sonst nicht so nervös.

»Ich muss dir etwas gestehen, Nina.« Seine Hand umschließt meine noch fester, so dass ich leicht zusammenzucke. Jetzt macht er mir wirklich Angst.

»Was denn, um Himmels willen? Du bist doch nicht krank, oder?« Jetzt erst fällt es mir auf: Er sieht noch dünner aus als sonst. Sein Gesicht wirkt regelrecht eingefallen. Und ganz schön blass ist er um die Nase. Oh nein, er hat bestimmt Krebs!

»Nein, nein, ich bin nicht krank.« Papa tätschelt mich beruhigend mit der Hand, die auf meinem Rücken ruht. »Nein, ich muss dir sagen … Also …« Er holt tief Luft, und sein Blick gleitet erneut unruhig über die anderen Tanzpaare um uns herum.

»Himmel, Papa, schieß schon los!«

»Ich habe auch gelogen, Nina. Ich habe euch alle angelogen. Deine Geschwister und dich. Jahrelang. Dagegen ist deine Schwangerschaftslüge gar nichts, glaub mir.«

Vor lauter Verblüffung vergesse ich zu tanzen. Ich bleibe wie angewurzelt stehen und starre meinen Vater fragend an. Seine Hand lässt meine nicht los, als er auf seine Fußspitzen schaut und stockend fortfährt: »Ihr dachtet all die Jahre, eure Mutter hätte mich mit Heinz betrogen, und das sei der Auslöser für unsere Trennung gewesen. Aber das stimmt so nicht, denn ich habe sie zuerst betrogen.«

Kapitel 47

Es dauert ein paar Sekunden, bis ich begreife, was er gesagt hat. Meine Hand windet sich aus Papas Griff. »Was? Mit wem?«

Papa schiebt seine nun freien Hände in die Taschen seiner dunklen Anzughose. »Es war in unserem letzten Sommer hier am See. Du hast vermutlich nichts gemerkt, weil du immer mit Matt unterwegs warst. Hendrik war mit Carrie beschäftigt, und Leo – ach, Leo war ja noch ein Kind.«

»Mit wem?«, will ich erneut wissen.

»Mit Elaine.«

Wie vom Donner gerührt starre ich ihn an. »Elaine?«, wiederhole ich.

»Ja. Matts Mutter.«

»Ich weiß, wer Elaine ist. Aber – damals lebte doch Matts Vater noch!«

Papa seufzt und nickt. »Ja. Darum ist aus unserer Liebe ja auch nichts geworden. Weil sie ihren Mann nicht verlassen wollte. Und ich deine Mutter nicht.«

»Liebe? Heißt das, ihr wart wirklich richtig verliebt?«

»Nein, nicht nur verliebt.« Papa schaut mich an, und in seinen hellblauen Augen liegt plötzlich eine ungeheure Wehmut. »Wir haben uns geliebt, Nina. Das ist ein Unterschied. Und all diese Jahre, als wir nicht hier waren, habe ich nicht aufgehört, Elaine zu lieben.«

»Was? Aber – wusste Mama davon?« Ich bin völlig verwirrt. Papa nickt wieder.

»Ja. Sie hat uns damals erwischt. Elaine und mich. Kannst du dich nicht daran erinnern, wie sehr wir uns in jenem letzten Sommer gestritten haben, deine Mutter und ich?«

Und ob ich das kann. Aber ich hätte nie vermutet, dass mein stiller, zurückhaltender Vater eine Affäre gehabt haben könnte. Umgekehrt, sicher. Aber doch nicht Papa! Und meine Mutter hat Elaine und ihn erwischt? Wo denn, um Himmels willen? Nein, das will ich gar nicht wissen, glaube ich.

»Dann war das mit Heinz also eine Art Racheaktion?«, frage ich benommen und starre zu meiner Mutter und ihrem zweiten Ehemann hinüber.

»Zu Beginn vermutlich schon. Aber irgendwann wurde aus der Rache Liebe.«

Ich schaue Papa verblüfft an. So ohne Groll habe ich ihn selten über meine Mutter und Heinz reden hören. »Ich hatte immer das Gefühl, dass du noch an Mama hängst und es ihr nicht verzeihen konntest, dass sie jemand Neues gefunden hat.«

»Ja, so war es auch.« Papa lächelt beinahe verlegen. »Ich liebe deine Mutter immer noch, Nina. Sie hat euch drei auf die Welt gebracht, sie ist eine tolle Frau. Und sie so glücklich zu sehen, während meine Liebe zu Elaine nach einem intensiven Sommer im Keim erstickt wurde – das war bitter für mich. Und diese Bitterkeit habe ich lange mit mir herumgetragen. Bis …« Er holt tief Luft. »Bis vorgestern.«

»Vorgestern?« Ich reiße meine Augen weit auf. »Soll das heißen …?«

Papa räuspert sich und weicht meinem Blick aus. »Na ja, wir haben … Wir sind … Also, Elaine und ich …« Er windet sich und sagt dann: »Du hast mich dazu gebracht, Nina.«

»Ich?«

»Ja. Bevor du mit Leo nach Cape Breton gefahren bist, hast du zu mir gesagt, man solle nicht zu lange warten, wenn es um die große Liebe geht. Du meintest Matt und dich. Aber es traf genauso auf seine Mutter und mich zu. Mir wurde klar, dass ich viel zu lange gewartet hatte. 14 Jahre lang hatte ich nichts unternommen, obwohl ich wusste, dass Elaine verwitwet war. Und ich war längst geschieden. Aber ich habe mich einfach nicht getraut, wieder hierherzukommen, wieder Kontakt zu Elaine aufzunehmen. Das letzte Mal, dass wir miteinander gesprochen hatten, war im Herbst vor 14 Jahren, und es war kein angenehmes Telefonat. Elaine machte deiner Mutter und mir schwere Vorwürfe wegen Hendriks Verhalten Carrie gegenüber. Als ob wir uns selbst nicht schon genug Vorwürfe gemacht hätten. In der Aufregung wurde viel gesagt. Ich hätte später gerne einiges davon zurückgenommen. Elaine auch, wie sie mir jetzt gesagt hat.« Er hält inne, zieht ein Taschentuch aus seiner Anzugtasche und tupft sich die schweißnasse Stirn ab.

»Auf jeden Fall bin ich dir sehr dankbar, Nina, dass du deinen alten Vater wachgerüttelt hast. Wenn auch unbewusst. Ich hätte diesen Sommer vermutlich hier am See verbracht, ohne ein einziges Mal ins ›Foggy Days‹ zu gehen und Elaine zu sehen. Aber nachdem ich Hermann in der Marina geholfen hatte, bin ich noch am selben Tag in den Diner gegangen. Wir haben lange geredet, und am nächsten Abend habe ich Elaine zum Essen nach Lunenburg eingeladen. Na ja. Und seitdem – also, wir sind …« Er bricht ab und lächelt mich verlegen an.

»Papa!« Ich schlinge meine Arme um seinen Hals und atme den Duft seines Rasierwassers ein. »Das freut mich wahnsinnig für dich!«

»Wirklich?« Er scheint ehrlich verblüfft zu sein angesichts meiner Reaktion.

»Natürlich!« Ich löse mich von ihm und streiche über seine glattrasierte Wange, die mir nun doch nicht mehr so eingefallen vorkommt wie noch vor ein paar Minuten. »Meinst du vielleicht, ich sehe dich gern einsam und unglücklich? Und Elaine, sie ist eine tolle Frau. Ich kann nicht glauben, dass du und sie … Und das schon damals …«

Er nickt und lächelt. Plötzlich sieht er aus wie ein verliebter Teenager. Du meine Güte, wird er etwa rot? Das scheine ich von ihm geerbt zu haben!

»Ich dachte, du würdest wütend werden, weil ich euch jahrelang verschwiegen habe, dass Heinz nicht der einzige Grund dafür war, dass eure Mutter und ich uns getrennt haben.«

»Na ja, ein bisschen früher hättest du schon mit der Wahrheit herausrücken können«, sage ich und suche mit dem Blick meine Mutter. Sie flüstert gerade Heinz etwas ins Ohr, und er legt den Kopf in den Nacken und lacht schallend. Wenn ich bedenke, wie tief mein Groll jahrelang auf meine Mutter war. Und das vor allem, weil ich ihr die alleinige Schuld an der Trennung meiner Eltern gegeben habe. Ich kann nicht glauben, dass sie nie ein Wort darüber verloren hat, dass mein Vater sie zuerst betrogen hat.

In dem Moment beginnt meine Mutter allerdings, Heinz einen intensiven Zungenkuss zu geben, und ich wende hastig meinen Blick ab. Okay, ich habe auch deshalb ein gespaltenes Verhältnis zu ihr, weil sie nun einmal so ist, wie sie ist. Die Erotikschriftstellerin in ihr wird mir immer etwas fremd bleiben und peinlich sein.

»Es ist gut, dass du wenigstens jetzt erzählt hast, wie es wirklich war«, sage ich zu Papa und drücke ihm einen Kuss auf die Wange. »Wissen es Hendrik und Leo schon?«

Er schüttelt den Kopf. »Noch nicht. Ich habe mit Leo erst einmal über ihre Schwangerschaft gesprochen. Und Hendrik hat gerade so viel mit der Rettung seiner Ehe zu tun, dass ich ihn nicht mit der Liebesgeschichte seines alten Vaters belästigen wollte.«

Ich stemme die Hände in meine Taille und schaue mich suchend um. Endlich entdecke ich Elaine am Rande der tanzenden Gäste, ein Weinglas in der Hand. Sie unterhält sich mit Carrie.

»Warte hier«, sage ich zu Papa.

Ich verlasse die Tanzfläche und gehe über den weichen Rasen auf Elaine zu.

»Hey«, sage ich und bleibe neben ihr und Carrie stehen.

»Hi, Nina.« Elaine lächelt mich an, und ich spüre, dass sie nervös ist. Sie wirft einen Blick in die Richtung, wo mein Vater steht. Vermutlich fragt sie sich, was ich weiß. Und was ich von dem halte, was ich eventuell weiß.

»Da hinten wartet jemand auf dich, der gern mit dir tanzen würde. Entgegen den kursierenden Gerüchten tritt er übrigens gar nicht so oft auf die Füße seiner Tanzpartnerinnen. Das kann ich aus eigener Erfahrung sagen.« Ich lächle Elaine breit an, um ihr zu signalisieren, dass ich nichts gegen eine Beziehung zwischen ihr und meinem Vater habe. Im Gegenteil.

»Oh.« Erneut sieht sie zu Papa hinüber, der sich inzwischen an den Rand der Tanzfläche gestellt hat und mit der Spitze seines Schuhs im Rasen herumscharrt. »Dann werde ich mal gehen.« Sie drückt Carrie ihr Weinglas in die Hand und will sich abwenden, überlegt es sich dann jedoch anders. Sie bleibt vor mir stehen und umfasst meine Schultern.

»Nina«, sagt sie und schaut mich aus ihren dunkelbraunen Augen ernst an. »Ich muss dir etwas beichten.«

Oh nein. Nicht noch eine Beichte. Für heute reicht es mir wirklich.

»Neulich, im Diner, da hast du in deiner Wut ziemlich viele Sachen gesagt. Unter anderem hast du zu Carrie gesagt, sie müsse sich keine Sorgen machen, dass du wieder mit Matt zusammenkommen könntest. Dass sie also keine Briefe mehr verstecken müsse, so wie damals.« Sie wirft Carrie einen Blick zu. Matts Schwester steht, zwei Weingläser in ihren Händen, neben uns und hört mit großen Augen zu. »Es war nicht Carrie, die deinen Brief damals versteckt hat. Das war ich. Und ich habe auch den Zettel zerrissen, auf dem Carrie deine Telefonnachricht für Matt notiert hatte.«

Ich starre Elaine an. »Aber warum?«

Sie lässt meine Schultern los und spielt mit den dünnen silbernen Armreifen, die um ihr Handgelenk klimpern. »Weil ich eine heulende Tochter zu Hause hatte, die ihrem deutschen Ex-Freund hinterhertrauerte und den Verlust ihres Babys verkraften musste. Ich dachte, dass jede Verbindung nach Deutschland Carries Wunden neu aufreißen würde. Außerdem war ich davon überzeugt, dass nach all dem, was in eurem letzten Sommer hier in Rocky Harbour passiert ist – mit Hendrik, mit dem abgeholzten Grundstück und, na ja, auch mit deinem Vater und mir ...« Sie streicht sich durch ihr kurzes Haar, und ihre Verlegenheit ist greifbar. Carrie tritt unruhig von einem Fuß auf den anderen und mustert ihre Mutter fragend.

»Also, ich war davon überzeugt, dass ihr nicht mehr nach Kanada kommen würdet und der Kontakt zwischen Matt und dir sowieso abbrechen würde. Ich dachte, ich würde ihm einen Gefallen tun, indem ich den schmerzlichen Schluss eurer kurzen Geschichte beschleunigen würde. Ich wusste, dass Taylor aus seiner Highschool schon lange in ihn verliebt war, und ich dachte mir, dass er das endlich erkennen würde, wenn er dich erst einmal vergessen hätte.« Sie sieht mich an und seufzt tief. »Ich habe mich so getäuscht, Nina. Ich musste einsehen, dass man manche Menschen nicht vergessen kann. Egal, ob sie ein Haus weiter oder auf einem anderen Kontinent wohnen.«

In ihren Augen schimmert es plötzlich verdächtig, und ich frage mich, ob sie nur von Matt und mir spricht. »Er hat dich nie vergessen. Er hat wegen dir angefangen zu lesen. Der erste Roman, den er gelesen hat, war ›Anne of Green Gables‹, weil du dieses Buch so geliebt hast. Und er hat sich einen Deutschkurs zum Selbstlernen gekauft. Er hat immer gehofft, dass du irgendwann wiederkommen würdest.«

»Er hat wegen mir ›Anne of Green Gables‹ gelesen?« Meine Stimme ist belegt. Ich sehe wieder das Buch vor mir, ganz unten in der Ecke von Matts Regal. Ich wusste, dass es nicht für die Tochter einer Freundin bestimmt war.

»Ja«, sagt Carrie. »Du kannst dir vorstellen, wie Bill und Liam gelästert haben, als sie das Buch bei ihm im Zimmer entdeckt haben.«

»Und er hat einen Deutschkurs gemacht?« Ich starre Elaine und Carrie ungläubig an. »Ehrlich?«

»Allerdings«, seufzt Carrie. »Ständig drang diese Frauenstimme aus seinem Zimmer, die Sachen sagte wie ›Ich mochten zwei Brotchen kaufen‹ oder so ähnlich. Irgendwann konnte ich das nicht mehr hören und habe die Kassette versteckt. Deutsch war damals nicht unbedingt meine Lieblingssprache.«

Sie grinst schief und nippt an einem der beiden Weingläser. Ich sehe ihr deutlich an, dass das Geständnis ihrer Mutter viele Erinnerungen in ihr wachgerüttelt hat. Erinnerungen an eine Zeit, die sehr schwer für sie war. Unwillkürlich frage ich mich, wie lange sie schon von der Affäre zwischen ihrer Mutter und meinem Vater wusste. Und was ist eigentlich mit Matt? Ich sehe beinahe erschrocken zu ihm hinüber. Wusste er es die ganze Zeit?

»Ich werde Matt und dir auf keinen Fall ein weiteres Mal im Wege stehen«, sagt Elaine und nimmt mich kurz, aber fest in den Arm. »Und Carrie auch nicht. Stimmt es?« Sie sieht ihre Tochter an. Carrie mustert mich ein paar Sekunden lang schweigend. Dann nickt sie.

»Wenn Nina nicht wieder nach Deutschland verschwindet und Matt hier mit gebrochenem Herzen zurücklässt, dann habe ich nichts dagegen, wenn die zwei wieder ein Paar werden. Ehrlich gesagt wird es dringend Zeit. Matt schleicht wie ein liebeskrankes Stachelschwein durch die Gegend, seit du wieder hier bist, Nina.«

Ich pruste los. »Wie sieht denn ein liebeskrankes Stachelschwein aus?«

»Wie Matt.« Carrie nimmt einen weiteren Schluck Wein. »Mom, jetzt geh endlich tanzen. Wenn der arme Wolfgang noch länger dort steht und mit seinem Schuh im Rasen herumscharrt, kommt er bald in Neuseeland raus. Und du willst ihn doch sicher nicht am anderen Ende der Welt haben, oder?«

»Auf keinen Fall.« Elaine lächelt. »Bis später, ihr zwei.«

Ich schaue ihr nach, wie sie auf Papa zugeht. Als ich sehe, wie sein Gesicht zu leuchten beginnt, schießen Tränen in meine Augen. Ich blinzele und schaue zu Boden. Carrie klopft mir leicht auf die Schulter.

»Ist schon unheimlich, oder?«, fragt sie. Ich sehe sie an.

»Was meinst du?«

»Na ja. Dein Vater verliebt sich in meine Mutter. Ich verliebe mich in deinen Bruder. Du verliebst dich in meinen Bruder.

Zwischen unseren Familien scheint es eine enorme Anzie-
hungskraft zu geben.«

Ich nicke. »Nur gut, dass du nicht noch mehr Geschwister
hast, Carrie. Sonst würde es wirklich zu kompliziert.«

Carrie grinst. »Ich weiß gar nicht, was du dann demnächst
für mich sein wirst, Nina«, sagt sie. »Schwägerin oder Stief-
schwester?«

Ich muss lachen. »Du bist da zwar schon ein paar Schritte
zu weit, aber ich würde sagen: beides!«

Kapitel 48

Ich kann nicht aufhören zu beobachten, wie Papa und Elaine tanzen. Sie lächeln sich immer wieder an, beinahe schüchtern, wie verliebte Teenager beim ersten Date. Vermutlich ist es mehr als merkwürdig für sie, neben meiner Mutter und Heinz zu tanzen. In der Nähe von Carrie und mir. Als das Lied zu Ende ist, gehen sie zur Bar, um sich zwei Gläser Wein zu holen.

Die Band hat gerade ein neues Stück begonnen, und Matt beugt sich zum Mikrofon vor und singt: »If I said you have a beautiful body, would you hold it against me?« Dabei sieht er mich an und ... Oh. Mein. Gott. Er zieht mich aus. Sein Blick zieht mich eindeutig aus.

»Nina-Kind, tanzt du mit deinem alten Onkel zu diesem Klassiker von den Bellamy Brothers?«

Ich zucke erschrocken zusammen, als ich plötzlich Onkel Hermanns schweren Arm auf meinen Schultern spüre.

»Was?«

»Ob du mit mir tanzt. Oh je, du hast aber einen ganz schön heftigen Sonnenbrand, was? War das Wetter auf Cape Breton so gut?«

»Mhmm, war ganz okay.« Ich wische meine feuchten Handflächen an meinem Kleid ab und folge Onkel Hermann auf die Tanzfläche. Ich muss sagen, mein Onkel ist ein guter Tänzer, was man ihm bei seiner Körpergröße nicht zutraut. Am Anfang bange ich noch um meine nackten Zehen, entspanne mich jedoch schon nach den ersten Schritten. In unserer Nähe wirbelt Greg seine Isa durch die Gegend. Ich muss lächeln und sehe meinen Onkel an. Auch er beobachtet seine Tochter und ihren frisch angetrauten Ehemann. In seinen Augen schimmert es verdächtig.

»Das hier ist eine wunderschöne Hochzeit, Onkel Hermann«, sage ich.

»Ja, nicht wahr?« Er räuspert sich und sieht mich an. »Ich bin deinem Vater sehr dankbar, dass er das alles hier möglich gemacht hat.«

Überrascht schnellen meine Augenbrauen in die Höhe. »Papa?«

Mein Onkel nickt. »Natürlich. Es war seine Idee, die Feier hierher zu verlegen, als uns klarwurde, dass wir die Marina nicht so schnell auf Vordermann bringen können. Matt, er und ich haben in einer Nachtschicht diese Tanzfläche zusammengezimmert. Deine Mutter wiederum hat gestern den ganzen Tag beim Dekorieren geholfen. Und dass die Caterer eure Küche in Beschlag nehmen durften … Wirklich, ich bin deinen Eltern sehr dankbar.«

»Na ja, es ist schließlich auch noch euer Haus«, sage ich. Onkel Hermanns rührselige Stimmung macht mich verlegen.

»Trotzdem. Diesen Sommer wohnt ihr in der Blueberry Lodge und habt euer Recht auf Ruhe und Erholung. Dass ihr jetzt diese ganzen Leute hier habt …«

»Glaub mir, Onkel Hermann: Meine Eltern genießen den Abend«, sage ich mit fester Stimme und schaue zu meiner Mutter hinüber, die gerade von Heinz nach hinten gebeugt und aufs Dekolleté geküsst wird. »Weißt du«, sage ich und schaue schnell wieder meinen Onkel an, »ich bin wahnsinnig froh, dass Papa und du wieder miteinander sprecht.«

Mein Onkel nickt und räuspert sich umständlich. Oh je, falsches Thema. Seine Augen werden schon wieder feucht. Zu viel Sekt bekommt ihm genauso wenig wie Kleiner Bärin.

»Frag mich mal! Ich kann es immer noch nicht fassen, dass mein störrischer Bruder tatsächlich nach Kanada gekommen ist, um die Hochzeit seiner Nichte zu erleben.«

»Du hast gar keinen Krebs!«

Papa taucht so überraschend neben uns auf, dass Onkel Hermann einen falschen Schritt macht und mir auf die nackten Zehen tritt. Ich schnappe nach Luft und würde gerne vor Schmerzen aufschreien, aber Papas Worte verwirren mich dermaßen, dass ich einfach nur stehen bleibe und ihn anstarre.

»Was?«, fragt Onkel Hermann. Er sieht genauso ratlos aus, wie ich mich fühle.

»Du hast gar keinen Krebs!«, wiederholt Papa, und man hört seiner Stimme an, dass er schon ein Glas Wein zu viel getrunken hat. »Isa hat mir erzählt, du hättest Krebs und dies könnte dein letzter Sommer hier in Rocky Harbour sein.«

»Was hat Isa dir erzählt?« Onkel Hermann schaut sich ungläubig um, auf der Suche nach seiner Tochter.

»Isa meinte, ich solle mir ein Herz nehmen und hierherkommen, weil das meine letzte Chance sein könnte, Zeit mit meinem todkranken Bruder zu verbringen. Aber ich solle es niemandem erzählen, weil du nicht wolltest, dass irgendjemand von deiner Krankheit wüsste.« Aufgebracht fährt Papa sich durchs Haar. »Und jetzt erfahre ich von Helga, dass du kerngesund bist! Ich hatte mich auch schon gewundert, wieso du so fit bist und vor Leben nur so sprühst!«

»Tja«, sagt mein Onkel und stemmt die Hände in die Hüften. »Tut mir leid, dich enttäuschen zu müssen, Wolfgang.«

»Wenn ich das gewusst hätte …«

»Was? Dann wärst du nicht gekommen? Willst du das damit sagen?« Onkel Hermanns Stimme wird lauter. »Kein Wunder,

dass meine Tochter auf eine Lüge zurückgreifen musste, um
dich sturen Bock hierherzubewegen!«

Ich glaube das alles nicht. Um uns herum haben die Tanzpaare haltgegemacht und beobachten neugierig die Szene. Zu
meiner Erleichterung taucht Isa neben uns auf. Meine Tante
scheint sie zur Rede gestellt zu haben, denn sie legt hastig ihre
Hände auf Papas Unterarm und auf Onkel Hermanns Rücken
und sagt in flehentlichem Tonfall: »Bitte, können wir uns irgendwo hinsetzen und in Ruhe darüber reden?«

Als sie die beiden grummelnden Männer von der Tanzfläche
schiebt, raunt sie mir mit einem theatralischen Augenrollen zu:
»Hat dir schon jemand gesagt, dass Lügen kurze Beine haben?«

Ich muss lachen und nicke. »Und zerstochene«, sage ich.
Andererseits: Ohne Isas Notlüge wäre Papa vermutlich nicht
nach Kanada geflogen. Er hätte Elaine nach all diesen Jahren
nicht wiedergesehen. Manchmal ist die eine oder andere Lüge
vielleicht doch nicht so schlecht.

Aber du bleibst ab jetzt trotzdem bei der Wahrheit! Kleine
Bärin schaut mich streng an.

»Klar«, lüge ich.

Hallo? Wer kann denn schon immer die Wahrheit sagen?

Es ist schon nach Mitternacht, als Leo und ich nebeneinander
auf einem Felsen am Bootssteg sitzen und Hochzeitstorte essen. Zuvor habe ich mein Vorhaben wahr gemacht und ein
Glas Wein mit Heinz getrunken, bis Tante Helga auftauchte
und sich von ihm in Sachen Botox beraten ließ. Nicht weit von
uns sitzen Papa und Onkel Hermann in zwei Klappstühlen auf
dem Rasen, jeder ein Glas Wein in der Hand und jede Menge
Lachfalten im Gesicht. Sie wiehern förmlich vor Lachen, und

Onkel Hermann laufen schon wieder Tränen über die Wangen. Diesmal allerdings nicht vor Rührung. Ich weiß nicht, was sie so komisch finden. Was ich weiß, ist, dass mein Vater und sein Bruder wieder miteinander sprechen und sogar lachen. Und das, obwohl Onkel Hermann keinen Krebs hat.

»Findest du unsere Familie nicht auch ziemlich merkwürdig?«, frage ich und schiebe mir eine Kuchengabel voll Blaubeertorte in den Mund.

»Ist das eine rhetorische Frage?« Leo wischt sich mit dem kleinen Finger Sahne aus dem Mundwinkel. »Waren wir jemals eine normale Familie?«

Lautes Gackern hält mich von einer Antwort ab. Unsere Mutter und Tante Helga schwanken Arm in Arm über die Rasenfläche. Tante Helga sagt etwas, und meine Mutter bleibt stehen und krümmt sich vor Lachen.

»Hör auf!«, kreischt sie. »Ich mache mir sonst in die Hose!«

»Ist mir doch egal!« Tante Helga gackert laut auf und schlägt sich prustend auf die Oberschenkel.

Leo und ich tauschen einen Blick aus und wenden uns wieder unseren Torten zu. »Du hast recht«, murmele ich. »Normal waren wir noch nie.«

»Hey, da kommt dein Lover«, sagt Leo und stößt mir einen Ellbogen in die Rippen. »Wird auch Zeit. Es ist ja nicht mehr jugendfrei, wie er dich den ganzen Abend über anstarrt.«

»Vorsicht, Fräulein!«, gebe ich gespielt empört zurück und schaue Matt entgegen. Aufregung durchflutet mich kribbelnd von Kopf bis Fuß. Die Band hat eine Pause eingelegt, und er schlendert, ein Glas Bier in der Hand, an der Tanzfläche vorbei. Und kommt tatsächlich auf uns zu.

»Und, wann wollt ihr heiraten?«

»Was?« Ich schaue Leo irritiert an und lache dann auf. »Ich

bitte dich. Wir haben noch nicht einmal … Na ja. Du weißt schon.«

»Sex gehabt? Das ist ja wohl nur noch eine Frage von Minuten.«

»Minuten? Hallo?« Jetzt bin ich es, die Leo in die Seite stößt.

»Aua! Ich bin schwanger! Außerdem – du hast den Brautstrauß gefangen. Du wirst bald heiraten, meine Liebe. Und wen, das ist ja wohl klar. Schon wegen des Visums.«

»Ich habe den Strauß nicht gefangen, er wurde mir praktisch aufgezwungen.«

Das ist wahr. Isa ist bei ihrer Aktion nicht sehr subtil vorgegangen. Sie hat mich energisch an eine bestimmte Stelle bugsiert, sich dann umgedreht und mir den Strauß so zielsicher über die Schulter hinweg in die Arme gepfeffert, dass ich mich schon auf den Boden hätte schmeißen müssen, um ihn nicht aufzufangen oder von ihm getroffen zu werden. Die anderen Singles waren nicht sehr angetan, allen voran Shauna. Was Isa herzlich egal war.

»Ich gehe dann mal«, verkündet Leo, als Matt uns fast erreicht hat. Sie wirft mir einen schmunzelnden Blick zu und murmelt: »Mach alles, was ich auch machen würde.«

»Hey, Leo«, höre ich Matt sagen, als Leo ihm entgegenkommt.

»Hey, Matt. Ich muss mal für kleine Schwangere.«

Mit einem breiten Lächeln bleibt Matt vor dem Felsen stehen, auf dem ich nach wie vor sitze. »Ich kann nicht glauben, dass deine Schwester wirklich ein Baby bekommt.«

Ich nicke und stelle meinen leeren Teller neben mich. »Ich auch nicht.«

Wir sehen uns an, und einen Moment lang weiß ich nicht, was ich sagen soll. Ich fühle mich merkwürdig befangen und weiche schließlich Matts Blick aus, um auf meine Hände zu starren. Als Matt mir plötzlich seine Hand entgegenstreckt, schaue ich fragend auf.

»Nachdem ich dich den ganzen Abend nur beim Tanzen beobachten konnte, würde ich jetzt gern mal selbst die Chance ergreifen«, sagt er und zwinkert mir zu.

Wie süüüß!, quietscht Kleine Bärin. Kann bitte jemand dafür sorgen, dass meine Innere Indianerin keinen Sekt mehr bekommt?

»Okay«, sage ich und lasse mir vom Felsen helfen. »Aber ich tanze nicht mehr zu ›Lying Eyes‹ mit dir.«

Als wir auf der Tanzfläche angekommen sind, dringt aus der Stereoanlage, die die Bandpause überbrückt, die Stimme von Eva Cassidy. Ich schlucke, als die Worte von »Songbird« durch die milde Nachtluft schweben. Zum Glück zieht Matt mich nah an sich heran, so dass ich mein Gesicht in sein Hemd sinken lassen kann und er meine feuchten Augen nicht sieht.

»I love you, I love you, I love you, like never before«, singt Eva, und ich spüre Matts schwielige, warme Hand, die meine Hand umfasst. Seine andere Hand liegt auf meinem Rücken, seine Finger wippen leicht im Takt der Musik. Ich atme tief ein und schließe die Augen. Dieser Moment soll nie vorbeigehen. Niemals. Dann jedoch fährt mir ein Gedanke durch den Kopf, und ich schaue ruckartig auf. Matt sieht mich überrascht an. »Wusstest du das mit deiner Mutter und meinem Vater?«, frage ich.

Matt erwidert meinen Blick ruhig. In seinen dunklen Augen liegt ein warmer Glanz, der mich ganz zappelig macht. Schließlich nickt er. Ein Stich durchzuckt mich.

Er wusste es?, fragt Kleine Bärin empört. *Und hat dir nichts*

*davon gesagt? Es ist schließlich auch dein Vater, nicht nur seine
Mutter!*

»Seit gestern«, sagt Matt, und Kleine Bärin hält endlich ihre
Klappe. »Seit ich deinen Vater morgens aus dem Haus meiner
Mutter habe kommen sehen.«

»Du – was?« Vor Überraschung trete ich ihm auf den Fuß.

»Autsch«, kommentiert er lachend, wird dann aber wieder
ernst. »Ist es für dich nicht in Ordnung?«

»Doch«, sage ich. »Ich muss mich nur erst einmal an den
Gedanken gewöhnen. Papa hatte seit der Scheidung nie eine
Freundin.« Ich runzele die Stirn. Zumindest glaube ich das.
Wer weiß, was er mir noch verschwiegen hat? »Aber ich freue
mich riesig, dass es Elaine ist. Sie tut ihm gut, das sieht man.«

Matt nickt. »Ich habe Mom gestern zur Rede gestellt, und
sie hat mir alles erzählt. Dass sie sich schon im ersten Sommer,
als ihr nach Rocky Harbour gekommen seid, in deinen Dad
verliebt hat. Dass er ihr später gestanden hat, dass es ihm genauso ging. Aber beide haben versucht, ihre Ehen zu retten
und sich Sommer für Sommer zusammengerissen. Bis zu eurem letzten Sommer hier am See. Aber Mom wollte meinen
Vater nicht verlassen. Und dann war da noch die Sache mit
Carrie und Hendrik. Sie hielt es für das Beste, den Kontakt zu
deinem Vater abzubrechen, als er wieder in Deutschland war.
Als sie dann ein paar Monate später verwitwet war, musste sie
herausfinden, dass mein Vater sie jahrelang mit einer Biblio-
thekarin aus Bridgewater betrogen hatte. Er war auf dem
Rückweg von ihr, als er nachts bei Glatteis gegen den Baum
gefahren ist. Dabei hatte er uns gesagt, er würde zum Bingo
nach Lunenburg fahren.« Matt sieht mich ernst an. »Zu dem
Zeitpunkt waren deine Eltern auch schon getrennt. Ist schon

traurig, dass meine Mom und dein Dad so lange gebraucht haben, bis sie wieder zueinandergefunden haben, oder?«

»Mhhm«, mache ich und drücke sacht seine Hand. »14 Jahre. Manchmal dauert es halt länger, bis man zur großen Liebe zurückfindet.«

Sein Blick hält meinen fest, und er nickt. Ein paar Sekunden lang sagen wir nichts, wir sehen uns nur an. Dann räuspere ich mich und frage: »Dir ist schon klar, dass wir, sollten die beiden ernst machen und heiraten, Stiefgeschwister wären, oder?«

Matt lacht auf. »Oh nein, daran habe ich noch gar nicht gedacht.«

»Und nie im Leben«, fahre ich fort und setze einen dramatischen Gesichtsausdruck auf, »würde ich mit meinem Stiefbruder ins Bett gehen.«

»Wenn das so ist«, sagt Matt und zieht mich noch dichter an sich, »muss ich meine Chance schnell nutzen, bevor ich dein Stiefbruder bin. Meinst du, die Duschkabine ist zurzeit besetzt?«

Lachend vergrabe ich mein Gesicht wieder in seinem Hemd. Ich spüre seinen Herzschlag an meiner Wange und könnte vor Glück heulen.

»Hey, du Arschloch!«

Kapitel 49

Ich bin so schnell nicht mehr in Matts Armen, dass ich beinahe das Gleichgewicht verloren hätte. Verdattert blinzele ich und sehe mich um. Neben uns steht ein Mann, den ich noch nie gesehen habe. Groß, dunkelhaarig, ein Kinnbart und Koteletten, Baseballmütze. Er stemmt seine Hände in die Hüften und starrt Hendrik an, der mit Sonja in unserer Nähe getanzt hat. Hendrik scheint den Mann ebenso wenig einordnen zu können wie ich, denn er zieht die Stirn in Falten und fragt: »Kennen wir uns?«

»Du wirst mich gleich kennenlernen!« Und schon schwingt der Fremde seine Faust in Hendriks Richtung. Sonja und ich kreischen synchron auf, während Matt einen Schritt auf die beiden Männer zu macht und ruft: »Kyle, hör auf damit!«

Oh, oh. Das ist also Kyle. Carries Ehemann. Schon kommt Carrie angerannt, einen Teller mit Torte in der Hand, und ruft: »Kyle, hey, was soll denn das? Wieso bist du denn schon zurück? Ich dachte, du wärst noch bis morgen in Ontario?«

»So, damit du noch eine Nacht mit diesem Typen verbringen kannst?«, stößt Kyle hervor, während er mit Hendrik in eine Art Ringkampf verfällt, der die beiden Männer von der Tanzfläche taumeln lässt. Matt versucht, sie auseinanderzuziehen, doch sein Schwager stößt ihn mit den Worten »Lass mich das allein regeln, Matt!« zur Seite.

Eine Traube aus Partygästen folgt den zwei Männern, die sich ineinander verkeilt über die Rasenfläche bewegen und beinahe in Onkel Hermann und Papa in ihren Klappstühlen gestürzt wären. Als sie den Pfad erreicht haben, der zum Seeufer hinunterführt, fallen Hendrik und Kyle in die Blaubeerbüsche, rappeln sich aber wieder auf und arbeiten sich wie zwei kämpfende Krebse langsam zum Seeufer vor. Ich ahne, wo das enden wird. Und ich behalte recht: Im nächsten Moment landen mein Bruder und Carries Mann platschend im Wasser. Die Partygäste kreischen auf, und ich höre eine Amerikanerin fragen: »Gehört das zum Programm?«

Flüche hallen durch die Nacht, als die beiden Männer auftauchen und dann versuchen, sich gegenseitig unter Wasser zu ziehen.

»Das reicht, ihr Idioten!« Ehe ich begreife, was passiert, sind Matt und Onkel Hermann in den dunklen See gesprungen. Matt schnappt sich Kyle, Onkel Hermann nimmt Hendrik in den Schwitzkasten. Eine Weile wird noch gerungen, getreten und viel Wasser aufgewirbelt. Doch irgendwann scheinen Matt und Onkel Hermann mit vielen energischen Worten zu den Kampfhähnen durchzudringen. Kyle ist der Erste, der sich auf den Steg hievt und seine tropfend nasse Baseballmütze wieder aufsetzt.

»Wehe, du fasst sie noch einmal an!«, knurrt er in Hendriks Richtung.

Hendrik, nach wie vor bis zu den Hüften im Wasser, hebt beschwichtigend die Hände und sagt: »Auf keinen Fall, versprochen. Hey, es tut mir echt leid, okay?«

»Nichts ist okay«, sagt Kyle und dreht sich um. Die Traube aus Gästen löst sich in Windeseile auf, als Matts Schwager wutentbrannt den Pfad zum Rasen hinaufläuft. Ich habe erneut meine Position auf dem Felsbrocken eingenommen, wo noch mein leerer Teller steht. Carrie kommt ihrem Mann entgegen, und ich höre sie aufgebracht fragen: »Kyle, was fällt dir ein, bei Isas Hochzeit so eine Szene zu machen?«

»Was fällt dir ein, mich mit diesem Typen zu betrügen?«, fährt Kyle sie an. »Ausgerechnet mit ihm!«

»Es tut mir leid!« Ich höre deutlich die Tränen in Carries Stimme. »Komm, wir fahren nach Hause.« Sie greift nach seinem Ellbogen, doch Kyle schüttelt sie ab und stürmt davon. Carrie folgt ihm. Besorgt sehe ich den beiden nach. Als Hendrik tropfnass an mir vorbeigeht, würdigt er mich keines Blickes. Er ignoriert auch die anderen Gäste und verschwindet eilig in der Lodge. Ich überlege, wo Sonja sein könnte, und entdecke sie schließlich bei meiner Mutter und Tante Helga. Wie es aussieht, bauen die beiden meine Schwägerin mit Hilfe einer Sektflasche wieder auf.

»Hey«, höre ich eine vertraute Stimme und drehe meinen Kopf. Matt steht neben mir. Sein weißes Hemd klebt ihm nass und ziemlich durchsichtig am Oberkörper. Oh je. Das ist einfach zu viel für meine südlichen Regionen.

»Alles okay?«, frage ich mit belegter Stimme. Matt nickt. »Das war also Kyle.«

»Ja. Das war mein Schwager.« Mit einem Seufzen schaut er in die Richtung, in die Carrie und ihr Mann verschwunden sind.

»Carrie hat es ihm also doch gestanden?«

»Ja«, sagt Matt und streicht sich eine tropfende Strähne aus der Stirn. »Nach deinem Auftritt im Diner hat sie beschlossen, selbst reinen Tisch zu machen, und Kyle angerufen. Anscheinend hat er ihr Geständnis nicht sehr gut verkraftet.«

»Hoffentlich raufen die zwei sich wieder zusammen«, murmele ich.

Matt nickt. Dann sagt er: »Ich werde nach Hause gehen und mir die nassen Sachen ausziehen.«

»Ich komme mit«, sage ich und rutsche schnell vom Felsen herunter.

»Und hilfst mir?« Matts Mundwinkel zucken. Und zwar beide.

»Natürlich. Was glaubst du denn?«

»Sehr gut.« Er greift nach meiner Hand und zieht mich entschlossen hinter sich her. Lachend versuche ich, mit seinen langen Schritten mitzuhalten, als wir die Rasenfläche überqueren.

»Hey, Leute, ihr müsst erst einmal ohne mich weitermachen«, ruft Matt zur Veranda hinauf, wo Bill und Liam am Geländer lehnen und Hochzeitstorte essen. »Ich muss aus den nassen Klamotten raus.«

»Schon klar«, sagt Bill mit vollem Mund und grinst erst Matt, dann mich breit an. »Lasst euch Zeit, ihr zwei. Lasst euch Zeit.«

»Ich habe sowieso jemanden gefunden, der gerne mal ans Mikro möchte«, meldet sich Rita zu Wort, die gerade die Verandatreppe hinaufsteigt. Leo folgt ihr und lächelt den Bandmitgliedern entgegen.

»Hi, Jungs.«

»Leo, my Love«, sagt Bill und stellt seinen Teller zur Seite, um meine Schwester umarmen zu können. »Dich lassen wir doch gern ans Mikro! Hey, Matt, du brauchst nicht wiederzukommen.«

»Danke, Kumpel«, lacht Matt. »Gut zu wissen, dass man so leicht ersetzbar ist. Viel Erfolg, Leo. Mach mir keine Schande.«

»Von wegen Schande«, sagt Rita und streift sich den Gurt ihrer Gitarre über die Schulter. »Hast du das Mädel schon einmal singen gehört?«

»Und ob.« Matt sieht mich an. »Komm, lass uns gehen.«

»Bis morgen«, ruft Leo mir hinterher. Ich drehe mich zu ihr

um und rolle mit den Augen. Sie lacht frech und zeigt mir mit beiden Händen »Daumen hoch!«.

Wir gehen Seite an Seite den dunklen Waldweg entlang. Hier und da raschelt es in den Büschen, der Wind streicht wispernd durch die Baumkronen über unseren Köpfen. Irgendwo schallt das »Hu-hu-hu!« einer Eule durch die Nacht. Zwei Glühwürmchen schwirren vor uns in der Dunkelheit den Weg entlang, als wollten sie uns leuchten. Matts warme Hand hält meine umschlossen. Seine Schritte sind sicher und fest, er findet diesen Weg auch im Dunkeln und führt mich ohne Zögern auf sein Haus zu, das vor uns zwischen den Bäumen auftaucht. Als wir die Stelle erreichen, wo sein Pick-up geparkt steht, hören wir, wie die Band wieder zu spielen beginnt. Der Wind trägt Ritas Stimme zu uns herüber.

»I know it's late, I know you're weary, I know your plans don't include me ...«

Wir bleiben stehen und lauschen andächtig. Jetzt klingt Leos Stimme klar und hell durch die Nacht zu uns: »Deep in my soul, I've been so lonely, all of my hopes fading away ...«

Meine Arme werden von einer Gänsehaut überzogen, als Rita und Leo zum Duett ansetzen: »We've got tonight, who needs tomorrow?«

»Kalt?«, fragt Matt, der seine Hand über meinen Arm fahren lässt.

»Nein«, murmele ich und lasse meinen Kopf gegen seine Brust sinken. »Die beiden klingen toll zusammen.«

»Ja«, sagt Matt. »Ich hoffe, dass Rita sich heute endlich traut, Leo ihre Gefühle zu gestehen.«

Mein Kopf schnellt in die Höhe. »Wie bitte?«

Er sieht mich an und zögert. »Du weißt doch, dass deine Schwester …?«

»Lesbisch ist? Ja, das weiß ich. Aber Rita? Sie auch?«

Im schwachen Licht des Mondes nickt Matt. »Klar. Und ziemlich in Leo verknallt. Ist das nicht offensichtlich?«

»Aber – darf sie das als Pfarrerin?«

Matt grinst. »Zum Glück ist die kanadische United Church ziemlich tolerant. Rita ist nicht die erste lesbische Pfarrerin.«

Verblüfft starre ich ihn an. In meinem Kopf lasse ich meine wenigen Begegnungen mit Rita Revue passieren. An beiden Abenden, als ich sie im Shore Club gesehen habe, stand sie immer in Leos Nähe. Hat sich mit ihr unterhalten. Mir fällt ein, dass ich immer nur darauf geachtet habe, dass auch Matt stets mit von der Partie war. Ich dachte, Leo würde seine Nähe suchen. Dabei war sie immer in Ritas Nähe. Oder Rita in ihrer.

»Meinst du, Rita hat eine Chance bei Leo?«, fragt Matt.

Ich lausche den Stimmen der beiden Frauen, die sich perfekt ergänzen: Leos hoch und hell, Ritas dunkel und kräftig. »Das hoffe ich«, murmele ich. »Das hoffe ich wirklich.«

Wir lauschen dem Lied, bis an der Blueberry Lodge Applaus aufbrandet.

»Hey«, sagt Matt und umfasst meine Schultern. »Eines muss ich dir sagen, Nina.«

Oh, oh. Sein ernster Tonfall gefällt mir nicht. Beinahe ängstlich sehe ich ihn an. Was für eine Beichte kommt denn jetzt? Für meinen Geschmack habe ich heute wirklich mehr als genug Beichten gehört.

»Mir reicht heute Nacht nicht.«

Ich blinzele und ziehe die Stirn kraus. Im ersten Moment verstehe ich nicht. Erst als er leise hinzufügt: »Ich brauche ein Morgen mit dir«, wird mir klar, dass er sich auf das Lied be-

zieht, das wir gerade gehört haben. »Es reicht mir nicht, heute
Nacht mit dir zu schlafen. Und es reicht mir auch nicht, jede
Nacht bis zu deiner Abreise mit dir zu schlafen. Ich muss wis-
sen, dass wir eine Zukunft haben. Nicht nur ein paar Tage und
Nächte bis zu deinem Rückflug nach Deutschland.«

*Na, Gott sei Dank sagt endlich mal jemand etwas Vernünf-
tiges,* stellt Kleine Bärin zufrieden fest. *Los, sag ihm, dass du
auch eine Zukunft mit ihm haben willst!*

Das würde ich gerne, aber der Kloß in meinem Hals ist zurück. Bevor ich ihn hinunterschlucken kann, fährt Matt fort:
»Ich liebe dich nämlich, Nina Behringer. Obwohl du ein ver-
rücktes Huhn bist, das Selbstgespräche führt und sich unsin-
nigerweise für zu dick hält. Trotzdem kann ich nicht anders.
Ich liebe dich. Und zwar seit mehr als 14 Jahren.«

Jetzt sagt Kleine Bärin nichts mehr, denn sie sucht nach einem Taschentuch für ihre feuchten Augen. Ich schlucke ein
paarmal und sehe Matt unverwandt an. Ich kann nicht glauben,
dass dieser Mann wirklich eine Zukunft mit mir haben möchte.
Und dass er mich liebt. Trotz allem.

»Ich habe gehört, dass du damals einen Deutschkurs gemacht hast«, krächze ich schließlich. Matts Augenbrauen wandern fragend in die Höhe.

»Mhhm, allerdings. Hat das etwas mit dem zu tun, was ich
gerade gesagt habe?«

Ich lächele. »Und ob«, sage ich und streiche sacht über die
Bartstoppeln auf seiner Wange. »Wie könnte ich einen Mann
nur für Sex benutzen, der für mich eine schreckliche Sprache
wie Deutsch lernen wollte?«

Matts Gesicht verzieht sich unter meinen Fingern zu einem
Lächeln. »Mit der schrecklichen Sprache hast du allerdings
recht«, sagt er. »Schrecklich schwer. Aber ich habe die Kassette

noch irgendwo. Und das Buch. Ich könnte also wieder anfangen mit ›Guten Tag, meine Name ist Matthew Gates. Wie heißen Sie?‹«

Ich kichere und lehne mich erneut gegen ihn. Die Nässe seines Hemdes kriecht in mein Kleid. Dann werde ich ernst und sage gegen Matts Brust: »Ich liebe dich auch.«

»Na Gott sei Dank«, murmelt Matt in mein Haar. »Für Sex darfst du mich übrigens trotzdem jederzeit benutzen. Vor allem, bevor ich dein Stiefbruder werde.«

Das lasse ich mir nicht zweimal sagen. Kleine Bärin hält dankenswerterweise die Klappe, als ich meine Arme um Matts Hals schlinge und ihn küsse, als gäbe es kein Morgen. Dabei gibt es eines, wie wir ja gerade vereinbart haben. Wie dieses Morgen aussieht, müssen wir noch klären. Alles, was mich jetzt interessiert, ist, diesen Mann aus seinen nassen Klamotten zu schälen. Und da ich nicht vorhabe, noch länger damit zu warten, öffnen meine Finger an Ort und Stelle die Knöpfe seines Hemdes, während Matts Hand sich unter das Oberteil meines Kleides schiebt.

»Du trägst ja gar keinen BH«, murmelt er gegen meinen Mund. Ich kann nur meinen Kopf schütteln, weil mir der Atem zum Sprechen fehlt. Es dauert nur ein paar Sekunden, und ich trage auch kein Kleid mehr. Leider habe ich gerade heute nicht meine sexy Unterwäsche von *Silk Dreams* an, sondern einen ausgeleierten Schlüpfer mit Froschmuster. Was Matt nicht im Geringsten zu stören scheint.

Nein, wir landen nicht im Bett. Vielleicht ist es die Macht der Gewohnheit. Oder die Nostalgie der Erinnerung an alte Zeiten. Nein, eigentlich haben wir einfach keine Geduld mehr, zu warten, bis wir im Haus angekommen sind. Doch dann, nachdem ich beinahe mit meinem Fuß den Blinker abgetreten hätte und einen Orgasmus lang die Hupe des Pick-ups durch den Wald hallte, sieht Matt mich schwer atmend an und flüstert: »So geht das nicht weiter, Nina. Immer wieder im Auto. Ich verspreche dir, das nächste Mal vernasche ich dich in meinem Bett.«

Und – was soll ich sagen? Er trägt mich ins Haus und hält sein Versprechen. Mehr als einmal.

Epilog

Ich habe mir schon oft vorgestellt, wie der Frühling in Nova Scotia sein würde. Aber bestimmt nicht so.

Der Fischerhafen wird von dichten Nebelschwaden eingehüllt, und die bunten Häuser und Boote sind kaum zu erkennen. Die Äste des Ahornbaums draußen vor dem Fenster ragen nach wie vor kahl in den bleigrauen Himmel. Dabei ist bereits Anfang Mai. Zumindest haben sich hier und da schon zarte Knospen an Büschen und Bäumen gebildet, so dass es hoffentlich nicht mehr lange dauern wird, bis das eintönige Grau von lieblichem Grün abgelöst wird.

Und hoffentlich dauert es auch nicht mehr lange, bis ich meine Füße wieder sehen kann. Ich sitze Carrie gegenüber an einem Tisch im »Foggy Days«. Nein, falsch: Sie sitzt. Ich bin eingeklemmt zwischen Tischkante und Rückenlehne der Bank wie eine überdimensionale Bowlingkugel.

»Genauso sehe ich aus«, sage ich und deute auf den Topflappen, den Carrie gerade fertig gehäkelt hat.

»Wie ein Leuchtturm? Hmm, so hätte ich dich jetzt nicht beschrieben.« Sie grinst mich über den Tisch hinweg an.

»Sehr witzig. Ich meinte den Wal.« Mein Finger fährt über die dunklen Maschen, mit denen der Meeressäuger in seine Umgebung aus blauen Wellen mit weißen Schaumkronen gehäkelt ist. Grünes Gras säumt das Ufer, wo ein rot-weiß-gestreifter Leuchtturm in den hellblauen Himmel ragt. Carrie hat wirklich ein Händchen für gehäkelte Topflappen. In einem Korb neben dem Sofa in ihrem Wohnzimmer liegen bereits mehrere Dutzend dieser Art. Einige mit Leuchtturm-Wal-Motiv, einige mit einem Eichhörnchen, das einen Tannenzapfen zwischen den Pfötchen hält, einige mit einem Blockhaus unter hohen Bäumen. Sobald die Touristensaison in ungefähr anderthalb Monaten wieder losgeht, werden die Topflappen in »Rocky Stuff« zum Verkauf angeboten werden. Gemeinsam mit Carries gehäkelten Untersetzern in Ahornblatt-Form und den bunten Woll-Leuchttürmen, die einen Job als Weihnachtsbaumanhänger oder Fensterschmuck vor sich haben.

Während meines ersten Winters in Rocky Harbour habe ich gelernt, dass fast jeder die Zeit ohne Touristen für die Vorbereitungen auf die nächste Saison nutzt. Das »Foggy Days« soll bald einen frischen Anstrich bekommen, Duschen und Toiletten auf dem Campingplatz wurden vor Kurzem saniert, Carrie häkelt seit Monaten wie eine Wahnsinnige, Elaine brütet über neuen Gerichten für die Speisekarte, Shauna bastelt Besteckschmuck und näht Tuniken für ihr Geschäft (habe ich mir sagen lassen). Und ich habe in den letzten Monaten viel gemalt.

Ich nippe an meinem Orangensaft und schaue hinaus in das nasse Grau vor dem Fenster. Zwar sehne ich mich nach wärmerem Wetter und ein wenig Sonnenschein, aber ich habe die kalte Jahreszeit hier in Nova Scotia auch genossen. Und bin zu einem wahren Profi in Sachen Grautöne geworden, wie man anhand der zahlreichen Landschaftsaquarelle erkennen kann, die ich an nebeligen Tagen gemalt habe. Ich lasse meinen Blick über die Wände des Diners wandern. Dort hängen inzwischen fast nur noch meine Bilder. Ich habe Elaine gesagt, dass das den anderen lokalen Künstlern gegenüber nicht fair ist, aber sie wollte nichts davon hören.

»Du bist mit meinem Enkel schwanger und wirst bald meine Schwiegertochter sein«, hat sie energisch gesagt. »Da darf ich doch wohl meine Wände mit deinen Bildern tapezieren, oder?

Vor allem deshalb, weil sie einfach um Klassen besser sind als alles, was hier jemals in einem Rahmen hing.«

»Du siehst nicht aus wie ein Wal«, sagt Carrie und nimmt einen Schluck Kaffee, um den ich sie rasend beneide. »Du bist eine strahlend schöne Schwangere, meine Liebe.«

»Und du bist eine ausgezeichnete Häkelkünstlerin, aber eine grottenschlechte Lügnerin«, entgegne ich.

Carrie grinst. »Na ja, an die Meisterin der Lügengeschichten kommt ja auch so schnell niemand heran.«

Ich werfe den Wal-Topflappen nach ihr. Wie witzig. Monate nach meiner Lügengeschichte – der einzigen großen Lügengeschichte meines Lebens, wohl bemerkt! – darf ich mir immer noch solche Spitzen anhören. Aber Strafe muss wohl sein.

Meine Hand streichelt zärtlich über meinen dicken Bauch, während ich das Porträt über unserem Nachbartisch betrachte, das ich an Weihnachten, nach einem geselligen Mittagessen in Elaines Haus, vom alten Dave gemacht habe. Unglaublich, wie schnell die letzten Monate vergangen sind.

Es war Mitte September, ich war seit ungefähr drei Wochen wieder in Berlin und versuchte, mein Leben dort aufzulösen, als ich eines Morgens über der Toilette hing. Erst in dem Moment wurde mir bewusst, dass ich meine Regel nicht bekommen hatte. Was mir alles sehr bekannt vorkam nach der Episode auf dem Campingplatz in der Gesellschaft meiner kleinen Schwester und zahlreicher Mücken.

Einen Schwangerschaftstest später rief ich Matt an und starrte immer wieder fassungslos auf die zwei rosa Streifen im Fensterchen des Urinsticks, während ich ihm die Neuigkeiten mitteilte. Noch heute könnte ich schwören, dass Matt am anderen Ende der Leitung geweint hat, wobei er das heftig abstreitet. Nachdem ich aufgelegt hatte, machte ich mir Sorgen, dass er vor Entsetzen in Tränen ausgebrochen sein könnte und versucht hatte, diese Gefühle vor mir zu verbergen. Immerhin waren wir nur eine Woche zusammen gewesen, bevor ich zurück nach Deutschland geflogen bin. Eine sehr intensive Woche, in der wir hin und wieder das Thema Verhütung vergessen hatten. Natürlich war schon bei meiner Abreise klar gewesen, dass ich baldmöglichst zurückkommen würde, um mit Matt einen Neustart in Nova Scotia zu wagen. Aber ein Baby, so schnell? Das war schon etwas anderes, als einfach nur auf Probe zusammenzuleben.

Als ich an einem sonnigen Oktobertag wieder in Rocky Harbour ankam, das sich in einen herbstlichen Farbenrausch aus Rot- und Goldtönen verwandelt hatte, wurde mir allerdings klar, dass Matt nicht vor Entsetzen geweint hatte. In seinem Arbeitsschuppen hinter dem Haus stand ein halb fertiges Babybettchen aus duftendem Kiefernholz. Jetzt war ich diejenige, die weinte. Und Matt sank auf dem von Sägespänen bedeckten Boden auf ein Knie und machte mir einen Heiratsantrag.

Mit einem versonnenen Lächeln bewege ich meine linke Hand, so dass der zierliche Diamant im Schein der Deckenlampe funkelt. Nein, wir sind noch nicht verheiratet. Während der ersten Monate der Schwangerschaft war mir ständig schlecht, und danach war das Wetter ständig schlecht. Also beschlossen wir, erst nach der Geburt unseres Babys zu heiraten. Es wird eine Sommerhochzeit hier am See werden, so wie Isas.

Isa ist noch nicht wieder schwanger. Sie hat mir gestern am Telefon erzählt, dass Greg und sie jedoch mit Hilfe eines Eisprungkalenders fleißig daran arbeiten.

Meine Hand wandert seitlich an meinem Bauch hinauf, wo ich deutlich spüre, wie ein kleiner Fuß sich in meine Rippen bohrt. Ich kann nicht aufhören, darüber nachzudenken, wie der oder die Kleine wohl aussehen wird.

Nein, wir wissen nicht, was es wird. Deshalb ist die fast fertige Mütze beige, die Carrie gerade aus ihrem Häkelkorb zieht. Unser Baby scheint sehr schamhaft zu sein und hat sich bei jeder Ultraschalluntersuchung so gedreht, dass man nichts sehen konnte.

»Das Baby kommt ganz nach seiner Mutter!« Dieser Spruch kam natürlich von meiner Mutter. Von wem sonst? »Du warst schon immer das prüdeste meiner Kinder.«

»Du und prüde?«, fragte Matt lachend, als ich ihm nach dem Telefonat von der Bemerkung meiner Mutter erzählt habe. »Wenn sie wüsste, dass ihr Enkel in einem Auto gezeugt wurde?«

Nein, wir haben unsere Vorliebe für Matts Pick-up auch nach Isas Hochzeit nicht ganz ablegen können.

»Was wir nicht genau wissen«, sagte ich.

Matt zog mich an sich. »Es war im Pick-up, da bin ich mir ganz sicher«, murmelte er in mein Haar. »Darum bestehe ich auf dem Namen ›Ford‹, wenn es ein Junge wird.«

»Wie witzig. Und wenn es ein Mädchen wird?«

»Gretchen. Das sind wir dem Tannenhuhn schuldig!«

»Ach was. Gretchen wurde schon in einem Kinderbuch verewigt. Selbst wenn dieses Buch wohl nie veröffentlicht wird. Da müssen wir doch nicht auch noch unsere Tochter nach ihr benennen!«

Gretchen ist nach wie vor fester Bestandteil in unserem Leben, und inzwischen hat sie mich halbwegs akzeptiert. Zumindest bilde ich mir ein, dass die Blicke, die sie mir zuwirft, nicht mehr ganz so feindselig sind wie im letzten Sommer. Ich habe die Geschichte von Gretchen, dem Tannenhuhn, das sich in einen Menschen verliebt, aufgeschrieben, illustriert und an viele Verlage geschickt. Sowohl in Kanada als auch in Deutschland, weshalb ich gleich zwei Sprachversionen des Buchs angefertigt habe. Bisher habe ich vier deutsche und drei englische Absagen bekommen. Aber ich versuche, mich davon nicht zu sehr hinunterziehen zu lassen. Stattdessen arbeite ich derzeit an dem Projekt, das mir schon im letzten Sommer durch den Kopf gegeistert ist: »Wanda und das Waldwichtel-Dorf«.

»Gibt es eigentlich etwas Neues von Leo?«, fragt Carrie, während sie das Mützchen für unser Baby prüfend mustert. Ich klappe den Deckel meines Laptops auf und schalte ihn ein.

»Ich habe gestern mit ihr telefoniert. Sie ist ziemlich übermüdet, weil Sean alle zwei Stunden gestillt werden will. Aber sie klang trotz allem sehr glücklich.«

Ich kann immer noch nicht glauben, dass meine kleine Schwester vor knapp drei Wochen Mutter geworden ist. Mein Neffe Sean ist das hübscheste Baby, das ich je gesehen habe. Bisher leider nur auf Fotos, weil ich natürlich nicht mehr nach Deutschland fliegen und den Kleinen auf dieser Welt begrüßen konnte. Dafür ist Rita MacKenzie geflogen, was Leo sowieso wichtiger war. Schließlich sind die beiden seit letztem Sommer tatsächlich ein Paar. Ein Paar mit einer komplizierten Fernbeziehung, aber immerhin hat ihre Liebe bisher gehalten. Und Rita ist die stolzeste Stiefmutter, die man sich vorstellen kann, wie Leo mir am Telefon erzählt hat. Sie spielt Sean Abend für Abend Lieder auf der Gitarre vor und trägt ihn stundenlang durch die Gegend, wenn er Koliken hat.

Ich kann den Sommer kaum erwarten, wenn Leo und Sean nach Rocky Harbour kommen werden. Meine Schwester will

auf keinen Fall meine Hochzeit am Blueberry-See verpassen.
Sie wird nicht allein kommen. Meine Mutter und Heinz haben
ihre Flüge längst gebucht, ebenso Hermann und Helga. Isa
und Greg wollen wieder mit dem Auto aus New York anreisen.
Mein Vater wird allerdings der Erste sein, der hier ankommt …
und bleibt. Ende Juni geht er in Pension, dann »beginnt sein
neues Leben«, wie er kürzlich gesagt hat, als er in den Oster-
ferien hier war. Elaine zählt schon die Tage, hat sie mir neulich
strahlend verraten.

Ach ja, Hendrik wird im Sommer auch kommen. Allerdings
allein, denn Sonja hat sich kurz vor Weihnachten von ihm getrennt. Sie hatte Anfang November wieder angefangen, als
Rechtsanwältin zu arbeiten, und sich prompt in einen An-
waltskollegen verliebt. Papa hat erzählt, dass es Hendrik nach
Sonjas und Felix' Auszug aus dem gemeinsamen Haus alles
andere als gutging. Vielleicht war das ein Grund dafür, dass er
an Silvester Carrie anrief. Nachdem er erfahren hatte, dass
auch ihre Ehe gescheitert war. Kyle ist bereits im September
ausgezogen und hat, wie ich gehört habe, schon eine neue
Freundin.

Ich werfe Carrie, die in ihre Häkelarbeit vertieft ist, einen
prüfenden Blick über den Laptop hinweg zu. Ich mache mir
Sorgen, was passieren wird, wenn Hendrik zu unserer Hochzeit kommt. Es mag ja sein, dass er nach wie vor etwas für
Carrie empfindet. Und sie ganz offensichtlich etwas für ihn.
Aber mein Bruder würde doch nie das machen, was Papa und
ich machen: sein Leben in Deutschland aufgeben und hier in
Rocky Harbour leben. Mit all dem nasskalten Nebelwetter,
das dieser Ort im Herbst und Frühjahr für einen parat hält.
Wobei sich nebelige Abende ja wunderbar vor dem Kamin
verbringen lassen. Die vertraute Hitze kriecht in meine Wan-

gen, als ich daran denke, wie gründlich Matt und ich in den vergangenen Monaten den Teppich vor seinem Kamin genutzt haben.

Der Winter in Rocky Harbour bietet allerdings nicht nur nebeliges Grau. Das glitzernde Weiß des verschneiten Waldes habe ich auf einem Aquarell festgehalten, das hinter der Theke des Diners hängt, neben dem Bild vom heraufziehenden Hurrikan ›Lucy‹. Wenn ich im kommenden Winter keinen dicken Bauch mehr vor mir herschiebe, werde ich auf dem zugefrorenen Blueberry-See Schlittschuh laufen, so wie der Rest des Dorfes es im Januar gemacht hat.

Doch auch Schlittschuhrunden und Schneespaziergänge und selbstgeschlagene Weihnachtsbäume aus dem eigenen Wald werden Hendrik keinenfalls für immer nach Kanada locken, fort von seiner Karriere. Und Carrie würde niemals nach Deutschland ziehen. Sie hat jemanden verdient, der sensibel und liebevoll und bereit ist, alles für sie zu tun. Jemanden wie unseren Dorf-Sherrif Brian Lloyd, der offensichtlich ein Auge auf Carrie geworfen hat, seit sie wieder Single ist. Zumindest hat er, laut Matt, nie zuvor so oft im Diner gefrühstückt wie in diesem Winter. Und jedes Mal, wenn Carrie ihm Kaffee eingießt, wird er rot, was ich sehr sympathisch finde. Ich hoffe wirklich, dass Carrie erkennt, was sie an Brian haben könnte.

»Meinst du, Leo wird wirklich hierherziehen?« Carrie hat ihr Häkelzeug sinken lassen und schaut mich fragend an, während sie nach ihrer Kaffeetasse greift.

»Schwer zu sagen«, murmele ich und beobachte, wie auf dem Bildschirm vor mir die erste von 25 neuen E-Mails heruntergeladen wird. Dass wir in unserem schönen Haus am Blueberry-See immer noch kein Internet haben, ist eine Sache, die ich noch einmal ernsthaft mit Matt ausdiskutieren muss.

Ich kann doch unmöglich jedes Mal in den Diner fahren, um meine E-Mails zu lesen! Natürlich bin ich gern hier und genieße die Gesellschaft von Carrie und Elaine und meinen vielen gerahmten Bildern. Aber die Blaubeerpfannkuchen, die ich jedes Mal vorgesetzt bekomme (natürlich kostenlos, ich gehöre ja jetzt zur Familie), tragen nicht gerade dazu bei, dass ich nach der Schwangerschaft schnell wieder in meine alten Hosen passen werde.

Ich schaue vom Laptop auf und lächele Carrie an. »Es wäre auf jeden Fall genial, wenn Leo Ritas Vorschlag zustimmen würde.«

Letzte Woche hat meine Schwester mir am Telefon erzählt, dass Rita sie gebeten hat, bei ihr einzuziehen. Wie wunderbar wäre das, wenn Leo und mein Neffe in dem kleinen blauen Holzhaus hinter der Kirche wohnen würden, in dem Rita lebt!

»Dann würde ja bald fast die ganze Familie Behringer hier in Rocky Harbour wohnen«, meint Carrie mit einem Grinsen und wendet sich wieder dem Mützchen zu. Ich überlege, ob ich sie auf Hendrik ansprechen soll, doch da merke ich, dass die letzte E-Mail heruntergeladen wurde, und schaue gespannt auf den Bildschirm. Routiniert lösche ich die Spam-Mails und will gerade eine Nachricht von meiner ehemaligen Kollegin Tanja öffnen, als meine Hand auf dem Touchpad innehält. Der Absender einer E-Mail sticht mir ins Auge. Eine E-Mail von einem der vielen kanadischen Verlage, denen ich Kopien meines Buchprojektes geschickt habe. Meine Hand zittert leicht, als ich die Mail öffne.

»Hey, Nina, ist alles okay?« Als Elaine neben unserem Tisch auftaucht, eine Kaffeekanne in der Hand, schaue ich auf. Ich habe keine Ahnung, wie lang ich auf meinen Laptop gestarrt habe. Dem besorgten Blick auf Elaines Gesicht zufolge ziemlich lang. Auch Carrie lässt nun ihre Häkelnadel sinken.

»Du bist ja ganz blass, Nina. Hast du Wehen?«

»Mein Buch wird veröffentlicht.« Ich flüstere diese Worte, weil ich Angst habe, dass die E-Mail sich in Luft auflöst, wenn ich zu laut rede.

»Was hast du gesagt?« Elaine beugt sich zu mir herunter. »Was ist mit deinem Buch?«

»Es wird … OH!«

»Huch, wo kommt denn das Wasser her?« Carrie springt erschrocken auf und starrt auf die Pfütze unter unserem Tisch. »Ist das – Nina, ist das …?«

»Ich – ich glaube, meine Fruchtblase ist geplatzt«, stammele ich und starre fassungslos auf meine Schwangerschaftshose, die gerade geflutet wurde.

»Okay, keine Panik.« Elaine legt mir eine Hand auf die Schulter und stellt ihre Kaffeekanne ab. »Carrie, ruf deinen Bruder an.«

Matt braucht keine fünf Minuten, um von dem Blockhaus, dessen Dach er für einen amerikanischen Touristen neu deckt, zum »Foggy Days« zu kommen. Wie er das gemacht hat, will ich gar nicht wissen.

»Honey, wie geht es dir?« Er kommt mit großen Schritten auf mich zu, während Elaine und Carrie mir aus der Bank helfen, wo ich nach wie vor gesessen habe.

»Es kommt zu früh!«, sage ich panisch und lasse mich von Matts Arm umfassen und stützen. »Es ist fast drei Wochen zu früh!«

»Das macht gar nichts«, sagt Elaine ruhig. »Matt war auch zu früh dran, und schau dir an, was aus ihm geworden ist. Ihr zwei fahrt jetzt ganz in Ruhe nach Bridgewater ins Krankenhaus, okay? Carrie holt deine Krankenhaustasche vom See und fährt euch hinterher. Und ich mache den Diner früher zu und komme nach, sobald es geht.« Sie fasst ihren Sohn am Ellbogen und zischt leise: »Und du fährst nicht zu schnell, hast du mich verstanden? Es gibt keinen Grund zur Panik, so eine Geburt dauert Stunden!«

»Okay«, murmelt Matt und führt mich zur Eingangstür des Diners. Der alte Dave nickt mir mit einem freundlichen Lächeln von seinem Stammplatz aus zu und sagt: »Alles Gute!«

»Ja, alles Gute!«, rufen uns auch die zwei Fischer hinterher, die an der Theke ihren Kaffee getrunken haben.

»Mein Buch wird veröffentlicht«, sage ich, während ich an Matts Seite auf seinen Pick-up zugehe.

Er schaut mich an und pfeift leise. »Ehrlich? Das Buch über Gretchen, das verliebte Tannenhuhn?«

Ich nicke und lächele, so sehr man halt lächeln kann, wenn man eine klitschnasse Hose trägt und Angst vor den Wehen hat. Matt bleibt stehen und nimmt mein Gesicht zwischen seine Hände. Ich merke, dass diese Hände leicht zittern. Du liebe Güte, er ist wirklich nervös. Er beugt sich vor und küsst mich fest auf den Mund.

»Ich bin so stolz auf dich«, sagt er, und ich kann deutlich sehen, dass er Tränen in den Augen hat, während er mir die Beifahrertür aufhält. »Ich wusste immer, dass du es schaffen würdest. Dass du ein Buch veröffentlichen würdest. Ich wusste es!«

Ich auch, bemerkt Kleine Bärin, die bereits im Pick-up sitzt.

»Hey, ist alles okay bei euch?« Ein Polizeiwagen biegt neben uns auf den Parkplatz des Diners, Brian Lloyd steigt aus.

»Das Baby kommt«, sagt Matt. »Wir sind auf dem Weg nach Bridgewater ins Krankenhaus.«

»Oh, alles klar. Dann muss mein Frühstück warten. Fahrt mir einfach hinterher!« Ehe wir reagieren können, steigt Brian wieder in seinen Wagen, schaltet das Blaulicht ein und parkt rückwärts aus.

»Er kann es nicht lassen«, grinst Matt und hilft mir in den Pick-up.

Carrie kommt aus dem »Foggy Days« und winkt Brian zu, während sie zu ihrem Auto läuft. Brian winkt zurück und wird rot. Elaine bleibt in der geöffneten Tür des Diners stehen und ruft: »So eine Geburt dauert Stunden, Brian, es ist nicht nötig, dass du mit Blaulicht vorausfährst!«

Doch Brian hört nicht auf Elaine. Matt folgt dem Polizei-wagen durch Rocky Harbour, und die Leute am Straßenrand schauen uns neugierig hinterher. Als sie erkennen, dass wir es sind, die mit Polizeieskorte den Ort verlassen, winken sie und rufen uns gute Wünsche zu. An der Tankstelle steht Bill neben seinem schwarzen Truck und lässt vor Aufregung den Ben-zinschlauch fallen, als Matt ihm im Vorbeifahren zuruft: »Bill, es geht los!«

Als wir die letzten Häuser des Ortes hinter uns lassen, fah-ren wir an einem Holzschild mit der Aufschrift »Sie verlassen Rocky Harbour – bitte kommen Sie wieder!« vorbei.

»Worauf ihr euch verlassen könnt«, sage ich.

ENDE